土地坑·四季农情

余山人◎著

中国戏剧出版社

图书在版编目（CIP）数据

土地坑·四季农情 / 余山人著. －－ 北京 ：中国戏剧出版社，2019. 6

ISBN 978－7－104－04794－0

Ⅰ. ①土… Ⅱ. ①余… Ⅲ. ①电视文学剧本－中国－当代 Ⅳ. ①I235. 2

中国版本图书馆 CIP 数据核字（2019）第 087053 号

土地坑·四季农情

责任编辑： 齐　钰　赵成伟
责任印制： 冯志强

出版发行： 中国戏剧出版社

出 版 人： 樊国宾
社　　址： 北京市西城区天宁寺前街 2 号国家音乐产业基地 L 座
网　　址： www. theatrebook. cn
电　　话： 010－63381560（ 发行部 ）
010－63385980（ 总编室 ）
传　　真： 010－63383910（ 发行部 ）

读者服务： 010－63387810
邮购地址： 北京市西城区天宁寺前街 2 号国家音乐产业基地 L 座（100055）

印　　刷： 济南精致印务有限公司
开　　本： 710mm×1000mm　1/16
印　　张： 22. 5
字　　数： 380 千
版　　次： 2019 年 6 月　北京第 1 版第 1 次印刷
书　　号： ISBN 978－7－104－04794－0
定　　价： 68. 00 元

目录

第一章 土地坑之春

第二章 土地坑之夏

第三章 土地坑之秋

第四章 土地坑之冬

第一章

土地坑之春

一包糖　一封信　一句话

掐指一算，我们上山下乡虽然只有十五六个月，却已进入了第三个年头。

从去年秋收开始，我们就陆陆续续参加生产队和农民一样分口粮了。

到秋收决算后不久，国家商品油粮停止供应，我们与生产队所有人一样，按人七劳三分粮食过日子了。我们对队里的生活生产情况已经熟悉。

然而对我而言，原本熟悉的这一切，却因余进伦的参军离去，觉得改变了很多。我少了一个年纪比我略小的兄弟，少了一个在生产上、生活中给我指点关照的兄长，少了一个可以相互交心、无话不谈的朋友。生活的乐趣因此凭空少了几分，心中的惆怅凭空多了几分，谷利、黎芝也颇有同感。在灶房吃饭时再也不见他端着饭碗进出的踪影，少了他从我们的菜盆里毫无忌讳地夹菜，少了他端一碗自家的菜放在我们桌上大声说话开朗大笑的声音，饭菜的香味也因他少了几分，连七八岁的孝娥也有同样的感觉。

回城过完春节，返回生产队的第一天，端着碗来我们饭桌旁坐着吃饭的孝娥突然说道："岩初哥，进伦哥不在，就不热闹了哈。"我笑答道："还懂得咦。不过有你在也热闹呀。"孝娥用手掩着缺牙巴笑着说："还是有进伦哥在好点。"说话间，从堂屋里传来黑大娘的声音："是哪个缺牙巴在说她进伦哥呀？"孝娥赶紧回答道："伯娘，是岩初哥他们在想他。"跨过门槛进了灶房的黑大娘应声说道："你们朗格（怎么）都没得我想他嘛，硬是天天夜里都梦到他。"说着拿出一个捆扎得四四方方的红纸包慎重地交到谷利手上，说道："这点是公社过年给我们拜年送的人情，没舍得吃，也没舍得送人，给你们留起的。"谷利接过纸包问："是哪样？"黑大娘笑道："不是哪样稀奇东西，就是包白糖。过年的时候，公社给军属拜年，一家送了副对子（对联），两把切面（挂面），两包白糖。切面过年那阵煮来待客了，有包白糖，你们素珍妹妹一天就盯着，过年那阵来客，我们打糍粑就把它和到豆面里头蘸糍粑吃了。剩下这包他们都一天盯着，全是你们黑大爷说朗格都要给你们留点。你们素珍妹妹才没再打它的主意。"我问道："拜年就是这点人情？"

黑大娘说道："乡下就是这个样子。前几年，龙洞湾伍世淮当兵，公社给他家拜年还不就是这些？"说话间，也不知什么时候中秋、中华和素珍悄悄站在了黑大娘旁边。谷利见状，说道："还是拿给素珍妹妹泡碗糖水喝。"说着欲将纸包拿给素珍。还不等素珍手伸出来，中秋急忙按住谷利的手，把谷利拉到一边，说："谷利姐，拿倒（拿着）。哥在的话，也是要给你们的。"站在旁边的我笑了笑，说："收起就收起。我们还有点糯米，哪天也来打点糍粑，大家吃顿糍粑蘸白糖。"我刚说完，那个缺牙巴孝娥和素珍竟拍着巴掌叫起来："要得！要得！"不知进伦的妻子彭洁娥什么时候过来的，站在堂屋门边说道："不如等岩初哥留到端午节蘸粽粑吃还好点。"黎芝笑着说："哪里还等得到过端午喽，过几天就打糍粑来吃。"黑大娘右手扬起做出要打黎芝的样子，说道："你这个馋猫。"逗得一屋人都笑了起来。谷利把包着糖的纸包放在一个大碗里，放进了碗柜。我看了一下，不过是一个巴掌大的纸包，兴许包有半斤白糖。

山野里的春天在不经意中就来到了。虽然说是春寒料峭，土地坑坑边的几棵杨柳树的枝条上已爬满了黄绿色眼屎巴（米粒大的新芽），对面山上的松柏林中数株野樱桃树绽开了粉白色的花，在苍绿色松柏树的映衬下格外耀眼。树不畏春寒，人比树怕冷。吃完饭，大家各自趴到自家火铺上或蹲在灶门前烤火、聊天、抽烟、打瞌睡。谷利和黎芝收拾完后，也坐在了灶门前的火塘边烤火，我随便洗了一把脸，懒得洗脚，正在犹豫是烤下火再回住处，还是立马就回去。我们灶房进出堂屋的门原本关着的，此时被轻轻地推开了。只见彭洁娥一只手顺手把门掩上，另一只手藏在背后，脸上露出腼腆的笑容，走到火塘边，说道："谷利、黎芝，你们帮我一个忙嘛。"黎芝好奇地问道："有哪样事要帮忙？"彭洁娥低下头，小声地说道："素珍家大哥来信了，想要你们帮我念一下。"说完，伸出藏在背着的手，把一个信封递给谷利。我听见有进伦的消息，高兴且有点激动地说道："谷利，快点念来听下。"这时彭洁娥又说道："你们晓得的，我们一家人都认不得几个字，这封信都来几天了，还是三爷从场上带回来的，我妈就请三爷打开来念。三爷念，我们一家人都听。三爷念了两遍，我还是没听明白，又不好再麻烦三爷得，妈就把信收起了。我想了好一阵，还是想麻烦下你们，刚才我又从妈那里把信要来，想请你们再念一遍。"谷利边从信封里将信笺纸抽出边开玩笑地说道："莫说念一遍，念好多遍都行。晓得你挂欠进伦，想多听一下。"此刻，我看见彭洁娥大眼睛里充满泪水，听见她自言自语轻轻地说道："挂欠挂欠，他信中提都没提到我。”谷利在马灯光下开始念信。

信是这样的。

伯伯，伯娘：

首先敬祝我们伟大的领袖、伟大的导师、伟大的统帅、伟大的舵手毛主席万寿无疆！万寿无疆！

儿来到部队，一切都好，部队首长对我们很关心。解放军是所大学校，我们在这里学习毛泽东思想，学习政治，学习三大纪律八项注意和三八作风。还学文化，学军事，学技术。我和战友们一起努力学习和工作，在工作中做到了一不怕苦，二不怕死 。我们干的工作，领导上要求我们不要对外说，反正是很光荣的工作。班长还表扬我，说我进步很快，请你们放心。

最后祝伯伯、伯娘身体健康、全家都好。

儿 进伦

×年×月×日　吃得饱，放心

谷利认真念，我们注意听，特别是彭洁娥，生怕听漏掉一个字。我发现随着谷利往下念，彭洁娥的脸色越来越难看。信念完了，她还怔怔地站着，喃喃地说：“提都不提我一句。”见此状况，我突然觉得这样下去不行。于是我对谷利说：“把信拿来我再看一下，是不是灯不亮，念落哪样了。”谷利念完信也觉得不大对头，似乎明白了我的意图，顺着我的话说道：“是的，把灯芯捻大点，看得清楚点。”谷利把灯芯捻大，我把信拿过来，靠近马灯，大声念起来，念到“全家都好”时，我有意识地在后面加了一句“洁娥处不另”。念完，彭洁娥脸上露出一点笑容，忙问道：“岩初哥，哪样叫‘不另’嘛?”我笑着解释道：“他说的不另，就是不另外专门给你写信了。”我们三个齐声说道：“这封信写得还好嘛。”彭洁娥笑着说道：“这封信肯定是人家帮他写的，谅他自己也写不成。他认得的字原本比我也多不了几个，这几年怕早就还给老师喽。”谷利说：“这封信字写得好呃。”我看着信说道：“前面的肯定不是进伦写的，这句和最后那句一定是进伦自己加上去的。”谷利把信拿过去，看了看，说道：“这两句写的字都不同，肯定是进伦自己写的。”黎芝显然明白了我们的意思，凑拢来看，附和着说道：“真的是这样呃。”我指着最后五个字，对彭洁娥说道：“他说吃得饱，要你们放心，你该高兴了。”彭洁娥高兴地说道：“是的，我们就是担心他吃不饱。他说吃得饱，我们全家都放心了，特别是妈。”谷利开玩笑地说道：“进伦吃得饱，你放心了。他想给你写信，要请人家写，可能不好意思。现在你可以高高兴兴地回房间睡个好觉，做个好梦，说不定还会梦见他啊。”说得彭洁娥有点不好意思。我又说了一句：“进伦写的这几个字还是斗得拢（凑得起）的。在部队再学习个把月就会自己给你写信了。到那时，只怕是岩初哥不得看喽。”彭洁娥微笑地低着头，拿过信回房间去了。我们三人也带着对这封信的狐疑，各自回到自己住处休息去了。

弄柴路上

在我们这里，弄柴是生活中极为重要的工作。树木上水还是下水是弄柴的人们必须考虑的重要因素，这也是我们下乡后在弄柴的实践中逐步体会到的。同样粗细、长短的一根柴火，如果在下水季节是三十斤，上水季节则可能有四十斤。弄柴时经常被人们选为砍伐对象的画杆木、麻柳木、青杠木之类的柴火，在下水的秋冬季节，一刀砍下去，刀口处看起来是干的，在上水的春季后，一刀砍下去就可以看见刀口处湿漉漉的，更有甚者，刀口处竟会冒出水珠。因此，这里的人们都会在秋冬季节到春耕大忙之前抓紧弄柴。一是农活还不大忙；二是树木都还未完全上水，砍下的柴火水分少些，相对要轻些。秋收过后的秋冬季节，虽然是弄柴的最好时节，但农村事务多，相互帮忙就多。今天张三帮李四收点料子，明天李四帮忙王五家办喜事，后天王五帮张三家改点板子，就这样帮来帮去，占去了人们弄柴的大量时间。因而直至春节前弄的柴火也不够多，往往不能满足烧到农忙季节的需要。春节期间，这里的人们也会抓紧弄柴。我们三人在家里过完春节回到生产队，就和队上的人们一样，把弄柴作为这段时间重中之重的工作，每天早上都有两个人上山弄柴。

此前，我们上山弄柴常与进伦为伴，现在进伦参军了，弄柴就少了一个可以海阔天空吹牛的伙伴，总觉得不习惯。不知是进伦参军临走前对习初有所交代，还是习初觉得自己大了，自然而然地填补了这个空白。按习初的说法，过完这个年，他满 18 岁，是大人了，更重要的是他在队上算全劳力，可以拿全劳力的工分了。他不再去找比他小的伙伴扎堆，似乎觉得应该找和他差不多大的或者大一点的如我们三个知青做伙，才符合他现在的身份。只要天不下雨，天刚一亮，他都会站在我们灶房后面的土坎上大声喊："岩初哥，你们要去弄柴不？走得了。"我们当然巴不得有人做伴，于是和习初一起就成了我们上山弄柴的经常性组合。

一天，在去牛栏门弄柴的路上，我问习初桃符坝谈媳妇送人情一事。这小子竟然老成地长叹了一口气说道："人情倒是送了，麻烦事也来了，还不晓得怎么办喽。"我问道："哪样麻烦事？是不是女方不满意？"习初答道："女方倒没说哪样。我的媒人你认得的，就是龙洞湾王治成的大舅。这次去送人情，他对我说，那边的人都说我们这边地势好，饭吃得饱。女方家也愿意把这门婚事定下来。只是大舅又对我说，我们家的房子还是要装一下才行。大舅说的这些话，我回来就给爹说了。"我打断他的话，问道："国二爷（习初的父亲）是怎样打算的？"习初苦笑道："他有哪样打算嘛。你和他谈这个事，他就只晓得呻唤。"我说道："那你自己有哪样打算？"习初沉默不语，低头走路，过了一会儿，才开口说道："我晓得，就我家那个房子，不说是娶媳妇，光是我们俩爷子住起都恼火，岩初哥你是看到的。爹说，起（修建）这个房子的时候，我还没有生，那时家里头虽然也没得哪样办法，还是立了个三列两间的小七架房。爹说刚刚立起那几年，就把檩子、桷子都弄上去了，过了年把，小二间的瓦盖起了。虽说堂屋上头没盖瓦，但好孬也还是用杉壳子盖起的，不漏水，两间屋间的后壁拿板子装好了的，小二间的右壁也是用板子装好的，楼板也镇好（装铺好）了。只剩前壁、堂屋左壁、堂屋和小两间的间壁. 也是用篾片整的鸭儿笆夹起了的。这些鸭儿笆还用纸筋、黄泥巴、石灰和起来抹了的，能挡风。妈在的时候，我家的小二间又从中间用竹竿夹了几块板子隔成了两半。前边半截打个灶台当灶房，后面半截铺个铺，我们三娘母就住在这后半截。妈走了，我们爷儿俩就一直住在这里头，只要有饭吃，我们爷儿俩就这样住也得行。岩初哥你们是看见的，我家连火铺都没整。冬天烤火和你们一样，就在灶门前火塘边烤。那天，大舅对我说，要我家还是要想办法，在小二间里装出两个房圈来，要不然新媳妇进门，床都没得地方安。人家讲的也是个理。岩初哥，你说这个事麻不麻烦嘛。"我一直认真地听习初说话，听到此，我也只有叹了口气说道："是有点麻烦，真的是个麻烦事。"停了一下，我又说道："要娶媳妇，再麻烦也得想个办法才行噻。"这个习初是个年轻的老烟枪，说话间拿出挂在腰带上用竹鞭子圪蔸做的烟杆，把叶子烟点上，狠狠地吸了一口，说道："和爹说起这件事，他只晓得呻唤，拿不出主意。我想了好久，还是得想法子先把小二间的后半截装出两个房圈来。"我接过他的话头，说道："对，装出了两个房圈新房就有了。今年你虚岁有十九，明年你虚岁就二十了，符合婚姻法，就可当新郎官喽。"习初笑着说："当啄木官（啄木鸟）还差不多。"我问习初道："装房子，有板子没得？光装两个房圈恐怕要不了好多板子吧？"习初停下来，愣了愣，心里默算了一下，答道："咦，还是要得多呃。"他扳起指头边算边答非所问地说道："堂屋的左壁，堂屋和小二间的间壁，小二间中间的间壁，还有镇两个房圈的板子。咦，怕要好几团板子才够呢。"我听得有点替他着急，便问道："那你家有板子没有吗?"习初搔了搔脑壳说道："这么多年了，一年凑一墩两墩，屋后倒有十多墩木方子，要装房子就要把这些方子改成板子才行哦。"我接着说道："请人帮忙改就是。李家坪申全家年前都请人帮忙改桷子、板子的。"习初拿着烟斗急促地吸了几口，把烟斗在鞋底上敲了几下，抖干净后把烟杆又吊回到裤腰带上，接着说道："那得要好几个工才改得完。我猜，爹呻唤来呻唤去，就是担心没有这点粮食，请不起人帮忙哦。"习初说到这个份上，我一时也感到语塞，又是粮食难住人了。

说着说着，来到了牛栏门青口岩柴山，大家钻进林子开始砍柴。谷利和细孃她们一帮女子在一边，我和习初一伙男子在一边。习初告诉我，这个时候要找上水晚点的树木砍，像火闹斑、青杠、水青杠这些是最好的，麻柳也还将就，最好不要砍野樱桃、画杆这些上水早的。到林子一看果然如此。这里的野樱桃虽说是所处地势高又背阴，不像土地坑对面山上的已经开花，但也已是含苞欲放；画杆树枝上已绽新芽。钻进林子，大家不再聊天，各自忙活起来。过不多久，大家都砍得差不多了，收拾好柴捆，扛着走上了回家之路。扛柴费力，自然就少了说话的兴致。但习初显然话犹未尽，扛着柴紧跟着我，歇脚时，话匣子又打开了。他说道："岩初哥，我想这样，要是板子不够，干脆先整房圈。其他留起暂时不装。"我略想了一下，说道："要得，先整房圈。房圈整好了，新房就有了。那些鸭儿笆墙壁，到时你看哪里有烧石灰的，去找点来打个浆，刷一遍也可以嘛。能将就先将就到。"习初说道："对头，那就干脆把所有的鸭儿笆墙都刷一遍，看起来也好看。"我又对习初说道："哪天你和你爹好好摆一下，我晓得国二爷他还不是巴不得早点给你娶媳妇，好早点抱孙孙。"习初听了，憨憨地笑着不说话。我又问道："习初，你会改板子不?"习初说："不大会。"我说："干脆过天把，让你爹在你家院坝里把改板子的架子搭好，摆一墩方子在架子上，在方子上用墨斗把改板子的墨线弹好。再到牛大爷家把改锯借来，得空了，就喊你爹教你一下，我也来跟到学。改得一块是一块，到时就可以少请几个工，少费点粮食。"习初听了，高兴地说道："岩初哥，要得。我学好艺，二天你们立房子的时候，我也来给你们帮忙。"他一句话，着实还触动了我。我暗暗想，我们建得起房子吗？做梦吧！歇着说话时间一长，我和习初竟掉在弄柴队伍的后面。

连谷利她们那帮女的都走到前面去了。我和习初这一对吹牛客急忙扛起柴憋足气，一阵好赶。待谷利刚刚到灶房后面把柴捆放下时，我也到了。听见放柴的动静，黎芝从灶房走出来，说道："快洗个手，吃饭。今天队上没安排活路，黑大娘说吃过早饭要到我们菜园子去看下。"

白菜　萝卜　青菜

我们的自留地共有四块，分别在不同的地方。最好的一块在对面山脚下，与黑大爷家的一块自留地相邻。有一块在杨家屋基，与余主任家的一块自留地相邻。另一块就是在碾坊下面水田旁边、油柿子树下的那一小块三角地。最大的一块是自留山，也就是被小坪村生产队水田环绕的牛心山了。去年秋收结束后，黑大娘对我们的自留地、自留山种什么都作了细心的安排。对面的那块离住处近，面积较大，土地也比较肥沃，从住处过去的路较平，便于挑粪施肥管理，黑大娘就安排我们种蔬菜。主要种有白菜、萝卜、青菜之类的大路菜。这块土地与生产队土地交界的土坎上，我们也点上了豌豆，挨着黑大娘自留地的石坎边种了点胡豆（蚕豆）。杨家屋基那块地得用来为我们春天提供主食，种的是胡豆。为了便于以后套种苞谷或四季豆，这块地的胡豆是一行一行种的，行距留得宽一点，到了种苞谷或四季豆的季节，胡豆还没成熟，以便在胡豆行间的空隙处打窝窝种苞谷或四季豆。待胡豆成熟后，把豆蔓连根拔掉，空出来的地方还可以栽红苕秧。为了进一步提高土地的利用率，也可在地里撒点白菜籽。这样，这块地一年四季都不会空着。至于碾坊边油柿子树下的那一小块三角地，因面积小，离住处也不远，主要用来栽点葱蒜作料之类的作物，沿坎边也点了一点豌豆。面积最大的是牛心山，栽的是洋芋，为度春荒做准备。

如果说山间树木春天到了是忙着上水发芽开花，那么地里的蔬菜则是忙着拔节抽薹了。这时，菜地里可供食用的东西就多了起来，种菜种得好的人家可以说是“应吃不暇”。过完春节，我们三人回到生产队的第一件事就是到对门菜地里看看离别了十多天的菜宝贝长得如何。走到菜地里一看，令人大吃一惊，简直可用“不可思议”来形容喽。白菜、青菜都长得封了林（叶子把地面全部遮盖），萝卜个个大截大截地长出地面。乍一看，简直就是一个丰收在即的小庄园。面对这么多菜，我们竟然有了怎么吃得赢吃得完的感觉。上一个冬春完全没有这种富足的感觉。静下来细想，能有这般丰收，也应是在情理之中。上一个冬春，我们刚下乡不久，自留地分下来后，虽然从生产队各家和城里的老房东家找了些菜秧栽上，但有些菜在栽下时，季节延误了一些。另一个重要的原因是刚下乡，生产技术基本没有，对菜地的管理一无所知。怎样种菜，何时施肥，怎样施肥，根本不知怎么把握。还有一个更重要的原因是种菜、浇菜所用的肥料，全是在余主任、黑大爷几家挑的，大部分是牛粪。蔬菜缺乏合适的肥料，长势当然就不会好到哪里去。所以上一个冬春我们自留里的菜也就仅够糊口而已。这个冬春我们自留地里的菜，那可是适时播种、移栽，适时薅草施肥，精耕细作。在我睡觉的房间里自己建立了肥料厂，有三个粪桶，其中有两个还是专门定制的大粪桶，靠壁一字排开。自己生产的人粪尿和其他粪肥几乎是平分秋色，为自留地提供了良好充足的肥料。这个冬春自留地的蔬菜能有这般丰收景色，与黑大娘自留地里的相比毫不逊色，也就在情理之中了。这样一来，每日两餐就有足够的白菜、萝卜、青菜了，再加上有年前熬好的猪油，所以每餐无论是炒菜还是煮汤，都有点油水。当然，每天都是白菜、萝卜、青菜，也难免生腻，但是有吃的，心里也就踏实多了。现在我们的问题是在于地里的菜，大有吃不完之势。

一天，我和谷利弄柴回来，见黎芝从地里摘了一大抱白菜叶放在桌上。谷利见状说道：“这么多，怕两顿都吃不完喽。”黎芝答道：“就像这样摘都摘不赢，都抽薹了。”我们商量了一下，决定请黑大娘家帮忙了。于是我抱了些白菜叶到黑大娘家。我抱着菜叶过去，对黑大娘说道：“我们地里的白菜叶、青菜叶吃都吃不完，干脆拿点给你家喂猪。”谁知黑大娘听了，吃惊地说道：“朗格，那么好的菜拿来喂猪？那些黄叶子和太老了的拿来喂，还差不多。好生生的菜叶人不吃，也太造了吧。”她几大步来到我们灶房，说道：“怪我没有教你们，这一番（一季）菜你们也要学到朗格吃。菜当三分粮，不光是说热天的瓜瓜豆豆，冬春的菜也是一样的。比如这个白菜可以炒来、煮来下饭吃。但这些吃法就是饭吃得多菜吃得少，安逸是安逸。就是怕这样吃，一年分那点粮食吃不得好久。这阵子农闲，你们要想到朗格多吃点菜少吃点粮食。像你们这样吃，你们那点粮食怕是经不住吃哦。”

话音刚落，头上冒着热气，显然是弄柴刚回来的余主任走进我们的灶房，他笑着说道：“黑嫂说得对，这两年收成好些，就说菜当三分粮。那几年，菜怕是要当五六分粮哦，有时候菜都没得多的。你们到队里也是有三个年头了，算来也不过从头到尾种过了一番庄稼，种庄稼也只晓得一些大码目（大概）。你们在这里过日子，要从今年开春才算得上是自己在过农村日子哟。

黑嫂你要多摆布（指导）一下他们。”说完，余主任扭头过来对我说道：“岩初，你睡在谷子上，抬头看见楼辅梁上挂的苞谷提子，脚档头的柜子里装的是米和苞谷面，你的心情是哪样的？你慢慢体会，现在不要忙到回答，以后慢慢再讲。”说完，余主任出门回家去了。

余主任说的一席话，让我有点丈二和尚摸不着头。正想琢磨一下余主任说这番话的意思，又听见黑大娘说道：“四季豆、豇豆、荒瓜（南瓜）这些拿来抵粮食吃，你们都学会了。这个白菜、萝卜、青菜朗格当饭吃，你们还真得学下。尤其是这个白菜，水分重，蚀耗大，好多人只晓得拿来当菜吃，用来下饭。在我们家，我就是一天煮一顿白菜稀饭来吃。煮白菜稀饭都有好几种煮法呃，一种是先在锅里放上水，等水涨（沸腾）了，把切好的白菜碎碎倒到锅里，加大火把白菜煮粑，再撮一碗苞谷面倒进去，用锅铲一阵搅，等苞谷面熟了，白菜稀饭就煮好了，吃的时候放点盐巴。想吃干点的，就多撮点苞谷面放到里头，这个稀饭煮来就稠冻冻的了。如果想吃干点的，又舍不得多放苞谷面，就把锅里的稀饭舀到一个盆里，等稀饭冷了，也会是稠冻冻的。”我插嘴问道：“是不是有点像孔回锅苗饭（苞谷面饭）那样？”黑大娘笑了，说：“这怎么比，那是净碗碗（全是粮食）。孔一顿回锅苗饭的面面，怕要煮四五顿白菜稀饭。”谷利说：“黑大娘，不听岩初打岔。你讲还有哪几种煮法。”黑大娘似乎有点讲累了，拖了一条凳子坐着说：“还有一种是煮米稀饭，这种煮法和刚才讲的煮法不同。刚才讲的是先煮菜后下苞谷面，煮米稀饭是先下米，后放菜。等锅里渗的水烧得起颤颤（冒小泡泡）了，把淘好的米倒下去，和煮饭沥米一样，只不过放的水要多些。先得给你们讲清楚，大米是不能由着性子放的。譬如说，你们煮一顿干饭要用一碗米，煮这种菜稀饭，就只能按三股放一股（三分之一碗），最多最多也只能撮半碗。米放下后要边煮边用铲子搞（搅和），要勤快点搞，就像你们听到说的，稀饭煮得好，七十二道搞，搞阵搞阵看到起米就煮瓤（烂）了，锅里的水也变成了米汤一样，这时候就把切好的白菜碎碎倒进锅里，火加大点，也要搞快点。搞阵了，等白菜粑了，这锅稀饭就煮好了，把火捂好，让稀饭陷在锅里，等一下再舀来吃就可以了。刚煮好的时候按说也是可以舀来吃的，只是稀饭看起来要清点，要是陷的时间长，稀饭看起来就要稠点，看起来好看，吃起来也爽口点。”黎芝在一旁听到，说道：“总不能一天两顿都吃稀饭嘛。”黑大娘笑道：“你这个女，哪个叫你一天两顿都吃稀饭。两顿中拿一顿吃稀饭，另外一顿吃干的嘛。”黎芝笑了笑了，说道：“那还差不多。”谁知黑大娘一本正经地说道：“吃干的，也要拿菜来孔饭哦”谷利不解地问：“吃白菜孔饭？”黑大娘缓缓地答道：“你们土里面还有青菜、萝卜噻。”话未说完，彭洁娥过来喊黑大娘回去吃饭。黑大娘起身对我们说道：“不着急，慢慢来。是要教你们才得行。”

说完，吃饭去了。我们也开始吃饭，我边吃边开玩笑地说道：“看来以后这个甑子要用得少喽。”谷利说道：“难怪我们刚下来的时候，黑大娘家的甑子都借给我们用，还说甑子放在那里都结蜘蛛网了。管他的，吃哪样都可以。”黎芝接着说：“只要吃得饱就行。”我开玩笑地说道：“你们表现得好嘛，越来越像贫下中农了。”两个女生笑着回应道：“说明我们接受贫下中农的再教育好噻。”三人开玩笑之中，也谈到了怎样像黑大娘讲的那样，一天一顿稀一顿干。首先三人一致同意从明天开始，执行一顿稀一顿干的政策。但在早餐吃稀的还是晚餐吃稀的问题上，就各执己见了。黎芝说早餐吃稀的，晚餐吃干的。理由是晚上吃稀的起夜小解太多，睡不好，第二天打不起精神。我说还是早餐吃干的，白天活路多，吃完早餐要一直干到天黑，遭不住饿。谷利觉得两人说的似乎都有道理。

正在公说公有理、婆说婆有理，争论不休时，黑大爷吃完饭吧嗒着烟杆走进我们灶房，他听见了我们的争论，说道：“你怕说吃稀的就是那几碗稀饭嘛，把你们的苞谷籽撮点来炒成苞谷泡，吃稀饭时抓把苞谷泡吃，还不是干稀都有了，就跟熬油茶下苞谷泡一样。总之就是要想法子多吃点菜，让粮食吃的时间长点。省得春荒、秋荒没得吃，弄得你们心慌哦。告诉你们，要解决吃稀饭起夜多（晚上小解多），还有个法子，稀饭起锅时，你们多少挑一点猪油放在里面。有点油在里面，就是多吃碗把稀饭，起夜也不会多到哪里去。”喜欢瞎起哄的我忍不住说道：“起夜怕哪样，桶桶就在床边放起的，多屙泡尿，多积点肥，庄稼就多得点吃的，庄稼也就长得好点噻。庄稼长得好点，就收得多点，人就少挨饿了嘛。”黑大爷把烟杆朝我一扬，斥道：“跟进伦一样，不说点正经的。”黑大爷又接着说道：“你们黑大娘的意思就是要你们把分得的那几颗谷子苞谷看紧点，要精打细算，细水长流。手里没得点谷子苞谷，硬是心慌哦。”此时，我突然想起了最高指示：农村要妥善安排生活，农忙时吃干，农闲时吃稀，不忙不闲时干稀搭配。正想着，黑大娘也含着烟杆过来了。农村抽草烟的人多，尤其是饭后，和城里的烟民一样，也信奉“饭后一杆烟，胜过活神仙”。她接着黑大爷的话说道：“你们几个分到的那些粮食，我晓得，只要听我的铺排（安排），春荒、秋荒都慌不到你们，就怕飞羊坡那几个儿子崽。哪天你们这些当哥当姐的得去过问一下哦。”突然黑大娘停下，听了听外面的动静，然后说道：“三家田的人都过来了，要去割土了。今天给你们讲吃白菜，过后再给你们讲青菜、萝卜朗格当饭吃。”

三家田的人来齐了，大家出工喽。这天是到对面张家屋基后面山坡地里割土。还没待扫胯风吹起，不知谁说了一声：“去看一下牛跑到哪里去喽，莫把人家庄稼害（吃）了。”找牛的人一走，大家不约而同地散伙收工了。我们顺路到自留地里摘了一捆白菜赶回家，晚餐就按黑大娘指导的，煮苞谷面白菜稀饭，还凉拌了一大碗割土时挖到的折耳根。本舍不得在稀饭中放猪油的，一方面是猪油的诱惑力太大；另一方面还有黑大爷说的放点猪油晚上少屙尿的借口。于是就从猪油罐里小心地挑了指甲盖那么大点的猪油加在稀饭里，猪油一下去，锅里顿时香气四溢。几碗稀饭下肚，我们个个胀得像“蛤蟆崽”一样了。晚上我确实没有比平时多屙泡尿，当然也就未能多积肥，这也许的确是猪油起的作用吧。

雨水节气刚到，夜间雨水如期而至，滴滴答答下了好一阵。我估计明早弄柴去不了，虽然天已亮，我还是趁机懒床一会儿，不知怎么竟然又睡着了。忽然，听见孝娥在外面大声吼叫：“喊你往后面堡上走，你偏要往对门走，看我不打死你。”随着孝娥的吼声，一阵急促的脚步声从我住的房间外面的石坎下走过。我知道是孝娥把牛赶出了牛圈，放牛去了。我赶紧从暖和的被窝爬出来，三下五除二穿好衣裤就开门出去。

人们常说春雨不湿路，我一看，地面还是湿漉漉的，印着一串串大牛、小牛的脚印，看来昨晚的雨下得不小。对门山坡被一条薄薄的雾带缠绕，只露出苍绿的山尖。这种天气不宜弄柴，看来习初也不会去弄柴了，要不早就来喊喽。当然，要休息是不可能的，自留地里总是有活路可以干的。我走进灶房，两位女生正在洗漱。我凑热闹地挤了过去，挤了绿豆大一颗牙膏在牙刷上开始刷牙，草草刷完牙，边洗脸边问道：“今早上有什么安排?”谷利答道：“黑大娘要我们到对门自留地去，教我们收拾菜地。”谷利刚说完，巷子里又传来一阵牛蹄声，习初从我们灶房门口伸进一个脑袋来说道：“岩初哥，昨天晚上下了雨，到林子里弄柴不得行，我吆牛到对面坡上去放喽。”我还没反应过来，这小子就赶着牛走了。

我们没有等黑大娘来喊，三人就扛着锄头、拿着镰刀，还背了个稀篮背到对门自留地去了。自留地边上种的胡豆长势很好，高度都超过我的膝盖了，枝腋间开始长出花苞儿来。种在毗邻生产队地边土坎上的豌豆枝蔓覆盖了整个土坎，有的枝蔓上也已经有了小的紫色花苞。地里的菜长势旺盛，白菜抽的薹最多，显然要进入开花阶段了。面对一大片生机盎然的蔬菜，我们三人站着、看着，正在不知该从何处下手时，黑大娘带着中秋扛着锄头来到了。

她站在我们自留地边，指着地里的一片白菜说道："你们看，这片白菜就是你们回家过年这段时间冲起来（长起来），都抽薹了，怕你们硬是吃都吃不赢喽。你们得顺到边上一路一路（一行一行）的吃。"她指着最边上的一行白菜说："先把菜薹掐了。"说着，她走了过来，示范性地捏着一根白菜苔，离白菜根部不远的地方用手一掐，菜薹断下来。她举起菜薹对我们说："着，这根菜薹没有老，全部都可以吃。"黑大娘连着掐了几根，边掐边说，这些没老。掐了几根后，再掐时，有一根菜薹没有掐断，只是掐弯曲了。黑大娘指着这根菜薹说："你们看，这根就是老了。"说着，她把掐菜薹的手顺着菜薹往上移了移，再掐就断了。黑大娘拿起菜薹，对我们说道："这上半截还是嫩的，可以吃。"接着，她用镰刀把不能掐断的那节老菜薹割下来，让我们对照着已掐下的嫩菜薹仔细看，指着菜薹对我们说道："看，这根老菜薹的中间有白心了，空花喽，这根就不好吃了。煮都煮不粑，吃也吃不动。你们把这根白菜边上还没有烂的叶子劈下来，青的人吃，黄的猪吃。"接着她吩咐我们说："今天早上，你们先把边上这几路白菜都收拾了，把菜薹、青的菜叶收拾到一边，把剩下的老杆杆扯起来，用镰刀把泥巴根根剔下来后和黄叶子放到一边。"

谷利问道："那些老杆杆拿来干哪样？"黑大娘回答道："多承你们，装到稀篮背里背回去，倒到我家堂屋里的猪草堆上。人吃不动，猪还吃不动嘛。几刀宰来，和到猪草煮来喂猪。没喂猪的人家，就只有把它倒到粪坑里头沤肥。费气扒力种出来的东西，轻易不要抛撒，总得派点用场噻。"我们按黑大娘的吩咐开始收拾白菜，黑大娘又对我们说道："你们带得有锄头，这几路白菜收拾完了，把土也挖好。我到我那边收拾一下，再过来。"用了不大一会儿工夫，我们把白菜薹捆成一捆，把可食用的白菜叶捆成一捆。把不堪食用的黄叶子和剔去泥巴的老杆杆放到稀篮背里，不一会把腾出来的土也挖好了。

刚做完这些事，黑大娘过来了，站在挖好的土边说道："要你们这么早把这块土挖好来干哪样，晓得不？"我答道："准备种下一季庄稼噻。"黑大娘淡淡地一笑，说："那还消说，不是用来种下一季庄稼，还拿它空起哞。我要你们先挖出这块土来，是要让你们自己学着撒种子生秧秧。过几天就是惊蛰了，春分、清明一个节气一个节气就赶着来了。海椒、茄子、苦瓜、黄瓜、荒瓜，哦，好多种子都陆陆续续要撒下去。本来我想像去年那样，我先把秧秧整好，到时候你们到我那里扯就是了。你们黑大爷说，你们到乡下来就得让你们样样都学会，自己会了，腰杆子才硬。哪样都靠别个，那叫哪样庄稼佬，腰杆子也硬不起来。你们就这点土，也栽不到好多，将就你们挖的这块土，撒点海椒、茄子。种子些你们也用不着上街买，我那里有多的，撒点下去，只要秧秧长起来，你们栽都栽不完，还可以给飞羊坡你们兄弟些扯点去。”听到黑大娘这番话，我们真是衷心感谢黑大爷和黑大娘为我们能在农村长期生存下去所作的考虑。

黑大娘看了一会儿，转过身来，面对地里的青菜、萝卜，说道：“这些青菜、萝卜硬是长得安逸呃。这青菜叶子这么大张张的，完全封林了，脚都伸不进去了。你们看那萝卜周围的土都遭胀开边（裂）了。”说着说着，黑大娘突然停了下来，沿着种青菜、萝卜的地边走了一圈，回到原地，她又说道：“看这个样子，你们就是拿稳着实地吃，也怕难得吃完。特别是那个萝卜，开春它就要上布空花了。上布空花就不好吃，只怕又是给猪八戒准备的了。你们这块青菜比我家的稍微栽得迟几天，又没有劈过哪样叶子，抽薹比我家的要迟点。这么好的青菜吃不赢，你们安排朗格办?”

我们平时也没想过，一时也不知怎么回答。黎芝毕竟年纪小点，随口回答道：“那不要紧。吃不完正好拿给你们家喂猪噻。”黑大娘笑道：“你倒是担心我家猪呃。大家都是种人吃的菜，又不种猪吃的猪草，哪有这么造。黄脚叶拿来喂猪还说得过去，那么好的菜人不吃，拿来喂猪，哪个舍得。算了算了，只要你们勤快学，我再教你们几手。”三人如获至宝，急忙异口同声地说道：“我们当然要学。”黑大娘笑了笑，说道：“晓得你们乖。你们尽量先吃白菜，这青菜好收拾点。你们先把青菜最下面那层叶子全部劈了，不下雨就拿到我家荒瓜架上搭起晒，下雨就搭到我家门口的晾衣竿上。隔几天又来劈点晒起，你们赶场天带几个钱到场上买个倒坛，多称两斤盐巴回来，我教你们做盐菜。如果坛子不够用，青菜叶叶让它晾干，二天要吃了，泡发就是。”这些话对于从家门走到学校门的谷利和黎芝来说是大开眼界，谷利赶紧说：“ 我们跟到你学做盐菜。盐菜以前倒是吃过，就是不晓得怎么做。”我在一边没吭声，我原来倒是看见我家房东张伯娘家做过青菜的盐菜，但具体过程没有仔细了解，更没亲手操作过，当然我也希望跟黑大娘学一手。

黑大娘说完青菜，又走到萝卜地里拔起一个萝卜来，看了看萝卜个个，又看了看萝卜缨子，皱了皱眉头，自言自语地说道："是该扯来吃，要不上布空花喽。"她指着萝卜缨子芯芯对我们说道："看嘛，马上要冲薹了。这萝卜一冲薹就上布空花喽，没得哪样搞头了，就只能喂猪大爷啰。"谷利说道："萝卜缨缨可以漉酸菜吃噻。"黑大娘说道："乖，这个萝卜缨缨嫩的时候朗格都好吃。这个老萝卜菜缨缨不好整，只能漉成酸菜。但吃起来粗糙，嚼起来难得嚼烂。萝卜缨缨漉成的酸菜不经泡，你们这么多萝卜缨缨，都漉成酸菜，过不了好久就翻黑、瓮臭，人吃不得猪大爷也都不吃喽。你们这块萝卜吃个个都吃不赢，萝卜缨缨怕还是要凑合我家猪大爷算了喽。你们不晓得，这个老萝卜菜缨缨喂猪还不如鹅秧草（一种常用来喂猪的野草）。"黎芝插嘴说："我们去年喂那头猪都爱吃鹅秧草。"黑大娘又说道："赶场天你们干脆多买一个倒坛，过几天把萝卜个个扯来，我再要教你们让萝卜既能当饭吃又能多放一下的办法。"

说着做着，眼见就快到煮饭的时候。我见黑大娘只顾教我们地里菜的吃法，她自己腾空了的地都没有挖。于是三人商定，我和谷利留下帮黑大娘把腾空的地挖完，黎芝抱着一捆白菜先回去煮饭。我和谷利拿起锄头过去帮黑大娘挖腾空的地，黑大娘也没有推辞。我们一边挖土，黑大娘一边说道："要说这个萝卜个个，要整来吃，样数倒是多得很。把萝卜个个洗干净，切成片片，再把一片又切成三四条，不要切离梁，拿细篾条串起阴干，阴干到七八成的时候，再拿来洗干净，放到簸箕里，用盐巴、椒面一阵揉。有办法的人家会放点白糖和到起揉，就更安逸了。没有白糖，如果有点米酒酿子和到一起揉也可以，再放点海椒面拌均匀，抓来放到倒坛子里头，二天抓起来吃，那才叫好吃，又脆又香，好爽口，下稀饭最安逸了。如果坛子不够，就干脆晾成萝卜干，要吃的时候再来打整。"我插嘴说道："这两种萝卜干我都吃过，都好吃。"谷利说道："我们也整点来吃嘛。"黑大娘接过话头说："可以噻。晾萝卜干简单，你们把萝卜洗来切成条条片片都可以，晾干了，要吃的时候用水泡发下，切来炒海椒也下饭，炒腊肉就更好吃喽。卜的萝卜干直接抓来吃就可以了，虽说这东西在农村整的人少，自己整点来吃还是得行的。趁今天活路不多，还一种稀奇的做法，我讲给你们听。"我们赶紧挖了一会，支靠着锄把，又继续听黑大娘讲萝卜的另一种做法。黑大娘说道："你们许大娘有一种整法，也是把萝卜洗干净，把萝卜两头、四边切掉，萝卜就成了方墩墩。再把这个方墩墩均匀地切成薄片片，把这些片片放到簸箕里晾起，等晾到有五成干时，就可以拿来用了。这个做法麻烦得很嘞，光有萝卜片片还不行，还得准备姜。把姜洗干净、切成丝丝，和到盐巴再放点米酒酿子稍微抓一下。还得准备一些用篾片削成的比火柴棒棒还要细的签，再准备点棉线。”

黑大娘讲得起劲，我们听得入迷，连土都忘记挖了。黑大娘讲累了，沉浸在回忆之中，黑大娘的话停了下来，我们也缓过神来，赶紧挖土。挖了一会，就听见黑大娘自言自语地说道：“咦，讲到哪里来了？哦，讲到要有棉线。”我们赶紧挖了一会，听见黑大娘的话音响起，因要抓紧把土挖完，我们只有边挖边听了。黑大娘说道：“这些都准备好，就开始做正活了。把晾干的萝卜片用水稍微淘一下，把萝卜片一片片地摆平，把姜丝放到萝卜片上，再慢慢地把姜丝裹在里面，做成个裹着姜丝的萝卜卷，然后用准备好的竹签从中间对穿过，这样萝卜卷就不会散开了，最后用一根大的缝衣针把一个个的萝卜卷用棉线穿成一串串的，这就是你们许大娘说的萝卜串了。”黑大娘兴致来了，接着笑说：“你们怕做到就算完了？还没完。这些萝卜串还要挂起晾个天把，再把萝卜串收下来，放到一个干净的盆子里，把整好的糟海椒舀些放在萝卜串上，多少腌一下，再找个自钵水坛坛，把腌过的萝卜串放到里面，再舀点糟海椒把萝卜串盖往，这才算完事。不整成萝卜串，就是把晾干的萝卜干放到糟海椒里腌起，也好吃，下饭得很哦。”

听黑大娘讲这种萝卜串的制作方法，引得我直流口水。尽管再好吃，但费工又费时，太麻烦了，我们一直都没有尝试做过。倒是二十世纪八十年代末在一位朋友家吃饭时，桌上有这一道菜。据说是他母亲亲手做的，吃时，在座的都赞不绝口。黑大娘说完萝卜串的制作方法，叹了口气说道：“说良心话，这些就是再好吃，也是要粮食多，不担心遭饿的时候才有闲心来整。没得粮食，有几个萝卜放在那里，心心慌慌的就煮来吃了，哪里还等得到晾萝卜干、整萝卜串喽。”大家一时无语，埋头赶紧挖剩下的地。挖了一会，黑大娘又轻轻地叹了一口气说道：“要是进伦在家，我也用不到麻烦你们来帮到挖土喽。”讲到进伦，黑大娘的脸上掠过一丝忧愁。土挖完了，黑大娘说道：“你们先走，我去扯几个萝卜回去。”我背着稀篮背，谷利也随手拔了两个萝卜抱起白菜薹，一起回家去。

到了家，我先到堂屋把稀篮背里的老白菜梗梗和黄叶子倒在了黑大娘家的猪草堆上。我以为吃早饭还早，准备帮黑大娘家宰几把猪草。还没动手，黎芝在灶房喊道：“吃饭了。”我走进灶房，黎芝对我说：“今天这顿饭我煮的是大米白菜稀饭哦，黑大娘教的手艺，我今天就实践实践噻。”我开玩笑地说道："明明是不想晚上吃稀饭，不愿意为积肥作贡献嘛。"谷利认真地答道："晚上我们起来小解是不方便。隔壁就是孝娥几姐妹，屙都不敢大胆屙，怕响动大了，人家听到不好得。再说，我们睡的房间窗户都没有，倒不是怕臭，一晚解一次把就算了，两个起来多了，怕是一晚到亮熏得人都睡不成。比不得白天，到你那房间，把门一闩，哪个都管不到。"我说："那气味还不是熏我吗?"黎芝说："你房间那么敞，就算有点气味，一下就没得了。"我明明是在和她们开玩笑，她们还那么认真，看来她们是真有苦衷。

黎芝又说："今天这稀饭，我是打油汤煮的，虽然白菜放得多，但米也放得不少。你们看盆子里稠冻冻的。"一看，果然如此。过去度灾荒，官府、慈善机构、大善人家会给饥民施粥。据说官府对粥的干稠度是有要求的，具体标准是筷子插进稀饭中，要能竖直站稳，否则负责施粥者难逃责罚。决不允许"两边起波浪，中间淹死人"。今天黎芝所煮稀饭稠冻冻的，筷子插下去，一定能稳稳站立。谷利把扯回来的萝卜切成丝丝，与昨天剩下的折耳根拌在一起，就开饭了。因为有油，又是大米稀饭，大家吃得很香。每次吃饭基本会如期而至的孝娥端着饭碗过来了。她原以为我们有什么菜，一看，只有一大碗凉拌菜。有点失望地说："就吃一样素菜。"我说道："我们的菜是萝卜丝丝拌折耳根，好吃哦。"谁知她回答道："有那种气气我不喜欢。"原来她不喜欢折耳根的气味。黎芝说："那你就拈萝卜丝吃嘛。"她听了勉强拈了几根萝卜丝，放到嘴里一尝，高兴地说道："酸溜溜的，还好吃呃。"我说："是放了麸醋的，当然酸溜溜的噻。"这麸醋还是我们过春节回来时带来的。

这时端着碗在我们这边凑热闹的彭洁娥说道："再好吃，我们哪里有的麸醋来喽。"这回总算找到机会，该我教他们了。我说道："麸醋就是醋，也就是有个酸味。没有麸醋也可找其他东西代替噻。你们家泡菜坛里的酸水也是酸的，就可以当醋嘛。"谷利接着说道："拿泡菜坛里的酸水当醋，我们在城里都吃过的。街上有的米豆腐摊摊，没有麻糖醋的时候，就是用泡菜坛里的酸水加点冷水，放点盐巴，丢点葱花，就当醋来用，吃起来也好吃。"我接过谷利的话头说道："实在没得，漉的酸菜也可以。切点酸菜梗梗拌折耳根、萝卜丝也好吃。"彭洁娥有点沮丧地说道："要说泡菜坛，我家有一大坛，泡的是团葱、藠头。泡菜坛里的酸水清花绿映的，酸味也正，我家一遭（从来）没弄来当醋吃过，下回我拿酸水来试下，他们几个不喜欢折耳根的气气，就拿来光拌萝卜丝。"谷利对彭洁娥说道："我和黎芝是外地人，刚来时，看见城里人吃折耳根，都觉得奇怪。这折耳根闻起来气味怪怪的，后来慢慢习惯了，觉得还好吃呃。你去喊中华、中秋来吃点试下嘛。”孝娥在旁边听呆了，突然说道：“岩初哥们都说好吃，我也要吃。”谷利伸手摸了摸她的头，笑道：“你就是个好吃包。”一边说一边吃，一会大家的碗里空了，很自觉地各自回去，到自家锅里添饭去了。

吃完饭，收拾后因我们还没猪可喂，家务事自然少了许多。不知三家田的人何时才到，也不知何时才出工。我们三人只好百般无聊地坐在灶门前的火塘边的条凳上烤火等待出工。谷利突然想起什么来，说道：“黑大娘要我们抓紧收拾那块萝卜地，不然萝卜上布空花抽薹就吃不得了，那也太可惜啦。”我说道：“顿顿吃萝卜也吃不赢噻。再说，吃了萝卜，白菜又怎么办？青菜黑大娘倒是讲过怎样收拾。这个萝卜吃不赢也是麻烦事。”谷利说：“就按黑大娘教的，整成萝卜干，也当学个艺嘛。”正说着，黑大娘吧嗒着烟杆过来了，素珍跟在后面，她拖了条长凳坐下。我们起身让她们母女到灶门前烤火。谁知黑大娘说：“我离你们远点，晓得你们怕这个叶子烟味道，我就坐在这里好。”黑大娘坐着，素珍依在她怀中。黑大娘笑着对我们说道：“你们看嘛，我吃烟，这么大的烟子，她一点事都没得，怕是习惯了。只怕二天和我一样，也离不得这烟杆哦。”素珍听懂了黑大娘说的意思，大声说道：“我才不吃烟呢。人家谷利姐、黎芝姐都不吃，岩初哥还是男的，也不吃。”黑大娘吧嗒了口烟，把烟子吐在素珍头上，开玩笑地说道：“管你的，让你满脑壳都是烟子。你两天不抽烟，就不要黏到我。你大哥吃烟比我还凶点，你一天还不是要黏到他。”我接过话说道：“部队上怕没得叶子烟吃喽，最多有点纸烟。”不知彭洁娥何时也过来了，接嘴道：“你们哪天写信问下他，问他吃哪样烟嘛。”黑大娘立马说道：“吃不吃烟好大个事嘛。他说了吃得饱，那就千好万好，一百个放心了。”我接过话头说道：“彭洁娥，你哪天喊谷利她们帮你写信问下噻。”彭洁娥微微点了下头。我之所以这样说，就是想到女人的信还是女生写方便点。黑大娘猛抽了几口烟，过完了烟瘾，把烟斗在地上敲了敲，抖出烟斗中的余烬，然后把烟杆递给素珍说：“你帮我拿回去，我和你岩初哥们讲点正事。”我们都猜到黑大娘所说的正事，肯定是与吃萝卜有关。

黑大娘一开口就说道：“早上讲整萝卜串那些都是空来吹的，你们晓得有这回事就行了。万一你们想试下，以后等粮食多了，有办法了再说。萝卜吃不赢，萝卜干倒是可以晒，好收拾，放的时间长，可以以后慢慢吃。我觉得还是先把你们土头的萝卜现时尽量多吃点吃好点。朗格叫吃好，说来也下色（可怜），而今眼目下就是要拿它当饭吃，挪点粮食出来活路重时吃。当然，净光吃它，还是不得行，吃得人心刨火乱的，还是要加点粮食吃才行。这萝卜吃不赢，等抽薹上布空花了，猪大爷都不爱吃。我把我家吃萝卜的方法讲给你们听下。开春了，我家就是把住（当作）一件事，想方设法多吃白菜、萝卜。前两天我给你们讲过，用白菜煮稀饭，那是白菜水太多又不经煮，用来孔饭就不好整，收拾起来也不好收拾。萝卜就不一样哦，用来孔干饭的多，用来煮稀饭的少。拿萝卜孔饭还是有讲究的，要是把萝卜切成片片、坨坨拿来孔饭，吃起来就是不爽。特别是拿坨坨孔饭，打热（趁热）吃，一不小心，还怕萝卜坨坨烫到起牙巴骨。我家就是整萝卜丝丝来孔饭吃，当然萝卜丝丝蒸饭吃也可以。不过萝卜丝丝水分也重，我家就少有拿刚扯回来的萝卜切成丝就拿来孔饭，都是先把萝卜扯回来，洗干净，把它整成丝丝，放到簸箕里头晾个两三天，等萝卜丝丝干点水气，再拿来孔饭。孔饭简单，跟孔四季豆、红苕、荒瓜饭差不多的。把萝卜丝丝放到锅里，讲究的就多少放点油炒下，放盐巴，渗点扎扎水（略少的水），把沥好的米盖在上面，用和好的苞谷面盖在上面也可以。只要饭一熟，就孔好了。蒸萝卜丝丝饭，我们也蒸过的，是用的苞谷面。先把苞谷面在盆子里用点水和均匀，再把萝卜丝丝倒到里头，把面面丝丝一起和转后，就像平常蒸甑子饭一样，先把甑子磴在锅里，渗水加火，等甑子上汽了，把和好的面面丝丝刨到甑子里，盖上毛盖蒸就是，要不得好久就熟了。”说到这里，黑大娘还诡异地笑着说道：“这个饭还可以待客哟。”

我们三人听了不以为然的淡淡地笑了笑，萝卜丝和苞谷面还可以用来待客？黑大娘看出了我们的疑惑，接着说道：“把鲊肉坛子里卜的鲊肉、鲊皮子、鲊肠子抓把来放在面上一起蒸，蒸出来香得很哦，这样待客的饭菜都有了。”我们这才恍然大悟。我急忙说道：“我还差点忘记我们卜得有鲊肉喽。”谷利打断我的话说道：“等你都想起来了噻，鲊肉早都坏喽。我们回家过年这些天，全靠彭洁娥帮我们掺坛坛水。”

黑大娘接着说道：“我家没有用米来蒸过萝卜丝丝饭，我想怕是和用苞谷面蒸差不多，只是恐怕沥米时要沥硬点。”说着说着，黑大娘又扯回到萝卜多了吃不赢，朗格办一事。黑大娘说道：“只要有就好，就是怕没得。萝卜吃不赢还有办法。把萝卜扯回来洗干净，可以整成萝卜条，如果耐烦点，也可以整成萝卜丝丝，拿簸箕来晒干。萝卜丝丝多，就拿铺晒天来晒。等萝卜丝丝晒蔫巴了，多放点盐巴，一阵揉均匀，放到倒坛里压紧，坛口还是用谷草、苞谷壳、篾条封死，就和你们卜鲊肉一样，再把坛子倒卜到治钵水里。两天就得了一坛酸萝卜丝，可以当菜吃，又可以拿来和饭吃。粮食多的时候，萝卜丝里可以拌点苞谷面、米面扑成萝卜鲊。要吃的时候，抓点起来放点油一炒，再加点蒜苗、葱花在里面，那才好吃嘞。”黑大娘说得我们直吞口水。

黑大娘正说到兴头上，我们也正听得津津有味，突然听见屋后坎上牛大爷大声喊道：“走喽，三家田的人些都到齐了。到韩婆婆处割土。”黑大娘的讲话被打断，我们只好跟着大家扛起锄头、拿着镰刀有点遗憾地出工去了。谷利、黎芝和彭洁娥结伴而行，还余兴未尽地边走边说。谷利、黎芝说到黑大娘讲的朗格吃白菜、萝卜，特别讲到萝卜的几种整法时，很有点跃跃欲试的样子。彭洁娥听了，笑着说道：“你们喜欢听的话，妈肚子里的东西还多得很，三天三夜都说不完。”这时，细孃和背着稀篮背的素平、珍平姐妹俩跟了上来。只听见细孃问素平道：“素平，新裤子还舍不得穿吗?”我和习初跟在她们后面，我看了看素平，发现她穿的仍然是我们刚下乡时，谷利送给她的裤子，上面已补了好几个补疤，膝盖上补的补疤又开了一个小洞。素平略带羞涩地说道：“赶场天再穿新裤子噻。”谷利走到素平身边问道：“过年你哥给你缝新裤子了?”彭洁娥替素平回答道：“年前，杀猪的时候，伯伯给进友哥讲好的，杀猪了，要给素平整条新裤子的嘛。”细孃接着说：“这回进友大方，给王家信、素平，还有他家念其一个整了条新裤子。”彭洁娥问素平道：“给你妈整条没有?”素平答道：“妈死活不要，哥还说给珍平也整条，妈都说算了，以后有办法了再说。”细孃说：“这个老二嫂，儿孙满堂了，还是享不到福呦。”听到她们讲到裤子一事，我问习初道：“你去看老丈人，穿新衣服没有?”习初笑答：“我爹说今年不整新衣服了，凑点钱，还是想办法买个猪来喂。这次送人情都是借人家的，下次再送人情，还要借人家的就不好意思了。只是这样想，买得成买不成都还不晓得。我去送人情时，穿的还是给王治成当伕子那阵穿的那身，到了那边，也算是讲究的。再说还要想法子装房子。”我回想起去年给王治成当伕子时习初的穿着，觉得他讲得也很在理。那边比我们生产队困难多了，习初那身衣穿出去也还是可以的。大家边走边谈，三家田的人在土地坑人们的陪同下走了一大截回头路，才拖拖拉拉来到韩婆婆处开始割土。今天出工，放了两次稍，烤了两堆火，一天的劳动就结束，收工了。

春日天气多变，昨天还阴天，今天早上一觉醒来，推开房门一看却是大

晴天 。到灶房刚洗漱完，就听见习初在屋后坎上喊："岩初哥，走喽。你们捆柴的篾条我都划好了。"我和谷利，还有中秋一起带上沙刀出发，一会素平、进初也跟了上来。一路上行，来到了飞羊坡伍家院子后面。春天是说来就来了，飞羊坡的地势虽然比土地坑高些，但由于伍家院子地处向阳，春脚照样来得快。伍家院子后面的一排香椿树也和较低地势处的香椿树一样，齐刷刷地发芽了。飞羊坡生产队伍之贵正在用长竹竿摘香椿芽。这伍之贵是大队革委委员，在土地坑开过几次会，因而与我相熟。他看见我们路过，停下来和我们打招呼，并说道："岩初，等下弄柴回来，带把椿尖（香椿芽）回去尝新。"我急忙道谢说道："谢谢，免了，免了。"伍之贵说道："谢那样谢，又不是哪样金贵东西，就是一把树叶叶了嘛。等下，我把椿尖捆来挂在这路边的树丫丫上。你弄柴回来在这里歇下脚，顺便把它带回去就是了。我打完椿尖，还要去做别的，就不在这里候你们喽。"

我只好再次道谢。这时谷利突然问道："伍大哥，谷林他们今天做活路不？要做活路的话，麻烦你给他们带个口信，要他们明天赶场到我们那里去下。"伍之贵说道："他们今天要来这边割土，我一定告诉他们。"伍之贵停了一会，又说道："这个椿尖拿回去要早点整来吃，时间放长了，显老了就不好吃喽。"我们扛柴回来时，果然看见有一把用棕叶子捆好的椿尖挂在树丫上。我把椿尖取下捆在柴上，和大家一起往家赶。放好柴捆，走进灶房，只见黎芝已将早饭准备好了，静候砍柴的人们回来就开舀。我拿着椿尖兴致勃勃地说："我们好像还有几个鸡蛋，炒椿尖蛋吃，要得不?"谷利说道："哪里有鸡蛋。我们回家十多天，那两只鸡都没有喂过，天气又冷，哪里有蛋来下。菜饭都做好了，还吃哪样椿尖。反正明天飞羊坡那几个要去赶场，要吃也要等到他们一起吃嘛。"我说道："只怕椿尖显老了，不好吃了嘛。"这时恰好三娘过来还上次端菜过去的碗，听见了我们的谈话，说道："你们把椿尖放在皇桶边的湿地上，那里水气重，椿尖放在那里天把，老也老不到哪里去。"三娘一席话，彻底打消了我现在吃椿尖的念头。

这顿早饭黎芝安排的是大米白菜粥就凉拌萝卜丝。奇怪的是在三水锅里还铺开着一些萝卜丝，我问是怎么回事，是不是还要炒萝卜丝吃。黎芝说道："哪个还要炒萝卜丝，这是黑大娘安排的，晚饭蒸萝卜丝饭吃。黑大娘说要先晾干下水气，蒸饭来才好吃。一时晾不干，黑大娘就告诉我哈在三水锅里，在灶孔里放点火食，说这样萝卜丝的水汽散得快点，到煮晚饭时，就可拌苞谷面蒸来吃了。"

山货　代购代销　猪市坝

今天是正月二十八，是旧场赶场的日子，恰逢明天就是惊蛰。在这里把惊蛰节气当作是正春的开始。惊蛰过后，各项备耕工作就正式开始了。所以在惊蛰前夕赶的这一场，在农村具有特殊的意义。这赶场天既是悠闲的，也是繁忙的。因为还处在农事大忙之前，所以还是显得悠闲。但这天一过又意味着进入农事大忙时段了，就只能偷闲赶场了，这一场人们一定是尽可能地把近期要买卖的东西搞定。所以这次赶场基本是家家户户都有人去，生产队就干脆放假，让大家安心去赶场。

昨天弄柴时已托飞羊坡的伍之贵捎信给周家湾方初他们三人到土地坑来吃饭，今早吃饭的人当然就会多几个了。所以一大早，只有我一个人和习初一伙人去弄柴，两个女生留在了家里张罗早饭。今天上山弄柴的人比以往少，我与习初一伙也想着吃饭后去赶场，于是到了山上赶紧砍了几根，几下子捆好，扛起就往回走。

赶回家，我把柴放好，还没喘过气来，就听见灶房里的喧闹声了。我几大步就跨进灶房，见三个小伙和两个女生正在讨论椿尖怎么吃。三中说道："头道椿尖，当然是椿尖炒鸡蛋最好吃。"说着，他站起来道："这个我会炒。你们把鸡蛋拿来，把椿尖切得细细的，拿坨猪油来，我炒给你们看。"谷利说道："猪油倒是有，可惜没得鸡蛋。"谷林说道："这样说来，就只有吃凉拌椿尖喽。晓得你们带得有麸醋，凉拌也好吃。"方初接着说："有菜没菜，是淡事情。关键是看是吃哪样饭。"一句话，把大家逗笑了。黎芝说道："晓得你们要来，总不能让你们吃白菜稀饭噻。"说完，指着灶上锅里冒着热气的甑子说："看，饭都上汽了，蒸的是两糙饭。"三个小伙子异口同声地说："那还差不多。"我听了，笑着说："是不是只要有两糙饭就行了。"三中说："那当然。净粮食，还有油炒菜，不管是炒白菜还是炒萝卜都好。"我有意逗这三个小伙，要他们抬头看架棚杆上是什么。三人抬头一看，不约而同地叫起来："咦，还有腊肉嘞！"我开玩笑地说道："是不是在家过年回来，肚子里的油水足，不想吃腊肉。”三中搔了搔头说道：“朗格没想到腊肉，只想到鸡蛋了呃。”谷利在一旁半开玩笑地说：“岩初，就你大方，就你想到腊肉。你们这么多鼻子，莫非就没有一个人闻到烧腊肉皮的气味？”她随手从盆子的淘米水里拿出一块烧好的腊肉，得意地说：“腊肉都烧好了，洗好就可以开始切了。”我赶紧说道：“这块腊肉是二头肉整的，比较肥。干脆拿一些来切成颗颗，合到一起炒椿尖，剩下的切成片片，扯点火葱来炒。”我这一安排，大家嘴上不说，脸上却堆满了高兴。于是，大家齐动手，忙乎起来。

一会，菜齐了，堪称丰盛。腊肉丁炒椿尖，腊肉片炒火葱头，米汤煮的萝卜丝汤撒了葱花，炒白菜薹，还有葱花拌煳海椒面。这是过年回来这么多天里，我们吃的最丰盛、最净棒的一顿饭。今日吃饭连往日雷打不动的要到桌上来搅和一下的孝娥，都没来凑热闹，更不要说其他人了。这般冷清让三个小伙感到有点奇怪。我告诉他们：“今天是惊蛰前的尾场，你们没看见，一路上都是赶场的人。牛栏门的、烂沟子的、格诗林的、风背岩的、水杨溪的，还有更远处的都要到旧场赶场。一路来的人多得很，好多是我们队上人家的亲戚或是老熟人，到我们土地坑歇脚，当然少不了要吃顿饭了。坎上牛大爷家、这边黑大爷家、三爷家的火铺上都坐满了人，都烧了腊肉待客。我刚才去扯火葱，三娘还要我给她也扯了一大把，恐怕也是用来炒腊肉的，都在忙着待客吃饭喽，串门的自然就少了。”

谷利是女生，年纪又大点，自然要细心些，更担心三个小伙些。一边吃饭一边把她从黑大娘那里学来的治饭之道，讲述给小伙子们听。三个小伙饶有兴趣地听着，不时提问，不时发出慨叹。这些治饭之道他们虽然从周家湾两个嫂子那里也听到一些，但那两个嫂子因阅历和理家不如黑大娘，故不可能有黑大娘讲得那样到位和办法多。我对三个小伙说道：“讲得再到位，办法再多，还是要靠自己去琢磨、体会和实践。像我们队上的余进友家，虽然黑大娘也教了他家很多方法，但他家就是难学会。三家田孙茂堂家就在许林榜家隔壁，天天在一起，许家怎么过日子，他家就是学不到。”我刚说完，三个小伙都笑起来，说我们也是学不会。谷利认真地说道：“学不会，也要学。你们今年不闹春荒，难保不闹秋荒。”三中不知是开玩笑还是没想那么多，竟然笑着说道：“慌哪样慌，到时候背起背篼到场上仓库买就是。”另两个小伙也随声附和道：“早把早的就心慌，有哪样意思嘛。”这三个小伙，没有什么阅历，还是比较单纯的，对度荒问题的认识，比起跟着黑大娘耳濡目染的年长些的哥哥姐姐还是显得幼稚些，考虑问题也不够周全。

此时，大家吃饭也吃得差不多了。我才问方初道：“现在是几月初几?”方初答：“阴历正月二十八，阳历三月嘿，好像是六号嘿还是八号?”我又问道：“你们这几个月去仓库买粮食没有?”三中答：“从队上分了粮食后，有几个月都没去买过，还想哪天总总一起买呢。”我被他一本正经的样子逗乐了，笑着刮了刮他鼻子，说道：“想得好是好，就是鼻子没长龛。”我接着又说道：“你们是不是还在做梦，哪里还有粮食在仓库等你们去买?你们怎么搞忘记了，国家只供应我们知青一年的商品粮。我们下乡都一年多了，哪里还会有商品粮食等到你们去买哦。从去年十一月底国家就不供应我们粮食了。从去年秋天我们参加生产队分粮食，就和农民一样了，都是点点猫（蜻蜓）吃尾巴，自家吃自家，吃生产队分的那点基本口粮和工分粮喽。”

我讲完后，发现三个小伙还愣在那里，似乎还没反应过来。谷利拍了拍谷林的肩膀，问道：“睡醒没有?想起来了没有?”三个小伙子才如梦初醒，一脸尴尬，都不好意思地笑了。方初说道：“老实的，怎么把这个都搞忘了。”三中说道：“难怪，头几回我们赶场，就没遇到我们大队的知青背背篼到仓库买粮食过。”谷林说道：“怎么搞的哦，现在才想起国家不供应粮食了，不晓得我们还有好多粮食。只怕真的是度得了春荒，度不了秋荒喽。”看着起先露出一脸茫然，继而露出愁容的三个小伙，谷利急忙安慰道：“现在想起还不迟。我们大家都给黑大娘当学生，从现在开始就计划用粮。有哪样怕的，天无绝人之路，人家过得我们也过得。”

我们准备继续再聊下去，只见彭洁娥提着个背篼从堂屋里走过来。一进灶房，就大声说道：“咦，几弟兄几姊妹，还热闹咦。我要到你们灶头上面的架棚杆上去拿东西，怕弄灰灰下来，你们把盆盆碗碗收拾下。”谷利和黎芝急忙收拾灶台上的锅瓢碗铲。我开玩笑问道：“拿哪样好东西?”彭洁娥抿嘴一笑，答道：“有哪样好东西，就是几块棕板子。”这时黑大爷吧嗒着烟杆过来了，接过彭洁娥的话说道：“那还是年前在坎下割棕割下来的，棕皮拿来和往年割下来的棕皮凑到一起，到小官村请人缝了一件蓑衣。棕板子就丢在你们架棚杆上了，现在肯定是干定形了。今天去赶场，随手把它拿到场上去卖了，多少得几个钱。”我说：“还是要抵好几多工分分的钱哦。”黑大爷说道：“那倒是，在我们这里只能抠这些鼻子屎吃。不然你到哪里去找盐巴钱、洋油（煤油）钱。”

他说完，低下头朝我们灶房里的房圈楼板下看了看，问道：“谷利，你们先前吃猪头、猪大骨的骨头些放到哪里去了?”谷利答道：“丢给大黄、灰二吃了。”黑大爷轻轻叹了口气，说道：“可惜了。我还说你们丢到这下边的，捡起来和我家那边的骨头放在一起，今天拿到场上去卖给商店。杂骨也是几分钱一斤哦。有个头二十斤杂骨也卖得到几角块把钱嘛。”

黑大爷见我们都在认真听，话匣子打开了。他站在灶房中对我们继续说道：“你们等下看，今天赶场的人，好多人手里头多少都拿得有点东西。像五倍子、吴萸子（吴茱萸）、糖罐（金樱子）、青杠籽这些七七八八的东西拿去卖，得点钱来买点盐巴、洋火（火柴）、洋油回来。像你们这样赶甩手场的不多哦。”三中半开玩笑地说道：“我没空手哦，我带了个打煤油的瓶子。”黑大爷忍不住笑了起来，说道：“你们手是空嘛，荷包头怕不空哦，总有几个打洋油的钱嘛。我晓得，这几个钱不是生产队分的，也不是你们自己找的，是从你们爹妈荷包头抠出来的。说句老实话，你们要真正在这里安家落户当农民嘛，不能总是从爹妈荷包头抠哦，要学到自己找才行嘛。”黑大爷沉默了一下，继续说道：“不过，要你们真正当农民也难喽，找饭吃都不容易，要找个钱嘛就更不容易了。我们嘿，几辈子都这样过来的，多少有点家底。我家坎下的棕树起码都有十几年了，那几年大办食堂、大炼钢铁，全得棕树不肯燃，才没遭砍掉。我家牛栏后边那几根吴萸树那几年还没得好大点，也就没遭砍喽，对门菜地边的两根白蜡树也是太小才保住的，要不然我们也没得哪样卖的。你们才来年把，就是光人一个，要用钱不靠到家里，靠得哪个嘛。不过你们也要学到想办法找钱哦。哪天给你们去找几根吴萸树和白蜡树秧，拿去栽到自留地边，几年就长起来了，你们就可以得点盐巴、洋油钱了嘛。日子总是得靠自己过下去的。”大家听了黑大爷的一席话，想到春荒秋荒，想到盐巴钱煤油钱，心里迷茫与恐惧交织，犹如一团乱麻，场面一下子冷清下来。

这时细嬢和素平嘻嘻哈哈地从巷子里走了进来，细嬢喊道：“谷利、黎芝，今天我们一路去赶场。”说着，她突然把脸凑到谷利耳边小声说起来。我见了，问道：“细嬢，说哪样悄悄话？有哪样好事怕我们晓得不是。”细嬢扭过头来对我说道：“没得哪样，就是点点小事，说出来怕你们笑。”谷利说：“是件好事，有哪样怕笑的嘛。我帮你说。”原来是去年秋天，细嬢和素平到山上去打猪草，看见山上有几大蓬糖罐（金樱子），糖罐长得一拽一拽（形容长得密集）的，红灿灿大个大个的，把她俩高兴得猪草也不打了，摘了一早上的糖罐，有满满一背篼。把它晒干了，今天要拿到商店换几个钱用。谷利说完，细嬢在一边捂着嘴笑，一边让素平从花背里拿出一个口袋，说道：

"你们看嘛，就这点东西。我们摘回来，以为把它晒干一下就可以了。还是水洋溪那个草药医生陆大哥，有天赶场天在我家歇脚，看到我晾在簸箕里的糖罐。他给我讲了，我才晓得刚弄回来的糖罐要先晒干，再放到箩篼里一阵子摇，一阵子撞，把糖罐上的刺全部撞下来，等糖罐成了光脖脖，还要晒，要晒干透了人家商店才收。"我从素平手中拿过口袋，掂了掂，大约有十多斤，然后把口袋还给素平。细嬢还在掩着嘴笑，说："你们说我们扫皮不?"我笑着调侃答道："扫哪样皮，一不偷，二不抢。自己劳动得来的，还是卖给国家商店，也算是支持国家建设嘛，哪个敢说扫皮。"站在旁边一直没吭声的素平听完，高兴地对谷利、黎芝说道："等拿到场上卖了钱，我们几个一个去买个发夹。细嬢说你们会选点，你们要去帮到选哦。"谷利说道："要得。发夹我们有的，你们买就行了。"黎芝接过去说道："细嬢，素平，你们俩的头发好，又有这么长，买几根橡皮筋来扎成辫子，一定好看。只是不晓得肖嬢商店有没有买的。管他的，今天先去看下，如果没有，我们下回进城再帮你们买。"

飞羊坡来的三个小伙这时也来插话了，三中说道："这个糖罐，我们后山逡板菁多的不是。你们现在上去看，干在枝枝上的都还有。"方初说道："是的，我们是看到钱都不会找。"谷林接着说道："我倒是看到刁林大嫂从坡上时不时打些回来，还以为是拿来吃到好耍的。没想到可以拿去卖钱嘞。"谷利笑了笑，有点遗憾地说："想不到钱都从我们身边跑了。"已在旁边好一阵没说话的黑大爷开口了，说道："当农民就是这样，怕哪样扫皮哦。找点钱不容易，随时都要目到（盯到，想到）。不要怕人家说是鸡脚杆上刮油，能刮到点油总比没得油好点嘛。找点算点，积少成多。就跟你们吃粮食一样，能节约点算一点，也是积少成多嘛。"

屋后坎上的坝子里明显热闹起来，一会我们灶房外的巷子里也响起一片嘈杂声。三家田伍芝林的老婆王美云背起背篼带着儿子，王治周老婆邓治月背着女儿，俩人大呼小叫地走进灶房来。一进灶房王美云就大声问道："这家人收拾好没得？赶场去嘛。"细嬢不等她再说什么，一把把她背的背篼拖了下来，问道："背些哪样好的？要去把商店的钱都拿完嘿。"王美云笑道："能卖到一点钱就算好的啦。有哪样好东西嘛，一点五倍子。去年东捡点，西捡点，凑起来弄干，怕二十斤都没得。"细嬢说："还说没得哪样好的，你这点东西要管好几块钱哟。"细嬢接着逗王美云的儿子说："强，等一下你妈有钱了，喊她给你买糖吃。"长着园园小胖脸的强，笑着直点头。邓治月的女儿一进门就要从花背里爬出来，伸着小手呀呀嚷着，要谷利、黎芝抱。邓治月把背篼放下，一手提着个口袋，一手把女儿从背篼里提出来，交给谷利，说道："让你去缠两个嬢嬢。"自己则提着口袋往黑大娘那边走去。一会儿，又提着口袋过来，轻声对王美云说道："黑大娘说就提到商店去卖算了，说我这荒瓜子卖相要差点，有些瓜子还太嫩，当种子也不大好。摆在场上卖，还不晓得有没有人要。就算有人买，价钱怕和商店也差不多，还要费工夫。比不得在城里，买的人多，可以卖个好点的价钱。"细嬢问道："邓治月，你拿的是哪样东西?"邓治月答道："荒瓜子。去年办酒时，从老荒瓜瓤瓤里理了些出来，后头自己吃荒瓜时，又理了点，都没舍得吃，凑了这几斤。管他的，拿去卖了得几个钱，可以称几斤盐巴回来噻。"我们的灶房简直都成了赶场的聚集之地喽。一会儿，许继娥姐妹俩和她们母亲覃义平也来到门口，许继娥和妹妹冬婵走了进来，覃义平见屋里人多，转身到对门余主任家去了。细嬢把许继娥拉到一边窃窃私语，许继娥一边听一边下意识地伸手摸了摸自己的头发的辫子。我猜，无非讲的也就是卖糖罐买发夹的事。这时我们灶房已经快人满为患了，从周家湾来的三个小伙坐在一旁，因和进来的人不大熟悉，既没参加聊天也没主动站起来和进来的人们打招呼。沉默着，既像在观察进来的人们，又像在思考什么 。

忽然一声"岩初哥"，终于打破了一群女人们叽叽喳喳一统天下的场面。随着话音习初走了进来，这习初和三个小伙中的两个一起当过伕子、一起冲过壳子，对这三个小伙显得自然熟。进来后就来到三个小伙旁边，掏出烟荷包拿出叶子烟，让三个小伙抽烟。因三人婉拒，习初只好把烟荷包收起。这个习初自从去年和我们一起给龙洞湾王治成家当伕子时，为像知青着装的样子学习，把包头的帕子摘下来后，就再也没有包过帕子了。

我问习初有什么东西要拿到场上卖，习初说："从屋后面那几根吴萸树上起起散散收了点吴萸子，陆陆续续晒干后就堆在那里，我爹等一下赶场要拿去卖给商店。"说完，习初抬头四处看了看，问许继娥道："许继娥，朗格干三哥没有过来?"冬婵抢着说："他吆牛到坡上去了。"正在逗邓治月女儿玩的谷利接着问道："怎么没有看见孙茂娟过来。"许继娥说："她呀，难逢难遇出来赶一回场。赶场从来都是孙茂堂。她只有待在屋头做事的份。"话刚说完，只听见巷子里有人说道："是哪个在说我的坏话？哪个说我不兴赶场呀。"我跟黎芝出门一看，原来是孙茂娟，后面还跟着一个陌生英俊小伙。我愣了一下，黎芝欲招呼孙茂娟进屋，孙茂娟略有点不好意思地说道："我有事要先走，不等你们了。”随后与那个小伙匆匆离去。进得屋来，我开玩笑问邓治月道：“王治周是不是也待在屋头做事？”邓治月把嘴巴一撇，说道：“他还有个不出来的，早就和伍芝林、许林榜、孙茂堂过来了，在牛大爷家吃烟去喽。这一阵怕是烟巴斗都烧红了。”这时巷子里响起一阵沉重的脚步声，只听孝娥高兴地喊道：“幺舅来了，幺舅来了。”我走到门边一看，原来是牛栏门幺舅王美良挑着两个麻袋来了，正在把担子放在余主任家阶沿坎上。余主任出来招呼道：“还没吃饭吧？赶紧进屋舀来吃。”幺舅擦了擦汗说：“要挑这么远的担子，不吃饭朗格得行嘛，早就吃过了。”我走出去，问道：“幺舅挑的哪样宝贝，看起来还不少呢。”幺舅又擦了擦汗说：“哪样宝贝。去年一入秋，你们幺舅娘就今天捡点，明天捡点，捡了这两麻袋青杠籽，放在屋头都好几个月了，早就干透了。今天得空，把它挑到商店卖了。”习初也跑了出来，说：“幺舅，你这担青杠籽怕有百多斤哦。”幺舅说：“百把斤倒是没得，怕有八十多斤。”习初又说：“要买好些钱呃，还可以兑点青杠籽酒啊。（当时买酒是要凭酒票的。为了鼓励人们把青杠籽卖给商店，凡把青杠籽卖给商店的人，商店就按卖青杠籽的多少，奖励一定的酒票。）”幺舅说：“习初，帮我挑一肩，哪天请你吃酒。”习初笑了笑，说道：“酒就不吃你的了，挑一肩可以。”这小子说干就干，走到阶沿坎边，两手一捧，就把担子放在肩上了，边走边说：“幺舅，你赶后来，我挑到场口等你。”见习初走了，我进屋叫上三个小伙，一起跟了上去。屋里说兴甚浓的女人们见状，也都跟着走了。没走几步，只听见进初在后面大声喊道：“等到，等到一路。”我们男的些停了下来。只见进初背了个背篼追了上来。背篼里背着几把猪鬃，几把猪蹄筋，一看就知道是年前牛大爷当屠夫帮人杀猪所得的。

赶场路上，打着空手的我们和进初一边走一边聊，三中说道：“今天的饭是吃安逸喽，只是不知哪天就没得饭吃了。”方初接着说道：“只怪我们平时没注意，今天才想起我们几个月前就没有商品粮吃了。”谷林也立马说道：“这回要和农民一样喽。”听了三个小伙的感慨，我不无伤感地说道：“是和农民一样，但又不一样啊。我们打煤油的钱都是从父母那里抠来的。我们都看到的，今天赶场，人家多多少少都拿得有点东西去卖。只有我们几个空手赶场，只用钱，却找不来钱。单凭这一点，我们就和农民不一样。”听我一席感慨，三个小伙都不吭声了。进初听了说道：“岩初哥，莫焦。哪天喊我爹帮你们找几根白蜡树来，栽在你们对门土边边，要不到几年就可以摘白蜡来卖了。”我答道：“要是要得，只怕是夹起螃蟹等火烧，要等到哪年哪月哦。”其实我心里想：“就那点自留地，把树栽在土边，树一长大，把阳光都遮住了，自留地里还能长哪样庄稼。这里的农民这种树都种在自家屋前屋后、坎上坎下。我们哪里有家，哪里有屋，哪有坎让我们种树？怎么能和农民们比啊。”进初见我有点不高兴的样子，忙安慰我道：“我爹说只要有饭吃，钱这个东西是有多多用，有少少用，没得就不用。”三中接着说道：“话是这样说，没得就不用。今天没有钱，煤油打不成，晚上只有打黑摸，盐巴买不成，吃菜就只有不放盐喽。”三中把进初戗得哑口无言。我觉得三中让进初有点难堪，为了打破这难堪的局面，就说道：“进初，我帮你背下背篼。”进初死活不肯，还说：“背这点东西，当打空手。”大家说着，聊着，不一会走到了牛心山。我让三个小伙子停下来，一起去看看土中的洋芋，进初听了，也要跟着去。种这块洋芋时我们是下了功夫的，底肥施得足，而且肥料质量高。所谓质量高，就是加了尿窖灰。站在土边就可以看见到洋芋苗长得齐而壮。进初说：“岩初哥，你们的洋芋比去年那番好多了。你们朗格都不会像习初家那样捡洋芋蛋吃的。”我听了，笑着说道：“今年我们倒不会有春荒，不会捡洋芋蛋吃。只是没得哪个说得准，以后会不会捡蛋。”随即，我对那三个小伙说道：“你们会不会捡蛋吃?”三个小伙相互看了看，一起不自信地答道：“应该会吧。”方初说道：“我们的洋芋也长得好。捡不捡蛋吃，还说不定，要回去把粮食盘点下才晓得。”我问他们，过春节回来这么多天，吃些哪样饭。三中说，还不就是吃那些，孔饭、甑子饭都在吃。我听了，说道：“你们应该看下周家那两家吃哪样饭，向人家学下。干脆过天把，让谷利到你们那里给你们煮顿饭，看看黑大娘是怎样教我们以菜代饭的。”这个话题太沉重了，一路上，大家没再讲什么，快步地汇入赶场的人流中，走进了旧场。

这里的乡场总有几个场期是最热闹的。如过春节前的腊月十八、腊月二十二，春节后惊蛰前的尾场。旧场乡脚宽，来赶场的人确实可以称得上是十里八乡的了。不但有相邻几个公社的赶场者，连县城及其周边公社也有不少赶场者来此赶场。来赶场者远的毕竟有几十里山路，所以旧场赶场依旧如古代所云是“日中为市”也就是很自然的了。这里人们把赶场人达到高潮的时刻称为场齐了，我们到达旧场时正是场刚齐的时候。原本就既不宽阔也不长的街道，此时已是人头攒动、摩肩接踵的了。沿街摆摊的多为卖自家生产的诸如白菜、萝卜、青菜等之类的蔬菜，以及播种在即的瓜豆菜种。买卖竹制用具和农具的大部分集中在场口之西。以猪为主的牲畜交易场地安排在东头小学操坝旁边的空地上。商店卖盐巴、卖煤油的代售点没有变动，仍在代销者的家门口，这两处也是热闹之处。原本说好在场口等其父亲的进初并没停留在场口，而是一直和我们在一起。在场口我们看见了守着青杠籽担子在等幺舅的习初。与习初打了招呼后，我们四人跟着进初在人流中穿行。

原以为进初会到商店肖嬢处卖所背的猪鬃和猪蹄筋，谁知跟着他，我们竟走到了片区办公楼前的坝子 。原本就不宽敞的坝子挤满了人，人声嘈杂但不十分喧哗。我们脚跟尚未站稳，牛大爷也来了，进初将背篼交给了他。牛大爷单肩挎着背篼，跟着背背篼或提着提篮、或提着口袋或挑着担子的人们朝着同一个方向排队缓缓前行。不多一会，跟在我们后面的女同胞队伍也到了，拿着各自要出售的东西也排在缓缓而行的队伍中。黑大爷也排着，也随着队伍缓缓前行。习初拖着一只口袋，跟着同样也拖着一只口袋的幺舅插到了队伍中的牛大爷后面。此时打空手的我们站在离队伍稍近的地方，一边好奇地观看，一边等待一起来卖东西的人们。我因好奇，想去看看排着队伍的人们在哪里卖东西，收货付款的流程是怎样的。于是我一个人往前挤到牛大爷身边，跟着他往前移动。等了一阵，我随着队伍来到了前面，只见四张大方桌拼成一个柜台。大家熟识的西场口的谢百录和他的妻子、儿子和媳妇正在柜台旁边称秤、收装物品、付款，忙个不停。牛大爷对我说："谢百录是商店请的代购员，人们卖给商店的东西都由他家先在这里收购，再交给商店。"说话间，排队的轮次已轮到牛大爷卖东西了。牛大爷和谢百录打了个招呼，就把猪鬃、猪蹄筋从背篼里拿出，分别放在桌上。计有八把猪鬃、六把蹄筋。谢百录拿起猪鬃，一把一把地仔细端详，然后将猪鬃分类拿起，对牛大爷说道："他牛大爷，这两把是头等，这三把是二等，剩下的这三把只能是等外喽。你看如何?"牛大爷笑着说道："这点猪鬃好哦，我在杀猪时都挑了又挑的。你看，一根杂色的都没有，黑黢黢、油光水滑的。看这样行不行？也不讲头等、二等、等外的，都算成二等算了，也少点啰唆。"谢百录也报以微笑说道："是喽，是喽，就依你的。"收完猪鬃，谢百录接着掂了掂蹄筋，同样笑着说："这几把蹄筋，管它三七二十一，都算成二等喽。"牛大爷当然也笑着说道："那是喽，你这个人情做得好。蹄筋笼共就是合格不合格两个等级。莫非我卖的蹄筋，你老哥子都要给个不合格不是。"说得谢百录都有点不好意思了，他赶紧说："只是和你开个玩笑嘛。你老哥子和我打过这么多年的交道，卖的蹄筋好孬，我心中有数。"于是赶紧称秤、付款。趁牛大爷在交货，我走过去看了看谢百录家人怎样收拾收购来的东西，未细看牛大爷卖的猪鬃、蹄筋怎么计价，一共卖了多少钱。原来谢家把收来的东西分类分别装入在桌子后面一字排开的若干个篾篓子里。这种篾篓有大半个人高，可以竖着折叠，人们称之为软篼子。收上来的猪鬃蹄筋，五倍子之类的中药材，杂骨、青杠籽等物品就装在软篼子内。棕片一类大宗点的东西放在地上堆起。少有的干果如白果核桃就装在麻袋里。也许是今天卖货的人多，谢家四人忙不过来，一会又有一男一女前来帮忙。卖完东西的牛大爷指着刚来的一男一女对我说道："那是谢二毛两口子来帮他哥的忙了。"跟着牛大爷，我回到在等我们的三个小伙子和进初处。牛大爷对进初说道："这个谢挨刀的，收我家的东西都想压级压价嘞。"我问牛大爷："当代购员有哪样要求？"牛大爷很不以为然地说："有哪样要求，这些人原来在场上做过收山货的生意，多少认得几个字，会打点算盘算点账。这些原来做生意的人后来没有生意做了，就和我们一样做活路。商店搞不赢的时候就喊他们帮个忙。场口帮着卖盐巴、洋油的王家、伍家也是做过生意的。只不过王家和伍家的叫作代销员，这谢家的叫代购员。要是商店哪天不要他们帮忙，要请另外的人做，他就员都不员了。"我又问道："收购东西的等级、价格是由商店定的吧？"牛大爷答道："那当然，等级和价格是由国家定的。不过具体到你卖的东西算哪个等级、值哪个价钱，还不是由他代购员说了算。一般人卖东西差不多过得去就算了，也没有哪个去争。你就是争，争半天也没得用，费时费力不说，还要怄气，不划算。谢百录和我都是老熟人了，对我还是比较客气的，过得去就算了，懒得和他争。他收东西还不是看人说话，不信，等你们幺舅过来，问下他，看他卖的青杠籽算几等。"一会，习初和幺舅一起过来了。牛大爷问道："王美良，你的青杠籽遭压级没得？"殊不知，王美良笑着答道："我没站拢去，是习初拖过去卖的。习初懂得起，嘴巴甜，一杆顶叶子烟递过去，一口一个谢大爷的喊吼了。两麻袋青杠籽随便看了一下，就算等内品过秤了。"牛大爷高兴地说："这还真正懂得起嘛。"只是不知牛大爷这句话是在骂谢百录还是在夸习初。

牛大爷看了看还在收购点排队的细嬢们，说道："走，我们到场上逛一下，我还要到猪市坝看看行情。"于是我们一行跟着他又汇入赶场的人流中。一会，黑大爷追了上来，我见他空着手，问道："黑大爷，你的稀篮背呢？"黑大爷答："交给你们细嬢了，反正她空着手的。"然后他略带愠色地对牛大爷说道："这个谢百录，还说我那点棕板子没有干定形。我说了他几句，这棕板子放在架棚杆上都快半年了，从没失过火，你还说没干定形，只怕是你拿到油榨房去榨都榨不出水来。他才算了。"牛大爷接着说道："这个谢百录，今天我是懒得和他认真得。依我原来的脾气，我硬要问他，凭哪样你说几级就是几级。好孬我都在商店帮忙搞过代销的。”没有等他们牢骚继续发下去，我问牛大爷道：“代购代销员的工钱开得高不?”黑大爷接过去说道：“你要说高也不高，一天全家都搭上，就得块把两块钱。当然，比干一天活路得到的工分分的钱还是多得多。”黑大爷的话还未落音，牛大爷神秘地对我们说道：“你怕他是看中商店发的这个工钱嘛。搞代购代销的，那点工钱对他们来说，算个哪样。”大家正在兴头上，急切想听牛大爷说个究竟。此时的牛大爷显然想卖个关子。他站住，要进初给他点上烟，不紧不愠地吧嗒了两口，笑着问道：“岩初，你看见没得?”我茫然地回答道：“我看见了谢百录一家在忙着收杂货。”牛大爷继续问：“你看见他们是朗格收的吧?”我木然地答道：“先定等级，然后称秤、收货、算钱、付款。就是这样噻。”牛大爷说道：“对头，就是这个样。你们不晓得，他们付的钱是从商店那里预支的。他收的货从不打码单，给钱就作数，最后凭货与商店结账。他们得的钱主要不是靠商店开的工钱，主要是在收货的等级评定和秤杆子上。你看到的，东西的等级不同，价格就不同。等级由他说了算，他收你的东西说是二等，他拿这个东西交到商店就可能变成一等，这个等级的差价就归他了。你也看到的，每次称秤，那个秤杆只有向上翘的，没有看见有平的，更没看见是往下塌的。你三斤的货，称来就是只有两斤九两或者还要少一点。如果你的货称来有三斤一两二两，他就会说，就算三斤好算账。你说哪个还会去和他争这一两二两的。收的货又多，最后交给商店的总要比他收的要多几斤。比如，猪鬃他出钱收了五十斤，实际他交给商店的就可能有五十二三斤。多出来的两三斤，那个钱还不是就归他了。你想啊，他家一天要收好多不同的货，一种货多的不讲，就算每种多两斤，像猪鬃、蹄筋、吴萸子、土硷、黄蜡、白蜡只要多一斤把两斤，这一斤把两斤得到的钱比一天的工钱不知要多好多。你说他是靠商店开的那点工钱还是靠哪样?”牛大爷说得兴起，也许是说累了，他索性把大家招呼到街道旁，据说是他干亲家的堂屋里，拖了几条板凳，让大家坐下喝口水，歇下脚，再到猪市坝去。我们几个听得过瘾，反正赶场也没什么事，巴不得听牛大爷讲。

牛大爷让黑大爷和他坐在一条板凳上，继续说道：“我和你们黑大爷原先也是爱在外面跑的人，场上人家户不多，哪家哪户是个哪回事，都清楚得很的。不说这些代销员、代购员，就是公社那些干部哪个怎样怎样也差不多清楚。”平时不太多话的黑大爷接过话头说道：“在乡下当这个泥巴佬，按理算是自己找来自己吃。生产队一年把国家粮食交齐了，应该就没有哪样事情来找你。一家人肚皮吃得饱，有点襟襟片片把该遮的地方遮到，饿不死、冷不死，就阿弥陀佛了。只是这样还不行了嘿，一年总要吃盐巴，总不能一年三百六十五天，天天打黑摸吧。一年的盐巴钱，打洋油的钱总是要用的，送人情也要钱了嘛。靠队里一年分的那两个钱，哪里够用喽，自己还得找两个活钱。这两个活钱到哪里去找？原先，山上的桐子树、桊子树是一家一户的，还可以收点桐籽、桊子卖两个钱，或者用桐籽换点桐油来点灯。现在这些都是队上的，桐籽、桊子收来要由队上统一交到商店去。”刚讲到这里，牛大爷插话说道：“这些桐籽、桊子，上面要求做个任务来完成的。”牛大爷说完，黑大爷又继续说道：“这样一来，桐油灯点不成了，必须得打点洋油来点灯喽。你们都晓得的，农村的夜饭摸黑吃，饭倒是不会塞到鼻孔里去，吃过饭还有好些活路要做嘛，像宰猪草，总不能摸黑吧，要不，手指头都宰没得了。买盐巴和打洋油要用钱，该送的人情总得要送吧，穿的衣裤再顾惜，也有遮不住人的时候。国家发得有布票，也要拿钱才扯得到布嘿。这些都要花钱，钱从哪里来，全靠自己打主意喽。喂点养牲畜，屋边土角、坎上坎下种点能卖的东西，见到能卖钱的东西都要收拾起来。到时候，就像今天一样，拿来换点钱。就是这样，还得担心平白无故遭这些代购员压级，受气看白眼。给你们讲，在我们这个乡旮旯当个农民都不容易啊，遭罪得很哦。”

两个老农民的一番话，对于我等来说，与其说有点醍醐灌顶，莫如说冷水浇头。牛大爷趁黑大爷说话缓口气喝水时，接着说：“找点钱不容易，按说有钱用该高兴吧，但用钱你也不一定高兴得起来。你们是还没有自己经过哪样事，没有钱就回家找爹妈要，没受过钱的卡难，不大在乎。我先给你们讲，等一下去买盐巴、打洋油，你们认真看，就会明白好些事情。才晓得找钱不容易，用钱也心里痛哦。商店的那两个代销员，也和那个谢百录一样，都是商店请的临时工。说是临时工，实际也干了好些年了。他们也不是单靠商店那点工钱。靠哪样？靠艺火，当然也要凭良心。代销盐巴的，商店调一百斤盐巴给你，到时候你就交一百斤盐巴的钱回去就对头了。论说，他从哪里得到好处嘛，莫非盐巴自己会长。”

此时，牛大爷看着大家笑了笑，继续说：“嗨，你还不要说，这盐巴就是还自己会长。那年，我在场上就在这屋里帮忙商店卖盐巴，也当了一回代销员嘞。当时，调了五麻袋盐巴让我卖。一麻袋一百斤，我卖了三麻袋多些，散场了，我拿起剩下的回商店交结。本来没打开的一整袋，按一百斤退回就行了。我到商店时，商店的人在忙别样去了，我就先把那个整袋抱到台秤上，还看了看台秤，结果我都不相信，有一百一十斤呃。就算去五斤皮，还多了五斤。我赶紧把剩下没卖完的那袋也抱上去堆起一起称，称完了交还给商店，那次我还赚了好些呃。回家后，我就想，这盐巴朗格会长呢？想来想去，那几天，天天毛风细雨的，湿气重，盐巴受潮了，重量就会增加嘍。就像我们农村的干谷子一样，天天毛风细雨的，不说放在外面，就是放在仓库也会受潮了嘛。盐巴嘍比干谷子还要容易受潮点，你们毛风细雨天看下灶头上的盐巴罐就晓得了。更何况卖盐巴的代销员还有个良心问题了嘛。你们都听说过‘分斤蚀两’吧，那是说称秤分东西，称秤的人开始稍微把秤称旺像点了，分的东西分到最后总会差一点。比如说，把十斤肉平均分给五个人，每人两斤。如果给前四个人称秤时称旺像了点，剩下的肯定没得两斤了，第五个人就得不到两斤，也许就只有一斤七八两了。这五个人分到的东西加起来就没有十斤，这就是分斤蚀两。这种事代销员当然是懂的，他给你来个反起整。他搞这个盐巴代销时，称秤时就不会把秤砣线正放在秤杆星星上的，右手提秤毫左手抹秤砣线，他从不把线正正中中地放在星星上，总是把线往秤毫这边靠。你们也是知道的，秤砣线有点粗，实际上这线只有三股的一股在星星上，另外两股靠在秤毫那边，让你看起来秤砣线好像是在星星上。就是你看出来不完全在星星上，就那么一点点歪，你也不好说得。这样下来，你一斤盐巴就会少个两三钱，这两三钱就是代销员名正言顺得的钱。一斤盐巴算他吃两钱，一场下来，要卖好几百斤盐巴，你说他要多得好些。你去买盐巴，用了钱，遇到这些事，你就高兴不起来了嘿。打洋油，代销员也有他的办法。打洋油的一斤提子、半斤提子是商店发给他的，大家没得哪样说的，但是打洋油的花样有的是。一斤提子咚的一声插到油桶里，猛地一下提起来，提子面上还在冒泡泡，他就把洋油倒进漏斗装到你的油壶里了。你看去一提是满满的，其实那面上是泡泡些了嘛。如果你说提子插下去微和点，他也会慢慢地把提子插下去，但提子猛地一下就提起来，你还没看清楚，提子里的油就倒到油壶里了。有的时候提子提起来，他手会发鸡爪疯，轻轻一抖，油还不是抖一些出来。你打一斤，还不是要少个两三钱。这些事不晓得还好点。你晓得了，就硬是觉得划不来，这不是让你花钱又买了个不高兴不是。说来说去，煸（玩）泥巴蛋这碗饭不好吃，泥巴杆子不好当，不光要苦得还要忍得。你们要学的、要做的还多得很。”此时，我发现，不光我们四个知青听呆了，习初、进初也听呆了。

说话间，黑大爷和牛大爷已经起身站起来，要去猪市坝看下。我们也正想了解一下猪市的情况，于是我们一行朝猪市坝走去。旧场的猪市坝在小学操场旁一块空地上，这里同样是热闹非凡，除了人声嘈杂外，还有压倒任何嘈杂声的此起彼伏的猪叫声。既有震耳欲聋似乎面对死亡恐惧的嚎叫，也有表达不满与愤怒的哀鸣狂叫。这里与场上其他场合有一个明显的不同，那就是男人多、女人少，成年人多、小孩少。据黑大爷说，早先这里逢场期，更热闹，不光有猪，还有牛、马、羊等大大小小的牲畜。再早先，这里主要是卖牛，猪都比较少，因而有不少年长的人还习惯性地称此处为牛市坝。

为了证明黑大爷此说不虚，牛大爷说："三家田那边你们林普大爷、伍老二爷，他们现在都还喊这里为牛市坝，不喊猪市坝。"今天猪市坝虽然卖猪的人不少，但卖的基本上都是猪崽。我们走进猪市坝，只见有一人刚到，把背的稀篮背放下，将装在背篼里的猪崽提了出来，此时这个猪崽发出狂叫。提出来的猪崽四脚刚着地，就想放脚狂奔，殊不知主人早已用草绳在其颈部与前脚间套了个活结，再想跑远也是无用的。最后以主人为圆心，草绳为半径猪崽叫着跑了几个圆圈，待累得口吐白沫，也就逐渐安静下来了。牛大爷见我们看得饶有兴趣，便边看边给我们介绍，说背来的猪崽刚刚放下，往往就会有买家过来，先站着看猪崽长相、毛色。再走近点蹲下来看看嘴筒子、耳朵、腰身、胯门、公母。看一阵后，如果还满意，买家和主人开始谈价。经过一番讨价还价，如果生意谈成，钞票结清，草绳易手。这时买家就会收拢草绳，把买来的猪崽抱进自家带来的背篼里，当然此时猪崽又会发出一阵震耳欲聋的叫声。也有的成交后，买家并不将猪崽放进背篼背着走，而是直接拖着猪崽走，这时人和猪崽往往也有一番较量，主人向东它向西，主人向西它向东，经一番吼叫、跳跃，最终猪崽都会不情愿地在草绳的牵引下跟着新主人走。我们边听牛大爷的介绍，边观看猪市坝的场景。牛大爷、黑大爷在猪市坝看了好几家猪崽，也和几个卖家交谈过，因不如意，两人都没买成。

我们四个知青和习初、进初也跟着在猪市上逛了几圈，我发现市场上很少有稍微大点的猪，即所谓架子猪，便问两位大爷是何故。牛大爷说道："年前该杀的猪都杀了，该调的都调了，圈里的架子猪就不多。在我们农村，有办法的人家，有个架子猪在圈头，要喂到明年过年，就能杀一头肥猪。没得办法的人家，如果有架子猪，这时也不会卖。土里的烂菜叶子和实在吃不赢的老菜帮子，洗碗的汤汤水水舍不得抛洒，就用来喂猪。再说架子猪也费不到好些粮食，无非就是喂一点苞谷头头菜菜襟襟的。这些人家就想多喂些日子，要卖也要到四五月再卖，就可以多卖几个钱。所以一般有架子猪的人家不是实在过不去，现在都不会拉出来卖。现在卖的这些猪崽，大都是年前生的，满双月了。有空圈的人家但凡有点闲钱，就会在这个时候买个回去喂起，以免家头的菜菜襟襟、汤汤水水的抛洒了。”听了牛大爷的话，我和周家湾的三个小伙议了议，是否也买个猪崽来喂。黑大爷听了，说道：“你们不要买小猪崽去喂，难得经悠（管理），再说你们一户人也少，没得好多汤汤水水要抛洒的。要喂的话，还是等到四五月，像去年那样，让你们三爷给你们到哪里相（物色）个六七十斤的架子猪。”牛大爷说道：“对头，还是等你们三爷到时候给你们作主，相个架子猪。不怕我是杀猪的，要说猪哪样吃口好、胯门宽、腰身好、肋条伸、长得开，都还是没有你们三爷搞得清楚、看得准。要说买牛、羊，那是三家田你们林普大爷在行。早先我家、你们黑大爷家都喂过沙牛（母牛），卖过牛崽的。”我问牛大爷：“你家喂的水沙牛（母水牛）下的那个水牯崽都有几岁了吧。”牛大爷笑笑说：“两岁多了，要是早先，都可能拿到牛市坝溜一下，估个价。现在都是队上的，是不会卖的。去年春上我给它穿了鼻，本来要三岁才教它铧土，这个水牯牛长得快，今年秋就可以试着教它铧土了。”

我们四个知青从来没有见过给牛穿鼻，只知道有一条绳索从牛鼻子里穿出。出于好奇，我问黑大爷道：“牛鼻子里是不是生来就有个洞，拿根绳子穿过去就行了。”黑大爷听了，忍不住笑道：“哪有那么撇脱（简单）。不管是给水牛还是黄牛，穿鼻都是麻烦事。牛太小不行，该长满的地方没长满，太大了也不行，人差不多拿不住它，穿鼻时按不住，麻烦就大喽。我们这里一般是等牛崽满一岁就要想办法给它穿鼻了。原先穿鼻兴看期程（选择吉日），正式穿鼻时还要回避四眼人（孕妇）和小姑娘，说是这些人看了牛穿鼻，这个牛就爱护鼻，要换牛鼻圈就不好换，现在倒是不兴这些了。穿牛鼻一个人是不得行的，至少要两个人，还必须要有一个人是穿过牛鼻的。穿牛鼻时，一个人一边用绳子套住牛崽颈子，把它拴在牛栏的横木上，一边摸牛崽的脑壳，还要摸牛额头和脸苞，让它安静下来。这时，另一个穿过牛鼻的人，就会伸手摸牛崽的两个鼻孔间的横隔，那里有块软骨，等摸准了，就用一根削得尖尖的薄细竹筒，往这块横隔上的软骨上一捅，捅出一个食指粗细的洞，再把一根棕绳从捅出的洞洞中穿过，把棕绳的两头结好，这个牛的牛鼻圈就安好了，穿牛鼻也就完成了。以后只要用一根绳子套在牛鼻圈上，再大再毛躁的牛，只要牵住这根绳子，它都会老老实实地听你话，犟都不敢犟，它怕痛噻。”听到这里，我们几个年轻人不由自主都笑了起来。谷林说道：

“难怪不得，平日听到喊牛跑了，牛跑了，就会有人喊抓到牛鼻子，抓到牛鼻子，原来是抓住套牛鼻圈的绳子。这一招果然厉害，让牛犟都犟不起来了。”三中说道：“原先只是觉得有点怪，哪个牛鼻子上都有个绳子圈套起，还不晓得是这样穿进去的。下次，周家那头黄牛崽穿鼻子时，一定要去好好看看。”进初见大家对说到牛时这么高兴，兴冲冲地对我说：“岩初哥，以后等你们有牛栏了，就把我家现在喂的这个水牯崽拿给你们喂。”我想了想，说：“好倒是好，就是不知哪年哪月才立得起牛栏。”习初对进初说：“你家那个水牯牛骟都没骟，要骟了才拉给他们喂。”牛大爷听了，笑道：“骟牛你们见过没得？”我如实答道：“晓得有那么回事，就是没见过。以前只看到过旋鸡（阉鸡）、劁猪。”牛大爷告诉我们道：“骟牛劁猪还有旋鸡都是一回事，只是骟牛阵仗大，要麻烦得多。”说到这里，牛大爷突然想起了什么，对进初说：“进初，你跟我到你保爷（干爹）家去一趟，不晓得他要找我们谈哪样事。”于是我们这一路人分成几摊，各办各的事去了。

牛大爷带着进初到他干亲家去，黑大爷到场上找中秋，习初仍跟着我们四个。这时我突然想起，今天赶场的主要任务是要买两个倒坛，于是赶紧对他们说：“走，跟我到商店买坛子去，你们顺便把煤油打了。”到打煤油处，遇见了后寨的李沛，小坪村的梁粉，李家坪的小龙，他们也是来打煤油的。三中打了煤油，我们与他们寒暄了几句后，就急匆匆地来到商店门口。这里虽然也热闹，但不及猪市坝和代购处、代销处热闹。我们几人挤了进去，一眼就看见谷利、黎芝和我们生产队的几个姑娘在一起，除谷利略显焦急外，其他几个姑娘均面带笑容。看到我们几个，谷利有点埋怨地对我说道：“你们到哪里去了？这么久都不过来，是不是搞忘记要买坛子了？我和黎芝身上带的钱不够，在等你，看能不能凑齐买坛子的钱。”我急忙掏出口袋里所有的钱，交给谷利。谷利清点了一下，到柜台前交了钱。柜台里正在给肖嬢帮忙的卫叔将两个坛子递了出来，我和谷利各拿了一个出了商店，习初抢过谷利手中的坛子自己拿着。谷利对细嬢说道：“细嬢，你的稀篮背不用了，借给我们背坛子。”说完，和细嬢到商店隔壁王家拿来稀篮背，我和习初把两个坛子放进背篼。稀篮背上正好有一根棕绳子，我用绳子把坛子刚固定好，习初就要背起走。却被方初扒到一边，说：“我来背。”说完不由分说地将背篼背起。我对谷利、黎芝说：“他们几个要远点，我和他们先走，你们几个后头来。”谷利问：“他们不吃晚饭啦？”三中笑道：“想是想，吃了晚饭得摸黑走，还是早点回去算了。”谷利说：“那就随你们了。反正过几天我要到你们那里去，帮你们盘点下粮食，看能不能想办法熬到秋收。”三个小伙一脸严肃地直点头。习初跟着我们往回走，时近黄昏，大家走得快，一会就走到和尚大丘。这里有一条向左沿沟坎直上周家湾的小路，比从我们那里走要近些。要和三个小伙分手了，我正要接过方初背的背篼，谁知却让习初抢先背到了他背上。分手后，他们三个向左回周家湾，我和习初向右回土地坑。

我和习初走在回土地坑路上，习初说：“方初哥，他们三个今天有点不大高兴呃，是为哪样嘛。”我说：“今天说到度春荒的事，他们怕遭饿，朗格高兴得起来嘛。”习初摆出一副老练的样子，说：“怕哪样怕，再怎么也要过。我家哪年不过春荒、秋荒？今年怕是要好过点，去年多分了几颗。他们万一不行，就像我家一样，到生产队仓上借点嘛。总不能憨遭饿噻。你说是不是？岩初哥。”我伸手轻轻拍了拍习初的肩膀说：“到老丈人家走了一趟，是不同些，像个要娶媳妇的大小伙了。”习初嘿嘿一笑，说道：“我还不是那个样子。这次我到桃符坝那边去，才晓得那边差我们这边差远了。大舅说有些人家怕是过了正月就要借粮食吃了，我们正、二月总还有吃的嘛。”我半开玩笑说道：“那当然，不然大舅怎么会说姑娘嫁到这边是从糠篼跳到米篼里噻。”这么一说，两人都不约而同地哈哈笑了起来。习初把稀篮背背到我们灶房放下，我解开背篼上的绳子，习初帮着把两个坛子从背篼里刚取出，黑大娘带着素珍就过来了。她提起一个坛子看了看，又提起另一个坛子也看了看，说道：“看样子，这两个坛子还周正，釉水都是走到了，怕是不会漏水。”停了一会，她又说：“习初，你到我家牛栏上找一点干定形的苞谷壳来。”习初应声而去了。我不明白黑大娘要苞谷壳来要干什么，就问道：“拿苞谷壳来干哪样？”黑大娘答道：“等一下你就晓得了。你现在去拿一个大点的盆子来，装半盆水在里头。”我立马照办。一会，习初拿了些干苞谷壳来了。黑大娘要我把灶膛里的火刨开，然后拿了几张苞谷壳，夹了一坨明火食放在苞谷壳上，用嘴一吹，苞谷壳立即冒烟，随即燃起了明火焰。黑大娘把燃烧着的苞谷壳一下子丢进一个坛子里，只见坛口冒出阵阵黑烟。少顷，黑大娘把坛子抱了起来，猛地一下，把坛口倒着插入盆子的水中。像变戏法一样，盆中水立即被坛子吸进不少（这里人们称为扯水）。黑大娘微微笑道：“哎哟，肯扯水，这个坛子好，得用，不会漏水。”将另一个坛子如法炮制，也同样如此。黑大娘笑着问道：“是哪个选的，会选嘞。”我说：“是商店肖嬢家卫叔提给我们的。”黑大娘说道：“那个卫同志，老脚手，选个坛坛罐罐、钵钵碗碗在行得很喽。”

我刚把坛子摆放好，灶房门开了，一下就走进来好几个人。一看，原来是和谷利、黎芝一起赶场的姑娘们回来了，紧随着孝娥、孝婵、冬娥几姐妹也进来了。细孃见状，将孝娥拖到一边，对着她耳朵嘀咕了几句，孝娥便带着两个妹妹乖乖地出去了。这时彭洁娥也过来了。黑大娘对两个女生说："这两个坛子比年前买来卜鲊肉的坛子还要大点，卜点萝卜丝、盐菜恰当得很。这下你们就用不着担心对门菜地里的青菜、萝卜不好收拾了。"细孃笑起来，大声说："黑嫂，你硬是把他们当成我们农村的人来对待咦。你是不是安起心要留他们在这里？"黑大娘笑着答道："这两个姑娘我不敢说，我朗格晓得二天人家在哪里找个人户。这岩初嚜，我是要把他留在这里的。他能走哪里去，除非去当上门女婿。我家进伦说过，当农民就当农民，我们这里地势好，只要会安排，好孬渣渣襟襟还吃得饱。上面喊扎根农村，岩初就扎根在土地坑嚜。我家那个挨刀的进伦还要说得笑人点，他说二天岩初哥的房子立在哪里，他就在他那房子的当头并排立一个房子。你们说，好耍不？"细孃瘪了瘪嘴，说道："黑嫂，我跟你打个睹，说不准哪天，他们三个都走了。"听见这些对话，我莫名其妙地感到有点惆怅，快紧打断她们的对话，说道："不讲了，不讲了。以后的事以后再说。"谷利也忙着对细孃说："孝娥她们三姊妹还在外面站着，好像是在等你。"细孃掩口笑道："我还忘记了，晓得她们在等我买的光饽饽糖（未包糖纸的一种硬糖）。"随即拉上许继娥俩姐妹出去了。习初见状，和我说了一声"岩初哥，如果今天晚上不下雨，明天一早我来喊你们，我们还是去弄柴。"说完，也回家去了。屋里安静下来，黑大娘对谷利、黎芝说道："明天就是惊蛰了，惊蛰一过，断断续续就要种下一番菜，对门自留地该腾的得腾出来。明天就等岩初去弄柴，你们留在屋头，我们一路到对门土头去收拾。好嘞，天都要黑了，该煮饭去喽。"说完，黑大娘往自家灶房走去，我们也忙着张罗晚饭。

地头大会趣事

正月二十八半夜一过，就该是正月二十九了。

凌晨，山风渐起，惊雷乍响，雨点骤下，打得屋瓦啪啪作响，一会雨停了。这雷阵雨来得急，去得快，正应了民谣“雷公先唱歌，下点都不多”。清晨，未等习初来喊，我拿上沙刀就去把他从床上叫了起来。今天赶了个早，柴弄回来比以往早些。把柴放下，走到我们灶房的巷子里，就听见余主任在说今天三家田的人要过来，先开会后再出工割土。我早饭一吃完就跑到习初家，把习初叫上，在他家院坝里开始改板子。名义上是我帮他，实则我也想趁此机会进一步学习和巩固改板子的手艺。我早先在申全家改过桷子，想来改板子的原理应该与其完全一样。板子无非比桷子宽点、厚点，改起来可能要费力些。因此，我改板子的动作比初学的习初显得自信自如点。改到一半，我刚觉得身上发热，习初已是满头大汗了。待一块板子改下来，我也满头大汗，习初则大汗淋漓了。接着我们开始改第二块板子。刚把画线的锯口打开，只见坎下的路上，三家田的人们陆陆续续过来了。我们只好停下，准备去开会出工。

如果论季节，应刚好走进仲春，气温仍低。所以三家田过来开会做活路的男人们到了土地坑的第一件事仍旧是找家火铺坐下抽烟。如果自己带了小烟杆，那就自家抽自家的；没有带烟杆的，往往是坐在火铺上向主人家借用大烟杆。这种大烟杆有三尺余长，烟斗大多是铜铸的，瓦亮瓦亮的。抽烟的人在烟斗里装好烟，把大烟斗伸到火塘边上，坐在火塘边的条凳上，背靠板壁，眯着眼睛，慢慢地吸一口，缓缓地吐出一口烟雾，完全自我陶醉在品烟之中。对于屋里的人们在说什么，好像听而不闻，一副气定神闲的样子，仿佛进入了世外桃源。在烟雾缭绕中，女人们往往是挤在主人家灶门前火塘边，边打鞋底边唠叨赶场买了什么、卖了哪样，吃的哪样，家长里短地聊着。我们灶房没有火铺，我又不抽烟，也没办法提供烟杆，因而成了姑娘们集中的地方。谷利、黎芝把灶门前火塘边的位置了让出来，长条凳上坐了四个姑娘，许继娥俩姐妹、孙茂娟，还有来凑热闹的素平。两个女生提了个长板凳，靠灶台横坐在火塘边，我坐在灶台后面的桌子边。不知什么时候，细孃和彭洁娥也摸了进来，一个把双手搭在谷利肩上，另一个把双手搭在黎芝肩上。这种场合主导者一般都是细孃。只听细孃说道："素平把你昨天买的发夹拿给孙茂娟看下，让她看下好看不？不要舍不得嘛。"素平红着脸答道："哪里舍不得嘛，是搞忘记拿出来了。"边说边掏出一个发夹来。孙茂娟接过来，拿到手中仔细地看了一会，说："素平，你干脆戴到脑壳上，让我们看看噻。"素平说："这么挤，朗格戴嘛。"许继娥把妹妹搂着，往后一仰，靠在板壁上，笑着说道："这下该宽啦，不挤了噻。快戴起来看看。"素平羞涩地把发夹别在了头上。孙茂娟惊喜地叫道："好看呢，下场赶场我也去买个。"细孃听了，说道："等你都去买噻，怕要等到你打发（结婚）那天喽。人家谷利给你买了一个。"话刚落声，谷利已将发夹别在了孙茂娟的头上。我们队上的姑娘原本平时要包头帕的，后来竟向谷利、黎芝学习，很少包头帕了。年轻小伙也向我学习，逐渐告别了包头帕。这恐怕是知青下乡给这里带来的变化之一吧，只是不知这个变化是好还是不好。乡下的姑娘确实是给点阳光就灿烂，原本就漂亮的孙茂娟，戴上发夹多了几分洋气，显得更加妩媚了，引得姑娘们一片嘘声。许继娥笑道："你们看，孙茂娟长得硬像个仙女哦。"姑娘们七嘴八舌高兴地议论着。习初和三家田的老幺姑伍芝华，还有中秋、进初不知怎么不约而同地来到我们灶房。这里顿时成了年轻人齐聚的地方。我心里暗自算了一下，队里十五岁以上的未婚青年，除了干三、孙茂堂，全都在这里了。

在嬉笑声中，突然听见牛大爷在外面坎上大声说道："这些人才怪嘞，一个二个吃起烟、吹起牛就下不了场，喊开会都喊不动。莫非就吃一天烟吹一天牛算了噻。"随后有一人吼起来，听声音显然是王治周，他吼道："一个二个是不像话。癞疙宝（癞蛤蟆）你夺一下，它还要扭一下，你们这些人夺一下扭都不扭。麻溜点，赶快到仓上去开会。"这王治周显然是在造乱子，开玩笑，当然没人理他。又一男人的声音响起："王治周你还得行哦，牛大爷在这里，你都敢筷子篼里插擂茶棒，充大的根。仓上的坝子正在风口上，冷得遭不住，朗格坐着开会噻。"这显然是许林榜的声音。我走到门外，正好牛大爷从坎上走了下来，王治周也跟了下来，到了我们灶房的巷子里。牛大爷挠了挠脑壳说："是喽，说是说开会，天这么冷，到哪里找个合适的地势嘞。"王治周这下正儿八经地出主意道："今天的人还算到得齐，牛大爷，你原来是安排割哪里的土？"牛大爷说道："我晓得今天做活路是做要要活路，做不到好些，就到对门老鸦山后面豺狗湾大土头绕下算了。"王治周说道："那好。这样，我找几个人先过去，弄点柴丫丫、干草荆荆的，生它两堆火。你后边把人些催起过来，大家围起边烤火边开会。开完会，大家麻溜点，一阵工夫就把那点土割完，正合适。"牛大爷想了想，说道："也是的，在哪家屋头都没得恰当的地方，三十几号人，莫说烤火，怕站都站不下。就依你说的。"牛大爷停了一下，又对王治周说道："你喊岩初、习初、孙茂堂他们几个和你一路过去把火生起。我随后就把人些催过去。"我听见牛大爷这一说，赶紧去灶房拿起镰刀，喊上习初、进初急忙走出门外，跟着王治周向豺狗湾方向走去。

一群年轻小伙到了地头，大家用镰刀把去年秋后残留在地里的苞谷秆、杂草风卷残云般地收集起来，在地上堆了两堆，然后又从周围土边把长了差不多有一年的刺蓬荆棘砍来堆在枯草堆上，再从旁边山林里拖来一些柏香丫、杉树丫，也堆在了草堆上。王治周依次将两堆火点上，草干柴干火呼啦啦地燃将起来。几个年轻小伙并没围在火堆边，而是有的跑进山林里找柴，有的在地里继续收集苞谷秆。在地里收集苞谷秆的王治周在离我不远处突然高喊一声"岩初，接到"，随即一个灰黄色的东西飞了过来，我拿出打篮球时接篮球的本事，将这东西一把接住，一看，是一个还带有苞谷壳的苞谷个个，显然是去年掰苞谷时的漏网之鱼。过了一会王治周拖着一些苞谷秆来到火堆边，手里也拿着一个带壳的苞谷个个。他见我把苞谷个个还拿在手中，就说道："还拿起干哪样？剥开来烧起嘿。"我这才反应过来，赶紧把苞谷壳剥开，露出黄灿灿的苞谷个个来。说老实话，烧嫩苞谷我算是有经验了，但这种干老苞谷个个却未烧过。我想，莫非要像在学校时把苞谷籽剥下来丢在火堆里炮苞谷泡吗？我拿着苞谷正犹豫不决时，王治周从我手中把苞谷一把拿了过去，说道："这种苞谷你没烧来吃过嘿，还不是和烧嫩苞谷一样的。"说着把两个苞谷都丢到火堆中，一会，苞谷在火中噼噼啪啪响起来，王治周用一根棒棒弯着腰刚把苞谷从火堆中刨出来，还没捡到，被突然伸来的一只手将其中一个捡走，王治周赶紧把另一个捡到手中，伸直腰，掰了一半给我。我认真一看，发现苞谷籽都烧开成了苞谷花。王治周四周看看，发现另一个苞谷在细孃手中。细孃扬了扬手中苞谷，大声说道："见者有份，莫非你还想吃独食嘿。"说着，将手中苞谷上的苞谷花剥了下来，分给了谷利、黎芝等女伴。王治周原本想开个玩笑，假装冒火讲几句，一见是细孃和一群姑娘，嘴巴动了动，没发出声来。我从王治周给我的半截苞谷上剥了几颗苞谷花下来，丢进嘴里一嚼，香香的、粉粉的，还有一股烟火味，剩下的苞谷花就被习初几个小伙一个分几颗吃了。这个苞谷在露天坝里有几个月了，难得还没有发芽生霉。实事求是地说，这个苞谷花没有晒干的苞谷籽炒的苞谷花好吃，也应是在情理之中吧。但在此时此景吃这种苞谷花，却别有一番风味。开会出工的人们显然在牛大爷的一再催促下慢慢腾腾地来了。来到的人们有的面向火堆烤脸，烤胸膛，烤前脚杆，有的背向火堆烤后脑勺、烤背、烤屁股蛋和脚后跟。几个年轻小伙成了弄柴添火工，在林中东窜西跳、乐此不疲。一会，习初不知从何处找到一大捧形如小红苕的东西来，将其掰断，里面白白的黏黏的，还有如藕丝一样的东西，进初告诉我这是黏口苕。习初将黏口苕悉数埋入火堆中的灰烬下，于是大家的注意力便集中于此了。大约过了半杆烟时分，习初、进初把埋在灰中的黏口苕扒出，分给周围的人们，我也得了一个。剥开皮咬一口，黏黏的、面面的，还略带点药香味，口感一点不输于刚才吃的苞谷花。正吃着，中秋提着一串干黑如干大刀豆荚状的东西过来，说："放牛的时候朗格没看到这窝岩巴豆嘞，可惜干了，吃不成啦。"

牛大爷来了，站在火堆边嘀咕道："硬是些皮瘟，一个二个的，请都请不动。"跟在牛大爷后面来的是几个属于大娘、大嫂级的妇女。直到这时，该到的人们终于都到齐了，都围到了火堆边。王家信看见习初嘴巴还在嚼着什么，说道："习初毛，你还得行咦，夜饭都得吃嘞。"习初指着余进友 王家信说道："进友嫂，你朗格不早点来嘛，进友哥都在打野食。你早点来嘿，就把他抓到了噻。"王家信嗔道："就你扎劲。"王美云对王家信说道："等一下，收拾他。"邓治月、彭洁娥两个嫂子辈随即附和。习初见人多势众的，就站到一边不吱声了。牛大爷见人来齐了，提高嗓门说道："我今天先说清楚，大家都晓得，按说过了大年就算把年过完了。过完大年，你们各家做自家的事也有一阵子了。弄柴的弄柴，打整自留地的打整自留地，我想各家各户该做的应该都做得差不多了吧。你们噻，硬是要把今天过了才算是把年过完了。你们看嘛，今天都二十九，大年过后都有十四天啦，队上都没正儿八经做哪样活路，这阵子大家做点活路绕都不认真绕。今天我要讲的是昨天夜里老天爷都响雷了，惊蛰一到，坡上、地头的虫虫些都动了起来，队里的活路也该真正动起来才行嘞。今天，做路活的人些都来齐了，从明天开始，队上的春耕、春种的也要开始了。明天就从和尚大丘河坎那边的半边山开始做起，抄土、铲土坎、挖边角、挖粪坑，大家都要早点出工，弄柴的不要走远了，就在近处找点枝枝丫丫、打几个圪蔸，打猪草的也就在附近薅几把算了。大家早点吃早饭，三家田的也早点过来。各家把牛喂饱点，明天队里的几架铧口一起上，争取几天就把我们这边的土抄完，接到就到三家田那边去。”说到这里，三家田的几个男人嘀咕了一阵，在伍芝林们的怂恿下，这回许林榜终于没忍得住，突然说道：“干脆我们三家田的四架铧口就负责抄三家田那边的，几天抄完，就过你们这边来帮到起抄。”听了这话，牛大爷正在犹豫，余主任却在另一火堆边发话了，说道：“又在讲分开干。农业学大寨的标语都还在那里贴起，哪个就敢说分开干？”爱凑热闹的习初嬉皮笑脸地对许林榜说道：“许林榜你想分开干，该拉来斗。”牛大爷对习初斥责道：“就你嘴巴多。”转而对三家田的几个说道：“还是一起过来做算了，慢是慢点，不犯政策才是大事。”从不多言的牛大娘，接着在一旁嘀咕道：“哪个喊分开干，二天公社喊办学习班，哪个就去。”许林榜一听急了，赶紧嚷道：“说错了，说错了。灰里写字一抹不算，就当放个屁。要斗就在生产队斗，不要弄我到公社去办学习班。”他这么一嚷，倒把大家都逗得笑了起来。覃义平在一旁，小声地埋怨伍芝林、王治周道：“就是你们几个，自己不说，就晓得支起瞎子跳岩。”王治周听了，说道：“明明是讲起好耍的，你怕哪个当真嘿。”许继娥在姑娘堆里，生气地说道：“就怪他自己嘴巴多，要不是大家维护到他，怕早就遭斗得要不得喽。”

牛大爷要大家安静下来，接着安排工作。他说道：“明天这边五架铧口和三家田的四架铧口都到半边山去。”他停了一下，问黑大爷道：“黑哥，这一季你抄土不？”黑大爷说：“朗格不抄嘞，中秋也大了，让他一边割土一边跟到我学铧土。明年春上，我家喂的那头黄牯就可以学铧土。到了秋上，中秋也有牛用了。”牛大爷默了一下，说道：“黑哥肯定要铧土，你们三爷倒是不会顶到起铧，他家的水沙牛怕是你们二爷用得多点。老幺牯（伍芝华）、进初、林普哥俩和伍老二哥就跟到女宾些割土算了。大家记到带几把大锄。习初、岩初你们两弟兄，要铧土又没得牛，安排做点哪样嘞？”他想了想说道：“你们两个明天也到半边山，拿把大锄，拿把薅锄，再带两个蔸篼，两根棰棒，把那几个粪坑该掏的掏了。恐怕那几个粪坑都要多起（挖）几层泥巴，第二天挑粪可以多装几挑。你们记到起，要用棰棒把坑坑的底底和周边捶紧扎，捶光生点，免得粪水漏得快。你们两个把半边山的粪坑整完也怕要几天工夫。”安排完我和习初的活路后，牛大爷继续对大家说道：“今年是隔年春，看样子，春脚还不是那么稳。你们看到起的，大枫香树还没有发青，恐怕种苞谷还得等几天。反正我们抓紧把该做的事都准备好，到种苞谷时，几天就把它种完。这些事我不讲了，反正大家都晓得。我就讲这些，看你们三爷还有哪样讲的不?”余主任咳了几声，清了清嗓子，说道：“我倒是没有哪样要多讲的。只是再扎服（叮嘱）一下，不要再讲分两边干的事。许林榜你不想遭斗，记住嘴巴要乖点。你怕嘴巴闭臭了，你就摆点儿龙门阵也可以。你自己也要搞清楚，有些事情你就是一点都不能讲。”余主任这一讲，气氛显得有点紧张，没有哪个斗许林榜，他自己倒是把头低了下来。余主任见了，急忙转到另一个话题，对大家说道：“下面我传达一下公社革委会昨天传达的精神。开年来县区社革委会都进行补台，原先县委、县人委的几个领导都补进县革委当领导了，原先区委、区政府的几个领导也补进区革委当领导了。我们公社大家都认得的旧场的谢国全副社长已补进公社革委会当副主任了，是不是管我们旧场片区还不晓得。这件事大家晓得就是嘍。反正大家要把活路做好，县里也好，区里也好，公社也好，不管哪里的领导下来检查工作，看见活路做得好，就高兴。说不准还表扬一下，让大家都梳个光光头，以后大家找领导有事，也好说话点。我们大队革委也要补台，公社牟书记说了，就补个知青代表，让上面也好了解知青工作。我们大队革委会考虑了一下，李家坪没有大队革委成员，就补李家坪生产队的知青周习维。我昨天赶场，征求了几个生产队的意见，大家都同意。去年我们大队在公社评了个先进，今年大家努力把活路做好点，争取再评个先进。先进倒是个名，但刚才讲的嘍，有时找公社办事好说话点，说点哪样也要有底气点些。就是年轻人谈媳妇腰杆也硬扎点。话说回来，主要是活路做好了，庄稼长得好，就多收得些，大家也可多分得点嘛。大家锅里多几颗，过日子心里也不慌。”

余主任讲完后，大家开始躁动起来，没等牛大爷宣布散会，几个爱开玩笑的小伙就用锄头边挖泥巴，边有意让泥巴高高落到火堆里，溅起点点火星、灰烬，逼得大家一哄而散。牛大爷一边骂一边高声说道：“各家回去还要看一下粪坑里头，该放水泡起的赶紧放点水泡起。早点把粪壳子戳破，把大渣滓捞起来，不然到挑粪时又扯皮。”一年中开头最重要的生产队大会就到此结束了。大家离开火堆，匆匆把土割完、土坎铲完。收拾家伙，收工嘍。

喂牛　马屎蛋

尽管生产队大会上牛大爷要求各家各户早吃饭早出工，但大家难改长期养成的习惯。仍然是天麻亮起床，先忙自家的事。弄柴的还是去牛栏门弄，打猪草的也绝不是薅几把就回家，收拾自留地的照样收拾，都不会那么忙着煮早饭，一切照旧。只是大家做事的节奏加快了些。今天早上，地上有点湿，习初没有像往常那样，站在坎上喊我弄柴，我也没准备去弄柴。我们三人一早拿上锄头、背篼忙着去打理对门自留地。此时的自留地，白菜地已腾空，萝卜地也腾出了一部分，今天还要继续腾萝卜地。青菜倒是一派欣欣向荣，只是头道菜薹已大可吃得了。由于空地不是连成一片的，而是呈插花状，所以根本无法牵牛动铧翻地，我们只能一锄一锄地挖。挖土也算是较重的体力活，挖了不一会全身就开始冒汗。三人挖了一阵，两个女生摘了一大抱青菜薹，扯了一背篼萝卜，回家做早饭和收拾摘下来的菜去了，我留下继续挖土。相邻的黑大娘家自留地，今天只来了黑大爷，也在埋头挖土。过了一阵，黑大娘背着背篼来了，她走到我们地头看了看地里的青菜。感慨地对我说："你们这点青菜经悠得好，够吃一阵子，能帮补你们好些粮食嘞。那天，我问孙茂娟她家的青菜长得好不，她说她家的青菜都差不多吃完了。你说都是一家三个人，有的就好，有的就孬。这个孙茂堂硬是教都教不会。我怕他们家不等苞谷种完就要到队里借粮食吃喽。"黑大娘又走到我们自留地与生产队土地相邻的土坎边，看了看长得极为茂盛的胡豆、豌豆，笑容满面地说道："这不多一点的豌豆胡豆，怕也要当几顿饭嘞。我家进伦硬是说得对头，你们读书人聪明，一教就会，朗格都饿不到。"我答道："还不是你一手一脚教的。"黑大娘不知想起了什么，快步离开了我们菜地，临走时，又扭过头来对我说："我只顾说话，搞忘记是来摘菜薹回家孔饭的。谷利们两个回去得早，这一阵只怕是菜薹饭都孔好喽。"听她这一说，我突然觉得饿了，赶紧挖了几锄，扛起锄头也回去了。

走到堰坎上，孝娥正赶着水牛在我前面往回走。我喊道："孝娥，你放的牛吃饱了？”孝娥回过头来对我说道：“岩初哥，你们才起来，我就把牛吆出来放的喽。你没看见？”她用手中使牛刷指着牛说：“你看嘛，肚皮上的气膛子都要平了，还怕没吃饱喽。我爹都说了的，今天要牵它去半边山铧土，要喂饱点。回家我爹还要丢点苞谷壳给它吃的。”我随手拿过孝娥手中的使牛刷，象征性地在牛屁股上抽了一下，牛屁颠屁颠地加快了脚步。回到灶房，黎芝笑着说道：“赶得早不如赶得巧，克膝头洗得好呃，正说去喊你，你就回来了。”闻着菜薹的香味，我急忙从皇桶里舀了瓢水洗了洗手，只见谷利已把饭舀好了。饭菜简单，青菜薹孔两糙饭，盐水煳海椒拌萝卜丝。汤很讲究——米汤。今天很特别，余主任家、黑大娘家早饭都没煮好，当然就没有人端碗来串门啦。我们坐定，正准备端碗吃饭，孝娥嬉笑着地跨进门来，她走到谷利身边，要谷利弯下腰来听她说悄悄话。虽然是悄悄话，我还是听见了。她说：“刚才我到我家灶房门口悄悄看了下，我妈还在沥米，不晓得哪阵才有饭吃。我饿了，要在你们这里吃。”谷利刮了一下她的鼻子，问道：“你来吃，冬娥、孝婵呢？”孝娥说道：“不要喊她们，早上她们又没做活路，不饿，都在火铺上耍。”说罢，不由分说，便把放在桌上的一碗饭端起就开吃。

我吃完饭，正准备收拾锄头、箢箕，忽然听见中华站到外面阶沿坎上，扯开嗓子高叫道：“伯伯，回来吃饭喽！”看来我们今天的早饭是吃得早了点，离队上出工恐怕还有较长的一段时间。两个女生洗完碗，收拾停当，继续收拾萝卜。她俩一个洗，一个削。我也知道，所谓收拾萝卜，无非就是把萝卜洗干净，擦成丝丝，放在簸箕里晾起，晾干了放在倒坛里卜。男生似乎天生有点不喜欢干诸如此类的家务事，我借口说道：“我今天不和你们割土，要和习初去淘粪坑。我去看看他准备得如何。”谷利和黎芝都笑了。黎芝说：“明明是不想收拾萝卜嘿，还要找借口，要走就走嘛。”我伸了伸舌头，做了个鬼脸，一溜烟地跑到习初家院坝去了。我走到习初家院坝，见外面无人，就喊了声：“国二爷，吃饭没有？”屋里习初应道：“岩初哥，进屋来吃饭。”我走到他家灶房门口，闻到了和我们早饭一样的孔菜薹饭的气味。习初看见我，从灶台后面旋过来，走到门口，要拉我进去吃饭。我把脑袋伸进门口看了看，问道：“国二爷呢？”习初答道：“在后边牛圈喂牛。”我又问：“早上我看见你把牛吆出去放的嘛？”习初又答道：“我爹说今天开铧，要让牛吃饱点，把牛吆回来，又要给它打个补尖。”我信步走到屋后，只见听见“噗、噗”几声，似乎是喷水的声音。走到牛圈，看见国二爷端着一个碗，正在擦嘴巴，他家的黄牛正悠闲的嚼着苞谷壳。我问道："国二爷，饭碗都端到牛圈里来了?"国二爷擦完嘴巴，捋了捋下巴上那几根不算很长却已花白的胡须，扬了扬手中的碗，指着黄牛笑了笑，说道："是哪样饭碗噢。要开铧了，想等它多少吃好点。又没得哪样好吃的，不像那几年，朗格都要拿点苞谷籽喂它。现在只有往苞谷壳上喷点盐巴水喽，让它吃起来多少有点味道，好多吃点。"我笑道："我晓得你最心疼你家黄牛，铧土、铧田都不准人家牵去用，硬要你自己用才放心。"这国二爷好久没有听见别人夸奖他了，听我这么一说，竟有点激动地说道："说是我心疼牛，这不假。我们种庄稼的哪个不心疼牛。"这时习初过来喊国二爷进屋吃饭。国二爷对我说道："一起进屋，再吃点。"我答道："我吃过了，我先下去。等哪天你得空，再来听你摆喂牛的龙门阵。"

这下国二爷高兴了，说："这个龙门阵我还真有点喽。"说完后，又拉着我说："进屋来，到灶门口坐起，我边吃饭边摆给你听。"他不由分说把我进拉屋，让我在灶门前的火塘边坐下。他接过习初给他盛好的一大碗苞谷面孔青菜薹饭，坐在灶台边狠狠地扒了几口，用力缓缓咽下肚子，说道："喷点盐巴水算个哪样，那是没得办法。你到我们这里时间也不算短了。牛你也用过的，只是你们自己没喂过牛。你看见哪个牛吃过一颗苞谷籽，吃过一点粮食?"

说到这里，国二爷似乎进入了美好的回忆，连饭也忘了吃，缓缓地说道："那几年，一开春，家家都要拿点苞谷籽出来喂牛吃，想把冬天掉的膘给它多少补点上来。春天一到，这个牛就要天天架起枷担，够它忙的了，不拿几颗粮食喂它不忍心啊。其实喂几颗苞谷籽，也不算是对牛好。小坪村生产队的孙茂昌对牛那才叫真正好呢。"国二爷怕我冷，要坐在灶门前火塘边的我把灶膛里火食再撮点出来倒进火塘，然后继续说道："那几年，他每年冬至一过，三天两头总要拿点苞谷籽给牛吃。给苞谷壳、谷草喷点淡盐巴水那更是常事了。开春后，隔天喂盆苞谷渣稀饭，这是斧头脑壳都敲不脱的事。一个冬天过去，他家的牛就没有掉过哪样膘，照样油光水滑的，硬是苍蝇都巴不住。那年城里头来了一个人，他喊幺爷，那个人问他，粮食盐巴你自己都要吃了嘛，你朗格舍得拿来喂牛呢?"国二爷端起饭碗看着我，有点卖弄关子地问我道："你猜他朗格说?"国二爷见我无语，就自问自答地笑着说道："他给那人说，幺爷，是我们要求它，又不是它要求我们了嘛。你不把它喂好点，到农忙时，它上不得坡，下不得田，庄稼朗格种得出来。庄稼种不出来，人哪里来吃的。你看起来是在给它吃，到头来，还不当是给自己吃。”国二爷扒了一口饭，又说道：“孙茂昌把他那个牛赶到田里头，把牛绳子往牛角上一盘，枷担往牛颈上一挂，用不着你手里头拿死牛刷，只要你吼一声‘上意’，那牛就跟到意头，一步一步走得飞快。你在牛后头捏着犁头把跟到起，连泥饼子都踩不赢。人家一天铧两担田，他要铧三担。他这个人哪样都好，人也大方，有些人差点哪样东西找他借，只要他有，盹都不打一下（毫不犹豫）就借给你。要是借他的牛来铧土、铧田嚜，那就难了。他明起说，光借牛不借，要借就人和牛一起借过去。他是不放心，怕人家把他的牛亏待了。”说到这里，国二爷深深叹了一口气，颇为无奈地说道：“都是那几年的事喽。牛是自己的，又有粮食。这些年人都差吃，哪里还有给牛吃的。再说牛都是队上的，又不是你自家的，哪个会好上心嘛。喂得好不好是凭良心，喂得好，队上不多给你两个工分。喂得不好，队上也不会少你两个工分。你看到的，一个冬天过了，哪家的牛不是像板栗球球一样毛伸伸的。话说回来，喷点盐巴水，牛多吃几口，也多几分力气。铧土铧田时气力大点，你自己也少淘点神。要不然它在意头上站起，你死牛刷子就是打断了，它最多就是蹬一下脚，朗格都不走。那你才是无奈哦。”国二爷长叹了一口气，继续吃饭。

听了国二爷的叙述，我不由得回想起生活紧张那几年，拾马屎中苞谷籽的情景。那时候县城与各区社的物资运输，除了背伕肩挑背驮外，县运输队的马车队承担了主要任务。当时，在我们心目中，赶马车是一个令人羡慕的职业。除了赶起马车来，马蹄声和马帮铃的响声让人感到威风外，主要是马车伕基本都是脸色健康、精神抖擞的，在饥饿的人群中显得很是有点特别。至于说马车伕们在山间小路上沐风栉雨，重车在上坡时，马车伕们往往要用皮带套肩与马一起用力上爬，下坡除了紧控刹车把外，还要用身躯体重抵着辕杆，防止马车下滑速度过快，导致车仰马翻等诸多辛苦，是当时的我们所不了解的。一日，我与两个小伙伴行走在马路上，马路上除了不尽的车辙、马蹄印外，还散落着不少马屎蛋。那时我们还是玩心颇重的调皮蛋。一路走来，一个嘴中一边高声念道：“马屎外面光，里面一包糖。”一边用脚尖一脚踹去，将一颗马屎蛋踢散。另一个则高声叫道：“马屎外面光，里面一包糠。”同样也用脚尖一脚踹去，将另一颗马屎蛋踢散。我左脚站定，抬起右脚正准备仿照两个小伙伴对马屎蛋也来个一脚踹，突然我们三个定格了，三双眼睛同时发亮，眼光同时盯住已经散开的湿润润、散糠糠的马屎。一下子我们三个不约而同地一起蹲到已经散开的马屎边，三双小手不约而同地伸向散开了的马屎。我手脚快点，从马屎中捡出一颗东西，拿到眼前一看，同时与两个小伙伴相视一笑，不约而同地说道："苞谷籽。"随后另一个小伙伴也捡到了一颗苞谷籽。三人站起准备再用脚尖踹向还没有被踢开的马屎蛋。这时身后响起一阵马蹄声，随后一个声音高声喊道："二毛，你们在干哪样?"我回头一看，原来是城东门算是我老表的邹大哥。他是县马车队的车伕。我嗫嚅着未开口，只是捏紧了拿着的苞谷籽。一个小伙伴小声地说："哪样都没做，在耍。"虽在说话，却将一只拳头捏紧，藏向了身后。另一个小伙伴则木然地站着。邹大哥满脸无奈地对我们说道："还说没有哪样，我都看清楚了。我的乖些，那个东西你们捡来干哪样？莫非还要弄来吃嘛。"我们三个你望望我，我看看你，既不否认也不承认，继续捏紧拳头站着。邹大哥叹了口气说："快点丢了。"我们三个听而不动，木瞪瞪地看着邹大哥。邹大哥见状，挠了挠脑壳，很警觉地朝马车后面看了看，又转过头四周看了看，确定周围无人后，伸手到马料袋里抓了把什么放进我衣袋里，又抓了两把分别装在两个小伙伴衣袋里。我们三人各自伸手到自己口袋摸了摸，会心地笑了，这才松开了紧捏着的拳头，让从马屎里捡出的苞谷籽从手中滑落到地上。邹大哥见了，露出笑脸，摸了摸我们三人的头，说：" 听话，快点回去。"我们感激地点了点头。邹大哥一扬鞭，马车继续前进了。我们三人目送着马车，直到听不见马蹄声和马帮铃声，才回过神来，又赶紧摸了摸自己的口袋，都高兴得蹦跳起来。一个对我说："你家邹大哥真好，好大方哦"另一个说："他哪里来这么多苞谷籽?"我不管他们说些什么，自顾自高兴地说道："管他的，快点回去找个火塘炮（读 páo）苞谷泡去。"找到火塘后，一人一把苞谷籽，通通用火炮成苞谷泡，让牙巴忙乎了好一阵子。这一顿苞谷泡在那时无异于打了一顿牙祭。第二天，我们三人又结伴来到马路上。可惜，这次没昨天幸运。虽然车辙蹄印依旧，仍有马屎散布道中，然而均已不成蛋状，不再有黄灿灿的苞谷籽，兴许别人已捷足先登了吧 。我们并不甘心，继续站在路边等。等了一阵，不说邹大哥的身影，甚至连马车也没见到一辆，我们只好失望而无趣地回去了。

就在我分神遐想的时刻，国二爷已吃完饭，点上烟，叼着烟杆来到灶门口和我一起坐在条凳上。我告诉他道："早先我晓得县里头的马车队，拉车的马和骡子都兴喂苞谷籽，不晓得牛也兴喂苞谷籽。"国二爷听了笑了起来，说道："古话说人与人不同，刺梨子不比花红。不说城里头的人与乡下的人不同，连城里的养牲都和乡下的养牲也不同。城里的马呀牛呀和农村的马呀牛呀是一样的，都是马都是牛，人家城里的马、牛国家要供应粮食，我们农村的马、牛哪个拿粮食供应你。好比你们，去年还勉强算城里人，国家每月有粮食供应。今年就不同了，你们不算城里人，没有粮食供应，和我们农民一样的，点点猫吃尾巴，只能是自家吃自家的喽。”习初和我听了都笑了起来。国二爷所说的城里牲畜粮食供应的情况，我曾经也模模糊糊的晓得一些，但不十分清楚。最近无意中翻阅了一些有关资料，才对该情况有了较详细的了解。据某县志记载：“……饲料的供应范围为：企事业单位运输用的马、牛和马厂、牛园，商业部门待屠宰及在途畜禽、科研部门搞实验或配种的良种畜禽，为国家提供禽畜的国营和集体场站……”“……对这些畜禽的粮食供应标准为：拉车的运输马，每头每日五斤。驮物资的马每日四斤，牛每日三斤。百斤以上的存栏肥猪，每日一斤，百斤以下的存栏猪每日半斤，鸡鸭每日每只二两，奶牛每头五斤……”

据此看来，国二爷发牢骚说不光城里人与乡下人不同，连城里的养牲和乡下的养牲也不同，并非毫无道理。见习初把碗筷锅灶收拾完了，我对他说：“我们两个淘粪坑，准备走吧。我那里没有棰棒，你这里有的话，记得带走。”习初拿起烟杆装上烟，一边吞云吐雾一边说道：“棰棒我这里有一根，去年队上整晒坝时用过的。淘粪坑忙哪样忙，还不是要等大家到齐了才一起走。你等一下看嘛，说是今天有九架铧口，有八架到了，只要有一架没到，都不会出工的。”见他如此说，我觉得再坐着等，也没多大意思。于是站起来，对习初说：“反正这阵子不出工，我们干脆去改板子，拉几锯算几锯。”习初当然高兴啦，二话没说，就与我到院坝里一起边改板子边等出工。

淘粪坑　话高山

牛大爷昨天要求大家早点吃饭早点出工的话还是多少起了点作用的。我和习初改板子，手脚刚拉活动，腰板刚舒展开，就听见有由远而近的叮叮当当的牛帮铃声。习初停下来，笑着说道："咦，今天人些是要来得早点嘞。"我说："那当然。昨天牛大爷特别讲了的。"话未落音，就听见孙茂堂在屋坎下大声喊道："是哪两个啊？还不快点去淘粪坑，还敢干私活，改板子。"说着，他把牵来的黄牛拴在路边的树干上，把铧口靠在坎边放着，自己也跑到习初家院坝来了。习初递了一卷裹好的叶子烟让孙茂堂点上。孙茂堂咬着烟杆说道："岩初，来，我们两兄弟来扯它几锯。"原本准备回去拿工具的我，只好拿起架势陪着孙茂堂又当起了改匠。不一会，许林榜、许林安两兄弟赶着他家的黑身黄脚的大骟牛（阉割过的牛）过来了，同样把牛拴在树干上，一起到习初家院坝里找火抽烟。习初总喜欢与许林榜开玩笑，许林榜刚点上烟，他就对许林榜说："今天是你当女宾还是干三哥当女宾？"许林榜有点难堪地笑着说："两弟兄只有一头牛，总不能拿个看到拿个铧嘫。当女宾又朗格，割土我也比她们快点。你还不是没得牛铧土，还不是要做的女宾活路。"习初说："那还是不同。我和岩初哥是去淘粪坑。要动锄头、菀篼，挖土撮泥巴，还要用锤棒捶土，好孬算半个泥水匠，不在女宾堆堆头。不像你，就在女宾堆堆头，看起来和女宾一样，不怕扫皮呃。"许林安听见习初开玩笑的这些话，把它当真了，着急地对许林榜说："哥，我去铧土，我朗格都不去割土，你去割土。"许林榜吼他道："就是经不起咚（怂恿，开玩笑）。美林二爷、伍老二爷、进初、中秋这些还不是男的，他们不是也割土嘛。"许林安犟劲上来了，根本不听他哥的吼叫，跑到路边树下把牛绳解开，扛起铧口就要往半边山走。许林榜见状，大声喊道："你慌哪样慌，和大家一起走不行嘛。你要铧土，铧就是，不要使闷性。冬天刚过去，你倒是身上长了几斤肉，这牛还没有上膘哦。你不要一天就拿死牛刷关照它的屁股蹬。大家放稍时，你好孬也放个稍，等它吃几口草。"原来，许林榜是担心许林安铧土不爱惜牛。许林安也不知听进许林榜的嘱咐没有，埋头牵着牛走了。不一会，王治周、伍芝林也都扛着铧口、赶着牛过来了，后面跟着三家田的大部队。国二爷把吃饱喝足了的牛牵出牛圈，扛着铧口准备出工。我急忙放下改锯，跑回家把工具拿了上来。这时牛大爷在自家院坝里大声吼道：“走喽！走喽！”随着他的吼声，全队人马开始向半边山进军，今年土地坑生产队春耕首战正式拉开了帷幕。九驾牛九个扶犁手走在队伍前面，九副牛帮铃和人们的嬉闹声奏响了春耕进行曲。我和习初紧随其后，再后面跟着一队准老头、老妈、中年妇女、年轻姑娘、半大小伙。虽然不足四十人，但行进在山路上，看着也是一大长溜，集体出工蔚为壮观。蜿蜒的队伍顺着蜿蜒的山路到达了劳动地点——半边山。九架牛在主人的牵引下来到了要开铧的地里。二爷和牛大爷用的是水牛，水牛体态大于黄牛，上坡下坎不如黄牛敏捷灵活，故他们的两架铧口在靠山脚边略为平坦的地里铧土，黄牛则往上到坡度比较陡的地方铧土。半边山的土实际上是去年秋收后曾经割过一次的，那时主要割的是地里的苞谷秆和长得较深的杂草，而地边土坎上的草则没动过。故一个秋冬过去，坎上的杂草长得又高又密，所以春耕开铧之前，需要把先把土坎上的杂草用镰刀割掉，还得用锄头将土坎边的所有杂草全部铲净。这次凡是土里牛铧不到的地方，都得用大锄将土挖翻来。因此此割土非彼割土，所需的劳动量要大得多。

我扛着一把大锄提起两个篼篼，习初扛着一把铲锄和一根棰棒，并拿了两把镰刀。我们一起来到半边山高处路边的一口去年种苞谷用过已弃用近一年的粪坑边，这个粪坑就是一个几乎完全被荒草淹没了的大土坑。到了粪坑边，我拿起一把镰刀准备割草，习初却制止我道：“不忙，等我再去问一下牛大爷，是不是要把坑坑再挖大点深点。”说完，一溜烟跑下山去了。我站着觉得有点无聊，又感到山风吹来的点点凉意，于是不管习初问的结果如何，干脆用镰刀开始割坑口周围已经长得很高的杂草。片刻，习初气喘吁吁地跑回来了，说：“牛大爷说了，用不着特意挖大。铲粪坑四周时，铲狠点，就把坑挖大了，再把粪坑底挖深尺把就可以了。这样一整噻，多装一二十担粪没问题。”说完，一步跳入坑中。这个坑确实不算浅，大约齐习初胸膛，再挖下尺把，就会深及颈部了。习初站在坑底，要我把镰刀递给他，他把从坑底能割到的草割下后，丢上来。我在坑口边，边割坑口周围的草，边把割下的所有草抱到路旁的空地上。没多大工夫，坑内及坑周围的草都割完了，堆了不小一堆。我递了两把锄头给习初，自己也跳进坑里。也还巧，坑里还刚好能容纳我们两人操作。我们同时用锄头铲坑壁，按照牛大爷的吩咐，我们下锄都比较狠，不但将草根连泥带土挖下，还将草根下面的泥巴也狠狠地铲下一层，坑自然就扩大了。坑周围铲下的泥土当然只能往下掉在坑的底部，要铲底部就得先将坑里所有铲下的泥土提到坑外才行。我们俩稍微缓了口气，准备进行下一步工作了。两人做了分工，我爬上坑口，站在上面，习初站在坑底，把泥巴掏进蔸篼里，然后将装满泥巴的蔸篼用力甩上，恰好落在坑口边，我负责将蔸篼的泥巴倒在旁边地里。待我在上面往地里倒泥巴时，习初又用另一只蔸篼往里掏泥巴，我则把空了的蔸篼再丢回到坑里。重复以上过程，当然是习初费力，我轻松喽。几个来回，我提出与习初交换一下，他却死活不肯，我只好由他了。一会，我身上开始热乎起来，而习初已是满脸通红冒大汗。他干脆脱掉外衣，光着两只膀子干活。这时我才发现，他穿的外衣就是一件灰蓝色的对襟衣，而内衣则是一件火汗褟（贴身小褂）。而我自己虽然外衣也是对襟衣，里面则穿了卫生衣、棉毛衫。我问习初平时冷不冷。他扶着锄头，笑了笑说道："像你们穿那么多，当然好喽。不过我们从小就是这样穿的，都习惯了。"说着，又将装有泥巴的一只蔸篼从坑里甩到了坑边。我倒完泥巴，将空蔸篼丢下坑去，这时习初抬起头来，问道："岩初哥，你看一下，山下边是不是在冒烟？"我往山下看了看，答道："是，有两处在冒烟。"我刚说完，习初一下子就从坑底爬将上来。他拿起外衣往身上一披，边走边说："你等一下，我去借个火就来。"我愣了一下，他已经跑下山去了。

我以为习初忘带火柴了，下山是想点火抽烟，哪知我还没反应过来，他已经含着点燃了的烟斗，手中拿着一根燃着的干柴跑上来了。一边跑一边得意地说："你怕要他们才兴烤火嘿。我们两弟兄还不是兴生个火来烤嘛。"说完，他把燃着的干柴往堆在土里的草堆里一插，然后趴在地上对着草堆用嘴吹了起来。在他的猛吹下，草堆很快冒出浓烟，紧接着就冒出火苗。随着火苗的升高，习初站了起来。他伸出手烤了烤手，又转过身子烤了烤背。随后拿着镰刀到旁边的地里割了一些干了的苞谷秆和杂草，堆在燃得旺旺的火堆上，火苗被暂时压小了一些，烟则更浓了。趁这暂时休息的机会，我问习初道："我来了这么久，朗格没看见过你和国二爷穿过一件棉衣？"习初迟疑了一下，说道："我长这么大，就是小时候我妈给我缝件棉衣穿过，是哪个时候，我都记不得了。"我问道："国家每年发给你们的布票、棉花票用得完不？"习初说："那些都是我爹在管，以前是朗格整的，我也不清楚。这两年我晓得，我爹请人拿去兑成了钱。朗格兑的，我也不晓得。听我爹说，还拿布票、棉花票兑过苞谷籽。我们农村人就晓得吃是大事，穿是淡事。”听了习初这一番话，我突然想起平时听到的“宁让眼睛流脓，不让嘴巴受穷”的说法。没让我多想，习初接着说道：“不过，爹说了，如果明年给我娶媳妇的话，这一年的布票就要留起，再找点钱，给那边两个老的一个做一身新衣。”停了一下，习初叹了口气，接着说：“人穷起来，做点哪样事都难。岩初哥，你是没试（尝）到过这个味道。那天，牛大爷和三爷在谈，要给你们立房子，到时候你就晓得锅儿是铁倒（铸）的了。”我打断他的话，说道：“立房子？立肚子哦。现在还在担心春荒、秋荒嘞，谈哪样立房子不立房子的事，那是在开玩笑的。”习初说：“是听到在说。管他们的，我都不相信你们会在这里长久住下去。”我把火堆捅了下，一阵火星火灰扬起老高。习初见了，说道：“懒去弄柴得，我们就把这点火烤完算了。”

歇了一阵，身上的汗水仍未干透，山风吹来，阵阵凉意让人有些坐不住了。往山下看去，两个火堆冒出的烟也变小了，估计下面的人些又开工了。我抢先跳进坑里，对习初说道：“我在下面掏泥巴，你留在上面。”就这样，我俩又干了一阵。只见牛大爷含着烟杆上来了。他看了看我俩掏坑的情况，说道：“你们还算做得快，今天这个粪坑整成器怕是要放早活路。”我答道：“底上的泥巴都铲得差不多了，正准备夯实。就是夯实捶平时，只有一根棰棒。得有一个人做，一个人看。”牛大爷听了没说话，拿起一把锄头看了看，放下，又拿起另一把锄头看了看。然后递给了习初，说：“习初，你把这把锄头的锄板子抖下来，这根锄把就可以当棰棒用噻。”习初接过锄头，拿起镰刀就要敲锄板子。牛大爷见状赶快制止道：“朗格下蛮力嘛。你先看看锄头上的卡子（卡在锄板和锄把之间的带槽的木块）是不是好的。如果是好的，你就只要用刀背把楔子（卡子和锄把间的木块）抖出来就得行了。”习初按照牛大爷的说法，很快就把锄板子取了下来，开始拿起锄把捶击粪坑边沿，我则在坑底用棰棒捶击坑底。牛大爷看了一会，就下山去了。牛大爷走后，习初神秘兮兮地对我说道：“他是怕我们偷懒，上来检查我们。”我笑道：“你还有点人小鬼大咦。”我们虽然嘴上说话，但手中的活路没有停。坑底、坑壁很快就被我们捶了个遍，只是还看得见捶痕，显得不是太光滑。我问习初还要捶不，会不会漏水。习初颇为自信地说道：“肯定没问题。这个坑是装粪，又不是装水。粪倒下去，就算有点缝缝漏水，粪渣都会把它塞满。就是漏，也漏不了好多的。头天装满粪，第二天，最多第三天就挑来种苞谷了，不怕。再说我们虽然捶得不是很光生，但还是捶严实了的，不会漏，你放心。”说完，习初伸头向山下看了看，回头对我说道：“今天这些人还要得，还没收工呃。”我说：“干脆我们去淘另一个粪坑。”习初说道：“这么积极干哪样，又不会多给你记两分。去年是我和许林榜来淘的粪坑，就是这个粪坑我们都淘了两天，也没给我们少记工分。干脆我去把火添起，我们边烤火边等收工。”话刚说完，他一把将我从坑底拉了上来，转身拿着镰刀一溜烟地到地里收集杂草，土边收集柴丫丫去了。我把锄板子重新斗在锄把上，把带来的工具收拾到一起，走到尚有余烬的火堆旁。这时，习初抱来了一大堆杂草和柴丫丫丢到火堆上。我趴在地上用力一吹，青烟袅袅，火苗再次蹿起。习初不再站着转动身体烤火，而是到路边搬了一磴大石头放到火堆旁，权当凳子，坐在上面抽烟烤火。我则把锄板子啄在地上，坐在锄把上烤火。

我们坐着烤火，开始漫无边际的聊天。习初问我道：“岩初哥，你还记得去年冲壳子的地方不？”我很认真地答道：“当然记得。平生第一次冲壳子，哪里会轻易就忘记嘞。”习初有点着急地说道：“我不是说冲壳子，是说冲壳子的那相（那幢）房子。”我略做思考，答道：“你说的是堆苞谷壳睡觉的那相房子吧，我想起来了。当时听王治成说生活紧张那几年，这房子的人差不多都没得了，只有一个小娃娃，不知抱到哪里去了。”习初听到我所说的话后，就接着说道：“给你讲嘛，年前我去桃符坝那边，给女方家送人情，就住在王治成的大舅家。这个大舅你认得的。”我应道：“当然认得，还晓得是你的媒人。”习初故弄玄虚地问道：“你说我在大舅家看见了哪个？”停了一会，并不需要我回答，他就像发布重大新闻一样地说道：“就是冲壳子那相房子抱到外面去的那个崽崽。”我听了，感到有点意外，说道：“都有十来年啦，这个崽崽都应该长成大人了。”习初急忙说道：“我这回是搞清楚了。这个崽崽就是王治成老婆的堂弟，和我同年的，长我月份，叫邹书明。你说巧不巧，我谈的那家，依起来和他也是家门中的，我喊他书明哥。”我开玩笑说：“这个邹书明该是你的舅老官（舅子）嘞。”说得习初笑了起来。他继续说道：“岩初哥，你晓得的，农村睡瞌睡的地方条件差，书明和我只能在大舅家楼上面铺了一个地铺睡，那一夜我们都没睡哪样，摆了好大一夜龙门阵。你要听不？我摆给你听。”在锄头把上坐了一会，屁股有点痛。我起身也搬来一磴石头放在火边，顺便往火堆里添了点柴丫丫，坐下后，忍不住好奇地问习初道：“这个书明到底抱到哪里去了？你摆来听下。”习初说道：“抱到栗园牦牛生产队去了。岩初哥，你晓得那个地方不？”我说：“那个地方我不但晓得，还在那里劳动了一个多月。”习初问：“那个地方安逸不？你朗格跑到那里去劳动了？”我答道：“安不安逸看你朗格说。那个地方在我们县里属于高山地区。原先人们说‘有女不嫁高高山，一年到头雾不干。一天两顿苗子饭（也称苗饭，苞谷饭），肚皮熠起火斑斑。’有办法的人户都不愿住在那里。后来，县里在那里办了个劳改农场，办了几年办不下去了，留了好些房子在那里。在学校的时候，学校贯彻‘五七’指示，把老师和同学都弄到那里办农场。去了一个多月，农场没办起来，大串联开始了，大家就下山串联去喽。”

停了一下，我问习初道：“这个书明是不是想下山回老家来？”习初此时一脸不屑地说道：“人家才不想回老家来嘞。”我又问道：“桃符坝不算平坝也算是半高山，总比那个高山地方好多了噻。他朗格不想回来呢？”习初嘿嘿地笑道：“岩初哥，不晓得你是朗格想的。哪个地方好不好，就看吃得饱不饱。书明哥说他们那里土地广，人烟稀。春上种苞谷打个窝窝，丢几颗苞谷籽，苞谷长起来，勤快点就去薅道草，不勤快，草都懒薅得。苞谷掰得了，你去掰就是了。虽说是苞谷不大个，小的就像鸡脑壳大。但土地广，收的个个多，一年除了交公粮，哪家分的粮食都比桃符坝多得多。”我故作深沉地说道：“那里还停留在刀耕火种、广种薄收的年代嘛。”习初才不管你深沉不深沉，继续对我说道：“那个书明哥讲起来你都不相信，他说他们那里的自留地是你自己想种好多就种好多，生产队主要就种点熟土，收点苞谷完公粮。”我打断他的话问道：“他们那里区革委、公社革委就没有派人去管他们？”习初说：“哪个去管他哦，人家说那里叫作‘哪样天哪样远’。”我笑着说道：“叫作‘天高皇帝远’。”习初说道：“对头，对头。书明哥说他们那里是天高皇帝远。他到那里都十来年了，连那些干部的毛毛都没见过一根。他见过的最大的官就是催交公粮的大队干部。”我笑着说：“你是不是有点吹牛了。他总要赶场买盐巴、打煤油，总要卖点东西找点活钱用吧，还要调猪给商店噻。哪里会公社干部都没见过。”习初赶紧申辩道：“是我没讲清楚。书明哥的意思是这十来年没有一个公社干部到过他们家住的生产队。”我笑道：“这还差不多。那个地方我晓得，一个院子几家人，周围一二十里难得再有人家，白天走好远人都不看到一个。晚上豺狗叫起来让人毛骨悚然，汗毛立起就不下来。”尽管我有点夸张，但习初却仍带着羡慕的口气说道：“书明哥在那里好得很呃，他和我同年的，人家都成家了，娃儿都有好几个月了。”说完，习初沉思了一会，说道：“好就好在粮食多。粮食多，一是吃得饱；

二是办点事心不虚。岩初哥，只要有吃的，就是顿顿都吃苗饭又朗格，只要让我吃饱了，我就高兴。”我开玩笑说道：“那你干脆到那里当上门女婿算了。”习初听了，不但不生气，反而引出更多的话。他说道：“岩初哥，你不晓得。书明哥说，那个地方饿饭那几年，跑到那上面找饭吃的人还不少哦。说是有我们县的，还有外面省跑来的。来的人是女人多，在那里吃了苞谷饭就不走了。你说是有女不嫁高高山，人家还是自家跑起去的呃。有的是一个人跑去的，也有的是拖娃带崽去的。不过，书明哥说，这些人也是遭罪得很。这些跑来的人，有的找个本地人成了家，在这里倒是吃饱了，原先家里头的人她又挂欠到的。两三年生活紧张过了，在这里虽然崽崽也生了，有的还是带起崽崽跑回去了，这边的人干帮补她几年，连崽崽都没给留个。有的倒是把崽崽留下自己跑回去了，这边的人只好当爹又当妈，现在崽崽都八九岁了，还不晓得自家妈是哪个样子。书明哥还告诉我，他们院子里就有两家是这样子的。书明哥这回回来，一个是看下这些年来，这边还有哪些亲人，一个是打听下，看有人要买他的那相房子不。大舅给他说，大家肚皮都吃不饱，哪个还来买房子。”说到此，习初叹了口气又说：“去年的人情倒是三爷们帮忙解决了，今年不晓得打得起主意不。打不起主意，明年这个亲怕不一定结得成嘞。”我只好安慰他道：“有大家帮忙，应该不会有哪样问题。我反正是准备明年再去冲一次壳子哦。”说得习初笑了起来。习初站起来往下一看，说小路上有人往回走了。我们忙挖些泥巴把火塝上，收拾东西下山收工了。

腊猪脚 蕨薹

门前的大枫香树真是太懂得节令了，惊蛰后春分前，新芽刚匆匆绽开，紧接着就绿满枝头了。在我们生产队，这棵大枫香树是人们下种苞谷的信息树。大家都知道大枫香树绿了，苞谷就该下种了。和往年一样，在生产队紧锣密鼓地铧土犁地挑粪准备种苞谷时，各家各户自留地的苞谷已经悄然种完。我们对门自留地的苞谷和黑大娘家的是同一天下种的。虽然用肥仍然是挑余主任家牛圈坑里的，但由于我们去年喂猪的圈就在牛圈隔壁，猪粪尿自然就落入同一粪坑中，所以今年我们种苞谷的肥料质量还是高多了，今年的苞谷一定比去年好。杨家屋基的自留地因种有胡豆，此时的胡豆尚未完全成熟，要种苞谷，就只得把苞谷套种在胡豆行间，这比在对门自留地下种要费时费工多了。在胡豆行间套种苞谷，打窝窝不能大刀阔斧地用锄头挖，怕挖到胡豆，只有分开胡豆枝叶，看清楚不会挖到胡豆时再下锄。下底肥也不能痛痛快快地提起粪桶舀起粪来一瓢半瓢地倒入窝窝中，只能将粪桶提放在胡豆行行的地头，舀一瓢倒两三窝，再拿着空粪瓢走到地头的粪桶里舀一瓢，又走进胡豆行间再倒两三窝，要往返多次一桶粪才用完。种自留地这几天不需要有人催，鸡叫三遍，天刚亮，人们就下地劳作了。虽然大家只能利用早饭前的时间打理自留地，但自己替自己干，劳动效率比在生产队干活不知高出多少倍。来到广阔天地是第三个年头有十几个月了，才知道这里的农村虽然也和其他地方一样，说是“公鸡报晓”，但如果有人说鸡叫就天亮了，人们一定会不以为然。这里的人常说的是鸡叫三遍天才亮。农忙时节，农村人没有钟表，只能是按照鸡叫几遍来估计早上的时间安排工作。大致情况是鸡叫头遍女主人起床，将灶膛火刨开，舀水渗锅，然后回房睡复觉。鸡叫二遍，大人们开始起床收拾，为一天的劳作做准备。鸡叫三遍，天基本亮了，大人们会把放牛娃催起来，把牛圈里的牛追出去放，然后大家各就其位各行其责。所谓半夜鸡叫下地干活，在这里很难说得通。一是第一遍鸡叫，天还黑黢黢的，伸手难见五指，看不见干活。二是能干活时，天已亮，鸡已叫过三遍，而非半夜。有资料云：夜半是子时，又名子夜，在东部，大约就是晚上十一点到凌晨一点。鸡叫第一遍的时间大约是凌晨零点三十分到一点，鸡叫每次间隔大约一个半小时，叫第三遍时，就快天亮了。由于时差，依此推算，在我们西部，鸡叫头遍大约是一点半到两点；第二遍大约是三点半到四点；第三遍就应是五点半到六点了。

生产队地里的苞谷是在各家自留地的苞谷基本种完才开始种的，待队里的苞谷全部下种完毕时，自留地里的苞谷已经发芽出土了。屈指算来，从惊蛰经春分到清明，也就三十天的光景，人们既要忙着干自留地的活，又要忙着干生产队的活，还要精打细算过日子。今年的我们与去年的我们感受之不同，恐怕只有我们自己才清楚。去年每月有固定的粮食供应，巧安排基本能果腹，至多月底亏欠几天，但可以到仓库提前买下月粮食以度月荒。今年不同了，我们吃的粮食是生产队分的。谷子装在我做床用的挞斗里，要碾米时，用撮箕撮了一担谷子送到碾坊，满满一挞斗谷子眼看就少了一大截。每撮一次心里就要抽搐一次，盘算一次，算一下剩下的谷子还够碾几次？问一下自己这粮食能撑到秋收吗？我们的苞谷因盛装的器具不够，因而只能将自留地收的苞谷个个扎成苞谷提子，大约有十五六提，挂在我睡觉厢房的楼辐梁上，上面用一张废弃的敞席盖着。待要推苞谷面时，就取一两提下来，将苞谷籽抹下来推就行了。刚收完苞谷时，躺在床上，看着排列成两行的苞谷提子，心里甚为踏实。推了几次苞谷面后，躺在床上，看着渐渐减少的苞谷提子、逐渐空荡的楼辐梁，往往会莫名其妙地产生一种恐惧，总担心剩下的苞谷不能吃到新苞谷出来。去年对饥饿的恐惧虽有所感受，但并不强烈，毕竟有国家供应的粮食作后盾。今年对饥饿的恐惧感就十分强烈而现实。这三十天，地里的产出已日渐稀少，白菜没有了，吃不成了白菜稀饭。早青菜也没有了，吃不成菜薹孔饭。萝卜没有了，当然也吃不成萝卜丝孔饭。菜类少了，粮食又不敢放开吃，因担心春荒过后还有秋荒。幸好我们地里还有迟青菜，还有绕着地边所种的火葱，吃迟青菜孔饭是常事。除此之外黑大娘教我们卜的坛子菜也发挥了作用，老酸菜孔饭、萝卜丝蒸饭常出现在我们的餐桌上，火葱煮稀饭也担起了晚餐下苞谷泡的重要角色。真希望这些吃法能让我们接上此时正在饱米的胡豆、豌豆和洋芋，让我们能安然度过春荒。

今年和去年一样，队上种苞谷也是在三家田桐子湾收尾结束的。队上考虑大家这一段时间种苞谷忙，应该给点时间让大家料理家里的事，让大家该稍微放松放松吧。今天收工时，牛大爷和余主任商量后，罕见地宣布明天不出工，让大家自行安排。于是乎在收工回家的路上，大家谈得多的话题是去弄柴，打些猪草，收拾下自留地，或者到哪里人户去走动一下。谷利和我商量了下，觉得该去周家湾看看三个小伙子，去看看他们生活如何，还有多少粮食能吃到什么时候。于是与黎芝商量，决定明天我们三个早点起来，一天亮就出发到周家湾去。周家湾属于半高山地区，苞谷下种比我们这里晚，这时节还不知道种完一半没有。如果我们去晚了，他们已出工，我们就白跑了一趟。我们商量好，明天一早去看了他们后，再回来煮早饭吃。第二天我早上起床一想，去他们那里能看一下就走吗？能不吃饭吗？说不定还有其他事嘞。想到他们分的那点粮食，确实不忍心在那里吃。左右为难，于是把自己想法告诉了两个女生。黎芝说道："前几天才碾了米的，干脆给他们拿点去。"听黎芝这么一说，谷利和我自然无二话可说。赶紧找了个布口袋装了十来斤米，我扛在肩上，两个女生还顺便抓了一些坛里卜的菜一并带上，三人一起往周家湾出发了。到了周家湾竹林旁边田边小道上，却见周家和王家的两条大狗向我们奔来，谷利吓得本欲大叫，突然发现两条狗的狗尾甩得甚欢，只是哼哼地，一点也不狂吠，这两条狗分明是认识我们，把我们和三个小伙子都看成是它们的朋友。见此状，谷利没有叫出声来。我们放心大胆地向周家院坝走去。正走着，这两条大狗突然离开了我们，向周家屋里狂奔而去。不一会，谷林、三中跟在两条狗后面，朝我们迎了上来。原来因出工要比以往早，三中、方初早晨上收拾自留地，谷林则到逡板箐摘蕨薹，刚刚三人才回到家中，正在忙着煮早饭。走到周家房子吞口后，两个女生向左直接走进了他们煮饭之处。我则先到右边小二间向圣年大爷报到、请安，并向习林大哥一家问好。然后穿过堂屋来到习堂二哥家灶房，也是三个小伙子煮饭的地方。一进灶房，见二嫂和弟都在忙着煮饭，只是觉得气氛有些不对。灶台边谷利一脸不高兴，黎芝在旁有点不知所措。谷林和三中憨不愣登地站在灶门前的火塘边。看着紧张的气氛，我把谷利悄悄地叫到灶房外，问道："发生什么事了？"一脸不高兴的谷利说道："你去看看他们吃的哪样饭。"我走进灶房，二嫂正好有事出去了。我走到弟的身边，他正在用锅铲搅动着锅里冒着泡的苞谷面稀饭。我走出来对谷利说道："他们还懂事嘛，都知道干稀搭配。你生哪门子气。好容易来一次，有哪样事以后再说嘛。"我把谷利劝进灶房，谷利虽不高兴，还是走到灶门口帮忙添火。我笑着对三个小伙说道："我们来蹭饭吃哦，你们不欢迎？"方初笑了笑，不说话。谷林和三中也不说话，忙着去准备碗筷，紧张气氛终于有所缓和。我走到灶台边，伸手拿过弟手中的锅铲，到锅里搅动，谁知竟然搅起来几坨褐黄色的东西。仔细一看，简直匪夷所思，竟然是几坨腊猪脚。我懵了，吃过腊猪脚炖萝卜、腊猪脚炖阴苞谷籽、腊猪脚炖干笋子，虽然没见过却听说过腊猪脚可以炖白豆、炖海带、炖黄豆，就是没有见过也没听说过腊猪脚煮苞谷面稀饭。我再次用铲子在锅里认真搅拌，发现猪脚坨还不少，足足有十多坨，既有猪蹄又有膀子，显然炖的是一整只猪脚。谷利见我并未对三个小伙说什么，有点着急，于是对坐在灶门前的谷林说："让你们好好安排自己的生活，平时多吃点菜，节约点粮食，不然春荒、秋荒够你们受的。你们倒好，不吃菜饭不说，还糟蹋猪脚杆。"说话间，我弟从我手中拿过铲子，在水缸里舀了一大瓢水渗进锅中，显然有点不高兴地对谷林说道："把火加大点，管他哪样，先把这顿饭煮来吃了再说。"边说边用铲子搅动锅中被水冲淡了的稀饭。待稀饭又开始冒泡时，方初对三中说："再去撮碗苞谷面来。"三中起身拿了一个青边菜豌，我随手把带来的装有米的口袋交给了他，他提着袋子、拿着碗跑了出去。不一会端来一碗苞谷面交给方初，方初把苞谷面倒入锅中不停地搅动。一会，满锅咕噜咕噜地冒起金黄色的大泡，腊猪脚坨坨也随着大泡翻腾起舞，灶房里充满了苞谷和腊猪脚的香味。突然间，一股淡淡的青菜焦煳的气味混入香味中。方初一愣，对谷林说："快点，把二嫂灶孔里的火全部撤上。"随即顺手打开中间灶眼上的三水锅毛盖一看，说道："好险啊，差点咦。还好没有糊。"原来中间锅里是二嫂孔的青菜苞谷面饭。方初随即对谷林说道："你站到阶沿坎上喊一下二嫂，他们的饭熟了。"谷林立即起身跑出去，站在阶沿坎上大喊起来。过了一会，周习堂（二哥）和他的儿子书友，还有背着一岁多小孩的二嫂全都回到灶房。灶房顿时显得拥挤起来。见状，三中和谷林赶紧把我们三人带到堂屋的方桌边坐下，准备吃饭。过了一会，方初将一大碗酸菜拌折耳根放在桌上，三中进灶房把准备好的碗筷拿来，谷林端来一大盆热气腾腾的腊猪脚苞谷面稀饭。眼见要吃饭了，在香气扑鼻的腊猪脚炖苞谷面稀饭面前，谷利仍高兴不起来。

不一会，周习堂端着一大碗青菜饭过来了，方桌边本来就可坐八个人，于是方初请他坐到桌边来。接着方初拿碗舀上苞谷面稀饭，每人端上一碗。稀饭烫口，大家只有慢慢吃，边吃边聊天。谷利问道："你们怎么不煮菜饭吃?"三个小伙互相看了一眼，没说话。倒是二哥对谷利说道："这个你不要讲他们，从赶场回来（惊蛰前的尾场）他们三个就没吃过一顿净饭。每天要么是两顿都是孔菜饭，要么就是一顿菜稀饭、一顿孔菜饭，比你们二嫂还要算得精点。我晓得他们是想多存点粮食好过春荒、秋荒。”话未落音，圣年大爷端着饭碗坐在了二哥旁边。圣年大爷把碗放在桌子上，咳了一声，习惯性地捋了捋下巴下的长须，对我们说道：“嘿，莫要说，这三个崽崽硬是懂事。我说过的嘛，知书识礼的人就是大不同，比我家书友、书权懂事多了。”我赶紧应答道：“那还不是承得你教育。”圣年大爷一高兴，饭都忘记吃了，继续说道：“我一遭（一直）就说你们这些崽崽有贵人像。论说春荒、秋荒是难过，只不过聪明的人他就会想法子过。麻雀狡灵，老天爷就饿不死两只脚的麻雀，它自己会找吃的嘛。饿饭那几年，朗格会整成那个样子，这个哪个不晓得，那是不准你自己去找吃的了嘛，非要都弄到食堂里去吃，不然朗格会饿得那么惨嘛。这三个崽崽狡灵得很，一颗露水养一根草草，你们当姐当哥的不要担心。”这时，方初用小碗夹来两坨猪脚，放在圣年大爷的饭碗旁，对圣年大爷说：“这是你的股子。”圣年大爷笑眯着眼，看着方初说道：“嘿嘿，我的股子。我现在不吃，留到夜饭时放到油茶里头吃。”三中见二哥不夹稀饭中的猪脚吃，径直夹了一大坨放在他碗里，说：“这是你的股子。”谷林给黎芝夹了一坨，三中也给谷利夹了一坨。我一见，忙说：“我自己来，自己来。”说完，赶紧从盆中夹了一坨放到自己碗里。这时书友也端着饭碗进来 一边吃饭一边对我说：“他们三个那回吃点好的，都要想到别个。”方初笑着对书友说：“你们还不是一样。”这时稀饭凉了些，三中呼呼地喝了几口，接着说：“这几天挑粪种苞谷，大家都说整瓤了，想整点好的来吃。昨天收工回来，坐在灶门口，抬头看见架棚杆上的腊猪脚杆，就把它取下来烧起、刨干净，砍成坨坨了，才想起拿来炖哪样吃。一算，哪样炖的东西都没有。只好管它三七二十一，先炖耙了再说。昨天吃过晚饭就炖起，睡觉时把火煿了，就让它在锅里陷了一夜。今早起床，发现炖得粑粑的，就是找不到哪样东西和在里头。我们三个商量打早（早饭前出工）回来再说。等我们打早回来，二嫂都在孔饭了。我们想横竖都是吃，自留地里的菜也不多了，就将就这锅汤煮苞谷面稀饭算了。”说完把碗中稀饭两口喝完，对我们说道：“还歪打正着呃，你们也跟到打顿牙祭噻。”边说边站起来添稀饭。这时二哥一本正经地说道：“他们三个确实懂事。哪样都愿意跟到农村人学，过日子硬像农村人咦。土里头的菜，季节一过就稀疏了，大哥家的迟青菜多点，要他们去打，他们都不，就跟到大嫂上逡板箐老山里去打蕨薹。”说罢，他指着堂屋里的一个背篼说道：“你们看嘛，那一背篼蕨薹漉了怕够孔好几顿饭。这就是我爹刚才讲的，聪明人会想办法，要饿也是饿那些憨的和懒的。他们三个勤快得很，像这阵子上逡板箐种苞谷，有蕨薹打，放稍就去打蕨薹。不像有些人在坡上放牛，牛在吃草，他要么憨站着，要么找个石板来呆坐起，都不晓得在团转找一下，看有没有吃得的东西。放一趟牛回来，两手空空的，柴丫丫都怕带根回来。这种人出工放稍也只晓得坐起烤火、吃烟。他们三个就是不一样，大家硬是看得起。”圣年大爷呵呵一笑，抬头说道：“人家看得起看不起都不关事。我说过这三个都有贵人相，留是留不往的，到时都要走的。”作为姐姐的谷利，听了周家二哥和圣年大爷所说的话，对自己错怪三个小伙有点愧疚，然而圣年大爷关于三个小伙的预言，使她心中的担忧打消了一些，脸有了点笑容。

由于飞羊坡生产队所处地势比土地坑高，他们队上的苞谷才种完一半，这几天正忙，吃完饭就要出工。我们吃完饭，向圣年大爷一家道别后，准备下山回家。刚走出堂屋，三中一把抓住我，要我等一下。只听见周家二哥在堂屋里大声喊道：“等到，等到，拿点蕨薹回去。”又听见谷林、方初在与二哥争论什么。不一会谷林提着我们装米来的口袋出来，二哥和方初跟在后面。二哥还在埋怨说：“一家拿点都不行，非要拿你们的。哪家的蕨薹不是蕨薹哖。”方初急忙解释道：“你们家务事比我们多，一早起来放牛的放牛，打猪草的打猪草，难得有时间专门去打蕨薹。我们三个说弄柴就去弄柴，说打蕨薹就去打蕨薹，比你们好安排些。把我们的拿给他们，明天我们又去打就是了。”谷林把口袋递给了我，我故意逗他道：“嫌我们撮的米少了，要还我们不是？”谷林急忙申辩道：“这口袋头哪里是米，是打的蕨薹。”我推辞说：“我们地里有迟青菜，坛子里有萝卜丝、老酸菜，都可以拿来孔饭，我们还说哪天给你们拿点迟青菜嘞。就不拿你们的蕨薹啦，你们自己留来孔饭吃。”三中说：“我们在逡板箐有菜园子，哪天又去打就是，蕨薹你们那里少得很，也算吃个稀奇。拿点去吃完了，想吃又来拿。不过也就是这几天。过几天长老了，我们逡板箐的菜园子就关门喽。”说得大家都笑了起来。我们提着装有蕨薹的口袋开始往回走，周家二嫂却抱着娃娃追了出来，说道：“这个蕨薹拿回去就要赶紧烧水来漉，不然显老了，就不好吃了。漉的时候，先把锅里的水烧开，再把蕨薹放下去，稍微煮一下，就要赶紧捞起来。漉的时间长，粑很了就放不得，还不好吃。蕨薹漉起来要泡在冷水里，一时吃不完，记到一天要换一次水。当菜吃的时候，粗点的把它从中间撕破再切成节节，放到锅里先把水气焙干些，你们再放点油、干海椒和葱蒜一炒，下饭得很啊。改天你们得空上来，和他们到逡板箐去打点嘛。”这时见周家二哥从牛栏旁挑着粪桶走过来，知道他们要到飞羊坡那边种苞谷去了，我们三人再次告辞，赶紧下山回家。

一路上我提着口袋，开玩笑地对两个女生说：“一袋米换一袋蕨薹，还划得来嘛。”黎芝说：“我晓得你是有话反起说，不过他们三个真的不容易。”谷利轻轻叹了口气，说道：“看了一下，心里是要踏实些。他们那里是要比我们这里恼火得多，真是难为他们了。”回到灶房，谷利、黎芝正准备洗蕨薹，黑大娘含着烟杆过来了，她看了一下两个女生要洗的蕨薹，说道：“你们拿来的蕨薹里头有米蕨，也有些糠蕨。你们看，米蕨杆杆光生点，糠蕨秆秆上毛毛多，不过一漉，都差不多，吃起来味道也差不多。”黑大娘在说话时，两个女生边听边在洗蕨薹，锅里已烧起了水。水烧开了，按照周家二嫂的说法，将蕨薹漉了泡好，居然有满满一搪瓷盆嘞。黑大娘一边抽烟一边看两个女生漉蕨薹，不时地点点头。今天休息，各家的早饭都吃得较晚，显然这时各家才吃完饭，人们都在家里。谷利不顾黑大娘的劝阻，抓了一大把漉好的蕨薹给黑大娘家送了过去，倒回来又抓了一大把给余主任家送去。

谷利返回时，余主任抽着烟跟着走进了我们灶房，我拖了条板凳让他坐下。余主任笑着问我们道：“飞羊坡那三个生活还过得去不?”我说：“目前来看，还过得去。反正是稀饭、菜饭，肚儿还吃得饱就是了。”余主任低头抽了口烟，说道：“这几天种苞谷，大家都忙昏了。我也没有到各生产队看一下，知青些怎么样，情况也不太了解。刚才谷利拿些蕨薹过去，说是飞羊坡周家湾那三个上遂板箐打的。这三个小伙还要得咦，没有闹分家，还在一锅煮来吃。那天有人跟我说，李家坪那四个知青好像在谈要分开各煮各的吃。不晓得哪样回事，是不是开不起舀了？要真是开不起舀，那就麻烦了。”烟斗里的烟烧完了，余主任在鞋邦上磕了磕烟斗里的余烬，对我说道：“哪天你们得空，到李家坪去看看，看看他们是哪样回事。你们都是知青，有事也好说点。顺便给习维讲下，要他抽空到那几个知青点也去看一下，了解一下大家生活上有哪样困难和要求。我哪天找大队革委碰个头，看看栽秧之前有哪些社员要断粮了，知青有没有断粮的。虽然我们大队去年收成还可以，只是有些人家冬里事务多些，粮食抛撒也就大些。怕还有些人家春荒也难过喽。”我接着余主任的话头说道：“我们和飞羊坡生产队的三个度春荒应该没有大问题。你看到的，我们土里头还有点菜，胡豆、豌豆马上也要摘得了。到栽秧时，洋芋也差不多了。飞羊坡那三个虽说菜园子里的菜少点。按他们的说法，遂板箐还有菜园子。上去打几天蕨薹，孔饭也够吃好几顿。他们上面庄稼晚点，蕨薹吃了，接到胡豆、豌豆也快吃得了。他们的苞谷、谷子吃过栽秧应该不是问题。上回赶场，李家坪几个是谈到各煮各的吃，倒不是扯哪样皮。主要是那个小龙是个爽快人，有社员和他开玩笑，说他一个人一顿吃得比两个女生一顿吃的还要多。他听了心里头不安逸，就说干脆分开煮来吃，免得沾人家的光。”余主任说道：“粮食多，搭伙煮、分开煮都好说。粮食少了，自己煮是要好安排点。吃多吃少、吃干吃稀、吃好吃孬都由你自己决定，实诚要分开煮也可以。麻烦的是一说分开，自留地也要分开，煮饭的灶台也不够。”余主任沉思了一会，又说道：“他们那个厨房打四个灶，挤是挤点，也还是打得下。由他们喽，队里也不好过多干涉。现在哪个队的粮食都不多，社员里头春荒打不起主意的还是有，队上得留点救急。今年你们知青也真正算是社员了，平白无故称粮食给你们，其他社员肯定有意见。要实在没得，也只有和其他社员一样，到仓上借点来吃，救下急喽。唉，去年还不觉得。你们吃的是国家粮，每月三十斤，差是差一点，菜菜瓜瓜补点也就过去了。今年一刀切，国家一颗粮食都不供应，不但你们心慌，我都替你们心慌。我们大队的知青还好点。那天牟书记在场上看见我，给我说，丰乐公社那边有的知青都跑城里去了。这才几月？四月不到就没得粮食吃了。牟书记告诉我，大队要多关照一下知青，把情况摸清楚。我还和他开玩笑，说情况摸清了又朗格，公社能给点粮食不？他还发脾气对我说，你这龟儿余成焕，你们大队十八个知青如果都跑回家了，我不管，反正饿不死。没有跑回去的，要是因为没有粮食吃，饿变形了、浮肿了，我非找你算账不可。”我笑着对余主任说道：“现在要说饿变形、浮肿怕是不会的。今天早上我们到周家湾去，圣年大爷还说老天爷饿不死两只脚的麻雀，麻雀都会自己找吃的。两只脚的知青总比麻雀聪明点吧，自己会想办法的。”余主任犹豫了一下，说：“知青们万一要跑，依我说也行。哪个会拿索索把你们套到嘿。”我赶紧说道：“我们是不会跑的。春荒、秋荒我们想法子还是过得去的。万一不行，就像你说的，到队上借点，秋收了，还就是啦。”余主任笑了，说道：“你们吃的问题我倒不担心，我担心的是另外的事。”余主任担心的是什么事，他没说，我也不便多问。饭后一杆烟的时间过了，院子里的人们开始各行其是。余主任对我说道：“今天我要到羊桥岩去，我大姐家带信来，说大姐病好几天了，我得去看下。”鬼精鬼精的孝娥不知是哪时进来的，余主任话音刚落，她马上嚷起来：“爹，我要跟你去看大嬢。”余主任吼道：“那么远的路，你以为走起来好耍呦。”孝娥不吱声了。

包起盘缠去帮忙

今年清明后，天公作美，三晴两雨。地里种的苞谷像有人催促似的，一天一个样。今天看似个笋子尖，明天看就成了鸦雀口，再过了几天，就有三四片叶子，成了喇叭口。我们自留地的苞谷苗长成了喇叭口，又该薅草淋粪了。这几天我们三个抓紧把自留地里的苞谷薅了一遍淋了一次。看着苞谷苗的长势与旁边黑大娘家地里的长势差不多，别提我们有多高兴了。说明经过一年多我们农活技术大有长进，更意味着秋收后碗里又可多几颗了。不光苞谷苗肯长，土坎上的菜豌也肯长，豆荚里的豆米很快饱满起来。一天早起，我们在地里收拾了一会，看着长得鼓鼓的豆荚，嘴馋了，忍不住就把豌豆荚连同枝蔓从土坎上连根拔了些起来，用背篼背回去准备孔豌豆饭。土坎上豆蔓扯走了，长起来的杂草得除掉，我留下铲土坎。由于怕铲下来的泥巴把地里的苞谷苗掩埋了，所以我铲土时显得小心翼翼的。这一举动被同样在地里铲土坎的中秋看见了，他提起锄头跑了过来，像去年他哥哥进伦一样，对着土坎就是几大锄，坎上的泥巴纷纷落下。我一下子明白了他的目的——挖生产队的土，让我们自留地增加面积。我喊他下细点，不要把下面的苞谷苗盖住了。中秋却说："不怕，把泥巴刨开就是。"他边说边示范，蹲下去用手把盖在苞谷苗上的泥巴轻轻刨开，果然苞谷苗风采依旧。于是我和他一样，使劲挖起土坎来。中秋看了，高兴地笑了起来，说道："这还差不多。难怪哥讲你们哪样都好，就是有时做起事来有点像秀才文绉绉的。你们怕哪样怕，你看哪家铲土坎不是这样的。除非你家的土坎和人家自留地连起来的，那就铲不得，只能拿刀把草草割干净。"我听他这么一说，嘿嘿地笑起来，说道："哥不在家，懂事都要快点咦，就是还拿不到全工分。"中秋听了也笑了，抠了抠脑壳反驳道："你倒是全工分，过几天还不是得不到下田铧田，还不是和我一样只能糊田坎。"我说道："那当然喽，队里没有牛给我们喂，没得牛用，拿哪样来铧嘛。"中秋听了，说道："岩初哥，那天进初说二天把他们家的那个水牛崽给你们喂。我说你们还是不要喂水牛。水牛冬天难得将就。关在牛栏里你怕它冷。把它关在牛圈里，它个头大踩得凶，坏圈板得很。你们还是喂个黄牛算了。等我家那个黄牯骟了，我们俩就教它铧土，二天等它长大了，我们两弟兄搭伙用。”我笑道：“吹哪样牛，我教不成牛铧土，若非你中秋教得成？”中秋也笑道：“教牛的时候，你在后面扶到犁头把，我在前面用索索牵着牛鼻圈，请伯伯在旁边，他喊朗格整就朗格整，不就行了嘛。”我笑了起来，说：“这还差不多。黑大爷又教牛又要教你和我，太费神喽。”中秋说：“伯伯肯定干。”

我俩边说边继续铲生产队的土坎，说得起劲，中秋就干脆留了下来帮着我铲土坎，不去做自家的事了。快铲完时，中秋说道：“岩初哥，快回去挑担粪，再拿点苞谷种来，我把窝窝打起，正好补种上一路苞谷。”我问道：“会不会迟了点？”中秋说：“迟哪样迟，队上苞谷还不是前几天才种完，我家前两天都补种了一点苞谷。我爹说等补的苞谷长起来了，多淋点粪，要不了好几天就赶上来了。你晓得的，人家那些麦子割了，都要点迟苞谷了嘛。你们就晚这几天，怕哪样。”二话不用多说，我急忙回去拿了苞谷种，挑了一担粪回来，中秋帮着把苞谷种完，我们也该回家吃早饭了。

我挑起粪桶，中秋帮着扛锄头，回家喽。走到灶房门口，就闻到一股香味。我赶紧放好粪桶，急忙跑回灶房，一脚跨进门槛，就急着问：“这么香，是孔的豌豆饭吧？”黎芝开玩笑答道：“咦，鼻子高会闻臊嘞。”我也开玩笑说道：“今天一早我就多收了几斤苞谷籽，不表扬还要遭骂，真是闯到喽。”黎芝和谷利都笑了起来，谷利说：“肯定是闯到老天爷开恩，天上掉粮食了嘛。”我正要把和中秋铲生产队土坎一事告诉她俩，却见一个男生从门口走进灶房，大声说道：“那是闯到我了。”一看，原来是李家坪的知青李小龙，他笑着说：“是我运气好，闯到你们吃新鲜，孔豌豆饭。”谷利手里拿着一把藠头一边拣，一边说：“你这个小龙会搞突然袭击呃，我们只有吃米汤和盐菜下饭喽。”小龙说：“这几天有米汤下饭就安逸啦。”我接着说：“要是早点来，我们孔饭时，抓几片鲊肉在上面蒸起，那才真正是安逸嘞。”在说笑中，谷利把藠头切好，和盐菜拌在一起，下饭菜准备就绪，要开饭喽。谷利是个细心人，她知道余主任家人口多、劳力少，没有种胡豆、豌豆之类的小春作物。当然也知道他家不种小春作物的主要的原因是他家小娃娃多，不缺粮，因而不用依赖胡豆、豌豆等作物度春荒。但尝鲜是人之所好，于是从锅里舀了一大碗豌豆孔饭，让我给余主任家端去。今天饭中的豌豆是用猪油炒过的，香气扑鼻。我把端过去的豌豆孔饭放在余主任家方桌上，碗刚放下，在孝娥的带动下，冬娥、孝婵拿起筷子立马跟进。三娘看见，无可奈何地笑道："你看，你看。都是一副饿痨相，就是你们惯恃的。"孝娥一边吃一边嚷道："我要去岩初哥们那边吃。"一句话产生了连锁效应，冬娥、孝婵也跟着嚷了起来。三娘吼道："给你们端来了，都在吃嘍，还塞不住嘴巴。哪个再吼，哪个就不要吃。"几个娃娃这才不嚷了，乖乖地坐下来吃。

我也赶紧回到自己的灶房，这边小龙已经在埋头大干了。我过去挨着他坐下，端起碗也大口吃了起来。用猪油炒豌豆孔两糙饭，实在是太好吃了，都搞忘记吃盐菜拌藠头啦。埋头一口气两大碗下肚，开始吃第三碗才缓过气来，这才想起吃菜。大家边吃边摆起龙门阵来。我问："小龙是不是要进城办事?"小龙答道："进哪样城嘍，前几天队上刚种完苞谷，他们三个家里带信来，把他们都喊回去了，就剩我一个人留守。看到人家自留地都在薅头道苞谷淋头道粪，我想我们那点自留地也要整一下才行嘿，我一个人又难得整完。今天来就是想请你们去帮忙。"我们三人听他这么一说，都有点愕然，赶紧埋头拈菜扒饭，没有吱声。此时，小龙显得有点尴尬。我只好回答道："帮忙就帮忙，哪天去就是了。"黎芝却说："讲得轻松，要请假，还要扣工分的哦。"小龙笑着说道："小妹，扣那点工分算哪样嘛。你又不是不晓得，你们耽搁一天，就三个劳动日。我们队上一个劳动日九分钱，三个劳动日还不到三角钱。你们生产队要好点，一个劳动日也才角把钱。三个劳动日分到的钱，在黑市上也就买得到四两苞谷籽。按工分分粮，三个劳动日分到斤把粮食顶天了。自留地整得好，两三个苞谷都要抹斤多些苞谷籽。"我打断小龙的话，问道："你是打算我们现在吃了饭就跟你到李家坪去，还是明天打早去?"小龙答道："今天都过去半天了，干脆明天打早去。来帮忙嘿，我还是得像个主人样嘿。我那里正好还有点黄豆，晚上拿来泡起，明天早上你们两个女生去帮忙推点菜豆腐。我们那里就没有鲊肉、腊肉哦，要吃肉，只有你们自己带了。我只管得起菜豆腐下两糙饭。"我开玩笑地说道："要带起嘎嘎帮忙，还是头一次听到咦。"谷利问"你土里还有点菜豆腐的叶子菜不?"小龙说："还有几根莴苣菜，尖尖上还有几张叶子。点菜豆腐应该够了。"他想了一下，又说："哎呀，万一不够，随便到哪家还找不来几张菜叶子嘿。"我问道："你们还有粮食没有?"小龙笑了笑，回答道："哎呀，虽然李家坪没得土地坑好，粮食没有你们分得多，也不至于现在就断顿嘿。我这个主人家顿把饭还是供得起的。"我又问道："明天两顿准备吃哪样饭，孔饭还是蒸饭?"小龙愣了一下，有点尴尬地说："我没有想到帮一天忙，还要吃两顿饭嘞。”略为停顿一下，他狠下心来说道：“蒸甑子饭。我把黄豆全部拿来泡起，推来够吃两顿。”谷利插话道：“等我们把刚才扯回来的豌豆摘下来，明天给你带去，就可以豌豆孔饭了嘛，多孔点就够吃两顿了。”黎芝问：“你们有坛子菜没有?”小龙笑了笑，说：“我们坛子都没得，哪里有哪样坛子菜嘛。”谷利说道：“我们明天给你抓点鲊萝卜丝和酸菜带去。”就这样边吃边聊，这顿早饭便在聊天中结束了。

吃过饭，两个女生开始收拾碗筷，小龙虽然不是老烟鬼，却也学会了饭后一袋烟，还自己带来了叶子烟和烟杆，这一点比我更像农民。他一边抽烟，一边感叹道：“不晓得你们如何。去年每一个月国家还有粮食供应，还有几两油。就算做活路苦点，到月尾还差几天粮食，心里虽然也慌，但到仓库通融一下，还是可以提前买下月的粮食，从来没有像现在这样紧张、害怕过。现在才真正知道是身份发生了根本性的变化了。这一变，哪样都变了。早先我们四个一锅煮来吃，从来不会想到分开煮来吃，现在分开煮来吃就是两爷子下水各顾各啊。去年大家一锅吃，你吃多点他吃少点，大家都不在然，横竖都有国家那点定量保起的。今年就不同了，就分了那点粮食，哪个都顾不到哪个。特别像我这种大肚汉，吃得，再一锅吃，分明就是那两个女生吃亏了。她们虽然没说哪样，我也不好意思。只有另起炉灶，各煮各的，各吃各的，这样我也心安理得点。反正是过一天算一天。”说着，小龙也像农民一样，把烟杆拿起，将烟斗在灶膛里的火堆里撮了一点烫灰，让烟斗中的烟叶燃得更猛些，呼噜呼噜几大口把烟抽完，然后翻转烟斗一磕，把烟斗中的余烬倒出，就算过完了烟瘾。随后他吐出一大泡口水，继续说：“刚才我没把他们三个进城的原因告诉你们。”说到此，小龙诡谲地瞄了我们三个一眼，接着说：“那两个女生都有男朋友了，莫非你们还不晓得。摆明其白她两个不会在这里安家落户的，这回进城一方面是相聚相聚，一方面回去吃几天，节约几天粮食留来栽秧时吃。习维嘛，你们不晓得。他们家里好像也在给他张罗找对象，是应该回去看看。说老实话，我们四人的自留地实际已分开了。明天你们去不但是给我帮忙，也是帮他们三个人的忙。帮忙我把四个人自留地的苞谷都淋了，不管怎样，大家一起下乡不容易，也算是缘分吧。不管分没分开煮，就尽力而为。后天、最迟大后天，我也要回家待几天，去家里打几天秋风，也好留点粮食栽秧时吃。国家粮食一断供，大家就心慌，都在设法找出路了。”我苦笑了一下，说道：“心慌，哪个不心慌。哪个都怕饿，哪个都想安安稳稳吃饱饭。问题是我不能回去，我妈就那点定量，我和我弟回去打几天秋风，我妈就得饿饭了。再说我们回去，搞不好那些人就要给我妈戴上个破坏上山下乡的帽子。那才叫吃不了兜着走呢。我只能乖乖地待在这里。”小龙说：“我还不是回去几天就要回来栽秧。栽秧这么忙，不好意思不出工噻。管他的，听天由命，走一步看一步喽。”谷利听了，说道：“是的。想多了，越想越头痛。少想点，听天由命吧。”小龙接过话头说道：“不过话又说回来，像你们生产队粮食分得多点，管他糠菜半年粮也好，干稀并举也好，能把肚子填饱，就当个农民也不怕。现在怕的是说不定哪天就断顿了，你们说朗格办嘛。我估计过段时间其他生产队的知青也要跑。”说话间，三家田出工的人来了，小龙再次嘱咐我们明天一定早点去他那里，随后回李家坪去了。

晚上收工回来，我们吃完饭、收拾完，点着马灯准备把早上扯回来的豌豆蔓上的豆荚摘下来。刚摘了几颗，黑大娘过来了，看了看了我们在干什么后，说道：“早上我就想问你们的，你们扯的是菜豌，朗格连雾雾（枝蔓）都一起都扯下来啦?”谷利回答道：“早上看到好多米米长得饱满，就扯些回来好摘荚荚。”黑大娘听了说道：“哪个兴现在就把菜豌连雾雾都一起扯的。你们看到米米长得饱满，那只是长到堂（成熟）了的荚荚，你们好生看嘛，这雾雾上还有好些是嫩荚荚，米米都还没长出来，还有些花苞都在上头，那些是还要长荚荚长米米的，现在扯来太可惜了喽。记到起，以后再去摘菜豌，就先摘米米长到堂的豆荚来吃，雾雾千万不要扯。告诉你们，菜豌也好，白豌也好，都是要等雾雾化了再扯。菜豌噻，荚荚长米米了，就连壳壳一起摘来吃，到雾雾干了，扯时就剩不到好多豆荚喽。白豌平时是不摘来吃的，等雾雾干了，扯来连到起荚荚一起晒起，晾干了，多的话就用连枷把荚荚里的米米整出来了。这个白豌豆可以炖来吃，煮了吃，炒来吃，还可以拿来推豌豆粉喽。”听黑大娘这一说，我们三人恍然大悟，这菜豌和白豌虽都是豌豆，竟有那么多不同呃。不禁为因无知就盲目地把好好的菜豌连根扯了感到可惜。我们在马灯下，赶紧把剩下的菜豌荚摘下来，准备明天带到小龙处。想到明天要到李家坪小龙处帮忙，就收拾准备休息了。就在此时，谷利突然说道：“我想来想去，今天该喊小龙抓点鲊肉回去，想起他一个人也怪可怜的。”我应道：“你当时朗格不讲呢?”谷利说：“当时不是只顾吹牛了嘛，搞忘记了。”黎芝说：“有哪样稀奇嘛，明天反正要去小龙那里，早点起来记得抓点就是了。”我说道：“要得，抓点去，一起打个牙祭。今天小龙如果来得早点，就该得吃的。”意见统一，大家赶紧回屋休息了。

雄鸡三唱，天已亮。我们三人起来匆匆洗漱完，抓了点鲊肉、一大把酸萝卜丝，分别用迟青菜叶包好，把昨天摘下来的碗豆荚拿起就往李家坪出发了。来到李家坪知青点，只见小龙已经把两担粪桶、粪瓢和薅锄都准备好了，正站在门口张望。见我们到了，他急忙把我们领入灶房。灶膛里的火燃着，大耳锅中有半锅水在冒着热气。一把木柄汤瓢放在泡有黄豆的搪瓷盆中，旁边还有一个小提桶。谷利让小龙拿两个碗来，把用青菜叶包着的鲊肉和酸萝卜丝腾到碗中。小龙见了，忍不住笑起来，嚷道："你们还当真了，还包起盘缠来帮忙嘞。"我笑着说道："鲊肉昨天就该吃的，今天拿来补上。蒸饭、孔饭时都可以放在上面蒸，饭都会跟到起香哦。酸萝卜丝放点海椒、蒜苗炒来吃下饭得很。"小龙笑着说道："看来米汤都不要喝啦。"谷利见我们聊起天来忘了正事，急忙说道："别吹牛了，快点带我们去找个磨子，我和黎芝先把豆子推了。再拿个人在家煮饭，拿个人去帮着薅苞谷。四个人的自留地，还是多哦，想来种的苞谷不会少。怕是要抓紧点才薅得完淋得完哦。"说完，缓了口气，接着说道："小龙，你再找担粪桶放在那里，等我们把豆子推了，再去薅草的时候，还可以随便带挑粪去。"小龙说道："你们两个女生就不要挑了，我和岩初两个挑起走快点就行了。"说完，小龙把两个女生带到有磨子的地方，随后我和小龙挑着粪桶来到院子当头一家的牛圈旁。我俩把粪桶放好后，小龙去给主人家打招呼去了。

我听见圈里有猪打鼾的声音，才知道这里喂的是猪，而不是牛。心想，小龙这小子还晓得找好粪呃。一会小龙和主人家来到粪口边，我一看，主人不是别人，正是打过好几次交道的熟人大老幺。只见大老幺丧着脸，很不高兴地嘟囔道："用就用嘛，还讲哪样工分不工分。"继而站着对我说道："岩初毛，你说他用点粪还要用工分来抵，是不是瞧不起人嘛。"在这种场合，我当然只能顺着小龙说话了，我说道："老幺哥，话不能这样说。我晓得平时他们用你家的粪肯定是不要用工分来抵的。今天用得多，抵点工分也对头。"大老幺有点不高兴地说道："对头，对头，对个屁的头，你也这样说我就有更意见了。你怕我不晓得，你们用三爷家、黑大爷家的粪，哪个要你们用工分抵过，就当一家人，要用就用，抵过哪样工分嘛。"说着，他真的生气了，站在粪口边继续说道："要抵工分，我就不要你们挑了。哪家要抵工分，你们就到哪家去挑。我这个粪池我都没让队上用过，就是想到你们要用。"话说到这个份上，我只好打圆场，对小龙说："既然老幺哥这么看得起你们，你用就是了，就当用自家的。"大老幺听了，开心地笑了起来，我和小龙开始舀粪。小龙对大老幺说："老幺哥，等下出工时，麻烦你帮我给修明队长讲一声，我今天请天假。"大老幺说道："说了就是，你们忙你们的。我也要回去收拾下，吃过饭要去铧田。"大老幺走后，小龙用粪提子边舀粪边感叹道："你看嘛，我们知青要哪样没哪样。叫花子是要饭吃，我们是要粪用，说起来还不如叫花子。扎根，扎根，扎哪样根喽。"我和小龙把粪舀好，小龙在每担粪桶里放了一把粪瓢，我们挑起粪提着薅锄来到地头，放好粪桶，开始薅草。李家坪虽然地势比飞羊坡矮些，也算是准半高山了。苞谷苗没有我们那里长得高，地里的野草并不多。所谓薅头道草，除了把野草铲除，主要是用锄头把苞谷苗周围的土薅松，既利于幼苗的生长，也便于粪水的渗透。野草不多，薅草的进度较快，费不了多大的力。两人埋头薅了一会草，觉得闷头薅草实在无聊，于是边薅边扯起闲谈来。我说："从今天大老幺对你舀粪的态度，看得出李家坪生产队的社员对你们还好咦。"小龙说道："我们队上的人些对我们还好。下乡以来，我们用点粪，借点东西，从来没遇到过困难，这里的大爷、大娘还经常夸奖我们。去年我和你帮牛栏门生产队王家埋崽崽的事，不晓得是怎么传到这里来了。刚传来那几天，这个看到你，说你是个大好人，那个看到你，说你良心好，还有人家硬要把娃儿拜继给我。"

我听了，开玩笑说道："那你就多收几个干儿子嘛。"小龙说："我一个都不敢收。我自己都还不晓得养得活自己不，哪里还敢收干儿子。"我忍不住笑了起来，说道："办了好事。人们还记得你的好，不错呃。"小龙说："是这样。我们在这里，生产队的人确实给我们不少的帮助。刚来的时候，我们和你们那里一样。吃的用的好多都是大家凑的。现在都还经常这样，我们都不好意思了。再说大家的日子也过得紧巴巴的。去年我们每一个月都有粮油供应，家家还羡慕咦。今年，我们和队上的人一样，就靠队上分的粮食过日子。队上的人都晓得，我们的日子比他们还要难过。所以队上讲了，我们四个来来去去不必向队上请假，还说我们要有本事的话，就端起饭碗回城里去找饭吃。挪点粮食，在栽秧、打谷子时也有个帮补，春荒、秋荒也好过点。"我说："这些话倒是实在。我觉得我们运气算好的，大队、生产队的干部对我们还是关照的，社员们对我们都好。虽说不如一家人那么亲，起码没有另眼待我们。"小龙说道："是这样的。那边黄白岩生产队几个知青的自留地种起，找不到粪用，庄稼长得不好。平时吃住不落实，也没人管。过年后，他们干脆不回生产队，就在城里混。"

虽说我俩嘴上不得空，手上却丝毫不敢放松，在聊天之中，苞谷地薅了差不多一半。这时小龙烟瘾来了，招呼我休息一下，掏出吊在裤子皮带上的小烟斗，从烟荷包里拿出一节叶子烟，裹成条状塞进烟斗，含着烟斗，划一根火柴将叶子烟点上，美美地吸了一口，问我道："你觉得我们知青真的要在农村扎根一辈子?"我只好这样答道："这是大势，你还能怎样?"小龙说道："像现在这样子，吃，吃不饱。住，没得自己的窝。我们住的还是生产队的房子，说不好听点，连屙屎都只能屙在别人家粪坑里。难道这就是扎根农村一辈子的新农民呀?"我说："你们还好点，住在生产队的房子里，灶房也是生产队的。我们更麻烦，住宿在一家，煮饭又在另一家。自己住无定所不说，还弄得人家也不得安生。幸好这里的人好，不管给他们增加多少麻烦，他们还是照样善待我们。扎根不扎根，今后大家会成哪样，恐怕不是你我说了算的，连大队、生产队说了都不算。管他的，还是人们说的，过一天算一天吧。"小龙又问我道："后寨田小兰过年后就没有回来了，听说是得了哪样病。"我答道："得的是胸膜炎。她再回到农村来，拖久了，就是个死。还回来干哪样。"小龙抽完了烟，说："先不薅草了，把两担粪淋了再说。淋完这两担粪，恐怕就该吃早饭了。"果然，远远地看见谷利挑着一挑粪走了过来，小龙丢下粪瓢就跑过去接。原来谷利是来喊我们回去吃饭的，还顺便挑了一担粪。待三担粪淋完，三人各自挑着一担空桶回家吃饭去了。

回到小龙们的灶房，说实在的，我肚子早已饿得咕咕叫了。吃饭时，小龙边吃边说："这顿饭好安逸，豌豆孔饭，还有肉有菜豆腐，就跟过年一样。"我开玩笑道："有你这样当主人的哦，自己夸自家的饭菜安逸。"小龙大笑着回答道："说良心话，我是在说这两个女生能干，会孔豌豆饭。肉和菜是你们拿来的，菜豆腐是她们两个推的。我这个主人就是拿了点粮食和豆子，说起都不好意思，哪里还好意思夸自己。"吃完饭，两个女生收拾碗筷。小龙按惯例开始抽烟，灶房里充满了烟草味。我调侃道："咦，不抽香烟了，吃烟都要向贫下中农学习，和贫下中农打成一片了。"小龙苦笑道："没办法，戒也戒不掉，再说抽点烟也可减少点烦恼。抽香烟，荷包里要有钱了嘛。长这么大了，平时生活上用钱都是从家里拿来的，家里也困难，哪里还好意思问家里要钱来买烟抽嘛。这也是逼出来的，去年大老幺教我在自留地里种了二十来窝烟秧秧。我第一次种烟，生怕种不好，对这点烟硬是细心照料的。用农村人的话来说，就像照顾娃儿一样，不晓得淋了好多次肥。这烟叶才长得大张大张的，厚厚的。割烟叶时，大老幺又教我拿谷草边搓草绳边把烟叶的把把（叶柄）一张张分开卡在绳子里，然后挂起来晾在屋檐下。晾干了拿来一试，大家都说我这个叶子烟好，冲头大，又不打头。”看到他说起来眉飞色舞的样子，我决心打击他一下，说道：“是啊，这个烟确实味道好，颜色也好。只是还像这样抽下去，你都变成大金牙了。”黎芝听了，在一旁说道：“人家小龙朗格会成大金牙嘛，天天都在刷牙的噻。”小龙笑起来，说道：“你们还在正儿八经刷牙嘠？我是过了年回来，就没有刷过牙了。”我又调侃说道：“你向贫下中农学习得比我们好，比我们彻底。我到现在三天两头还是要刷牙的。看来从今天开始，我也得像你一样，要彻底和传统观念决裂，不刷牙了，这样还能节约点牙膏、牙刷钱。”这一调侃不要紧，首先把黎芝惹恼了，她马上嚷起来，道：“你们不刷牙我们不管，我们就是要刷。人家幺娘都在刷牙，你们要弄清楚哦，她不但是贫下中农，还是军人家属吔。”谷利接着说道：“岩初，请你不要乱上纲上线，刷牙与向贫下中农学习没有哪样关系。”

我赶紧说道：“我这是在和小龙在开玩笑，上哪门子纲上哪门子线的嘛。”谷利听了，对小龙说道：“说起来的确不好意思。用的牙膏、牙刷都是用家里的钱买的，我们哪里有钱嘛。以前从来没考虑过牙膏挤多了还是挤少了的事。现在为了节约，去年还挤像黄豆籽那么大一颗，今年就只能挤像绿豆那么大一颗了，就这样都还觉得奢侈了一点，有时就用清水刷一下了事。要是只靠我们自己，有钱买盐巴打煤油就不错的了，哪里会有钱买牙膏、牙刷喽。”黎芝接着说道：“去年每个月供应粮油，还发八块钱。今年粮食不供应，钱也没得发的。去年一个月发八块钱，除了买米打油，剩下的钱买盐巴、打煤油，买点牙膏牙刷和肥皂，基本也够了，今年不知道怎么办。”黎芝一脸茫然与无奈地继续说道：“刚才从小龙说不好意思回家去要钱，我是回家去要钱也要不到。我家五兄妹，我最大，我妈又没工作，就靠我爸爸在矿上当锅炉工那点工资，维持一家人的生活都只能凑合凑合，哪里还有钱补贴我。过年回家，谈到今年国家不发生活补贴，没有钱以后怎么办。我爸爸听了也无奈，只是说你都上山下乡了，该自己养活自己。他哪里知道我们当知青的情况，我也不好多给他讲得，也不敢再提钱的事。现在想起都想哭。”黎芝说着眼圈都红了。谷利搂了一下黎芝，轻轻拍了拍她，说道：“怕哪样，日子还是要过的。你家困难，拿不出钱，不要埋怨你爸爸，他要养一家人也不容易。岩初家、我家多少还拿得出一点噻。钱的事你就不要考虑那么多了。”

为了打破这多少有点悲凉的气氛，我站起来，笑着说道：“怕哪样，钱慢慢找就是了。那天中秋、习初都说了，要我们挖几根棕树栽到碾坊下面的土头，再找几棵吴萸树秧秧栽到杨家屋基自留地后面，第二天就可以卖棕片、棕板子，卖吴萸籽找钱了。何况目前我们还有两只母鸡，春天到了，肯下蛋了，到时候抱一窝鸡娃。鸡多了蛋也会多的，赶场把蛋卖了，买盐巴、打煤油的钱就有了。怎么忘记圣年大爷讲的老天爷饿不死两只脚的麻雀，再怎么说，我们总比麻雀能干点噻。”说完，我还不忘调侃地说道：“有哪样困难能难得到我们社会主义的新农民。”大家一下子笑起来。小龙笑道：“等你们那几根秧秧都长大来能帮你们赚钱了，只怕你岩初胡子头发都白喽。喂鸡下蛋找点钱我还相信，只是你这个馋猫，蛋还没下下来，就开始打吃鸡蛋的主意啦。要想鸡下蛋，你们还要舍得丢点粮食给它们哦，你不丢粮食，它们也下不了好多蛋的。”说完后，他问我们道：“还要吹牛不？干脆我们开始干活去，早点整完，你们吃了晚饭也好早点回去。”两个女生早已把碗筷收拾完了，谷利说：“要得，我也去挑粪。”小龙和我同声说道：“就我们两个挑就行了，你们两个负责薅草。”我们两个男生刚说完，两个女生已经拿起锄头到地里去了。小龙把灶房门关上，和我继续到大老幺家粪口舀粪。生产队的人们刚好出工去了，院子里静悄悄的。院子后面小山包的杉树林中洋雀正引吭高歌。我问小龙：“这雀儿唱的什么？”小龙笑嘻嘻地说：“你这个坏家伙，你明明晓得，故意问我。”我故作正经地说道：“真的不晓得。”小龙笑得更厉害了，说道：“你不晓得，鬼老二才相信。好嘛，我讲给你听。这个洋雀唱的是‘薅草大婆，光棒棒夺’。”我笑了起来，说道：“它明明唱的是‘薅草大婆，豌豆炒肉’，对不对。”小龙嚷起来：“对头，对头。我们刚才吃的就是有豌豆又有肉嘿。”当一担粪压在肩上，我们两人的瞎扯就结束了。四人齐心协力，进展大大加快。没等生产队的人们收工，我们一天的任务就完成了。原本我们三人想不吃饭就回去，奈何小龙死活不准。两个女生只好再下厨房，热热早上剩下的饭菜，再加上一个干海椒炒酸萝卜丝。大家吃完，小龙才依依不舍地给我们放行了。

开始我们还以为小龙说他也要回家一趟，无非是发发牢骚而已。谁知就在我们帮他把苞谷薅完的第三天，他真的要回家了。那天他一早绕道来到我们这里，说他要回家十来天。我问他道：“你请假没有？”他很不屑地说道：“讲一声就是了。队上那点活路，有我们四个人不多，没我们四个人不少，反正活路照样做得走。”我又问：“习维他们三个哪天回来？”小龙答道：“我也不晓得，估计也是要栽秧那几天才回来。我回家了，哪天去约一下他们，栽秧还是得回来。不然农忙时大活路都不参加，到秋收分粮食时，人家会说我们真的是来分口粮的喽。”谷利问道：“你们这么多天都不在，自留地朗格办。需不需要我们抽空去帮忙收拾一下？”小龙说道：“用不着，用不着，我都有安排的。昨天我把四季豆都薅了淋了，本来还要过几天才插站站（让豆蔓攀附的杆子）的，我都先把它插起了。平时还有哪样事，我都拜托给大老幺了。撒的海椒秧、茄子秧，我们回来栽都来得及。”说完，小龙反问我们道：“你们要进城不？有哪样要我带的没有？”我答道：“我们不进城，没得哪样事。我没有哪样要买的，就看她们两个要买哪样不？”小龙和黎芝开玩笑说：“是不是要买支牙膏来？”黎芝笑道：“买嘛，只是买来不给钱喽。”小龙笑道：“一支金美莲牙膏两三角钱，我咬起牙巴都承起。”我打断小龙的话，说道：“不要买牙膏了。我们过年回来，每个人都带得有一支。现在她俩用牙膏比我那天讲的还要节约，每次刷牙，不是挤绿豆大一颗啦，而是象征性地挤一点，有时牙膏都不用喽。不但牙膏节约，连肥皂都节约，学到起农民用草木灰泡水洗衣嘞。”两个女生听了笑着说，明明是自己舍不得用，非要说是我们 。我们本要留小龙吃了早饭再走，但他归心似箭，留也留不住。他说声走了，就出门扬长而去。

再话春秋荒

由于队上没有牛让我们喂，铧田铧土的活路我就很少能参加。不过实事求是说，就是队上有牛交给我们喂，我们不敢也无法接受。我们既没牛圈也无牛栏，总不可能把牛牵到我们睡觉的地方过夜吧。近日看到有文章说，当知青时和牛住在一起，这种住法我们确实未经历过，实在叫人有点生疑。牛是反刍动物，夜间是牛休息反刍助消化的好时候，也是牛屙屎屙尿较多的时间，一晚难得消停，如果人真的与牛住在一起，那一定得有非凡的意志。在我们这里，秋冬牛圈的顶棚上堆有牛越冬的饲料，如苞谷壳、干稻草。我们这个地方冬天不算太冷，有客人来需留宿时，主人家会让铺给客人睡，自己钻进苞谷壳里冲壳子，钻进草堆里盖稻草睡觉，睡上几天，倒也能熬得过去，硬是长期住就难以想象了。恐怕文章所云当知青时与牛住在一起，可能是像周家湾那三个小伙一样，在牛圈上面搭有木板，人在上面睡，牛在下面宿，仅一板之隔。因而从广义来讲，也可说周家湾三个小伙是与牛住在一起的。和牛住楼下楼上尚可接受，不然，则有点让人不好理解了。当然，如果是洞居生活，倒确实是可以说人与牛羊猪住在一起的。记得小时候，我们那个小县城东面有一座大山，人们称之为大坡。大坡北面有一山崖，其名叫狮子岩，岩底有一个岩洞，洞穴面积有三四间房间大，大约有一百平方米。有一个怪异老头我们呼之为杨毛爷，一直住在里面。他在洞里南边铺有一张床过夜，在洞里的北边钉了几根木桩，当牛栏羊圈。于是乎人在南边睡，牛羊北边眠，这大约可以算人与牛羊住在一起了。只不过人与牲畜之间还有一段距离，算不上很亲密地至少不是零距离接触。在牛栏边杨毛爷还摆有一个猪槽，但我与小伙伴到他家去过若干次，始终没有见过他喂有猪。不然也可称他与牛羊猪同住了。

人是否能与牛同住暂且不表，言归正传。因为我们没有牛，进伦参军前牵牛铧土时，常常让我扶犁，他在旁边当老师，一年下来，铧土的手艺我也可算是基本掌握。铧田难度大得多，水田中不光是牛难以看着意头（标志）

走，人要判定意头是否准确，也只能根据水面上铧翻起来的泥土来作判断。尤其是铧干田，连铧尖吃土的深浅都有讲究，就更考艺火了。按国二爷的说法，打头道干田最怕深一铧浅一铧，铧起门槛来。这种田不存水（水易渗漏，保存不住），经不起干。我铧田当徒弟的机会不多，因而虽然当了几年农民，却始终没有学会铧田，这不能不说是一大遗憾。和去年一样，铧田期间我只能做糊田坎打杂之类的活路。一日，跟着国二爷、余进友来到坝子上的和尚大丘，他们俩套牛铧田，我开始割田坎。待他们铧到离大田中的子田坎有十来个铧沟子宽时，我已割完田坎，来到子田坎边，准备糊田坎了。说来也巧，就在我准备糊田坎时，子田坎那边属于小坪村生产队的田边也来了三个人。一看，原来是小坪村的申小昌、王治明和知青梁粉。申小昌和王治明一人牵一头牛，提一架犁，梁粉则拿着一把镰刀、扛着一把钉耙，一看就知道和我一样，是来割田坎糊田坎的。看来，小坪村生产队出工比我们队还要晚。梁粉看见我，格外亲切。

趁那两个还在套牛架铧口，走近我们田边，说道："好久不见了，没想到在田里头碰见你。这里离我们住处近点，收工了，干脆到我们那里去吃饭。"我答道："你们出来这么晚，等我们铧完这丘田回去吃完饭，你们怕还没有收工喽。"梁粉笑着说："那你先到我们灶房去煮饭，饭煮好了，我们就回来了嘛。"我笑道："看来你是不诚心喊我吃饭的。"然后我放低声音，问："他们三个呢，在做哪样活路？"梁粉笑了笑，也低声地说："都回城去了。"我又低声问道："那你为哪样没回城去？"梁粉苦笑了一下，说："都走了，哪个帮你管自留地。到现在，苞谷都没薅头道草淋头道粪，朗格走得了。"我又问："他们什么时候回来？"他答道："不晓得，栽秧的时候总得回来吧。"接着梁粉满怀忧心地说道："你有感觉没有。"我听了，觉有点莫名其妙，问道："哪样感觉？"梁粉说："你没感觉到，这回开年和去年开年完全不同呃。去年开年时，大家还高高兴兴地。今年开年回来，一个二个蔫巴屁臭的。你晓不晓得，李家坪那四个都要分开开伙了。"我答道："晓得。前几天我们还去帮小龙薅苞谷淋粪来。"梁粉说道："去年叫知青，一个月有粮食供应，还有几块钱生活补贴。今年不供应粮食，也没生活补贴了，和农民一样还叫哪样知青嘛。"我强笑说道："今年叫农民，只不过是社会主义新农民哦。"梁粉道："是新农民噻。住别人家房子，争人家口粮，种自留地用人家的粪。二十来岁的男子汉，吃盐巴、打煤油。还要倒问父母要钱。这就叫新农民，羞先人板板喽。"我接着他的话说道："羞先人倒是没得哪样羞先人的，主要是觉得才下来一年，就把粮、油、钱一刀断了，大家心理准备不够，物资条件当然更不消说了。不说别的，就连吃顿饱饭都要瞻前顾后的，眼前怕春荒，过后怕秋荒。”梁粉说道：“还怕不是。那天他们三个要回城，去给生产队请假，就是打明鼓唱明歌地说，回家打秋风捞饭吃，留点粮食回来好度春荒，到时栽秧才有气力。队上还不是没有办法，只有让他们回去。说是来当农民，老子下来这么久了，只跟着牛屁股走过几趟，犁头把都没得摸过。那些水牛、黄牛虽说都是队上的，实际上全部放在各家各户喂，用的时候也是哪家喂哪家用。吹些牛皮在那里放起，哪样是新农民。如果农民也分等级，我们知青就是最末等的农民。”我赶紧要他打住，说道：“牢骚少发点，活路抓紧做。还是老老实实煸泥巴算了。”话说完，我俩各自做自己的活路去了。待我糊完和尚大丘一丘田的田坎，与梁粉打过招呼后，收工回家了。当然没有到小坪村知青点吃饭。

回到家，余主任刚好也铧完田回来。他问我道：“李家坪的知青全部都回城去了？”我答道：“是回去了。”余主任神情有点严肃，又问道：“他们还要回来不？”我答道：“肯定要回来，栽秧时候都会回来了。”余主任这才口气稍缓和点，说道：“这样嘛，也算好。要是来个赵巧送灯台，一去不回来，那我就麻烦了。”说着，他索性走进我们灶房，坐在灶门前，继续说道：“好像后寨、小坪村知青些也都要进城咦。”我如实回答道：“后寨的情况我不清楚，小坪村的四个走了三个。不过回去几天，栽秧的时候一定回来。”余主任又说道：“去年都不是这个样子，今年是朗格啦？”我没有答话，余主任沉思了一会，说道：“我算来算去，我们大队革委会没有做哪样对不住你们知青的事嘛。我了解了一下，各个生产队和知青的关系也还算好。为哪样今年正是春耕忙的时候就回家了呢？你们帮我分析一下，讲来听下。”这时谷利和黎芝正要忙着煮饭。谷利听了余主任的话后，说道：“没有哪个知青说大队、生产队对不起他们，关键在于粮食不够吃。可能是想回去捞几天饭，腾点粮食放起，活路忙的时候才有吃的。”我接着说：“粮食不够吃是最大的问题。去年每人每月有定量三十斤，一年下来，就有商品粮叁佰陆拾斤。粮站照顾我们知青，供应的也绝大部分是大米。如果折算成干谷子，那就是五百来斤。年轻人饭量本身就大，做活路饭量就更大。五百来斤干谷子去年就只能勉强糊得过去。去年秋收分粮食，哪个生产队一个人分到了五百斤干谷子的嘛。我们生产队算分得最多的，都没达到，更不要说后寨、李家坪、小坪村、飞羊坡啦。他们几个生产队，有些分的谷子就百多斤，苞谷籽也就百多斤，加起来还不到三百斤。就是把自留地种的苞谷、红苕一起算上，折合成谷子也不到一百斤，全部加到一起就三百多斤，还差一大截，所以大家都心慌。国家停止供应粮食到现在有五个月了，按去年国家供应的标准来算，应该吃去一百五十斤大米，相当于吃去了二百多斤谷子。现在各知青点米缸里有好多米，柜子里有好多苞谷面，一算就清楚了。去年知青没有度过春荒，今年和农民一样，怕也要度春荒喽，可能还有后面的秋荒。他们跑进城，就是回家捞饭吃，想把分到的粮食节余点来度春荒、秋荒。腾点粮食农忙时吃噻。”余主任听后，沉默了一会，说道：“你讲的还真是个道理。唉，上面那些人哪里会想到这些，就晓得一阵把你们喊下来，管一年就算了。看样子我哪天还是得到公社去反映下情况才行。我们大队也是搞习惯了，一到春荒、秋荒，担心的就是那几家困难户。像我们队上的孙茂堂、你们国二爷，飞羊坡的伍芝成这些人家。现在看来还得把知青些考虑进去才行。”

听余主任这么一说，我赶紧说道：“其实我们大队的知青都认为大队、生产队的领导和队里的人对我们都是够好的了。怪这样怪那样，都不会怪到你们。”余主任说道：“那天，公社牟书记从区革委开会回来，说区革委开会说丰乐区四个公社都有知青点，从目前情况来看，只有马塘公社的知青安定些，其他几个公社的知青工作都有些问题。牟书记还要我把工作再做扎实点，让知青安定些，起码不要闹事。现在看来搞不好我要遭牟书记批评，牟书记也要遭区革委会批评了。”我看见余主任为难的样子，只得安慰他说：“你放心。只要栽秧一开始，他们都会回来的。”余主任听了，脸色稍有缓和。我想了想，又问道：“是不是上面要来检查知青工作？如果你觉得现在就要把他们喊回来，那我明天进城一趟，去找习维，和他一起把我们大队的知青喊回来。”余主任想了想，说道：“算喽。人家都说了是回家找几天饭吃，腾点粮食来帮补度春荒、秋荒，朗格好去喊他们回来。这几天你把他们喊回来，把那点粮食吃了，栽秧一忙起来，没粮食吃，他们还不是要回去。”停了一下，他很无奈地说道：“算喽，就等他们栽秧时再回来算喽。我哪天到公社找一下牟书记，看还想得到哪样办法不，多少给知青补助点粮食。实在没办法，秧栽完封秧门了，人家要回城还不是只有让他们回去。”我说道：“封了秧门，洋芋就大挖得了，也可以凑合一阵的。”余主任叹了口气，又说道：“农村人是习惯了，就是顿顿吃洋芋，也过得去。你们城头来的崽崽些，净光吃洋芋，顿把两顿还可以，顿顿吃噻就要喊遭不往喽。你不信，试一下。多少都得有几颗粮食和到吃才行。哪天我是要到公社去反映一下情况才行。”

说完，他又问我道：“飞羊坡周家湾那三个，你们去看过的，还稳得住不?”我答道：“还算好。他们和周习堂家一个灶煮饭，该怎样吃，怎样安排，周家二嫂都会教他们的。坡上打蕨薹，土坎上种豌豆。闲时吃稀，忙时吃干，粮食瓜菜代，这些他们都在学。有人手把手地教，是要不同点。”余主任听了，稍微松了口气，像是自言自语，又像在和我们摆龙门阵一样，说道：“五个生产队，两个队还稳起的，两个队的还没走光。就是李家坪的恼火点，等他们回来了，把他们和生产队的干部一起开个会。要给生产队讲清楚，再教育，再教育，总得有人教噻。不能光教做活路，还得教下怎样过日子，怎样度春荒、秋荒。要都像你们黑大娘、周习堂他们那样教，就要好些喽。”这时我才发现住在生产队的房子和住在社员家的房子，确实各有利弊。我情不自禁地说道：“是的，教与不教是大不一样。我们就全得是你和黑大娘教的。”话没说完，就听见孝娥大声喊：“爹，吃饭喽。”余主任笑着道：“还有人催吃咦。”说完，起身回去了。

我见余主任走了，就问谷利道：“你和黎芝是不是也要回去几天?”刚说完，黎芝就嚷起来：“回去几天又来，我才不回呢。你们家在城里，走到城里就到家了。我们家在矿上，就算到了城里也还要再走几十里。我们哪有你们住在城里的方便，一来一去要走一百多里，莫说家里也没得哪样吃的，就是有，也是吃肥走瘦了。真要回去，我就要住上一阵子才回来啊。”谷利瞪了我一眼，说道：“没事逗起闹。我们俩不回去了，正好留下来体会一下如何度春荒噻。”我特别对谷利说：“既然不回去。我们当姐当哥的还是得关心一下周家湾的三个小伙，得帮他们顺利度过春荒。”谷利听完，忧心忡忡地说道：“不知他们三个回去不，如果他们三个都回去，我们还得抽空去帮他们打理下自留地。”我说：“方初可能也不回去，他还不是怕惹麻烦。”谷利想了一下，说：“谷林也可能不回去，他还不是和黎芝一样，一百多里路难得走，走回去又待不了几天。”我说：“管他们的，回不回去，由他们自己安排。”吃完晚饭，谷利说：“苞谷面快吃完啦，明天要推点苞谷面才行。”我听了，提起马灯背了一个篾背，回到我房间去拿苞谷提子。我来到房间，将灯芯稍微拧大了点，屋里顿时光亮了许多。我抬头一看，心中一惊，有一根辐幅梁上仅剩一提苞谷。我站在柜子上把这提苞谷取了下来后，看了看另一根楼辐梁上挂着的苞谷提子，心想要不要再取一提。起先我准备数一下楼辐梁上剩下有多少苞谷提子，后来心一横，自我安慰道：“数了有哪样用，反正要吃。”一狠心，就又取下一提苞谷。待我从柜子上跳下来时，谷利和黎芝咕噜着来到了我的房间。黎芝说："是不是多了背不动啦？快点拿过去，几下子把它抹了好休息嚜。"我说道："我随便盘点一下，看还有好多苞谷。"黎芝听了，不以为然地说："你天天盯着的，还要盘点个哪样嘛。"我说："是的。不看还好，糊里糊涂也少点烦恼。天天看还不是那么多，又不会长点出来。倒是越看越烦。"谷利说："是喽，少看少烦心。"说完，我们三人提起马灯、背着苞谷提子回到灶房。三人无语，抓紧时间抹完苞谷，回房休息了。我躺在挞斗床上，在昏暗的灯光里，仰天看着楼辐梁上挂着的几提苞谷，担心着周家湾的弟弟，久久不能入睡。我索性爬起来，干脆把灯拧灭，胧朦中什么都看不清楚，什么都懒想得，也不知是何时入睡的。

人草　清明粑

第二天一早，我准备去弄柴，两个女生则准备在家推苞谷面。我拿起沙刀正要去喊习初，却见彭洁娥笑嘻嘻来到我们灶房，对两个女生说："今天我带你们去个地方。"谷利应道："我们要推苞谷面。"彭洁娥说："推苞谷面，忙哪样忙。等收工回来，我帮到你们推。"随即又对我说道："岩初哥，我把她们两个都喊起走喽，你就负责煮早饭，得行不?"在这种情况下，我能说什么呢。只好答道："煮饭有哪样不行的，你们要到哪里去，要快点回来，不要耽误出工。"彭洁娥听了我的回答，笑着回到堂屋，背起稀篮背，拿了把镰刀，要谷利和黎芝一人背一个篾背。临出门时，彭洁娥故作神秘地对我说道："我是去打猪草，她们是去打人草。"随即她们三人走了。她们走后，我在想，打猪草我明白，黑大爷家喂有两头四五十斤的架子猪，每天打猪草是他家必做的功课。早上只要不下雨，总要安排一个人专门负责外出打猪草。一般而言，都是由彭洁娥负责。我们今年尚未买猪来喂，故无此门功课。至于说两个女生去打人草，是怎么回事，我还没反应过来。我想，猪草是给猪吃的草，顾名思义，人草当然是给人吃的草了。有好多草，猪可吃人也可吃，生活紧张那几年见多了。比如人们打的猪草，蒿芝、水芹菜、灰灰菜等人都可以吃。只是说这几年人们吃得不太多了，因为再春荒也没慌到那个程度。莫非是去打蕨薹？要打蕨薹就得去逡板箐。彭洁娥是去打猪草，逡板箐没什么猪草可打。彭洁娥弄得如此神秘，实在让我想不明白，也就懒想得了。我找了一担粪桶，挑了担清粪水到对面自留地淋海椒、茄子这类的菜秧去了。收拾了自留地，我得回到灶房当火幺师喽。这段时间，两个女生煮饭一直是遵循最高指示"闲时吃稀，忙时吃干，平时半干半稀"来做的。我当然不能自行其是，也得遵循最高指示办事。我决定将大家约定的一干一稀，早干晚稀，反其道为一稀一干，早稀晚干来煮早饭。问题是拿什么菜来煮稀饭，倒让我纠结了一阵。自留里倒是有迟青菜，一是我懒得再跑一趟；二是迟青菜煮稀饭有点苦，不大爽口。正在踌躇时，突然想起我们有坛子菜，于是我断然决定煮盐菜苞谷面稀饭。我抱起卜盐菜的坛子，抓了一大碗盐菜。说真的，我们卜的盐菜也许是盐巴放得较重，至今还未很酸，而且颜色不错，黄褐黄褐的，诱人食欲。生好火后，我从油罐里小心地挑了一小点猪油放进锅里，热锅里融化着的猪油发出悦耳的吱吱声，接着我把盐菜倒入锅内，一股白气腾起，满屋飘溢着盐菜香香的味道。将盐菜翻炒了一会，我从皇桶里舀了两大瓢水倒入锅中，待水烧开后，舀来了一碗苞谷面，边搅边倒入锅内的盐菜汤中。随着苞谷面的倒入锅中的盐菜汤开始冒泡，逐渐变得黏稠起来。待一碗苞谷面全部倒入锅中时，锅里的泡变得更大了，泡破裂时还发出扑扑的声音，甚至时不时有苞谷糊糊溅出锅来。我知道盐菜苞谷面稀饭要得了，赶紧用锅铲把稀饭搅和了几下后，跑到灶门前把灶膛里的柴火退出，用灰把火食埯好。这顿早饭就算煮好，只等两位回来吃了。等人吃饭也很是一件无奈的事，一是得控制自已想吃的欲望，一是因为煮的是稀饭，灶膛的火虽然掩上了，但温度仍很高，怕稀饭巴锅，还得要不时地搅动下稀饭，所以不能出去干其他的事。我一会在灶门前坐坐，一会又站起去把锅底铲下。突然，我想起今天早饭光有饭还没有菜。本来吃稀饭没有菜也可以，但筷子总还得有个地方混呀。想了想，还是打坛子菜的主意。我抱起卜酸萝卜丝的坛子，打开坛子，抓了一些酸萝卜丝放在碗里后，一溜烟地跑到碾坊下边三角地里扯了几棵分葱，把分葱洗净，切成葱花，本准备全部拌在酸萝卜丝里的。突然灵机一动，留了点葱花，心想，待会吃稀饭时放到稀饭里，岂不更妙。用煳海椒和葱花将酸萝卜丝拌好，只有耐心地等待打“人草”的两位回来了。说起“人草”，想起生活紧张时候吃过的各类菜团子，心里就直发瘆。不一会，堂屋里有声音，我走过去一看，原来是打猪草和打“人草”的三位回来了。我忙不迭地问道：“你们打的是哪样人草?”彭洁娥听了，笑着答道：“你是不是那几年吃野菜吃怕了？今天她们打的人草，怕你都没吃过些。”我走到篼背旁一看，原来是浅浅的两背清明草。我从小就知道清明草可吃，彭洁娥称带两个女生去打“人草”是很准确的。

我小时候吃过的清明草，绝不是将其洗净炒来吃或煮来吃的，而是通过吃一种叫“糖烙粑”的小吃来品尝清明草的，那还是全民吃食堂前两年的事。那时，一到清明节前后，县城中街有一铁姓人家，会在自家门口用一口小灶，支起从用坏了的大铁锅上敲下来的一块较大的铁片，权当现在常用的平底锅。铁片上烙着若干圆圆的小粑粑，粑粑的颜色绿茵茵的，看得出有一些碎碎的菜叶痕迹。待贴在铁片一面底部的粑粑冒出白气，主人会把粑粑翻过面来，翻过来的一面已烙出褐黄色的疤斑。主人一边翻动粑粑，一边喊“糖烙粑！糖烙粑!”以招揽食客。跟着母亲路过此处的我，常会拉着母亲的衣角让她停下。母亲当然明白我的意思，她走到烙锅边，用一分钱买了一个茵绿、两面焦黄的糖烙粑。母亲拿在两手中来回翻动几下，待粑粑不烫手后，便交到我手中，然后对我说："慢慢小口咬。"我两手捧着糖烙粑，用上下门牙慢慢地咬了一小口，一小坨软糯香甜的东西进入口中。再仔细看了看手中有了一个小缺口的糖烙粑，缺口处有油黑粘稠的东西流出，我舔了舔，对母亲说："甜的。"母亲笑道："是酥麻面和糖做的心子。"说完，母亲拉着我离开了粑粑摊子，边走边对我说道："这种糖烙粑叫清明粑，是糯米面和清明草做的。"在当时，清明节前后无论是城里人或农村人都时兴吃清明粑。当然视各家的条件不同，所吃的清明粑也分为不同的档次，我当时所吃的应该算是高档的了。那段时间以后，再也没吃过这种高档的清明粑了。

我看着背篼里的清明草，想起了糖烙粑的味道，还直吞口水。回到了现实，我问两个女生道："你们摘回来的清明草，准备怎么吃?"谷利略微露出一点不屑于我之所问的神态，答道："做清明粑吃噻。"我又问："你们知道清明粑怎么做不?"这一下谷利只有尴尬地站着，回答不出来了。我继续问道："你们吃过清明粑没有?"两个女生直摇头。我说："我想你们不但没有吃过，怕原来听都没听说过。"在我一连串的追问下，两个女生木然不知所措。正在此时，黑大娘跨进了堂屋，大声说道："这个挨刀的，我还以为她一早喊她们两个是去帮我家打猪草，心里还在埋怨她，圈里头猪又不大，吃不到好些，哪里用得着把她们都逮去帮忙。原来是喊她们去打清明草喽，这个清明草是个好东西。"此时站在黑大娘后面的彭洁娥笑着打断了黑大娘的话，说："我们这周围团转少有清明草，她们很少看见过，我带她们去认一下。还想让她们晓得清明草人也可以吃。"我接着说："我晓得可以做清明粑，我还吃过哦。"黑大娘侧过身子，对我们说道："坡上吃得的东西多得很，是得慢慢教你们认得才行，实在没办法的时候，这些东西也可以用来吊命。这个清明草比坡上那些草草菜菜难得打整，不好将就。吃点新鲜还可以，要想用它吊命，靠不住的。"谷利一听，急忙对黑大娘说："干脆拿给你们喂猪算了。"黑大娘大笑起来，说道："讲好是人草，就该拿给人吃。猪有猪草吃。你们今天一早去打清明草，难得打不?你们也晓得了吧。它就是那么细根细根的，只能用手指掐它的嫩尖尖。看嘛，你们两个一早出去就打得这点，拿来喂猪太可惜了。打都打来了，我还是教你们朗格整来吃，让你们也多学门手艺，还可以尝尝鲜噻。"说到这里，黑大娘似乎想起该吃饭了，就对大家说："先吃饭，先吃饭。吃完饭再来教你们打整清明草。"现在还不是很忙的季节，吃完早饭到出工，时间还是充裕的。黑大娘吃完饭，照例是含着烟杆，来到我们灶房坐在板凳上，正准备开始做怎样打整清明草的讲座。突然黑大娘想起了什么，对着她家灶房喊道："洁娥，洁娥，你也来听一下。"彭洁娥应声而至。黑大娘对她说："你也来听下。你晓得清明草人吃得，晓得要掐嫩尖尖。朗格整来吃，你怕也是不晓得的。"彭洁娥掩嘴笑道："整粑粑，吃清明粑噻。"黑大娘问道："清明粑朗格整，你晓得不？"彭洁娥这才下老实回答道："只是好小的时候，我妈整来吃过，是哪样样子都记不得了。我哪里整过哪样清明粑嘛。"黑大娘笑道："自己都没整过，还喊人家去打清明草来吃。你怕像吃白菜、萝卜那么简单嘛。没有几样东西，清明草还吃不成。"黑大娘暂停讲座，眯着眼睛猛抽了几口烟，吐出一团团白雾，然后接着说道："乡下土头坡上，吃得的东西多得很，要不，那几年怕死的人还要多些。这些东西有的好收拾，堆头多，虽然不好吃，但当得到顿，像白蒿、水芹菜、蕨薹、红籽、青杠籽。有些好吃，难得找到，堆头少，也难得拿来当顿，像灰灰菜、雀雀菜。有些好吃，一是难得找；二是难打整；三是还得费粮食，像今天你们打的清明草，就是这样的。跟你们说老实话，这个清明草原先粮食多的时候，到了清明节，整来吃个新鲜、稀奇。我也是那几年，年轻时整过。要整清明粑，首先得有糯米，有了糯米，朗格都好办。有一种做法叫打清明粑，把糯米淘了泡起，泡好一阵子，就把糯米沥来放到甑子里，再把清明草洗干净切细来，放在糯米上面一起蒸。等糯米蒸熟了，清明草也蒸好了，这个时候就把蒸好的糯米饭和清明草一起倒进碓窝里，就像打糍粑那样，一阵打。打好后，把它一坨抱起来，放在簸箕里，像揪糍粑那样，揪成一小坨小坨的，这就是清明粑喽。讲究点的人家还会整点芝麻糖心，整点酥麻面糖心包在里面来吃。一般人家就是整点豆面醮来吃，要趁热吃哦。冷了就要烙来或蒸来吃了。清明粑还有一种做法。就是先把糯米整成糯米面，也就是汤圆面。然后把清明草洗干净、切细细的，烧一些水，等水开了，就把切细了的清明草放进去，稍微煮一下，把它漉起来。这个漉清明草的水是绿茵茵的，不要倒了哦，留起等下用。"这时我发现彭洁娥、谷利和黎芝都听入迷了似的，站着一声不吭也不动。我插了一句，说道："这么麻烦，都吃肥整瘦了。"黑大娘说道："麻烦还在后面，这些都是准备。准备的事做完了，就要开始揉粑粑了。把漉好的清明草倒入糯米面中，再把漉清明草的水倒进去，一边倒一边拌。有的还要把清明草再擂烂点后，再和在糯米面里，然后就像揉汤圆一样用力揉，糯米面揉一揉的变得绿茵茵的了。糯米面揉好后，就一坨一坨揪下来，搓成一个一个的圆粑粑，这种粑粑里也可包豆面糖、酥麻糖、芝麻糖，整成甜的。还兴包豆腐干肉末馅，大头菜肉末馅，整成了咸的。可以烙来吃，也可以蒸来吃。你们看嘛，吃这个清明草麻烦不麻烦。”彭洁娥和两个女生相视而笑，不说话。我则大声地说道：“不光是麻烦，主要是我们一颗糯米都没有，苞谷面都还要现推啰。”这时彭洁娥说：“等下收工回来我帮到你们推苞谷面，一回少添几颗，把苞谷面推细点，怕拿来整清明粑也得行喽。”谷利说：“就是怕苞谷面黏性差，不晓得搓得成团不?”黑大娘听了，沉思一会说：“光是苞谷面揉成团也不难，蒸苞谷粑还不是净苞谷面整的。只是要把清明草和在里头，这个草草本身没得哪样黏性，苞谷面面有点黏性也不多，和在一起揉成团怕是不得行哦。”黎芝说：“那还是拿给你们喂猪算了。”黑大娘笑了起来，说道：“那朗格要得。几姊妹老远扒天费气扒力打来的，可惜了。”彭洁娥不好意思地说道：“是，这个清明草这周围团转有倒是有，都是东一根西一根的，难逢难遇有成片的。只有在青口岩对面那一湾火石地里才多些，我们就是到那边打的。只晓得看起安逸，没想到清明粑这么难整。”黑大娘似乎是下定决心似的说道：“要整，我们还是要整粑粑来吃。你们城里头兴讲哪样做试验，我们今天也来试它一火鸡公（试一下）。”大家都被黑大娘的话逗笑了。我问道：“就拿苞谷面做试验吗?”黑大娘说：“光是苞谷面还是不行，试都不要试。我来想个法子。”说罢，对彭洁娥说道：“你到我房圈里，把柜子上面那个小漆箩子抱来。”彭洁娥听罢，很快过去把漆箩子抱来了。黑大娘接过漆箩子，揭开盖子，有点得意地笑着对大家说：“没想到我过年时候从牙齿缝缝里抠下来的东西，今天派上用场了。”她把漆箩子递给谷利说：“这点汤粑面，合几斤苞谷面，配得过那点清明草。我们就拿这点汤粑面和到起苞谷面，做清明粑试下。”大家一听真的要整粑粑，立即兴奋起来。黎芝急忙问：“哪个时候整吗?”谷利抢着说道说：“今天要出工，怕是明天早上才整喽。”黑大娘坚定地说：“要整今天放了活路就整，打个夜工都要把它整出来。这个清明草隔夜就显老了，香气也要跑几多。”她略想了下，又说道：“这样嘛，今天收工回来你们就不要去推苞谷面了，我家有现成的，先拿来整。”我赶紧说道：“那朗格要得。糯米面是你家的，苞谷面也是你家的，那不行。”黑大娘对我嗔道：“你这个崽崽，你怕我不晓得，哪回有点吃的都是这家拿点，那家吃点。这个粑粑整出来，你怕是你们三个人吃噻。我们家不吃？三爷家孝娥几姊妹不吃?”谷利说道：“就先用黑大娘家的苞谷面整到，等我们的苞谷面推好了，撮几碗过去就是了。”黑大娘笑道：“就依谷利的。收工回来，你们三个就架势负责洗和切清明草。我还要把粑搭（蒸粑粑用的蒸篦）找来洗干净，我家的粑搭安在你们这口三水锅上正好。”我抢着说：“我负责生火烧水。”黑大娘说：“你只负责生火烧水还不行，你还得负责熬一锅油茶。”我笑道：“我搞忘记吃粑粑熬油茶了。没问题，我多熬点，我们两家都管够。”

收工后，回到家里，大家按黑大娘的安排各执其事。大家齐心协力，看起来复杂的事，也很快就做完了。在雾蒙蒙的灯光下，大家有滋有味地品尝着苞谷糯米面做成的清明粑，大口喝着本人用猪油熬的油茶，这当中，当然少不了孝娥几姊妹的。吃了几个粑粑，喝了几碗油茶，虽还是春寒料峭，大家脸上却已细汗微微了。吃罢清明粑，黑大娘的讲座又开讲了。她对大家说道："像清明粑这些东西，那几年城里头的人喜欢。他们有吃的，吃点清明粑是吃岔物，吃稀奇。"说完，她还特问我道："岩初，你说是你原先吃过的清明粑好吃点，还是今天我们这个清明粑好吃点。"我笑着如实地答道："那当然是先前吃过的清明粑好吃点，那是全糯米，还包有酥麻面糖。"黑大娘听了，认真说道："有人光晓得说清明草好吃得很，那是哄鬼的。没有糯米，没有糖，你看他说好吃不。有办法的人，越是稀奇的东西他越说好吃，他就晓得好吃，又不晓得朗格做的。你让他尽光吃一顿清明草，看他朗格吃，保证他嚼都不愿嚼。不过城里有办法的人愿意吃稀奇，倒是凑合我们乡下人找点钱。像今天打的这点清明草，要是那几年拿到城里去卖，很能卖几个钱嘞。这几年拿进城怕也不好卖喽。岩初，你都晓得城里糯米也不好找噻。"我回答道："是啊，逢年过节都不一定有供应。"黑大娘继续说道："像我家院坝边边的那一路黄花（金针菜）一到花苞要开的那几天，我就把它摘来焯道水，多的时候拿簸箕来晒，少的时候拿筲箕来晒。晒干了，把它一把把捆起，等凑起有几把了，赶场天拿到商店去卖得几个钱。这个黄花拿来做菜你们城里人稀奇，说是好吃得很，那是因为有点肉和油。要是没得肉、没得油，这黄花也没得哪样好吃的。像我们这些人家哪里舍得用肉、油整黄花吃嘛，中秋、中华在家里都没得吃过，还是在酒席上吃过根把两根。"我插嘴道："我吃过黄花氽肉片、肉丸子汤，是好吃呃。"黑大娘说："是喽，有肉片、肉丸子朗格会不好吃噻。我讲的意思是，好些东西是肚皮吃得饱的时候，吃岔物它好吃，说是它好东西。依我说，当得顿，填得饱肚皮的东西才真正是好东西。"黑大娘说得太实在了。在之后的十几年中，我再也没吃过清明粑了。直到八十年代末，日渐繁荣的市场上又有糖烙粑——清明粑卖了。买来尝尝，已非儿时滋味也。当下春日踏青时，城里也常有人在野外采摘清明草带回家中食用，这与其说是为了一快朵颐，不如说是为了表达食不厌精脍不厌细后，对大自然的亲近与向往之情，回味回味乡愁。食客之意不在草，在乎草木之情也。至于乡下村民，大抵很少会自采清明草整清明粑食用了。网上流传的段子描叙城乡差别云："以前我们吃草，他们吃饭。现在我们吃饭，他们却要吃草了。"倒是很贴切。

征与购　回销粮

“开秧门”前夕，我们大队的知青全部归队参加栽秧。余主任知道了这一情况，很是高兴。一天，余主任忙中偷闲，一早就出发到几个知青点去转了一转，待他回来时，我们已经收工了。吃晚饭时，余主任端着一大海碗饭来到我们灶房，和我们坐在一桌吃饭，孝娥这个跟屁虫当然也端着饭碗跟过来坐下。因为是栽秧大忙季节，我们遵循教导，忙时吃干，正逢胡豆也可采摘了，所以吃的是胡豆孔两糙饭。下饭菜是酸菜拌煳海椒，汤是米汤。余主任边吃饭边和我们聊天。他说：“几个队的知青栽秧这几天都还有吃的。就是不知道封秧门后，还有吃的没有。今天我在后寨知青点吃的早饭。他们还好，没有分开煮来吃，也还吃得好，是两糙饭。有洋芋汤，有萹头拌煳海椒，比你们吃得还净棒点。我在他们那里都吃了三大碗饭，有七八两粮食。只是我担心像他们这种吃法，拖得到新粮出来不?”我说道：“可能是看到你去了，特意吃净棒点哦。”余主任刨了几口饭后，又问道：“你们说老实话，你们的粮食吃得到收新粮不?”谷利看了我和黎芝一眼，说：“我们没问题。”余主任继续问道：“会不会多少有点节余?”我回答道：“今年我们在牛心山种的洋芋比去年好，搭起洋芋吃，到收新粮时，应该多少有点节余。”余主任微微一笑，说：“这就好办点儿。”见余主任的饭碗空了，谷利要给他添饭，余主任举起碗对她说：“你看嘛，我这是一个大海碗，起码装三小碗饭。”随后站了起来，说：“吃饱了，不吃了，舀点米汤来喝。”旁边的孝娥说：“我也要米汤。”黎芝把装米汤的钵钵端过来，舀了两瓢米汤给余主任，舀了一瓢给孝娥，米汤就所剩无几了。余主任将米汤喝完后，把碗筷放在桌子上，坐下继续说道：“我到各知青点去问了下，其他几个知青点种的洋芋不多，要靠它来度秋荒也是空来吹喽。就算多，没有一点粮食也不行。熬油茶下洋芋，熬油茶也要几颗米了嘛。”这时我们三个也吃完饭了，余主任对孝娥说：“把碗拿回去，把我的烟杆拿过来。”

孝娥乖乖地把碗拿了过去，不一会把烟杆拿了过来。余主任起身坐到灶门口的条凳上，把烟点上后，继续和我们聊天。他问谷利道："我到周家湾那里，那三个出工去了，没有见到他们。我就和圣年大哥摆了下龙门阵。这个老者才是喜欢他们哦，说这三个崽崽下来不长点时间，样样活路都会做了，生活比有些几辈都是农民的还会安排。说是这三个崽崽是贵人，短则三年、长则五载朗格都要走的，要留都留不住。我还专门问圣年大哥，今年度秋荒他们好过不。"在一边尖着耳朵听的谷利急匆匆地打断了余主任的话，问道："圣年大爷怎么说的?"余主任看着谷利，笑了笑说道："这个老人家到底年纪大，见多识广，说哪样事情都有他的道理。他说度秋荒这个事，我们庄稼人都要过，那三个小伙肯定会想方设法过去的，无非是过得好点还是过得孬点。他还说看这三个崽崽心里有章法，晓得光是盯到队上那点粮食吃，半年就吃归一了（吃完了)，还有半年自己得打好主意才行。你看嘛，这三个崽崽菜莱襟襟、豌豆、胡豆哪样他们都和我们一样吃。他们那点自留地经悠得只有那么好喽，种的洋芋在我们周家湾不数第一都数第二。圣年大哥还要我放心，说秋荒他们三个肯定过得去。他还算了一下，说是他们三个有贵人相助，会过得好的。"听余主任这么一说，我和谷利颇感欣慰，连黎芝也为他们高兴。余主任正说到兴头上，继续说道："今天下去转了转，除了龙洞湾，其他五个生产队我都走到了。去年我们大队的收成算好的，大家分的粮食也比往年多点，按说日子应该好过些。不过话说回来，一龙所生九子，九子各有不同。那个队都有插花户，总有一家两家难得过春荒秋荒，这些人家其实比知青也有更恼火的地方。你们知青没得吃的还有个跑处，像李家坪他们几个怕没得吃的，就跑进城到家里要饭吃。你们知青没得吃的还有个要处，无非是把城里家头的生活扯孬了点。生产队上这些困难户就得靠自己了，寅时吃卯粮——借，我们大队还好点，各个生产队仓上多少有点存粮。那些收成差的大队就没得粮食可借了。"说到这里，余主任突然想起了什么，停了一下，又说道："不对头，封了秧门，他们都跑回城去找饭吃，他们自留地里的庄稼哪个管？自留地不管好，没得哪样收的话，明年日子还是不好过的。"我插嘴道："是的，我屋里楼幅梁上的提子苞谷全部都是自留地收的。"余主任听后，没有说话，埋头继续抽烟。过了一会，他说道："忙过这几天，得到公社反映下情况，看一下公社能想点办法不。我们大队几年没得过回销粮了，今年看能不能争取到几百斤回销粮。"我问余主任道："回销粮是哪样?"他有点诧异地问我道："回销粮你都不晓得？你去年去交过公粮的嘛。"我答道："去过的，挑公粮到旧场粮店去过，还背公粮到丰乐区粮店去过。"余主任说：“交公粮、交公粮，农民都晓得庄稼收了晒干，先把公粮交到国家仓库，剩下的还要交大队提存。生产队按理也应该有提存，不过好些生产队剩下的粮食不多，都没有提存这回事喽。最后剩下的粮食才按‘人七劳三’分给大家。这就叫先国家，再集体，后个人。农民都晓得公粮交清楚了，大家才算上了坎。农民们也晓得国家到时候会把收到的粮食根据情况卖点给困难大的农民，卖给农民的这个粮食，就叫回销粮。”

刚才余主任对回销粮的一番解释，让我们有所领悟，开始议论起来。余主任见状，笑了笑说道：“说起交公粮，你们不晓得，有一年还闹过一个笑话。有个工作队的年轻干部问旧场生产队王队长，生产队一年有好多收入，王队长根据生产队的实情说了。那个年轻干部就说王队长隐瞒收入，说他们生产队单是一年交公粮得到的钱就不止讲得那么多。那个年轻干部还根据旧场生产队交的公粮，算出了旧场生产队应该有好多收入，弄得王队长哭也不是笑也不是。那个年轻干部就是不晓得这个公粮当中的道道，才闹出笑话来的。”谷利这时满脸疑惑地对余主任说道：“我们也以为队上的钱就是交公粮得的钱。”余主任笑笑说道：“这也怪不得你们，我又没有给你们讲过。确实早就该让你们了解下交公粮的那些道道了。其实这个交公粮讲的就是完成征购任务，这个征购任务分成两部分。一部分叫征粮，认真说这才是真正的公粮，是农民向国家交的农业税，就是农民嘴巴里常讲的皇粮国税。这个征粮是上面规定的硬任务，规定交多少就得交多少，国家是不会拿一分钱的，这就是生产队给国家尽的义务了嘛。还有一部分叫作购粮，就是国家拿钱从农民那里买粮食。你们晓得的，农民把粮食看得紧要得很，国家买粮食的价格又是定死的，就那么点，要说卖哪个都舍不得卖。上面就把从农民手中购粮食和征粮食捆在一起，取个名字叫征购任务，就说它是公粮。本来购的任务是软任务，上面拿来和征的任务捆在一起，就都成了硬任务，也就是说规定了你要卖多少。你愿意卖也得卖，不愿意卖也得卖。”原来公粮是这么回事，我们三个听得目瞪口呆。末了，余主任还说：“农民去买回销粮也不是干拿，也是要自己掏钱的。这个回销粮还有龙门阵呃，今天就不讲了。明天还要栽秧，睡得了。”说罢，起身抱起已趴在桌上打起呼噜的孝娥回去了，我们也各自回屋休息。

连续近二十天的栽秧，尽管大家累得皮塌嘴歪，仍然不能停下来。由于有“夏至栽秧米谷稀”一说，所以一定要赶在夏至之前封秧门。经过大家拼死拼活的努力，今天离夏至还有几天，我们队终于栽完最后一丘田，封秧门上坎了。收工路上，放眼望去，最先栽的秧苗都转青了。来到甜菜土往李家坪方向的岔路口，走在后面的余主任跑上前来对我说道："岩初，你先不要忙着回去，去飞羊坡通知一下伍芝贵，通知下李家坪的刁维和他们的队长申修玉，再到龙洞湾通知王美正、王治娥，要他们明天吃过早饭来土地坑开个短会。我去小坪村、后寨跑一趟。"听完吩咐，我一溜烟跑了，完成任务回到土地坑，正好赶上晚饭。我未忙着吃饭，而是先到余主任家的灶房，准备告诉他通知人的情况，恰好余主任也刚到家。我告诉他要通知的人除刁维外，都通知到了。余主任问道："那两个队有知青走了没有？"我说："那两个队的秧都没栽完，哪个敢走。刁维家有急事，今天收工后急忙赶进城去了。"余主任说："那就好。"我问道："明天开会，我们要不要给来开会的人煮饭？"余主任答："就是碰个头，开个短会，不安排饭。"随即他又对我说道："公社牟书记找人带信给我，要我和刁维后天到旧场去一下。刁维回家了，怕是后天不一定回得来，干脆你和我一起去算了。牟书记无非就是想了解下知青的情况，我还正好有事要找他。这一段时间，大家累够呛了，明天队上没安排活路，我们开短会时，你也参加一下。"我边答应边告辞回灶房吃饭去了。

第二天早饭后，等了好一阵，开会的人们终于到齐了。大家挤坐在余主任家火铺上和灶门前的条凳上，我站在灶房到堂屋的门边。这次人们没按惯例在黑大爷家堂屋里开会，伍芝贵很敏感，开玩笑说道："看来今天开会不开舀啰。"王美正接着说道："余主任，不开舀就快讲嘛，讲完大家好早点散伙噻。"余主任笑着说："是没得哪样大事。"刚说完，余主任好像觉得这样说有点欠妥，赶紧改口说道："是有大事，只是和我们大队关系不大。但还是要给大家讲到。"原来是县里根据上级指示，成立了人口疏散办公室，要对县城里部分人口进行疏散。余主任说道："县城里要疏散人，我们几个已经安排了知青的生产队，就不会安排疏散人口来。"他转过头对王美正和王治娥说道："你们生产队就难说了。"王美正听了，着急地说道："不要安排来，不要安排来。虽说我们队里没有安排上山下乡知青，我们还是有回乡知青嘛。"余主任说："这倒是个理由。明天我到旧场片区去给牟书记讲下，请公社不要安排疏散人口来我们大队。"说完，他又对后寨、李家坪、小坪村的几个生产队来开会的负责人问道："你们几个生产队知青的情况如何？"几个负责人都说他们队上的知青勤快，虽然前段时间回去了几天，到栽秧的时候都回来了。余主任又问道："知青的生活如何？"几个队的负责人好像约定了似的，回答得一模一样。都说是栽秧这几天看样子还过得去，秧栽完了，恐怕就麻烦了，怕又要进城回家找饭吃。余主任听了严肃地说道："这几天你们无论如何都要想办法稳住知青。万一没吃的，队里想办法借都要借点给他们。明天我去找牟书记，看想得到点办法不？人家城里头正在疏散人口，你们这里下来了的又要回去，恐怕影响不大好。今天我就是按上面的安排通报城里人口疏散这个事，另外就是各个队要抓紧把秧在夏至之前栽完，说不定哪天公社要来检查。"就完也不征求大家有什么意见，大声说道："没事就散会。"开会的人们陆续走出余主任家，有的还边走边开玩笑地说道："就这点事，开个哪门子会嘛。"

第二天早饭后，我随余主任到旧场片区参加公社召开的会议，参加会议的除牟书记、陆秘书外，还有粮站的李主任，卫生所的申医生，商店的肖孃，旧场小学的谢校长，地点就在片区管理处的会议室。待人到齐了，一向不拘礼的牟书记就准备开讲。牟书记讲话我是多次听过的，条理清晰，幽默通俗。他说道："秧门都还有没封，就把你们请来开会。不是我老牟半天云挂猪尿包——装风（疯），实在是上面安排有要紧事给大家讲。"牟书记烟瘾大，刚刚才开始说话，就忙着伸手掏烟杆。陆秘书在一旁见了，赶紧递了一支向阳牌香烟给他，牟书记接过香烟看了看，还不忘开玩笑，说："咦，秘书都吃向阳花，雁儿飞都没得一支哰。"陆秘书没说话，笑着给他把烟点上。牟书记吸了一口烟，接着说："我晓得上面说是要紧，你们不会当紧。"逗得大家都笑了起来。牟书记也笑了笑，又一本正经地说道："不过我还是要给大家讲清楚，城里要疏散人口到乡下来。"余主任这时沉不住气了，站起来抢着说："牟书记，我们大队每个生产队都安排得有知青哟，疏散人口分配时，这个情况怕你们得考虑考虑呃。"牟书记想了一下，说："余成焕，你麻（忽悠）我不是，你们龙洞湾生产队安排得有知青吗？"余主任说道："没有上山下乡知青也有回乡知青嘛。反正你们在研究的时候要给我们考虑到。"牟书记站了起来，笑着说道："算了，算了。我还是早点把定心汤圆给你们几个吃了，免得你们心欠欠的。王部长讲了，我们旧场片区安排的知青多，这次城里疏散人口就不安排到我们旧场片区了，安排到马塘片区。"此时会场的人们似乎一下子就放松了。这时牟书记掏出自己的烟杆，说道："余成焕，都不拿杆叶子烟来，讲这一天了，该放个稍嘛。"听他这么一说，几个主任加上能抽烟的干部也纷纷掏出烟斗或香烟，裹烟叶子或划火柴。余主任把裹好的一杆烟叶递给了牟书记，并给他点上了。一时间，会议室里可称得上乌烟瘴气喽，让坐在里面的人大有腾云驾雾之感。牟书记坐下来，说道：“我们还是边吃烟边谈事。”他问道：“你们各个大队夏至前能不能封秧门?”会场又开始七嘴八舌起来，说来说去，除了小坪村大队和茅坝大队能在夏至前封秧门外，其余的大队都要夏至后才能封秧门。牟书记有点不高兴了，问道：“你们几个大队田没得人家多，朗格还要落到人家后头呃?”有人回答：“牟书记你晓得的嘿，我们那里山坎大，地势高，本身开秧门就要晚几天了嘛。”又有人说：“春荒大啊，饿起肚皮一天栽不了好多点。吃得孬也加不起油，只有拖起走。”此时，牟书记脸色严肃起来，站起来说道：“听到哈，我现在才开始讲今天的正事。这个事情从我当书记以来，年年的这个时候我都要讲。哪样事？度春荒、秋荒。往年我这样讲，今年我还是这样讲。栽秧时节正遇春荒，接到又是秋荒，不管哪样荒，都不准有人饿走样饿变形。”这时有人插嘴说：“牟书记。死人倒不会。”牟书记提高声音说道：“好了，大家不要扯闲条条了，一个两个地慢慢说。讲一下自己大队的情况。有哪样讲哪样。”余主任站起来准备先发言，牟书记示意他坐下，说道：“好了，好了。余成焕你不要说，你们大队和茅坝大队都不要说，我晓得你们两个大队不会死人，也不会有人饿变形。让其他大队的说。”这时有一个大队的主任站起来，看着牟书记说道：“牟书记，你晓得的，我们烂沟子大队是高山地势，今年还是有点恼火哦。去年你牯到（强迫）催我们把公余粮交了，我们大队的人就没分到多少粮食呢。”牟书记很不高兴地骂道：“老子牯到催你，莫非老子不去催你们，你们烂沟子的公余粮就打得脱嘛。不要干扯，有哪样困难就实事求是地讲。”烂沟子大队的主任接着说道：“去年，他们坝上的生产队是丰收年，像我们烂沟子，还有格诗林去年就是个歉收年。”牟书记插嘴道：“我晓得，我们旧场片区，平坝、半高山、高山地势都有。一年总有插花受灾的地方。你们那里我晓得，是些没良心的田土。三晴两雨，平坝、半高山丰收，你们那里反而收成不好。你别的不要讲了，就讲你们那里春荒的情况。”烂沟子大队的主任继续说：“去年分的那点粮好孬将就把秧子栽得上坎，也可以算是把春荒过了大半。只是封了秧门后，哪个生产队都有些人家恐怕要断粮喽。”他刚讲完，牛栏门大队的王主任也站起来跟着说道：“我们大队和烂沟子情况也差不多。”牟书记打断他的话说道：“你这个王保董，你不要跟着起哄哈。你们大队就没有人家那边山坎。去年你们牛栏门还请土地坑生产队薅打闹草的，你歉哪样收。”王主任有点尴尬地垮着脸说：“牛栏门生产队不歉收嘛，其他几个生产队还是恼火嘿。不信，散会了我请你和我一路去看。”

牟书记也垮着脸说："怕老子几十大岁了还要扑爬筋斗地跟到你跑喽。情况基本是清楚的，最恼火的是烂沟子和格诗林。当然，牛栏门有的生产队也恼火。"说完他看着小坪村大队和茅坝大队的两个主任，摆了摆手说道："你们两个大队自己想办法解决春荒、秋荒的问题。我晓得你们各个生产队仓里都多少有存粮，实在有困难的，按老规矩，先借来吃到，秋粮收后再还。"转而又对烂沟子、格诗林和牛栏门三个大队的主任说："你们今天回去赶紧开个会，先摸清情况，困难不大的生产队帮忙解决。困难实在大的，要他们赶紧写个申请，生产队签个意见，你们大队审查一下，也签个意见，然后交到陆秘书这里来，最后我们再拿到公社去审批。你们回去抓紧办，争取早点批下来，让困难人家也好早点有个着落。你们也要给吃回销粮的讲清楚，不要像往年一样，从粮站把回销粮买了，一出粮站门就把粮食背到黑市卖了。"这时余主任忍不住插嘴道 ："牟书记，这种人是有，但也是没办法。"牟书记听了，对余主任吼道："余成焕，你是点老子的黄哦。那个回销粮是喊你买回去吃的，是救命粮。哪个喊你拿去卖的，还好意思说没得办法。"余主任赶快解释道："书记，莫发火，听我慢慢给你讲。哪个不晓得那些吃回销粮的都是队上最恼火的。你批个回销粮单单给他，他连买这点粮食的钱都没得，只好先从人家那里借点钱把回销粮买了，粮食买了钱还得还噻，就只有把买来的回销粮拿点出来在黑市上卖了，得点钱来还人家。说来也是没办法。"牟书记气消了，说道："你怕我连这点都不晓得喽。只是你做事也得遮个脚背噻，要卖嘛，你背远点卖嘛。你说你买的回销粮才一角把钱一斤，卖到黑市就七八角块把钱一斤。鼓眉日眼地让人家看到你，刚刚买来就拿去卖。人家看到了，心里也不安逸噻。还是不要像这样整。"余主任半开玩笑说道："依我说，要做好事就做到底，让他们到仓库来，把粮食背回去就是了，还拿哪样钱嘛。"牟书记看着余主任笑道："余成焕，你以为这是开仓放粮喽。这是回销粮哦，销，当然是要拿钱去买嘛。这不是发赈灾粮。"烂沟子、格诗林和牛栏门的三个大队主任笑了起，直说是，是，是，还是按牟书记说的做。这时我突然想起那天余主任给我们讲回销粮时，说"还有好耍的龙门阵"，也许指的就是这种事吧。看来会议已接近尾声了。牟书记和陆秘书交谈了几句后，陆秘书说："明天公社的几个干部，除了肖同志外，都到烂沟子、格诗林和牛栏门三个大队搞中心工作，一是看下生产进度，二是了解下生活情况。后天早饭后到这里集中。"陆秘书说完，牟书记接着说："烂沟子、格诗林和牛栏门三个大队的最迟大后天要把申请交上来，人家的嘴巴耽搁不起哟。不得哪样事了，散会。”宣布散会后，陆秘书对余主任说：“你和岩初等一下，牟书记找你们有事。”我一看，其余的大队主任都走了，牟书记不知还在和烂沟子、格诗林两个大队的主任在说什么，公社几个干部都还坐着没动。

待那两个大队的主任也走了。牟书记坐下，开门见山地说道：“留大家下来，主要是研究一下小坪村大队的知青工作。”说完后，他又对余主任说道：“余成焕你先讲一下情况。”余主任早就在等这句话了，他对牟书记说道：“牟书记，我们五个生产队的知青大码目讲都算好的，参加队上出工做活路都没得说的，恼火的还是生活。刚才牟书记讲我们大队自己能度得过春荒、秋荒，我先不说你牟书记说得对头不对头。我们大队去年沾老天爷的光，粮食多收了点，除了交公粮外，还交了余粮，卖了爱国粮。大队对各生产队的提存也都提了。说老实话，社员们分的粮食是多分了几颗。只是牟书记你想一下嘛，去年我们大队一下子就多了十八个人分粮食，还是要占去好大一坨呃，这样算下来社员们就是多分也多不了好几颗。这些知青虽说下乡已经一年多了，你说要他们都会像农村人那样过日子，肯定还做不到。同样多的粮食，我们农民要吃半年，他们可能只够吃三四个月，还算是好的。幸得好他们时不时还可以进城回家捞点饭吃，多少能帮补下，不然栽秧这几天有的就要断粮喽。何况同样是一个全劳力，知青分的粮食就没得社员分得多，这个道理大家都晓得的。社员家都喂得有牛，喂牛有工分，得到的肥料还有工分，知青就没得噻。这一下来，得的工分就少些嘛。知青都是年轻人，个个都做得，当然就吃得。牟书记你说我们大队春荒、秋荒都过得去，咬起牙巴我也认了。几个困难户不卖回销粮给他们，到生产队借粮食吃，我也认了。就是这些知青，公社得替他们想个办法才行喽。”听到这里，我知道余主任为了强调知青的困难，把情况夸大了一些的。余主任继续说道：“刚才在讲申请回销粮的时候，我就想讲我们大队的知青也该申请点才行。正要讲，我遭你一句话把嘴巴都堵到了，现在讲应该不迟吧。如果说没得哪样办法，我就只得把他们全部都放回城去算了。”牟书记听了，板着脸说道：“余成焕你越说越不上章了。这些情况你怕我一点都不晓得嘛，留你们下来，就是要想办法解决噻。”这时商店的肖同志也就是肖孃插嘴道：“我听到有的知青说栽完秧就要回城里去。”牟书记听了后，问我道：“小申，你说一下你了解的情况。”我看了余主任一眼，余主任给我使了一个眼色，显然是要我照着他的意思讲。于是我说道：“牟书记，据我了解，五个生产队的情况都差不多，可能我们土地坑的稍微要好点。春荒不至于断粮，秋荒肯定断粮。大家想的是栽完秧后，先进城回家捞饭吃，等快要收苞谷时再回生产队参加做活路，到那时自留地的苞谷可以拿来刨秋荒了。现在大家犹豫的是怕人一走，自留地没人管，工分也少了，明年日子更难过。”牟书记一直在认真地听，自言自语地说：“是有几十天难得过呃。”

牟书记突然离开了回销粮的话题，转过头问粮站的李主任道：“青明，去年小坪村大队卖了超产粮没有？”李主任答道：“卖了噻，还得了表扬的。”牟书记听了，回过头来对余主任说道：“余成焕，你们大队去年卖了超产粮，评了先进得了表扬。沾你们的光，粮站李主任也评了个先进，还得了表扬哦。今年你这个先进大队又要吃回销粮，你想一下，说得过去不？”余主任听了，做出生气的样子，说道：“早晓得是这样，我们大队就不该卖那点超产粮。你当时诓我们，我们又上你的当喽。牟书记，你们公社有面子，梳了个光光头，弄得我们吃回销粮的资格都没得了。”余主任一席话，反而让牟书记显得轻松了，笑着说道：“有面子，梳了个光光头，我得了哪样面子，梳了哪门子光光头。”陆秘书听了，接着说道：“是哦。我们一年去催这点公粮，脚都要跑断了，硬是不容易。不晓得遭人家骂过好多回追山狗。”粮站李主任也接着说道：“牟书记，余主任们大队年年对我们支持都很大，不光是卖超产粮，还在品种的调节上，比如交糯谷，都没有讲过二话。现在他反映的困难是怕要想办法解决才行。”牟书记笑道：“是的，是要想办法。是要里子面子都要顾到起才行。”牟书记说完，大家竟一时说不出话来。沉默了一会，牟书记突然问道：“那年知青是几月份下来的？”我回答道：“是十一月份，快到年底了。”牟书记笑道：“对头。”随即问李主任道：“知青粮食指标是几月份下来的？”李主任搔了搔头，说：“等我想一下。”过了一会，李主任说道：“区里头的文件是十二月份才下来的。”牟书记又问：“去年他们在你那里买粮食是买到哪个月为止？”李主任答道：“按上面的文件，知青粮食供应是一年，当然是十二个月。按区头下来的文件算，应该供应到去年十一月份。但是他们下来的那年十一月份就买了粮食，所以去年十一月份我就没有再卖给他们。”一听这话，牟书记面露喜色，站起来说道：“对头，你个李青明，李主任，人家区里头十二月才下指标，喊你供应一年。摆明就是要你第二年十一月份还要供应粮食给知青嘛。哪个喊你从十一月份算起。区里要你从十二月份供应，你就从十二月份算起嘛，一直供应到第二年十一月份才对头噻。”李主任不服气，辩说道：“那知青十一月份下来，那个月不卖粮食给他们，要他们把嘴巴缝起不吃饭嘿。”牟书记笑着说道：“对头。人家下来那个月，就是区里没有发文件下指标，也应该供应。那个月供应的就应该不算到区里下的一年的指标里了嘛。”牟书记刚说完，肖嬢在旁边就嚷起来：“牟书记说得对。应该是这样算才对头嘛。”肖嬢这么一嚷，医院的申医生、小学的谢校长也都一起嚷起来，说是应该把人家十一月份的粮食补上。李主任这时扭动着脑壳朝肖嬢他们几个看了看，又朝陆秘书看了看，最后看着牟书记说道：“牟书记，我遭你们绕来绕去脑壳都绕昏喽。你表个态，你们的意思到底是要我卖回销粮给知青，还是要多卖一个月的粮食给知青？”牟书记答道：“李主任，你听哪个说要卖回销粮给知青啦？刚才开会讲的是要卖给烂沟子、格诗林和牛栏门的困难户。哪个喊你多卖一个月的粮食给知青啦？是说你应该按区里头的指标，从前年的十二月份供应到去年十一月份 。前年十一月份的粮食是你该卖给知青的，区里还没下指标之前，你也该按城镇人口供应人家嘛。”李主任低头想了想，抬头对牟书记说道：“牟书记，我明白了。喊知青再来买一个月的粮食就是了，就是补去年十一月份的了嘛。”停了一下，李主任又说道：“我的书记，你绕来绕去干哪样嘛，你明起讲就是了嘛。”牟书记终于真正笑了起来，对余主任说道：“余成焕，这一法式（一下子）你是面子有了，里子也有了，这下该高兴了吧。”余主任笑着对牟书记说道：“书记，朗格是我面子里子都有喽？”牟书记满脸笑容地答道：“余成焕，你装憨不是。面子，你们是先进，没有吃回销粮。里子，你想解决知青的困难，粮食有了，困难解决了。你说你是不是面子里子都有了。”余主任笑了起来，对牟书记说道：“说来说去，还不是你的面子大。多承你，多承你。牟书记，我就要岩初回去给知青放信哦。”牟书记不知和李主任说了些什么，然后对余主任说：“要得，要得。”转过身来，他又对我说：“小申，你明天去给知青放信，就说是补去年一个月的供应粮。要他们明天就来把粮食买回去，不要拖到后天，去和买回销粮的一起凑热闹。记得给大家讲，要安安心心搞生产，不要一栽完秧就一窝蜂地跑进城。”我有点兴奋地答道：“好。今天我绕道就给后寨、小坪村的知青放信。明天一早再到李家坪、飞羊坡去放信，要他们明天打早就来买。牟书记，你放心，大家有吃的了，绝对不会一窝蜂往城里跑的。”牟书记听了，显得很高兴。接着陆秘书强调公社干部明天下队一事后，会议到此就宣告结束了。我和余主任一起回家的路上，余主任显得格外兴奋，他觉得终于帮助知青做了好事，同时又避免了让大队背上吃回销粮的名声。我更觉得格外兴奋，对我们知青而言，对秋荒的担忧和恐惧因此基本得到化解。

第二天，对于我们大队的知青来说，简直就是盛大的节日。天刚麻麻亮，我翻身下床，顾不上漱口洗脸，一口气跑到了李家坪，将公社要我们知青到粮站买一个月粮食的好消息告诉了他们。刚听到消息时，他们几个都张着嘴不说话，以为是我在开玩笑。我简单地讲了讲昨天我代习维去参加开会的情况后，他们才返过神了，一片欢欣。和我昨天到后寨、小坪村通知时的情景完全一样。我着重强调他们今天必须去粮站把粮食买回来，最好吃了早饭就去买。接着我又一口气跑到周家湾，在三个小伙的自留地里告诉了他们这个大好消息。方初高兴地说："咦，还是圣年大爷说得准，硬是有贵人相助也。"三中和谷林也高兴得直说多亏有贵人。考虑到三个人也就九十斤粮食，他们决定由三中一个人到粮站去买，另两个照常出工。该通知都通知了，我才一口气跑回自家灶房，正好赶上吃早饭。肯定是因为昨天听到了这个消息，两个女生对秋荒少了点恐惧，煮饭也就少考虑了些。这一顿饭她们居然动用今年极少用的甑子，蒸了两糙饭，更为奢侈的是还用火葱炒了腊肉。我一进门，看见如此美食，兴奋地问道："今天是过那样节？"谷利笑道："这个都不晓得，过粮食节噻。"逗得我和黎芝都笑了起来。开饭时，按惯例，谷利给余主任家端了一小碗火葱炒腊肉，黎芝也给黑大娘家端了一小碗。虽然我们桌上炒的腊肉所剩无几了，但我们仍忍不住兴奋地坐下，开始享用这一美餐。一会，余主任端着一碗饭来串门，他刚到桌边坐下，我就赶紧在所剩无几的火葱炒腊肉的碗里夹起一片腊肉放到他碗里。余主任笑道："今天打牙祭，吃了气力大，好去粮站背粮食不是？"我高兴地说："是的，我等一会就去粮站买粮食。"余主任笑道："昨天的会开得安逸哈？"我由衷感激地说道："全得你提出来，不然哪里会有天上掉馅饼的好事。"余主任说："你莫看呃，昨天全得牟书记脑瓜子转得快哦，给你们整了点粮食。有了这点粮食，我心里都踏实点。知青的生活确实是恼火，再不关心下，二天怕是麻烦大喽。你们手头多得几颗粮食，一是度秋荒生活好安排、心头不慌些。二是有些事情也好办点。"好几次都听余主任说"有事好办点"，我一直纳闷，我们还有什么事要办？但也不好刨根究底地问。

吃完饭，我背起背篼、麻袋，拿着我和谷利凑的十来元钱，就往旧场奔去。巧！我们五个队来买粮食的知青不约而同在场口汇齐了。因这么大的好事而相聚，大家自然是兴高采烈地一边走一边聊。小坪村的梁粉高兴地说："你们想到没有？我是万没想到还会有这窝雀（飞来的好处）。"李家坪的小龙拿出自家栽的叶子烟，递给会抽烟的梁粉和李沛，并问道：“抽叶子烟了不？试一下。这是我自己栽的，自己晾得顶叶子啊，冲头大得很。”不抽烟的我拍了拍梁粉的肩膀说道：“你们抽哪样叶子烟嘛，梁粉荷包里有雁儿飞。”梁粉瞪了我一眼，说道：“我这包烟还是过年时在家里打埋伏悄悄拿来的，一直没舍得抽。就是怕哪天有事务要用，伸得出手噻。”小龙听了，说道：“是这样，是这样。你那雁儿飞还是留到起，等一下到粮站买粮食敬一下粮站的李主任，我的叶子烟怕是拿不出手哦。”我说道：“牟书记说卖粮食给我们，要我们不要一窝蜂地跑回城去。”小龙听着大家的聊天，故作正经地说道：“说归说，笑归笑，牢骚不要发了。不管怎么，我们还是要感谢牟书记和余主任对我们的关照，还是要听话点，不要乱跑，明年这个时候的回销粮，才可能多少安排我们一点。”梁粉说：“就你想得远，哪个还想明年的事哦。”聊着聊着，我们走到了粮站。到了粮站，看来李主任是早已在等候大家了。李主任迎上来给大家说道：“经研究，同意补卖一个月的粮食给大家。你们要响应毛主席的号召，坚持扎根农村，抓革命促生产。这次就不给大家搭苞谷，全部卖大米给你们。”听到李主任说的最后一句话，大家雀跃起来。梁粉把一支雁儿飞递给李主任，李主任刚叼到嘴上，梁粉急忙划火柴为李主任把烟点上了。李主任坐下边抽烟，边开单边收钱。开单收费后，即开仓称粮，一气呵成。我们背着粮食，背着喜悦，各自回自己的驻点去了。

第二章

土地坑之夏

险为上门女婿

粮店多卖给了我们大队知青们一个月的粮食，对于知青就像旱地里下了一场及时雨。得到雨露滋润的知青们在度荒的日子里基本没有断粮，更没有断顿。大家也很听话，没有成群结队地往城里跑。季节跟着日子走，一转眼，农村又到了“夏暑天长活路疏”的时节。于是和往年一样，不少人家开始抽空弄柴。此时，余主任又帮我们买了一头六十来斤的架子猪，我们又得喂猪了。因此，队上的活路松了，自己的活路却紧了。我们三个的工作又进入去年同一时间的程序，早上一个人管理自留地兼煮饭，一个人弄柴，一个人打猪草。一天，我拿起砍柴刀出门，准备约习初进山弄柴。刚走到屋后坎上牛大爷家院坝里，却被牛大爷喊住了。牛大爷问我道：“要到哪里去?”我答道：“喊习初一起到牛栏门弄柴。”牛大爷说；“你先去喊习初，等到我。我和你们一起去。”下乡这么长时间，不知弄过多少次柴，也和很多人结过伴，但从来没有与牛大爷结伴一起上山弄过柴。我和习初站在路口边等了一会，牛大爷和进初来了，我们一起往牛栏门走去。因有牛大爷一起，大家略感拘束，一路上没有人摆什么龙门阵。奇怪的是牛大爷像搞调查一样，详细问了我的年龄和家庭情况。更为奇怪的是他一边走一边颇为详细地向我介绍了三江公社三江生产队的情况。而且特别强调三江生产队的条件好，每年社员分到的粮食比我们生产队还多。还说在旧场卖黑市粮的很多人都是三江生产队的。更让我莫名其妙地是他竟然介绍起了家住三江生产队三江大队革委主任伍书成家的情况。什么伍家有大九架四列三间大瓦房，还有四列三间的厢房，每年都要杀三百多斤的大肥猪等等。牛大爷在介绍这些情况时，一副津津乐道的样子，更让我茫然。末了，牛大爷又进一步介绍这个伍主任的家庭情况时，在话语中不无惋惜地说道：“唉，哪样都好，就他家里的肚皮不争气，生的三个崽崽都是姑娘孛孛。”说到此，牛大爷却口气一转赞扬道：“他这三个姑娘都长得像眉像眼的，我们农村人说长得绢致，你们城里人说长得漂亮。大的两个都放人户了，就剩下个细的，这个细的长得最绢致。这个伍主任谈起来哪样都不焦（担心），就焦没得个儿子，怕老来没得靠处。”一边走，牛大爷一边兴致勃勃地继续说道：“年前我到进初大嬢家那边吃酒，那个伍主任也在。说到这个事，大家都劝他给细姑娘找个上门女婿。他倒是愿意，又怕找不到合适的，要大家帮忙他相一个。”话听到这里，我一下子明白牛大爷和我们一起上山弄柴，一路说这么多话的意图了。我心里很别扭，但又不便表露出来。于是我对牛大爷说道：“你人缘广，走得宽，好好帮他家物色一个，二天让伍主任给你这个媒人送个大猪腿来。”牛大爷笑道：“要真是给他家找了个恰当的，莫说大猪腿，就是吃他半边猪他也舍得。”这时进初插嘴道：“爹，我说岩初哥就合适。”看来这爷儿俩是预先商量好了的。我在进初脑壳上敲了一下，说：“我看你就最合适，就是怕牛大爷舍不得。”牛大爷在旁边一笑，说：“我家进初平时说话不上章，这回说的这句话还对头哦。”我本想把话题引向习初，忽然想到习初是独子，已经谈得有对象的，于是把到口边的话咽了回去。此时的牛大爷单刀直入地问我道：“你说要得不？你考虑一下。同意，我就过去给你提亲。”我本想直截了当地坚决拒绝，一想，牛大爷提出此事并非恶意，只好婉言说道：“我是个知青，是来接受再教育的，现在还没有条件考虑那个事。再说，我的家庭情况你也都清楚，就是那个样子，谈这个事不好得。”牛大爷对我说道：“你考虑一下，有哪样不好得。只要大家愿意就行了嘛。”我无从回应。幸好此时已到了山林，大家忙着进林子弄柴，我才暂时摆脱了这尴尬的场面。

弄柴回来，我想起牛大爷说的事，心里就别扭。想到如果牛大爷再提及此事，该如何回绝就令我头痛。我想来想去，也没想出一个好办法来，心一横，决定干脆装憨来应对，谁知装憨也没能装多久。一日上午，我正准备去弄柴，牛大爷来到我们灶房门口，把我喊到一边，略带神秘地说道：“今天夜饭你到我家来吃，我还要把你们三爷也请去。”我问：“有哪样事不是？”牛大爷答：“等你来了就晓得了。”下午收工回来，我告诉两个女生道：“不要煮我的饭，牛大爷喊我到他家去吃。”两个女生觉得有点奇怪，队上人家请吃饭，一般都是把我们三个一起请去的。谷利问道：“牛大爷是不是要你帮忙做哪样？”我答道：“不晓得。他说要把三爷也请去。”过了一会，进初站在我们灶房门口，小声喊道：“岩初哥，我爹喊你上去。”说完，扭头到余主任家去了。我随即出门，正碰到余主任和进初，于是我和他们一起到牛大爷家去。到了牛大爷家院坝，我和余主任正准备按惯例去他家堂屋。他家吃饭，饭桌子一般都是摆在堂屋里。谁知进初径直把我俩带进了旁边的厢房。

我跟在余主任后面跨进门，厢房中间摆了一张大桌子，桌子四边摆放了四条长凳，只见一已坐在长凳上的壮实中年男子。他站起来与余主任打招呼，余主任说道：“伍主任，你好稀罕，是哪股风把你都吹来喽。”那个被余主任称为伍主任的中年男子对大家笑了笑，说道：“牛大哥那天在你大姐家那边吃酒时，讲好要我过来看一下，一直都得没空。今天我到旧场办点事，正好过来看下。”这时，我猛然想起，这个中年人应该就是牛大爷那天说的三江大队的革委主任啦。那天牛大爷讲了那么多，今天请吃饭又搞得神神秘秘的。看来是“来者不善”，是来看人相亲的喽。从礼节上讲，我应该和此人打个招呼，但又不知该怎样称呼为好。正不知所措时，余主任主动向我介绍那人道：“他是羊桥岩大姐家的亲戚，是三江大队的革委主任，你就喊他伍主任。”伍主任上下打量了我一下，笑着对我说道：“我听到牛大哥和大姐讲起过你，晓得你帮余主任家医好了姑娘的脚，救了牛大哥家进初的命。还有好多事我都晓得。”接着，他像牛大爷那天问我一样，又把我出生年月、家庭情况问了个遍。我耐着性子做了回答。在听我的回答时，这个伍主任一直笑逐颜开，看来对鄙人应该是满意的。而我心里却像吃了苍蝇一样难受，只是不好发作。无奈之下，只好看了看余主任。问答之中，余主任似乎也明白了伍主任的意图，原本开朗的脸色变得严肃起来。他故意找些话来有意打岔。余主任谈了一下庄稼如何，问了一些熟人的情况，总之都是一些与我无关的事情，那个伍主任也只好应答。只是在聊到庄稼收成时，这个伍主任似乎又把我当成了相亲的对象，再三向我强调三江生产队的地势好，水势好，田土肥，分的粮食多，不担心吃不饱饭等等，总之就是说三江生产队如何如何好。说着说着，牛大爷家终于上菜了，有一碗新鲜海椒炒腊肉，一碗鲊肉，一钵酸汤点的浑浆豆花，一碟凉拌皮蛋和几样小菜。这桌菜在当时不说在农村就是在城里都算是很丰盛的了，更为难得的是还上了一碗青杠籽酒。围桌而坐的除伍主任、余主任和我外，还有牛大爷、二爷和进初。开席后，我憨憨地埋着头匆匆吃完饭，即起身告辞回去了。这桌饭吃到何时，席间讲了什么，我不得而知。

第二天一早，我正准备出门弄柴，余主任进来，一屁股坐在我们桌子边的板凳上，对我说道：“岩初，幸好你昨天下来得早。我在那酒桌上差点发火了，好不容易才忍住，没和他们吵起来。”我知道是怎么回事，就劝余主任道：“为我那点事吵起来，没得必要。”余主任一句，我一句，把两个女生弄得丈二和尚摸不着头。余主任看着两个女生问道：“你们晓得是哪样事不？”两个女生同时摇了摇头。余主任苦笑着说：“你们牛大爷要当媒公大人，给岩初提亲。”两个女生听了，都笑了起来。余主任叹了口气，接着说道：“按说提亲也不是哪样坏事，岩初都二十出头了，要谈也谈得了。问题是你们牛大爷想要岩初给人家当上门女婿，你们说气不气人。就是这点让我不高兴。”黎芝说：“难怪牛大爷昨天请吃饭，就请他一个人，原来是去相亲啊。”谷利则一声不吭。余主任特别对我说道：“昨天你先下来，我等你们牛大爷把伍主任安排睡了，我才专门和你们牛大爷又扯了好一阵。两弟兄差点儿讲戗了。”接着，余主任给我们讲了昨晚他和牛大爷谈话的情况。

谈话情况大致如下：

余主任：哥，你朗格会唱这一曲。

牛大爷：年前到大姐那边吃酒，恰好伍主任也在那里。是大姐谈起伍主任这件事，要我帮伍主任一个忙，帮到起相一个合适的。

余主任：你帮伍主任的忙当然可以，也应该。朗格会想到打岩初的主意？

牛大爷：我内心就是觉得岩初合适。这小伙有文化，对人好，长得又标致。虽说成分高了点，人家伍主任又不怕，不嫌弃。不是说知青要在农村扎根落户嘛，他去给伍主任当上门女婿，正好是扎根落户农村噻。再说伍家条件好，那边房子是现存的，姑娘又长好，还不会饿饭。

余主任：人家上山下乡是到我们这里来，要扎根也应该是扎在土地坑噻。你是不是想撵人家走啊？

牛大爷：我哪里想撵他走。他们来这么久了，我哪里嫌弃过他们嘛。再怎么，他还救过进初的命噻。我是担心他朗格在农村扎根落户。看嘛，人住的房子，柱头没得一根，瓦没得一片。喂牛的牛栏，桩桩没得一根，喂猪的猪圈，圈板没得一块。讲得难听点，就是屙屎连自己的坑坑都没得一个。你说他朗格扎根落户法。

余主任：慢慢打主意，一样一样来嘛。

牛大爷：朗格慢慢来法。那些东西是三年、五年整得起的吗？你不要看他们现在睡的地方有，煮的地方也有。等几年，你家的崽崽些长大了，总不能还让她们三四个在一张床上挤成一窖噻，总得多铺张床嘛。铺在哪里？那边黑哥家等几年中秋大了，要娶媳妇，他们煮饭的灶房黑哥家肯定要用噻。他们朗格办，只有到露天坝去煮饭吃喽。把他找个人家，房子、猪圈、牛栏样样都是现成的，条件又好，有哪样不对嘛。依我说，伍主任有眼光，岩初有福气，这个上门女婿当得。

余主任：听到你这么说，我就冒火。那年你们喊我到羊桥岩去当上门女婿，现在又喊岩初去给人家当上门女婿。是土地坑养不起这些人，还是土地坑待不得人家？

牛大爷：你这样讲，弟兄之间要闹些疙瘩出来。我讲了，我没有想嫌弃他，我只是觉得知青真正要在农村住下去，太难太难了。依我看来，这些知青真正要在农村扎根安家落户，那男的就只有当上门女婿，女的就只有找个人户放出去。除了这条路，还想得出哪样法子来。

余主任：哥，你不要想多了。明早你就跟伍主任讲，就讲岩初说他现在不想谈这个事，我们两弟兄以后再帮伍主任相一个好的。

听了余主任与牛大爷所谈的话，我实在感激余主任帮我摆脱了这一令人难堪的局面。但是牛大爷关于知青扎根的一番话，却句句是事实，入情入理。看来，余主任今天早上不准备干什么了。他坐在桌子前的条凳上不动，继续说道："你们牛大爷确实也是一片好心，他经常和我摆，最担心你们的就是房子的事情。俗话说金窝银窝不如自己的狗窝，这话是难听点，有些讲得好听点的，是说金窝银窝不如自己的草窝。管他狗窝也好草窝也好，讲的都是一个意思，人在哪里过日子都得有自己的窝才行。当门的那棵大枫香树上就有那些长颈鹅（一种鹭鸶）的窝。一到春上，它们就忙到起到处叼些枝枝丫丫来理窝，它们都想要在那树上安个家，下蛋，掩崽崽了嘛。长颈鹅都晓得要理个窝，人还不是一样。"说完，余主任伸手摸了摸腰带，我一见就知道他烟瘾来了，赶紧跑到他家把大烟杆拿了过来。余主任接过烟杆，叹了口气说道："不知哪时候你们也能有个房子，有个自己的窝。"

房子的故事

余主任这段时间办事顺心，又遇到栽秧后难得的轻闲，讲话的性子似乎起来了，抽了几口烟，又开始讲了起来。我想，不管余主任讲什么，自己就抱定一个宗旨：装憨。余主任说道："去年给你们讲过的，上面给你们的安家费中，除了你们刚下乡那年的生活补贴和买农具的费用外，每人还剩有九十块钱的建房补助费。岩初你帮忙收过山料、改过板子的，晓得九十块钱干不到哪样事。顶天买得到几根树子，改得到一点料子。你说这房子朗格整？前几天，大队革委会在龙洞湾开了个会，把有知青的生产队的队长都喊来参加，说到修房子的问题。你们晓得的，除了你们和飞羊坡的外，其他三个队的知青住的都是生产队的房子。这三个队来开会的人些就把眼睛盯到这几十块钱的建房补贴。后寨的说：'先不要谈建房喽，就是他们现在住的房子，年头久了，房顶上的瓦都要翻盖得了。再不翻盖，要不好久，下起雨来到处都漏，这些知青朗格住法。一翻盖就要买瓦来添，买瓦就得用钱。按说是队上的房子，买瓦就该队上拿钱。现在队上哪里有钱嘛，只好打知青建房补贴的主意喽。反正是知青在里头住，用这个钱也说得过去。'小坪村的也跟着起哄，说他们那里也是一样。李家坪的说：'我们队上的知青住的房子还是鸭儿笆夹的板壁，都过两个冬了，现在到处都是洞洞孔孔的了。这些知青跟到飞羊坡那三个知青一样，找点报纸来糊起，这两个冬才混过来了。今年是怕糊都糊不住喽。装板子还是重新整鸭儿笆，总得打个主意嘛。整哪样都要花钱，还不是只有打知青建房补助的主意。'"余主任说到这里，颇觉无奈。他停了下来，歇了一会，又接着说道："飞羊坡的更好耍，伍芝贵说，他问了周习林，周习林说知青住的房子是他家新装修的，虽然是鸭儿笆，还熬得住两三年。他说知青修房那点钱就放到那里再说。"谷利见余主任说了这么长时间，起身给他倒了一碗水。余主任见了，说道："水就不喝了，再抽杆烟倒是可以。"说完，余主任又装了一杆烟，把烟点上，边抽边说："王美正问伍芝贵，你们准备给知青修房子不？伍芝贵说没有打这个主意。说是队上没得钱，这三个知青看样子也拿不出钱来，他们那点钱立得起个哪样房子。他说的另一个理由就更好耍，说是按圣年大哥的说法，这三个崽崽有贵人相，少则三年、多则五年，朗格都会走。反正要走，还修哪样房子。当时我还问伍芝贵，你能保证人家走？伍芝贵反过来问我，你能保证他们不走？讲来讲去，这几个队都没打主意给知青修房子。一是确实没钱；二是都不相信知青些会在农村安家落户。大家都说在我们这些乡旮旮安家哪里有那么容易，都认为，政策一变，知青些就都回城了。”这时黎芝插话道：“如果那样就好喽。”余主任笑了笑，说道：“我也是巴不得。只是现在哪个晓得是哪样回事。你们三个的建房补助有三九二百柒拾块钱，又不敢拿来发给你们。钱在大队账户上摆起的，放起不用也不好。拿来修房子，也是当开玩笑，最多买起几根棒棒堆在那里日晒雨淋的，哪年哪月才修得起嘛。其实，我一直都在想朗格办。你们走了我倒巴不得，万一走不成，不早点给你们打个主意，心里又过不去。这段时间，我除自己到处打听外，还托人打听，看哪里有便宜点的空房子卖。如果有，这点钱又够，那就最好。如果还差点，不是差得太多，就先走一步看一步，到时再说。”说到这里，余主任停了下来，看着我说道：“岩初，你看这样要得不?”我装憨答道：“你说了就是。”余主任的一杆烟又抽完了，已到该煮饭的时候。余主任起身对我说道：“吃饭还早，你今天早上有哪样事没得？没得哪样事的话，就帮我挑点粪到杨家屋基淋下菜。”说完，余主任走了。我站起身来，挑粪帮余主任淋菜去了。我一连淋了几担粪，才回来吃饭。吃完早饭出工，一天虽然在干活，但余主任关于给知青修房子的话始终萦绕着我。吃了晚饭，上床睡觉，蚊子甚多，幸有家中带来的蚊帐，造就了一个安定的空间。躺在床上，想着这两天发生的事，既为欲安家但无法安家而纠结，又为寄人篱下，给余主任家和黑大爷家带来的诸多不便而内疚。更为余主任和黑大爷让房给我辈栖身度日表现得磊磊大度而由衷感激。

一味装憨，并不能逃避队上要动用知青建房补助修建房屋的现实。一日早饭后，大家在一起聊天，等待出工。余主任把牛大爷、黑大爷、王治周、伍芝林和我喊到黑大爷家和余主任家的院坝之间坎下袁家屋基。关于这个袁家屋基进伦在家时就给我讲过，这里是一袁姓人家早先居住地。在生活紧张那几年，这家人都没有了，后来房子也被拆了，就剩下了这块地基。不知什么原因，生产队也没安排这块地基给哪家作自留地，一直让它空起，于是就成了各家公鸡、母鸡和小鸡的放养地。王治周和伍芝林顺手把地基周围杂草拔掉了一些，于是地面上露出了一个三列两间形状的地基来。牛大爷在地基上看了看，说道："咦，地脚都还是好好的呃。"余主任也看了看，说道："将就这块地基立一相三列两间的房子还可以嘞。"牛大爷问我道："岩初，二天把你们的房子就立在这里，要得不?"我笑着答道："由你们安排就是了。"王治周和伍芝林一阵忙碌，把地基周围的长得较高的杂草全部拔掉了。王治周说："这地基周围也还宽，修个牛栏、猪圈什么的都够，"黑大爷听了，指着右边说道："你们看那边有两个凼凼，那就是袁家原来牛栏、猪圈的地方。"伍芝林对我说道："岩初，你现在是一根木棒棒都没有，立房子怕是不行呦。"余主任对大家说道："你们平时都打听下，看这周围团转有现存的房子卖没有，要是有的话，我们抽空去看看。"王治周说："早几年这种空房子还是有卖的，这两年怕都拆得差不多了。"伍芝林说："水洋溪那边大路坳上倒是有一相，也是三列两间的，还没有拆。只是没得人住，差不多要烂垮架喽。卖来也无用。"黑大爷说道："周围团转怕是不好找。等哪天风背岩刘师傅来了，拜托他打听一下。他在外面跑得多，走得广，又是做木匠活路的，怕还要靠得住点。"余主任听了，拍了拍自己的脑袋，说道："咦，朗格把他搞忘了。下场他肯定要到旧场赶场，我把他拦下来，给他讲下这个事。"生产队出工的男男女女也就三十来号人。见我们几个在这里看屋基，不一会，几乎所有出工的人也来到了这里。没有谁吩咐什么，大家将就手中的工具，你用刀，他用锄头，七手八脚，一会就把这地基及周围打整得差不多了。习初问道："岩初哥，你们要在这里立房子不是?"我拍了下他的肩膀，说道："听队里的安排。"中秋则高兴地说："岩初哥，立在这里好，和我家是坎上坎下的，我哥回来才高兴呢。"许林榜做出一副深思熟虑的样子说道："这屋基倒是个好屋基，就是地势矮了点，后檐隔坎子近了些。"余主任应声道："那个倒不怕，这坎子是泥巴坎子，到时候把泥巴挖掉些，搬些石头重新砌个石坎子，就宽了嘛。"国二爷站在一旁说道："岩初，房子立起，你们就不走噻。我家习初是最高兴的。"孝娥一帮小孩不知什么时候也来凑热闹了，孝娥对国二爷说："哪个说习初哥最高兴，我才最高兴。"牛大爷摸着孝娥的脑袋笑着说道："现在八字都没得一撇，高兴个哪样。"过了一会，大家出工了。修房子就成了今天大家在地头聊天的主要话题。

赶场天，风背岩的刘师傅果然被余主任请到了他家堂屋里。余主任让孝娥当通讯员，把我也叫到他家堂屋。我与刘师傅是同榻而眠、多次打交道的老熟人、老朋友了。多日不见，相见自然免不了亲热地相互问候一番。问候过后，余主任把话转入正题，把生产队要给知青修建房子的想法讲给刘师傅听，并请刘师傅帮忙。刘师傅沉吟片刻后，慎重地说道：“这个忙，我一定帮。只是你们要宽限我一点时间，是给我两场还是三场时间回话？”余主任笑着说：“没得哪个限定你时间。我只不过是想在秋收前多少弄出个眉目来。”刘师傅沉默了一会，对余主任说道：“那这样，今天赶场，下一场，再下一场，办得成办不成，我都到这里给你回个话。”余主任说：“那就是十天来给个信喽。”刘师傅恳切地说道：“十天就十天。我这几天反正活路不忙，我就到处跑下，打听下。”说完，刘师傅还特意对我说道：“岩初，你放心。你刘大叔再怎么也要想方设法把这件事整成。”停了一会，刘师傅问余主任道：“你手头到底拿得出几个钱来？”余主任答道：“说老实话，一个知青九十，他们三个也就二百柒拾块钱。”刘师傅笑了起来，说：“你这点钱还想立房子。”余主任应道：“正因为钱少，才请你去看有现成的合适的卖没有。”刘师傅听了，点了点头，说道：“好，我心里有数了。我尽量想办法去找，其他就不多说了。”在余主任家吃完早饭后，刘师傅要赶场去，我约他赶场回来吃晚饭。他答道：“夜饭就不来吃了。我今天到场上就开始操办这个事，今天晚上住哪里都说不准喽。”

又是一个赶场天。这段时间天遂人意，晚上一场雨，天亮了，却又是朝霞满天。早上我们三人到对门收拾自留地，地里种的四季豆牵藤了，我扛了一捆四季豆站站要去插上。两个女生要到自留地去补栽一点海椒秧和茄子秧。谷利挑了一挑清粪水，黎芝背了一个稀篮背，准备把栽的秧秧淋点清粪水，随手把土里的野菜扯回喂猪。雨后，地里的野草特别肯长，当然庄稼蔬菜也肯长，得给自留地的庄稼、蔬菜除草施肥了。我们正忙着打理自留地，孝娥跑到了我们地里，神经兮兮地对我说：“岩初哥，风背岩的刘大叔到我家来了，在和我爹讲你们修房子的事。我爹要我喊你回去。”我放下手中的活路，和孝娥一起来到余主任家灶房，见刘师傅坐在火铺的条凳上抽烟。我打个招呼后，上得火铺去，与他坐在同一条长凳上。刚坐定，余主任就对我说道：“岩初，等你刘大叔把烟抽了，请他给我们讲一下他跑了几天的情况。”随即，余主任对站在灶台边的孝娥说道：“去，上去把你大伯请来。”不一会，牛大爷跟在孝娥后面进来了。牛大爷坐在火铺的另一条凳子上。余主任递给牛大爷一根裹好了的叶子烟，随后自己把烟斗点上，站在火铺边对刘师傅说道：“跑了这些天，讲来听下，是个哪样情况。”刘师傅干咳两声，清了清嗓子，娓娓说道：“说起来，这几天我硬是跑了好几个地方。不光是我们本公社的几个大队，就连三区木梁公社的几个队我都去跑了，还随便打听看有人卖料子没得。料子是有人卖，价钱说不拢，我就没有把买料子当成个事了，主要就是打听看哪里有现成的房子卖。打听下来，有还是有。那天我去黎家泽就看到了一厢三列两间的。人家生产队还说得好，无主的房子多少拿几个钱给队里，你们来拆了搬起走就是。我想，这个还撇脱。等我认真一看，那得要得个屁。屋顶上瓦没得了，桷子还有几匹，板壁、楼板都抖光了的，就剩个空架架。这还都是小事，我再下细一看，柱头尖尖差不多是朽了的，挑、楼辐梁也跟柱头差不多。朗格不朽嘛，一晃都快十年了，没得人管。屋顶上的瓦这家拿几块，那家拿几块，连仓上屋顶漏了，也去拿几块。板壁、楼板也是一样的，你拿几块，他拿几块，仓上差仓板也去抖几块。没得几年，就剩下个空架架在那里立起，日晒雨淋的，架架还没垮就算好的了。我看了看，心想，你就是白送我，我拆下来，搬得走搬不走是个事。搬回来了，我这个艺火还得到原还不到原也是个事。还在说多少拿几个，你就当干柴让我背回去，我都不要，我就没有再和他们谈了。后来我又到了三教寺生产队去了一趟，也不恰当。”牛大爷听了，对刘师傅说道：“不恰当就再慢慢打听噻。”刘师傅继续说：“我这个人是个急性子，我又到处打听。有天，我家有个老表给我讲，说他们那里的鸭子洞大队消水坨生产队有现成的一厢房子的料子堆起的，我一听就准备去看看。当时我就问他，这厢房子是哪个的。他说，哪个的？还有哪个的，要是是哪个的，还卖个哪样，当然是生产队的。他这一说，我明白了，和黎家泽的一样，是个无主房子，生产队把它拆了，料子队上管起的。”说到这里，刘师傅有意把眼光转向我，似乎是在问我听懂意思没有。我仍然是抱定装憨不作声，但做出一副认真听的样子。

一直站着的余主任显得有点急躁，问刘师傅道：“说了半天，你去看了没有，你认为买不买得成。”刘师傅却不慌不忙地挪了挪屁股，咳了咳，才笑着应答道：“你坐起噻，忙哪样忙，等我慢慢给你讲嘛。”这时三娘进来，把抱着的明明递给余主任，准备煮饭了。孝娥懂事地坐在灶门口，赶紧生火。我对三娘说：“谷利她们已经在煮饭了，等一下刘师傅到我们那边去吃。”刘师傅听了，说：“要得。我听老表一讲，就约起老表第二天一起到消水坨生产队去。这个消水坨离我家有十来里路，这里的队长还是我的干亲家，姓肖。这个队上人些我都认得好多，只不过这几年我们两边走动得少了些。我问肖队长他们队有房子卖没得？他也好耍呃，嘻一嘻地说，人些都是要立房子，哪个平白无故地要把房子拗起来卖嘛。我见他这样说，就埋怨老表。老表对肖队长说，我是听到说你们消水坨有相房子要卖。那个肖队长嘻一嘻地说，我们这里确实有厢房子要卖，只是人家人都不在了，不晓得这家人卖不卖。我当时就说，我们来都来了，管他卖不卖，我们看一下总可以嘛。肖队长还是嘻一嘻地说，是不是要看，要看，就去看下。我们跟到肖队长走，走到他们队上的仓库边。我问肖队长，你要把仓库卖了嘿？肖队长说，我哪有这么大的胆子，敢卖仓库。我家老表有点不耐烦了，问肖队长，你带我们来看的房子究竟在哪里嘛。肖队长嘻一嘻地把我们带到仓库档头一间空房里，指着用烂晒天盖着的一堆东西说，就在这里嘛。当时，我和老表都被他搞蒙了，站在那里，不晓得该说哪样了。肖队长看见我们站着不说话，嘻一嘻地要我帮到他把晒席掀到一边。等把晒席掀开一看，还真有一堆料子。肖队长说这就是一厢房子，除了没有板子外，柱头、扁料、桷子、檩子都在，三列两间全的。我下细地看了看，这些木料码得好好的，下头还是用石头垫起，木料全部是桥起放在石头上的，干干爽爽一点都没朽。我和老表都把这厢房子的料子看起了。我就问肖队长，你说这厢房子的主人不在，他到哪里去了嘛？肖队长要我估主人到哪里去了。我说你好要呃，我朗格晓得他到哪里去了。这时候，肖队长严肃起来，他说，十多年了，你说他走得到哪里去，反正一屋人都不在这里啦。”刘师傅抽了几口烟，继续说道：“我和老表把那堆料子翻了翻，我问肖队长朗格板子一块都没得了。那肖队长说，我刚才告诉你没得板子。本来是有板子的，那年队上要装一间仓房，一时找不到干定形的板子，就把里头的板子扯来用了。其实队上还有好些人不赞成用这个板子，后来一想，又不是哪一家用，是队上用，怕哪样怕，反正这些板子还要拿推板（刨子）推光生的。”听得极认真的余主任这时问道：“他究竟答应卖没得？”刘师傅答道：“肖队长没有直接说。他只是说这堆木料堆了这么多年了，干占地方。那家也没有人来过问过。听他口气，有人要买，他倒是巴不得哦。他只是在故意卖关子给我们看。那天，我把他点穿，他嘻一嘻地就承认了。”余主任看了看我，问刘师傅道：“你说买得买不得？”刘师傅说道：“东西倒是可以，要我说，也买得。只是我说了不算嘛，要你们定了嘛。你们定了要买，价钱我可以再去谈。那天我和肖队长也讲了，哪天我把你们带过去看一下。”余主任说道：“要得，哪天岩初和我跟你一起到消水坨去看一下。”一直坐在火铺上没有说话的牛大爷，这时开口说道：“你们去看，要弄清楚，那厢房子拆下来摆在那里有好些年份啦，为哪样没得人去买。我想了想，还是有点膈应呃。这边地基是这个样子，如果买的房子也是这个样子，不晓得岩初们几个会朗格想。”我明白牛大爷讲的意思，决定仍继续装憨，不说话。余主任说道：“去看一下再说，别个信那些，知青些不信。”刘师傅说道：“怕哪样，知青些火焰高，他们不怕那些东西，倒是那些东西怕他们哦。”在我们聊天之际，三娘的饭都要煮好了。这时黎芝过来请刘师傅过去吃饭。火铺会议算是结束了。为了款待刘师傅，我们蒸了点鲊肉。黑大爷家因款待赶场过路的贵客——进伦的舅舅、彭洁娥的父亲，炒了腊肉火葱，彭洁娥给我们端了一小碗来。这样我们的早餐就有两样荤菜了。我们和刘师傅正围桌吃饭，孝娥端着碗进来了，随后余主任也端着碗过来了。我们让余主任在桌边坐下一起吃，于是大家就边吃边唠。刘师傅对余主任说道：“要去消水坨，就得趁早。我耽搁一天把也还耽搁得起，再过几天我怕想去，都脱不到身喽。”余主任夹了一片鲊肉刨了两口饭，对刘师傅说道：“干脆后天，你在屋里等，我们一早就赶过去，一起到消水坨。”刘师傅说：“要得。后天我喊臭二家妈把早饭煮起，你们早点过来。我们一起吃了饭就到消水坨去。我估计这几天肖队长也不会到哪里去，他们队上的活路还有得做的。”吃完饭，刘师傅到场上去了。

按照前天的约定，我得和余主任一道去消水坨生产队看房子，也就是看刘师傅说的看一厢房子的木料。鸡叫三遍天麻亮，我还准备再赖一下床，却听见余主任在外面喊道：“岩初，起来得了。你起来收拾一下，我去挑两担水回来我们就走。”我赶紧起床，匆匆地跑到灶房，舀一瓢水马马虎虎的漱完口，又从皇桶里舀了两瓢水，草草抹了一把脸。待余主任挑好水，我们就向风背岩刘师傅家出发。走到坎上牛大爷家院坝里，我问余主任道：“要喊牛大爷一起去不?”余主任犹豫了一下，说道：“不喊了，他要安排队上的活路。你喊他去，他想得不一定和公社、大队一样，反而啰唆。”一边走，余主任一边给我说道：“知青建房款去年就拨到大队了，没有这点钱还好点，有这点钱摆在那里，还生出好些麻烦。大家心里明白，一个知青拨九十块钱，建哪样房子，不是哄鬼的是哪样。各个生产队都有自己的心眼。后寨、李家坪的就想拿去维修仓库，小坪村的也差不多。飞羊坡周家湾这边想拿这点钱买点瓦把知青住的那间屋顶的杉壳子换了，那边伍家又不干，说那是周家的房子，凭哪样要拿知青的钱帮他买瓦。扯来扯去都扯不清楚，拨下来的钱就只好摆在大队的账上。那天，王美正看到你住的地方得个光楼辐梁，就对我说，干脆拿他们三个知青的钱买两团板子，把楼板阵了，岩初住在里头，冬里睡起也热乎点，我一口把他回绝了。这个王美正就是支起瞎子跳岩。我要真拿这个钱买板子来阵楼板，二天有人给我笼一个挪用知青建房款为自家阵楼板的帽子，到时候才是黄泥巴抹裤裆，是屎也是屎，不是屎也是屎，那才是划不来喽。”我赶紧说道：“我住的那房子很好，冬天也不算冷，再说也住习惯了。”余主任说道：“冬天冷还是冷。等我今年喂的两抱猪崽出栏了，如果价钱卖得好，手头有点活钱，我去公社申请买点料子，改点板子把这个楼板阵起来。”从土地坑到风背岩虽然只有十多里路，但上坡居多，余主任边走边说，显得有点气喘了。为了避开这个显然让他十分纠结的知青建房话题，我故意指着路边水沟里淙淙流水说道：“这个水都是浑的，昨晚这边下的雨好像比我们那边下得大些呃。”余主任停下脚步看了看，对我说：“这是牛栏门水库涨水了。光是昨晚下那点雨，山涧水随涨随消，这个时候沟里的水不会有这么大。是牛栏门水库涨水了，桩盘子氿出来的水多，这沟里的水才有这个架势。”我接着说道：“今年老天爷有点将就人些咦。你看，这几天都是夜里下雨白天天晴。”余主任笑着说道：“是望老天爷将就嘞，人些才少遭点饿嚜。好些生产队有人这几天还是饿得恼火呃，你们知青全得粮站多卖一个月的口粮给你们，要不是，怕是好些都饿得跑进城去喽。”我说道：“幸好你到公社帮我们争取到喽，不然好几个队的知青这几天都跑光了。”余主任由衷地说道：“还是牟书记这个人好，懂政策，对农村的情况清楚，点子又多。你们知青建房的费用他也很关心，他给我讲，这个费用虽然不多一点，但是政策性强。打油的钱就是打油的钱，称盐巴的钱就是称盐巴的钱，不准分到个人头上，也不能挪来做其他，只能用在建房上。我给你们牛大爷讲，他又不懂。他横竖就是认为建房就是给你们三个建房，这都不要紧。更好耍的是他认为修房子就是帮你一个人修，说你是儿子崽了嘛。我给他讲过好几次，是生产队建知青房，他脑壳就是转不过弯来。”我接过话头说道：“刘大爷这种想法也是为我着想，也够他操心了。”余主任接过去说道：“他没想到这个修建房子是生产队的事，是生产队建知青房。有哪样事，生产队安排活路就是了。如果是你岩初一个人修房子，你就得像队上其他人户一样，请人帮忙做活路，煮饭给帮忙的人吃，以后你还得去还人家的活路，麻烦得很哦。你一个人修房子，就得你自己打主意，哪样事就得你个人安排。莫说你对修房子不晓得有哪些头绪，单是给帮忙人煮饭，你就得猫抓团鱼找不到头。我给你们牛大爷讲这些，他硬是听不进去。有天，我干脆给他挑明了讲，你不要以为上边吼起要知青些扎根农村，知青些也说要扎根农村接受贫下中农再教育，哪个说得准，说不定哪天这些知青就全部都回城里去了。这些人走了嚜，说不定上边哪天又安排一些知青下来。这个房子是生产队修的知青房，管他哪个来，只要是知青，就让他住这个房子就是了噻。他才多少想通了点。”余主任讲得兴起，我听得专心，十多里的山路就在边走边聊中走过了。

翻过垭口，刘师傅家的房子便清晰可见了。只见刘师傅站在阶沿坎上张望。他看见我们俩，一步就跳下阶沿坎迎了上来，说道：“我是说应该到了噻。快进屋，没得哪样好吃的，吃点阴苞谷籽。”阴苞谷的气味我闻不到，腊猪脚的气味我倒是闻到了。我笑着调侃道：“我克膝头硬是洗得干净呃，到刘师傅这里就是有好吃的。去年和进伦来有竹鸡吃，今年和余主任来有腊猪脚吃。”刘师傅开心地笑道：“咦，鼻子还尖嘛。”进屋，刘师傅就让我和余主任上火铺去坐。刚坐下，就见臭二拿着一把火葱进来，对我说道：“岩初哥，我在土头看你们好几回，都没看到，还怕你们不来嘞。”我笑道：“我们不来，这个腊猪脚炖阴苞谷籽你也不得吃哦。”在一边的刘师母笑了起来，说道：“那是嘞。臭二爹早就说的，这点东西就是给你们留起的。”刘师傅一边忙着给余主任拿大烟杆装烟，一边煞有介事地对刘师母安排道：“把火葱洗干净切好放到锅头。等余主任抽完这杆烟，我们就架式（开始）吃饭喽。”刘师母笑着回应道：“怕这个都要等你铺排嘛。”刘师母一边说一边要臭二把长凳安到火铺上。随后，刘师母将一碗盐菜拌藠头、一碗盐渍嫩蒜头、一碗盐水煳海椒摆在长凳上。余主任看到有好吃的，似乎觉得过烟瘾不如过饭瘾，急着抽了几口就把烟杆放下。刘师傅见状，喊道：“舀上来噻。”只见臭二应声双手端着一大碗腊猪脚炖阴苞谷籽递给余主任，随即又端了一大碗给我。刘师傅自己也端着一碗到火铺上来坐着，并说道：“不要拘礼，饭是这一碗，菜也是这一碗，将就一下喽。”余主任夹了一坨猪脚吃着，笑道：“顿顿像这样将就噻，怕哪个都干。”我则埋头苦干。我和余主任吃完一大碗后，臭二又给我们添了一大碗。这时进食的速度放慢了，大家边吃边聊。余主任问刘师傅道：“你们生产队得回销粮没有？”刘师傅答道：“有两家得了点。”余主任说：“那你们这里不算恼火。”刘师傅说：“我们这里虽然比不得你们那里，还是比烂沟子好得多。不过，再恼火也比那几年好多了。”余主任接着刘师傅的话说道：“看朗格比法。那几年是不准自己煮来吃，又没得自留地，家家都恼火。这些年再怎么都准自己煮来吃，还有点自留地噻。那天开会，牟书记还说不准饿死人，烂沟子的人说死人是不会的。我们都晓得的，有口锅儿在那里支起，好孬你自己都找得到一点下锅的。就怕把你的锅儿提了灶孔撬了，不准自己煮，那就硬是没办法喽。”刘师傅接着又说：“还怕不是，消水坨那厢房子的人家，就是那几年搞烂伙了的。”我们一边聊一边啃腊猪脚，吃阴苞谷籽，喝腊猪脚炖阴苞谷汤。三碗下肚，我撑得再也张不开口了。臭二接过我的碗，问了我一句：“岩初哥，进伦哥当兵去了，你晓得不?”我回答道：“朗格不晓得，他都走了差不多半年了，他还来信了的。要是他在家，这回肯定也会来吃腊猪脚的。”我反回臭二道：“今年去上学没有?”臭二答道：“旧场小学还是那个样子，学也学不到哪样，又远，我爹就没有让我去了。”刘师傅听见我和臭二谈上学的事，突然有点神秘地对余主任说道：“我给你说个事，这几天我们团转几个队的人在一起吹壳子，说是干脆几个队凑点粮食，把风背岩队上的旧仓库收拾打整一下，到你们大队请个知青来当老师，教崽崽些认点字，识个数，再学下打个算盘。不然二天生产队记工分、算点账怕都找不到个人喽。”余主任笑着说：“你们想是想得好，就怕这个事光是生产队说了算不到数，大队说了也算不到数。要不，你们几个生产队到公社去找牟书记谈一下，看他是个哪样态度。他同意了，你们大队的几个生产队谈好，要知青来当老师，这个事我倒是可以帮忙。”刘师傅听了，高兴地说道：“要得，我哪天去找我们大队的革委主任，请他找牟书记说下。”刘师傅停了下来，问我们吃饱没有，我和余主任回答说，早就吃饱了。刘师傅说：“干脆我们早点走。”于是我们三人出门往消水坨出发，刘师母追出门来说道：“记得回来吃饭，我煮起等你们。”臭二也跟着喊道：“岩初哥，等你们回来吃。”

三个男子汉肚子饱了，走路走得快。翻过两座山，站在垭口上，一眼看去，山脚下竟是一个青山环抱典型的山间坝子。刘师傅指着已栽完秧的一坝水田说：“这就是鸭子洞大队的地面了。”顺着斜坡小径往下走，路边土里的苞谷苗与我们队上的长得差不多，已经起了喇叭口，看来已薅过头道草了。下得坡来，只见沿着山脚的一条小溪欢快地由南向北流去，到一山嘴处溪水转而向东流经山嘴绕到山嘴背后，脱离了我们视野。走完下坡山路，我们没有顺着小溪边一条显然是少有人行的石板小路走，而是来到小溪的河滩上。刘师傅告诉我俩，这条小溪当地人称之为蒲竹溪。他站着指向北面，我们看到小溪一直沿山脚向北蜿蜒，隐没在一片竹丛中。刘师傅说：“那边有一个洞，被竹林遮住了，这里看不到。那个洞就是鸭子洞。”我想，也许鸭子洞大队是由此而得名的吧。蒲竹溪虽说是小溪，然而河滩却较宽。小溪主水道有丈余，砌得有五六个大石磴，显见是作为过河跳磴的。我们越过跳磴，就到了河对面的河滩上。穿过河滩，来到一小路口，与路口相接的是一条田坝间的小道，路面是由石板砌成，这在当时农村是很讲究的乡间小道了。走了一段，刘师傅停下来，指着我们下河滩小路处山嘴的另一面说道：“你们看，这个山嘴那边就是消水坨。天一下雨，坝里涨起来的水从消水坨消坑里流下去，就是不晓得流到哪里去了。这个坝子一年不管下好大的雨、涨好大的水都不会遭淹，水都沿这条河沟进消坑去了。这个消坑有好深哪个都不晓得，也没得哪个敢下去过。”刘师傅接着指着消坑往前的一丛竹林处说：“那竹林边原来也有人家。刚才我们下河滩前看见的那条石板路就是走那里去的。”我们一边走一边看，不久就看见交错的竹林树林间炊烟缭绕的数幢农舍了，显然这就是我们今天的目的地消水坨生产队了。刘师傅对这里显然是熟悉的，他带我们径直来到一幢四列三间的大瓦房前，有三五个正在院坝里玩耍的小孩，看见我们便围上来看稀奇。突然一个稍大点的女孩跑进屋去，一会从屋里走出一精壮汉子，这个汉子高声说道：“是说今早鸦雀（喜鹊）叫得狠，果然有贵客来了。”余主任和我跟着刘师傅迎上去，刘师傅拉着那汉子的胳膊向余主任和我介绍道：“这就是消水坨生产队的肖队长，也是我的干亲家。”肖队长笑着对余主任说：“我认是认不得你，你的名字我还是听到说过的呦。我们大队的张主任说，那年县里组织出去学大寨，这团转就是他和你去的。”此时余主任拿出一包不知他是何时准备的向阳花香烟，从中抽出两支，一支递给肖队长，一支递给刘师傅，并对肖队长说道：“是，那年出去十多天，我和你们张主任一直在一起。一谈起来，才晓得我们两个大队隔得近，就觉得亲切得很。”肖队长点上烟后，说道：“都走了几十里路了，赶紧进屋吃饭，我们刚刚才蹬碗。”刘师傅说道：“他们在我家吃的早饭，这过来就十来里路，肚子还是饱的，就不吃了。”说完他把我拉到肖队长面前，介绍道：“这就是我同你讲过的土地坑的知青岩初。”肖队长拉着我的手说：“他们保保（干爹）给我讲过你。看样子，今天来看料子是帮你们看的喽。”我只好支支吾吾地说：“是队上的，队上的。”就在谈话间，周围围上了一大帮男男女女，显然其中有不少刘师傅的熟人，都忙着和刘师傅打招呼。肖队长向人群扫看了一会，对其中一个人说：“二娃，你今天带起人些出工。”又对另一个人说：“幺叔，等一下你同我陪余主任他们。”在称为二娃那人的招呼声中，人群逐渐散去，应该是出工去了。一个叼着烟杆个头不大、显得比刘师傅年长的男子走了过来，肖队长给我们介绍道：“这是我家幺叔，队上的会计。”肖队长热情地让我们进屋坐。刘师傅说道：“坐哪样坐，现在你就带我们去仓上看料子，看完了，大家商量下，看朗格整。”余主任接着说：

“就是。先去看，能定下来最好。”肖队长见状，说：“也好，那就走。”

我们跟着肖队长和会计来到一厢长五间的房子边，肖队长告诉我们这是消水坨生产队的仓库。这个仓库和我们生产队仓库格局差不多。肖队长带我们来到一间空屋里，指着一堆木料说：“就是这些料子。”说着，他和会计把盖在料子上的晒席挪开，让我和余主任看。余主任对肖队长说：“没得哪样看的喽，刘师傅都看过了的。”肖队长说：“他看得下细得很，有些哪样，他比我们还清楚些。”刘师傅有点得意地对肖队长说道：“我做的就是这个活路，朗格会不下细嘛。那天全得你们帮忙，我点过的噻。”刘师傅带着余主任和我，边看边说道：“这一堆是三列两间的料子，他们放得下细，一点湿气都没沾。”刘师傅指着这堆木料，像背书一样继续说道：“一共是十五根柱头，六根瓜筒，堂屋大梁一根、二梁两根。”一边说一边伸手去摸烟袋。余主任见状，递过去一支向阳花香烟。刘师傅摆了摆手说：“不抽那个，还是抽叶子烟扎劲点。”这时会计递给刘师傅一杆裹好的烟叶子，说：“不嫌孬，就抽这个嘛。”说完，又拿出烟叶分别给了余主任和肖队长，几个抽烟的人都停了下来，把烟斗点上。刘师傅吸了一口烟，说道：“小二间楼辐梁五根，檩子棒棒十八根。”停了一下又吸了口烟，继续说道：“列扁九块，横扁十块，房圈扁料两块，挑有六匹。桷子没细数，怕有七八十匹。就是没得板子。”肖队长答道：“板子些一处拖点就抛撒完了。”余主任笑着对刘师傅说道：“你一刁工夫像吐枇杷籽一样，你讲得这么多我哪里记得哦。”刘师傅笑着应答道：“我记得你就记得噻。”会计在一旁笑道：“还就是那些数。”余主任默了一下，对刘师傅说：“你帮我算一下，把这些料子一次弄回去，要好多人。”刘师傅边算边说：“料子些都是干定性了的，全部是杉木，不重。搬这点料子，路程近点话算不得哪样事。只是到你们那里单边都有二十多里，来回怕有五十来里。扛重了就恼火，一次就盘回去，怕要五十来个人才行喽。”刘师傅说完，余主任拍了下额头，说道：“昏头喽，人家肖队长还没发话，我就打起搬料子的主意来了。”哪知站在旁边的肖队长却说道：“大半都是要卖给你们的喽。你们商量一下朗格才盘得走，对头噻。”余主任显得有点不好意思地说道：“这桩生意都还没谈成，就说要搬东西了，实在不好意思。”肖队长笑起来，说道：“余主任，你太拘礼了。从他保保（指刘师傅）来说这个事后，我们队上就打定主意，管他钱多钱少，都要把这些料子盘给你们生产队，好拿去修建知青房。说老实话，我们还怕你们忌讳不要呃。”此话一出，倒把余主任和我都逗笑了。本来想一直装憨不说什么的我，此时也忍不住说道："我们有哪样忌讳的嘛，刘师傅都说这厢房子的料子好得很噻。"肖队长稍稍犹豫了一下，说："人人都晓得这料子是好料子，没得说的。只是这料子是朗格来的，好多人都不晓得，等晓得他就不要了，连送他都不要。"这时余主任对肖队长说道："这个料子是朗格回事，我也晓得一些。关于其中的具体情况刘师傅没给我们讲，我们也不大清楚。你讲给我们听一下，要得不？"肖队长这时却卖起关子要吊大家胃口了，说道："大家坐下吃杆烟，我慢慢给你们摆嘛。你们听了，再说要不要这料子。"

大家各自找了个地方坐下，除我之外，他们四人又开始裹烟叶装烟斗，忙乎起来，点上火，一阵猛抽过足烟瘾后，肖队长突然站了起来，见状，大家也跟着站了起来。一行人跟在肖队长后面走到仓库晒坝边，不由自主地面向田坝一字排开。肖队长用捏着烟斗的右手指着田坝对面说道："你们看，对面坡脚是不是有个像半边月亮的岩岩？"大家顺着他手指方向看去，半月形山崖依稀可见。黑灰色的山崖，像是被造化用白粉竖着画了几笔，崖顶则是一片葱郁。肖队长告诉我们道："那个岩脚下面就是个大消坑。一年坝里涨的水都是从这个消坑消下去的。据老人们说这里叫消水坨就是这样得名的。"肖队长要大家往山崖左边看，我们看到山脚边有一片土坪，土坪上有一块台土，台土边长着一片竹林。肖队长说道："你们看的那堆料子，就是从原先立在那片竹林边台土上的一厢房子拆过来的。"说到这里，肖队长不无惋惜地说道："虽说这厢房子是个三列两间的七架房，大是不很大，但是料子好啊，清一色的杉木。不过再好的料子又有哪样用，这些年有好些人来看过，看到料子都雄火，要买。把龙门阵一听，个个都不买了，就是送给他，他都不要喽。"余主任叼着烟斗说道："哪样龙门阵，这么吓人，说来听下嘛。"肖队长慢条斯理地说道："说给你们听，吓人不吓人，你们自己说。这厢房子死了三个人，还有两个不晓得踪影，生死不定。你们说吓人不吓人嘛。"我着急地问："朗格会这样？"肖队长叹了口气，说："还不是为了那口饭。"肖队长轻轻又叹了口气说道："说起竹林边上的那家人，也是我们肖家家门中的。依起来，这家当家的男人我该喊大叔，女的就是大叔娘啦。他们两个老在我们这方是出了名的能干人，又勤快又会铺排。土改后不多久，房子立起来了还不说，过不好久一下子都装好了。他家的老大是个儿子，还有两个姑娘，他们家在我们这里算是好的了。拐就拐在饿饭那几年吃大食堂，各家各户不准自己开伙，都要到食堂吃。食堂办在我们这边院子里，大叔他一家单住在那边。开头每天都是大叔拿个盆盆到食堂打饭端回去一家人吃。

在食堂有哪样吃的嘛，糠糠菜菜都没得多的，大家饿得遭不住。大叔他是最顾崽崽的，打回去的东西都是先尽三个崽崽吃，还要顾到大叔娘，最后打回去的饭轮到他还有哪样嘛。拖了不久，大叔走了，就拖来埋在了那房子后面。

大叔走了，本该大叔娘来打饭的。他们家的儿子叫大牛，那时怕有十六七岁了，长得伸伸抖抖、高高大大的，硬是要去食堂打饭。你们从这里看过去，那房子好像不远点。其实下去穿过坝子过河，绕到那边路上，再到他们家朗格都有三四里路。每天两顿，开饭的时候还不到，那大牛就拿起个盆盆到食堂守起，把他家四个人那点吃的打回去。按说哪家哪个来打饭，都是一样嘛，所以大家都不在然。哪晓得就是在来打饭的人上出了问题。有一天打夜饭，是大叔娘哭兮兮拿着盆盆来的。自家打自家的饭，也没得哪个过问她。哪晓得大叔娘哭着走到我爹跟前，对我爹说，洪生哥，大牛没回家，怕是遭掉到消坑里去喽。我爹吓了一大跳，赶紧问是哪样回事。大叔娘说，今天早饭是大牛来打的饭，我们三娘母在屋头等他，一等不来，二等也不来，我就喊那两姊妹去找。这两姊妹都饿得拖不起，早就把这个哥恨起喽，都不愿意出来找。她们这个哥也是，每回打饭回去，在路上一路走一路吃，等到了家头，四个人的饭都遭他吃去了三个的。平时那两姊妹就说她们哥只顾各人（自己），总有一天要遭老天爷报应，要摔死在消坑里头的。”肖队长叹了口气，吸了口烟，接着说道：“我爹听大叔娘这么一说，就喊起两个人和大叔娘沿着路一直走到消坑边。这条路是石板路，有一段就在消坑边上，不小心踩虚脚就容易摔到消坑里去。那天去看了，我爹回来说，路上靠坑边有块石板硬是逡不在了。大家说一定是大牛一边走一边吃打的饭，不看路就踩到石板逡下坑去了。”余主任听到这里，问道：“当时没派人下坑去找?”肖队长说道：“找? 那坑深得很，从来没得人下去过。听老人些说前些年黄牛、水牛都有摔下去的，就没得哪个敢下去找。朗格找法嘛，人些下去，怕是死的没找到，活的都上不来喽。”大家听了都不作声。肖队长继续说道：“大牛死后，大家劝大叔娘想开点，屋里两个姑娘还小，你还得替这两姊妹想下。哪晓得不这么说还好点，这话一说出来，大叔娘跟到起说的话，把大家都吓到起了。她说她家大牛是两个姑娘害死的。我爹也劝过她，要她不要哪样话都乱讲。大叔娘就边哭边对我爹说，她那天早上听大姑娘对细姑娘说，早上从消坑边过，有块石板一翘，差点遭逡到消坑头去了。细的个说快点给哥讲下，要他过路时注意点，把那块石板塞稳当下。大的个说，管他的，摔死了还好点，免得我们三娘母都饿死。细的个也跟着说摔死还好点。大叔娘说她正准备吼那两个姑娘，大牛从外面回来就打岔了。大牛进屋拿起盆盆就往食堂走，她要讲那块石头的事都没来得及。大牛就这样走了，没回来。大牛不见了，大叔娘想不开，一天就窝在心里怄，一个嘴巴就塌在那两姊妹身上。一下说是那两姊妹把大牛咒死的，一下又说是那两姊妹把大牛推下消坑害死的，天天就说那两姊妹从坑边过要遭鬼上来拖下消坑去的。一天那两个姑娘不晓得到哪里去了，就再也没有回来过。大叔娘儿子没得了，姑娘也不见了，就这样怄起，饭也不打来吃。人家给她把饭打回来，她也不吃，哪个都劝不到。本来就是饿瓢了的人，遭得住拖几天嘛，就这样大叔娘也拖死了。要死之前，我爹他们去看她，她说大牛家爹是饿死的，大牛摔到消坑头死的，也是为了那口饭。那爷儿俩都是为了那口饭死的，我还吃哪样饭哦，就当个饿死鬼去陪他爷儿俩。她还说那两个姑娘也是她逼走的，不晓得去哪里了，要我爹他们不要去找。大叔娘还说房子在那里立起的，她们不怕鬼就回来住，不回来就算了。又说她晓得大牛不在，这房人就绝了。她说死后，多承大家把她埋在大叔的坟边。就这样，前前后后不过几个月的时间，这一家五个人就死了三个，跑了两个，至今生死不明，那厢房子就空了。当时大家还认为那两姊妹说不定哪天就回来了，哪晓得一年过去不见回来，两年三年过去还是不见回来。大家都在说，看来这家人怕是绝了。后来城里来的蒋队长不晓得从哪里听到这厢房子的事，就对队上说，坝子对门那厢房子栽到那里都有几年了，又没得人管，放在那里好看唛？要队上赶紧把它拆了。就这样，队上才安排人把那厢房子拆了，把料子堆在仓库的空房里。后头的事你们也听说了。”

肖队长沉重叙述后，把我们又带回仓库堆的料子边。肖队长继续说道：“都好几年了，就为这件事，料子一直没卖得出去。那天他保保来谈到买料子的事，我说就看知青些敢不敢买这个料子啦。他保保说人家知青才不怕这些，就看生产队的。”这时余主任看着我问道：“怕不怕？”我只有赶紧回答：“怕哪样怕。”在我们说话时，刘师傅一直在翻动料子，不知在看什么。看了一会，突然冒出一句，说道：“知青是上面派下来的，火气旺，不怕你这些。就看你们要卖好几个钱。”肖队长笑着说道：“那天我就讲过的，依我的话，这堆料子你们是拿去修建知青房子，就干脆送给你们都要得。无奈是队上的，人多嘴杂，我也不好做这个主。你们看到起多少拿几个，我也好给队上人些有个交代。也算是我们这边卖了，你们那边买了，大家都好说话。现在你们问我要好几个钱，我都不好意思说得。”停了一会，肖队长对余主任说道：“余主任，今天我看到你们，心里就觉得你们都是对劲（合得来）的人，你们拿几个钱就算几个钱。”余主任笑道：“肖队长，老实说，虽说是生产队建知青房，生产队其实一个钱都没有，意见倒怕是有一堆。就是今天把这料子买了，要喊生产队的人来盘，还不晓得要费好些口舌。我们队上有些人早就在说，建知青的房子，凭哪样要队上安排活路。肖队长，不怕说来你笑话，我手头现在就只有三个知青的建房款，一个九十块，一共二百七十块。这堆料子买了，还要请师傅，开匠人钱。你说我朗格办。”肖队长听了，看了看站在身旁的会计，两人交换了一下眼神，然后一本正经地对我和余主任说道：“都这些年了，也只有你们不怕，看得起这堆料子。你们队上的情况也实在，又是他保保在中间撮合。说来说去，也算我们大家有缘分。干脆这样，那二百七十块的建房款，你们丢一百五十块给我们，剩下的你们拿去请师傅、买点钉子杂七杂八的，够不够我就管不到了。余主任，你看要得不？”余主任答道：“要得，朗格要不得哦。只是你们亏大了，我说干脆拿两百块。”肖队长抢着说道：“亏哪样亏，这堆料子堆到这里那么多年了，没有看见它长点哪样出来，倒是把地方占了。是他保保说得好，你们帮我们的忙，把占的地方腾出来。我们也算忙你们一个忙嘛，把知青房子早点建起来。余主任，你实在要多拿几个，就拿一百六嘛。”余主任恳切说：“不说了，就是一百八。”刘师傅在一旁高兴地说道：“就依余主任。事情谈成，你们两边都要多谢我这个中人喽。”随即刘师傅话锋一转，问会计道：“你想一下，这厢房子的掌墨师是不是姓徐？”会计略为沉思一下，回答道：“是，是个姓徐的师傅，是山那边三教寺的。”刘师傅一听，顿时兴奋起来，说道：“我是说，这个房子上点的墨和我家点的墨一样，原来是三教寺徐廷昌师叔掌的墨，这个师叔和我爹拜的是同一个师傅。”说完，刘师傅转向余主任说道：“你们生产队硬是运气好，这些料子盘回去，要请师傅的话，就请我一个人就行了。三榀排列，我一天就斗好。”说着，他把我们叫到木料堆旁，指着上面尚有算清晰墨迹的一根柱头和一块木方，说道：“看嘛，这根是中柱，那块是右下边的扁料木方。”说着，他自己笑了起来。指着柱头、木方上的墨迹说道：“喊你们看，不怕你们有文化，还是认不得。”我看着柱头上的横竖一笔一笔组合的图案，笑道：“真的不晓得是哪样意思呃。”刘师傅说：“只有我们同出一师的匠人才认得。这回好了，立房子要少花些工夫啦。”刘师傅还笑着自我调侃道：“买房子、立房子都是我包了，这个工钱看你们怎么算喽。”余主任也笑着说道：“反正就是那几个钱，你看你要拿好多。少拿点，算个人情。想多拿也没得多的。”刘师傅笑着对我说道：“岩初，你们这个主任抠不抠？我心里早就算好了，工钱还和上次给你们队上修碾房一样拿，要不了几个。剩下的还要称点钉子。等房子立起了，我要把桷子复原上去。哎，扯远了，还是看朗格把料子盘回去。其他事是下一步的事喽。”

余主任围着料子堆走来走去，不时翻动一下料子。过了一会，余主任边翻动料子边对刘师傅说道：“你估计要四五十个工才盘得回去。我们生产队的劳力全部出动都盘不回去，就得盘两回，要用两天时间呦。”刘师傅说：“是哦，这一来一去有五十来里，一天只能盘一回，是要两天才弄得回去。”余主任沉吟了一会，说：“本来一天打个运转也弄得回去，就是晌午这顿饭不好安排。这个天气有些热，喊大家带饭粑团又怕馊，硬是有点麻烦。”停了一会，余主任说：“算了，就安排两天弄完。”说完，抠了抠脑壳，叹了口气，又说道：“安排一天都有人说上说下的，安排两天，怕是不安逸的人到时候更有话说喽。”听见余主任这么说，我暗自庆幸，幸亏自己在修房子问题上一直装憨。我也知道，在给知青修建房子的问题上，队上的人是有分歧的，有些人认为是知青建房子，应该知青自己修建，连牛大爷都是这种想法。而余主任、黑大爷他们认为应该由生产队修建知青房，作为下乡到生产队的知青用房，当然该队上安排活路。此时，听到刘师傅说道：“干脆还是打运转，一天盘完算了。这样，盘料子那天，我叫臭二妈在屋头给你们煮晌午饭，你们安排个人来帮忙就可以了。三四十个人的饭，好大个事嘛。泡几斤豆子，推个菜豆腐就行了噻，吃的几十斤米我回去就打主意。”余主任听了，高兴地说道：“吃的米好解决，由队上碾一槽谷子，横竖立房子的时候也要吃。”听着余主任和刘师傅的对话，我真的感谢余主任和黑大爷们。如果不是他们坚持修建知青房由队上来修建，我们三个知青是绝对无能为力的。光是碾一槽米给大家吃，就足以让我们三个马上断粮。还有四五十个人工，我们到哪里去想办法。这时，刘师傅和余主任开始谈论搬运料子的具体细节。刘师傅对余主任说道：“十五根柱头，一个人一根不算重，来的男人都扛得动，就没得说的了。六根瓜筒，一根占一个人划不来。干脆来之前，请肖队长他们帮忙找点篾条两根两根捆在一起，一个人扛两根也合适。大梁、二梁也是一个人扛一根。就是五根小二间楼幅梁有点讨嫌，一个人一根轻了，两根又重了点。”余主任插嘴说道：“这个还是一个人一根，等那些劳力弱的扛。”刘师傅说：“好，就依你说的。”说完，刘师傅又对肖队长说道：“这十八根檩子，肖队长你也帮我两根两根捆成一捆，这个比瓜筒长，要捆三匝才行哦。”刘师傅接着又自言自语地说道：“八十匹桷子，朗格办？一捆捆二十匹晓得拿得住不？”余主任说：“二十匹桷子无非就和一根楼辐梁差不多重，就捆二十匹。”刘师傅说：“好嘛。六匹挑两块两块捆起，也合适。现在就剩十九块扁料了，长短搭配，捆成九捆，还要单一块。算了，就凑合哪个少费点力。”说完，刘师傅默着算了一会，说道：“这样整下来，要有五十来个劳力才能一次盘走。不安排两天，就只有打运转咯。”余主任也默了一下，显然打定了主意，说道：“打运转，一天整完算了。只是要劳烦你和大嫂喽。”刘师傅笑道：“我高兴嘛。这几年我都没有掌墨立过哪样房子了，手艺都怕回潮喽。这回帮你们土地坑立知青房，我正好又得当一回掌墨师，看我的艺火还在不。再说，二天在我立的这厢房子住过的知青有办法了，也记得我这个刘师傅的嘛，再麻烦都算不得哪样喽。”刘师傅回过头对肖队长说道：“亲家，还是要麻烦你把这些料子按我和余主任说的收拾下，到时候人些来了，呼的一声，扛起就走喽。”肖队长说道：“放心，那些都是我们该当做的。”余主任对肖队长说道：“下次盘料子的时候，我把钱拿来，要得不？”肖队长答道：“朗格要不得，我喊会计把收条给你开起。到时候，熬点茶，等你们来。”余主任说：“那就多承喽。到底哪天来，还是等刘大哥来和你们讲。”刘师傅大笑着说：“看来我还是猫抓糍粑，脱不了爪爪喽。”余主任也跟着笑了起来，说：“是这样哦，你想脱都脱不了。”肖队长、会计和我也都笑了起来，刚才肖队长讲房子来历略显凝重的气氛被一扫而光。事情搞定了，两边都高兴。肖队长一再邀请我们吃了饭再走，刘师傅有点犹豫，余主任则以队上有事，一口回绝了。

我们三人告别肖队长和会计，匆匆往回走。过了溪中跳磴来到路口，远看那条承载灾难已淹没在蒿草丛中的石板小径，不由自主地放慢了脚步。快到刘师傅家时，刘师傅力邀余主任和我吃了晚饭再走。余主任仍坚决要回去，以顺路看看各生产队的生产情况为由，谢绝了刘师傅的挽留。临分手时，余主任和刘师傅约定在夏至前一场，也就是五月十八到土地坑商量有关事情。在归途中，我不知是哪根筋短路，竟然和余主任谈到搬料子一事，说可以把飞羊坡生产队我弟他们三个知青叫来帮忙。开始余主任并没置可否，过了一会他才说道：“队上安排活路，去安排外队的知青不合适。这个和去年我们队帮牛栏门薅打闹草还不同。队上给队上帮忙赚工，还得起就还，还不起就摆在那点。人家知青个人来帮你队上的忙，二天队上朗格还他们的活路法。这又不是帮你岩初个人立房子，莫非二天你去还帮工嘛。这样做有点骑马打屁两不分明，你还是不要想多了，听队上的安排就是了。”我知道是自己冒失了，连声说："是的，对头。"心中再次提醒自己继续装憨。快到家了，余主任对我说道："我要把今天谈的情况给你们牛大爷说下，你回去也和谷利、黎芝说下，就说是知青房子的料子买好了，过段时间就要去盘回来，让她们晓得就是了，其他就不要东说西说的，就说是听队上安排就行了。从明天起，可能就会听到队上的人对修知青房的这样讲法，那样讲法。你们一概不管，横竖就说是听队上安排。听到有些人说过头的话不要争也不要计较，就当耳边风。队上的情况，哪些人想些哪样，我还是清楚的，拿得住他们。"我回答道："要得，我们按你讲的做。"

早先余主任给牛大爷谈了关于修知青房子买木料以及他的打算后，队上就开始有了各种各样的猜测与说法。当然，这些说法正如余主任说："茅厕坑里丢石头，你说它不溅点哪样起来，臭都不臭下是不可能的。你要说溅得起好大波浪，要臭好一阵子也是不可能的。"在栽秧的大忙时节，大家的精力全放到了栽秧上。栽秧，大家累得皮塌嘴歪的，男人们也好，女人们也好，除了栽秧外，根本没有心思考虑其他事情，连过端午也是草草过的。知青房子的事大家似乎忘了。接近栽秧尾声，劳动强度大大减少，人们又有精力开始关注栽秧之外的事情。一日，队上的活路就是在最后一块田栽秧，这一天也就是封秧门的日子。这块田就是杨家屋基旁的秧田。大家先把秧田中残留的秧子扯完，堆在田坎边，再架两架铧口，将秧田犁一遍，打一遍耙，最后把扯出来的秧子栽下去，今年的秧门就封了，栽秧工作也就宣告结束。几十个劳力干这点事，简直就不算事。所以临出工前大家都不慌不忙地坐在火铺上烤火、抽烟、吹牛。在余主任家火铺上，有三家田的王治周、伍芝林、许林榜、孙茂堂，还有土地坑的余进友，他们挤坐在两条长凳上，余主任拖了一条长凳坐在灶后头，灶门前长凳上坐着牛大爷、二爷、国二爷，我则站在灶房靠堂屋的门边。队上的男全劳力基本集中于此。一阵喧闹过后，不知谁先提出栽秧上坎后，是不是要到消水坨盘料子。王治周说道："既然买了，干脆早点盘回来算了。"国二爷问道："朗格盘法呢？是队上安排活路去盘，还是他们知青自己请人帮忙去盘？"伍芝林说道："就算是他们知青请人去盘，他们能请哪个，还不是请队上这些人。"牛大爷接着说道："请人嘛，就得管饭哦。几十个人的饭，他们三个不晓得管得下来不。"王治周说道："要我说，管得下来，也不能要他们管。管不下来就更不消说喽。"国二爷有点不高兴地说道："哪家哪户请人帮忙，有不管饭的嘛。"向来不爱说话的二爷在灶门前冒了一句道："这样朗格要得，又不是吃大户，几顿把人家粮食吃光了，人家朗格过嘛。”王治周接着说道：“这几个知青，说老实话，人家也大方。”这时孙茂堂抢过了王治周的话头，说道：“是的，哪回我在他们那里都是遇到哪样吃哪样。”王治周打断孙茂堂的话，继续说道：“你硬要说建知青房要他们供饭，我估计队上喊他们这样整，他们咬起牙巴骨也会承下来。不管你怎么想，我是心里朗格都过不去。你看岩初才来好久嘛，哪个的忙他都肯帮，有饭吃他帮忙，没得饭吃他还不是肯帮忙。前不久出工前，我还看到他在帮习初改板子嘞。所以我说就是队上派工算了，你愿意就去，自己吃自己的，记工分。不愿去就不去。”伍芝林接着说道：“是这样哦。一回谷利和黎芝进城，这个喊她们带这样，那个喊她们买那样，赶个场当去帮大家当采购。买来东西差点钱，人家还不是算了。人家还不是自己吃自己的，有时还要贴钱帮你人些的忙。”这些话倒把国二爷将住了。他急忙解释道：“我是说我们这里的人家要请人帮忙是要供饭的，又没说是给知青帮忙要供饭。我先把话丢在这里，去盘料子我们俩爷子一点都不打盹，去！”不知黑大爷什么时候站在了门边，只听见他说道：“国哥，你那些话说是对也对。我们这里就是这样兴起的，对我们本地土生土长的人户是这样，帮个忙吃顿饭都是天经地义的。只是这些知青才来好久点嘛，脚跟都没站稳当，他们哪有能力来立房子，供这么多人吃饭噻。倒不是说供一顿他们供不起，你都晓得的，这个修房子要盘料子，待匠人，整排列、擤排列，立起来，要供好多顿饭，一顿几十斤粮食。几顿吃了，以后你要他们把嘴巴缝起哰，这些都是过场话些喽。问题是生产队修知青房，该不该他们出粮出工？有人说我家对修知青房积极，是中秋大了娶媳妇，要用房子。他们知青把灶房占了，所以要帮他们把房子赶紧修好，让他们搬出去。我今天当着大家的面，把话丢在这里。莫说中秋还有几年才成家，就是他要成家，只要他们知青房子没修好，我绝不会让他们搬出去。”牛大爷这时似乎有点动了感情，说道：“我这个脑壳是有点搭铁了。起先是有些事情想不开，老是想到我们这里是自己的房子自家修，别个来帮忙就该供饭。就觉得知青的房子就该知青自己修，别个来帮忙也该供饭。没想到人家是按政策才下来，要人家哪样都按我们当地人那样做，朗格做得到嘛。要说哪个最想他们在这里，肯定是我。去年要不是有岩初在这里，我家进初肯定没得了。刚才大家都说了，我也表个态，盘料子、立房子都算生产队的，生产队把这个事情理起来。”屋子里面好像只有许林榜和余进友没说话了。这时余进友挺起腰杆来，表态似的说道：“队上朗格安排，我家三个劳力就朗格做。人家对我家两个妹就当自家妹一样。”许林榜笑嘻嘻地说道："你们像是在开会，我想说哪样又不敢说。要等我说的话，我就说人家三个知青，天地良心，爱帮忙，为人大方，不是那种抠鼻屎的人。大家朗格都应该帮他们把事情办好。我家有五个劳力，没有二话，喊干哪样就干哪样。"

这样一来，好像全队各家都有人表态了。稳坐在条凳上的余主任这时才开始说话，他一脸轻松，笑容满面地说道："我还说今天在我家这个屋里要吵得开不到交呢，哪晓得就争这几句。哪里哟，争都没争，就算了事啦，看来我们队上的人还是团结的嘛。倒是我要给大家讲清楚，前几天我也听到有人咕噜，说是我余成焕修知青房积极，是他们知青占了我两间房间，想知青房早点修好，给我腾房子出来。我听了觉得好笑。我那几个崽崽，才好大点嘛，半天云吹唢呐，还哪里哪嘛，哪里会想到起要他们腾房子的事。我要给大家讲清楚，建知青房是上面政策喊建的。上面还按每个人九十块拨了钱的，这些钱都在大队的账上，要用必须专款专用，只能用来给知青修建房子。这个钱都不能发给知青个人，要是可以发，我早就拿来发给他们啰。有这点钱，喊你修你不修，就只能放到起噻。有的人老是以为那两个姑娘迟早都是外边的人，这个房子就是岩初的。像中秋、孝娥这些崽崽些还在那里高兴哦，说岩初哥的房子挨到他们近。说老实话，我们修这个房子叫作土地坑生产队的知青房，就算岩初不走，也不敢说这个房子就是他的，这是从政策上讲。就从他们三个来讲，要他们供几十个人吃几顿饭，也不是供不起。只是把人家吃得干干净净的，以后的日子还过不过？要人家吊起锅儿打当当，你们忍心不？大家才将说还是队上安排活路盘料子、立房子，这就对头啦，于情于理都说得过去。说不准哪天政策来了，把他们都弄回城去了，这房子在那里立起，还不是生产队的财产嘛。这房子以后拿来干哪样，哪个都说不准。前一阵开会回来我还给你们讲过的噻，城里还在疏散人口，只不过我们这里安排有知青，才没打我们的主意。如果他们三个走了，安不安排其他知青来也难说，有厢房子在那里立起，就是有人来我们也不慌噻。你们说是帮他们三个知青修房子，朗格说得过去嘛。我说是帮我们队上修房子。"这时伍芝林说道："三爷，那天我在场上碰到牟书记，我还和他开玩笑，问他是不是要到土地坑检查工作，一起走，有个伴。他说他到旧场小学去看下，说是上面要求把课开起来。他还说现在学校搞得乱七八糟的，老师些都整散了，要把课开起来，怕是老师都不够。说是到时怕要到我们大队找几个知青去当老师嘞。"余主任笑了笑，说道："我说的嘛，我们不要就是想到是帮哪个知青立房子，要想到是帮队上立房子，用这点钱还是沾了知青的光。这是给队上做活路，还怕吃亏了吗?”听完余主任的一番话，屋里屋外一阵嘈杂。有的说，栽秧上坎就去把料子盘回来。有的说，把料子盘回来就把房子立起。反正围绕着房子七嘴八舌说个不停。余主任等大家安静后，说道：“这个月十八那天，刘师傅要过来，等他来了，商量好了就定时间。今天活路不多，那块田怕一个人栽几窝就上坎了，大家忙了好一阵子了，今天早点放活路。我干脆挑明了给你们讲，人家区里喊公社考核推荐几个知青去当老师，还要来大队考察呢。有些知青可能要动下喽。”牛大爷说道：“大家都在这里，就算开了个会。干三和习初现在怕是早都把田铧完、耙都打好喽，大家去一个栽几窝就收工。明天看还有哪样要做的，后天放假赶场。”听完，大家纷纷往屋外走，到杨家屋基栽秧封秧门去了。收工后，我告诉谷利和黎芝，后天赶场，刘师傅要过来和余主任商量事情，就是为修知青房的事。我们整点菜请刘师傅和余主任到我们这里吃晚饭。两个女生十分乐意，谷利说：“干脆把黑大爷也请过来”我和黎芝当然表示赞同。

五月十八，刘师傅如约而到。没等他没跨进余主任家的门，我抢先把他拦了下来，告诉他两个女生已经准备了晚饭。他开玩笑说道：“是不是也要请我吃腊猪脚?”我笑道：“不是腊猪脚，是腊肉，反正是肉噻，来个嫩海椒火葱头炒肥腊肉嘛。”刘师傅笑道：“那要看，事情商量好了就吃，商量不好就免喽。”我说道：“肯定没问题，不管怎样，这顿腊肉都吃定了。”随后我陪刘师傅到了余主任家。待刘师傅在余主任家火铺上坐好，我告诉余主任，请他和刘师傅晚饭到我们那边吃。说完，我回到我们的灶房。谷利对我说：“刘师傅喜欢喝酒，余主任和黑大爷也能喝一点，你干脆到旧场跑一趟，到商店肖孃那里看有酒买没有，想法打一斤回来。我和黎芝就不去赶场了，就在家准备晚饭。”我摸了下裤包，没钱，急忙回到住处，找遍所有可能有钱的地方，摸了所有可能放钱的衣服包包和裤子包包，把所有钱凑拢一数才几角钱，赶快回到灶房，告诉两个女生还差点钱。两个女生回住处翻箱倒柜，还好，所有钱凑起来，居然有一块多钱。这些钱足够打一斤青杠籽酒，还可以买点盐巴。于是我找了一个干净瓶子，兴冲冲赶场打酒去了。赶场的目的明确，一到场上，急匆匆地直奔商店，跑到肖孃售货柜台前。谁知刚一开口问，肖孃就给我兜头一瓢冷水，道：“头场剩的酒刚一开门就卖完了，这一场区里没有酒调来。”我一听，顿时像泄了气的皮球，木呆呆地站在那里，一句话都说不出来。肖孃见状，问道：“是不是有急事要用?”我一脸沮丧地说道："是的，是有急事，要不然也不会平白无故来打酒。"肖孃想了一下说道："还好，上一场我给你们卫叔打了一斤，还放在那里的，你先拿去用。"说完，转身进屋拿了一瓶酒出来，递给我。我赶紧把所有钱交上。肖孃数了几张后，将多余的退还给我。我满怀感激之心，连说："谢谢肖孃，谢谢肖孃。"提着酒满心高兴地跑回队上。

晚饭的桌子上有肉有酒。谷利知道光炒腊肉待客人显然是不够的，于是把坛子里卜的酸萝卜丝抓了一大碗出来，放上干海椒、蒜苗炒起，算一盘菜。放了一点点猪油的米汤煮热白菜算是汤菜，盐渍大蒜头是凉菜。更重要的担纲菜有一大盆，那就是时鲜蔬菜——刚从地里摘来的四季豆炒洋芋。正准备请刘师傅、余主任、黑大爷过来就座，突然想起余主任、黑大爷都不善于饮酒，让他们陪酒难以让刘师傅尽兴。于是我匆匆忙忙跑到牛大爷家，把牛大爷也请了下来。所请四人围桌坐好，谷利和黎芝急忙把准备好的菜端了上来，把碗筷放好，我把酒到上，所谓的宴席就开始了。刘师傅两口酒、两片肉下肚，话匣子就打开了。只见他端起酒碗，与余主任、牛大爷和黑大爷的酒碗碰了碰后，将碗中剩下的酒一饮而尽，夹了片腊肉放到嘴里，边嚼边说道："余主任、黑哥、牛哥，这碗酒我还是该喝的呦。"余主任笑道："那还消说，该喝，该喝。岩初来，帮刘师傅满上。"我听了，急忙把刘师傅的酒碗倒满，牛大爷的碗中也倒一点，余主任和黑大爷的则没再加。牛大爷端起酒碗对刘师傅说道："来！哥敬你。你为我们队上的事跑来跑去，脚板都跑大了，实心。"刘师傅端起酒碗和他对饮一口后，说道："当匠人就是跑来跑去的，你们这几趟路算不得哪样，脚板也没跑大，实心倒真是实心。要说是给你们队上哪家买料子，哪怕是给你们三弟兄买料子，不怕你们多心，我都不会这样费心。要说是给岩初他们知青买料子，我是拿稳着实、上上心心要给他们办好的。买这些绝户人家的料子，好多人都忌讳。那天我看到你们把坎下面是原来哪家……"余主任插话道："袁家。"刘师傅继续说道："你们把那家屋基掏出来，说是给知青修房子当屋基，我就晓得你们生产队不怕这些忌讳。不怕你们说我吹牛，我这个当匠人的也多少懂点风水。这个屋基就在你余主任房子坎下，前山正后山稳，是个好屋基嘛。要说这屋人朗格又死绝了呢，按风水的说法，屋基是个好屋基，是这家人八字不好，载不住，死绝不死绝不关屋基的事。你们说我讲得在理不？"牛大爷笑了笑，说道："开始我心里头都有点虚火呃，是他们三爷说怕哪样怕，不信哪些茅山教。就算有哪样，知青些也镇得住，买这个料子也是一个道理。就是那点钱，要办这么大个事，只能将就一下喽。”黑大爷高兴地说：“二天，这房子修起，我们院子就越来越闹热了。”刘师傅喝了一口酒，对我说：“岩初，你怕不怕?”我笑道：“我从来就不信那些，怕哪样怕。”刘师傅笑道：“不要怕，到立房子那天，我这个掌墨师来给你们说一下福事。”我赶紧说：“怕不恰当，搞四旧要遭的哟。”刘师傅大笑着端起碗又呷了口酒，用略带微醺的眼睛看了看余主任，又看了看牛大爷，再看了黑大爷一眼，笑嘻嘻地说：“岩初，你说的哪样四舅四嬢的，在农村舅舅当娘哦，舅娘舅娘就是这个意思噻。”说完，刘师傅把眼睛盯着我说道：“岩初，你怕哪样四旧。那年你们城里头破四旧，把哪样都拿来撬了。城里南门的几座石牌坊拿来撬了，庙里头的屋里头的菩萨些拿来一把火烧了。我们乡下也跟到做，说是家家的香火板板也要撬，只是朗格撬得成嘛。家家的香火板就在堂屋后壁上，撬香火板就要把板壁撬了，房子后壁不就成了个空架架了。我们乡下破这个香火板的四旧最好耍啦，等你牛大爷给你说，他参加破这个四旧的。”牛大爷笑着说道：“朗格破，供得有菩萨把菩萨拿来丢到灶孔头，一火烧来煮猪食，贴在板板上的那个‘天地君亲师位’把它撕了，撕不干净，拿张红纸来糊起，请张主席像来贴在正中间。原先两边写的哪样明哪样洁。告哪样诚（采藻明其洁，焚香告以诚）也把它撕了，换成翻身全靠共产党，幸福不忘毛主席，就好了噻。原先拜香火板是磕头，现在该朗格，大家都晓得的。”没让牛大爷说完，刘师傅就急着说道：“岩初，你还怕我说福事是四旧嘛。到时候你听我说，看是四旧还是四新。”黑大爷也跟着说道：“哪样都是人说的，反正你跟到上面说就是啦。”余主任虽说只喝了两口酒，脸也红了，他接着说道：“黑哥，哪也不一定喽。前一阵开会时，在香火板板前还要喊敬祝某某比较健康，现在就不准喊喽。他又成了个坏分子了。是要喊踏上一只脚让他永世不得翻身哦。”黑大爷说道：“上面说他是坏的，你就跟到说是坏的，反正也认不到他。上面错，你就跟到错，你就没得哪样错。是不是，刘师傅?”刘师傅立马答道：“还怕不是这样。我们这些泥巴老二，也就是在这桌上随便说几句好耍，哪里说就哪里丢。我们还是赶紧吃饭吃菜。”这时刚刚赶到桌边的孝娥跟着说道：“吃菜，吃菜。”一边把筷子伸向腊肉碗。余主任见了，用筷子头把孝娥的筷子挡往，用自己的筷子夹了一块腊肉放到孝娥碗里，说道：“快回去，没得个样子。”孝娥端着碗笑嘻嘻地走了。一斤酒也就只能倒个几回，酒兴未尽的人们只有盛饭吃了。

饭也堵不住刘师傅的嘴巴，他咽了一口饭后，说道：“消水坨的肖队长，也就是我那个干亲家，办起事来还是乐教的。我们走了才天把，他就专门喊人跑到我家来给我说，那堆料子队上的人用篾条全部捆好了，一共捆得有五十六捆，就等你们生产队哪天过去盘。你们看哪天去?”余主任看着牛大爷说道：“哥，你看朗格安排。”牛大爷沉吟了一下，说道：“这点东西是迟早都要弄回来的。这样，这几天土头的洋芋都在挖了，趁天色好，就安排两天各家各户自己挖洋芋，挖完洋芋好栽红苕秧，队上也要栽红苕秧。队上也好，自留地也好，都早点栽下去。早点栽，不说红苕个个大好多嘛，起码红苕藤要多长点嚜。等挖完洋芋栽完红苕秧，也忙不了好几天。过了这几天，我们就安排打合家闹，全队都去盘料子。”黑大爷说道：“要得，等把料子盘来了，刘师傅看个期程，我们就把房子搊起来算了。”余主任紧接着说道：“就这么定下来了。我去找王美正把他们三个知青那点钱取出来，去盘料子时好一手交钱一手提货嚜。”突然余主任想起了什么，问牛大爷道：“哪天喊孙茂堂称糟谷子来碾起，讲好没有?”牛大爷答道：“明天我就喊他把米碾好，这个事好办。”余主任说道：“这两天杨家屋基秧田的秧子正在转青，当过水丘怕是不行了，就只有将就用水堰里的水来碾，水小些，碾得有点慢，要好大一天才碾得好哦。明天要他早点过来开碾。”牛大爷说：“明天一早带个信给他。”正说着，孙茂堂一脚跨进我们的灶房。我站起来说道：“赶场才回来哞，快坐下吃饭。”牛大爷说：“正在说要给你带信，你自己就来了，是算好这顿夜饭的呦。”孙茂堂笑道：“赶场耽搁了一下，回来晚了。听见你们这里热闹，就进来看看，撞到了嘛。”谷利把饭盛好，孙茂堂也不客气，坐下就开吃，他边吃边听牛大爷的安排。几碗饭下肚后，孙茂堂起身告辞，并问刘师傅要回家不，两人正好一起走一段。一斤酒刘师傅一个人喝了一大半，此时的他已是醉意浓浓了，只听他咕噜着说：“我今天不回去啦，就挨到岩初睡喽。岩初，要得不?”我赶紧答道：“要得，要得。你不说，我都要留你就到这里睡。你喝了酒，一个人走夜路我还不放心呃。”晚饭吃过，吃饭的人们走了，两个女生抓紧收拾锅碗、喂猪，我则陪刘师傅到我房间休息。没有洗漱，我让刘师傅上床和我睡一头。我之所以作这样的安排，是我觉得酒味、烟味经一年多的磨炼，已尚可忍受，只是脚臭实在不可忍。本想再同刘师傅作长夜谈，想了解一下福事是怎么回事，可刘师傅靠枕即鼾声大作。有鼾声作催眠曲，不一会我也进入了梦乡。

苕秧　肥料厂

正如牛大爷所说，这两天队上活路主要就是栽红苕秧。队上的红苕秧是在仓库晒坝边培育的。开春前，将数根木桩钉入坝子边的土中，围成一个矩形状，再将砍来的稍嫩点的慈竹砸扁成竹片状，将竹片依次夹在木桩上，形成一个一米来高的篱笆框。先在框底垫一层苞谷秆，再在苞谷秆上垫一层渣滓肥。开春后从红苕洞里把去年秋选好贮藏的红苕取出，当然还要对取出的红苕进行选择，选个头完好、芽眼多的红苕作为苕种。把苕种依次放置在渣滓肥上，然后用苞谷秆厚厚地盖上一层。待天气转暖，苕种长出新芽，就得把苞谷秆掀开，给新芽浇一点清粪水之后，再盖上薄薄的一层苞谷秆。待新芽长到几寸，就可把苞谷秆完全掀开，几天浇一点清粪水，红苕上的新芽便使劲长。栽秧上坎不久，红苕新芽大约就有尺把长了，这种叫头道苕秧，这时就可以把这头道苕秧掰下栽入土中。队上的头道苕秧并不多，一天多时间就栽完了。在此之前各家各户早就忙着在自留地里栽头道苕秧了。我们牛心山的洋芋挖完后，刁初就赶着他家的牛，打了个早，帮我们把土铧了一遍，我们也开始栽头道红苕秧了。去年秋天，我们按照黑大娘的吩咐，也选了一些红苕作为苕种贮藏在黑大娘家的红苕洞里。开春，黑大爷在育红苕秧时，就把我们的红苕种放在了他家整的育苗床的一角，和他家的苕种一起管理，因此我们的头道苕秧和黑大娘家的长得一样好。在栽头道苕秧的头天晚饭时，黑大爷特意来告诉我们，这头道苕秧栽下去，不光是为秋天挖红苕，它还有一个重要任务，就是要让它提供更多苕秧。去年我们没有经历过怎样由头道苕秧来提供更多苕秧的过程，听黑大爷这么一说，还真有点不明白是怎么回事。黑大爷给我们解释道："哪家都巴不得头道苕秧就把土栽满，但头道苕秧就只有这么点了嘛。虽说苗床里还能提供二道苕秧，但比头道苕秧要少，还是不能把土栽满。只有头道苕秧栽下去后，等它藤藤长得有几尺长了，就把藤藤一尺把长一尺把长地一截截地剪下来。然后把剪下来的这些苕藤作为苕秧栽到土里，你们空的土才能栽满噻。所以你们栽的头道苕秧，要注意把肥放足，苕藤才长得快。”听了，我突然醒悟过来，原来我们去年赶场买回来栽的苕秧实际上是黑大爷讲的苕藤。这时各家各户粪坑经队上种苞谷用过后，各家自留地淋苞谷、淋菜，坑中的粪已都处于青黄不接的状态，量不多质也不高，我们只能另想办法。幸好历经数月，灶膛里、灶门前的火塘积累下来的柴火灰陆续收集得有好几蔸兜，再用我房中木桶积的小便，一拌就成了名副其实的尿窖灰。这是名副其实的复合肥，氮、磷、钾俱全。

第二天一早，黑大爷帮我们从苗床里把头道苕秧扯好，放在了一只蔸兜里。我和谷利一人挑一担尿窖灰，我还提了一把锄头，黎芝扛了一把锄头并提上那一篼兜苕秧，我们到牛心山去栽苕秧。到了牛心山，开沟、丢灰、安放苕秧，然后用土盖苕秧，只留苕秧尖尖在外。说来也好笑，我们的头道苕秧就只栽了这片土地的一小半，余下的土只能等着用二道苕秧和头道苕秧长出的苕藤来栽了。此时，我有点后悔，后悔去年该多留

点苕种，用于开春育苗，这样就可以多有点头道苕秧了。但转念一想，牛大爷、黑大爷和余主任这几家为什么也没有留足够的苕种呢？再一想，当时留多了，人吃什么？猪吃什么？多想一下就明白了。原来那时农村留选种子和供人食用是件两难的事，留多留少都是一种无奈的选择。种完苕秧回家的路上，看见孙茂堂在挑粪，一问，原来他在帮余主任家栽苕秧。随即又碰见黑大爷挑着空粪桶回家，当然我们就搭伴而行了。我对黑大爷说道：“孙茂堂家苕秧还栽得早咦，都过来帮三爷家忙啦。”黑大爷不屑地说道：“早？怕他是遍坡乱找哦。他家去年的红苕早就全部吃完了，连苕种都没留一个，哪里来的头道苕秧栽。虽说赶场天场上也有头道苕秧卖，贵得很，他哪里有钱去买嘛。”说完，黑大爷将挑的粪桶换了个肩，继续说道：“我给你们讲过好多次的，孙茂堂家哪样都好，就是做哪样都没得个安排。我给他讲了好多回，讲的时候他哼哼叽叽地答应得好，过了就哪样都忘了。怕他是从这边耳朵进，那边耳朵出喽。你们看嘛，头道苕秧他没得栽的，就算有人拿二道苕秧给他栽，比人家都要晚半个月，现在看来他二道秧都没得栽的。只有等家家土头都栽满了，有多的才匀给他。这一算又是半个月，到头来，他家红苕秧比人家的少说要晚栽一个月。人家土头的红苕都在长个个了，他家的红苕秧才入土。不要看就是晚一个把月，到秋里，他家挖出来的红苕个个就是要比人家的小好多，红苕藤都要少割好些，只不过他家不喂猪。”黑大爷叹了口气，接着说道：“讲也只有这样讲啦，帮也只有这么帮。自己不学到理家，朗格不差吃嘛。都二十好几了，媳妇也谈不到，有个妹也难得打发出去。恼

火！”黑大爷讲的孙茂堂的妹就是孙茂娟。孙茂娟可以说是周围团转最漂亮的姑娘啦，谷利和黎芝经常说她像电影《红灯记》里的李铁梅。一路走，黑大爷问我们道：“你们今天栽苕秧没有挑粪？”我答道：“我们没挑粪，丢的尿窖灰。”黑大爷说：“这个好，比粪坑里的清牛屎汤汤好得多。不过过几天等苕秧定根了，还是得挑点清粪水淋一遍，等它早点转青了好长藤藤。我看了一下，我们两家的二道苕秧都还栽不满那点自留地，还得望栽下去的头道秧秧长出藤藤，好剪点来栽起。”我问：“晓得孙茂堂家朗格办？”黑大爷笑了笑，说：“你还担心他，到时候哪家栽满了，有多余的秧秧就送点给他。朗格都不会等他把土拿来空起的，年年都是这样。收多收少总有收的嘛。”我又问：“队上那些空土，只有等二道苕秧来栽喽。当时为哪样不种苞谷呢？”黑大爷说道：“你们没注意到栽苕秧的那些坡坡土都是沙土，不肯出种。如果种的是苞谷，到掰的时候，要么是些小根根空雾雾，没得苞谷个个，就是长点个个，比鸡脑壳还细。这些沙土只服栽洋芋、红苕。原先一家一户时，这些沙土还种过花生的。饿饭那几年，食堂解散后，上面政策也宽松了点，一家一户为了救急，还点过荞子，荞子只要百来天就可以得吃。现在你们看见的，队上洋芋、花生、荞子都没种了，就栽一季红苕。队上这些沙土要栽满，怕要等到栽下去的头道秧秧和二道秧秧长出来的藤藤才够喽。哎，一年只种一季红苕，可惜这些地方喽。现在土虽说是在种，大家种起还不是懒心无肠的。分给一家一户种又违反政策，没得哪个有那个胆子。”快走到家了，黑大爷又说道：“下回你们栽秧秧，有尿窖灰的话，还是用尿窖灰。到时你看，你们今年那块地的红苕，还有红苕藤肯定比去年好得多。庄稼不哄人，这个没得假的。”

回到灶房，两个女生忙着煮饭。我到黑大爷家粪池舀了一担粪去淋碾房下面三角地的茄子秧和荒瓜。茄子正在开花，荒瓜正在爬藤，都是需要施肥的时候。三角地很小，一挑粪正好够淋。回到灶房，两个女生一边煮饭一边在谈论栽红苕秧的事。谷利说道：“不晓得周家湾他们三个有红苕秧不？”我说道：“不晓得。去年没听见他们说留红苕种的事。”我想了一下，又说道：“估计他们没留种育秧，他们可能还以为跟去年一样到场上买几把秧秧栽就是了。”谷利说道：“买秧秧栽倒是可以，只怕现在场上还没得秧秧卖哦。即令有卖的，怕也贵得很，哪来的钱嘛。是要想办法让他们也早点栽下去才好哦。”我说道：“场上恐怕也得过两场才有卖的，还不知价钱如何。”我们只管聊天，不知黑大娘什么时候过来了。她打断我的话，说道：“还等你说对了。头道苕秧哪个都不会轻易拿来卖，都是用来自己栽。早栽几天就多在土头长几天，红苕个个就要长得大些嘛。你们不要焦，二道秧秧也长得快。你们看，你们黑大爷这阵正在往苕秧地里淋粪水。隔天淋一回，几天就长起来了。”显然黑大娘是听见我们在谈论关于周家湾他们三个栽苕秧的事。她又说道：“这样嘛，你们扯的二道秧秧自己就不栽啦，拿上去给你们兄弟些栽。早点栽了，二天他们也好剪藤藤来栽。再过几天你们栽的头道秧秧长起藤藤来，你们就剪藤藤栽算了。万一不够，那个时候场上卖的红苕藤藤多，也便宜，你们可以买点来补个缺。”黑大娘讲得合情合理，我们三人也心悦诚服。在其后的一段时间里，我们除了照常经营自留地里的庄稼、菜蔬外，特别加强了对牛心山红苕秧的管理，更关注黑大爷家院坝边红苕秧育苗床中的二道红苕秧的生长情况。在黑大爷的指导下，我有时也会学着给红苕秧淋清粪水，大家巴心巴意地盼望二道苕秧快点长起来。终于，有一天吃过晚饭，黑大爷过来告诉我们，可以扯二道红苕秧了。听到这一消息，我们三个好兴奋。

第二天，天刚亮，我喊上谷利、黎芝一起来到红苕秧苗床边，照着长得较高的苕秧很快就掰了几大把。谷利本想跟我一起趁送苕秧的机会到周家湾去看一下她兄弟，一想昨天和细孃、素平有约，要去打猪草，于是就我一个人去了。我把沾满露水的苕秧捆成一捆，提着就往周家湾快速走去。当然，到了周家湾的第一件事就是给圣年大爷请安。圣年大爷告诉我，周家的其他男人们都忙着干活去了，三个男生也不在。周家二嫂见我提得有苕秧，高兴地问：“你帮他们扯的红苕秧？”我答道：“是的，只是不多一点，怕是栽不到好大一块土。”二嫂说：“你扯的怕是二道秧秧喽。”我说：“是，头道秧秧我们自己栽了。”二嫂说：“还是你们那里地势矮要好些，秧秧都要出得早点。我们这里头道秧秧也是前几天才栽，你们的二道秧秧都赶到我们头道秧秧喽。”我问：“二嫂，他们三个到哪里去啦？”二嫂说：“你看我只管讲空话，还搞忘记你是扯秧秧来给他们栽的。他们三个都在垭口上的自留地里。”我赶紧告辞向垭口走去。翻上垭口，三个小伙的自留地即在眼前。与去年同期的庄稼相比，眼前的庄稼完全是另一番模样，无论是苞谷，还是四季豆，也不论是海椒还是茄子，一概翠绿茁壮。一看就知道这片庄稼蔬菜水肥充足。站在自留地边，我隔着庄稼林喊了一声：“在哪里？”庄稼林那边三个声音同时响起：“过来嘛，在这边。”我顺着自留地边朝声音响起的方向走去，走了几步，就看见了三个小伙。这三个小伙一身短打扮，身上都穿的是白色短袖汗衫，严格地说已是被泥水、汗水、粪水浸润过多次的褐色汗衫了，三双裤脚都挽到膝盖边，三双手杵着锄头把，三双光脚板站在地里，三张笑脸迎接我的到来。我还未走拢，三中先开玩笑道："你提的哪样好吃的？"我也开玩笑地回答道："红苕。"方初跟着调侃道："你们还有办法哟，这个天还有红苕吃。"我赶紧转入正题，说道："我提的是红苕秧，快点拿去栽起。"三个小伙听了，相视一笑了。谷林高兴地说道："前几天看见二哥家栽红苕秧，我们还在说等哪天赶场也去买点来栽。"我走到他们面前，看见他们是在挖土，见这块土面积并不算小，我就问他们道："朗格不去找架牛来，一下就铧完了。"方初说道："这块土你起是一块好土，其实是在石盘盘上。这点土厚那点土薄，牵牛铧土，大意一下铧口就顶到石头了，搞不好铧尖就要扯下来，只有挖。就是挖也得下细点，你不熟悉哪点土厚哪点土薄，有时用力一锄挖下去就挖到石头上，把手都震得生疼，锄把有时都要震脱手。"我问道："你们这块土挖来准备栽哪样？"方初说道："挖好了，等到栽红苕秧嘍。"三中边走边说道："我去挑担粪来，赶紧把红苕秧栽起。"方初和谷林抓紧挖土，见状，我也拿起三中放在土里的锄头帮忙挖土。我一边挖，一边心里犯嘀咕，忍不住说道："一担粪怕是不够哦。"方初和谷林好像没听见似的，没有应答。一会，三中挑着一担空粪桶上来了。我见他挑的是空粪桶，我觉得有点奇怪。明知道是要挑粪来栽红苕秧，怎么就只挑了一担空桶来。我问三中道："你是去挑粪来栽秧秧，挑担空桶来干哪样嘛？"三中答道："挑粪桶来舀粪嘍。"我觉得有点莫名其妙，没好气地说道："在垭口上舀空气还差不多。"三个小伙见我有点不高兴，都大笑起来，笑得我有点丈二和尚摸不着头。三中拉着我从他们的自留地往下走了几步，只见一个三角状的棚子出现在眼前。三中指着棚子，颇为得意地说道："看！那就是方中林知青肥料厂。"此时我心中已明白了一大半，猜想那一定是个粪坑。但让我困惑的是那个粪坑里的粪从何而来，这三个家伙总不至于把人家粪池的粪挑来倒到里面吧。三中见我愣着，拉着我说："走嘍，视察一下肥料厂嘛。"走到棚边，一看，果然是一个装有肥料的粪坑。坑口边还架着两棵用斧头砍出了平面的碗口粗的木棒，一看就知道是用来干什么的。于是我开玩笑道："你们厉害，解手都要玩杂技咦。"跟在后面走过来的方初兴冲冲地对我说道："这个肥料厂比你房间里的肥料厂如何？是不是要大好多倍？"我不以为然地说："我那个肥料厂完全是自力更生来的。你们这个肥料厂恐怕是把人家粪坑里的粪挑来倒到里面的嘍"听我这一说，三个小伙又大笑起来。方初说道："晓得你要训我们的。不过这次你还真不能说我们什么，你还是先调查研究后再说嘛。”我急忙打断方初的话，说道：“那你们说一下从哪里得来的粪。”这时方初开始卖关子，故意小声地问我道：“你还记得不，那些老人些说我们公（祖父）小时候是干过哪样的?”这一下我明白了，说道：“那些人说公小时候是捡狗屎、猪屎、牛屎的。”方初说道：“对头，现在我们是继承了这个光荣的传统嘿。”原来从惊蛰的前一场三个小伙被我训一通后，回来就商量如何尽量依靠自己的努力，少给人家添麻烦。三个小伙反复商量怎样解决吃饭的问题，能尽量吃饱点，也希望能吃好点。商量来商量去，其他都难以做到，只能在自留地上打主意了。要提高自留地的收成，当然是在肥料上打主意。能不能尽量少用人家的肥料又能提高自己所用肥的质量和数量？方初突然想到自己小时候捡猪屎、牛屎、狗屎的故事，于是讲给三中、谷林听，大家很受启发。三人一商量，决定挖个粪坑，捡粪来倒在粪坑里沤肥。

为了寻找一个恰当的地主挖粪坑，三人还颇动了一番脑筋。这个地方一是要离自留地近，方便取用；二是土质能保证不易渗漏。也就是这后一条让他们伤透了脑筋，颇费一番周折。这个垭口上的土差不多都是火石地，保水性差，挖好的粪坑需要做防漏处理。他们先想的是找石灰（哪时我们所在的农村根本没见过水泥），但石灰不知到哪里去找。就在三人一筹莫展时，突然一起想到去年曾在自留地下边的大石凼里舀过里面的积水淋菜，这个大石凼不正好是一个天然的粪坑吗，真是天无绝人之路。三人喜出望外，急忙把这个大石凼里堆积的泥土掏尽，一看，这个大石凼装十多担粪完全不成问题。粪坑问题解决了，他们砍了些树枝在坑上搭了个棚，棚上盖了些棕叶和草草，以防下雨水流进坑里。从那以后，三个小伙就开始了他们的积肥计划。每天早上起来总有一个人提着蔸兜扛着锄头，沿着放牛道捡牛屎。平时出工，三人也尽量做到蔸兜不离手锄头不离肩，见到哪里有牛屎、猪粪、羊屎豆都要收入蔸兜中，收工回来就把这些宝贝悉数倒入大石凼里。在捡粪过程中，三人对粪的认识也更加专业化。比如水牛屎水分重，一泡就是一大摊，可装半蔸兜，两泡就装满一蔸兜。黄牛屎是一垛一垛重叠起的，黄牛屎比较干燥，量较小，三泡黄牛屎还不如一泡水牛屎。这让我想起在城里有人骂人时，说“你是屙垛垛屎的”，原来是骂这个人乃一头黄牛也。马屎蛋在我们那里的乡间基本没有，因为绝少养马。而羊屎豆因其颗粒小，比起牛屎几乎可忽略，对捡粪者而言，实是鸡肋，有点不捡毕竟是肥料弃之可惜，捡之量太小，费事且无多少斩获之感。他们还总结出路上猪屎最少是因为猪大多为圈养，鲜有在路上排粪的，狗屎干硬是因为狗吸收能力强。大石凼在他们的努力和坚持之下，很快就堆了大半坑各色屎粪。于是有一天，他们从下面秧田里挑了几担水倒入大石凼中将粪泡上，还把住处尿桶中的尿也提上来倒入石凼中，一坑混合粪已然形成。为了优化石凼中肥料的结构，三个小伙在山林里砍了数根青杠木料，把刚开始搭的棚子进行了改造。他们在大石凼搭了个架子，再砍来若干竹子捆在架子上用树枝、棕叶覆盖其上，搭成了一个有相当空间的窝棚再砍两根较粗的青杠木，砍出两个平面后，横架在石凼上，这样窝棚就成了一个简易厕所。三个小伙每天都到这里来，为粪坑增添新内容。我算了一下，从粪坑挖好至今已有近三个月了。三个小伙的坚持，终于得到了回报，他们的庄稼完全可和我们的庄稼一较高下了。看着在旁边笑嘻嘻的一脸得意的三个小伙，我心里真是又高兴又心疼。高兴的是这三个十几岁的小伙经过这段时间的历练，越来越成熟，越来越能为生存自主思考，生存能力大大提高。心疼的是作为兄长的我在他们成长过程中没有给他们更多的兄爱，而多是训斥。

土挖完开始打沟沟，安放红苕秧。紧接着就是到粪坑里舀粪，为红苕秧施定根肥。夏天在农村凡有人粪尿的粪坑边，或是山间道旁未被人捡狗食的人屎边，或多或少总有白白胖胖的粪蛆蠕动。如在农舍边，它们往往会成为公鸡、母鸡口中的高蛋白食品。让我感到奇怪的是这个大石凼粪坑中却几乎看不见粪蛆。我问方初是什么原因，他说道："你怎么搞忘了，我们原先在学校搞清洁卫生大扫除时，为了消灭苍蝇，学校要你们高年级的同学到山上砍嫩马桑苔来丢到厕所粪坑里沤烂，厕所里的蛆就长不起来。我们这个粪坑里也沤了一些嫩马桑苔的。"方初这一说，我才想起在学校的确实干过此事。心里不由得赞许道："这小子还知道把以前掌握的知识应用于今日的生产实践中。嫩马桑苕沤烂还是不错的肥料哦。真是一举两得，还不能小瞧他咦。"红苕秧不算多，定根肥也就近取，四个齐心协力很快就栽完了。见时间尚早，我提出到下边田中挑几担水渗到粪坑里。三中笑道："用不着，我们有自来水。"说完，他指着窝棚边一条用泥巴砌的小沟说道："天下雨，窝棚周围的水会顺着沟流入坑中。"接着又指着坑后面的一块与坑相接的大石板说："你看，这石板两边我们也用泥巴给它垒起一道坎，天下雨，水往两边流不出去，只有顺着石板流入坑里。如果雨水太多了，我们就把石板边的坎扒开一个缺口，水往缺口走，就不流到坑里了。我们在石板边又找了一个石凼，就把多余的水引到那里，可以保存几天嘞。这一阵雨水多，那石凼里有水，用不着下去挑水了。只有天很干了，才要到下面田里挑水。"我真服这三个小子了。

难怪圣年大爷称赞他们“狡灵得很”，果真是“狡灵得很”。

我回到生产队，和谷利、黎芝讲起三个小伙自建肥料厂一事，她们两个由衷感到佩服，并非常感兴趣，说我们也像他们那样建个粪坑。后来考虑到我们的自留地比较分散，在每块自留地旁挖个坑没有必要。只有牛心山那块土大些，但那里完全是沙地，又没有现成的石凼，议来议去只好作罢。我们的肥料厂仍只能建在我卧室里的木桶中。在我卧室里的肥料厂，大热天，白色的蛆怎么解决？虽然此物行动迟缓，也无大害，但它们能爬出木桶，沿着木桶周围蠕动，甚至爬到地上。毕竟是在卧室，因此也得想个办法解决才行。当时能想出的办法，一是积满一桶用一桶，不待蝇卵长成蛆时就把桶中存货用掉。二是据说叶子烟能灭苍蝇，于是向黑大爷要了些烟叶，每只桶泡一两张。这两种办法一执行，我那房中竟然少有了蛆。对于偶有不知死活从桶中爬出的白色动物，既有像白米粒一样的无尾蛆，也有大如药品胶囊的拖尾巴蛆，这类蛆农村称之为大粪蛆，我是毫无怜香惜玉之心的，一定是将其踩成肉酱，然后将铲到桶中，让其从哪里来回到哪里去。这些事现在说起来实在是够叫人恶心的了，但在当时竟然完全是无所谓的。实是在于当时的我对脏臭的厌恶远小于对饥饿的恐惧。

盘木料

封秧门后不久，最先栽下的秧子已经转青，生产队开始安排打浑水薅头道秧的活路。一日，临近收工，薅秧的人们有的还在田里搅最后几脚浑水，有的男人则已站在田坎上准备抽烟，有的女的在田边抓住旁边女伴的手，金鸡独立地让一只脚在水中将泥巴荡净，站上田坎再将另一只脚在水中荡几下，然后在裤脚上蹭几下，就穿入鞋中。农村在这方面一般女的比男的讲究点，薅秧男的基本是赤脚来赤脚回，草鞋都很少有人带到田边。这时牛大爷高声喊道："明天看来老天爷还凑合，恐怕是个阴天。现在给大家讲清楚，明天到消水坨那边盘木料，大家都去，来回五十来里，还要打运转。早上各家都早点煮点吃的，把崽崽、养牲安排好，一大早天蒙蒙亮就要走，回来怕是天都黑了。"牛大爷话还没落音，大家就议论开了。有人问："在哪里吃晌午？"有人问："要自己包晌午不？"牛大爷扯开嗓门说道："晌午饭不要担心，队上安排好了的。从消水坨把料子盘回来，在风背岩刘师傅家吃。大家就是要记到早点起来，把家头安排好。盘料子差不多是两头黑。"听牛大爷这么一说，大家疑虑消释。晌午饭由队上安排，大家自然十分高兴。收工回家路上，大家一起走，几个男的走在前面，伍芝林问牛大爷道："晌午煮饭的米是我们背过去不是？"牛大爷说道："不是我们背去，人家刘师傅家凭哪样拿米煮给你吃。能帮忙煮饭就够意思啦。"接着牛大爷笑着说："你还担心这个，孙茂堂前几天就把米碾好了，明天一早背过去就是。"这时孙茂堂正好在牛大爷身边，问牛大爷道："你们光是说背米去，又不讲清楚到底要背好多。"牛大爷笑了起来，搔了搔脑袋，说："老实的，还搞忘了，到底要背好多米呢？"他略做思考后，问跟在后面的王治周道："不到四十个人吃饭，你看要背好多？"王治周想了想，答道："要吃就要吃饱噻，盘料子是大活路，大家吃得欠口欠嘴的，料子就难盘拢哦。"牛大爷紧接着说道："这顿饭，队上还是来得起的，肯定要吃饱噻。"伍芝林说："话倒是这么说，背好多人家煮好多。背少了，不够吃，才笑人喽。"牛大爷问伍芝林道："那你说要背好多吗?”伍芝林说：“要我说起码按一个人一斤米下锅。”这时王治周迫不及待地插嘴道：“伍芝林，先说到这里。明天晌午你只准吃一斤米的饭，我呀，一斤米是吃不饱的。”伍芝林听王治周这么说，赶紧说道：“我是兼高扯矮来算的。那些女的些没得我们男的吃得嘛。”谁知这一句话惹恼了不少人。起先是王家信、邓治月在后面大嚷起来：“哪个说没得你们吃得。搞忘啰，平时你们说我们女宾些吃点哪样像个捞糟母猪，捞糟母猪就是吃得嘛，比那些公猪郎猪怕还要吃得些哦。”接着伍芝林的老婆王美云、幺娘、二娘跟着嚷了起来，纷纷数落伍芝林的不是。只有以细孃为代表的姑娘队伍和几个年纪较大的妇女没吱声。黑大爷见状，笑着提高声音说道：“按一斤怕是不够。”接着问我道：“岩初，你说下，你在水库上一顿吃好多。”见黑大爷点将，我只好如实回答道：“吃过一斤半苞谷面，再加半个老荒瓜。”黑大爷说：“就是，活路大，是要吃得多些。”牛大爷说：“孙茂堂，就按一个人一斤半算，背六十斤米过去。”一直跟着队伍的余主任这时说道：“是要多称点，人家那边帮你煮饭，你不多背点去，万一不够，莫非人家还要另外找米下锅嘿。还有，刘师傅讲好的，明天要推几斤豆子的菜豆腐，你总得拿点米去抵嘿。依我说，就背八十斤。”余主任一言定乾坤，大家都没话可说了。我悄悄地问孙茂堂，明天背米要不要帮忙。孙茂堂笑道：“八十斤米，到风背岩就十来里路，哪里用得着你帮忙。明天早上我摸黑过来，喊起牛大爷到仓库把米称了，我先背起走。”一直没说话的国二爷，这时说道：“做重活路，一顿吃一斤半粮食是随常事。在外面吃饭不比在屋头，在屋头自己煮来吃，三两米都能吃饱。菜菜襟襟瓜瓜脑脑地一阵合起，总可以把肚皮填满。盘料子在外面吃，不说你们比我年轻，吃得点，我都要吃一斤半才够。你们嘿，没得点菜豆腐，一斤半都不够吃。给你们讲，以前我和你们润昌大爷去运军粮，军粮处给我们这些伕子就是按一天三斤糙米发，我们煮来也就是刚刚够吃。哪个都晓得要吃得才做得嘛。”

第二天，鸡刚叫两遍，我们就起来了，到灶房热了点昨天晚上剩下的饭菜匆匆吃下，就出发了。待我们跨出灶房门，正好与余主任来个面对面。余主任说道：“差点睡过头了，听到谷利们的响动，我才赶紧爬起来。你们先走几步，我去挑担水倒到水缸头，不然屋头人些没得水吃。”如牛大爷所要求的，天刚麻麻亮，当我们走到牛大爷家院坝时，土地坑要去盘料子的人基本到齐了。有人问“要等下三爷不”？牛大爷说：“等哪样等，孙茂堂背起米走了好一阵了，这阵怕是早过马脑岩喽。走!”大家闹哄哄地出发了。到了甜菜土，老远听得见公鸡叫成一片。鸡叫第三遍，天亮了。人多，大家说说笑笑地，不知不觉风背岩到了。站在刘师傅家院坝里的孙茂堂看见大家到了，略带埋怨地对大家 说：“你们好疲沓呦，我背米来后，都帮大叔娘把豆子推完了。人家刘大叔一早就到消水坨打前站去啦，我来了，看都没看见。”这时刘师傅的儿子臭二从灶房出来，热情地和我打招呼。我对他说：“等一下回来要到你们家吃晌午饭喽。”臭二说：“晓得，我要在家帮妈的忙，要不然我跟爹到消水坨去了。”进初笑着对臭二说道：“管他的，你和我们一起到消水坨去，看下你的干妹子嘿。”牛大爷一听，对进初吼道：“就得个嘴巴会乱说，这个都开得玩笑哞。”习初在一旁幸灾乐祸地说：“清早八晨地乱开玩笑哇，不遭吼往哪里走。没听到过人家讲的表兄表妹两个人，干兄干妹谈不成。”进初悻悻地没作声。听见习初的一席话，我觉得有点好奇，就悄悄地把习初拉到一边说：“你说的是哪样意思，讲个道理来听一下。”习初颇为不屑，有点得意地说：“岩初哥，这个你都不晓得嘛。在我们这里表兄表妹可以开亲，打干亲家的干兄干妹就不准开亲。像进伦哥和彭洁娥就是表兄表妹开亲。”说完，回头看了一下，见彭洁娥和细嬢她们就在旁边，赶快打住了。这时三家田的人都来齐了，余主任也满头大汗地赶到。牛大爷喊了一声：“人齐了，走！就当打个早，晌午饭当早饭吃。”大家一窝蜂地涌向通往消水坨的路上。大家要赶路，一路上没怎么聊天，埋着头只管走。走了十多里路，消水坨就到了。

在仓库边，余主任在刘师傅、牛大爷的见证下把现金交给了肖队长，肖队长让会计把收条交给了余主任。就在这段时间，料子堆边闹成了一锅粥，大家都在拣最轻的料子。牛大爷见状，大声喝道：“选哪样选，轻的重的都要盘回去。一回盘不完，还要打运转。”人群稍安静后，牛大爷又大声说道：“听到起，男的些管你是大人还是半大人，全部盘园木、柱头、瓜筒和楼辐梁。女的些，年轻力壮的就盘根把楼辐梁也可以嘿，大家先把重的盘走，打运转就轻松点。”停了一下，牛大爷再次大声喊道：“盘柱头、长料子的注意，料子长了，路上转弯抹角要下细点。”人们还是听话的，不争吵了，各自扛上适合自己扛的料子，开始往回走。这时肖队长对余主任说道：“打运转的人回来，就由我们安排吃点哪样。”刘师傅听了，说道：“这个就用不着啦，臭二家妈这下怕是饭都蒸好喽。”余主任对肖队长说：“多承了。下回赶旧场，朗格都要到我家去坐下。”几个相互客气一番，清点一下了剩下的料子。刘师傅帮着扛了一根楼辐梁，牛大爷也扛了一根楼辐梁，余主任扛了一根檐柱，我扛了一根二间柱，我们一起去追赶大部队。虽然也就三四十个人，但扛的料子占地方，就决定人与人之间的距离不能过近，队伍拉得长长的，在蜿蜒的山道上颇为壮观。不一会我把刘师傅他们甩在了后面，赶上了前面的队伍。习初扛的是一根檐柱，进初则扛的是一根楼辐梁，见我赶上来了，习初让我走到他前面，进初的后面。这样他俩走在我的一前一后。因料子长，人与人间隔较远，不好聊天摆龙门阵了。走在队伍前面的人欲休息时，就会发出一声长啸“哦……”，队伍后面的人也会长啸一声做回应，队伍就自然停下来休息。一旦休息，瞬间烟叶味就在队伍间扩散开来，嬉笑声也会在山间回响。大家惦记着刘师傅家煮的晌午饭，十多里路也就小憩过一次，很快就到了刘师傅家。大家放下扛的木料，聚集到了刘师傅家宽敞的院坝里，先到的男人们忙着抽烟聊天。王治周开始揭伍芝林昨天的短，说道：“伍芝林，等下吃饭你不要和我吃一样多哈，我吃三碗，你只准吃两碗。”伍芝林回道：“要得嘛，等一下我给你拿个土碗塌塌来，我去拿个大海碗。我就只吃两碗，你呀，莫说三碗，就是吃十碗都行。”逗得大家一阵哄笑。女人们似乎天生喜欢灶房，放下料子的细孃、王家信、邓治月等随即就到刘家灶房帮忙去了。

一会细孃从灶房出来，站在阶沿坎上喊道：“习初、进初，你们待在那里干哪样，都不晓得来帮忙抬下桌子。”习初、进初听了，一下子跳了起来，三步并成两步冲进堂屋。我也只好跟着去帮忙。很快，两张大桌子和一张小桌子就摆在了院坝里，十来条长凳也摆到了桌子边。许林榜在一旁调侃地笑着说：“这家人请酒席朗格不请我当大厨吔。”谁知一旁的覃义平则嗔道：“就是你话多。想做事嘿，你等一下负责添饭嘛。”说话间，孙茂堂、干三一左一右提着大甑子两边的耳子，将冒着热气的一甑大米饭放在院坝里的一个石凳上，院子里的人们一下子全站起来。孙茂堂赶紧喊道：“不要忙，菜还没舀起，碗筷都没拿出来。”话音刚落，细孃和彭洁娥已将装着碗筷的簸箕抬了出来，于是大家一窝蜂地竞相取碗筷。这时殿后的余主任、牛大爷和刘师傅正好到，见院坝的场面有点混乱，刘大爷大声说道：“吃饭嘛。一个二个还是斯文点，不要等人家说土地坑的人些都是些饿痨子，没吃过饭。一个一个来嘛，慌些哪样。该坐起的还是坐起吃。”边说边对几个年纪大的说：“黑哥，国哥，他们二爷，你们先来坐起，等他们年轻崽崽些添饭。”接着他又对几个老辈年长的妇女说：“你们也来坐起，又不是在屋头吃饭，还怕上桌嘛。来来来，快坐起。”年长些的人坐下，桌上的菜也已经摆上。主菜是一大盆菜豆腐，另有一大碗煳海椒凉拌黄瓜菖头，还有一土碗煳海椒蘸水，一大盆米汤放甑子边。素平、冬婵、习初、进初自觉地为已坐在桌子边的人们盛饭。牛大爷端起碗边吃边说道："大家不用拘礼，又不是吃酒席，只管吃饱。"在大家忙着吃饭时，刘师傅来到院坝里说道："对不起大家喽，到我家来还要自己包盘缠吃饭，一点油腥都没得。"王治周听了，开玩笑道："大叔，下回等你家臭二娶媳妇，我们来吃过。"刘师傅笑道："到那天，我保证满请。"原本坐得好好的许林榜一下子从凳子上站了起来，凳子一翘，差点把二爷放翻在地。许林榜一见，赶紧把到嘴边的话吞了回去，一屁股又坐回凳子上。余主任见了，笑着说道："你个许林榜，屁股一翘就晓得你要干哪样。你就是想说请你来当大厨嘛。"覃义平说："说哗是说，人家臭二还不晓得还有几年才安顿，到时候还不晓得你整得动不。"许林榜听覃义平这么一说，不高兴了，边吃饭边嘀咕："你咒老子，再过十年，老子也整得溜起去。"说得大家都笑起来。甑子边不断有人添饭，有的还按了个帽儿头。端起碗在吃饭的刘师傅喊道："尽管吃，尽管吃。这一甑子吃完了，屋头还有一甑。你们队长按一个人一斤半安排的。敞开肚皮吃。"他用筷子头敲了下进初的脑壳说道："小心裤腰带哟。"习初听了，指着进初半开玩笑地说："我看见他的裤腰带都松两回了。"进初说："你裤带都没拴，穿的是一二三，一会看把你裤儿胀垮了朗格办。"国二爷在一旁说道："就是你们，大米饭都堵不住嘴巴，哪里来这么多话。"尽管是敞开肚子吃，第二甑饭还是没吃完。大家已饭饱汤足了，等着牛大爷安排下一步的工作。牛大爷和余主任商量了一下，说道："剩在消水坨那边的料子只有十多捆，用不着大家都去打运转。女的些扛起自己盘来的料子直接回去。国哥、黑哥你们也跟到回去，招呼大家把料子堆在那屋基上。"按照牛大爷的安排，该回生产队的人们扛上料子踏上回家的路。剩下准备打运转的十几个男的也准备再次向消水坨出发。这时，刘师母走出灶房给大家说道："你们快去快回，我熬点油茶等你们。"余主任说："算了，吃得天饱地饱的，二三十里路还不会饿。"刘师傅笑着说："抓把米，滴几颗油，放把茶叶，一锅茶就熬起了，好大个事嘛。再炒几颗苞谷泡，还有点剩饭剩菜。等你们把夜饭吃了正好回去。"见刘师傅话说到这个份上，大家也就没再说什么啦。倒是刘师傅问余主任道："我还跟到你们去不?"余主任说道："你还去做哪样，钱都交清楚了，你就不用去啦。"刘师傅说："好嘛，那我等你们回来吃油茶。"

吃饱了饭的人们脚上有劲，十多里路一口气就走完了。到了消水坨仓库的坝子，大家发现仓库边放得有一桶老鹰茶，还有十几个土碗放在旁边，显然是肖队长给大家安排的。大家走了十多里路，一方面觉得口有点干；另一方面觉得该领下肖队长的情才是。于是王治周对习初说道："习初，来一碗。"习初说道："来一碗就来一碗，走了十来里路，刚好把喉咙管的饭跑下去了，腾了点地方来正好装点水。"习初年轻，精力总是充沛的，有空了，就忘不了开玩笑。他对余进友说道："进友哥，刚才我在路上看见你和嫂子换担子的哟。"余进友一老一实地说道："换了就换了，关你哪样事。"习初说道："男子八叉的不值价。嫂子是看见你扛柱头扛不动，才把她的扁料换给你，你怕哪个还不晓得噻。"伍芝林说道："你这个习初，人家两口子不说做活路换个手是随常事，人家在床上床下翻上翻下都不关你的事噻。"大家看着习初笑了起来，习初反而被弄得有点尴尬。王治周摸了摸习初的脑壳说道："习初，你不要紧。等明年你媳妇娶进门了，好多事情就懂了，"一桶茶大家喝去了差不多半桶，仍不见有消水坨的人来。牛大爷说道："估计是出工喽。不等了，我们走。"因为余主任和牛大爷是盘点过剩下料子的，所以来的人刚好一人一份，把剩下的料子全部盘完。这次来的全是男人，回家路上说话就肆无忌惮，荤话百出。为防止开玩笑过头，以致造成相互间的伤害，队伍中年长的人常常会及时地喊上一声："一路上脏话不断，叫人不（是人不）。"于是队伍会立即安静一会。但过一会队伍中总会又有人开始对"骂"。

这一趟打运转，十多里路在人们的骂笑之中，不知不觉就过去了。大家又回到了刘师傅家院坝里。刘师母煮饭的速度一点不比我们扛木料慢，院坝的桌上已摆好一大盆油茶，十几个大海碗，半筲箕的苞谷泡，当然还有一盆剩饭和菜豆腐、煳海椒。许林榜也许真的没饿，他说："我们干脆扛起走算了，肚儿还胀鼓鼓的。"王治周舀了一碗油茶给干三，也给自己舀了一碗，端着和干三坐在一边，对许林榜说道："你要走你一个人先走，我们是要喝碗茶再说。"许林榜不再吭声，待大家都端着茶并大嚼苞谷泡时，他才去舀了半碗茶，抓了一点苞谷泡，找个地方坐下开吃。这顿油茶应该算是晚饭啦。吃完饭，大家精神抖擞地准备扛起料子回家。此时，刘师傅对牛大爷说道："明天你们来这里扛没搬完的料子，就少喊个人来，我扛的那根瓜筒后天赶场我带过去就是了。"牛大爷应道："我们明天还不是队上派活路，多来个人就是了。你贴吃的还要贴活路，硬是要弄得我们都不好意思不是。"牛大爷说完后，大家扛起料子走了。队伍刚刚过山嘴，后面突然传来喊声，大家停下来一看，只见刘师傅气喘吁吁地追了上来。他对牛大爷和余主任说道："我想起了，看来明天你们队上男的活路就是盘料子啦，把料子盘回去后，找两个男的，把盘回去的料子分一下，柱头堆一堆，扁料堆一堆，楼辐梁、桷子、檩子都分开来堆。堆好后，还是要找铺烂晒天多少盖一下，不要等料子些遭水打湿了，二天立房子搊排列时，一个二个喊重哟。再说我二天去了也好用噻。”余主任说道：“这点事，你跑一趟做哪样嘛。明天我们还要来噻。”刘师傅笑着道说：“我是个三脚猫，在屋头也待不住的。明天我一早要进城一趟，去年帮人家做的活路，大半年了，钱都还没到手，去看下。”他缓了口气，接着说道：“还搞忘记啦，料子盘齐了，你们还是看个期程，早点把房子立起来。你们把期程定下来了，我也好做个准备。”余主任说道：“是的，我一路上都在想这个事，料子盘来堆起也不是个事，还是早点立起来才是。等我们回去马上商量下这个事。”于是乎一路上大家开始七嘴八舌说立房子看期程的事，说了个大概，那就是在掰苞谷之前把房子立起为好。

田间小议

立房子时间没有最后确定，但立房子一事却成了近段时间人们在做活路放稍休息时议论的话题。这段时间队里的活路主要是两项，一是薅苞谷；二是继续薅头道秧。一日，在田中一字排开的队伍，一边用脚搅浑水一边聊天打话平伙。伍芝林说道："我们自家立个房子好淘神，不说别的，光是收山料前前后后拖个年把两年都不一定能收齐。"黑大爷跟着说道："是哦。就像这次盘来的这厢房子的料子些，虽说是个小七架五柱房，光是柱头也有十五根。全得料子干定形了，又是杉树，一个人可以盘一根柱头，虽说有几十里路，也费不到好大气力就弄回来了。如果是在坡上才砍下来的，两个人抬一根还要拿稳捉实才抬得回来哦。"国二爷听了，接着说道："以前，立房子开山伐木要砍根中柱柱头过场还多呃。来得起的人户，要砍中柱都要请匠人师傅说福事。"国二爷讲到"福事"，那天我也听刘师傅说起过。但这个说福事到底是怎么回事，我还真希望有所了解。于是我好奇地问国二爷道："福事是哪样吗?"国二爷听了，一怔，并未及时回答我。过了一会，他明显缺乏自信地回答道："说福事就是说福事，就是帮主人家说几句唱几句好话嘛。"黑大爷笑道："你问福事是哪样，还真把人些考倒了。依我说其实就是国哥讲的那样，主人家要请师傅做事情，师傅在做这个事情之前，就要根据所做的事情说几句唱几句祝福的好话。大家就把这个叫作说福事。"这时隔着几个人的牛大爷高声说道："我们立那厢房子的时候，也是说了福事的。房子搊起来说的福事我都记不清楚啦，倒是踩门、开财门说的福事我还记得一些。"伍芝林听了，抢着说道："这个事我都有点晓得。牛大爷你说几句来听下噻。"牛大爷笑着说："是说那些好话。师傅把堂屋大门修好了，要交给主人用之前，就要说点福事才把堂屋的大门打开，叫作开财门。财门打开后，师傅要请主人家从大门门槛上跨进去，就叫作踩门，过场多哦，那阵我们家请的师傅就是刘师傅家爹。我还记得，那天他先站在堂屋里头，把大门关起，来朝贺看热闹的人些都站在大门外面。这老刘师傅在堂屋里头装到起说自己是鲁班仙师，呑口里站着三个年纪大点的就假装说是三个福星。”这时牛大爷好像是忘记了，隔着好几个人，高声问道：“许林榜，许林榜，你记得不，是哪三个福星?”那边许林榜也高声回答道：“好像是财帛星、老寿星、文曲星。”黑大爷笑着说：“我都想起来了，就是这三个星。”牛大爷继续对许林榜说道：“你记得福事唱些哪样不，唱几句来听下。”许林榜笑着说：“你说你记得，你就唱几句噻。我也记不清楚些啦。”这时牛大爷觉得不唱几句也下不了场，就说道：“那时师傅哼的是哪样调子。我也学不起，就是记得像是这些话话。师傅在屋头唱：太阳出来满山明，我为主家开财门。把你财门来开启，早（读朝的音）进黄金夜进银。门外的三星就唱：主家财门三尺三，白天开启夜晚关。白天开启迎宾客，夜晚关起藏黄金。还唱些哪样，我就记不清了。反正过一阵子就放火炮，敲锣打鼓的。屋头的师傅和外面的人些就一起唱：堂前火炮震天云，吉日良辰开财门。三星进屋当堂坐，荣华富贵万万年。”说到这里，牛大爷还不忘自我解释道：“这些是那个时候唱的，走个过场，也算是了件事，都是些四旧。现在兴得就少了。”黑大爷说道：“这些过场还是要有的，只是要有舀舀（粮食）才兴得起。我都记得，那天你们家踩门，全院子的人都在你们家院坝里吃饭，要吃去好多粮食哦。”牛大爷接着说道：“那个时候，整一个事，过场多得很。就说立房子，先要请先生来选屋基，屋基选好了，开山动土也要请先生做法事。等到正式立房子了，科儿门过场更多喽，一时半会都讲不清。好喽，不讲了，赶紧把水搅浑了走。”于是薅秧队伍脚下一阵紧忙。我这段时间发现，虽然大家还在谈修建知青房的事，但不再把我们三个知青与建知青房完全联系在一起了。我感觉到自从那天余主任谈到区革委派人到公社了解知青情况，可能要抽调知青去教书一事后，生产队的人些对知青的看法有了微妙的变化，最明显的是绝大多数人开始认识到建知青房实际是给生产队建房，建房子是生产队的事，不是哪个知青的事啦。这件事年纪稍大的人们心里还明白些，反倒是习初、进初、中秋这些小伙老是喜欢说岩初哥二天你那个房子修好了，在房子后面我帮你栽棵吴萸树，在你房子当门坝子边我帮你栽一排棕树之类的话。在他们的眼里我就是即将修建的知青房理所当然的主人。他们不会想到即令我在这里安家扎根，对于这幢尚未建成的知青房，我也只能是一个住客，而不是主人。何况这房子真要能住人，还不知有多少艰辛啊。即便如此，我还是从内心真正感谢余主任那天和牛大爷他们的讲话，让我免于承担建房所不能承受之重。当然我的内心实在希望这个知青房能早点建起，以便有个独立的房子让我们使用。能把灶房给黑大爷家腾出来，把谷利和黎芝住的房间和我住的厢房还给余主任家。

一日，我和王治周一人背了一个背架，到旧场商店肖孃处用公社革委分配给我们生产队的指标，开了一张两袋尿素的化肥票，并交足了钱，到离旧场尚有近十里路的皂角磴背尿素。皂角磴在县城通往丰乐区的公路边，区供销社在这里设了一个临时转运站，我们凭票在站里搬出来两袋尿素，一人一袋放在背架上往回走。因为一袋尿素就八十斤，对于我们两个男子汉来说实不算什么，一路可以边走边聊天。王治周又谈到了建房一事，他说道："岩初，起先掏袁家屋基，我心里就膈应，总觉得不安逸。后来又听说买的料子是消水坨绝户的，心里更是觉得不舒服。本来我想同你讲，劝你另外选个地基，另外买料子。后来一想你现在哪有能力来修建房子嚧，就忍到没和你讲。我也不是迷信，怕哪样晦气。只是觉得屋基是绝户人家的，料子又是绝户人家的，住在里面想起就不舒服。"我急忙说道："队上怎么安排怎么好。将就现成屋基，买现成的料子来修房子，队上要少淘好些神，也要少好些开销，是好事嘛。至于说是绝户不绝户的，我没有哪样不舒服。反正我又不信那一些。有房子住就好。"王治周笑了，说道："是倒是这样，有些老人说知青八字大，火焰高，不说有鬼没有鬼，就是有鬼，鬼都怕你们。"我也笑了起来，调侃地说道："你讲这些要遭的。现在城里头才有鬼，我们学校就抓了好些牛鬼蛇神。他们不怕知青，是怕那些造反派。"王治周被我逗笑了，说道："你还好耍咦，我讲这样你讲那样。我讲修房子，你讲干革命。那天我还在跟伍芝林、孙茂堂讲，要是二天岩初有能力自己修房子，就到我们三家田这边来选屋基。要讲地势我们三家田比土地坑还要好些。刘师傅讲的前山正，后山稳的地势在我们三家田容易找得很。"听了王治周的一番话，我深受感动。但我只能仍抱着装憨的宗旨，轻描淡写地说道："到那时再说喽。"谁曾想这一来反而把王治周的话引出来了，他说道："老实那天余主任讲区里头来考查你们知青的情况，说是要弄几个知青去教书呃，你晓得不？"我只好说："我也是那天听余主任说的。到底是哪样回事，我还真的不清楚。"王治周说道："平时间，我们人些在一起摆龙门阵，大家都认为你们总有一天都要走的。听余主任这么一讲，大家就更相信啦。只是反过来一看，你们做活路展劲，自留地又经营得好，猪也喂得好，修房子从来没有听见你们讲过哪样空话，你们不像有些地方的知青三天打鱼两天晒网地往城里跑。和我们一样天天出工，又不像要走的样子。岩初，你说句老实话，你们到底要走不走。”听他说这么多，我忍住笑，对他说道：“我说老实话，我从下来就没想到要走。现在你问我走不走，还是那句话，走不走，不是我决定得了的。所以该干哪样就干哪样。你们像自家人一样待我们，我真的很感谢，下一步该是哪样就听其自然吧。”王治周说道：“你讲的我也听得懂，其实我们都觉得知青还是有点儿遭罪。我们是祖祖辈辈就在这里当农民，待惯了。没得哪样幺不到台的，反正一家老小在一堆，好孬就这样过。你们不同嘛，都二十来岁了，还没有定根喽。我听李家坪的人讲，他们那里两个女知青都在城里谈人户了。姑娘家和儿子家不同，姑娘家到时候找个人户就走啦，儿子家是要自立门户的啊。前一阵，听到牛大爷在给你说人户，要你去当上门女婿，我和伍芝林几个听了就冒火。管他牛大爷是好心还是为哪样，哪里能打这种主意。不光是把你岩初看扁了，也把我们队上的人看扁了嘛。孙茂堂家那么恼火，我们大家都在打主意给他找个媳妇。莫非你岩初就不行，就不能自立门户哞。一个队的人都不能帮到一个知青安家，人家会说这个生产队的人不仁不义。后来听说牛大爷遭余主任讲了，我们才忍住没说哪样了。”我笑道：“谈这些事还早得很，余主任和牛大爷都是关心我，我还是很感谢他们的。”两人背着尿素一路走一路说，不一会就到旧场了。在旧场场口，我们把背架立好，王治周坐在背架旁抽烟，我去找了个地方方便一下，然后两人背上尿素回生产队交差去了。

尿素在那个年代，在我们那闭塞的山乡可算是稀罕物。人们在前几年用过一点，晓得肥效奇高，使用又简单。给苞谷施肥时，把尿素倒入撮箕里，一个人端着走进苞谷地，用手拈一小撮丢在苞谷苗边，后面的人跟着用锄头刨点土盖上就可以了。这种施肥方式比挑粪淋方便又省力，效果特好。只是那时买尿素要凭票，而且价格不菲，不是想买就能买的。我们背的尿素是公社革委会作为推广化肥使用，作为一个政治任务来完成的。由于尿素不多，有限的尿素用在何处在生产队引起过一番争论。一天出工时，大家来到在仓库，准备用买回来的尿素给苞谷苗施肥，当然两袋尿素是远远不够在所有苞谷地施肥的。于是有的说，用在土地坑院子对面的地里，有的说用在三家田伍芝林家屋后的台土里。更有人说，干脆一家分几斤拿回去，用到自留地里。牛大爷见争得不可开交，就说道：“争哪样争，总共就两袋东西。公社讲了是推广使用化肥，落实八字宪法。”话没说完，习初就抢着问牛大爷道：“那样东西叫嘛子用法？讲来听下嘛。”牛大爷笑了，说道：“人家讲的是落实八字宪法，你要说成是嘛子用法。用法，那是要端公才会用法嘛。”大家一哄而笑。王治周一本正经地问道："哪样八字宪法？牛大爷你讲来听下嘛。"牛大爷说道："我还不是听公社谢社长讲的。那天到旧场管理区开会，谢社长说这个化肥要用好，这是贫下中农落实八字宪法的具体行动。我没问他哪样叫八字宪法，他也没讲。看他讲的那个样子，他也不大清楚，怕也是跟到上面讲的。你们三爷不在，要是他在，问他一下，怕他还晓得。"突然，牛大爷转过头来说道："岩初，你讲下哪样叫八字宪法。"我只好回答道："这个八字宪法就是毛主席提出来指导全国农业生产的决定，一共有八个字，就是'土、肥、水、种、密、保、工、管'，简称为八字宪法。"说完，我正暗暗庆幸自己还记得时，习初就嚷起来道："岩初哥，你再讲一下，记不得。"还没等他话音落下，牛大爷就吼道："就你嘴巴多，正喊你读书又不好生读，回去再问你岩初哥。"说完，牛大爷又说道："这个尿素用在哪里都好说，就是不能拿来分。谢社长说要推广，要让大家晓得八字宪法好，尿素好。那就用在赶场大路边的土头算了。这里庄稼长得好，大家都看得到噻。"国二爷总是喜欢说点反话，他说道："这里下去赶场路边尽是些石凼凼，那些苞谷苗再朗格整也就是那个样子，丢到那里还不是抛撒啦，还不如就照到好土里的苞谷苗丢，还多少起点作用。"伍芝林怪笑着说道："国二爷你操哪门子心，喊朗格整就朗格整，抛撒不抛撒又朗格哇，又不是你一个人的。"谁知国二爷的犟脾气上来了，并没有就此打住。他大声说道："怕种了一辈子庄稼，还不晓得肥料朗格用喽。队上的苞谷和自留地的苞谷哪个好点，就清楚地晓得是哪个的肥料用得好点。横竖一说就是上面哪个讲的，上面哪个讲的又朗格，他们土都没种过的人些，怕比我们这些泥巴老二些还会种庄稼点嘛。"牛大爷苦笑一下，说道："国哥，道理是你说的那样，管他的，就是两袋尿素咯，大路边就大路边喽，走，大家上肥料去。"两袋尿素，撒来撒去就撒在了沿路边的苞谷地里，也只够撒在路边的苞谷地里，远一点的只有干瞪眼了。几十个人，有些撒肥料，有些刨土盖住肥料，不大一会，尿素用完，这天的活路也算结束了。女人们有的忙着打猪草，有的忙着到自留地去收拾，有的忙着准备煮晚饭。男人们则不慌不忙地抽着烟，懒洋洋地往回走。

路上，牛大爷突然问孙茂堂道："上次碾的米还有好多点？"孙茂堂答道："碾的一槽米，盘料子用去八十斤米，剩下的怕有四五十斤吧。"牛大爷说道："那就好。明天我去找刘师傅，请他找人把期程定下来。趁现在还不算忙，干脆把房子搊来立起算啦。"牛大爷这么一说，十几个男人又议论开了，一边走一边说，不约而同地又来到了仓库的坝子里。牛大爷说道："今天还早，太阳又不大，干脆大家坐起，边吃烟边商量下立房子的事，看朗格整。”伍芝林抢先说道：“料子都是现成的，柱头、扁料是哪块排列上的，刘师傅也清楚。到时候找两个人帮到刘师傅就可以啦。我算一个。”他看了看二爷，说道：“二爷你也算一个。再不然，王治周也来，我们三个给刘师傅当下手，一天就把排列整完。就是排列那天，怕是要打阖家闹才行。”牛大爷说道：“那个简单。我们队上大大细细总有几十号人嘿，弄个排列好大个事嘛。”王治周、许林榜等三家田的几个听了，又开始议论起来。牛大爷笑着说道：“你们怕我不晓得你们想说哪样哞。我刚才问孙茂堂碾的米还有好些，就是晓得你们要讲吃饭的事。我都想好了，立房子那天大家还是要吃顿饭的。管他哪样，知青立房也好，队上立房子也好，总是好事，喜事。米由队上出，煮顿饭来大家吃嘛。”随后，牛大爷问黑大爷道：“黑哥，你说要得不?”黑大爷点头说道：“要得，这样好。立房子不容易，怎么都算喜事了嘛。”牛大爷又征求国二爷的意见，国二爷笑嘻嘻地说道：“立房子也是做活路，队上记工分还要供饭，朗格要不得，好嘿。”其他人也七嘴八舌兴奋地说好。我虽然没吭声，但心里也猜到，全队人吃饭，肯定又是在我们灶房里操办了。果然，牛大爷对我说道：“岩初，你们灶房离屋基近，干脆就在你们灶上办伙食。你看要得不?”我知道，牛大爷其实已确定了的，后一句话是个口水话。我只有爽快地答道：“没问题。就是没有蒸饭的大甑子。”牛大爷听后，想了想，说：“是要有个大甑子才行呃。”黑大爷说：“万一不行，就像盘料子刘师傅家那样，拿两个甑子来蒸。我家有个甑子蒸个二十几斤米没问题，你家也有个大甑子嘿。”牛大爷说：“我家那个比你家的还大点。要得，就蒸两甑饭。菜朗格整?”黑大爷问孙茂堂道：“仓上还有点豆子没得?”孙茂堂答道：“除了做种的，还有点是给大队提存留的。”牛大爷笑道：“这个没问题，拿几斤来推菜豆腐。我给你们三爷讲下，二天称点米来抵豆子就是啦。”我接着说：“我们土里的四季豆吃顿吧也差不多。”牛大爷说：“一家打点来就是，到那天我喊进初打点茄子、海椒、四季豆来。饭尽够，菜就是松三松四（不当紧，无所谓）的了。”我又说道：“荤菜就没得哟。我们还有点腊肉，只够拿来待师傅。师傅进场的那两天，肯定在我们这里吃饭嘿。”牛大爷笑着说道：“刘师傅来了就安排在你们那里吃，有点腊肉把师傅待好点。队上那顿饭，饭尽够，有菜豆腐再有点菜就行了。”我说：“还是放点猪油炒菜，菜豆腐不够吃，还有米汤嘿。”国二爷笑道：“还要朗格？又是大米饭又是油炒菜，还有哪样说的嘛。”二爷也笑了，说道：“我不像你们，我只要有米汤泡饭，一样菜没得都可以。”刘大爷对黑大爷说道：“这么多人吃饭，谷利和黎芝怕是拿不下来，还是要请黑嫂来掌伙，喊谷利、黎芝、彭洁娥打下手。”黑大爷说：“是怕要这样才行。”吃饭的事情就这样定了下来。

大家都有点兴奋，有的掏出烟斗开始抽烟。牛大爷说道：“队上好些年没立房子了，要准备些哪样东西都怕搞忘记喽，大家帮到起想下。”国二爷说：“立房子，搊排列总得要几根浪子（粗绳子，有的地方称缆绳）。”牛大爷听了，问许林榜道：“你家去年杀猪时，用的几根浪子还在不？”许林榜问答道：“在是在，就是怕短了点。看下他们哪家有没得长点的。”停了一会，许林榜见没人回答，就说：“那我负责整三根浪子来。”国二爷又说：“起码还得要五六根伸杆。”王治周应声道：“这个我负责，砍几根老金竹，白杨条就是啦。”牛大爷自言自语地说道：“还要几根杠子。”伍芝林应道：“到时候杠子我负责。我家有两根，许林榜家好像也有几根。”许林榜大声说道：“有，到时候你来拿也行，我喊干三拿过来也行。”牛大爷想了想，说：“像是要准备的东西差不多了吧。”黑大爷说：“斗排列穿木方还要有个大木槌才行哦。”牛大爷说：“我负责整一个嘛。”话音刚落，二爷马上就说：“整哪样整，有现在的噻。你搞忘了，我们那年立房子时用的大木锤还在我家楼上放起的噻。”说完，二爷笑了笑，又说道：“这个木槌还是师傅说过福事的哦。”习初在一旁喊道：“二爷，福事是朗格说的，说来听下。”二爷笑道：“我记不得啦，等刘师傅来了，你问他。”国二爷笑了起来，说道：“刘师傅怕是也不晓得些哪样喽。要说清楚怕只有等他爹爬起来，他爹才是哪样都晓得。”大家又开始议论起来。牛大爷见该准备的事都安排得差不多了，就说道：“要准备的就是这些啦，麻烦的就是几根浪子要现做，许林榜你抓紧点哦。”许林榜答道：“明天我们两兄弟就去整。”王治周临走时，问牛大爷道：“明天你要到风背岩刘师傅家去，你得讲一下队上明天做哪样活路噻”牛大爷想了一下，说：“明天就到你们三家田田头薅几脚秧嘛。”这时，大家才真正散去。

我和黑大爷走在一起，我们一起从坎上下到我们灶房，他没有直接穿过灶房回去，而是站在我们灶台边，颇有些埋怨地对我说道：“你们有好多点油嘛，队上吃饭有菜豆腐就好得很了。贴点菜也够意思啦，你们还要拿猪油来炒菜，大方也太过了点噻。”谷利问清事由后，说道：“黑大爷，我们是应该的。虽说是给队上煮饭，人家是在我们灶上煮，就当是半个主人家了。没得晕菜，放点油炒菜也算是尽到半个主人家的意思。黑大娘常给我们讲，要忍嘴待客嘛。”谷利一番话，倒是把黑大爷逗笑了，说道：“你们几个还要得呃，一讲哪样，就把你们黑大娘拿来绷起。别个不晓得的还说你们是她调教出来的崽崽些。”谷利高兴地说道：“是嘛，从生火、煮饭、管理自留地到整腊肉、熬油、整坛坛菜，哪样不是黑大娘教我们的嘛。我们就是她调教出来的崽崽些。”大家高兴地笑了起来。忽然堂屋里传来黑大娘的声音，只听她大声嚷道：“是吃哪样好吃的，这么高兴，等我来看一下。”黑大娘走进我们灶房，看见黑大爷，说道：“我还说你到哪里去啦，还是在这里哦。莫非想在这里吃饭嗯，我们那边都熟啦，就等你喽。”黑大爷对黑大娘说道：“我在讲他们太大方了，帮队上煮饭还要自己贴油。啊，我还搞忘记给你讲了，立房子那天，队上要打阖家闹，供一顿饭，就在这里煮，喊你承头，要她们几个给你当下手。”黑大娘看着谷利和黎芝，对黑大爷说：“这个有哪样，你怕我们几叔娘还拿不下来嗯。炒菜的油由我来掌管。”我赶紧打断黑大娘的话，说道：“在仓上，我都跟牛大爷讲好了，炒菜的油我们拿，用不到好多点，没得关系的。”黑大爷在一旁笑呵呵地说：“你们几个硬是一个德性。”说完，他被黑大娘拉回去吃饭去了。

清地基　戏说福事　斗排列

队上和刘师傅商定立房子的期程是阴历六月初六，恰好是公历七月八日，是个大吉大利的日子。六月初四，刘师傅背着工具一早来到我们生产队。不知是否是队里安排的，他径直进了我们的灶房。一进灶房，他就嚷道：“岩初，师傅进门喽，都不来接一下？”我急忙说道：“不晓得你今天来，怠慢啦。”赶紧上前接过刘师傅背来的工具，放到堂屋里。黑大爷闻声走了过来，将几张叶子烟递上。谷利拖了一张条凳请刘师傅坐下。这时牛大爷、余主任都进屋来了，刘师傅对他俩说道：“我说到时就来，来了噻。一来我就栽到岩初们这里啦。”余主任笑着说道：“对头噻。晓得安排你到哪家都没得这里乐叫。这几天你吃住都在这里，遂你的意。”刘师傅说道：“立知青房，吃住在知青这里，那是安文焕吃面条——顺！”听刘师傅这么一说，两个女生相互看了看，一脸茫然，显然是不知刘师傅所云为何。但我是听懂了的，他说的意思是给知青修知青房，来的师傅由知青接待，安排吃住是顺理成章的事，故谓之曰“顺”。但“顺”前面多了句“安文焕吃面条”，如果不是本地人，尽管在本地待了相当长时间也会觉得莫名其妙的。这种表达方式与前面所说的“半天云吹尿泡——装疯”这类歇后语不同，而是当地民间特有的一种语言表达形式，叫“展言子”。说白了就是当地人们要表达某种意思，不直截了当地说，而是用某人经历过的某种事情作前缀。如“安文焕吃面条”就是个前缀。这个展言子是安文焕这个人在吃面条时，赞叹好吃时，说了一“顺”字，因而展了个言子——“安文焕吃面条——顺。”此类展言子本地还不少，例如还有本地人们常用的一句口头语“将就下”，此间人们却喜欢说成“邓品焕坐席，将就下”。究其来源是一个叫邓品焕的人，在酒席上（当然也不过是王治周去年嫁妹办的那种酒席而已）看见各桌人已坐满，只好拿一个凳子在一桌边挂个角，自己找个碗舀饭吃。而此时，隔着数桌的另一桌恰好有个座位，那边有人高叫“邓品焕，邓品焕，到这边来，这边有座位。”邓品焕则端着碗高叫道：“将就下，将就下。”声音之大让所有的人都听清楚了。于是人们以后要用“将就下”的语言时，就以“邓品焕坐席”作为前缀，展了个言子“邓品焕坐席——将就下。”这些也算这里人们的口头创作了。这类展言子，非本地人听了都会莫名其妙。这两个女生听了当然如此，故经常会出现这种茫然的状况。我终究是本地人，比她俩听得多，能迅速明白究理。我记得清楚的是有一名叫尚光的人，此人爱打篮球，球场上爱咋呼，每有对方球员执球欲投篮时，他总会大叫“危险，危险”，逗得周边观众大笑。久而久之，人们要说“危险”二字时，也就展个言子“尚光打球——危险，危险。”在本地要尽快地融入本地的生活，更好地与本地人交流，学习这种说话的表达方式是必要的，特别在农村就更是如此了。

见余主任、牛大爷、黑大爷忙着应酬刘师傅，我趁机溜出灶房来到我房间后面的屋檐下。我们的鸡圈就在这里，这个鸡圈是去年秋天进伦给我们搭的。自从去年队上修碾房，我们把梅花鸡杀来招待刘师傅后，好长一段时间没有鸡可喂了，自然就断绝了有人来时，炒几个鸡蛋待客的念头。尽管那时我们没有鸡喂，但进伦还是给我们搭了个鸡圈。说是在农村安家怎么都得喂几只鸡才行。喂几只鸡生几个蛋，以后也能卖个钱来买盐巴、买煤油。记不清是哪一天，我进城了一趟，在家住了一晚。第二天，天不见亮，我就来到原来老房东张伯娘家。来得早不如来得巧，刚好碰到张伯娘和她的儿子在家。我本意是到张伯娘家买几个杂交鸡蛋，带回去放到黑大娘家马上要落抱的母鸡那里一起孵化。我刚说明来意，张伯娘立马说道：“拿哪样蛋去抱嘛，我们这里有一窝桃花鸡娃（桃花盛开时孵出来的鸡娃）有十好几个，你抓几个去就是啦。”我应道：“要抓鸡娃噻，怕带的钱不够，等我回去再拿点钱。”张伯娘听了，一脸不高兴地说道：“你硬是焦人，抓几个鸡娃拿哪样钱嘛。你又不是不晓得，这些鸡娃就是那年你家拿给我们的那几只鸡延（繁殖）起的，你抓去喂起，到明年开春就有蛋下啦。”听她这一说，我也不好再多说什么了，拿上她儿子抓来的三只小母鸡娃，道完谢就走了。回到生产队，我把抓来的鸡娃给两个女生看，并自豪地介绍道：“这三个鸡娃是来杭鸡后代。”

说到来杭鸡，不能不让人想起一段往事和趣事。有一年，母亲到贵阳出差。母亲是学生物的，出差时只要遇到什么好品种的小动物和植物，总会买些回来。这次回来时用纸箱装了几只白白的半大鸡娃回来，十分可爱。母亲告诉我们三弟兄，这是新品种，叫来杭鸡，属于高产蛋鸡。从此我们所住房间的一角增加了一个炕笼，就成了这几只鸡的窝。白天，把它们放出去自由觅食，晚上则回到房间的一角，我们用炕笼将它们罩上，让它们在炕笼下休息过夜。日子一天天过去，鸡也一天天长大，炕笼显得拥挤起来。晚上常有鸡因拥挤不适而争吵，发出的声音多少有些影响睡眠。更甚者是其中的一只公鸡，开始学习唱歌报晓，其嘶哑而努力的鸣叫，令人讨厌又好笑。有一晚，全家人正睡得熟，炕笼里的鸡突然出现一阵阵异常地骚动伴随着恐怖的低吟。开始大家并不在然，以为过一会就会归于平静，于是人安睡于床上。谁知骚动持续，鸡的叫声也越来越急促大声起来。父亲拿着手电筒起来，我也跟着起来，并点上煤油灯。我和父亲一起走到炕笼边，灯光下，看见有一条乌梢蛇绕着炕笼在缓缓爬行。我立即跑到灶房拿了一根柴棒，准备给它一棒。父亲制止道："打它干哪样，吓它一下，等它从地脚方下面爬出去算啦。"于是我用木棒轻轻碰了蛇一下，它似乎明白我们的意思，竟缓缓从地脚方下边钻到房外去了，炕笼里的鸡才恢复平静 。

当时，来杭鸡是优良的蛋鸡，我家的几只鸡下的蛋很少自己食用，母亲总是把产的蛋无偿地送给附近的农家。母亲送蛋给他们时，总要向他们交代，不要拿去吃，也不要拿去卖，一定要拿来孵小鸡，这种鸡长大后特别肯下蛋。这来杭鸡真是名副其实的良种，只要你让它吃饱，几只母鸡几乎天天下蛋。来杭鸡在周边名气越来越大，我家那几只鸡下的蛋也就供不应求了。后来，造反开始，有人写大字报说母亲喂鸡生蛋送人是"笼络人心，为复辟资本主义服务"。对此类说法，母亲当然是一笑置之。忽一日，母亲对我说道："我已与张伯娘讲好啦，今天晚上你把这几只鸡给她家抓去，送给她家。要是哪天有人来抄家，把这些鸡抓去杀来吃了，就可惜啦。"当晚，我把已在炕笼下休息的几只鸡抓来送给了张伯娘。她把我送去的几只鸡关到她家鸡圈。谁知第二天傍晚，这几只鸡又来到我家门外，等我们开门。我只好一只只抓起，又把它们送回张伯娘家鸡圈里。如此再三，这几只鸡总算明白它们已改换门庭，何处是归宿了。

这就是我找张伯娘时，她说要我抓走的三只小鸡是我家鸡延的原因。可惜的是这三只鸡已经不是纯白的来杭鸡，白色的羽毛中杂有黑色的羽毛，已是杂交鸡了。更可惜的是我拿回来的三只鸡，后来有一只竟因在粪口觅食而葬身粪坑。我们不忍食其肉，而让其沤成了一瓢粪。现在我们鸡圈里只有两只母鸡了，可喜的是这两只鸡正值生蛋期，虽不如纯种的来杭鸡高产，然而即令时值盛夏，却也常有蛋产出。今天一早，我起床后，并没有急于打开鸡圈门把鸡放出，目的就是想检验一下今天这两只鸡是否有蛋生。鸡其实是很通人性的，每天早上开鸡圈门时，我会悄悄地按每只鸡三颗苞谷籽的定量喂它们。之所以说是悄悄地，那是因为我没告诉任何人，包括两个女生，纯属个人行为。我知道虽然我每天给一只鸡的定量只有三颗，两只鸡就六颗，积少成多，长此下去，也是一个不小的数目。把宝贵的粮食拿来喂鸡，两个女生不一定会赞同。要是黑大娘知道了，一定会骂我个狗血淋头，所以只能是悄悄地。时间一长，早上这两只鸡跑出鸡圈的第一件事竟然就是等我给它们喂苞谷籽，不吃这几颗苞谷籽大有绝不离开鸡圈之势。一天，我打开鸡圈门，鸡跑出来后，我没有按惯例喂苞谷籽，于是不可思议的事情发生了。两只鸡围着我，一只啄我前裤脚，一只啄我后裤脚，显然是在问我："早餐呢?"见势，我赶紧跑回房间，数了六颗苞谷籽喂它们，这才作罢。今天我把鸡圈门打开一点点，把手伸进去，先抓了一只出来，抠抠鸡屁眼验蛋，指尖觉得软软的，这只鸡今天不会生蛋，放它下地。提起另一只，抠抠屁眼，指尖感觉硬硬的，有蛋，放它下地，按每只三颗苞谷籽定量开早餐。待早餐完毕，把正欲往外走的有蛋鸡抓住放回鸡圈中，让它待在圈里生蛋，以免生野蛋找不到。待喂鸡吃早餐、验蛋的工作结束后，我来到灶房，见余主任、牛大爷和黑大爷站着，正准备离开。刘师傅对牛大爷说道："今天我先整理下，你安排一个人来帮忙就行了。"牛大爷说："干脆岩初就留下来帮你。你看还有哪样事没得。"刘师傅想了想说："要找副码凳来。"牛大爷说："国哥那里有一副，一下我喊习初拿下来。"刘师傅说道："明天岩初帮不到哪样忙哦，要一个多少做过点木活、帮到立过房子的人才行。"牛大爷说："那些都安排好了的，你就大放心，小放心喽。"说完，余主任、牛大爷、黑大爷都忙自己的事去啦。我和刘师傅坐着聊天，两个女生忙着煮饭。我和刘师傅闲聊了一会，刘师傅对我说道："我们干脆到屋基去看下。"于是我陪着刘师傅走到院坝坎下，来到准备建知青房的屋基，当看见屋基地上堆着的四堆木料时，刘师傅便开始低下头一堆一堆地细看木料上的符号，一边自言自语地说道："这堆是左排列，这堆是中排列，这堆是右排列，这堆是桷子、檩子。"看毕，他抬起头来，对我说道："三个排列的料子都是分开堆的，明天斗排列时就省事多了。"接着他又以赞许的口气说道："王治周、伍芝林两个还聪明嘞。那天我才随便教他们认一下料子上的符号，他们就记得啦。"刘师傅见我站着不知该干什么，于是对我说："你去拿两把锄头来。"我三步并作两步跑到灶房拿了一把大锄，一把薅锄，回到屋基地。此时刘师傅正在目测屋基，见我到来，便对我说道："你拿薅锄再把屋基和周围整理下，反正就是这块地，你能把这周围掏好宽就掏好宽。地方宽点，明天斗排列摆得开科场 。你把大锄递给我。”听刘师傅这一说，我把大锄递给了他，自己又返回灶房拿了把镰刀，先把屋基周围及远点处的荆棘、杂草砍掉，再用锄头把砍下的枝枝丫丫、杂草掏到一边堆起。正干得起劲，忽然听到刘师傅喊道：“岩初，你过来看！”我应声跑到他身边。他撑着锄把，指着一块石头对我说：“你看，好安逸啊，这个磉礅（在建房时放置柱头的基石）都还好好的。”我看了看被称为磉礅的石头，虽不是十分规整，却也可以算是块四方石礅，朝天的一面虽然有泥土糊在上面，却也看得出是基本平整的。刘师傅以磉礅为起点，向左跨了两步，用锄头在地上挖了几锄算作了个标记。又返回来以石磴为起点，向右跨了两步，又用锄头挖了几锄作为标记。这时习初扛着一副码凳来到了屋基，习初把码凳放下，问刘师傅道：“大叔，你们在整哪样？”刘师傅说：“我看下这个屋基的磉礅些还在不。”习初拿过刘师傅手中的锄头，说：“我来掏。”就在右边的标记处开始挖起来。见状，我也拿起锄头在左边的标记处挖。一会，习初那砰的一声，显然是锄头挖到石头了。习初惊喜地喊道：“咦，有磉礅呃。”说完，他小心地掏了几锄，果然一块石头露出土来。刘师傅见了高兴地说道：“这个磉礅也还在吔。”他扭过头来对我说道：“你快点挖一下你那边。”我正准备继续挖，谁知习初两步跳过来，说道：“我来，我的锄头是大锄，好挖点。”他挖了一会，果然又挖出来一个磉礅。三人好不高兴。

正在这时，谷利在院坝坎上喊我们吃饭。我赶紧停下，招呼刘师傅回去吃饭。走到灶房门口，我一把拉住习初，对他说：“进屋一起吃。”习初把我的手一下子甩开，说：“我家的都熟了。”说着一溜烟跑了。这顿饭应该是给刘师傅的接风饭啦，两个女生准备了一个荤菜——一碗蒸鲊肉。不要小看这碗鲊肉啊，里面除了有肉外，还有肠子、肚子、猪皮。这些都是去年杀猪后，混杂着卜在坛子里的，平时我们是不轻易吃一回。刘师傅既是我们的长辈又是朋友，更是修知青的积极参与者和掌墨师。虽然我们想好好款待他，却也只能如此。这顿甑子蒸饭特别香，不用菜也让人吃了还想吃，全是因为这鲊肉并非放在碗里单独蒸，而是直接放在饭上蒸的。用甑子蒸饭时，待甑子里的饭快上气时，把从坛子抓出来的鲊肉、鲊肠子、鲊肚子、鲊猪皮，一片一片地用筷子拈来摆放在饭上，再盖上茅盖继续蒸，饭蒸熟了，鲊肉也就蒸好啦。再把蒸好的鲊肉一片片拈到碗中，香喷喷的一碗鲊肉自不必说，连甑子里的饭也大沾鲊肉的光，除了有鲊肉的香味外，更得到鲊肉中猪油的浸润，一般的两糙饭就变成了油浸浸又有点盐味的两糙饭。吃这种散发着鲊肉的香味、有淡淡盐味的油浸饭让你不小心就会把舌头也一起吐下肚去啊。刘师傅一边吃饭一边称赞这饭好吃。谁知不请自来端着饭碗的孝娥问道："大叔，吃的哪样饭，朗格好吃法？"刘师傅笑着看了她一眼，说道："哪样饭？还不是和你家一样的两糙饭。"说完，夹了一片鲊肉放进她碗中。这个孝娥实在难缠，端着已吃了一半的饭碗，对我说道："岩初哥，我要吃你们的饭。"我实在无奈，只好在甑子里舀了一些饭放到她碗里。她赶紧扒了一口，边吃边咕噜道："这饭是好吃呃。"谷利逗她道："吃了这个饭，就不准拈鲊肉吃喽。"孝娥歪着脑袋看着谷利笑着说："再给我吃一片，就不吃啦，要得不？"谷利忍不住笑了起来，拈了一片鲊肠子放在她碗里。孝娥几口就把饭菜全部扒下了肚，大声说道："不吃了，不吃了，我吃饱啦。"刘师傅见了，笑着问我道："这个崽崽是不是顿顿都像这样？"我看着孝娥说："孝娥，是不是这样？"孝娥不看我，而是把眼睛盯着刘师傅说道："人家岩初哥他们想我过来吃嘛。"刘师傅乐了，笑道："干脆把你的口粮划到他们这边来。"孝娥听了，赶紧说："我倒是巴不得，就是不晓得爹他们干不。"说完正准备往外走。忽然她又扭过头说道："我是舀了饭过来的哦，他们的菜好吃，我是来吃菜的。"说完跑回家去了。我们和刘师傅继续吃饭。刘师傅边吃边说："人家是喜欢你们，你们也是把他们当成自家人。将心比心，我都喜欢你们。"谷利对刘师傅说道："我们来到这里，就全靠他们把我们当成自家人来看待，要不然我们都不晓得怎么办喽。"

吃完饭，刘师傅开始进入饭后一杆烟的程序。他拿出黑大爷给他的叶子烟，仔细端详了一会，对着堂屋那边高声喊道："黑哥。黑哥，你过来一下。"黑大爷应声而至。没等黑大爷站稳，刘师傅就拿着叶子烟问道："黑哥，你这个叶子烟是你在场上买的还是你自己种的？这个叶子烟安逸得很嘞。"黑大爷笑道："哪里有钱到场上买叶子烟喽，这是我自己栽的。去年我栽了两路烟，本来都是一样经悠的，长得都一样好。后头我一想，还是要整点好的来，有个人来客去的，给人家装烟也好递得出手。我就拿半路出来，给它吃个胖口，多淋了好几道猪屎粪，打尖抹芽也多整了几回。后头这半路叶子烟我都是单独割下来晾好的，我拿点来裹起，装在烟巴斗里一试，硬是好得很，香味、冲头、油性都是没得说的。不怕你说我吹牛，场上那些烟同我这个烟比，就当吃叫花子屁，只是半路烟割下来的顶叶子没得好几张。"刘师傅边享受这上好的叶子烟边对黑大爷说道："怕你平时都舍不得拿来吃喽。忍嘴待客，你们是做也做得好教也教得好呃。刚才吃饭时，岩初净帮我拈鲊肉，自己没吃几片。那两个姑娘噻，我就没看到她们拈过一片。”大家正谈得高兴，习初突然站在灶门口说道：“岩初哥，等一下出工到三家田，我们一路哈。”我把习初喊进屋，对他说道：“我不到三家田，要陪刘师傅收拾屋基。”这时刘师傅对习初说道：“你去帮我找根钢钎来，等一下好拿来挪磉礅。”也不知中秋是何时进灶房来的，插嘴道：“我家灶房里有钢钎，我去拖过来。”黑大爷接着说道：“我家那边钢钎、二锤、錾子都有。”刘师傅说道：“要得。等下得去看一下原先屋基的开间和买来的房子开间一样不？不一样的话，还得把磉礅挪动一下。”我好奇地问道：“朗格晓得开间和买来的房子是不是一样呢?”刘师傅笑道：“等一下你跟到我到屋基去就晓得啦。”待中秋把钢钎拖过来交给我，恰好余主任也叼着烟杆进来了，边抽边说道：“吃完饭还当打仗一样，一个架子猪，一个母猪，还有十多个快满双月的猪崽，提猪食子都要提好几桶才够。好不容易得空吃杆烟，还是你们这边吃起来清静，那边几个崽崽吵得心慌。”说完，一屁股坐在灶门前板凳上。刘师傅递了一根裹好的叶子烟给余主任，说道：“你几口把你点的烟吃完，试一下黑哥这个烟。”余主任听了，顾不得抽自己的烟了，索性把烟斗里点着了的烟在火塘边缘两下磕出来，将刘师傅递来的烟卷装进烟斗，用灶膛里的余火将烟点上，微闭眼睛猛吸一口后，缓缓吐出一串长长的烟雾来，赞叹道：“这一口过瘾。”接着又问道：“黑哥，你这个叶子烟还有不?”黑大爷笑道：“就是拿给刘师傅这点啦，没得了，幺台了。”边说边将手中的两张递给余主任，随即转身拖了一条长板凳过来，对余主任说道：“天气还是热咦，你跑到灶门前坐起，更热。”余主任回答道：“一阵仗打完，还怕不热。坐在灶门前还比打仗凉快点。”说完起身坐到黑大爷拖来的板凳上。

刘师傅对余主任说道：“早上我和岩初整理了一下屋基，这个屋基的磉礅些都还在吔。”余主任听了，对黑大爷说道：“黑哥，那年我们拆那厢房子时，好像没有哪个动过磉磴哈。”黑大爷说道：“我记得拆房子时候没动，过后好像也没得哪个动过。”余主任对我说道：“等一下你们看看磉礅齐不齐。我记得袁家这厢房子也是个七架房。”刘师傅接着说：“哪个倒不要紧。七架房是五根柱头落地，九架房还不是五根柱头落地，就是多两根瓜筒咯。我看了这屋基的排场，就是五根柱头落地。”余主任说道：“万一清理下来，差个把两个磉礅也不怕，找两个人到那边寨子护墙上抬几礅来就是啦，大不了再打几錾子。”习初听余主任这么一说，没由头地兴奋起来，大声说道：“三爷，今天我不去三家田出工，等我在这边和刘师傅他们掏屋基嘛。”余主任笑了笑，说道：“要得，那你要听刘师傅的安排哟。”习初看了看刘师傅，笑道：“大叔，你说哪样就是哪样，喊我向东我不敢向西，喊我下河我不敢抓鸡。”黑大爷笑了，说道：“做活路也像嘴巴一样展劲就好啦。”中秋在旁边欲言又止，余主任见状，说道：“哦，中秋也不去三家田算啦，就在这边帮忙打个杂。”中秋听了，高兴地走到习初身边，踮起脚在习初头上弹了个崩儿，两个小伙伴打闹着到黑大爷堂屋那边去啦。这时我猛地想起，被我验蛋的鸡还关在鸡圈里，不知生蛋没有。我赶紧走出灶房，来到鸡圈边。我纳闷怎么没听见鸡打岔（鸡下蛋后的高叫），莫非验蛋有误？待我刚抽起鸡圈门，鸡一下子咯咯地跳将出来，我低头往鸡圈里一看，一枚白白的蛋摆在圈里。这只鸡跳出圈后，并没有急着跑开找伙伴觅食，而是围着我转，似乎在讨赏。我急忙回房间拿了三颗苞谷籽慰劳它，它快速将三颗苞谷籽吞食后，才开始唱蛋：“咯……咯咯咯哒……咯咯哒。”一边向世人宣布下蛋啦！一边骄傲地拍着翅膀寻伴觅食去了。我拿着暖乎乎的蛋回到灶房，大家正在准备出工。我把鸡蛋交给谷利，问道：“晚饭吃什么？哪个煮？”谷利说道：“今天的活路肯定是绕一下就回来，等我们收工回来，熬油茶、炒苞谷泡，再煎个泡蛋，还有剩饭。”我问刘师傅道：“这个安排要得不？”刘师傅答道：“这一阵，烂沟子、格诗林还在刨秋荒，恼火得很。你们吃油茶泡蛋，还有哪样说的。怕没得哪个那么造哦。”

到三家田出工的大部队前脚走，留下来听刘师傅安排的我们跟着刘师傅也出工了。中秋扛着钢钎，习初背着刘师傅装工具的背篼，我则扛了三把锄头，一行四人来到屋基地。刘师傅要我们三人抓紧掏土，找应该有的十五个磉磴。他说道：“你们抓紧做你们的，我还要清一下料子，看到底还差哪样不。这一堆堆的料子，我还是要一根根、一块块地再数一遍，心里才踏实。”刘师傅说完，大家各行其是。我很快掏出来了一个磉磴，没有像早上那样兴奋地告诉刘师傅，兴奋劲在早上已经过了。再加上刘师傅已经说过应该有十五个磉磴。现在挖出磉磴来当然就不必大惊小怪了。果然，不一会我又掏出了一个磉磴，习初、中秋也分别掏出了一个磉磴。这时突然传来一阵口哨声，我停下来，看了看那两个小伙，谁知他们也在看我，我们三人互视了一下，发现我们三人都未吹口哨，这才发现口哨声是从刘师傅那边传过来的，于是把目光转向刘师傅那边。只见刘师傅一边在料子堆里翻看，一边吹着口哨。刘师傅吹的竟然是当时最革命最流行的歌曲《大海航行靠舵手》，也许是吹口哨的原因，刘师傅偶有吹跑调的地方。习初总是令人讨厌的，怪声怪气地说道：“咦，大叔还得行呃，会像城里人一样唱歌嘞。”刘师傅抬起头看着习初说道：“这个歌你不会唱哗？我听说你都在旧场小学读过几天书的，若非老师没教你唱过？”习初笑了笑，说道：“去是去混过几天。那阵子老师天天教这个歌，学生天天唱。这几年天天做活路，我都还给老师啦，唱不成喽。”我逗习初道：“习初，这首歌你不会唱不行哦，等你到公社打结婚证的时候，人家喊你唱这首歌，你装哑巴就打不来结婚证喽。”习初认真地说道：“真的吗？要真的是那样，我就不去打结婚证。听龙洞湾的人些讲王治成去年结婚都没打结婚证。”我赶紧说道：“逗你的。结婚证还是要去打的，要不要唱歌我也不晓得。”刘师傅接着说：“过得快哦，混来混去的，崽崽就变成大人了，都要成家啦。你说我们朗格不老嘛。”我看着习初问道：“习初，要把你家房子的板壁装起才行嘿。”习初想了一下，对刘师傅说道：“大叔，等今年分粮食后，你来给我们装房子哦。”刘师傅笑道：“这个事，怕要国哥说了才算得了数。”习初急忙说：“这个就是我爹说的。他是怕今年收成不好，没敢跟你讲。”刘师傅笑着说道：“这个国二哥硬是笑人呢。你们那个小七架房子，只装两三壁，又不是全装，那要得好几个活路（几个工），吃得好几顿饭嘛。我又不是不好待的人。莫说是秋收了几顿两糙饭你们供得起。就是回锅老二、荒瓜、红苕，你刘大叔我也拿得住，你怕要吃满酒块肉嚜。习初，你回去给你爹讲，分粮食后，我就过来给你们装房子。”一直没有说话的中秋在一旁笑道：“这回新郎官当得成了。习初哥，你做了新郎官嘿，要像现在这样一天和我们嬉耳白痴地就不得行哦，有人管到喽。”

习初听了一时无语，继续掏土找磉礅。过了一会，习初边掏边自言自语地说道：“不扯闲条啦，赶紧做活路。岩初哥都掏到两个磉礅了，我和中秋都还只掏到一个。”中秋也不再应声，按照做好标记的地方继续掏起来。我们三人埋头掏磉礅，刘师傅继续吹口哨翻看料子。过了一阵，所有做了标志的地方，都被我们三个掏过了。令人高兴的是都掏出了磉礅。我正准备给刘师傅报告这一好消息，谁知习初更快，他朝刘师傅大声喊道：“大叔，朗格做嘛。”刘师傅头也不抬地问道：“哪样朗格做？”习初嬉笑着说道：“抬不成石礅子啦，磉礅些都在。”刘师傅抬起头，大笑起来，说道：“习初呀习初，都说你要当新郎官了，还在嬉耳白痴地逗你家大叔。你实诚要想抬石礅子，就去抬它几礅来，有的是用处。”习初也笑着答道：“抬就抬，只要岩初哥们要。”刘师傅没有再说什么，走到放工具的背篼前，拿出线绞和墨斗。他看了看左边排列位置上的五个磉礅，又看了看中间排列的五个磉礅，再看了看右边排列的五个磉礅，原来就微带笑意的脸，笑得更为灿烂了。看了之后，他颇为欣慰地对我说道："我刚才看了看，这个屋基的进深、开间和搬来的那厢房子大码目是一样的，好巧啊。说你们知青八字大、火焰高一点都不假，你们运气硬是好。这个进深、开间都一样要少好些事情，你说你们运气是不是好嘛。"见刘师傅高兴，我也受了感染，高兴地说道："多承得你和队上的关照。只是不晓得两个到底是不是一样。"

刘师傅听完，笑着喊道："习初，过来把线头拉住。这回才是喊你往东就不要往西哈。"习初两步跳将过去，接过刘师傅递给他的线头，问道："朗格走?"刘师傅指着右边排列最后一个磉礅的位置，叫习初拉着线头到那里去站好。然后转过身来对我说道："你不是问朗格晓得两厢房子的开间是不是一样噻。比一下（丈量一下）就晓得了噻。"此时，我才发现自己好笨，问了一个十分幼稚的问题。刘师傅拿着线绞走到中间排列最后一个磉礅边，蹲下将线绞置于磉礅中心，又叫习初把线头同样置于磉礅中心。然后刘师傅站起来，让习初也站起来，刘师傅随即大声说道："开间一丈六。"随后又喊道："习初，拿起线头到中间排列头头上那个磉礅去。"习初拿着线头跳了过去，一不小心线头脱手了，只好弯腰把线头捡起捏在手中。刘师傅笑着讲道："老子这边拿着，喊你走过去，就这几步你还要跳。拿个线头都要拿脱。"刘师傅话未说完，中秋在那边幸灾乐祸地笑道："黄狗旋窝都旋不成。"说得习初笑了起来。待习初把线头按在磉礅中心，刘师傅又喊道："进深一丈八。"就这样堂屋的进深、开间就测量完毕。刘师傅继续站在原来位置不动，对习初喊道："来嘛，再来个黄狗旋窝。拿起线头到左边后面磉礅去。"习初这次吸取了教训，没有跳，而是拿着线头几大步走了过去。丈量结果很快出来了，这个屋基进深一丈八，开间一丈六。刘师傅收好线绞后，要我们三人跟着他到了一堆木料边，在他的指导下，我和习初将一块长寸板抬了出来。刘师傅告诉我，这块料子是地脚方。他让我和习初把地脚方架在码凳上，然后他拿着墨斗眯上一只眼，瞄了一下方子，脸上又露出一丝丝笑意，对我们说道："好啊，这块方子都没变形，一点都不翘。"随即将墨斗的坠子尖插在方子一头，拿着墨斗开始放线，走到方子的另一头后，将墨线拉紧，一比量，对我说："一丈八。你现在该晓得屋基和房子的尺寸是不是一样的了吧。"我笑道："现在你这样一比，我当然晓得是不是一样喽。"刘师傅说："明天等王治周他们来了，我们就要把这些扁料按各自的位置斗到各根柱头的孔洞里去，恢复成原来房子的排列。明天斗排列的时候，如果扁料有点翘了，就得拿推板推几下，柱头上的洞该凿一下的还得凿一下。”习初问：“万一斗不紧朗格办?”刘师傅笑道：“你没听到说过石匠的塞塞，木匠的楔楔嘛，哪个地方松了点，哪个地方不紧，整个木楔楔用斧头脑壳敲进去就紧了噻，你斗锄头还不是靠那块木楔楔。做木活，大到修房子，小到整根板凳，紧还是松都离不得这块木楔楔。你怕有哪样巧嘛。”我问道：“那石匠塞塞是哪样?”刘师傅笑道：“这个我讲不上章，一行服一行。我也只是晓得个大码目，石匠修砌石坎子，上下两礅石头放不入帖，要么就用锤子打几下，打个平面出来就放得稳了。万一还不得行，就在两块石头之间找块合适的石头片片塞起，就入帖了。这就叫石匠的塞塞。”刘师傅兴犹未尽，继续说道：“你听到过补锅匠的糍粑，解猪匠的猪牙骨不?农村这些话话多的是，你要听都听不完，以后慢慢听，得空了再来吹。”

刘师傅安排我们帮忙再清点一下桷子和檩子。清点完毕，刘师傅说：“檩子正对头，桷子可能要差几匹。”他想了想，又说：“等哪天我扛根料子来，改几匹就够了。”习初说：“哪天我到你家那边去扛，扛来就放到我家院坝，有现存的改磴，我和岩初哥就把它改啦。”刘师傅说“好嘛，我把墨线都给你们画好，扛过来上改磴就可以改啦。”习初又接嘴道：“大叔，我家装房子的板子，好多都是我和岩初哥两个改的。开始学改的那几块有‘苞谷粑’哦。二天你来装房子推板子时，不要骂我们哦。”刘师傅说：“咦，你还会拉夫呃，把岩初哥都拉来帮忙吔。吃点哪样好的没有?”习初挠挠脑壳，显得有点尴尬。我赶紧打岔抢过话头说道：“我是学艺，算不上帮忙。”刘师傅笑了，对习初说道：“逗你的，只不过二天你们岩初哥有哪样事，你习初要跑快点哦。”习初一脸真诚地说道：“那是。只要岩初哥们有哪样事，我保证跑得飞快。”中秋逗习初道：“怕到时候媳妇管到起，说不起硬气话哟。”习初拍了中秋一下，说道：“我又不是进友哥，说不出来就不出来。”刘师傅笑道：“你这个习初朗格把人家的事安到余进友身上去喽。”我也跟着说道：“习初你把打屁不沾胯的事都扯到余进友身上喽。这个龙门阵我原先就听到过的。”关于这个“说不出来就不出来”本是一个讲男人怕老婆又死要面子的故事：一日，夫妻俩吵架，妻暴怒欲揍之，该男人见状，迅速钻到床下，妻叉腰站立床前，吼道：“你快点给我爬出来，躲到床下算什么东西。”该男人在床下高声回答：“男子汉大丈夫，说不出来就不出来。”从此，乡间坊里的人们就常用“说不出来就不出来”嘲笑怕老婆的粑耳朵男人。余进友有点怕其能干而强势的老婆，在生产队已是众所周知的，因而常被习初等取笑。

大家边干活边说话，不知道到三家田出工的人们已经收工回来，坎上开始有人声了。刘师傅听了，说道："咦，我们得快点呦。"他要中秋到坎上的屋后选两棵较直的木棍下来。中秋找来后，刘师傅把一根砍成两截，再用斧头劈为四根，削成尖桩。我们一人各拿着一根尖桩走到屋基四角的四个磉礅边，找到磉礅中心，然后将尖桩钉在顺着中心延伸到磉礅边上的土中。这时，刘师傅拿出线绞来放线缠于四个尖桩上，使之成为一个长方形。他对我们说："这个屋基和那厢房子进深开间都一样，这些磉礅些也没动过，没有借角。后天搊排列，应该也没哪样大问题。"他一边说一边拿出角尺和墨斗来，将角尺挂在颈子上，走到我身边说道："我还要给屋基吊个墨，看看方不方正。不然排列搊起来，屋基是借角的，扫我刘师傅的皮不说，怕把主人家厌了，我一辈子都不得安生喽。二天鬼老二还来请我喽。"刘师傅转过身又对习初说道："怕习初装房子都不会请我喽。"习初傻傻地笑着说道："大叔，晓得你下细，做事情嗨认真。"只见刘师傅拿着墨斗在四个尖桩边牵着墨线，将坠子这里吊一吊，那里放一放，不时还眯一下眼睛，我实在看不明白刘师傅要干什么。一会，他从装工具的背篼里拿出一卷带子，要中秋拿着一头，他比画了一下，让我用一只手抓住带子的一个点不要放松，他再比画了一下，要习初来抓住带子的另一个点，并告诉习初，捏紧喽，一点都不能移动，然后他又比画一下，自己抓住了带子的第三个点。最后他要我和习初将自已拿着的那两段带子到屋基线角角边。让我拿着的点放在木桩顶部，中秋和习初将各自所捏着的带子与屋基线重合，他则拿着剩余的带子从习初捏着的点比划着将带子理顺到中秋捏着的点处。他看了看，似乎松了口气，说："硬是巧得很，一点都不差，没有借角。"随后又如法炮制，到屋基的另外三个角比画比画。刘师傅停下来，要我把带子收来卷好。他则从裤腰带上解下小烟杆，说道："中秋。我烧一杆你爹拿的顶叶子，我们要收工喽。"说完，裹了一根烟叶塞进烟斗里，习初划了一根火柴帮他点起。刘师傅抽了一口烟后，对我说："要是那几年，吊墨、开锤、斗排列都兴说福事，啰唆得很嘞。"习初插嘴说："大叔，你讲来我们听一下嘛。"中秋也嚷道："大叔，说来听下噻。"刘大叔笑着说道："要吃饭喽。要听哰，吃了夜饭慢慢讲。"话音刚落，谷利下坎来请刘师傅吃饭。大家七手八脚把工具收好拿上回家了。

我们走到灶房门口，习初把锄头交给中秋就准备告辞回家，我拉住习初说道："就在这里吃油茶、苞谷泡。"习初正在犹豫中，刘师傅说道："见食不餐，必定是憨。你们岩初哥请你，你就坐起吃就是了，吃完，你还要听我讲福事噻。”习初笑了笑，说：“我回去讲一声再来，免得我爹在家里等。”我说：“好嘛，快去快回，免得刘师傅等呦。”还算好，待我们把食物收拾好摆上桌，刘师傅刚坐在桌边，习初就来了。今天的晚饭是我们这里的标准化晚饭，油茶加苞谷泡。前不久挖的洋芋还有些，又孔了些洋芋。不同的是因为要待刘师傅。谷利特意炸了两个荷包蛋放到刘师傅的油茶碗里。为了给我们自己解馋，又炒了两个鸡蛋的泡蛋，每人碗中都泡了点。习初坐在我旁边，端着油茶碗说道：“谷利姐，你们这个油茶好醽哦，不晓得放了好多猪油？”说完伸手到桌子上筲箕抓了一把苞谷泡，丢入嘴中嚼起来，包口包嘴地咕噜道：“我这盘磨子牙口好哦，一把苞谷泡一下就嚼碎了，一旋就下去了。”说完又抓了一把苞谷泡。刘师傅端着碗喝了口油茶，说道：“好安逸。只是我一个人在吃独食呃。”我赶紧说：“不是的。”一边说一边将碗中一坨泡蛋拈起，说道：“看嘛，鸡蛋。”刘师傅笑了笑，不再说什么啦。我从盆子里拿了个洋芋，剥掉皮，将剥下的皮放在桌子上，对着洋芋咬下一大口，一个洋芋被咬掉一半，喝了一口油茶，果然香醽可口。此时孝娥端着饭碗站在灶房门口，睁大眼睛，情不自禁地嚷道：“嗯，我闻到了，闻到了。”边说边往桌边走来。黎芝站起来，刮了下孝娥的鼻子，说：“鼻子高，会闻臊。你闻起哪样啦？”孝娥笑道：“像是炸鸡蛋呃。”谷利站起，将自己碗中的泡蛋拈到孝娥碗里，说道：“硬是个狗鼻子，快点坐起吃。”一看，孝娥碗中是一碗茶米稀饭。谷利问道：“你家也熬油茶？”孝娥说：“是的，还是我熬的。我放了好些米，遭我妈吼啦。她们几姊妹吃油茶泡早上剩的饭，我就舀油茶米来吃。”刘师傅听完，笑了起来，说：“你这个鬼崽崽，硬是好要哦。”也许是孝娥的一句油茶泡饭提醒了谷利，她走到灶边，用瓷盆将锅里的油茶舀起来，把早餐甑子里的剩饭倒到锅中热起，并对刘师傅说：“刘师傅，你吃碗油茶泡饭不？”刘师傅答道：“我呀，两个荷包蛋，两碗醽油茶、两把苞谷泡、两个大洋芋，还吃得下哪样。”在当时农村吃剩饭是常有的事，每餐煮饭都会多煮一点，一般不可能煮来恰合适。如果煮的饭少了一点，吃的人就会说煮饭的人尽锅不尽肚，把人吃得欠口欠嘴的。如果有外人，就会认为主人家抠。

这时习初好像已经胀饱了，嘻一嘻地裹了一杆叶子烟递给刘师傅说：“大叔，来，老规矩，饭后吃杆烟噻。你吃一下我这个烟，味道如何？”刘师傅对习初说：“这杆饭后烟我要用大烟杆烧才展劲嘞。你去给我找根大烟杆来。”习初一下子从板凳上站起来，幸好坐在另一头的我注意到的，没有被翘到地上。他穿过堂屋，旋即把黑大爷家的大烟杆提了过来递给刘师傅，又把已经裹好的烟叶子再加了一层烟叶裹好装进大烟斗里。刘师傅拿着烟杆，习初划根火柴替他把烟叶点上，刘师傅稳坐起开始品尝习初的叶子烟。刘师傅眯着眼睛吧嗒几下嘴唇，烟斗里点着的烟叶忽明忽暗闪动，草烟味开始在灶房里弥散。两个女生忙着收拾碗筷，准备喂猪。一会，刘师傅停了吧嗒，睁大眼看着习初说道："你家这个叶子烟味道好，只是同黑哥家的比起来还是差点油性。"不知中秋是何时进来站在我身旁说道："他家猪都没喂，哪里有猪屎来塝叶子烟嘛。"刘师傅说："对头，差就差在这肥料上。"我转过身对中秋说道："你是来听刘师傅摆说福事龙门阵的不是？"中秋来了个以攻为守，对我说道："你等大叔吃杆烟歇一下再摆，要得不？"我忍不住笑道："咦，现在的中秋不是我们刚来时的中秋啦，成大人了，懂事又会说话了吔。"习初说："还怕不是，看到我谈人户了，他心慌得很喽。"中秋轻轻推了他一把，说："你不要炯，等嫂子进屋那天我才收拾你。"突然灶房门外传来一个声音："是要收拾一下才行。"随着声音有个人走进灶房，一看原来是进初。我问道："进初，吃了没有？"进初答道："吃了，我晓得习初在这里捞嘴。"习初说："朗格，不服气？不服气，那里还有苞谷泡，自己抓来吃，把嘴巴堵起。我在等大叔给我们摆说福事的龙门阵。"刘师傅看了看习初、进初、中秋三个小伙，高兴地说道："岩初，你看你们四个小伙到场上去旋一圈，那些媒人都要往土地坑跑喽。"逗得大家都笑了起来。

我把马灯放在桌子上，把灯芯拧大了一点，男人们便围桌而坐，两个女生坐在灶边的条凳上，准备听刘师傅讲说福事的龙门阵。我先请教刘师傅说："刘师傅你在屋基的线框四角拿角尺靠，又拿带尺比，是不是要找直角嘛。"刘师傅笑道："我们不讲哪样直角不直角的，就晓得一厢房子四角方，这个屋基如果借角不方了，立房子的时候，连接排列和排列的大梁、楼辐梁就斗不起卯窍，房子就立不起来。就要重新吊线找方角。这样既扫师傅的皮又扫主人家的兴。所以我要拿角尺靠又要拿带尺比，要一味下细点才行噻。"听刘师傅这一说，我明白了我所说的直角就是刘师傅所说的方。我又接着问："你拿带尺比怎么就晓得方还是不方呢？"刘师傅一本正经地说："那是鲁班先生传下来的，一辈传一辈就是要那样才比得方。早上你看见的尺子靠在基线上，一边是三尺，另一边是四尺，把两头稳起，用带尺一比恰好是五尺，那就是方的了。如果不是这样，那你的屋基肯定就是借角啦。磉礅的位置就得挪动，一直到不借角了才行。这回好啦，磉礅位置动都不要动，我少了好多事。你问我是哪样道理，我也不清楚，师傅教我这样做，我就这样做。反正这样做起来就着数。”他讲的过程我虽然没听得十分明白，但也知道是怎么回事了。那就是木匠师傅测屋基是否是直角时，自觉运用了“勾三股四弦五”的原理，也就是我们书本中所学的勾股定理、商高定理、毕达戈拉斯定理。我于是说道：“哦，我晓得啦。”习初在旁早想问说福事啦，见我说完，马上就说道：“大叔，你讲下朗格说福事嘛。”刘师傅含着烟杆，猛吸一阵，烟斗里的烟叶忽闪几下后不再亮了，我知道这杆烟算是抽完了。习初赶紧把烟杆从刘师傅手中接过来，将烟斗在地上啄了几下，把烟灰抖干净，小声问刘师傅道：“大叔过瘾没得？还来杆嘿？”刘师傅说：“快把烟杆给你黑大爷拿去，等他过瘾喽。你拿去就过来听龙门阵。”习初接过烟杆，转身一下就回来了。

大家坐好，刘师傅的龙门阵就开始了。他说道：“要说修房子，在前些年，这当中的科儿门（项目、种类）那就多得很喽。先要请先生看风水选屋基，等先生把屋基选定了，又要请先生看期程择吉日奠基。奠基动土前还要请先生做法事、拜土地。”说到这里，刘师傅停了一下，拿出自己的小烟杆，习初一见，赶紧掏出自己的烟包拿出烟叶，裹了一杆烟给刘师傅装上，刘师傅把桌上马灯罩翘起，将烟点上，吸了一口，继续说道：“不过，和你们说句老实话，这些科儿门我也只是年轻时跟着我爹学手艺跑这里跑那里，见到过几次。认真起来，有好多我也说不太清楚。倒是真正要穿排列前，就要发锤说福事，这个我记得清楚点。”一边专心听着的中秋问道：“大叔，哪样叫做发锤？”刘师傅回答道：“穿排列是要把扁料，比如地脚方斗到柱头凿口里去，虽说凿口是按一定尺寸用凿子凿好的，扁料也是按一定尺寸先锯好推好的。你要想严丝合缝地把扁料斗进凿口里，就得给扁料加点力，敲它几下。这个不能用斧头脑壳敲，怕把扁料头头敲破了，只能用木锤敲。穿排列时，把扁料斗进柱头敲的第一锤就叫做发锤。发锤时掌墨师就要说福事。”

说着说着，坐在板凳上的刘师傅突然伸直腰杆吟诵起来，只听他吟诵道：“福也，福也，三个福也我说起：天上祥云金光起，地上排列来斗起。三牲刀头来献画，主家年年得安宁。”吟完，刘师傅歇口气，又说道：“等排列穿斗好了，要把排列搊起来之前，还要踩排列。就是主人家要请唢呐班子在排列上边吹边走。踩完排列，就要把排列搊起来。搊排列要用浪子来当缆绳，这个时候掌墨师也要说福事祭浪子（缆绳）。我记得有一回祭浪子，掌墨师抓起一只大公鸡，把鸡冠子掐个口口，等血流出，就用这个血来点那些用来拉柱头的浪子上。他一边点血一边说福事：福也，福也，三个福也我说起，这个公鸡像凤凰，吃去主家多少粮，头也红来尾也红，我今与你订合同。翅膀青脚杆青，我今与你来隐身。一隐邪法与劫难，二隐口舌与凶星，如有鬼魅不好解，咬下你头祭天兵。弟子今日祭统后，主家发达万年青。”说完后，刘师傅喘了口气，吸了口烟，问习初道：“好要不?”习初说：“好耍。”随即习初又说道：“听大人些说，把房子搊起来的时候也要说福事，也好耍吔。大叔，你讲来听一下噻。”刘师傅说道：“这个搊排列是立房子最热闹的时候，来帮忙的人多。有的人准备拉黄龙索（缆绳），有的准备撑抻杆，还有的就在旁边准备帮到撑柱头，有的拿起杠子准备抵到地脚方，还有的就是看闹热了。掌墨师等人些按照安排准备好了，他就站在一榀排列的中柱上，手拉着黄龙索，等主人放了一阵火炮后，就开始说福事。这个说福事各个师傅教的不完全一样。有些掌墨师还会自己编些话话来说。不管怎么说，都是给主人家说好的就是了。”习初有点着急，对刘师傅说：“大叔，你说几句来听下嘛。”刘师傅笑着说：“有好些年没说过啦，看还记得点不。”说完，咳了咳，算是清嗓，然后吟诵道：“福也，福也，三个福也我说起，太阳出来绿洋洋，照得主家立华堂。高高华堂来列起，荣华富贵福满堂。主家华堂立得高，金子柱头银子挑。要得房子列得起，文官武官齐请起。文官武官两边立，众亲朋友齐搭力。三星下凡来贺喜，荣华富贵万万年。”刘师傅吟完，随后说道：“等这些话说完了，掌墨师就大声吼道：‘福事已毕，连升三级。起!’拉黄龙索的就开始用力拉绳子，其他的人一起发力。掌墨师傅又吼一声，起哟。人们就跟着喊起哟，人们又一次发力。就这样，大家跟着师傅的喊声，一次次地发力，直到把一榀排列立起来。等后天知青房搊排列的时候，我也来说几句福事。”在旁边同样听得专心的谷利说道：“刘师傅，后天你说福事，不怕人家说你宣传四旧，尽是那些荣华富贵、福禄寿喜的。”我也跟着说道：“是哦，那年破四旧时，好些家的堂屋大梁上画的太极图、四方合剑，榀梁上写的五子登科、福禄寿喜全部都被红油漆涂抹了。你还敢说这些。”刘师傅很不屑地说道：“我这里是在摆龙门阵给你们听，正来说的时候，我晓得见子打子。手艺出在师傅手脚上，福事出在师傅嘴皮子上嘛，该编哪样来说我就编哪样来说。你们不要怕。我说的是早先立个房子科儿门多得很，排列立起来要上梁、踩梁，哪样都离不开说福事。那些年搞这些科儿门，人些手头粮食多，又有几个钱，来得起的，科儿门就多点。像现在一个两个天天都在担心自己的肚皮吃得饱不，锅儿里头有煮的没有，这些科儿门自然就兴不起了噻。”

说完，他看着我说：“岩初，这个房子排列立起，接到就要上梁。这个上梁科儿门也多呃，除了我讲过的踩梁，还有缠梁、抛梁，样样都兴说福事。现在缠梁不太兴了，抛梁要简单些，你们要兴一下不？”我答道：“抛梁我听说过，讲的是师傅在大梁上往下抛撒粑粑，只是没有看见过。兴不兴也不是我说了算，再说我到哪里找东西来打粑粑，一切听队上的吧。”习初接过我的话，对刘师傅说道：“大叔，你说一下抛梁的福事来听下噻。”刘师傅听了，故作神秘地说道：“这个抛梁说福事的话各个师傅的大有不同，少的有四五十句，长的有百多句。开头几句都还是差不多的，后面的就是各师各教啦。比如有的要讲这个抛梁的粑粑是朗格整的，讲的时候就是东拉西扯，绕山绕水、七股八股麻花九股，把多少能挂得到的事都扯到一起来说。当然说来说去还是说主人家怎样好，房子朗格好。儿孙怎样发达之类的，尽是说那些好话话噻。”这时，习初、进初、中秋一起嚷起来：“大叔你随便说几句来听下嘛。”刘师傅对三个小伙子说道：“你们以为喽，这些年都没正儿八经说过福事，不晓得颠三倒四还记得几句不？我就说开头几句来试下。”刘师傅想了想，说道：“喜盈盈来笑洋洋，主家亲朋听端详。黄道吉日是今天，我为主家来抛梁。这就是开头的几句，后头的嗨多，我确实记不清楚了。就是我刚才给你们讲的就是说这个抛梁粑是朗格整的，在抛梁的时候有那样用，接到起就说好多好多奉承的话话，无非就是主家会金玉满堂，儿孙发达，当官发财。主人家听起安逸，实际上哪个晓得是哪回事嘛。”习初在旁笑着说：“还好要咦。”刘师傅说道：“好要是好要，你习初要得起不。真正像那样整，现在没有哪个来得起。听老的些讲，说福事主人家要有，还要大方。有的还有兴做法事的，拿张大桌子来，在上面摆起猪脑壳、四方礅（四方形五花肉）一大礅放在盘子里，还有花生、瓜子一大盘，有的还要拴只大公鸡、大鸭青（大公鸭），主人家一家老小先磕完头，掌墨师才来开始说福事，一个事情要弄成好多事情。本来三列房子从排列搊起到上大梁、斗楼辐梁，一早上还要放早活。如果整那些科儿门，起起散散怕要整两三天。单是吃饭都要吃好些粮食，还不说待匠人的满酒块肉。习初，是那阵子的话，你们装板壁都不晓得要花好些粮食。话又说回来，人些粮食少的时候，做点事就巴不得越简单越好。手头粮食多了，做点事又还想绷个面子，做那些科儿门，就是你不想做，侧边人还要咚起你做。你们说好不好要嘛。”谷利见坐在旁边的黎芝开始“钓鱼”（打瞌睡）啦，就说道：“刘师傅，你明天还要忙，早点休息了吧。”兴犹未尽的习初他们也只好跟着说道：“大叔，把你的瞌睡都耽搁了，早点睡。”说完，各自散去。我和刘师傅草草洗漱后，同榻而眠去啦。兴许是累了，上床不久，刘师傅没有像往回那样话多，不久便鼾声渐起。

第二天，队上略通木活的王治周、伍芝林、二爷在刘师傅的指挥下开始斗排列。经不起习初的死磨烂缠，队长牛大爷无奈地同意习初和我一起也参加斗排列。由于三榀排列的木料已经按一榀一榀分别堆放完毕，所以装斗起来并不太麻烦。一榀排列共有五根柱头，分别是一根中柱，两根檐柱，两根二间柱。还有两根瓜筒和一些扁料。柱头要着地，瓜筒要悬空。五根柱头、两根瓜筒用几块扁料穿斗组合成一榀排列，这些扁料比

较厚，故又称为方子或穿方。从上而下，第一块扁料穿过中柱与左右各一根瓜筒相连，这叫头穿。第二块扁料穿过中柱和左右瓜筒，再穿过左右二间柱，这叫二穿。三穿用的是两块扁料，左边一块扁料留一截在檐柱外，然后穿过二间柱、瓜筒，有一小截进入中柱。右边一块扁料也是留一截在檐柱外，然后穿过二间柱、瓜筒，有一小截也穿入中柱。刘师傅告诉我有的房子左右两块扁料留在檐柱外边的那一截起着挑的作用，上面要放根檩子。而这厢知青房三穿扁料并不穿出檐柱，而是穿过瓜筒进入二间柱头中一半的位置，二间柱和檐柱之间是由另一块扁料（这块扁料称为挑）来连接的。这块挑的形状如L形，其头部将承接一根檩子。最后用一根扁料将五根柱头穿斗在一起，因这块扁料几乎与地面相触，故又称为地脚方。完成这些步骤后，一榀排列就算穿斗完毕。这种排列只有七根圆柱（五根柱头和两根瓜筒），故用这种排列立起的房子称为七架房。这种七架房进深较短，有的人家在排列的檐柱与二间柱之间各增加了一根瓜筒，这种排列就有五柱四筒，故称其为九架房。当然这九架房子进深就会长些，在开间（排列与排列的间距）相同情况下，九架房的面积自然就大得多。还有一种称为五架房的，这种五架房只有三根柱头落地，左右一边各加一根瓜筒。这种五架房，一般是拿来当九架房或七架房的厢房。这五架房还不是最小的，还有种称为三架房的比它还小，就是只有三根柱头落地。还有一种称之为假三架的房，它没有中柱落地，用块扁料连到两边两根檐柱，中间穿一根长瓜筒来当中柱，看起来好像有三根柱头，像三架房。其实只有两根檐柱落地，所以把它称为假三架房。

刘师傅一边指挥大家穿斗排列，一边嘀咕道：“我看下噻，不要把哪根柱头放颠倒就麻烦啦。”王治周说：“大叔，不会吧，哪个师傅会整这种暴恶事。”刘师傅说：“话倒是这样说，早先有师傅给人家立房子，与主人家有过

节，或是主人待师傅不周到，师傅小气，要整一下主人家，就故意把柱头颠倒放，这种情况倒是少。有时候怕师傅大意放颠倒了，管它的，还是看下踏实点。”刘师傅看了一会，笑道：“没得事。要是真有根放颠倒的柱子，那才是把人整恼火啰。”我不解地问刘师傅道：“平时我也听说过整倒柱的，朗格颠倒柱头就会把人整恼火呢?”刘师傅面露难色、挠了挠脑壳，慢慢地说道：“倒柱这个意思我们做木匠的倒是清楚。大家都晓得树子是朝天长的，你把它砍来当柱头用，柱头也应该顺着树子的长势。这就叫跟到树子长，也叫顺天。顺天了，这家人才发达。如果把柱头上下用颠倒了，那就叫逆天。这个主人家就会一辈子不顺，当然就倒大霉喽。”刘师傅这一说，我明白啦，高兴地对刘师傅说道：“我晓得了，整倒柱就是把柱头整逆天了。把主人家整不顺了，当然就整恼火啦。”刘师傅说道：“就是这个意思，就是这个意思。刚才王治周讲当匠人，帮人家修房子，柱头放颠倒了，就是做了件暴恶事。在以前的话，是要扯大皮的，主人家不光不拿工钱给匠人，匠人还要挂红赔罪的。”习初听得兴起，一旁道：“老实科儿门多呃，还有这些说法。”王治周说道：“听老的些说以前做点事务是科儿门多。去年我家分妹，依原先分姑娘那些科儿门，我们哪里办得起。不说别的，单是粮食都要多花好多。”伍芝林笑道：“我也听老的些说过一些，搞那些事务，道道科儿门都要说福事。请师傅还要给师傅红钱、喜钱。”习初抢着说：“大叔，怕你都得过好多红钱喽。”刘师傅回答道：“等我来给人家当掌墨师傅的时候，哪里还兴得起那些科儿门，跟到我爹跑的那几年倒是得过。王治周、伍芝林你们恐怕还多少记得到，你们牛大爷那厢房子就是我爹当的掌墨师，黑哥家那厢也是。都十几年了，怕还是初级社的时候。现在只要有饭吃，吃得饱，有气力把架子立起就阿弥陀佛喽。那些科儿门、那些礼数都要粮食多，荷包里也要有点数数才兴得起。早先，茅坝头那个徐先生讲过的要衣食足，才礼仪兴，恐怕就是这个意思。”我说：“这个话是古人说的，这个徐先生还懂古文嘛。”这时很少说话的二爷说道：“以前徐先生是教私馆的，三家田许林榜都去读过两年。”大家边聊天边干活，三榀排列很快就完成了两榀。

到了放稍时间，除我之外，大家随意找个地方开始抽放稍烟。习初颇为大方，拿出两张烟叶，给抽烟的人们一人掐了一截，伍芝林逗他道：“习初，你悄悄把你爹的老窖偷出来了不是?”习初认真说道：“这就是我爹喊我拿来的，说是队上立知青房待师傅，朗格都要吃点好烟噻。岩初哥又不兴吃烟，要我拿点放在身上，好给师傅点一杆。”这个国二爷又把队上立知青房看成是给我立房子，真让我无语。但我抱定装憨不做解释，更何况国二爷之说也并非恶意，自然更不需作解释啦。二爷在旁笑道：“咦，国哥这回还想得周到呃。”刘师傅边抽烟边说道：“等一下，排列穿斗完了，我们清点下两间屋的楼辐梁，檩子桷子就用不着清啦。最后还要清点下明天搊排列时要用的东西。”伍芝林说道：“我和王治周把明天要用的东西都清了一下的。浪子许林榜拿来放在了黑大爷家堂屋里，几根伸杆我们也拿来放在黑大爷家的吞口里了，顶地脚方的杠子也放在那里的。”二爷接着对刘师傅说道：“木棰你们拿来用都用过了吧。你斗第一榀排列发棰时，我没有听见你说福事呃。”习初不失时机地急忙说道：“大叔，快说来听下嘛。”刘师傅瞪着习初说道：“习初，我这回是遇到你喽。这两天就缠到我，要我说福事。我都讲了，我好多年没有说过，忘得差不多喽。你硬要我说，那不是牛栏里卡死马崽嘿。”王治周笑道：“大叔，记得好多说好多嘛。我们也是好久没听到说过些，小时候听了点早就记不得啦。你就多少说几句，让我们开开眼界噻。”习初得意地对王治周说道：“昨晚你没来，大叔说了好些给我们听，好耍哦。不信，你问岩初哥。”我笑着说：“刘师傅你随便说几句嘛。”伍芝林、二爷都附和着要求刘师傅多少说几句。刘师傅见大家都央求他，颇为无奈地站起来，走到一榀排列旁，然后再站到排列的中柱上，对二爷说：“二哥，不晓得你还记得不，早先立房子，搊第一榀排列祭浪子，发棰都要说福事。”二爷回答道：“好像是这样，都过了十几年啦，我也记不清楚。管他哪样，你记得好多说好多。”刘师傅要习初把木棰递给他后，继续说道：“立房子搊排列时，来帮忙的人些要各执其事，做好准备。第一就是把黄龙索在中柱上绑好，拉黄龙索的人要拿稳着实站好位置。如果房架大，比如是九架，还要在两边的二间柱上各自再绑一根浪子，明天搊这个七架排列就用不着。负责搊二间柱、檐柱的、顶伸杆的要作好准备，拿杠子的也要做好顶地脚方的准备。大家都作好准备了，师傅就要说福事祭黄龙索、发棰了。”习初打岔说：“大叔，今天我们又不搊排列，你讲这么下细，我们明天还不是忘记了。”刘师傅有点不高兴地说道：“习初，你这个听讲福事的比我这个说福事的话话还要多点。今天我把这个搊房子的套路讲给你们听，明天正来搊的时候，你们几个也好帮忙我招呼搊房子的人些嘛。”伍芝林说道：“大叔，不要听习初乱说。你讲你的，我们听。习初就是爱多嘴多舌的。”刘师傅看见习初有点懊恼地皱着眉头低着头，便笑着说道：“习初，听说福事要把脑壳抬起来听哦。我给你讲，这个说福事还有一层意思，那就是通过说福事，要大家把注意力集中起来，好听指挥。”说完后，刘师傅站定身姿，提棰开说：“福也，福也，三个福也我说起，天上金鸡叫，地上公鸡啼。一不早是二不迟，正是弟子发棰时。一棰发下惊天地，云中走来鲁班仙。二棰发下动四方，亲戚朋友来相帮。三棰发下三阳泰，黄金白银主家戴。”说到这里，刘师傅停了下来，对大家说道：“这个福事边说大家就边在做准备。说完了，师傅就要发命令了，他就会喊福事已毕连升三级，起！大家就跟着喊起。拉的拉黄龙索，搊的搊柱头、撑杆。师傅又喊起哟，大家边发力边跟着喊起哟。就这样，几下子就把一榀排列搊立起了。今天说了，明天就跟着这样做哦。”我们几个听得入迷，似乎看见了明天立房子搊排列的热闹场面。刘师傅说完福事，看见我们几个还愣在那里，喊道：“瞪起干哪样。快来做活路，把最后一榀排列穿斗好。”大家才醒过神来，急忙穿斗最后一榀排列。排列穿斗完毕，刘师傅对王治周、伍芝林说道：“你们回三家田还要走一阵，你们先回去。记到通知下你们那边的人些，明早上早点过来。早点过来，早点上工，我们把排列立起来吃早饭。看这个样子，老天爷明天还是将就我们的。”刘师傅说完，王治周和伍芝林先走了。我们几个跟着刘师傅又收拾了一下，立房子的准备工作就算结束了。

我为知青立华堂

第二天是六月初六，也是小暑节气的第二天。我和刘师傅起得很早。刘师傅站在阶沿坎边抽起床烟，我则数了六颗苞谷籽去开鸡圈门，给鸡验蛋开早餐。孰知莫到君行早，更有早行人，待我和刘师傅来到灶房准备洗脸时，才发现两位女生早已到灶房了。搪瓷盆里的豆子已经泡胀，显然是昨天晚上我和刘师傅睡了后泡的。大耳锅和三水锅都在烧水。我走进灶房看到此情况，真的有点不好意思，急忙准备拿水桶去挑水。谁知黎芝说道："谷利已经挑了两担水，倒到皇桶里了，不要挑啦。"谷利说道："要帮忙，就把后面几根粗点的干柴砍了拿进来。"刘师傅已洗完脸，对我说："你去做你的事，我到屋基去看看。"说着走出灶房门。我把柴抱进来堆在灶门前，问道："还要我干哪样不?"谷利答道："昨天收工时，队上都安排好了，我和黎芝、黑大娘、彭洁娥负责今天的早饭。黑大娘那边早就把水烧好，只等孙茂堂来称米下锅啦。彭洁娥一早就到园子里把菜都摘回来了。我和黎芝要去推豆子，你把灶里的火捂一下，你该干哪样就去干。"说完，她和黎芝端着豆子走了。我把灶膛里的火稍微捂了下，就赶紧跑到屋基去。刘师傅见到我就说："你去找人把浪子和其他东西都拿下来。"我又赶紧跑到院子找来习初、中秋，把浪子和为立房子准备的东西悉数拿到屋基边。刘师傅又对我说道："你去你们黑大爷那里讨块木方来，我要拿来劈楔子用，哪里有点不够紧的地方，我要加块楔子。"不一会我就拿了一块柏香方子来了。只见刘师傅正在给一榀排列的中柱绑浪子，见我来了，接过柏香方子，看了看，说："咦，还会找呃。这块方子一点结巴都没得。"我笑了笑，说道："哪里是我会找，是黑大爷帮忙找的，是在他家屋后头的料子中翻出来的。"刘师傅告诉我道："没有结巴的方子一个是好劈楔子，另一个是劈成的楔子好用，不会从结巴处断掉。"我说道："还样样都有讲究呃。"刘师傅笑着说："有哪样讲究的，你自己多整几回，就悟出其中的道理了嘛。"我们俩人正在说话，坎上人声嘈杂起来，原来三家田的人们过来了。许林榜人没下来，站在坎上的院坝里大声喊道："刘师傅，昨天没听到你说福事，今天朗格都要说来我们听一下哈。"没等许林榜说完，伍芝林和王美云带着他们四岁多的宝贝儿子强，还有他兄弟伍芝华下坎来了。一见到我，王美云就对她儿子说："强，等一下喊岩初叔拿抛梁粑给你。"我急忙笑道："强，等一下，岩初叔给你捏个大饭粑团。"话没说完，伍芝林抢着说道："饭粑团也要得。等你岩初叔二天在我们三家田那边自己立房子时，再喊他多拿几个抛梁粑给你。"正说着，王治周、邓治月也带着他们的女儿下来了。听见伍芝林这么一说，王治周说道："还怕不是，给我们妹也多拿几个哦。"我心里实在感谢伍芝林解我之围，他和王治周都知道，今天立的是队上的知青房，不是我岩初的房子。

随着三家田队伍的到来，土地坑的男女老少也都来啦。只见余主任、牛大爷和刘师傅在一起嘀咕了一会后，牛大爷扯开嗓门喊道："大家不要说话了，今天一切事都要听刘师傅的，现在由刘师傅安排。"刘师傅笑着大声说道："生产队做活路大都是打阖家闹，赶紧赶慢由你自己。今天的活路是搊排列，和往天做的活路有点不同，听我讲完了，大家就各执其事，不要吊歪。"然后他对二爷说道："二哥，你和余主任再找几个人，负责拉黄龙索，这是大头哦。"说完，又对牛大爷说道："队长大哥，你再找四个男的，一人把一根柱头。"牛大爷打断刘师傅的话说道："等我先找人，把把柱头的人找齐啦，再安排其他人。"他对着人群说道："许林榜、干三你们两弟兄一人把一根二间柱。习初、余进友你们一个把一根檐柱。其他的人由刘师傅安排，朗格安排都行。"刘师傅接着安排道："王治周，你和岩初一个负责一根撑杆。这个撑杆要费大力气哦，中秋和伍芝华你们帮到起撑。拉黄龙索、搊柱头的没发力，排列就要往后面倒，这就全靠你们两根撑杆撑住哦。"王治周自信地说："刘师傅，你放心。你看我们今天拿来的撑杆是几多好的料子，干定形的杉木杆，可以做檩子的。"刘师傅看了看人群，说："咦。你们生产队好呃，没得空人。伍芝林你和国哥、黑哥就负责拿杠子顶地脚方，要用力顶住哦。顶不住噻，排列要往前走，就站不到磉磤上喽。"伍芝林、国二爷、黑大爷都表示没问题。最后，刘师傅看着余主任和二爷说："你们两个拉黄龙索，就自己找人喽。"说完，自己都忍不住笑了起来。旁边的娘子军显然猜到刘师傅笑什么。王美云高声对刘师傅说道："刘师傅，你不要笑。我们晓得你怕我们拉不起那根黄龙嘛。莫说是黄龙，就是黑龙我们也拉得起。"大家都笑将起来。王家信这时也说道："有二爷、三爷在前头掌伙，我们就用点力，有哪样了不起嘛。"这时二娘说道："王家信，你怀身大肚的，就站在旁边看下热闹就行啦。”刘师傅安排完毕，大家各就各位。

刘师傅看见大家情绪颇高，自己也来了劲，站在中间排列的中柱边上，开始念念有词地说道：“福也，福也，三个福也我说起。”然后拖长声音吟唱道：“太阳出来喜洋洋，我为知青立华堂。一座华堂高高立，感谢救星毛主席。一座华堂高高起，知青个个都欢喜。拿的今年当老师，拿的明年当干部。男的发财当大官，女的放个好人户。龙腾凤起高高飞，不忘队里众乡亲。”听刘师傅唱到此，我心中已是翻江倒海，几乎不能自持。这刘师傅那里是在为立房子说福事，分明是在为知青们祝福和嘱咐。突然，刘师傅声音提高八度，高喊道：“福事已毕，连升三级。起!”已经各就各拉的人们，同时发声“起!”中间这榀排列在众人的拉、撑、推、顶的作用下，站立起来啦。在刘师傅接下来的几声“起”中，五根柱头都站立在磉礅上，排列向后微倾，被两根撑杆撑往。按照同样的程序，另外两榀排列也都顺利立起。按常规，三榀排列立起后，就应该穿斗大梁、楼辐梁了。大梁在地基堂屋里的磉礅上放着，在刘师傅的指挥下，王治周和伍芝林各将一根浪子捆在堂屋大梁的两头。刘师傅指着大梁说道：“早先还兴缠梁，现在到哪里去找那么长的红布。”说到这里，刘师傅把手伸开成“一”字形（农村把这个“一”字形的长度称为一排），说道：“要好几排长呃。今天我们就不兴喽，也免得我再说一铺福事。”习初笑着说道：“管他缠不缠梁，还是说铺福事来听下嘛。”习初这一说，大家跟到起哄起来。刘师傅瞪了习初一眼，有点无可奈何地说道：“要说就说嘛。缠梁说福事哞，就是要把红布缠在大梁上讨个吉利，缠梁前掌墨师要说几句好话了嘛。”说完，刘师傅吟道：“说缠梁来就缠梁，众亲好友来帮忙。左缠三转生贵子，右缠三转出状元。今天我把梁缠起，富贵荣华万年长。”吟完，刘师傅对余主任和牛大爷说：“要上梁了，上梁的时辰由你们两弟兄定还是由我来定?”牛大爷说：“要看一下上面的饭准备得如何喽。要不把饭吃了再来上梁。”余主任说：“等我上去看一下，怕上梁的时辰我们都定不下来，要等黑嫂她们来定。”说完，他大步往黑大爷家灶房去了。人们都趁此间隙休息、抽烟、聊天。

一会余主任满脸笑容回来了，站在我旁边，对牛大爷和刘师傅说道：“上梁时辰我说是我们定不下来，要等黑嫂她们才定得下来嘛。”余主任讲完，大家觉得有点奇怪，议论纷纷，打听是怎么回事。余主任笑道：“再等一下就晓得啦。”随即又对刘师傅说道：“等一下，你还要得再说一铺福事哦。”刘师傅怔了一下，大约猜到是怎么回事了，爽快地说道：“说！再说几铺都行。”听刘师傅这么一说，队上的男人都围了过来。还是许林榜沉不住气，隔着几个人，问刘师傅道：“是不是要说一铺上梁福事，要丢抛梁粑？你们准备得有抛梁粑？这是要粮食的哦。”牛大爷估计也猜到是怎么回事，故意逗许林榜说道：“你晓得要丢抛梁粑，朗格没看到你打点来呃。”许林榜没反应过来，一时无语。倒是他妻子覃义平在一旁发话说道：“牛大爷，你又没有给我们讲要说福事。只要你发话了，我们再没得，钻丝觅缝也要打主意找几斤糯米来打粑粑噻。”余主任怕影响大家高兴的气氛，于是披露了消息说道：“昨天夜里你们都睡了，是我和黑哥临时想起的。说是要上梁还是说铺福事，要丢点抛梁粑才好。我们就一家找了点糯米，交给黑嫂拿来泡起。今天一早黑嫂就把糯米拿来蒸起了。孙茂堂打早过来从仓上称米来煮早饭，她们就把他拉到帮忙打糍粑。等一下就拿下来，可以上梁抛粑喽。所以我说时辰只有等黑嫂她们来定。”刘师傅听完，笑着对我说道：“岩初，你看到没有，队上的人些硬是想得周到嘞。”我由衷地说道：“太周到了，太周到了。”刘师傅又笑着问我道：“才将我说的那铺福事是不是四旧？”我笑道：“不是，不是，很适合现在的情况。刘师傅，你还真有一套嘞。”余主任在一旁也笑着对刘师傅说道：“还不晓得你这么会见子打子嘞。说得好！”刘师傅一听高兴极了，话也跟着多了起来，说道：“其实说福事就跟公社开会一样，都兴个仪式嘛。农村说话、办事也兴个启口挞白。就像原先学生些上操、唱歌都兴喊声齐步走、预备唱一样的。我说铺福事大家听，大家的注意力就集中了，我再喊福事已毕，连升三级，起！大家就会一起发力，排列一下就搊起了噻。要不然锣齐鼓不齐的，你用力他不用力，他用力你又没用力，那个排列朗格搊得起来嘛。”

刘师傅正说得起劲，突然看见孙茂堂端着一个筲箕下来了，黑大娘跟在后面，后面还跟着一群小娃娃。余主任笑着对刘师傅说道：“黑嫂们下来了，恐怕时辰到了吧，要开始说福事了喽。”看到孙茂堂端着的筲箕，刘师傅笑得更灿烂啦，他扭过头对着许林榜一行人说道：“这一下，我不是说一铺福事，是要说两铺福事。等下你们抬梁的展劲点啊。”许林榜答道：“掌墨师，你安排就是啦，那个都不敢吊歪。”刘师傅开始指挥道：“大家听到，王治周、伍芝林你们两个各拿一根浪子把大梁的两档头捆住，再把浪子的另一头穿过排列的头穿。许林榜你再找个人，你们负责把右边穿过去的浪子拉到。二哥你也找个人负责把左边穿过去的浪子拉到，其余的人要扶住柱头。王治周你抬到大梁的左头，伍芝林你抬到大梁的右边。”说完，刘师傅又专门对许林榜和二爷说：“这个大梁是他们两个扛在肩膀上的，要扛起大梁顺到中柱爬上去。这根大梁是一直压在他们肩膀上的，你们拉的浪子要给他们搭把力，注意不要猛拉，要看到抬梁的，顺到他们来。你们用了猛力梁就会悬空，梁没得人扛起，梁的榫头悬空摆动，就斗不进中柱的凿孔里去，斗不进去就麻烦啦。”说完，刘师傅来到两头放在磉礅上的大梁边，看了看大梁，检查一下捆绑在大梁两头的浪子。对站在周边的人群说道：“早先还兴用公鸡血来点梁，今天就不兴啦。”

说完，刘师傅凝神定气，用斧头敲了大梁三下，闭上眼睛又睁开，拖长声音说一声“正！”然后念念有词道：“福也，福也，三个福也我说起。说上梁来就上梁，听我弟子说神梁。此梁并非寻常物，乃是深山广沉香。鲁班弟子去找来，献与主家做栋梁。中间有个太极图，两头金龙双凤凰。今日主家把梁上，子子孙孙福满堂。抬梁君子用大力，两边拉绳见端详。扛起扛起就扛起，拉住拉住看大梁。福事已毕，连升三级，起！”随着刘师傅一声“起”，扛梁、拉梁的也一声“起”，在两根浪子的帮助下，两个扛大梁的顺着中柱几下就爬到中柱顶端。这时刘师傅端着箮箕爬到了大梁边，大声吟诵道：“太阳晒起暖洋洋，亲朋好友听端详。六月初六黄道日，我为知青来抛梁。”念到这里，刘师傅从箮箕里抓了一把粑粑向天上抛去，又吟道：“一把梁粑向天抛，万物生长靠太阳。”随着吟诵声，抛出去的梁粑从天而降，引得一干娃娃纷纷去捡。孝娥捡了一个给我看，是一个汤圆大小的糍粑。刘师傅继续吟诵道：“一把梁粑向地抛，好田好土立根苗。”随后一把梁粑抛出，人群中一阵骚动，又是一阵紧忙。如是再三，箮箕里的粑粑抛完了。刘师傅手扶中柱，两脚站定，提高声音，高喊道：“撒天天无忌，撒地地无忌。大吉大利，恭喜发财。”抛梁粑就算结束。在刘师傅的指挥下，王治周和伍芝林分别将大梁两头的榫头斗入中柱的凿口中。待许林榜和二爷将各自负责的浪子用一头穿过地脚方捆好后，王治周和伍芝林才顺着柱头逡到地面，立房子的工作暂告一段落。大家一拥而上到坎上黑大爷家院坝吃饭去了。

把酒议瓦厂

院坝里的四张桌子早已摆好了菜。由细嬢指挥，冬婵、素平、中华，再加上孙茂堂来回穿逡负责添饭。忙了一早上的黑大娘、彭洁娥、谷利、黎芝这时才得以喘息。这一顿饭可算是全队人的阖家闹盛宴，连润昌大爷都来了，土地坑没有一人落下。犹如风卷残云，准备的饭菜几乎一扫而光。黑大娘看着两个空空的大甑子，笑着说："我还说会多少剩点饭，好让我晚饭懒得下米。咦，还空想一场。"今天饭后一杆烟的规矩被打破了。吃过饭，大家根据刘师傅的安排，很快把楼辐梁、檩子统统装好，只剩桷子没钉上去。末了，牛大爷对大家宣布道："明天队上不安排活路，放假。"牛大爷刚说完，不知谁喊了一声"喊孙茂堂到仓上背米来煮夜饭嚧。"刘大爷笑着说道："仓上只有点谷子啦，煮谷子来吃嘛。"于是乎大家一哄而散，只剩下几个男人，似乎意犹未尽，站在屋基边端详已立起的屋架。刘师傅对余主任说道："钉桷子的事就不要我来了嘛。"余主任回答"要得。"然后对王治周说："初八赶场，你到场上称几斤钉子来，找个时间喊两个人帮忙把桷子钉起。"刘师傅又说道："我估计还要差几匹桷子。"牛大爷接过话说道："不大一个事。我家厢房后面还有几匹，到时候先拿来用了再说。"几个男人边谈边收拾东西。木棰和杠子由二爷拿走了。伍芝林对牛大爷说道："几根撑扦就放在你们这边，有两根大点的拿来改桷子都要得。"牛大爷说道："要得。你扛上去，放在我家厢房后边就行啦。"几根浪子许林榜想就放在土地坑这边算了，伍芝林对许林榜说道："你们两弟兄还是把它拿回去，找个地方放好。说不定哪天有人要用的时候，还要来找你。"许林榜笑着说道："对头咯，留起又不要拿饭给它吃，要用的时候方便。"说完，和干三一起把浪子拿走了。习初把两个码蹬一边一个架在肩上扛回家。我背着刘师傅装工具的背篼和大家一起上坎回家。

刘师傅和我一起来到黑大爷家堂屋里，我把背篼放下，刘师傅开始清理工具。我去灶房看晚饭准备得如何。跨进灶房，一股烧腊肉皮的香味扑面而来，着实让我奇怪，我们的腊肉已吃完了的，灶房烧的腊肉从何而来？见我满脸狐疑，谷利笑着说：“是余主任拿来的腊肉。他知道我们没有待师傅的晕菜了，说再怎么也要让刘师傅吃点肉才走。”我一看，刀板上谷利已切好了一堆腊肉片。黎芝把装有火葱头和青椒的刀篮子放在桌上，对我说道：“帮忙择下。”我坐在桌子边，边择火葱头边问：“这不是留来做种的吗？”谷利说：“黑大娘说留种要不到这么多。正好没有东西和到腊肉炒，就拿点来炒。”我笑着说道：“上次也是火葱炒腊肉。这一次又是火葱炒腊肉。”黎芝说道：“只要有肉，没有哪个会嫌顿顿吃火葱炒腊肉的，何况还和得有青海椒嘛。”我笑了笑，说道：“那是，那是。我们还有几个鸡蛋，干脆再煮个鸡蛋挂面。”两个女生当然同意。炒好腊肉，谷利舀了一碗，要我端到余主任家去。谷利还告诉我，晚饭余主任、牛大爷、黑大爷都要来我们这里陪刘师傅吃饭。我拍拍脑袋说道：“要是有点酒就好啦。”话刚说完，有人答道：“这里有嘛。”一看，是余主任提着一瓶酒过来了。他笑着说：“我准备得有点。”又过了一会刘师傅和黑大爷一起过来了，谷利和黎芝把菜端上桌，我跑出灶房去准备去请牛大爷，刚走出灶房就遇到了牛大爷。我陪牛大爷走进灶房，请四位长者坐下，并为四位长者斟上酒，大家开始喝酒吃菜聊天。牛大爷喝了一小口酒，慢慢地品尝了一下，说：“今天这青杠籽酒当喝苞谷烧。”刘师傅听了，也抿了一口，问道：“的确呃，你们说是哪样道理？”牛大爷应道：“哪样道理，你不晓得嗯？”刘师傅听了，又抿了一口，问牛大爷道：“哥，你说些哪样，我朗格听不明白咦。”余主任笑了笑，说道：“这点你还不明白嘿。今天是做哪样？是立知青房。立厢房子是件大喜事，全得你，一个把月就把这房子立起了。这个青杠籽酒沾了喜气，当然当喝苞谷烧喽。”刘师傅听了笑着直点头。牛大爷笑眯眯地夹了一块腊肉放到刘师傅碗中，说道：“刘老弟，买这个料子，你团团转转跑了好多地方，脚板都跑大啦。不是你买到这点料子，这个知青房还不晓得要等到哪年哪月才能建得起啊。”余主任接着说道：“是啊，要不是你帮忙拿主意，帮忙煮饭，就是买到料子，盘都不晓得要盘好多天。”这时，黑大爷端着酒碗对刘师傅说道：“你是和我们土地坑有缘分。他牛大爷家房子是你家俩爷子立的，我家的也是。现在知青房料子是你帮忙买来，又是你立起的。你说你是不是和我们土地坑有缘分嘛。”刘师傅高兴地喝了一大口酒，说道：“有缘千里来相会。”说完，他盯着我说道：“岩初，你说是不是有缘分？”我高兴地答道：“当然是有缘分。”刘师傅在鸡蛋挂面里夹了一块鸡蛋放进嘴里，边嚼边说：“今天福事我也说了，你们知青拿的今年当老师，拿的明年当干部。管你们二天当哪样，发好大的财，这里呦，土地坑呦，乡亲些呦，你们都不要忘记哦。”说到这个份上，我再也无法继续装憨了，衷心说道：“我们到这里这么长时间，大家都把我们当自家人待。既然是自家人，我们就不会忘记土地坑有我们自家人，也不会忘记刘师傅你是我们自家人。”

我夹了一片肉放到刘师傅碗里，又给四位长者再斟了一些酒。刘师傅喝了一口酒道：“说归说，笑归笑，我还要讲点正事。这房子是立起了，看样子过几天你们把桷子也会钉好。修房子要钉桷断水才算把大头做完，装房子可以慢慢来。现在就算你们钉上了桷子，还不晓得哪个时候才能断水？水不断，这个大头就不算真正做完哦。这房子两个月不断水没得问题，半年不断水，问题也不大。如果拿个年把两年不断水，让它在露天坝里日晒雨淋，料子像这样噻就要烂哦。”余主任听了，说道：“是啊，这几天我也在想这个事。”牛大爷听他们这么一讲，说道：“这个事还有点卡脚肚子呃。早先小坪村有个瓦厂，高级社那年就撤了。这几年立房子的少啦，这团转一个瓦厂都没得了。离我们这里最近的就是牛塘片区官庄大队风火头生产队那里有一个瓦厂，一年也烧不到两窑瓦。”黑大爷说道：“要不然，到逡板箐去割茅草来盖。”余主任听黑大爷这么说，马上插嘴道：“黑哥，去割茅草也不是那样容易，逡板箐还有好些皮没扯清楚。靠周家湾这边一点的是飞羊坡生产队的，好说话点，去那里去割点没得哪样扯皮的。再往上边去，马塘公社说是牛栏门的，三江公社说是羊桥岩的，上面长的林子、草草哪个都不去动，屁事都没得。哪个动了点，两边扯起皮就不得了，搞不好还可能出人命。去不得。”刘师傅说道：“还是要想办法盖瓦。”他喝了一小口酒后，又念叨道：“一万三千六，拖盖三间屋。大九架的一间房子也不过五千四瓦就可拖盖一间。这个小七架房子，一间屋拖盖的话四千匹瓦就差不多了，两间也就八千匹。”牛大爷对刘师傅说道：“四千几千都要先去和人家订好，还不晓得人家还开窑烧不？就算谈好，也怕要年把才有瓦给你。再说太远了也难得盘，最恼火的是到哪里找钱买。”刘师傅听了，说道：“你们生产队自己开个瓦厂，不就得了。”牛大爷听了一怔，说道：“一时谈起，我就没想到这点。”随即又泄气说道：“开个瓦厂怕没得那么容易呦。”余主任已经没喝酒了，他扒了口饭吞下后，说道：“是不容易哦，不说生产队有没有能力开这个厂，单是办开瓦厂的手续就困难大。大队要审批，这个不谈了，没问题。大队批了，片区要审批，估计问题也不大。最后要拿到公社批，公社批不批就难说啦。像我们这个生产队，他说你这么小一个队，六十来号人，十来户人家，建个哪样瓦厂嘛。一句话就把你卡在那里了。”说完，大家都沉默啦。

趁此间隙，我把瓶子中剩下的酒全数倒给了刘师傅，两个女生忙着给牛大爷和黑大爷把饭盛上。余主任吃完一碗，黎芝接过碗又给他盛了一碗。接过碗的余主任自言自语轻声说道：“打建知青房的主意。”这句话被挨着坐的刘师傅听见了，他大声说道：“对头，余主任，还是你脑瓜子转得快。你去和公社讲，你们公社喊我们建知青房，莫非立起来就是拿来装太阳，装雨水嘛，总得想办法盖起才行噻。这一讲，我怕公社批都批不赢喽。”牛大爷和黑大爷都笑了起来，一起说这个办法要得。余主任兴致勃勃地说道：“哪天我先到旧场管理区找下陆秘书，和他谈一下，如果靠谱，我们就写个报告递上去。”牛大爷也兴奋起来，说道：“这一下事情就多喽，要找地方建瓦厂，还要请瓦匠师傅。”刘师傅打断他的话说道：“如果放心，瓦匠师傅算我帮你们请。”余主任说：“有哪样不放心。不过事情才谈起，黄瓜还没起蒂蒂。哪里就谈起找地方、请师傅的事喽。”说完，又对牛大爷说道：“哥，先给王治周、伍芝林他们吹个风，看大家有心办瓦厂不。要是公社真批下来了，队上人些不齐心，这个事情也不好办。”黑大爷说道：“是要大家齐心才行，不过依我看问题不大。不说别的，我们这房子都好些年没有翻盖过啦，就是怕一翻盖，烂瓦一丢，找不到好瓦来补。”牛大爷接着黑大爷的话说道：“还怕不是。真有瓦了，仓上也要翻盖一下，补点瓦，”黑大爷说道：“还有润昌哥住的房子，一下雨就漏水，就要找东西来接。也该帮他翻盖补点瓦才行。”刘师傅听到他们说得起劲，把碗中的酒一口吞下，偏着头对我说道：“我说是有缘分吧。岩初你们和土地坑就是有缘分。余主任拿知青建房子申请办瓦厂，我说到这里，保证公社批准。”说完，又把头转向余主任，说道：“余主任，我和你们也有缘分。二天，我们大队要请你们这里的知青去我们那里教书，你要支持哦。”余主任说：“我这里没问题，只要公社同意。”刘师傅不依不饶地说道：“公社同意也好不同意也好，我反正就找你，到时候你们得拿个知青过来。”余主任笑道：“咦，你还兴要横呃。”刘师傅接过谷利递过来的饭碗，说道：“横？饭都还没吃饱，朗格横法。”逗得大家开心地笑起来。刘师傅吃完饭，酒意甚浓地对牛大爷讲：“等下我要去横起，今天就不谈工钱的事啦。我反正爱赶场，十处打锣我九处都在。哪天赶场，我再来找你们。”余主任见状，要我把刘师傅扶过去睡觉。我扶着刘师傅往我住处走去，他边走边说道：“明天一大早起来我背起背篼就走了，就不过来和你们打招呼喽。”

尿素口袋　火汗褟　童趣

第二天一清早，天还没完全亮，刘师傅从床上一起来就对我说道："你到你们黑大爷家堂屋把我的背篼背过来，我得趁早走。"听了，我急忙跑过去推开灶房门，走进黑大爷家堂屋，把背篼背过来。刘师傅接过背篼，没说什么，就急匆匆走了。刘师傅走后，我依惯例验完蛋给鸡们开完早餐，准备到厨房去洗漱，看今早上作何安排。转身只见孝娥睡眼松腥地从房间里出来，站在阶沿坎上打了个大哈欠，对我说："岩初哥，谷利姐们早就起来啦。"我问道："她们到哪里去了?"孝娥说："我也不晓得。"说完，往牛圈走去，准备吆牛到对面山林去放。这时屋里传来余主任的喊声："孝娥，记到把牛嘴笼套起。"孝娥没好气地咕噜道："我还不晓得嘛。天天都是我在放，还不晓得要套牛嘴笼喽。"我听了忍不住笑起来，说道："一大早就不高兴噻，一天都不高兴哦。"孝娥丧着脸说道："她们几姊妹都还在睡，就把我一个人追起来。"我逗她说道："哪个要你是姐噻。看嘛，脱了的门牙都长齐了，你长大了噻。"孝娥这才笑起捂着嘴说："还没完全长齐。"这时中华也赶着牛来到了余主任家院坝里，我赶紧对孝娥说道："快去把牛吆出来，和你中华哥一路，有个伴。"拿着镰刀吆着牛的中华对我说道："岩初哥，谷利姐她们和我嫂打猪草去了，要你在屋头煮饭。"那时，我们喂的架子猪已有七八十斤了，吃得也多了些，一个人打猪草有时都供应不上了。正说着，腊香赶着一头大水牛和一头水牯崽也来了。我问中华："中秋干哪样去啦?"中华说："一早起来，伯伯和哥挑粪去淋苕秧，伯娘带起素珍也跟到去了。"我问："你家的人都出去了，哪个煮饭?"中华笑道："伯娘要我放牛回来先把锅头的水渗起，等她回来煮饭。"我笑着说："那就快点走。"于是一个半大小伙和两个小姑娘赶着四头都笼着牛嘴笼的牛匆匆向对面山林走去。

我走到灶房门口，恰好碰到余主任挑水回来。他问我："你早上做哪样?"我答道："她们两个一早就打猪草去了，把我留下来当火幺师。"余主任听了，说道："煮饭还早，你干脆帮我挑几担粪淋寨子后头的红苕秧。"我赶紧答道："要得，现在就走。"余主任说："等下，我把孙茂堂也喊过来帮忙啦。"正说着，只见孙茂堂一路小跑着从坎上下来。看见我站在那里，问道："你今天要整哪样？"我答道："先帮三爷挑几担粪淋红苕秧，再回来当火幺师。"孙茂堂笑道："你还要得呃，会做活路还会当火幺师。"我问道："莫非你不会煮饭嘿？"他有点尴尬地笑着说："我就是怕煮饭。"这时，余主任从屋里走了出来，接过他的话说道："哎哟，你怕煮饭，有米有苞谷面你还怕煮不成吗？是人家怕你煮。人家吃三天的粮食，你一顿就煮来吃了，哪个敢要你煮饭。"说完，余主任打量了一下他，有些吃惊地笑道："孙茂堂，你穿的哪样？"孙茂堂有些诧异地看了看自己身上，答道："穿的汗褟噻。先前那件棉衣实在穿不住啦，烂了不说，这会穿硬是热得值不住。"余主任笑着问道："你这是用哪样料子缝的？"孙茂堂苦笑着说道："那天队上的尿素用完了，牛大爷说这两根口袋没得哪样用，我就把它拿回去了。我妈见了，说是布袋袋，正好用来给我缝件汗褟。我妹把口袋洗干净，拿去缝了好几天才缝起。"我在一旁认真看了看，那汗褟上株式会社几个字还赫然在目。余主任笑道："要得，你还穿他妈个洋货，也只有你才穿得出来。"孙茂堂笑着辩道："一分钱都不要，就得件汗褟穿，还不安逸哰。"余主任摇了摇头说："算喽，算喽。今年上面如果哪天拨救济衣，我想办法再给你弄一件来。反正你就是一件棉衣穿到底。发下来就穿起，一直穿到穿不住。"余主任转头对我说道："你看到没有，前几天扛料子，他穿的是那件蓝棉衣，立房子那天他穿的还是那件棉衣。好在那件救济棉衣没得好多棉花，就当件夹衣。"我笑道说："立房子那天他穿的那件没有袖子，我还以为是背心呢。"孙茂堂笑道："袖子烂了，天气热起来了，我就喊我妹把袖子剪啦。"

闲聊之后，我们三人挑着粪来到余主任家的红苕地里，余主任开始翻薅红苕藤，扯地里的草。我和孙茂堂开始淋粪，三担粪淋完，我和孙茂堂返回院子挑粪，余主任继续在地里薅翻红苕。在返回挑粪的途中，我问孙茂堂，他家的红苕秧长得如何。他答道："我家苕秧栽得迟，现在才定根。"其实这个结果也在预料之中。他家栽的苕秧都是大家栽完后剩下送给他的，比人家栽的晚了个把月。现在人家翻藤除草施肥了，他家的才定根，也在情理之中。到挖红苕时，人家的红苕长得大个大坨的，他家的就只能是小个小根的了。同样的面积的地，人家的产量可能是他家的好几倍。我想，这也是他家出现春荒、秋荒的重要原因之一吧。好在孙茂堂是个乐天派，尽管每天也会为生计担忧，却仍然乐呵呵的。没事就从三家田跑到土地坑，又从土地坑跑回三家田。这里看看那里看看，哪家有事他都会主动搭把手，乐此不疲。给人家搭把手，人家也自然会请他用饭。走到粪口，他喜爱帮忙的天性又自然表现出来，非要帮我把粪桶舀满，让我先挑起走，他再舀自己的。我挑着粪走到半道，就被打赤脚的他挑着粪追过，我只好加快脚步，以求不会落后太远。到了地里，我俩很快把两担粪又淋完了，挑着空粪桶又往回走，一边走一边聊天。我问孙茂堂道："那天听他们摆龙门阵，说你家今年要打发茂娟妹?"谁知一向不知愁的孙茂堂竟然长叹了口气，说道："度春荒、度秋荒我都不怕，反正我饿了，值住起就是了。一讲到打发妹我就害怕，硬是不晓得朗格办。"我说道："去年王治周家都办了的，你跟到他家办就行了嘛。"孙茂堂苦笑着说："我要是能像他家那样办就好喽。"我想当然地安慰他道："比不起人家，就办简单点嘛。"孙茂堂说道："办得起办不起还是淡事情，都怪我自己不得行，把妹耽搁了。"话说到此，粪坑已到，只好打住，俩人又开始舀粪忙起来。当时我对农村有些风俗并不十分了解，对孙茂堂所说的"自己不行，把妹耽搁了"理解为仅仅是家里没粮食，办不起酒席，殊不知他还另有苦衷。

在自留地里干活，是讲究高效率的，挑着空粪桶在路上可以吹吹牛，一到地里就很少有时间闲谈了。几个来回，余主任家寨子后面的红苕地已经薅完，也淋了一大半。这时，隐隐约约传来一阵牛帮铃声。余主任站定，听了一下说道："这些崽崽早早就把牛吆回来了，恐怕放都没放饱呃。"说完，他朝地边的林子走去，边走边说："你们整到起，我得去割点草给牛带回去。"说罢，钻进了林子。我和孙茂堂继续挑粪淋粪。一会余主任抱着一捆青草回来了，对我说道："时间也不早啦，你把粪桶挑回去就不要来了，也该回去煮饭喽。我要把这捆草丢到牛滚凼（有水的泥坑，农民们常让水牛在其中消夏避暑）边去，回来再挑一担粪来。"我转过身对孙茂堂说道："等一下来吃我煮的饭。"余主任说道："帮我做活路，该我供饭嘛。你是要回去煮饭，不然也该一起到我那里去吃饭。"余主任说完，抱着青草挑着空粪桶，和我一起往回走。孙茂堂当然继续挑粪淋粪，我到了粪口处把粪桶放在粪口边，余主任把草捆放在院坝里。

我跑回灶房，拿起刀篮子要到对面自留地去摘四季豆，走到院坝转角处，恰好碰见余主任挑着粪要去红苕地。他对我说道："你把那捆草带去丢到堰坎下面牛滚凼边，等一下我喊孝娥把牛牵到那里。"听了，我提着刀篮子抱着草捆走了。过了堰坎，我把草捆丢在了牛滚凼边，这时看见不远处三个牧童放牧归来。中华走在前头，一手牵着大黄牛，另一手拖着一捆青草，原来他一早放牛还带着镰刀，是为了割牛草准备的。腊香牵着大水沙牛，小水牯崽跟在后面，殿后的是孝娥牵着大水牛。数只八哥鸟（当地人昵称其为“八儿”）在缓步前行的牛背上时而驻足，时而振翅飞起，实在有趣。三个牧童牵着牛，许是触景生情吧，竟唱起了儿歌：“八儿，八儿，骑水牛。骑到张家屋后头，撞到嫂嫂煮芋头。我拈个吃，嫂嫂打我一筷子头。我又拈个吃，嫂嫂打我一刷把头。回家给爹爹告起，爹爹说饿嘴蛮骨头。给妈妈告起，妈妈说幺儿不要（不要连读为 biá）哭，称斤肉，打壶酒，关起门吃个肥饽饽，肥饽饽。”唱完，腊香转头对孝娥笑说：“你是个肥饽饽。”孝娥笑着回应道：“你才是个肥饽饽。”两个小姑娘自得其乐的打俏嬉笑。田间小路狭窄，仅能容一牛通行，稍不留意牛就会踩入旁边田里，已经封林了的秧田就会被践踏，因而牵牛之人必须时时小心翼翼地。然而田间青青秧苗无时无刻不给牛带来诱惑，尽管在主人的牵引和吆喝声中牛儿缓缓前行，但也忍不住会伸长脖颈去嗅闻秧子。奈何牛嘴笼套在嘴上，它们也只能闻闻秧苗的香气过过瘾，这时牛儿往往会发出叶叶的声音，以示对戴上牛嘴笼的抗议。“六月庄稼一片稠，出栏牲口上笼头”这句极富诗意的句子正是生动地描写了农村的此时此景。待三个牧童走过我身边时，我对中华说道：“你回去帮我把灶孔里的火刨开下，在锅里加两瓢水。”中华答应着牵着自家的黄牛拖着青草捆回去了。我对孝娥说道：“你爹割了一捆牛草，我把它丢在牛滚凼边了。”这时我才发现孝娥手中也拖了一小捆青草。我问道：“孝娥，你也割了牛草？你刀都没拿一把噻。”腊香抢着答道：“是中华哥帮我割的，孝娥帮我拿。”孝娥和腊香把三头水牛都赶到堰坎下面的牛滚凼里，把牛嘴笼取下，三头水牛迫不及待地在里面打起滚来。我对两个小姑娘说道：“把牛绳子拴好点，要是打脱了，牛吃了队上的秧子，你们就要糟哦。”孝娥答道：“我们晓得，这一阵我们天天都是这么吊起的。”我赶紧到自留地里摘了一些四季豆和几个青椒往回走。

走到堰坎，往下一看，孝娥和腊香还在牛滚凼旁盘桓。此时，我不知怎么童心大发，想去看看三牛戏水。我下得堰坎，见三头水牛的牛索子都拴在牛滚凼边的桊子树上，牛索子放得比较长，因而不影响水牛们在水凼中戏水休憩。两捆牛草被两个小姑娘远远地放在一边，牛想吃也够不着。两头大水牛戏水后静卧在水凼中，嘴巴左右磨合，正在舒适地反刍，长尾巴不时地往背上一甩，以赶去停留在背上的蚊蝇。这时人如果站得离它们太近，必定会被牛尾巴甩上来的泥水溅得一身。小水牛不太安分，忽而卧入水中，忽而站起想远离牛滚凼，终因牛索拴着不得成行。两个小姑娘站在树荫下，站着玩起“打老将军”的游戏来。所谓“打老将军”的游戏，就是每人扯一根将军草，打上一个活结，其中一人把自己的草茎穿入对方的活结中，对方则把活结收紧，将草茎套牢，然后各自捏着草茎奋力扯，草茎断者为败。如是再三，能始终保持不断之草，誉之为老将军。我问孝娥道："你爹割的草怎么不丢给牛吃？"孝娥笑答："它现在肚皮都是饱的，下半天等它饿了，再给它吃。"说罢，又继续和腊香玩"打老将军"的游戏。看着看着，我猛地想起今早的任务，提起刀篮子赶紧回到灶房。放下刀篮子，急忙往灶膛里添了几块柴。一会锅里的水已开，下米沥米，和苞谷面，洗四季豆和洋芋，接着孔洋芋四季豆两糙饭。一阵紧张，饭孔好了。我把灶孔里的火壅好，让孔的洋芋四季豆孔饭焐在锅里，正准备去挑水，只见两个女生一人背着一稀篮背猪草汗流满面地回来了。我告诉她们，饭已煮好，要她们先吃。我赶紧挑起水桶到杨家屋基的水井挑水。此去不远，一会工夫就把水挑回来了。此时，她们已把饭盛到桌上，还整了个青海椒碎碎拌盐巴。我们三人刚坐下吃饭，忽听见余主任站在外面高喊："孝娥，饿了没得，要回来吃饭不？"方知余主任家也在开饭了。过了一会，孝娥端着一碗两糙饭过来，坐在了桌子边。谷利逗她说："吃哪样好的，有嘎嘎没得？"孝娥笑道："茄子炒荒瓜。没得你们的洋芋四季豆好吃。"黎芝笑道："你们吃净饭，我们吃菜饭，还说我们的好吃，换嘛。"孝娥一听，立马说道："要得，我在你们这边舀锅头的洋芋四季豆饭，你们到我家甑子里去舀两糙饭嘛。"谷利从锅中铲了一铲洋芋四季豆放在孝娥碗里，说道："铲点洋芋四季豆给你，快吃。"大家这才停止说话，规规矩矩吃饭。说来也好笑，早饭早饭，除了农忙季节，在乡村早饭吃完，太阳已当顶了。

小暑刚过三天，虽然俗话云："小暑过一天，天热添三分"。然而暑热却尚未真正到来。我们这里人们常从"蝉鸣"来判定暑热是否真正到来。这里把蝉称为"依啊籽"，这个依啊籽有大小之别。小暑过后进入初伏，即有蝉鸣。只不过刚过小暑，开始鸣叫的依啊籽是小的一种，其叫声虽响亮却显幼稚，然而十分动听。其叫声大约是这样：约约约约，约匙约匙约……匙……呀呀呀依依依，依约匙依约匙……听着这种蝉鸣，你不会觉得暑热难当，反而会觉得这种蝉鸣带来了一丝清凉。当地人们就会说天要热起来啦。这种小依啊籽常驻足于苞谷林间或院庭旁的荒瓜架上，或驻足于道旁灌木丛中，有时也会飞到人们住房，在板壁上、柱头上驻足，因而常引来小孩们捕捉。但要捕捉到也非易事，待你蹑手蹑脚走近欲伸手时，它倏然振翅飞了。入伏后，逐渐开始有大依啊籽开始鸣叫。这种大依啊籽体形约为小依啊籽的两倍，两种依啊籽的颜色也不大相同。大者色褐黄，而小者青绿。大的叫声单调而高亢，其声大致是：洋洋洋依洋……洋洋洋依洋……洋洋洋依洋……洋洋洋依洋……尾声拖延特别长，随着声音的起伏，人们便会觉得热浪阵阵来袭。当地人们就会说大依啊籽是来凑热闹的，越叫越热。这种大依啊籽一般都栖于乔木树干高处，一般人也不会起去捕捉它的念头。我儿时，因为好奇，我曾与小伙伴去捕捉过它。捕捉之前是需要作好准备工作的。那时，我和小伙伴们常用以下办法来捕捉这种大依啊籽。用一根除去枝叶的竹梢，在房前屋后的角角边边、树枝之间寻找蜘蛛网，一旦发现蜘蛛网，就用竹梢搅动，以便将蜘蛛丝缠绕在竹梢上。待竹梢缠有一定量的蜘蛛丝后，含一口水喷洒在竹梢上，让竹梢上的蜘蛛丝吸收了一定量的水分，再用手从竹梢下部将蜘蛛丝往上裹，让所有的蜘蛛丝裹到竹梢尖上，形成一黑黑的极富黏性的团状物，我们称这为黏膏。再将带有黏膏的竹梢插入或捆在一根较长的竹竿顶部，这样捕捉大依啊籽的武器就算制作完毕。这种武器可以伸到树木高处用黏膏粘住大依啊籽的翅膀，将其捕捉。我们常常用棉线穿入大依啊籽头壳和体壳交接处的缝中，将其拴牢，用手拿着线，这大依啊籽就像风筝放飞起来。不过这种捕捉蝉的利器，在我儿时，主要不是用来捕蝉。

蝉虽可玩，但不实惠，蝉壳多肉少，不能让我等满足口福。这种利器更多的是用来捕捉蜻蜓。走到田间小路、坡地石径、河边塘边的草丛中，有众多蜻蜓栖息于灌木丛的树枝叶蔓，用这种武器可在远处悄无声音息地把蜻蜓翅膀牢牢地粘在黏膏上。待把蜻蜓捉来，去掉头尾，留下中间的一小坨是净肉。只要仔细观看，就可以十分清晰地看见这一小坨肉的肉丝纹理。看见肉就叫人垂涎，小伙伴们一般就会把这坨肉用竹签穿上放在火上烤而食之。如果捉的蜻蜓数量较多，小伙伴们往往会有另一种更讲究的吃法，那就是找几个大海椒，把海椒顶端打开，把里面的海椒籽掏出一点来，得到适当的空隙，将数坨肉稍拌点盐巴塞进海椒里，再把海椒置于火上烤，当海椒烤成虎皮状，肉香已四溢，其美味不亚于现今之茄夹、藕夹。乡间还有一种蝉，鸣叫时间大约在中末伏。这种蝉一般栖于密林间、高岩上，叫声洪亮，隔老远就可让人听见。其叫声起先是缓缓而起，懒、懒、懒……，接着叫声稍有加快，而且越来越响亮：懒懒懒懒虫……懒懒懒懒虫……继而声音逐渐放缓变小，直至停止。听到这种叫声，人们就会调侃地说天这么热，哪个都想懒一下，只是有做不完的事，朗格懒得下来。这种蝉虽然叫声震耳，却因其栖身处特别，故而不易为人所见。在乡下我也无非见过两三次，其状与小依啊籽相近，其形稍大。因其叫声奇特，我们这里人们根据其叫声，称其为“懒懒虫”。这懒懒虫只要开叫，是可以从早叫到晚的。如果晚间是明月星稀，这懒懒虫会照样引吭高歌。

苦涩的婚事　牛虱子　洋海茄

夏日饭后本应是人们打盹休息的时间。但农村的事是你不想做也得做，看似无事却处处有事，似乎永远都做不完。谷利和黎芝收拾碗筷，喂猪，我去挑了一担水就算万事大吉了。两个女生还得宰猪草，宰完两大背猪草所花时间，如果有钟表记，恐怕不会少于一个小时，宰完后还要撮到锅里煮好。宰猪草煮猪草之类的事在农村一般是女人做。我把一担水倒进煮猪草的锅中后，便和队上的男人一样开始偷闲。我来到余主任家吞口，一屁股坐在一柏香木墩子上，坐在同一木墩子上的还有正在抽烟的孙茂堂。两人不咸不淡地聊了几句后，我竟然开始打起瞌睡来。忽然一阵更为强烈的叶子烟味把我呛醒，睁开眼睛一看，只见余主任抱着小明明，坐在一矮凳上背靠堂屋的大门槛，极为享受地抽着大烟杆。我伸了伸懒腰，不小心一只手碰到了孙茂堂，只见孙茂堂打了个激灵，一下子站了起来，原来他也在打瞌睡。我笑着对孙茂堂说道："咦，瞌睡来了，叶子烟都熏不住呃。看样子你是拿起烟杆打瞌睡喽。"孙茂堂笑道："还怕不是。不晓得朗格就睡着啦。"说完，又一屁股坐在木墩子上。余主任吐了个烟泡，说道："吃完饭就想打瞌睡。要不是明明闹的话，我都在火铺上睡着啦。"

三人一起说起话来，瞌睡虫就飞到对面坡上去了。余主任问孙茂堂道："孙茂娟看的日程是哪个时候？"孙茂堂迟疑一下，答道："说是今年冬月，晓得到底如何。"余主任说道："哪里还有个如何不如何的。差不多还有五个月，抓紧操办就行了噻，都谈起好几年了。"孙茂堂答道："操办倒是操办不到些哪样，两边都谈好了的。那边也晓得我们家穷，办不起哪样。说好到时候来把人接过去就是啦。"余主任说道："人家那边还是通情达理的。不过你这边多少也得置办点东西才行。铺笼帐盖总得办点吧。"孙茂堂不好意思地说道："依说嘛，这些东西是我这个当哥的应该置办的，只是我没得本事置办不起，那边也是晓得的。那边就说铺笼帐盖由他们拿钱来，让我们置办来放到这边，到接亲那天一起抬去就是啦。"听孙茂堂这么一说，真让我大开眼界。在农村居然也会有这样的男方，本该由女方置办的铺笼帐盖，竟会由男方自己掏钱由女方置办来充当嫁妆，这在农村简直是闻所未闻，在当时就算在城里也可以算是一奇闻喽。于是我好奇地问孙茂堂道："男方是哪里的?"孙茂堂笑道："是木坪公社凉风大队的，隔我们这里有一二十里路。"余主任插话对我说道："那个小伙像模像样的，怕比你还要高个望向，伙儿硬是标得很。"余主任接着又对孙茂堂说道："人家是个独儿，家里就俩娘母。茂娟早点打发过去，那边也多个帮手嘛。"这时孙茂堂哭丧着脸说道："我和妈都是这样说的，就是不行了嘛。"听到这里，我更感到奇怪了。刚才听孙茂堂所说，男方家好像还比较富裕。于是就问孙茂堂道："男方家不困难嘛？不是说还要掏钱帮到你们办嫁妆嘛。"孙茂堂并不回答，仍旧一脸苦笑。余主任见我关心这事，对我说道："趁这今天不出工，等我给你讲下男方家的情况，再给你讲孙茂娟朗格迟迟没有出嫁的原因。"下面就是余主任讲的大致情况。

孙茂娟谈的对象姓敖，名泽先，其父名世德。中华人民共和国成立前，敖家靠佃地主家田土耕种谋生，这家地主还把一头黄犊崽寄养在他家，由他家放养。几年后黄犊崽长大去势，成为一头健硕的黄骟牛。此牛性情温顺，力大无穷。一家人待这头牛就像待自家娃儿一样，周到、细致。敖世德夫妇勤快能干，男的是经营庄稼的好手，女的是当家理财的巧妇。虽说是帮地主种田土，日子也还过得尚属舒畅。土改时，敖世德这种佃农成分当然划为贫农，是革命依靠的骨干，分得了地主的田土。然而却因一件事让敖世德和土改工作组发生了矛盾。矛盾的起由就是他家代养的那头牛。土改时，地主的田土、牲畜和其他财产，都是由土改工作组划分的。敖世德分到了地主的田土，领到了印有毛主席像的土地证（严格地说，应该是土地房产所有证），当然高兴万分，感恩不尽。他原以为地主放在他家的黄骟牛是由他从小养大的，对地主的财产重新分配，这头牛无论如何也应该分给他。殊不知，工作组却把这头牛分给了一户离他家不太远的一周姓贫农家。这对于已把黄骟牛视为家人的敖世德无异于晴天霹雳。于是他到土改工作组反复死缠硬磨，一再哀求把黄骟牛分给自己。头一次去工作组，工作组给他好好解释，说田土和牛都是地主的，要按照各家情况分给贫下中农，好处不能一家得。第二次又去工作组，工作组又给他解释，土改不是给哪家吃独食，你分了田土还要分牛，你多吃一口人家就少吃一口，我们工作怎么做。第三次再去工作组，工作组的人不耐烦地对他说："你舍不得那头牛，就把分给你的田划四担出来，牛就分给你。”敖世德听了，回去和老婆一盘算，觉得四担田只要秧栽下去就有收成，年年都稳当。这个牛喂几年总会老，把田拿去换牛，从长远看划不来。于是他又到工作组，对工作组说，把分给他的土划两背出去，把牛留下来。这次工作组的同志生气了，说，敖世德，告诉你，我们是在分地主的财产，不是和你谈生意，你再像这样吵，我们就说你破坏土改。这一下吓得敖世德再不敢说什么，回去和老婆守着黄牛哭了一场。第二天一早，起来就熬了一锅苞谷稀饭给牛吃，俩口子流着眼泪看着黄牛被周家牵走了。黄牛被牵走后，他两口子盘算来盘算去，拿出土地证来，翻来翻去看，还是觉得田土宝贵，渐渐地就把牛的事放在了一边。敖世德常常会拿出土地证对当时只有四五岁的独生子敖泽先说，这是我们家的全部田土，要记到。他又指着土地证上的毛主席像对儿子说，这些田土，就是这个大恩人给我们的，你一辈子都要记住。两口子把土地证放到这里不放心，放在那里也不放心，放来放去，最后放到香火板神龛下，才算放心了。在自己分到的田土里耕种，两口子更加尽心尽力，收成好，粮食多，一家人日子过得安安逸逸。后来在互助组里这两口子还是积极分子，敖世德还得过乡里的表扬。到了办合作社时，土地要入股交社。这个敖世德又犯糊涂，说是土地入股可以，就是死活不愿把土地证交给社里。不说是交，连看都不给人看。把他逼急了，就一口咬定土地证找不到了，社上虽然生气，却拿他无奈。

一天，敖世德做完活路回来，忽然听见牛圈边有响动，走过去一看，竟然是原来家中喂的黄骟牛回来啦。黄牛绳子是盘在牛角上，一看就知道是放敞的，也许是牛认得老路走回老家来了。待他老婆也回家来，两口子商量这头牛怎么处理，把牛送回去心里实在舍不得。自认为牛不见了，人家总会来找的，不来找就让牛待在这里，待几天算几天，就当它是自家人回来走人户。于是两口子像原先一样，今天给牛草上洒盐水，明天给牛喂点苞谷籽。几天过去仍不见有人来找牛，这两口子暗自高兴，以为捡的当买的，认为这头牛是老天爷让它回来，该是自家的了。又过了几天，乡里的一个干部和邻近前进合作社（就是分到黄骟牛的周家所在合作社）的一个干部来到敖世德家，恰好敖世德出去放牛去了。那两个干部一进屋就对敖世德的老婆说他们是乡里派下来破案的，要她老实交代偷前进合作社牛的事。敖世德的老婆说他家没有偷哪个的牛。来的两个干部不听她申辩，到牛圈去一看，发现一大堆牛屎还是新鲜的，两个干部就问敖世德的老婆把牛偷到哪里去啦，她只有反复地说没有偷哪个的牛。那个乡干部说：“你们牛圈里的那堆屎是敖世德屙的还牛屙的?”敖世德的老婆说:“我们是人,屙的是人屎。”乡干部吼道:“那屙牛屎的牛到哪里去啦?”敖世德的老婆一时不知如何回答。正巧,敖世德放牛回来了,见有人在斥责老婆并追问偷牛一事,就犯了糊涂,大声吼道:“哪个偷牛啦。那头牛本来就是我家的,是遭他们拉过去的。”那个乡干部发怒吼道:“敖世德,早就晓得你对土改不满,对合作化不满。牛没有分给你,你吵了好多回,要你拿土地证入合作社,你说找不到。看来你是要和上面来硬的喽。”敖世德争辩说道:“这个牛是它自己跑来的,又没得哪个来找,我就让它在这里待起。土地证是发给我的,我包包都没放热和,为哪样要交出来。我要把它放好,二天小的些才晓得哪些田土是我们家的。朗格说是和上面硬斗嘛。”乡干部说道:“敖世德,现在还敢说那些田土是你家的,偷了合作社的牛也不承认,还敢反对办合作社。我看你硬是要和上面对着干,要不是看你是贫农的话,现在就一绳子把你捆起走。”敖世德说:“土地朗格不是我的,是毛主席分给我的,土地证上还有毛主席的像,你凭哪样说不是我的就不是我的了。我没有偷合作社的牛,你们哪个看到我到哪里偷的嘛,明明是那个牛是自己跑到我家来的。”乡干部又说道:“敖世德,你是要等我一绳子把你捆到乡里去,你才认黄是不是?”敖世德答道:“我一不偷,二不抢,三不参加国民党,你凭哪样捆我。”乡干部继续说道:“你说你不偷,牛朗格在你家来了?今天是人赃都在,你还有哪样犟的。”敖世德急了,只会说“这个牛是它自己来的。”乡干部说道:“这个牛入社后,一直都是人家周家喂起的。这么久了,哪个看到它跑回到你家来过。这回就怪了,它自己跑到你家来啦,一来就十多天。你晓得这个牛是周家的,你朗格不把它吆回去,还自己喂起?摆明其白,你就是一直想打这个牛的主意,悄悄把它偷回来的。”敖世德愣在那里,一时不知说什么。乡干部进一步说道:“敖世德,我今天懒得听你狡辩。你明天自己把偷来的牛牵到前进合作社去认个错。如果你明天不去,后天我就带个武装来牵牛,起赃物,捆人。”说完,两个干部走了。敖世德和老婆商量来商量去,认定绝不把牛牵到合作社去,更不要说认错啦。他俩认为,牛又不是偷的,把牛牵去认错,人家还真的以为牛是偷的喽。他们两口子还认死理,认为哪个人的牛不见了,就应该哪个人自己来牵。

到了第三天一早,那个乡干部带了两个背着枪的武装,把牛牵走了,同时一根绳子把敖世德捆走了。不久,敖世德被县里以盗窃耕牛破坏合作化的罪判了刑,押解到省城附近的一个生产陶瓷的劳改农场劳改。按说这敖世德是倒大霉了，但过了几年，按照农村人的说法，敖世德是狗屎运来了。去劳改当然是倒了大霉，但他却因祸得福。刑满后他又成了刑满留场人员，拿工资吃皇粮。在困难的那几年，他在劳改农场没有饿成哪样。这几年敖世德还时不时地给家里寄点衣物、钱，还回家来过几次。回来时。他穿戴得像城里的干部一样，让周围团转的人羡慕得很。有了敖世德的接济，他家俩娘母的生活也过得好些，比好多人家还过得滋润些。

当然，因为敖世德的劳改，这个贫农家庭就变成了劳改犯家庭，其政治地位一落千丈。老婆也成了劳改犯老婆，儿子就成了关管杀子女。尽管后来敖世德名义上成了工人，但劳改刑满留场人员却成了他终身的政治标签。他儿子不再是根正苗红的贫农子女，想去当兵政审不合格，连当基干民兵也是不可能的。在当时，这一类被屁巴子爬过的人是不能掌握枪杆子的。请媒人给他儿子谈了好几户人家，就因为他儿子是劳改人员的子女，人家怕姑娘嫁过去受人瞧不起，都没谈成。后来媒人到孙茂堂家给他妹提亲，孙家也是犹豫不决的，但考虑自家的具体情况，表示可让两个人见见面。也许是缘分到了，这对男女青年见面后相互间顿生爱慕之情，竟然就约定终生。此后两家多有往来，逢年过节敖家都要到孙家送人情。几年过去了，敖家多次提出把喜事办了，孙家就是不爽快答应。孙家总认为自家穷，办不齐打发，想等条件好点，办得起打发再办喜事。孙家的条件就这样，会好得起来嘛。后来敖家提出不要孙家办打发，只要有铺笼帐盖遮个面子就行了，置办这些的钱由敖家出，只要孙家同意把人嫁过去就行。然而农村有“嫂子不进门，妹子走不成”的习俗，孙茂堂未成亲，孙茂娟要嫁又有点不合习俗。于是孙茂娟的婚事就一直这样拖着。孙茂堂看到妹妹年纪一天天大了，晓得是自己把妹妹的婚事耽搁了，一直为这事着急，生产队的人一直也为这事着急。虽说孙茂堂家庭出身好，土地坑是柴方水园的好地方，但因孙茂堂家境贫穷，孙茂堂本人又是一个黑不溜秋的小个子，再加上不会理家过日子，所以二十几了，媳妇终无着落。

余主任给我讲完后，问孙茂堂道：“你们家硬是打定主意要你把媳妇接进门才打发妹不是?”孙茂堂一脸苦笑，闷头不答。余主任又说道：“像这样嘿，怕是要不得哦。你家茂娟都二十出了，在我们这里算是打发迟的喽。男方那边还要大她两三岁，人家又是个独儿，也怕耽搁不起哦。”孙茂堂终于憋不住了，无可奈何地说道：“哪里是我硬要等把媳妇接进门才打发妹嘛。我知道我没本事谈到媳妇，但朗格也不想耽搁妹嘿。”余主任听了颇为无奈地问孙茂堂说："你们两家到底定了期程没得？"孙茂堂说："说过几回啦，每次说好了，都是妹不同意。"余主任说："你问没问茂娟是为哪样不同意嘛。"孙茂堂答道："问她为哪样，她就一句话，还早八早的。"余主任说："等哪天我专门去问下茂娟到底是怎么想的。"听余主任这么一说，孙茂堂急了，说道："三爷，你不要去问她。话说到这里了，我也不瞒你们。妹不愿意现在就打发，是担心她打发过去了，我和我妈的日子更不好过。她说家里的事我理不起来，妈年纪大脚又是跛的。她在家一天两顿好孬还有人煮，她一走，一天两顿都怕难得有着落喽。"听了孙茂堂的这番话，我心里一愣，才发现我们下乡这么长时间，只见过孙茂堂母亲两次，一次是王治周打发妹妹王治南，一次是在许林榜家吃刨锅汤，两次见到时她都是坐着的。她没有参加队里的劳动，我原以为她只是身体不好，万没想到她老人家还是跛子。我对孙茂堂难得谈媳妇的原因又多了一层了解。

余主任听完后，叹了口气，说道："茂娟实在是懂事，难为她啦。"余主任又对我说道："岩初，你不晓得，孙茂堂一家人苦得很哦。他的爹我们喊尚诚哥，多好的一个人，饿饭那几年走了。那个时候，孙茂堂、孙茂娟都才十来岁，尚诚嫂拖他们俩兄妹太不容易。饿饭那年，她背起稀篮背到逡板箐挖蕨根子回来，看到要到家了，可能是饿昏了，就摔了一跤，这一跤子就把脚摔断了。两个崽崽又小，她不做不行嘛，咬起牙巴跛起脚也得做。时间一长，人是没拖死，脚杆拖残了。一年一年，年纪大了，人也老了，走路更困难，就连房门都少有出了。茂娟懂事，想得也对。孙茂堂就是一个三脚猫，尖尖屁股在家坐不住，喜欢到处冲。要是茂娟不在家，尚诚嫂就更恼火了。是得帮孙茂堂找个媳妇才行。"我听了直点头。孙茂堂听了，说道："算喽。我自己晓得找媳妇难得找。家里本来就穷，人家嫁过来还要服侍一个跛子老婆婆，哪个姑娘愿意嘛。"余主任听了，含着烟杆，一时语塞。孙茂堂继续说道："我哪天还是去给敖家讲下，今年冬月就把妹嫁过去算了。她担心妈，我应承以后不到外边乱冲，多在家帮妈煮饭做事就是啦。"这时余主任缓缓说道："这个主意也可以。先把茂娟的事办啦，你的事又再打主意。"孙茂堂苦笑着说道："只要妹的事办好啦，我打不打主意都不怕，无非二天我像润昌大爷一样当个五保户。"余主任听了，生气地说道："你疯了不是，张起嘴巴乱说。我给你说哈，今天讲的这个话就丢在这里，千万不要再说了。这话让你妈听到了，不气死才怪。等茂娟听见，不说今年冬月办喜事，怕是明年冬月都办不成啊。"我也对孙茂堂说道："你着哪样急。三爷和队上的人都在帮你的忙。不要乱说那些晦气话。”孙茂堂这才回过神来，说：“是，是，是我想横了。”

谈完略显沉重的话题后，孙茂堂问三爷道：“土里头还差点粪，我挑去淋完算了。”余主任说：“忙哪样心，等太阳稍微背阴点再说，要不到几担粪了。”随即看着怀中已酣然入睡的小明明说道：“莫非只有他们才兴睡嘿，我们也打个瞌睡噻。”说完没一会，竟打起呼噜来。孙茂堂也不再说话，待我一看，他和余主任一样坐着靠在板壁上睡着了。在鼾声中，我靠着板壁不知不觉也进入了梦乡。不知睡了多久，一阵脚步声和嘀咕声把我闹醒。睁开眼睛一看，原来是孝娥从阶沿坎走下院坝，一边走一边嘀咕道：“哪个都不喊，就把我一个人喊醒。”我小声问孝娥道：“要你到哪里去？”孝娥满脸不高兴地说：“到哪里去嘛，去把草丢给牛吃。”我才想起，孝娥是要把早上我带到牛滚凼边的那个草给她家水牛开午餐。像是约好的一样，腊香也来了。孝娥看有小伙伴来了，脸上这才云开雾散和腊香一起走了。我本想眯上眼睛再睡一会，忽然听到“拐了，拐了”的叫声，我站起来一看，原来是余主任睡醒来，见怀中的小明明不知何处去了，故发出惊呼。只见余主任一下子站起来，旋即往阶沿坎下看了一眼，立即往屋里跑去。一会他笑眯眯地从屋里走出来，说道：“吓我一跳，我还以为明明滚到阶沿坎下边去了，还是他家妈抱进屋去了。”看着还在睡着的孙茂堂，余主任说道：“等他睡，我再烧杆烟。”说罢，就开始裹烟叶抽烟。

中秋过来了，对余主任说道：“三爷，把你家的牛篦子拿给我家用下。”余主任边点烟边说道：“在堂屋右边中柱上挂起的，自己去拿。”中秋走进堂屋，拿出了一个有木柄的椭圆形铁圈出来。我好奇地从中秋手中拿过来一看，是一个椭圆形铁皮圈，铁皮边沿布满了锯齿，铁皮圈固定在一木柄上。我问中秋道：“你是拿牛篦子给牛梳理毛不是？”中秋笑道：“梳哪样毛哦，是拿去给牛篦虱子。我家那个黄牛长虱子了。”我是知道牛会长虱子的，但从来没见过牛虱子是什么样子。只记得那年上面号召小学生种篦麻，让大家交篦麻籽支援国家的航空事业，我把老师发放给我的篦麻籽种在屋旁边的空地上。正如人们所说，篦麻籽贱，随便种下的篦麻籽竟顺利发芽、长大、开花、结果。收割时，我把从果实里小心翼翼地剥出的篦麻籽，兴奋地拿给母亲看。母亲告诉我，这篦麻籽和牛身上长的虱子很相像。但是牛虱子究竟长得什么样，一直未能亲眼看到，让我耿耿于怀。听到中秋说给牛篦虱子，我十分好奇地跟着中秋来到他家院坝边，走到了充当黄牛临时牛栏的桊子树下。这个临时牛栏就是把牛绳子拴在桊子上，让牛暂时吃草休憩的地方。树荫下，黄牛卧着，一边反刍一边甩尾巴赶蚊蝇，还不时地摇摇颈子，弄得牛帮铃一阵阵响。中秋对我说道："看嘛，它一直在扭颈子，可能虱子有点多，咬得它值不住了。"中秋走过去，一边把牛吆起来站着，一边"咯咯"地唤来一群鸡。中秋为了让我能清楚地看见牛虱子，他站在牛旁边，等我走近后，用手从牛脑壳上开始顺次将牛毛掀开，要我和他一起认真观察。忽然，他掀起一片牛毛，说道："岩初哥你看，这里有一个牛虱子。"我伸过头去仔细端详，只见一颗篦麻籽大小的东西叮在牛的皮肤上。此东西褐灰色，形饱满，除了颜色和条纹有异外，简直就是一颗粘在牛皮上的篦麻籽。中秋用手将其拿下，我接过来放在手中细看，除了有几只细足在扭动外，另有一点似乎是吸嘴的东西也在嚅嗫。

观察一阵后，我顺手将牛虱子丢在了地上，本想用脚将它踩死。谁知刚一丢下，鸡群便一阵骚动，虱子不见了，不知是哪位捷嘴先吞了。中秋说道："岩初哥，你看清楚牛虱子是哪样子了，牛虱子多，我要用牛篦子来篦。"只见他两手捏着篦子的木柄，让篦子上的锯齿顺着颈子往下刮。我盯着地上仔细看，本想有无牛虱子掉下。然而事实证明我的眼睛完全没有鸡的眼睛敏锐，我连一个虱子也没看见，但鸡们却你一嘴我一嘴忙得不亦乐乎。篦完牛颈子，中秋又从牛背上开始顺着牛毛往下篦牛身上，待他篦完一边，准备篦另一边时，我忍不住要求中秋让我来篦。闻讯而来的鸡越来越多，中华也跟着来凑热闹，站在一旁看。

黄牛似乎知道是主人在为其清除恶虱打扫卫生，因而极享受篦虱子的过程。四脚站定不动，依旧淡定地嚼巴嚼巴地反刍。我边为黄牛篦虱子，边问中华道："早上你吆牛回来，我看到有八儿站在牛背上，它们是不是在牛背上找牛虱子吃？"中华笑着说道："还怕不是。只是这里人多，八儿不敢来。你到堰坎下边牛滚凼那里去看，肯定有八儿。"我又问中秋道："用牛篦子怕是篦不干净吧。"中秋答道："肯定篦不干净，最多把大的些篦下来，小的些篦子篦不到。"我问："那怎么办？"中秋答道："隔几天篦一次噻，多篦几次，总要少点嘛。"我又问道："怎么没看到孝娥她们给牛篦虱子？是不是水牛不长虱子。"中秋笑了，说道："哪种牛都长虱子，只是水牛长得少点。它的毛稀，身上长的虱子，八儿，还有那些雀雀就好找，一眼就看得到，看见一个啄一个。你晓得的，水牛爱滚泥巴凼凼，泥巴在牛皮上敷到起，牛虱子都遭不住捂。黄牛就恼火些，毛又厚又密，找都不好找，篦也不好篦。"我拿着篦子给牛从上到下篦了一次，又饶有兴趣地再篦一次。看见等待美食的鸡们忽而低头啄忽而昂头等待，这说明二次篦虱虽仍有战果，但显然不如第一次战果丰硕了。中秋见我对牛虱子有兴趣，就告诉我说道："牛虱子多的时候，牛眼睛圈圈边都巴得有，篦子去不到，只有用手一个一个地抓。"

不知黑大爷何时来到我们身后的，他边抽烟，边对我说道："有草医说用苦楝熬水来擦得行，也有说用烟叶子熬水来擦得行，我家都用过的，没得哪样用。"我说道："听说用六六粉可以。"黑大爷说道："这个我也听说过的。旧场生产队挨到仓库，仓库拿六六粉灭虫，他们也去讨些来抹到牛身上，起是起些作用。但是没得哪个敢多用，怕把牛闹（毒）了。大家觉得还是用老办法好些，用篦子篦，用手抓。"说完，他从我手里把牛篦子拿过去，看了看，又在牛身上篦了几下，说道："三爷家这个这个篦子锯齿稀了点。下次我到场上铁匠铺请师傅整把锯齿细密点的。"黑大爷还特意对我说道："你篦得还算下细，用力也合适。有的毛花狗（指办事不牢靠的人）拿起篦子到牛身上展劲篦，把牛皮都刮出血了。"

给牛篦完虱子，中秋拿篦子去还给余主任，我也跟着过去。只见孙茂堂还在睡，只不过不是靠在板壁上，而是横着躺在柏香方子上睡。中秋还了篦子走出堂屋，拿了一根草棍去挠孙茂堂的光脚板，任他怎么挠，孙茂堂就是一点反应都没有。我见了干脆直接用手去抠，刚一摸到这光脚板，简直觉得摸到了铁壳壳上，全无一点肉感。这完全与孙茂堂长年累月打赤脚，风里来雨里去，踩泥巴踏石块，真正练就了一副铁脚板有关。那时候在农村这样的铁脚板不在少数，我们生产队的余进友也可以称为铁脚板了。见挠脚无法叫醒孙茂堂，我索性走到他脑壳边，用脚使劲地踢了踢木方子。这一招还管用，他醒了，瞪着眼睛看了我一下，笑道："这一觉睡安逸了。"说完，一翻身站了起来。他揉了揉眼睛，问我道："朗格，要去挑粪不是？"我说："再等一下，三爷说等太阳阴下去了再说嘿。"孙茂堂听了一屁股坐了下去，说道："吃杆烟。"我跟着也坐在木方上。中秋见我和孙茂堂都坐下，他也在刚才余主任坐的地方坐下，掏出自己的小烟杆开始抽烟。我问中秋道："你都会吃烟了？"中秋说："大家都在吃，跟到起就吃起来了。"孙茂堂笑道："不吃烟，干坐起，清囚囚的，一点意思都没得。"中秋跟着说道："不吃烟，干坐起，毛焦火辣的。岩初哥，我服你喽，硬是不吃烟。"我辩解道："学不会，呛得心慌。"中秋年纪虽不大，还是装出老到的样子，说道："人家讲的，不吃烟和酒，枉在世上走。"我笑着打断他的话，说："饭后一杆烟，胜过活神仙。饱吃冰糖饿吃烟，提神化痰一杆烟。我都听到过好多吃烟的好处。中秋，我问你，只吃烟不吃饭行不行?”中秋笑道：“那当然不行喽。还是吃饭管用点喽。”

就这样三人东拉西扯的，眼见太阳慢慢地偏西了。中秋说道：“太阳都偏西了，回去看下有哪样事没得。”说完就走了。这时余主任从屋里出来，对孙茂堂说道：“寨后土里肯定背阴了，我们挑几担粪去把剩下的苕秧淋完算啦。”我说：“晚饭有人煮，我也没什么事，我帮到挑粪去。”一阵铃声响起，中华吆着黄牛过来，我问道：“中华，又去放牛啦。”中华说：“这牛还不饿，牵它到对面绕一下就行啦。”中华牵着牛走后，我们三人挑粪去淋红苕秧。余主任家地里剩下没淋过的红苕秧不多，三个人一人一担粪，两个来回就完成任务了。从地里回来，孙茂堂向余主任告辞，余主任说道：“等你三娘把夜饭煮来吃了再回嚜。”孙茂堂答道：“还早，坐起又没得事。”余主任笑着说：“朗格没得事。你就帮我挑两担水倒到水缸里头，免得我明天打早又去挑。”孙茂堂笑道：“哪还差不多。”说完，屁颠屁颠地挑着水桶挑水去啦。

我回到灶房，见两个女生正开始忙碌，显然她们也去睡了一会。一个把宰好的猪草撮进大锅里去煮，一个收拾煮晚饭。我本不想坐在灶门前的，这里虽是冬天的最佳位置，暑天则是准地狱。但两个女生布置我的任务是把大耳锅灶孔里的柴火退点到大灶孔里煮猪草。我一天没做什么事，自知理亏，只好乖乖地坐在灶门前，把小灶孔里还燃烧着的柴火移了点到大灶孔里。虽然热，但也是举手之劳的事。完成任务，我离开灶门前，往饭桌走去，见锅里正在煮稀饭，就开玩笑地说：“那两天忙，顿顿干饭。今天队上不做活路，是该吃稀饭。”谷利一边往煮猪草的锅里渗水，一边笑道：“那你早上为哪样不煮稀饭?”我也半开玩笑地答道：“闲时吃稀，今天不算闲嘛。今天你们做了那么多事，也只能算不忙不闲，所以一干一稀，完全符合最高指示。”黎芝笑着说：“还会活学活用呃。”在闲聊之间，稀饭煮好，我们三人要吃晚饭喽。我坐到桌边一看，除了有一大碗凉拌烧青海椒外，小筲箕里有一些苞谷泡。我奇怪地问道：“你们啥时候炒的苞谷泡?”谷利道：“不是我们炒的，是到黑大娘那里赶捞（人家炒苞谷泡时，拿苞谷籽请人家代炒）的，晚饭也算是干稀搭配嘛。”我们一边就着凉拌海椒喝稀饭，喝了几口，又抓点苞谷泡慢慢地嚼，确实是干稀搭配。孝娥照例端着饭碗过来。谷利逗她道：“今天就只有海椒哦。”孝娥不说话，伸筷子夹了一夹海椒放进碗里，开始扒饭。

她咽了一口饭后，叫道："你们这个海椒朗格这么好吃嘞，是朗格整的？"看着孝娥一惊一乍的样子，谷利笑道："就是青海椒烧来整的噻。"孝娥说："青海椒里朗格有那种红的酸甜酸甜的东西？好好吃哦。"黎芝笑道："那是你家屋后面、牛大爷家院坝坎下摘的洋海茄（西红柿）噻。"孝娥说："那个洋海茄我妈都炒来吃过的，朗格是青的不是红的，一点都不好吃。"说完，端起碗就跑回自己家去。一会。余主任端着饭碗过来，边走边说道："你们整的哪样东西好吃嘛，孝娥要我来看下。"他走到桌边，夹了一夹海椒放入嘴中，嚼了几下，说："是好吃咦。朗格整的？"谷利笑道："把海椒烧好，摘几个洋海茄，要红的啊，也拿来烧一下，嫌难得烧用开水烫一下也可以，再把海椒和洋海茄一起切碎，放在碗里用盐巴一拌就好了。"余主任说道："这个洋海茄我们这里本来没得。是前几年工作队的人下来，不晓得是哪个丢了几个在你们刘大爷的院坝边，后来它自己就在坎坎边长起来了，结了些果果挂在坎坎边上，鸡又啄不到，它就自己延起来了。大家都不晓得怎么整来吃，有的把青果果切成片片像炒茄子一样炒来吃，吃起来有点麻又有点闷人，没得几多人爱吃。你们这样整来好吃。"我说道："要红啦才好吃。红的洋海茄在城里有的人就像吃李子一样，拿起来就吃。在城里这红洋海茄还可以用来焖豆腐、煮鸡蛋汤、炒海椒。有的人家炒荒瓜片、炒茄子都放几个合到炒，吃起来鲜得很哦。现在城里蔬菜队都开始种来卖了，品种也多了起来。大个的红洋海茄在城里受欢迎得很。"余主任说道："晓得整来好吃，大家都整来吃，坎坎上那几根结的果果怕是不够吃的喽。今年我们也留点种子，明年多栽点。这个东西贱得很，就栽到院坝坎上都行。"由于红了的洋海茄味道好，从此吃红洋海茄就在这里推广开来了。这里的人们开始种植洋海茄，这也应该算我们知青为建设新农村作出的小小的贡献吧。只是这种洋海茄个头小，小的如指头般大小，大的也不过鸽子蛋大。后来我们又在城里找来个头大的新品种，很快也为大家接受并推广开来。

吃完饭，孙茂堂抽着烟来到我们灶房。我问道："今晚就住我这里不？"他说道："不了，我还是回去。和我妈、妹商量一下，今年冬月间把妹打发算啦。"说着，拿着烟杆一阵猛抽，没再说话，出门就走了。谷利说道："孙茂娟的事，我们也听说了些，都说是因为孙茂堂耽搁的。"听谷利这么一说，我就把今天早饭后听孙茂堂讲的和余主任摆谈的情况，给两个女生说了一遍。两个女生听后，一阵唏嘘，甚为感慨。

搓麻线　捅黄鳝

小暑前后，农村的农事稍缓，队上的农活少多了。大家主要是忙活自留地、弄柴、打猪草，为下一个忙时做准备。人们闲暇的时间相对多了起来，然而这种闲暇在农村大抵是属于男人们的。男人们早上忙活一阵子，吃过早饭，因天气热，做完自己该做的事，一般就在堂屋里、屋外吞口里或其他阴凉的地方坐下抽烟、聊天、打瞌睡。对于女人们而言，闲暇并不属于她们中的大多数，似乎命中注定农村女人永远是操劳的命。农活的闲忙有轮回，但家务活永远无闲忙的轮回。小暑前后天热，出工晚，男人们能坐着抽咽，躺着打呼噜，女人们却得考虑一家人的穿戴。女人们哪怕是坐着也不得闲，或搓麻线，或打鞋底，或缝补衣裤。小暑前后这段闲暇时间，正是搓麻线、洗麻线的好时光。这里的农村女人搓麻线很少有一个人单独坐着搓的，一是一个人坐的时间长瞌睡就来。二是搓麻线不耽搁说话，几个人坐在一起，可以边搓麻线边聊天，于是搓麻线的地方就是女人们谈天说地的场所。几个平时说得来的常常就会不邀自到，聚在一起边搓麻线边聊天。搓麻线在男人们看来是微不足道的事情，对女人们却是重要且必不可少的。搓好的麻线主要用来打鞋底，为一家老小做鞋。在农村只要稍有办法的人家，每到过年一般都会想方设法让家里人穿一双新布鞋。因此打鞋底做鞋就成了女人们的一项重要工作。所谓搓麻线，实际上就是把青麻先梳理成麻丝，再将两股麻丝搓扭在一起成细细的青麻线。搓麻人可根据所需麻线的长短粗细，在搓的过程中边搓边添加麻丝。待搓的青麻线有相当数量后，将这些青麻线用荒瓜叶包起，浸泡在水中。浸泡了一定时间，再将这些青麻线置于水边石板上捶击，然后再浸泡再捶击，直至麻线由淡青黄色转而为白色，青麻线也由硬变软。最后把青麻线置于竹竿上晾干，青麻线就变为白白柔软的麻线，便可用来打鞋底了。搓麻线是打鞋底做鞋必备的前期工作。电影、电视中常有女人孤身一人打鞋底的镜头，却鲜见一群女人坐在一起集体搓麻线的镜头。近日见有文章描述乡村女人搓麻线的情景，云“拉起肥大的裤脚，捡起青麻丝，就着白皙的小腿搓出细细的青麻线。”此情景与当时我在农村看到的女人搓麻线的情景大致相同。所不同的是我们这里的女人搓麻线必定是坐着搓，坐下后会挽起肥大的裤脚，将裤脚一直挽到大腿上，然后在膝盖上方的那段白皙的大腿上搓麻线。也许是因为膝盖上方的大腿平而阔，在其上搓麻线既方便又省力的缘故。我们这里从未见过在小腿上搓麻线的，也许是十里不同风吧。

夏天农村堂屋的吞口是个好去处，一是晒不到太阳；二是凉快，因而是人们聚会和休息的理想场所。几条板凳往吞口一放，几个女人带着青麻丝往板凳上一坐，一个搓麻线的手工作坊即宣告开张。当然，这样的作坊并不一定是女人的天下，有时也会有男人混迹其中。一日，在黑大娘家堂屋的吞口，彭洁娥、幺娘和挺着大肚子的王家信三个已婚女人坐在一起，挽起裤脚，露出白皙的大腿，开始搓麻线。我和中秋坐在我们灶房外，靠着板壁坐在木墩上打瞌睡。不一会，习初和进初不知怎么来到了吞口边。这两个正值青春期的小伙，总喜欢和嫂子们开玩笑。虽然不是十分过分，但总会让彭洁娥、王家信这两个嫂子听起来不舒服。习初嬉笑着说道：“咦，那是哪样东西，白得有点晃眼睛吔。”进初接着说道：“你看到哪里去啦，我朗格没看见呃。”三个女人们在大腿上继续搓麻线，并不理他俩。搓麻线搓了一定的时候，皮肤总会有点泛红。只听习初又说道：“进伦嫂，你腿上红的那点是遭哪个打啦。”进初马上接着说道：“是哪个嘛。进伦哥又不在家，怕是遭你打喽。”彭洁娥瞪了他俩一眼，仍不说话。可能习初觉得有点自讨无趣，并将开玩笑的目标转移到王家信，说道：“进友嫂红的那点肯定是进友哥打的。”王家信听了，把她的裤脚又往上撸了一下，说：“来来来，我摆起等你来打。”习初伸出手来跃跃欲试。一直坐着搓麻线不出声的幺娘吼道：“打嘛，打嘛。你没看到你嫂子怀身大肚的，我看你是讨打哦。”习初嬉皮笑脸地把手缩回。忽然，彭洁娥起身而去，进初对习初笑着说道：“看嘛，热（喜欢）开玩笑噻，把人家都气走了。”习初也笑道：“你说的咯，人家哪里那么不值价嘛。”话音刚落，只见彭洁娥和细孃走了过来。细孃拿着一只正在打的鞋底刚一坐下，两个小伙立马清风雅静，不说话了。但仍一个撑着左边柱头、一个撑着右边柱头站着。王家信有些幸灾乐祸地说：“咦，朗格不说话，哑了。”这时听见细孃说道：“人家在搓麻线，你们两磴木头在这里蹬起，有哪样好看的，还不快点爬开。”细孃刚说完，习初和进初拔腿走到我和中秋打瞌睡处。习初对中秋说道：“你家嫂嫂精怪得很，把细孃喊来了嘞 。”我听了，才知道这里的规矩不光是在有未婚女性的场合，男人是不许说脏话的，在这种场合连乱开玩笑也是不恰当的。两个有些沮丧的小伙挤坐在我和中秋坐的木墩上，百无聊赖地开始抽烟。四个女的坐在吞口里，继续搓麻线、打鞋底，聊天。我靠着板壁闭着眼睛，耳朵却听她们说话。细孃说道："那天我家三嫂说孙茂娟今年冬月要打发，你们晓得不?"幺娘说道："我也听到是这样说的，但是看见孙茂堂家一点动静都没得。没看到他家请木匠打家具，也没看到他进城赶场置办东西。说孙茂娟冬月间打发我都有点不相信喽。"王家信笑了笑，说道："置不置办东西有哪样。我打发到这边来还不是一样东西都没得。"彭洁娥接着说道："话不能这样说。现在总比饿饭那几年要好点。依我说还是多少要打发一点才得行。"细孃接着说道："听三嫂说，他家是没得哪样打发呃。"王家信说道："这样的话，也不会泡哪样酒喽。"幺娘说道："泡哪样酒哦。他家年年都在队上借粮食，刨了春荒刨秋荒，哪里有粮食来泡酒。"细孃说道："酒不管泡不泡，去帮忙和送亲的人，还有来接亲的人总要吃饭噻。"彭洁娥听了，说道："依我看这饭都怕吃不成。"王家信打断她的话说道："哪里有这么恼火。是冬月间才打发，那时粮食才分下来好久点嘛，不会把分的粮食都吃完了噻。帮忙的人、送亲和接亲的人吃顿把饭还是吃得起的。"彭洁娥说道："就是请你吃，你吃得下去不嘛。"幺娘说道："这话倒是真的，他家把帮忙的请了，只怕一开春就要到队上开仓借粮喽。好在我们队上还有借的，要是在有的队是借都借不到。"说到这里，听见坎上牛大爷在大声喊："太阳都背阴了，薅秧喽，走喽。"她们四人停止了手中的活路，各自回家，准备出工。坐在木礅上的我等四个男的也站了起来准备出工。忽然，听见彭洁娥在我们灶房里笑着说道："我还说你们两个煮猪草煮到哪里去啦，你们不是说要学到搓麻线了嘛，朗格不来学嘞。原来是在这里打瞌睡哟。"本已准备上去直接出工的细孃，听到彭洁娥的话，又折了回来，对两个女生说道："我还以为你们先走了，正说去追你们。"说完，拉着谷利、黎芝嘻嘻哈哈一路出工去了。

太阳已偏西，刺眼的阳光有所收敛，秧田基本在背阴处了。原本打瞌睡显得懒洋洋的男人们在田中变得生龙活虎起来。按照薅二道秧"下田爬起扯"的规矩，大家一字排开，手脚并用地在秧林中前行。今天参加薅秧的女劳力不多，也就是几个年轻的媳妇和几个大姑娘。因此男女虽在田中站成一排，但没像以往那样混编，而是男女各站半边。女人们这边进度当然不如男人们那边的进度快，女人们也会想办法。每人都少薅几行，这样两边前进的速度就差不多一样了。女人们干活虽慢，但说话不停，声音不小。男女在一排，她们说话满田都能听见。细孃显然是在问孙茂娟："你期程都看好啦，朗格都不给我们讲一声，莫非二天不要我们过去陪你吗？"孙茂娟答道："朗格都会请你嚧，只是期程还没确定下来。哥和那边在商量。是他们在定，大码目定了个时间。依我的，今年我就不想办。"这时听见王美云说："茂娟妹，不是我说你。你还要准备拖到哪年哪月。你年纪也不算小了，你看，我们这周围团转像你这么大的还有哪个没打发嘛。再说男方年纪比你还大，又是个独儿，那边老人家还不是想早点抱孙孙。"孙茂娟接着说："那边倒是催得紧，我家来得起来不起，我倒是没想这么多。只是我走了，我妈朗格办嘛。"王家信大概只听清了孙茂娟说的头半截话，高声说道："管他来得起来不起，我那年就是遭他们三个毛桃子崩儿就哄过来的。一点打发都没得，光人一个就来了。"说得一田的人都笑了起来。习初不忘贫嘴，只要钻得到空子，就不忘说话，说道："进友哥，嫂嫂那年是朗格被你骗来的，你讲来大家听一下嚧。"没等他往下再说，王家信在那边吼了起来："你这个砍脑壳的习初，人家在讲正事，你横竖要往歪处扯。要不是在田头做活路，我不过去把你的嘴巴撕到后颈窝才怪啦。"王美云笑了起来，说："习初，你把嫂嫂些干净（全部）得罪了，明年你接媳妇，个个都不来帮你的忙，到时候铺床都找不到人，看你朗格办。"说得习初一时竟开不了腔。幸好伍芝林帮他解围，说道："习初是开个玩笑。王家信你也不要讲他，你自己说话说烧包了，送起话话让习初说。"伍芝林这么一说，王家信笑了起来，对王美云说："姑婆，我们这个姑公不维护我这个小辈子，倒去帮外人说话。你回家还是要收拾一下他哦。"王美云说："不理他们，他们这些男人没有一个好东西。"这一说，男人队伍马上哄闹起来。王治周对伍芝林说道："伍芝林，你这个东西，还是要管下那张嘴巴才行哦。一竿子把一船人都打翻了，是有点不对头哦。"见有人帮忙，习初嘴巴又来劲了。大声说道："芝林哥，回去拿搓衣板喊她跪起。"喜欢凑热闹的许林榜一直没机会说话，这下终于逮到机会发声了，笑道："要得，要得。跪不住了，伍芝林就去帮她跪。"这么一说，逗得一田的人又笑了起来。

大家说笑使薅秧过程几近停止。按本地的风俗，这种田间嬉笑，在场的老辈子，如牛大爷、国二爷等是不会参与的。听可以，笑也可以，但不会参言，也不制止。也许是觉得如此嬉笑下去，活路无法继续，秧薅不完。只听牛大爷大声喊道："好喽，太阳都快落坡啦，趁肚皮里还有点货，赶紧薅。摆不完的龙门阵带回去摆。"田中顿时安静下来，薅秧的速度也快了起来。

一会，听到伍芝林大惊小怪地吼道：“不要动，不要动。”大家不知发生了什么事，只好莫名其妙本能地站着不动。只见伍芝林弯下腰，指着脚下说道：“稀奇喽，这里有个黄鳝孔孔，孔孔还有点大，怕是有根老黄鳝呃。”接着，他又说：“大家不要动，眼睛洒水点（聚精会神盯着）哈。我这里一捅，老黄鳝就要钻出来，哪个抓到就归哪个。”伍芝林弯腰忙乎，站着的人们跟着紧张兴奋起来，忽然有人欢叫“出来了，出来了。”一阵骚动后，还是习初眼明手快，从田里抓出一条一尺多长的老黄鳝来。许林榜嘴快，抢先说道：“这条黄鳝安逸。国二爷，你们夜饭菜有了。”国二爷没答话。在人们的欢呼声中，只见习初几步蹿到田坎上，在田坎边扯了根老将军草，将草茎从黄鳝的腮中穿进，再从黄鳝的嘴中穿出，最后将草的两头绾起打了个结，将还在扭动的黄鳝挂在田坎边的树上。习初返回田中，边走边对王美云说：“嫂嫂，这是伍芝林捅出的黄鳝，等一下收工了，你拿回去，烧来给强吃。”王美云听了，高兴地说道：“你这个习初这回还像个当叔的样子，还晓得给我家强吃火烧黄鳝呃。”邓治月笑着对习初说道：“再抓几条嘛。”习初答道：“那要看师傅找得到黄鳝孔不。抓黄鳝的不是师傅，要看得准黄鳝孔的才是师傅。”我早先听说过“鸡鱼面蛋，抵不住火烧黄鳝”。原只以为火烧黄鳝好吃，现在看来不只是黄鳝好吃，抓黄鳝也是很有趣的。人们常说的“吃鱼没有钓鱼欢”完全可改为“吃黄鳝没有抓黄鳝欢”，钓鱼只是钓鱼者一个人的参与和欢乐，抓黄鳝则是一群人的参与和欢乐。看到大家还沉浸在抓黄鳝的欢乐之中，我趁机问了问在我旁边的二爷：“黄鳝孔有哪样特别嘛，伍芝林朗格晓得那是黄鳝孔呃。”见二爷没回应，我薅了一下秧，伸起腰来又问二爷道：“他们说的火烧黄鳝怎么烧嘛。”二爷愣了一下，伸起腰来笑着说道：“只晓得鸡鱼面蛋抵不往火烧黄鳝，到底朗格烧法，我也没烧过。”一旁正埋头薅秧的许林榜伸起腰来，一副不屑的口气地说道：“这个简单嘛。不讲究地把黄鳝拿来，肚皮剖开，把里面的肠肠肚肚抓出来丢啦，用刀子切成三四截，拿点盐巴抓揉一下，到土头找张荒瓜叶包成一坨，丢到火里头，刨点热灰焖住，再刨点火食盖起。一哈哈（一会儿）就烧好了，打开包包就可以吃啦。讲究点的，要去头剔骨才拿来烧。这是黄鳝少，整来逗崽崽吃来好耍的。要是多有几条黄鳝嘛，就不是这样整喽。”说完，他看见人们已经薅到前面去了，停止了唠叨，赶紧弯腰继续薅秧。薅了一阵，大家不约而同地伸起腰休息一下。习初抓紧机会对我说道：“岩初哥，你抓过黄鳝没有？黄鳝滑得很，你想要一把抓住还不得行喽。要用拇指把它夹住，它才不会滑掉。”边说边比划给我看，他把中指、食指和无名指弯曲着，告诉我，中指在上，让黄鳝夹在三个指头之间。进初接着说道："我们还兴把干定性的斑竹片边边砍成锯子口，用两片整成个夹夹，来夹黄鳝。"许林榜忍不住插嘴道："用夹夹专门去夹黄鳝，抓来的黄鳝就不会烧来吃起要喽。有得几根黄鳝噻，就要炒一盘菜来下酒喽。"进初问："朗格炒法?"许林榜没有即时回答，又弯下腰去继续薅秧，薅了一阵，才伸起腰来说："找块板板，拿根钉子把黄鳝脑壳钉在板板上，让它肚皮朝天。用刀把它肚皮划开，掏掉内脏，再用刀顺着黄鳝脑壳下面，将颈椎骨切断，用刀子顺着身子平起一划，骨头一根就完完整整地剔下来啦。把脑壳切掉，就得到一条净黄鳝肉。把这条肉切成几段，厨子把它叫作鳝段。把切好的鳝段放到清水里淘一下，沥干革命水，拿点盐巴抓一下。锅中放油烧热，丢点干海椒筒筒进去，再放点切好的姜蒜，炒几下，最后把鳝段放下去翻炒几下，一盘火爆鳝段就炒好了。好吃得很哦。"这时牛大爷也伸起腰来，说道："好吃是好吃，就是费油得很，我们乡下轻易没得哪个炒来吃。"许林榜接着说道："怕费油嘛，就先把沥好的鳝段放到锅里干焙几下，再放油炒，就费不得好多油啦。"习初说道："讲来讲去，还是要用油。我长这么大，就没有吃过火爆鳝段。火烧黄鳝倒是吃过两回，说是鸡鱼面蛋抵不住火烧黄鳝，那是吹牛的。要说还大米饭好吃。"薅秧的人们，哪个要说话就伸起腰说，不说话的就弯腰边薅秧边听。这时王治周伸起腰来说道："鸡鱼面蛋抵不住火烧黄鳝，那是开玩笑的，你非要当真。老辈子讲的样样东西都吃得伤，只有大米饭吃不伤，这才是真的。"牛大爷见大家吹牛，薅秧进度又放慢了，喊道："要想吃大米饭，还得把秧薅起走。"大家一听，赶紧弯腰继续干活。

灶门前生个肉墩墩

男的这边抓黄鳝的热闹刚结束，女的那边出现了一阵躁动。大家伸起起腰杆一看，只见王家信和彭洁娥匆匆走上田坎，王家信扶着彭洁娥的手将鞋穿上，急急忙忙往回走。王美云问彭洁娥道："王家信干哪样啦。"彭洁娥盯着匆匆远去的王家信背影说道："她走时就说了一句话，怕不得行喽。"王美云想了想，突然扭过头朝着队伍中男人那边大喊道："余进友，你站在那里干哪样，还不快点回去，王家信要生啦。"余进友似乎还没反应过来，木然地站着不动。黑大爷大声吼道："还在站起！还不快点回去！"余进友这才上了田坎，往回走。女人这边幺娘对素平说道："你赶紧把你妈喊回去，你家嫂要生了。"素平说："我妈她们在哪里做活路，我都不晓得。"牛大爷对素平说道："在对门豺狗湾捡茶豇，你快去。"素平听了，匆匆走了。薅秧继续进行，女人那边叽叽喳喳起来。只听见王美云说道："说起来不怕你们笑，我们乡下女宾些生个崽崽还不如母猪生猪崽。母猪生猪崽主人家还熬更守夜候在那里。我们生个崽崽，得空嘿，有个人守到。要不是就你一个人自己生，生完了，好嘛，有个定心蛋煮来吃，还得自己煮哦，哪个管你。我们农村人噻生头个恼火点，还晓得有点痛，生第二个噻就当屙泡硬头屎喽。"话刚说完，女人们那边一阵哄笑，男人这边也许是受到感染，有人开始聊天啦。王治周对孙茂堂说道："你也得打个主意，快点抱个肉墩墩，多分粮食又分自留地。人家习初明年都要进人了，你是该早点打主意喽。"孙茂堂显得无奈地答道："哪个不想早点打主意，要打得起了嘛。"大家边说边薅，不知不觉太阳完全落山啦，牛大爷发话说："收活路。明天的活路和今天一样。"大家上了田坎，顺着田间小径，鱼贯而行往家赶。路上，王家信是否平安生产是女人们最关心的事情，也是聊天的话题。王美云对彭洁娥说道："我们到王家信家去看一下。"彭洁娥说："要得，我们现在就去。"细嬢在一旁听见了，对彭洁娥说道："吃了夜饭，我到你家听你摆王家信的事情哦。"

晚饭吃完不久，谷利她们刚把锅瓢碗铲收拾完，连猪都没喂，细孃就来了，不由分说地拉起两个女生就往黑大娘家灶房走去，喂猪的任务自然得由我来完成。我知道她们是去听王家信生孩子的事，当然不好过去。但我实在也想知道王家信的情况，于是我把灶孔里的火捂好，匆匆喂了猪，悄悄走到通往堂屋的门边，准备尖着耳朵偷听。刚走到门边，就碰到中秋、中华两兄弟从他家灶房过来。堂屋的大门开着的，虽然没有灯，人的走动还是看得清的。我一把抓住中秋的胳膊，轻声问道："你到哪里去？"中秋小声答道："我们两兄弟遭妈追出来的，喊我们到你们这边来。"中华说："妈说男宾家家的不兴听那些龙门阵。"我对中秋说道："不听就不听，我们坐在堂屋里凉快点，在堂屋坐一下总可以嘛。"中秋听了，把板凳拖来，我们三人摸黑坐在堂屋里，尖着耳朵听隔壁灶房里女人们摆龙门阵。首先听见细孃问道："彭洁娥，王家信生个哪样？"彭洁娥答道："安逸，又生的是个儿子崽。我和王美云去的时候，人家都生下来好一阵喽，定心蛋都吃过了。"随即又听到彭洁娥对黑大娘说道："妈，是你和老二娘先到屋里的，你们到的时候，王家信生了没得？"没听到黑大娘说话，只听到细孃问道："黑嫂，你哭哪样嘛？"我尖着耳朵注意听，只依稀听见哽咽声。过了一会，听到彭洁娥说道："妈，你朗格啦？今天夜饭你就没吃好多点。人家老二娘添了个男孙，你要替人家高兴才是嘛。一问你哪样，你就哭，是朗格了？"也许是彭洁娥的一席话解了黑大娘的心结，哽咽声停止了。一会听到黑大娘说道："先前在捡茶豇时，我还在和你们老二娘摆龙门阵，说是王家信怕是这两天要生了，我还说要她做点准备。正说着，素平就跑来放信。等我和老二嫂刚刚跨进门，那个疲沓瘟余进友才跟着我们脚后跟进来。"说着，黑大娘停了下来，又听见她的哽咽声。少顷，黑大娘又开始缓缓道："你们说我为朗格要哭，我是看到王家信，就想起我们这些女人不容易。等我和你们老二娘进屋，王家信自己生都生了。她说她刚刚跨进门槛，在灶门前崽崽就出来了。不晓得她是朗格把剪刀在明火上熛了一阵，崽崽出来自己朗格把脐带剪了的。等我们进门嘛，她用块布片片把崽崽都包好了。我赶紧把她家的十个鸡蛋一下都煮成开水蛋，让她把定心蛋吃了。你们老二娘还嫌我煮多了。"听到黑大娘叹了口气，又说道："就这样，她一个人在灶门前就把崽崽生下来了。"黑大娘忽然提高声音，把我吓了一跳。只听她大声说道："我当时就吼余进友，你把你媳妇当人没得，明明看到就要生了，还等她下田薅秧。看到她要生了往屋头跑，你都不兴跑快点。我们都走拢了，你还在我们后头。这个余进友倒是好，你朗格吼他，他都不闹。我又吼他像根棒棒一样杵起那里，还不快点把衣胞拿到竹林去塕起，要他塕深点，他才慢慢地去了。你们老二娘也是个立不起的人，她不说吼她儿子几句，还心疼那几个鸡蛋。这家人你才拿他没办法，好在王家信自己争气。”彭洁娥接着说道：“妈，你怄哪样气嘛。各家有各家的事，清官都难断家务事了嘛。”黑大娘说道：“说得也是，与我有好大个关系。我只是可怜王家信，看到她要生了，他家样都没准备，这是生第三个了。头一个生下来没几天就得脐带风走了，还不是招呼不下细遭的，剪刀都没在明火上多燣一下。但愿老天爷保佑今天这个没得事喽。”我正因一直没听到两个女生的声音而纳闷，突然听到谷利说：“在学校读书时，老师给我们讲过，剪刀在明火上燣来消毒是种办法，只是要多燣下。我们不晓得她要生了，其实剪刀消毒还可以用碘酒、酒精，方便又保险点。岩初那里都有碘酒。”黑大娘说：“我们这里祖祖辈就是用明火燣来消毒的，哪样碘酒，听都没听到过。只是王家信自己生崽崽自己接生，不晓得剪刀用明火燣到堂（到位）没有。”细嬢说：“老天爷硬是关照他家呃，尽生些儿子崽。”黑大娘又说：“他家也全得王家信能干，吃得苦，要不是那个家像个哪样家嘛。那个余进友硬是不晓得心痛媳妇点。洁娥，你看一下，我们家还有好几个鸡蛋，明天一早给她们送去。”细嬢说：“我家吃过夜饭，大嫂就拿了点鸡蛋，撮了点米给他家送去了。我下来的时候，看见三嫂也拿了点哪样送了过去。”紧接着听到谷利向黑大娘请教道：“黑大娘，你看我们拿点哪样给她送去合适？”黑大娘笑了起来，说：“你们哪样都不拿。你们都还没成家，不兴送。”这时听到似乎有人进屋，一会听到了黑大爷的声音，他说道：“我才将把老二嫂和余进友喊出来，说了他们几句。我要老二嫂明天就不要出工了，就在屋里服侍几天月母子。她还腻滋腻滋（不情愿，不爽快）的，说是不出工就没得工分，两个人都不出工，会少得好些工分。我说她，工分朗格都没得人要紧噻。”黑大娘接着说：“是该说他们一下，上次王家信生念其坐月时，就没得哪个服侍，还要起来煮全家的饭呃。”听来龙门阵要摆完啦，我起身和中秋、中华一起到我们灶房去，同时把马灯灯芯稍微拧大了点。我们刚坐下，谷利和黎芝就从黑大娘那边过来了。中秋、中华赶紧起身回到自家灶房去。黎芝说：“还以为你去睡了呢。”谷利说道：“你是不是和中秋、中华在偷听我们摆龙门阵？王家信也是太可怜啦。”我答道：“是听到一些你们摆的龙门阵。不听还好些，听了让人难过。农村女人生个小孩确实不如母猪生猪崽。今天在田里薅秧，有女的说生二胎、三胎当屙硬头屎，我想那也是没办法，自我解嘲。听黑大娘说王家信生的第一胎是得脐带风死的。让我想起应该早点给队上女宾些讲点卫生常识，告诉她们可以用碘酒酒精给剪刀消毒。”谷利说：“你说得对。但是告诉她们用碘酒给剪刀消毒，哪样是碘酒她们都不晓得。再说哪来的碘酒，碘酒也是要拿钱买的。用火消毒也可以，怕的是一个人在家里生孩子，一忙起来就忘记用明火燎剪刀了。”我说道：“是可怕，剪刀消毒不好，一剪刀就可能剪出个脐带风来。我听我妈讲过的，脐带风就是一种破伤风，新生儿得了脐带风，基本就是发一个死一个。脐带风有几天的潜伏期，所以有人又把它叫作四六风。但愿老天爷保佑王家信才生的小孩能平平安安。”在其后的几天里，我们每天都要到彭洁娥处打听王家信的情况。

王家信生小孩的第二天，煮早饭时，彭洁娥到我们灶房对两个女生说：“我今早送鸡蛋上去，王家信就起来了，还要自己煮吃的，说是自己煮来吃自在点。你们看嘛，今天保证进友哥和老二娘都会出工的。”果然，出工薅秧的队伍中出现了余进友的身影。今天薅秧的队伍和昨天一样，男女各半边，龙门阵几乎全是围绕着王家信母子和余进友摆的。邓治月说道：“王家信还会生呃，又生一个儿子崽。”王美云说道：“今天过来出工前，我去看了下王家信。王家信的奶水都发来了，那个崽崽吃都吃不完。她说全得吃了十个定心蛋。母猪生猪崽喂苞谷稀饭都有奶水，吃了十个定心蛋那是更不消说的了。说来我们这些女人也贱，和母猪差不多，只要吃得饱，有碗酸菜汤都有奶水，莫说吃了鸡蛋啦。我生我家强的时候，生活刚刚好点，哪里有哪样鸡蛋嘛，还不是两糙饭老酸菜汤，吃下去也有奶水。”女人们那边还没安静下来，男人们这边又热闹起来。有的对余进友说：“余进友，你枪法好，生的崽崽个个都带把。”有的说：“王治周，你要向余进友学习，明年也生个带把的。”还有人说：“余进友，今年又多了个分口粮的。粮食多了可以多喂一槽肥猪，可以调一个杀一个哦。”有的说：“不光是分的粮食多，还可以多得一个人的自留地，肥上加膘哦。”也有人说：“进友，粮食多了，可以拿点到黑市卖点钱，扯点布做件衣服奖尝一下王家信，也给你两个妹做件把衣服。”七嘴八舌地说个不停，说着说着，话题又转到孙茂堂身上来了。有人说道：“孙茂堂，你眼红不？人家余进友才大你几岁，都生了几个崽崽了。你呢，八字还没有一撇。给你讲哦，你不娶妇人，二天到阎王爷哪里报到，是要遭打五百棍棒的哦。”说得大家都笑了起来。这时伍芝林说道：“说归说，笑归笑。我们大家都来想办法，帮孙茂堂一把，免得他遭打。大家发动下自己的亲戚朋友，帮他在哪里相个合适的。”伍芝林说完，大家不吭声了，弯腰埋头继续薅秧。男人这边寂静下来，女人那边的戏继续进行。只听见彭洁娥说：“我说是老二娘今天不会在家待着的嘛。我们前脚走，她后脚就来喊我妈和她一起去捡茶豇去了。这家人才好耍呢。”王美云问道：“你们记不得了？王家信生他家念其都是一个人在屋里，还要煮全屋人的饭呃。这回崽崽都生下来了，她还要哪个招呼嘛。王家信和老二娘都是抠工分的，还不是想出工，找几个工分算几个工分。”细孃说道：“王家信是嫌老二嫂嘴巴多，一个人在屋头还自在点。”细孃的话触动了当媳妇的女人们的心思。邓治月说道：“还不说当婆婆的话多，当公公的话还不是多。”王美云说道：“大哥不说二哥，哪家都差不多。我家强的婆还不是一样，硬是不晓得一天哪里有那么多话来说，一天听得耳朵都起老茧了。我现在都习惯了，她说她的，我听我的，左边耳朵进右边耳朵出，懒得争个输赢，这样也就好些了。”幺娘接着说：“怪不得，我大嫂说等进初接了媳妇，让他们分开过，她是怕他们嫌她话多啊。”挨着女生薅秧的王治周似乎觉得这些女人议论老人不大合适，就说道：“老人话多有哪样嘛。树老根多人老话多。你们不兴老啊，现在你们话话都这么多，二天你们老了，怕是话话还要多些哦。”这几句说得在理的话，在当媳妇的女人们那里却颇不受欢迎。他老婆邓治月不高兴地回击道：“说我们，你一个男宾家家的，话都这么多。人家摆个龙门阵，你都要来多嘴。”王治周被邓治月几句话说得哑口无言。男人队伍中的几个小伙见王治周被噎得无话可说，不由得有点幸灾乐祸起来。只听见进初对习初说：“习初，明年你娶个媳妇回来，你怕她不?”习初哼了一声，认真地说道：“我怕她？她再凶，我都有法子治服她。”中秋嬉笑着说：“吹牛，吹牛。到时候还不晓得是哪个治服哪个。”习初装出一副老江湖的样子说道：“要治服她还不容易。古话说的，牛皮服鲊，妇人服打。她要是敢凶，就扎扎实实打她两回，她就老实啦。”习初的这一番话，说得好多人都笑了起来。牛大爷故作生气地说道：“你们这几个，媳妇都还没接，就在打主意收拾媳妇啦，你们叫东西不。要是人家听到，哪个姑娘还敢嫁给你们。”许林榜又找到了发表意见的机会，紧接着说道：“土地坑的男人些说起来凶，认真起来，哪个都是炟耳朵。”黑大爷听了，说道："你个许林榜，儿大女成人了，还跟到这些年轻崽崽起哄，还分资分格的，土地坑、三家田哪边不是一样的。"我听了这一席对话，不由得不佩服黑大爷，几句话不显山露水地就巧妙地反击了许林榜，又制止了大家围绕这一问题的进一步发挥。生产队干活是人们交流的好机会，人们当然不会甘心闭嘴埋头干活，只要有机会总会找点话来自娱自乐的。薅秧快要到田坎边时，习初就喊道："进友哥，快点，嫂嫂等你回去啃鸡脚杆哦。"许林榜笑着说道："生个儿子，应该炖个老母鸡慰劳下，也好发奶噻。"习初笑着对许林榜说道："哟，你还清楚呃。"许林榜说："我都几十岁啦，还怕不如你年轻人清楚啰。好生学到点，明后年你都要服侍月母子的喽。"在其后几天的活路中。余进友、王家信、肉墩墩就成了大家关心和聊天的主题。七天过去了，肉墩墩平安无事。对未能主动告诉可以用碘酒给剪脐带的剪刀消毒而心怀内疚的我们，一直担心的事没发生，总算可以安心啦。

一日三遇蛇　魔芋打布壳

那时队上的生产基本是由队长安排，由队长说了算。田土种植是否合理得当，队上的活路安排是否顺应时节，都要看队长是否能统筹兼顾，这直接关系着生产队收成的好坏与生产队人们的生活。去年春上种苞谷时，土里套种的主要是黄豆，撒的茶豇等杂豆较少，因而各家分到的杂豆也就很少。今年春上种苞谷时，按照牛大爷的安排，除了增加黄豆的播撒外，还增加了茶豇等杂豆的撒播量。小暑过后，杂豆已逐渐先后成熟，因而这几天人们除了在田中薅二道秧外，劳力弱的人也有事可做，那就是捡茶豇之类的杂豆。一日，收工回家的路上，牛大爷对孙茂堂说道："你明天早点过来，扛两铺晒天放到仓上的晒坝里，我安排黑嫂和老二嫂帮忙你把这几天捡的茶豇撮出来晒起，太阳好的话，下半天就以可打（脱粒）了。"国二爷在一旁听了，高兴地说道："要得，分得几斤茶豇，和点瓜瓜菜菜又要当几顿饭，就少去打嫩苞谷的主意。"牛大爷听国二爷说完，对孙茂堂说道："明天放活路，我喊一家拿个人来分茶豇。你也要向你们国二爷学下，分回去的茶豇拿来当几顿饭吃，等自留地里的嫩苞谷多长几天。"孙茂堂笑道："一个人只分得到几斤茶豇，管不到哪样事。"他这几句话惹急了一旁的黑大爷，黑大爷严肃地说道："朗格教你，你都不听教。莫非茶豇不是粮食，你拿去尽光煮来吃，那当然管不到哪样事。像你们国二爷讲的那样，和些瓜瓜菜菜一起煮来吃，还是要当好几顿饭呃。"许林榜一旁插嘴说道："你给他讲管个屁用。明天叫覃义平和孙茂娟来分茶豇，让覃义平教孙茂娟下，怕还管点用。"第二天，队上分茶豇仍然是按人头分，每人四斤。我们分到了十二斤，习初俩爷子只分到八斤。余进友家刚添了个肉墩墩，这个肉墩墩虽到人间才几天，也参加分口粮了，照样分得四斤。习初丧着脸用撮箕端着分到的茶豇往回走。王治周看他哭丧着脸，半开玩笑半安慰地说道："丧个哪样脸嘛，明年早点把媳妇接进门，努力点，到秋收的时候也生个肉墩墩，正好赶上分口粮。到那时候分到的粮食你家要翻倍啊。"习初没吱声，端起撮箕走了。我把分到的茶豇端回灶房，对两个女生说："明天可以煮茶豇稀饭吃。"哪知所说的话被在堂屋里的黑大娘听见了，她走进我们灶房说道："你们只晓得用茶豇煮稀饭吃。还不晓得这茶豇是个好东西吧。这一阵土里头的瓜瓜豆豆、菜菜襟襟多，吃这些就可以啦。茶豇放得，留到起，等瓜瓜菜菜少啦，再拿来吃。这茶豇有好多吃法，腊月杀了猪，拿点皮皮骨头炖点汤，可以推点茶豇锅巴粉来吃嚜，一年到头了，给自己解解馋嘛。这茶豇锅巴粉和你们城里头推的绿豆锅巴粉差不多，只是我们舍不得绿豆，就用茶豇来代替，照样也好吃得很。你们晓得的嚜，绿豆可以用来生绿豆芽吃，茶豇还不是可以生豆芽，炒来也是一盘菜，照样好吃。"听黑大娘这么一说，简直觉得黑大娘就是我们心目中居家过日子的神。有这么好的一个老师放到这里，的确减少了我们过春荒、秋荒的一些焦虑。黑大娘临走时还不忘嘱咐我们道："明天记到把茶豇倒到簸箕里再晒一天，怕今天分的茶豇还不太干，放起要生霉的。"

吃晚饭时，两个女生边吃饭边小声嘀咕些什么，嘀咕了一阵，谷利对我说道："孙茂娟要我和黎芝帮忙她做件事，我们两个商量了一阵，确实难得完成。不过人家也难得开口，不帮忙又不好意思。想来想去只有喊你替我们去完成。"听谷利这么一说，我赶紧问道："是哪样任务？你们两个人都完不成，我一个人还完得成嚜。"黎芝嚷道："我们两个的家都在矿上，比不得你家在城里嘛。"我只好说道："是哪样事要办，先讲清楚嚜。"谷利这才慢慢道来。原来收工时，和谷利她们走在一起的孙茂娟对谷利和黎芝说，她想给她的对象做双布鞋，要买点冲毛呢或者灯芯绒来做鞋面子，到旧场商店买了好几次，都没买到。想让谷利和黎芝进城去帮她买，同时还想要谷利和黎芝给她找点旧布来做鞋用。谷利对我说道："我们厂矿商店卖的东西比旧场商店也好不了多少，我和黎芝回家也不一定买得到冲毛呢或者灯芯绒。找旧布倒是能找到一些，但是我们回家一趟来回得要好几天，不划算。我们俩想来想去，城里百货公司东西多些，人你也熟悉点，买点冲毛呢或者灯芯绒你或许能想办法买到。到你家找点旧布总没多大问题吧。再说。不管怎样，你来去就是一天，也可顺便看下你妈妈嚜。想来想去这件事只有让你想办法去完成啦。"说完，两个女生诡异地笑起来。我想了想，受两个女生所托，帮孙茂娟这个忙也应该，何况也有好久没去看母亲啦，于是答道："可以。正好明天城里赶场，我一早就进城。"刚说完。我赶紧补充一句道："我身上一寸布票都没有，家里也不知有没有。钱回去还好想办法，布票不好找呃。"谷利立马说道："孙茂娟讲，明天一早孙茂堂就把钱和布票送过来。你等孙茂堂来了再走嘛。”我答道：“可以。明天进城我尽量想办法买冲毛呢或者灯芯绒。旧布在家里多少找得到一些，整双鞋也要不了多少旧布。”哪知谷利马上提醒道：“旧布还是尽量多找一点。”随即又说道：“那时，在学校大家无事可做，农村来的几个女同学便在寝室做鞋。我看到她们做鞋底时，先用苦竹或金竹笋的笋壳按鞋底样子剪几层，大针大针的缝几下，还要用布壳贴在上面好几层，再用布条把四周包上，然后用布一层层贴在上面，好像要贴好多层，最后还要贴两三层比较结实的布，看样子整下来要用好多布嘞。想来孙茂娟家旧布也不会有多的，你尽量帮她多找点。”谈话间，彭洁娥过来了，她小声问谷利道：“你们明天要进城去？”谷利笑道：“我们不去，岩初要去。”于是彭洁娥转而对我说道：“岩初哥，你明天进城是不是帮孙茂娟扯冲毛呢呀？也帮我扯一尺嘛。”说完，她把钱和布票递了过来，我只好收下。黎芝在一旁问道：“是不是要给你家进伦做双鞋？”听到黎芝的问话，彭洁娥有点忧郁地说道：“做来放在那里。先前你们帮我写的信寄出去到现在都没回信，他也没给妈他们写信，不晓得他现在在哪里。”谷利安慰道：“不要急，过几天就会来信的。部队上工作忙，流动性也大，也许他还没有收到你的信。你抓紧把鞋做好，到时候就好寄出去。”彭洁娥听了，轻轻地吁了口气，脸上稍开朗了点，又对我说道：“岩初哥，你回去找旧布，有多的话，也给我一点。你多扯一尺冲毛呢，我也给你做双鞋。”我听了，赶紧答道：“不麻烦你啦。我一双解放鞋都要穿好久。”虽然我说的是实话，彭洁娥仍诚心诚意说道：“讲哪样客气嘛，只要有布，做双把鞋不费事的。”说到鞋，我深深感到在乡下买双解放鞋都是比较奢侈的事情了。钱那么难挣，因而鞋显得格外金贵，我学会了打赤脚，穿鞋的时间减少了许多，远没有以前费鞋了。在谈话之间，大家收拾完，各自回房休息了。

第二天我早早起来，匆匆给鸡开完早餐，便朝灶房走去，哪知孙茂堂已在灶房门口等着了。他随我走进灶房，二话不说，挑起水桶径直走出灶房，显然是帮我们挑水去了。待我刚扒开灶膛里的火，正在洗漱，孙茂堂已将水挑回。他将水倒入皇桶，掏出布票和钱交给我，并说了声“多承你跑一趟。”我开玩笑地说道：“多承你给我们挑水。”这时两个女生已起床，也来到了灶房，孙茂堂又挑起水桶出去了。我清理了一下孙茂堂交给我的钱和布票，对两个女生说道：“他拿来一丈布票和一块钱。布票有多的，只是不知道一块钱扯布够不够。”谷利说道：“我们也不晓得好多钱一尺，听说好像是块把钱吧。管他的，钱不够，你想办法垫到，买了再说。”我们三人正在商量进城还有什么要买的，孙茂堂又把水挑回来倒进皇桶了。我对他说道："你干脆和我一起进城去。"孙茂堂答道："我倒是想和你进城去耍，就是今天不得空，我妹要我赶紧回去，挑几担粪水把红苕秧淋了，等一下还要出工。"说完，一溜烟走了。我把钱和布票小心翼翼装进口袋，穿上解放鞋就往城里跑。我知道今天任务艰巨，冲毛呢和灯芯绒都是紧缺货，要赶紧进城去想办法。为了尽快进城，我没有走通常走的赶场大路，而是直下龙洞湾，沿河沟坎直走三汇塘。

下乡时，听农民们说夏天沿河沟坎走，最要小心，怕遇到蛇。沿河沟而走，风景倒是不错。河沟两边的稻田一片苍绿，偶有淡黄色的望田谷穗从苍绿中伸出几支，河沟边各种野花野草五颜六色枝繁叶茂。河沟并不宽，沟里的流水时不时就隐没于芦苇丛或牛昂刺蓬下。也许是天色尚早，气温不高，冷血动物蛇此时尚未出来觅食吧。走了好一阵，警惕的双眼并未发现有蛇活动，心中有点疑惑，农民们关于蛇的说法是不是有点夸大其词。从龙洞湾到三汇塘沿河沟坎无非也就三四里长，一路上农民们用石头在河里拦腰垒起的石坝，将水引入旁边的水田中。这种石坝在这三四里长的河沟中有三四座。走到一座石坝边，忽见水面上一小椭圆状物往对岸游去，带起阵阵涟漪，仔细一看，原来这就是农民们常说的水蛇。于是提醒自己，蛇出没了，小心别踩到了。正在提醒自己时，忽见前面路上横着一根黑乎乎长长的木棒似的东西，停住脚认真一看，那黑乎乎状物竟然在缓缓爬动，接着看见其右边的草丛中赫然现出一段较细的尾巴，这应该就是这里人们常说的乌梢蛇。这家伙也许是头部已进入左边草丛没看见有人来的缘故，也许是自以为没有什么可以打扰它的缘故，目中无人地缓缓优雅地爬行，此状并不令人害怕。虽然此蛇无毒，但由于它长而且较粗，如果它快速爬行，确实也会吓人一跳的。鉴于连续看见了两条蛇，我不得不有所提防。为了让心中能踏实点，我折了一根树枝拿在手中，边走边不时地用树枝抽打路两边的草丛，以起打草惊蛇之作用。又走了一段路，也许受树枝抽打草丛惊扰的缘故，一条两尺来长的蛇竟然傻乎乎地从草丛中钻到了路面上，与我打了一个照面后，居然还慢悠悠地爬。由于心里早有准备，同时是见过前两条蛇的缘故，我竟然毫不胆怯地站着饶有兴趣地观察起它来。这条蛇的颈子下端有一圈圈的红色斑纹，就像野鸡颈子一样，颜色斑斓，我们这里的人把它叫作野鸡项。这种蛇体形不如乌梢蛇长大，据说有毒，但毒性不大。与让人谈之变色的著名毒蛇"岩通斑"又称"岩头牯"，学名为五步蛇的实不在一个档次。看着这条蛇慢慢地隐于草丛中，我才继续赶路。一路三遇蛇，终于到了三汇塘，走上了赶场常走的大路，我比在沟坎上走得快多了，到家时已是汗流浃背。

走进家，见母亲未去食堂劳动，我还以为她今天休息，一问才知道，她今天是上午休息，下午劳动。我看了下桌上的小闹钟，时间才九点半多一点。我告诉母亲我这次进城的目的后，母亲催促我道："赶快上街去，守在百货公司门口，等他们一开门你就进去，站在柜台的最前面等，就看你今天的运气如何啦。"我急忙喝了杯水，用毛巾随便擦了下脸，就准备出门了。临出门时，怕带来的钱不够，问母亲要了一块钱，并提醒母亲记得找旧布。母亲说："你赶快走，我晓得帮你找的。"从家中到百货公司一路小跑，也就十来分钟，我第一个站在百货公司大门前。因是赶场天，百货公司开门比以往早些。然而再早，也得等公司的干部和营业员们吃完早饭，搞完请示汇报诵读语录的仪式后才开门。前面说过，我们县里是一日两餐，早饭大约在十点钟吃，待百货公司开门时，大约已是十一点了。门一开，我抢先来到卖布的柜台前，急切想知道有没有冲毛呢或灯芯绒买。门虽开了，但营业员大嬢却在柜台里面转悠，与同事聊天。我想开口问，又怕惹恼这个大嬢，只好在柜台前耐心等待，直到营业员大嬢在柜台里站定，我才开口问道："大嬢，有冲毛呢没有？"营业员大嬢板着脸答道："没有冲毛呢，只有灯芯绒。"我见大嬢这样子，平白无故地心里紧张，还没回过神来，就听见这营业员大嬢不耐烦地问道："要买不？不买就站到一边去。"我赶紧回答："要买，要买，请给我扯两尺。"营业员大嬢边拿布匹，边没好气地说："一个人只准扯两尺。"我又说道："麻烦你先扯一尺再扯一尺。"营业员大嬢瞪了我一眼，边扯边嘀咕："硬是啰唆。"扯完灯芯绒，我又请营业员大嬢再扯一尺白布。这时营业员大嬢终于忍不住了，大声说道："你有毛病呀，开始不晓得一起说。"我很识趣地笑了笑，不吭声地把布票和钱交结清楚，赶紧走出百货公司大门。这时我又是汗流浃背，前面的汗流浃背是赶路太急，这次应该是紧张过度吧，不管怎样都值啦。我下乡这么长时间，经常听见大家念叨着买点冲毛呢或者灯芯绒来做双鞋，偶有人买到，不知引来多少羡慕的眼光。冲毛呢和灯芯绒竟然在人们心中显得那么神圣，今天我总算完成了这一神圣的任务，内心的高兴只有我自己知道。我兴冲冲地回到家中，母亲已安排好了早饭。我边大口大口地吃边问母亲找到旧布没有，母亲说："找好了，你快吃你的饭。现在都十二点过了。"我因任务全部完成，吃饭也显得轻松些。我边吃边给母亲讲了下我们在队里的情况，让母亲放心。吃完饭，母亲把一个大布包交给我，我才发现为早点进城，走得匆忙，竟忘记背背篼啦。这个布包虽然不重，但体积大，总不能用手提着走三十多里山路吧。我正在责备自己的疏忽时，母亲对我说道："家中有个花背，你把布包捆在花背上，就好拿了。"母亲这一说，我高兴地说道："买到东西，任务完成就高兴昏了，搞忘记家里有花背了。"把东西收拾好，母亲问我是否休息一下再走。我想到母亲马上就要上班，我一个人在家也没多大意思，于是说道："没有哪样事干脆早点走算啦。"母亲说道："现在太阳正大，晚点走稍微凉快点。"我说："这一路都是林荫道，不算太热。"说完，母亲去上班，我也背起花背踏上回生产队的路。

天热蛇多，返回生产队就不敢再沿河沟坎走啦。刚才所云一路都是林荫道是为了宽母亲之心，故而有点言过其实。实情是从城里到生产队人们常走的赶场大路上，从城里到三汇塘这一段路林荫极少，可能是因为离城近，树木砍伐得比较多的缘故。从三汇塘开始，一路多是这几年长起来的柏香和杉树，林荫比较多些，当然也只能说我基本在林荫间穿行。赶场天路上行人不少，从三汇塘开始上坡走到半山腰，有几棵大柏香树，树旁边的石缝里流出一股清泉，赶场的人们都喜欢在此小憩。一是可在树荫下乘凉歇脚；二是可痛饮清泉水。我当然也不例外，放下花背，小憩片刻，趴在泉边，头也不抬喝了个痛快。真有"每过山泉作牛饮，直把长江一口吞"之慨。林荫道上蝉鸣相随，鸟声相伴。我喝过泉水，手当汗刮，足下生风，赶回生产队。走到院坝正好遇见孝娥把牛吆出去，她告诉我人们下田薅秧，刚走不久。孝娥赶着牛走了，我本想放下花背赶去参加薅秧，也混一天工分。想了一下，觉得人们都出工一会了，再赶过去混工分有点不好意思，也就作罢。到灶房里一看，放在桌上的篮子里有四季豆、荒瓜、茄子一类蔬菜，显然是两个女生早上摘的，大锅里满满一锅煮好的猪草。早上孙茂堂挑的水还有半皇桶，我拿起水瓢在皇桶中舀了半瓢，一口气灌下，水温嘟嘟的，比山泉水差远啦。无事可做，只有等着煮晚饭。看时间尚早，我把花背拿到住宿处，想到背来的旧布要拿给孙茂娟和彭洁娥俩人，趁无事，我干脆先把它分为两份。我把背来的大布包放在床上打开，看着一堆从家里拿来的虽然干干净净却是千疤万补的衣裤和千疮百孔的床单被里，不禁百感交集。我力图辨认这些衣裤中那件是谁穿过的，翻来翻去始终辨别不清。只是从这些我们一家多年前穿过的衣裤上，似乎看见母亲在煤油灯下缝补衣裤、在水井边提水洗涤的情景。我家在当时当地尚属条件较优裕的家庭，所穿的衣裤尚且如此，其他困窘的人家就更不用说了。我们走过的那些年代，物质之匮乏，东西之宝贵，由此可见一斑。而当时农村物质匮乏更甚，不然孙茂娟甚至家景较好的彭洁娥，也不会让我到城里找旧布来打布壳做鞋穿，孙茂堂也不会穿尿素口袋做的汗褟了。我把旧布分为两堆，大的一堆与灯芯绒和白布放在一起，是孙茂娟的。另一堆和一尺灯芯绒放在一起，是彭洁娥的。我分配完毕，感到有些疲乏，躺在床上休息一会，听着外面的蝉鸣声竟然睡着了。

待我一觉醒来，太阳都落山了。我急忙返回灶房准备煮晚饭，本着平时一干一稀的原则，我决定今天晚饭煮四季豆荒瓜稀饭。下饭菜则是凉拌烧海椒茄子。我把锅里渗上水，准备水开后再放点米。落日余晖中，大大小小的依啊籽正抓紧一天最后的时光鸣叫着，但终不敌懒懒虫的高亢的鸣叫。院子里传来了缓慢而沉重的脚步声，这当然是水牛的脚步声。我把米放进锅里，待水开后，随即将四季豆和荒瓜也倒进去搅动了几下，走出灶房往传来牛脚步声方向看去，果然是孝娥、腊香赶着三头水牛回来了。尽管水牛都戴着牛嘴笼，但肚皮都胀得圆滚滚的。天热，水牛特别怕热，边缓缓走动边大口喘气。此时此景，让我突然想起去年这个时节，路过我们这里，我们热情留饭的一友人即兴所作的打油诗，诗云："懒懒虫叫白岩，邻家小女牧归来。母牛体笨步儿缓，牛犊活蹦乱跳欢。来人夸奖真能干，爹妈笑云很不乖。怕羞哪敢向人语，缺牙巴壳是大灾。"想起去年孝娥缺着的门牙未长起，今年已差不多长齐了。孝娥见我站在阶沿坎上，高声说道："岩初哥，他们来了，在后面。"我知道她所说的他们既包括谷利、黎芝，也包括土地坑其他出工的人。我急忙回到灶房，用锅铲将已散发出四季豆和荒瓜香味的稀饭搅动几下，以防米粘锅。一会，孙茂娟跟在谷利和黎芝后面走进灶房，她一见到我就急切问道："岩初哥，布扯到没得?"我说："你猜嘛。"孙茂娟笑道："你要我猜，那就是扯到了。"我笑着说："聪明。只是买到的不是冲毛呢，是灯芯绒。"黎芝性急地插嘴道："灯芯绒比冲毛呢还要安逸点。"孙茂娟说："安是安逸点，不晓得哥拿的钱够不够。"我知道她担心钱的问题，故意说道："你猜够不够。"孙茂娟着急地说："这个我就猜不到啦。你说嘛，到底够不够。"我故意不马上回答，而是匆匆跑回房间把扯的灯芯绒、白布和旧布包拿来递给孙茂娟，并递给她剩下的布票和一点零钱。实际上孙茂堂早上拿来的钱扯布不够，为了不增加孙茂娟的思想负担，我故意给了一点零钱给她。然后才说："你看噻，这下知道够不够了嘛。她一手拿着补给她的布票、钱和扯来的布，一手抱着旧布包布，也许是高兴、兴奋，竟然愣在那里站着，不知该说点什么啦。两个女生看着她偷偷地笑，我看到她眼睛里竟含着泪水。

这时孙茂堂走了进来，我对他说道："今早上你交代的任务完成了。剩下的布票和钱都交给孙茂娟喽。"孙茂堂不好意思地笑道："谢谢你，多承你跑一趟。"又扭头对孙茂娟说："东西拿到了，赶快回家噻。"一直在灶台边忙着的谷利听了，说："孙茂娟难得来，你们就在这吃了饭再走。没得好吃的，吃稀饭。"说着，开始盛稀饭端到桌上。黎芝拖孙茂娟在桌边坐下，孙茂堂则不用请，已在桌边端起碗吃了起来。我担心增加两个大人，煮的稀饭不够吃，所以没有主动留他们兄妹俩吃饭。我悄悄走到锅边一看，发现我原本煮的半锅稀饭变得差不多有一锅了。再一细看，才发现谷利已往锅里加了水和苞谷面，这下我放心了。只是四季豆、荒瓜煮的大米稀饭，变成了四季豆、荒瓜煮的两糙稀饭啦。很快一锅稀饭就吃到锅底了。已吃完饭的孙茂堂站在一边开始抽烟，他一边抽，一边对孙茂娟说道："快点吃，吃了好走。"这话正好被从堂屋走过来的彭洁娥听见了，她对孙茂堂说道："你这个当哥的才好耍嘞，人人都晓得催工不催吃，你催个哪样嘛。你个男子汉吃饭当然比姑娘家吃得快，让你妹慢慢吃噻。"这一说，孙茂堂不再吭声，坐到一旁抽烟去了。

我几口把碗里剩下的稀饭吃完，赶紧回到房间将另一个旧布包和灯芯绒给彭洁娥拿来。彭洁娥满脸高兴地接过旧布包和灯芯绒，还不忘夸我道："还是岩初哥有办法，灯芯绒都扯得到。"我听了只有苦笑一下。彭洁娥转过身对两个女生和孙茂娟说道："干脆我们明天一早就来打布壳，你们说要得不？"谷利和黎芝异口同声地说道："要得，我们正好跟你学打布壳。"孙茂娟说："你们几姊妹倒是闹热，打个布壳都有伴。"彭洁娥笑着说："要不，你也过来和我们一起打布壳。"孙茂娟笑着说："算了，我还是拿回去打。反正我妈在屋头，她也可以帮我一下。"这时，我忍不住插嘴道："你们拿哪样来打布壳？我小时候看到我婆打布壳是用灰面（面粉）稠糨糊来打的。"黎芝大惊小怪地大声插嘴道："那我们明天还得找灰面来稠糨糊啰，只是不知哪里有灰面。"这句话被站在堂屋门边抽烟的黑大娘听见了。她说道："打布壳哪个舍得拿灰面，灰面是粮食了嘛。鞋是穿的，灰面是吃的，你们没有听说过宁可眼睛流脓，不让嘴巴受穷嘛。"黑大娘这话显然是说给我们三个知青听的。我赶紧说道："听到说过。是说穿得不好不要紧，要有吃的、吃得饱才是最要紧的。"黎芝在旁边笑着说道："意思我还是知道，只是眼睛流脓和嘴巴受穷有哪样联系嘛。"黑大娘听了，一副严肃的样子，认真解释道："前头一句是说一个人穿得是襟襟吊吊、烂脓烂垮的，让看到他的人都看不下去。二的一句是说就是穿成这个样子都不要紧，只要嘴巴里有吃的，不饿饭就可以了。就是说穿孬点没关系，有饭吃比哪样都重要。”谷利赶紧说道：“还是那句话，吃饭是头等大事。”黑大娘接着说道：“这就对啦。所以打布壳不管你们有没有灰面，都是不准拿来打糨糊的。”这时，我似乎是脑瓜进水了，又傻乎乎地说道：“我小时候还看见过大人们熬苞谷糊糊来打布壳。”黑大娘笑着斥责我道：“跟你讲了，这些是粮食，是要留来打发嘴巴的。我现在就教你们一个打糨糊的法子。”这时，彭洁娥和孙茂娟站在一边微笑地看着我们，看来她俩是早已知道黑大娘要教的办法啦。紧接着黑大娘说道：“明天到院坝坎边去挖个魔芋来，把它洗干净，把筲箕放在盆盆上，拿起魔芋在筲箕里擦，魔芋浆浆就流到盆盆里，把浆浆倒到锅里熬一下，就得糨糊了嘛。你们要打好多布壳都够。”谷利听完，抢着说道：“明天我来整魔芋糨糊。”彭洁娥说道：“磨魔芋浆浆小心手麻啊。”谷利回答道：“黑大娘教过我们怎样对付手麻的。”两个女生边说边收拾碗筷。孙茂娟见状，起身说道：“我回去也挖个魔芋来打糨糊。”说完，拿着东西和孙茂堂一起回去了。这时黑大娘提醒我们道：“怕是一阵龙门阵摆了，猪都还没喂吧。”我赶紧起身从大锅里舀了一桶猪食给猪提了过去。

第三章

土地坑之秋

说媒奇事

大暑过后，立秋在即。田中的秧子开始抽穗，土中的苞谷开始蔫须。土中可供人们食用的东西丰富起来，刨秋荒的农户们总算熬过了一关，人们开始做秋收前的准备工作了。赶场大路开始热闹起来，地处赶场大路旁的土地坑同往年一样成了赶场人们歇脚的地方，自然也成了人们信息交流的场所。这里既可以听到水洋溪张家生了个“读书的、光脚板的”（指男孩），烂沟子蔡家生了个“穿鞋的、打猪草的”（指女孩）。李家老者满七十了，王家老婆婆走了，等等家庭琐事。偶尔也会听见原先被打倒的陈县长现在又是县革委副主任了，被打倒的吴书记也成了县革委副主任了，谁谁又当官，谁谁又遭了，这一类的国家大事。当然也会听到诸如“当官的还是当官的，背砖的还是背砖的”一类调侃的话。不过赶场归赶场，出工归出工，平时队上出工已经够随意的，赶场天队上出工就更随性了。土地坑地处赶场大路边，队上人家在赶场天难免有应酬，如留饭，喝水闲聊，抽烟聊天等的缘故，故而生产队出工更迟，收工更早。

一个赶场天，我们收工回来，走到仓库坝子边，只见孝娥、冬娥、孝婵在坝子上一字排开，好像在检阅收工的队伍。她们看见和我走在一起的余主任，就一起跑到余主任身旁，对余主任嚷道：“爹，爹，快回去，大嬢来了，大嬢来了。”余主任对孝娥吼道：“你跑来干哪样，不晓得在屋里把锅渗起煮饭。你吆的牛呢？”孝娥说：“大嬢把水渗到锅里了，牛我吆上圈了。我们来接你，你还要吼人家。”不等余主任再说什么，三个姑娘前呼后拥把他扯回去了。孝娥们说的大嬢应该是余主任的大姐，她早年嫁到羊桥岩大队王家，去年我和进伦为王治周嫁妹办喜事，寻找大甑子时曾到过那里，与她见过一面。后来又去过两次，还在她家吃过饭。这个大嬢两个女生只是听到细嬢说起过，未曾谋面。因此，回灶房时，我未进灶房，而是先到余主任家去拜见这位大嬢。在我与大嬢寒暄时，三娘才背着小明明收工进屋。余主任对三娘说道：“快去看一下，你架棚杆上面藏的老腊肉还有没得？”三娘笑着把小明明从花背里抱出来，顺手放在火铺上，自己则爬上楼去，孝娥三姐妹站在楼梯口眼巴巴地往上看。一会楼上传来三娘的声音："把毛盖盖到锅上，我翻东西，看落灰灰下来。"余主任急忙把毛盖盖在已然冒气的大耳锅上。架棚杆上响起一阵阵窸窸窣窣的声音，随即有一些灰尘飘落下来。又听见三娘在上面说道："这几个苞谷炕都炕熟了，抹下来都可以当苞谷泡吃了。哪天把它撮下来，抹来推了算啦。"余主任见三娘在上面说话还不下来，就喊道："究竟有没有嘛。正事不说，就说你那几个苞谷。找到没找到你都快点下来噻。"又是一阵窸窸窣窣的声音，随着响声又飘下一些灰尘。终于三娘从楼上下来了，手上提着一坨黑不溜鳅的东西。一直待在楼梯口双眼长望的三个姑娘一阵欢呼："爹，妈找到腊肉了。"余主任一家忙着烧腊肉煮晚饭。我与大孃打过招呼回到自己的灶房忙活开来。我们的晚饭是豇豆、荒瓜稀饭，菜则是除了一碗凉拌地黄瓜外，还有一小碗青椒炒腊肉。这一碗荤菜是在我们计划之外预料之中的。这种荤菜互通已成了我们与余主任家、我们与黑大娘家的惯例。只是开饭后，孝娥还是端着饭碗来到我们桌上吃。谷利故意逗她道："孝娥，今天朗格不拈腊肉吃呃。"孝娥笑道："我碗里头有一片，那些是给你们的。"说着夹了几片黄瓜后，问道："谷利姐，你们朗格不整海茄拌海椒来吃嘛。"谷利告诉她："坎上没有红海茄，等哪天有红海茄了，再摘来整。"黎芝笑道："孝娥，你还会吃咦。"我问孝娥道："你大孃来了，你告诉细孃他们没得？"孝娥回答道："我才将去放信了，等下，他们吃了饭就要下来。"果然，我们吃完饭，正在收拾，巷子里响起一阵脚步声，随即听到细孃嚷道："大姐，今天你朗格想起，一个人就来啦。"跟在细孃后面的有腊香、花香、孝全几个小女孩男孩。我喂猪回来时，看到牛大爷、二爷也到余主任家了，余主任家灶房似乎人满为患。余主任从人堆里挤出来，笑着说："挤都挤不开啦。"说着来到院坝里，将不久前晾在院坝边上的蒿枝杆抱来一大抱，堆在院坝里，要我到我们灶膛里撮了一铲火食倒到蒿枝堆上，蒿枝堆立即冒出浓烟。余主任返身回到灶房，叫上细孃、孝娥等把屋里的凳子搬到吞口边和院坝里放好，然后说道："大家到吞口、院坝去坐凉快点，有烟子焮起，没得蚊子。"

因大孃的到来，余主任一大家人得以在院坝里聚齐，这实是难得。除了他们一大家子外，两个女生收拾完后也来到院坝，与大孃礼节性地聊了几句。接着习初、中秋、中华还有余进友的两个妹妹也不约而同地来到院坝，他们都是晚辈，当然免不了要和大孃打招呼和寒暄的。一时院坝更加热闹起来。

接着余家的大娘、二娘，幺娘抱着儿子进康也来了，和大嬢坐在一起摆龙门阵，一家女宾摆得最为热络。牛大爷、二爷坐在一旁不停地抽着烟，听几个女宾摆龙门阵，不时露出笑容，小辈们自顾嬉戏。一会黑大娘叭着烟杆带着素珍也来到院坝。隔着人群，黑大娘大声说道："他大嬢，好稀罕啊，是那股风把你吹来了。这阵子活路也不忙，回来就要多住天把噻。"那边大嬢回答道："黑嫂，你稀罕啊。你是晓得的，我们这些人哪个时候不忙嘛。今天要不是你那兄弟走不脱，我还来不成。明天一早我就得赶回去。"黑大娘走了过来，对大嬢说道："朗格这么急？你回来是有事不是？"大嬢说道："没得哪样事。就是我家那个要我带个信，喊大哥走我们那里去下，说是大哥去不成，三毛朗格都要去一趟。"细嬢听了，不知有什么紧要的事，急忙问道："大姐，有哪样事，我去得行不？"大嬢说："你那边哥说啦，他们两兄弟内中必须要去一个，其他人去还不行。"坐在旁边的牛大爷，停止了抽烟，说："哪样要紧的事？还非得我们两兄弟内中去一个。"大嬢说道："他就喊我来给你们放信，是哪样事他也没给我讲，我也不晓得。"牛大爷说道："那明天喊他们三爷跟你去。"余主任听后，说道："非要我去嘿，我就去嘛。我明天打早就走，快点办完事，好早点赶回来。"听余主任这么一说，大家知道该散场了。细嬢挽着大嬢的胳膊，把大嬢从凳子上拖起来，说道："走！去挨着我睡。你好久没回来啦，我们两姊妹正好摆下龙门阵。"随后，大伙都散了。余主任对我喊道："岩初，等一下你洗完脚了，把洗脚水端来泼到火堆上，把火淋熄，怕风把火星到处吹起。"我本不打算洗脚的，听余主任这一喊，我只好应答下来。我到灶房里洗完脚，把洗脚水端到院坝，淋到余火上。为保险起见，还用锄头把灰掏到院坝坎边刨了些土埆上。今晚，满月刚过，亏凸未至，萤飞虫鸣，清风徐徐，枫叶飒飒月光倾泻。远处狗吠之声依稀可闻，近处院子上下已然一片宁静。

第二天，我们刚收工回来，余主任也匆匆回来了。余主任尚未进自家房门，就先来到了我们灶房，有些神秘地对我说道："等一下你吃完饭，跟我到你们牛大爷那里去下。"说完，匆匆走了。我们三个感到有些奇怪。黎芝说道："是不是他们大姐家出哪样事啦？急匆匆地赶过去，又急匆匆地赶回来。"我说："看他的样子还像有点高兴，不像出哪样事。"谷利说道："不会有哪样大事，真有哪样大事，余主任不会回来得这么快。"吃饭时，孝娥照例又过来了。我问孝娥道："你爹讲他到大嬢家做哪样事没得？"孝娥说："没有讲哪样。我妈问我爹，是不是大嬢家有哪样事？爹说大嬢家一样事都没得。”我们更觉得奇怪了。吃过晚饭，我带着疑问来到余主任家。只见三娘丧着脸在埋怨余主任，说：“大姐自家没得哪样事，还要跑来把兄弟喊去耽搁一天。哪有这种道理嘛。”余主任说道：“这事比她自家的事还要大，是你后家王家的事，你说该不该来喊我嘛。”三娘听了，笑着说道：“笑人喽。我后家王家的事？我家只有我一个人，房子都跟到搬过来了。我家在羊桥岩没得人啦。”余主任被三娘的话逗笑了，说道：“在羊桥岩你自己的家没得了，原先你家坎上大伯家是不是王家，院子挡头你二伯家是不是王家，大姐家也是王家，羊桥岩那个生产队都姓王，哪家多少和你都有点关系的。”三娘听了，笑着说：“讲不赢你。那你说下是哪样事嘛。”余主任这下严肃地说道：“哪样事？哪样事都不能给你讲。”三娘追问道：“哪样幺不到台（了不起）的事，讲来听下都不得行喽。”余主任有点不耐烦地说道：“是不能给你讲，你们女宾些嘴巴快，现在给你讲，明天怕是全队个个都晓得了。你这样讲，他那样说，到头来圆的说成方的，黑的说成白的。现在不给你讲，反正到时候大家都会晓得的。”三娘气冲冲地从火铺上把小明明抱起来，往余主任怀里一塞，说道：“你说给我听，我都懒得听，这下还得帮你喂猪。”余主任把小明明交给孝娥，说：“孝娥，你看下明明，我和你岩初哥还有事。”孝娥乖乖地把明明带到一边耍去了。我跟在余主任身后，出门到坎上牛大爷家去。牛大爷是大家庭的老大，在家中的地位最高，吃完饭是一样事都不管的。我们去时，他一个人坐在吞口的板凳上悠闲地含着长烟杆抽烟。看见我们去了，他有些诧异地站了起来，压低嗓门问余主任道：“是不是大妹家出哪样事啦？”余主任回答道：“不是她家出了事，是她们队上出了点事。大姐家是多事，就跑来找我们。”说完，余主任要牛大爷找个地方，让我们三人好单独谈话。牛大爷把我们带到他家厢房，本想把房门关上，奈何天气太热，只得让房门开着。牛大爷说道：“就在这里，这里人些嫌热，都不爱来些。要点个灯不？”余主任说道：“光说话，又不写字，点哪样灯嘛。”屋里太热，我索性坐到了门槛上吹点凉风，当了一回门神。我们三人坐定，余主任准备讲他到羊桥岩大嬢家所办的事。开讲前，余主任特意叮嘱我道：“岩初，喊你来听下，有些事是想你帮到出个主意。这些事你晓得就行啦。”余主任掏出自己的烟杆装好烟，然后默默地抽了一阵烟，看得出他是在有意控制自己的情绪。过了一会，余主任还是忍不住激动地对牛大爷说：“万没想到他们那里会出这种事情。哥，我比你小几岁，没听到过这种事，等下我讲给你听，怕你也没听到过这种事啰。早晓得大姐他们叫我去是为了这件事，我硬是不会去的，硬是理都不会理这个事的。”牛大爷停止了抽烟，把烟杆拿到手里问道：“哪样事嘛，你快点讲噻。”余主任也停止了抽烟，对我说道：“你到外面看一下，有人没得？”我坐在门槛上，扭头往外看了看，外面的情况一览无余。回过头来对余主任说：“一个人都没得。”余主任又继续抽烟，并给我介绍了羊桥岩的一些情况。羊桥岩生产队到土地坑有十多里路，是三娘王美英的娘家，整个生产队的人都姓王。余主任的大姐嫁到那里，丈夫名叫王美治。羊桥岩生产队有十九户人家，这十九户人家房子是在几层土台上分层修建的，形成一个小寨子。王美治家在这个寨子的最下层。大队革委委员、生产队长王美清的房子就在王美治家坎上，他家四列三间九架房子是完全装好的，与它并列相邻的也是一幢四列三间九架的房子。不过这幢九架房住着两户人家。紧挨着王美清这边住的户主叫王治荣，另一头的户主叫王美河。这三家人是同一个公（祖父）的后人。王美清是老大，王治荣的父亲叫王美江，排行老二，王美河是老三。所以王治荣分别称呼王美清、王美河为大伯、幺爹。王美清、王美河都有儿女，王治荣则是年近二十的孤女。

余主任讲完关于羊桥岩的情况，随即就开始讲今天到羊桥岩办的事情。余主任问牛大爷道：“哥，那个王治荣你是认得的噻？”牛大爷说：“朗格不认得，她家爹王美江我们以前就熟得很。她小时候长得乖完的。”余主任说道：“羊桥岩那个寨子的人都说这个姑娘长得好，勤快又能干。那年她爹妈去世时，她才十来岁，一个人住起，里里外外她都自己撑起。”听到这里，我好奇地问道：“她爹妈死了，就她一个人住吗？”牛大爷回答道：“这个我又还清楚喽，大妹给我讲过的。王美江两口子生了几个崽崽都坏了（死了），后来就剩下这个姑娘，两口子把她金贵得很。生活紧张时，这两口子就顾这个姑娘。那几年你们也是晓得的，一门心思顾崽崽，自己也就差不多啦。王美江先走了，那时这个姑娘才十来岁。每次到食堂打饭她都乖乖地端回来，俩娘母一起吃，在路上都不偷偷吃一口。打回家后，她妈总是偷偷地让她多吃点。食堂打来的东西本来就不多一点，就这样拖不好久，她妈就跟着她爹走了，这一家人就只剩下这一个姑娘。那个时候，她大伯和幺爹两家坐在一起商量朗格办，当时大妹家两口子都遭喊去参加的。她大伯王美清、幺爹王美河那时都不是队上的干部，大家都饿得值不住，在商量时说大家都是靠食堂那点东西拖起的，自己一家都拖不住，哪个还拖得住多的，说来说去两家都不想要这姑娘。你莫看王治荣才十来岁，还刚烈得很呃。她说我哪边都不去，我就一个人住。到食堂打饭我一个人得行，做活路，做得成的我自己做，做不成的就跟到大伯娘、幺娘学。大家问她，一个人住怕不？这姑娘要强得很哦。她说怕哪样怕，我家屋头样都没有，哪个都不会来偷。鬼我也不怕，我妈说她会护到我的。就这样，这姑娘没爹没妈一晃又是十来年，她硬是把自己养大了。”牛大爷说到这里，余主任叹了口气，说道：“就是没爹没妈才拐了的。要是她爹妈还在，这姑娘要打发也就打发了，要招个上门女婿，女婿也招进门了。就是没爹没妈，这姑娘才没得着落，才出大事的。”牛大爷有些着急了，问道：“出哪样大事啦?”余主任站起来，到门口往外看了看，回来坐下，压低声音对牛大爷说道：“姑娘有了。”牛大爷问道：“有哪样了?有对象还是有人户了?”余主任无可奈何地叹了口气说：“有对象有人户倒好哦，就不算出大事啦，是这姑娘肚子里有了。”牛大爷听后，惊讶地说道：“朗格能出这种事嘛，这姑娘也是够倒霉的了，真的拐喽。”余主任接过话头说道：“不光是这姑娘拐了，更是他们王家拐了。要不然姐哥也不会喊大姐来叫我们过去，帮忙想下办法啰。”牛大爷说：“想得到哪样办法。你再行（读 háng）实（能干），这种事你又能想哪样法子。依我说，赶紧找个人家打发出去。”余主任答道：“又还正是你说的办法，他们是想赶快把她嫁出去，问题是嫁到哪里去？找人说媒，一来二去少说也得个两三个月，到那时都显身落怀了，还谈得成什么人家。那王家就只有睁眉鼓眼等到扫皮（丢脸），搞不好还怕要出人命喽。”牛大爷说道：“到哪里能快点找到个现成的人户嘛。”

余主任对牛大爷说道：“哥，你还莫说，大姐脑壳还转得快咦。原先你到她家去拜托她帮孙茂堂找个对象，她晓得孙茂堂家的情况，她就记到心上了。她们那边出了这个事，她就想起来了。大姐觉得这个姑娘虽然出了这个事，但这姑娘能干，理得起家，嫁过来还能帮孙茂堂把家撑起。所以就找我们过去商量这个事。”牛大爷说道：“她们这个时候倒是想起孙茂堂啰，只是还要看孙茂堂干不干。大妹给你讲了这个事，她是朗格晓得的？是哪个造的孽?”余主任说道：“大姐说，这个姑娘平时做活路麻利得很，干哪样也急跳。最近不晓得是怎么搞的，做活路总是喊软得很，时不时还打干恶。问她，她说是肚子不舒服，不想吃饭，想吃点酸的。她大伯娘、幺娘和大姐开始只当她生病了。你是晓得的，我们农村人生个病也就是熬几天就熬过去了。可是这姑娘喊不舒服有一阵子，就是不见好。她大伯娘、幺娘和大姐都是过来人，发现有点不对头。这个姑娘平时和大姐还要走得近些，有天大姐问她这阵子月经来过没有，她说没有来过，这才晓得出大事了，大姐也问过是哪个的，那姑娘就是闭紧嘴巴不说话。后头大姐悄悄问她是不是她大伯家儿子治军的，她不说，只晓得流眼泪水。问是不是她幺爹家儿子治刚的，她还是不说，也是只晓得流眼泪水。无论大姐朗格问她，她都不说。大姐猜十有八九是那两家的儿子整出来的事”听到这里，牛大爷大为惊讶地说道：“这个得了哦，挓（扛）锌口，以前是要沉塘的。”余主任跟着说道：“这个挓锌口还不是一般的挓锌口。我们平时讲挓锌口哰，无非是讲同姓人通婚或通奸。她这个不明不白、不清不楚，还怕是叔伯兄妹之间的挓锌口。吓死天喽，所以他们才心慌得很。”这时我才听明白，余主任所谓的大事就是大嬢所在的生产队王氏家族出了一件逆乱人伦的事情。

关于逆乱人伦的行为在我们这里除了有“挓锌口”一种外，还有另一种，那就是“烧火”。所谓“烧火”是指公公与媳妇的性行为，这样的公公人们称之为烧火佬。对于这种乱伦行为人们是鄙视的，但鄙视程度不是很重，以至有人还会以某某以后要当烧火佬来开玩笑。《红楼梦》中忠实仆人焦大醉酒后骂贾府中人“每日家偷鸡摸狗，爬灰的爬灰，养小叔子的养小叔子”，他所说的“爬灰”就是我们这里说的“烧火”。然而对于兄妹之间发生性行为，哪怕非亲兄妹甚至仅仅是同姓男女发生性行为，这种称之为“挓锌口”的事，在我们这里家族中的人们是绝对不能容忍的，会被视为最严重的伤风败俗行为，是比“烧火”严重得多的乱伦行为，要受到非常严厉的惩罚。所以牛大爷说“要沉塘的”，余主任说“要出人命”。正因为如此，在我们这里真正在烧火时，人们就只能说成是生火，真正的挓锌口只能说成是提锌口。讲“烧火”“挓锌口”都是民间的忌言。不过，偶尔有人不慎说出“烧火”二字，大家也可能一笑了之，或是提醒不要乱讲。如果不慎说出“某某挓锌口”，往往会使被提到的某某暴跳如雷，非要让说的人认错道歉不可。遇到脾气不好的人，说话的人往往会被赏两个大耳光，那也只有自认倒霉了。因而下乡来不久，我们知青都知道“烧火”“挓锌口”之类的话是绝对不能随便说的。

牛大爷听了余主任的话后，沉思了一会，问道：“大妹坎上那两弟兄准备朗格办？”余主任应道：“那几弟兄平时还像是能说会道得很，一谈到这件事，问他们打哪样主意，个个都不吭声啦。大姐家和他们是坎上坎下的，平时又经常走动到。姐哥跟王美清讲，在这屋头你是大伯，在队上你是大队革委委员又是生产队队长，二天真要扫皮了，第一个还不是扫你的皮。万一出人命了，你还不是第一个脱不了爪爪。再说你家还有个比姑娘大不了多少的儿子，平时大家又经常走动到的，到时候看你朗格讲得清楚。姐哥也对王美河讲，你家和这个姑娘住一厢房子，你家又有个差不多大的儿子，平时大家进进出出的。要喊人来断案，就是个傻子，也会先怀疑到你们两家。姐哥还给他们两弟兄说过，你们自己不拿个主意把这堆火快点壿了，再过段时间怕是无法收拾啦，到时候怕是想壿都来不及喽。”牛大爷问道：“他们两弟兄朗格说法?”余主任笑了笑，说道：“他们还会有哪样说法。喊我们去肯定是大姐家出的主意。我一到那里，他们就央我帮他们想个主意，喊我帮姑娘找个人家。当时我听到这个事，心里就冒火，就不客气地讲了他们几句。我说你们一个是大伯，一个是幺爹，也都是有儿有女的。王治荣虽说不是你们亲生的，也是你们的亲侄女。人家爹妈死了，不说你们该去帮人家把姑娘带大，人家挨到你们住在一起，你们总得关心下人家吧。我看这样子你们从来没有关心过，从来没想到她是个姑娘，你们几家大男大女进进出出的，你们也不怕出事。出事了，你们就知道怕扫皮，怕出大事。依我说，你们要是真心为姑娘作想，先得和姑娘商量下，看她有哪样想法。要想下这个姑娘怎么打发，不要只想到扫皮不扫皮的。”牛大爷接着说道：“他们要想清楚，就是打发，也要按规矩走才行。”余主任继续说道：“我讲他们，要喊我找个人家，先不要说找得到还是找不到，就算我找到了，莫非姑娘就自己走去。那两兄弟不吭声，你望我，我望你。”牛大爷有些生气地说道：“那两兄弟还稳得起呃。这个大妹也是爱管闲事，把这个烫丸拿来给我们。孙茂堂那里可以去谈下，怕是难得谈成喽。”余主任说道：“我也想到这点的。我给王美清他们说了，要他们自己先拿个主意。是想再拖一阵子呢还是早点打发出去。是要正一八二的给姑娘办打发，还是和二搞三的把姑娘追出去。我也跟他们说了，我帮不帮这个忙，就看他们两兄弟打的哪样主意。走了十多里路，忙了一阵子，我也饿了，就跟大姐到她家吃饭去了。我们刚吃完饭，王美清两口子和王美河两口子就跑下来了。我想这种事不能在大姐家讲，我就跟王美清讲，让他们先回去，等大姐收拾完了，我们到他家去慢慢摆。”牛大爷说道：“我家大妹两个还是太老实了，心肠又好。这种事情他们都要去掺和，不怕讨埋怨。”余主任继续说道：“坎上坎下的，都是一姓人，平时也是你来我往的。人家求上门来，一点都不管也说不过去。等那两家人走后，我就对大姐两个说，我们上去不要多说。听那两家朗格商量的再说。”这时，牛大爷一大家人吃过晚饭后，大约收拾完了，大家都准备回房休息就寝。牛大爷坐着拉大嗓门喊道：“进初，进初，把崽崽些招呼去睡。我和他们三爷还有事，不要来吵我们。”一会，牛大娘抱着已睡着的细花，后面跟着桂花，走进了厢房的小房间，站在门口对牛大爷说：“你们事情多，你们摆你们的，我们几娘母先睡了。”说完，关上房门。

余主任继续说道：“哥，就是一顿饭的工夫，那两弟兄好像想通了，把事情都商量好了。我估计他们连饭都没吃。我们三个上去，刚到王美清家堂屋坐下，王美清就说他们两兄弟商量好了，说是这个事情就出在他们家，姑娘是他们的亲侄女，又是个寡丁子。管人家朗格看，说来说去都是他们自家的事。说是要扫皮也是扫他们自家的皮。说是羞先人也是他们自讨的。他们说现在只是要想法子把这件事捂住，不要让外人知道。要我帮忙快点给姑娘找个人家，早点把姑娘打发出去，他们两兄弟愿意负责姑娘的打发。他们这么一说，我心里盘算了下，干脆回来找你们商量。我想是不是先摸下孙茂堂的水性，把事情讲给他听。看他有哪样想法，再去羊岩桥回话。”余主任说完，停了一下，又问道：“哥，岩初，你们看这样要得不?”我一直在专心专意地听余主任两兄弟的谈话，这荒唐可悲的事情震撼着我的心灵，根本没有考虑其他。余主任问我时我只能仓促回答道：“怎么会出这种事？孙茂堂那里还是先通个气为好。”牛大爷没好气地说道：“要是她爹妈没死，哪里会出这种事嘛。孙茂堂家也是，要是他爹没死，他家也不会是现在这个样子。他爹能干得很哦。”牛大爷说完，又对余主任说道：“我说还是你先去摸下孙茂堂的水性，你看是喊他过来讲，还是你到他家里去讲。”余主任答道：“还是喊他过来讲好点。明天他反正过来做活路，我就喊他到我们这里吃夜饭，吃完了我们就和他摆下。”说完，余主任特意对我说道：“岩初，和孙茂堂说的时候你要在哦，队上这些年轻人还是服你的。”我当然只有一口应承下来。余主任又对牛大爷说道：“这件事孙茂堂答应不答应，后天我都要到羊桥岩回话。要㸆这堆火是得赶快。办迟了，就会闹得乌燻燻的。我们倒是无所谓，那边就恼火了。”说完，余主任又对我说道：“岩初，你好生想下，和孙茂堂朗格谈好点，你多动个脑筋嘿。”我答道：“要得，我们就从他自身条件和家庭实际情况给他分析一下，恐怕好谈点。”余主任听了，站起来说道：“要得。今晚我们就不再讲了，明天再说。”

第二天收工后，余主任要我告诉还在仓库收拾的孙茂堂，待他事情做完后，到余主任家去一趟。到了仓上，我还没说话，孙茂堂就要我帮着他收拾杂豆荚，这家伙真会拉佚。我既然被他拉佚了，尽管把余主任的话告诉了他，也只好帮他一起把事做完再走。我所谓帮忙，也就是帮着把仓库里豆荚尽量堆均匀、摊薄点，以免发热生霉。这点事我和孙茂堂用撮箕撮，用哈耙哈，很快就做完了。我问孙茂堂道："今晚你又要守仓喽。"孙茂堂回答道："守哪样仓哦，这点东西你怕哪个来偷呀。"我催孙茂堂走，他不慌不忙地掏出烟斗，把烟点上，一屁股坐在仓门槛上，说道："忙哪样忙，吃杆烟再走。现在去还不是坐起等饭吃。到哪里都是坐，就在这里坐还凉快点。"我想到昨天说的要摸下孙茂堂的水性之事，于是我也坐在仓门槛上，准备先与孙茂堂沟通一下。考虑到这个事情的敏感性，我动了一下脑筋，决定采用迂回战术，不直接说及孙茂堂的亲事。我先问道："茂堂，你妹的布壳打好没有？那点旧布不晓得够不够？"听了我的问话，孙茂堂显得有点高兴，回答道："布拿回去的第二天就打好了。你拿那么多布来，我妈说够妹整几双鞋喽。这几天妹高兴得很，剪鞋样、打鞋底，夜里煤油都要多用点。我妈也高兴，还要我谢谢你吔。"我说道："你妹的事情要是没得哪样变化，今年就有着落了，大娘当然就高兴喽。"孙茂堂说道："管他的，今年冬月朗格都要把妹的事办啦。"我问道："你个人的事有哪样打算？"孙茂堂无奈地苦笑着说道："我就是这个样子，准备打一辈子光棍了。"我又说道："你这样想要不得，你妈晓得要难过的，上次三爷都讲过你的。"孙茂堂叹了口气，说道："我这个人就是这种命，朗格办嘛，不想这么多啦。"我说："不要这么悲观嘛，队上大家都在帮你找。"孙茂堂说："这些我也晓得，也多承大家，要怪就只怪自己的命。"我顺势问道："人家帮你找个条件差点的，你干不干？"孙茂堂笑道："我自己的条件自己清楚，只要人家不嫌弃我，我就要念……"他支支吾吾一会，问道："是哪样佛？"我笑道："是阿弥陀佛。"孙茂堂有点不好意思地笑着说："就是，就是。要念阿弥陀佛啦。我也想过的，只要她做得活路，人勤快，就可以。"我乘机又问道："是过后（二婚的）人，可不可以？"孙茂堂沉默片刻，颇为决绝地说道："能找得到青候姑娘（黄花闺女）当然好，我现在的条件怕是难喽。管他是不是过后人，只要会做活路就好。"

我见话说到这个份上，不便再深入说下去，赶紧打住，故作放松地问孙茂堂道："烟瘾过足没有？该下去啦。"于是孙茂堂收好烟斗，我们俩人一起离开仓库。我暗喜，可以到余主任那里交差了。看着孙茂堂走进余主任家，我也回到灶房准备吃饭。吃过晚饭，我赶紧把猪喂了，走进余主任家，他们刚吃完饭，三娘和孝娥正忙着收拾。余主任看见我进去，急忙从火铺上下来，把我喊到门外，轻轻地说道："还没找到恰当的地方呃。"我应道："不是到牛大爷厢房吗？"余主任说道："怕是不行哦。昨天晚上我们在那里摆，我都怕大嫂听见了。还是要找个清静点的地方才行。”我想了想，说：“要不就到我那个房间，只是窄了点。”余主任也想了想，说：“你那房间不行，离我家房子太近，要是让你们三娘听见了，那还不翻天哦。”我再一想，觉得仓库那里晚上最清静，于是说道：“要不，我们干脆到仓上去，那里没得人。”余主任沉思了一下，说道：“那里倒是清静，就是怕蚊子多。我们粗皮糙肉的不怕咬，只怕你遭不住。”我笑道：“我都遭蚊子咬皮实了的，没得那么娇贵。要不像那天晚上一样，找点蒿枝去点起。”余主任说：“不得行，仓上大意不得。”我想了一下，说道：“仓上凉快，蚊子不会太多，还是到仓库去。我提起马灯去喊牛大爷，一起到仓上去。”余主任说道：“好，你和孙茂堂喊起你们牛大爷先去。我想了一下，还是要把你黑大爷也请去，大家一起商量下，要稳妥点。”待我和牛大爷、孙茂堂到仓上不多一会，余主任和黑大爷也来了。孙茂堂从空仓上取下几块仓板放在地上，于是乎有的坐在仓板上，有的坐在仓门槛上。我把马灯挂好后，把灯芯拧大。谁知黑大爷起身把灯芯拧到最小，并笑着说道：“摆龙门阵，整得亮晃晃的干哪样，老实洋油不要钱是不是。”大家刚坐定，余主任先说话，所讲的还是昨晚在牛大爷家厢房讲的那些。即令在马灯微弱的灯光下，我也能清楚地看见黑大爷惊愕的表情，也能看到孙茂堂茫然的神态。

余主任把羊桥岩发生的事情讲完后，大家都沉默着不说话，他们四个不停地抽烟，我就只能憨坐着，当一个不能说话不能动的木墩墩了。过了一会，还是余主任开口打破了沉默。他问黑大爷道：“黑哥，我大姐那边王家的意思你听清楚没得?”黑大爷想了想，缓缓答道：“意思我倒是听清楚了，不晓得孙茂堂是朗格想的。”余主任又问孙茂堂道：“茂堂，那边王家的意思你搞清楚没得?”孙茂堂埋头抽烟不说话，一时，大家又沉默下来，场面显得有点尴尬。我起身把马灯灯芯拧大了一点，也许是灯光增大刺激了沉默人们的神经，也许是我起身的动作把人们刺激了。牛大爷干咳了两声，说道：“茂堂，你三爷已经把事情的情况都讲了，你究竟听明白没有?”孙茂堂仍然坐着吞云吐雾，一声不吭，场面又恢复寂静尴尬。我想了想，觉得自己该说几句，打破这尴尬局面。我从坐着的仓板上站了起来，夸张地伸了个懒腰，近乎自言自语地说道：“今天看到我们队上的三个老辈子这样坐下来操心人家的事。要是羊桥岩那边的老辈子多少也能像我们队上的这几个老辈子一样，关心小辈子，哪里会有今天讲的这些事发生。”我走到孙茂堂身边坐下，问孙茂堂道：“你说是不是。”这时刚好抽完一杆烟的孙茂堂终于说话了，他说道："我晓得为我的亲事，几个老辈子，还有队上的哥子兄弟、嫂子孃孃都在费心的。要怪只怪我自己不争气，没得本事，让人瞧不起。不光自己成不了家，还把妹的事也耽搁了。这几天看到妈帮到妹打布壳整鞋子，一家人都高兴。我跟妹说等她把鞋整好了，我找人把鞋给敖家带去，两家商量冬月间把事办了。我刚说到这里，妹就哭起来了，说她整鞋不是打算冬月间要走，是觉得都谈几年了，该给人家做双鞋。还说是我不把嫂嫂娶进门，她那双脚是不会出这个门的。把妈都讲得哭兮兮的，我也不好受。"孙茂堂一口气说了这么多话，歇了口气，继续说道："牛大爷、黑大爷、三爷，你们都清楚，那年我爹去世了，我妈的脚也是那年摔断的，这么多年她门都少出。我有哪样事，屋头找个商量的人都没得。平时有哪样事，还不是多承你们几个老辈子帮到出主意，帮衬着。这回这门亲事，我还是得请你们帮我拿个主意，由你们定。你们问我有哪样想法，我能有哪样想法，你们帮我定了，二天朗格办也请你们帮我定。只要把人家娶进门，我安安心心把妹嫁到敖家，妈安心就行了。"听了孙茂堂这一席话，我心里像打翻了五味瓶一样。孙茂堂把话说完，长舒了口气，又裹了一杆烟抽了起来。场面气氛有所缓和，不再那么沉闷。三个老辈子在一边商议了一会，牛大爷说道："茂堂，你们三爷是跟你挑明了的哟，那边不是青候姑娘哦。你要想好啊。"这时，孙茂堂毫不犹豫地答道："我想好了。我晓得人家要是青候姑娘，人家也不会谈给我。"黑大爷接着说："茂堂，还有一点你要想清楚哟。那个姑娘肚子里还要带个人过来哦。过来了，你朗格整。"黑大爷这一问，孙茂堂不再像前面那样回答得爽快。他犹豫了一下，才说道："朗格办？我还不是只有认了。"牛大爷似乎觉得话题太严肃了点，想有意淡化下，于是开玩笑似的说道："对头，就当娶个过后人。有的过后人还不是拖儿带女的。"这时，我也不知哪里来的话，随口就说道："是的，我们学校方老师娶的就是个过后人，也是拖得有一个娃儿。现在人家一家还不是过得乐呵呵的。"黑大爷似乎是要纠正牛大爷和我说话的不周到之处，说道："茂堂，这个姑娘和那些拖儿带崽的过后人还不一样哦，她是怀起崽崽过来的，二天崽崽要在你屋头生啊。生下来就要喊你喊爹，跟到你姓，和那些拖儿带崽的过后人还是不同。"牛大爷说道："黑哥说得对，那些过后人的崽崽，过来后还要改口改姓。这个是人娶过来，哪个管她种的是早苞谷还是迟苞谷，只要你自己不嫌弃就行。"

这时，从介绍这件事的情况后，就一直没再开口说话的余主任说道："茂堂，你倒是说了，这个事你要我们几个老辈子帮你定。话是这么说，但最后究竟朗格整，还得你自己拿主意，由你自己定才行。你还要回去问下你妈的意见。”孙茂堂听了，急忙说道：“这事我妈说过由我自己，我的主意就是请你们帮我定。”余主任笑着说道：“看来我是要去给你当媒公大人喽。我要跟那边挑明了讲，多的花销我们这边也来不起，当然还得有个人情礼到。条焕、猪腿那些就免了，明天我到场上找肖嬢称三斤白糖，包成三包，再包三把面条，就算是给姑娘那边大伯、幺爹，还有大姐，三家一家一份人情。后天我们就提起人情过去提亲。”说完，余主任又对牛大爷和黑大爷说道：“你们两兄弟内中要拿一个陪我去才行。一个人去和人家谈，哪个晓得会遇到哪样事，遇事有个人在旁边打个帮帮腔也好嘛。再说，万一谈的时候，两边戗起来，有个人帮到转过弯也好点嘛。”牛大爷与黑大爷嘀咕了几句后，牛大爷说道：“你喊我们两弟兄去，还不如喊岩初去。”余主任笑着问我道：“岩初，你跟到我去得行不?”我回答道：“跟到去给你打个伴还可以，就是怕到时候我帮不了腔。”余主任说道：“你到时候见子打子，你脑瓜转得快，得行的。我同那边的人些太熟了，有些话不好说，你去了好说话些。”我半开玩笑地对孙茂堂说道：“茂堂，这样嘛，我也算半个媒公大人喽，过年起码要吃半个猪腿的啊。”牛大爷半开玩笑半认真地说道：“今年不行。今年茂堂把媳妇娶进门了，明年开春喂个猪，一家人乐乐呵呵过日子。不要嫌弃人家，明年过年就有猪杀了，过年就有猪腿吃。”孙茂堂笑着说道：“要真的是那样就好喽。”黑大爷说：“朗格不能哪样嘛。听说起来，那个姑娘也是能干人，理得起家。要不然这十来年她朗格过得来。”牛大爷又笑着说：“你个孙茂堂，怕是要时来运转喽。你既然答应娶人家了，就好生待人家。人家能干你就好过了嘛。”场面活跃起来。余主任说道：“今天我们五个在这里讲的，就我们五个晓得就是了，免得说了出去，人多嘴杂，七嘴八舌讲起来难听。就这样定了，我明天到场上买东西，钱我先垫到。后天岩初和我到羊桥岩去，能把事情定下来最好，定不下来也不打紧，反正孙茂堂也蚀不到好多本。”说得大家都笑起来。

心里惦记着和余主任到羊桥岩给孙茂堂提亲的事，这天天刚亮我就起床了。我把久未穿过又未认真摆放、弄得皱皱巴巴的最好的衣服深灰色的确良找了出来，放在床上，用洗脸毛巾蘸了点水，用力擦了起来，皱巴巴的衣服稍微平顺了些，又找了条没有补疤的蓝色裤子。穿好衣裤，光脚穿上解放鞋，自觉这一身行头当个打帮帮腔的半个媒公大人还挺般配。当然，这身行头也是我能拿出的最好的了。走到灶房门边，恰巧余主任挑水回来。他看见我，对我说道："你去收拾下，我再去挑担水就走。"余主任刚走，谷利和黎芝就来到灶房，我告诉她俩，今天我要陪余主任到羊桥岩给孙茂堂提亲。听后她俩忍不住笑了起来。谷利开玩笑说道："咦，还学到当媒人了吔。你去给孙茂堂提亲，谈些哪样，你晓得不？怕是想混猪腿吃喽。"我调侃说道："在农村学当媒人也好呀，真能混得个猪腿吃，你们也跟到沾光得点肉吃噻。管他会不会谈，我是陪余主任去，去打个帮帮腔，凑下热闹总可以噻。余主任才是正儿八经的媒人。他去，肯定是马到成功。"她俩好奇地欲问详情，我谨记余主任不能外传的叮嘱，急忙以忘记开鸡圈门为借口匆匆离开灶房。

余主任把水挑回来了，看见我站在他家灶房门口，以为我要催促他走，看了我一眼，说道："我还是去换件衣服，换双鞋。穿草鞋还是不大好。"少顷，余主任穿着一身蓝色中山服，也是光脚穿着一双解放鞋出来了。这身打扮是余主任外出交际屡屡穿着的正规礼服。他手中提着一个刀篮子，里面放着三包白糖和三把面条，每包糖和每把面条都用红纸贴了条红腰带。我赶紧迎上去，把刀篮子接过来，正准备跟着余主任出发。余主任却突然站住了，沉思了片刻，对我说道："这个人情今天还是不拿去为好。"我问道："为哪样？"余主任说："这回去主要是给那边回个话，两边坐下来谈，不知道谈得成谈不成。谈得成当然就没哪样事喽，要是谈不成，人家还要把人情退回来。一来二去的，这件事搞得到处都晓得，对双方都不好。不如这次空手过去，谈成了，下次再把人情送过去。"听了，我转身准备把刀篮子放回余主任家，余主任却说道："不要提到我家，拿去放到你们灶房的碗柜里。放到我家，那几个崽崽晓得了，你缠不过她们，说不定哪天她们就把包包扯开来，把糖抓来吃了你都不晓得。"按照余主任的吩咐，我把刀篮子放好，我们正式出发了。刚出发，余主任就对我说道："不要以为跑这一回就得喽。这回去就是谈定了，双方的人还要见个面，还要去定期程。"

山间清晨，田野之美，令人陶醉。平时或忙着弄柴，或忙着挑粪，或忙着去打猪草，忙碌之中这山间之美都是无暇顾及和欣赏到的。今晨，我和余主任空手两巴掌，虽有任务，却无心理负担，因而有心情领略这山野之美。且不说晨曦初露中红霞满天，也不说极目远望的层峦叠翠，光是身边的秧田、苞谷地就让人目不暇接。秧田坝上，紫燕次第掠过，农舍屋边凤尾森森，竹林中扑棱棱飞出几只斑鸠。大堰坎下水渠里龙吟细细，数只家鸭戏水觅食。喧闹了一夜的蛙声已然停息，偶有冒失者发出几声大叫，振人耳膜。路边树上蝉鸣不已，秧田深处秧鸡啾啾。大暑苞谷黄，山上的苞谷林虽已临近成熟，植株已见委顿，然而套种在其间的一朵朵金黄色的葵花却更显得精神。田中秧子正开始抽穗，虽未至稻花香满之时，阵阵清香却足以让人陶醉。因是清晨，所以看不到大群大群翱翔的大眼睛金黄色的赶场点点猫（蜻蜓）。然而路边荆棘的枝丫上、草蔓叶片上却还是有众多小一点的点点猫驻足。有长细钩尾身小眼大的玉点点猫，有天蓝色身躯乌黑黑眼球的泡瞳点点猫，还有金黄色虎班条纹的虎斑点点猫，更有身材虽小但红得醉人的红红点点猫。当然还有众多的小点点猫让人叫不上名字来。如有行人路过，一个个都会用那奇妙的会三百六十度转动的眼睛瞄一下你，浑然不动。一旦感觉到你过于接近它，就会振翅快速飞离。枝丫上驻足的点点猫一旦发现有小昆虫接近，便会敛翅起飞疾如闪电一口中的，再安然找个驻足处，细嚼慢咽。

余主任显然也心旷神怡，边走边看，边指点江山说道："看来今年应该是个丰收年吧。一路看来还是我们生产队的秧子要好些，齐刷刷地在出穗啦。"我们俩人陶醉于田野之美中，一路上并没有说多少话。走到和尚大丘田边，余主任站在坝子和尚大丘的田坎边，有点自我陶醉地笑着说道："你看！我们队上的那块秧子硬是要好点呃。"余主任不这么说，我也没认真观察，还真没感觉到我们队上和尚大丘的秧子和其他的有什么不同。经余主任这么一指点，我驻足一看，表面上大坝里的秧子高矮都差不多。认真再看，才发现秧子的颜色却有区别。我们队上的秧子是墨绿色的，而且秧苗也显得粗壮。其他的秧子是翠绿色的，略显纤弱。余主任又说道："看清楚了吧。功夫不同，庄稼就是不同。你晓得的，我们今年在和尚大丘栽的是灰包秧，小坪村栽的是白水秧。你再好生看下，我们队上田里的穗都要出齐了，他们那边还没出一半呢。"我边听边看说道："要是队上的田都栽灰包秧，一年要多收好多谷子哟。"余主任说："栽灰包秧好，人人都晓得，就是难得做到。人心不齐，有点灰早就弄到自留地去了。人人都有个小算盘。像你们国二爷家，他拿几撮箕灰到队上，最多多分到几斤粮食，要是用到自留地里，自留地收的不晓得要比队上分的要多好多，这就是实在的。你给他讲要以队为家，他听得进去个屁。"我们一边走一边说，一会就走到了后寨生产队的地面。余主任看着缓坡上一层层的苞谷林，说道："后寨的田不如小坪村多，但他们的土好。你看，那一片片的苞谷林，那才爱人呢。"

说到这，余主任不知想起了什么，突然说道："不晓得今年公社要给我们大队安排卖好多爱国粮。等哪天我还得到公社去打听一下，摸个底。年年一到这个时候，我就心焦。庄稼不好，收成不好，公社又不给你减任务。大家分得少，要饿饭，你心里焦。庄稼好，收成好，公社又把卖爱国粮的任务提高。大家看到收成好，都以为要多分些，结果又多分不到好多点，大家不高兴，你心里也焦。这些事情你们下乡这些日子也是看到的。”我答道：“我晓得你们当领导的也不容易。”

我们空着手走路走得快。说话间不经意就快到我们的目的地羊桥岩了。余主任问道：“你去过羊桥岩没有？”我答道：“去过。去年王治周打发妹，我和进伦借大甑子到过那里。”余主任又说道：“这个生产队算是个不好也不孬的地方。虽说不富裕，一年到头饭好孬还是有吃的。说起也好要，这个地方和我们土地坑算是有缘分。你们大嬢嫁到这边来，你们三娘，还有王家信嫁到我们土地坑去。这回要是把孙茂堂的亲事谈成了，又有一个羊桥岩的王家姑娘嫁到土地坑喽。”我问道：“这回谈的姑娘是一个人单住，亲事谈成了，恐怕也不会像王治周家那样办酒席吧？”余主任听后并未即时作答，继续前行一段后，他说道：“这个姑娘家既有亲伯伯，又有亲幺爹。如果这个伯伯和幺爹不出来操办这个事，我就不相信他们不怕队上人说空话？再说，出了这扫皮事，他两个都脱不了干系。我估计他们两兄弟巴不得快点把姑娘打发出去，快点把事办了。”我接口说道：“今天你这个媒公大人一定会马到成功的。”余主任笑道：“这个事是他们这边先央求我帮忙。今天我来的目的不是说他们肯不肯的问题，是要他们答应正一八二、像模像样地把姑娘打发过去。”我又问道：“他们那边来得起不？”余主任说道：“按照他们的条件应该是来得起的。这样，等到了那里，开始由我和他们谈。你先听到起，见子打子，到时候了，你来提办打发的事。我们这次来谈，就是不要让孙茂堂吃亏。”我心里一直觉得谈这门亲事，孙茂堂是勉为其难的，很为他有所不甘。就立即回答道：“要得。农村嫁姑娘一般的铺笼帐盖总是不能少的吧。”余主任说：“两个柜子也应该有，一套吃饭的桌凳也该有。”就这样边说边走，羊桥岩生产队就在眼前了。

我们两个径直来到余主任大姐家，恰好她家正在煮饭。见到我们，大嬢自然高兴，一边忙灶上的事，一边热情地招呼我们坐下，并从锅里舀了刚烧开的水给我们一人泡了一大碗老鹰茶。刚一坐定，大嬢神秘地对余主任说道：“幸得你来了。要不然坎上那两弟兄又要来催我去找你。”余主任问道：“那两兄弟是哪样想法？”大嬢答道：“还有哪样想法。他们巴不得你快点来谈成，好把姑娘快点打发走。”余主任问道：“人家姑娘有个哪样说法？”大嬢听了，对余主任说道：“来，你帮我看到锅里头，米煮要得了，就帮我沥起来。我到土头去把你哥喊回来，让他同你说。”说完，就匆匆忙忙出去了。过了一会，大嬢带着其夫（我称之为大姑爷）回来了。没有任何寒暄，大姑爷直接与余主任商量道：“干脆我到坎上把姑娘喊下来，你们直接问她就是了。你们那边是哪样回事也给她讲一下，要得不?”余主任说道：“这样也好，大家把事情挑明了，才好作下一步打算。”

于是大姑爷转身出门了。此时，大嬢已把两糙饭蒸上了甑，边拣菜边带着鄙夷的口气说道：“那两弟兄说起来真的扫皮。一个是大队革委会的又是生产队长，平时还要教育我们，自己连个崽崽都教育不好，闯出这么大的祸。她家幺爹和那姑娘一屋两档头住起，房子还是和她爹一起修的，堂屋现在被他一家就占到起。占了那么大的便宜都不多关照下人家姑娘，他家那个儿子怕也不是个好东西。这回就看那两兄弟朗格说，说得不好嘛，王家的人也怕不是那么好说话的。”余主任说道：“事情都出了，其他话就不要多说啦。商量下怎么把事情处理好点，大家才得安身。”大嬢听了，不再吱声，继续埋头拣菜。

一会，大姑爷带着一个姑娘走进来。我因知她有那段经历，故格外关注了她一下。这姑娘不高不矮、不胖不瘦，略显憔悴。因头上包条帕子，故看不清梳的辫子还是散发。秀眉大眼，唯鼻子不高、嘴唇较厚。我心里暗暗对这个姑娘进行了评价，是个壮实、健康、能干的人。姑娘进屋来，细声细气地叫了余主任一声：“三舅爷。”见到站在余主任身边的我，姑娘有点不知所措，嘴嚅嗫而无声，显然是不知该怎样称呼我。余主任介绍道：“这是我们生产队的知青，住在我家。你叫他岩初哥就是了。”姑娘这才怯怯地叫了声“岩初哥。”

因大嬢要炒菜了，于是大姑爷把我们带到堂屋。堂屋里堆放着一些老荒瓜、茶豇荚和绿豆荚，零乱地摆放着几条长板凳和几个矮方凳。余主任和大姑爷一人拿了一条长凳坐下，并示意姑娘也坐下，但姑娘不坐，站到香火板前大桌子边上，我则拿了一个矮凳在余主任后面坐下。余主任开门见山地对姑娘说道：“你喊我一声舅爷，我也就把你当自己的外甥女看待。今天我和你岩初哥到这里来，就是来给你促成个亲事，成不成要你自己拿主意。”接着余主任给姑娘大致介绍了一下孙茂堂个人和家中情况，末了，余主任又说道：“今天说来我是孙茂堂的媒公，来向你们王家提亲。其实前几天我是受你大伯、幺爹他们的托付，是给你去当媒公，到我们那边孙家提亲。既然两边的媒公都是我，我当然想把这门亲事能定下来。姑娘，你考虑下。”姑娘尚未开口，我身后却有人说话了，我扭头一看，是大嬢。她说道：“依我说，孙家成分好，房子也有现成的。有个老的虽说脚不方便，也不是完全动不得，还是能在家里帮忙做点事。有个妹，今年准备打发。土地坑生产队团团转转都晓得是个柴方水圆的好地方。虽说孙茂堂家穷点，但也不至于饿饭。话说回来，我们农村哪家不穷，哪家又富得很嘛。说我们这里不算穷，那还不是有几家吃回销粮。人家土地坑就没有听到说哪家吃了回销粮的。”听到这话，余主任有点自豪地说：“这个又是真的咯，我们队上没有哪个吃过一斤回销粮哦。”大嬢接着说道：“要依我说，这门亲事定下来也好，就是有一件事我还放心不下。这个孙茂堂我从小就认得，个子虽然矮点，人才（这里农村把人的长相称为人才）也还过得去。只是我过这边来得早，他为人处世到底如何，不大清楚。听人些说这孙茂堂长得有点憨。”大嬢说到这里，余主任有点生气，接过大嬢的话说道：“大姐，你听到些哪样话，哪样叫作憨？好孬分不清楚，做事不懂规矩，做人分不清长幼内外，那才叫作憨嘛。孙茂堂在队上当了这么多年保管，没有出过一点差错，再挑剔的人都找不出他一点纰漏。团团转转哪家有个事务要帮忙，他跑得比哪个都快。哪家人事情忙，他看见了，你不用张口，他都会帮你搭把手。有的人说他家生活安排得不好，那有哪样稀奇的。男人有几个会安排生活的？他就差个屋里人了嘛。如果有个屋里人会安排生活，他家生活也不会比哪家差。孙茂堂肯帮忙，在我们队上人缘好。除了说他不会安排生活外，也没哪个说其他的空话。”说到此，余主任特意转过头来问我道：“岩初，你说是不是？”我赶紧答道：“是的。孙茂堂对人特别好，热情厚道，又吃得亏，是个老实本分人。”余主任又接着说：“老实本分点好，靠得住。那些花口缭色的人说得倒是好听，就是说来不靠谱了嘛，把你害了你都不晓得。”见余主任和我说过来说过去，说的都是孙茂堂的好话，大嬢有点着急地打断余主任的话，说道：“三毛（三弟），你把我的话听到哪边坡去了？一开始我就赞同这门亲事，你姐哥和我一样都赞同得很的。”坐着一直没开口的大姑爷这时说道：“这么多年了，我还不清楚噻，他三舅办哪样事都是最牢靠的。这门亲他说开得，就是开得。”大姑爷又对姑娘说道：“你朗格不坐起？我们讲的话你都听到的。刚才我说这门亲开得，也只是我们考虑的，最终还是要你说句话。你说要得，我们再去和你伯伯、幺爹商量朗格操办这件事。你说要不得，我们今天说的话就是灰里写字，一抹不算，你和你伯伯、幺爹就另去打主意，我们就不掺和了。”姑娘听完，掩面而泣，泪水从指缝里流出，身体抽搐而无哭声。大嬢走过去，一抱搂着姑娘，安慰道：“莫哭，你大伯又没讲你哪样，就是想你好。要怪就怪我，我这大娘平时没有顾到你。”说着，大孃也跟着掉泪。大姑爷在一旁长叹道：“这事怪哪个？要怪就怪爹妈死得太早。要是爹妈在，哪怕是有一个在，也不会是今天这个样子喽。”这时余主任站了起来，说道：“现在我们不讲这些空话啦。”随即对大孃说道：“大姐，你再问问，看她究竟有哪样想法。”只见大孃把姑娘拉到一旁，贴在姑娘耳边，不知说了些什么，只见姑娘点了点头。大孃走了过来，对余主任说：“她同意。”余主任听了，笑着对大孃说道：“还不过去看下你锅里煮的菜，都怕成火炭食喽。”大孃也笑道：“等你来提醒噻，怕是火炭食都成灰喽。我家那两个崽崽都回来了，他们在管。”随后大孃对姑娘说：“走，到灶房帮你大娘收拾去，这顿饭你就在我这里吃。”说着拉着姑娘到灶房去了。

堂屋里就剩下三个男人，余主任问大姑爷道：“坎上那两兄弟在屋里不?”大姑爷说道：“肯定在。这几天他两兄弟心慌得很，巴不得你早点过来。可能是估计你今天该来了，连队上活路都没安排，他们肯定在屋里等到的。”余主任问大姑爷道：“哥，你说我们去和他们两兄弟朗格谈法?”大姑爷说：“就说孙家同意开亲就行了。”余主任说：“这个话肯定是要说的。我是想同他们两弟兄讲清楚，这门亲事是你们王家先说起的，那边孙家等于是帮他们解决问题。一时谈起的，孙家也没有哪样准备，人情礼数就不像平时大家办这种事情那样周到。我挑明讲，既然他们这么急，下回来就把期程定下来，让他们两个年轻人互相认识一下。孙家拿三份人情过来，其他的也准备不赢。至于他们两兄弟朗格整，先去听下他们朗格打算的，再说。”大姑爷说道：“就像这讲，要得。反正是坎上那两兄弟求你们。那天讲过，这个事扫皮还是小事，闹出人命来才是大事。你大姐那天还悄悄对我说，找个医生把它打了。我吼了她一顿，你说她是不是疯了。他们两兄弟就是怕事情闹出去，你去找医生打胎，这个事情还蒙得住嘛，马上就传开，那两兄弟扫皮还是淡事情，这姑娘还活得成不。再说我们乡下的医生打得成个哪样胎嘛，搞不好把大人都打死啰。出了人命那才是不得了。遭我这一说，你大姐才没吭声了。”余主任说道：“大姐是该遭吼。人家那些结了婚的都是生怕怀不起崽崽，你去打胎，人家问起来为哪样要打胎，你朗格说。再说，万一要是出了人命，哪个负得起这个责任。大姐想点哪样就是不周到。今天我和岩初来，先听他两兄弟朗格说，说得好，我们回去就开始操办。说得不好，我们两个拍起屁股就往回走。反正我们不着急，再也不会来过问。”大姑爷听了，忙说道："你说的都在理。等下到坎上去还是好好商量。你们来帮他们的忙，也是帮我们这一院子王家人的忙。为这个事情闹得乌熏熏的，我们王家人也抬不起头嘛。"原本我觉得也该说几句，但这时大嬢来请大家过灶房吃饭，也只好作罢。进了灶房，大嬢家一双儿女恭恭敬敬地叫了一声"三舅"，大大方方地叫了声"岩初哥"，然后请我们上火铺坐下。很快，一条长凳摆上了菜，干海椒炒老荒瓜，油煎泡蛋面条汤，还有茄子炒青海椒，饭是早就知道的两糙饭。火铺上就三个男人，余主任、大姑爷和我。大嬢的儿子端着碗到外面吃去了，那个叫王治荣的姑娘坐在灶门前吃。大嬢和女儿站在火铺边吃，一边吃，一边还要给坐在火铺上的人添饭加菜。我们刚把饭吃完，余主任和大姑爷尚未进入饭后一杆烟的程序，从灶房门口走进来两个汉子。我心想这应该就是"坎上那两兄弟"了吧。乍一看，这两个就是极普通的乡下汉子，再一看，个子稍高的那人在朴实中透着几分狡黠，和余主任一样，有一种乡下干部的味道，我猜这个应该是姑娘的大伯王美清，另一个自然就是姑娘的幺爹王美河了。俩人进得灶房来，看见在火铺上裹烟的余主任，两大步走到火铺边，王美清大地说道："三毛，三毛，不要裹了，我这里有裹好的顶叶子。"说着，真的给余主任递上了一根裹好的叶子烟卷。大姑爷把这两兄弟也让到火铺上坐下，然后把我介绍给了他俩，除了说明我是土地坑生产队的知青外，还特别说明我是孙茂堂认下的兄弟。我听了觉得有点好笑，不知大姑爷何时何地见证了孙茂堂认下我这个兄弟的。不过，有了这重身份，在后面商量事情过程中，让我说话得以名正言顺。这时火铺上已有四杆烟枪，我本来已基本适应在烟雾缭绕中安然而坐，然而四杆烟枪同时开火，火力强盛得让我实在招架不住。我借故方便跳下火铺走出灶房，到了后面牛圈边方便了一下，然后走到了大嬢家堂屋阶沿上，深深地呼吸了几口气。站在阶沿上放眼看去，坎下面是层层梯田，这层层的梯田下面有一河沟，河沟上有一座很窄的桥，看来似乎仅能容一羊走过。右边则有一座名副其实的山崖，这些也许就是羊桥岩称呼的来源吧。我正在遐想间，忽然听见一声熟悉的咳嗽声，扭头一看，余主任已站在我的左侧了。他对我说道："朗格不进去坐？"我反问道："是不是和坎上那两兄弟就在大嬢家谈事？"余主任顿时反应过来，说道："朗格能在这里谈，要到他们坎上屋里去谈。"恰好这时大嬢出来，对余主任说道："三毛，他们要我喊你们进屋去。"余主任对大嬢说道："你问他们这事还要谈不？要谈就到坎上他们家去谈。麻溜点，我们回去还有事。"大嬢听了，心领神会地转身进屋去了。一会大姑爷带着坎上那两兄弟出来了，那队长王美清对余主任笑着说：“三毛，请你们两个到我们上面去坐一下。”余主任和我相视一笑，跟着大姑爷从大嬢家后面上坎去。

来到坎上，一眼看到有两幢房子并排而立，大姑爷直接把我们带向其中一幢的堂房，大姑爷给我介绍说这是王美清家的堂屋。这里的农村各家堂屋的布置大抵相同，堂屋正中央的香火板中间贴着领袖像，两边贴着“幸福不忘毛主席，翻身全靠共产党”的对联。但这家与一般农家不同之处在于在香火板对联的两边竟然贴有符纸。看样子，前几天有端公在这里杠神驱邪过。我进门时没有注意看堂屋楣上、大门上是否有符纸，但估计也应该是有的。到了堂屋，王美清拖来几条板凳，我们五人各自找位置坐下。这次我没有坐在矮凳上，而是与余主任并排分别坐在一条长凳上，那两兄弟和大姑爷也是分别各坐一条长凳，坐在我们的对面，这一来就颇有点谈判的阵势了。会谈之前，农村一般的礼节当然不会少。王美清拿出一把裹好的烟叶子，估计应该也是顶叶子，拿给四个会抽烟的，一人一杆。待大家把烟抽上，会谈便正式开始了。在这种场合，我当然只能硬着头皮稳坐在吞云吐雾之中。王美清满脸堆笑地对余主任说道：“三毛，为我们王家这点事，大热天你来来回回跑了两趟，我心里硬是过意不去，也望你多担载下。我也讲不成哪样，我们就直来直去、打明鼓唱明歌。我想问下三毛，你们那边给姑娘谈的男方家是个哪样态度？”余主任狠狠地吸了口烟，长长地吐了一串烟雾后，笑着回答道：“依大姐这边你们小的辈喊我舅爷，依我家屋里，小的辈又该喊我姑爷，不管怎么说，我们也算是一家人。但这回要不是大姐亲自过去，我是不会来的。既然来了，我也就有哪样说哪样嘍。头次我回去和孙家谈了，费七八力谈了好一阵，人家那边算是同意了。只是有一点，在大姐屋里我也讲过了，你们这事来得太突然，打的是逼榨油（紧急，仓促），事情既然是这样，大家都只得将就一下。孙家这边要送人情，先不说孙家来得起还是来不起，就是来得起也准备不赢。当然人家也不只是一句口头同意，还是要按礼数送人情来的。不过这大热天的，砍条焕也砍不到，就只能是三份素人情哦，孙家那边的情况就是这个样子。你们说下你们是朗格打算的。”

王美清听后，和坐在旁边的王美河及大姑爷嘀咕着商量了几句，王美清说道：“三毛，你说我们还能有个哪样打算？那天请你过来，就是要靠你帮忙拿个主意噻。”余主任接着说：“你们这个忙我是尽心尽力帮了的，你们这边的话我是全部带过去的。孙家那边是哪样意思，刚才我也给你们讲了。现在你们就给句利索的话，成还是不成。”王美清笑着答道：“依我说，成！”

说完，扭头问王美河道："你的意见是哪样？"王美河立即答道："当然是成啰。"王美清又问大姑爷："她大伯，你说呢？"大姑爷笑道："问我干哪样。虽然姑娘喊我大伯，也是我看到长大的。但总是隔了一层，比不得你们两兄弟，和她爹是一奶同胞兄弟了嘛。这个事情还是你们两兄弟作主，你们说成就成。"听到这里，余主任说道："看来这个事就这么说定了。今天我们回去，过天把就把人情送来。"说完后，又问王美清两兄弟道："我想问下两个哥，这个事你们想哪时候办，是早点还是晚点？"王美清没让余主任说完，就抢着答道："三毛，上次我就讲了的，早点办，越早越好。"王美河立马附和道："是，越早越好。"余主任笑着说："早点晚点孙家那边倒是无所谓，就看你们两兄弟准备得如何。"这么一说，那两兄弟一时竟无言以答。

这时，大姑爷说道："是嘜，是得多少准备一下嘜。不然孙家来接亲，莫非我们就猫不猫咪不咪地把姑娘送走嘿。人家来你家卖个猪崽，你都得准备根索索，等人家套起牵起才好走了嘛。你们要打发一个无爹无妈的亲侄女，不多少准备点打发，没得点动静，怕是朗格都说不过去吧。"大姑爷说完，余主任笑而不语。那两兄弟交头接耳说了一会，又是王美清说道："我们两兄弟商量了一下，还是要给她办点打发。"大姑爷接着说道："这就对头了嘜。说句良心话，这姑娘也帮你们两家都做得有多的啦。得空不是帮这家挑粪挖土，就是帮那家宰猪草放牛。忙起来的时候，她一个人要帮忙煮三家人的饭，喂三家人的猪。凭良心说，不管出不出这件事，打发这个姑娘，你们两兄弟都该要置办点东西才得行。"余主任笑着对大姑爷说道："哥，人家都讲了要办，你就不要多说了。等他两兄弟讲下怎么办，我们听了也好帮到出个主意，回去给孙家也好有个交代。"于是那两兄弟走到一旁，低声说了好一会。王美清先说道："三毛，不管朗格说，这个姑娘的事都该由我们两兄弟来操办。这件事也是遇到起了，不早点办都不行，要说好好准备都来不及。刚才我两兄弟商量了一下，我们两家分头去办，这样要快点。"余主任接着说："你们两兄弟分头办，当然要快得多喽。我想问一下，你们准备分头朗格办法？"那两兄弟又一次交头接耳谈了起来。在交谈过程中似乎有点争论，这次交谈时间长了一些。最后当然还是王美清先说道："三毛，我们商量了一下，像这样办，你看要得不？我这边负责整木工活，他那边负责置办铺笼帐盖。"余主任答道："木活家具整起来费时间，就整几件大的就差不多了。铺笼帐盖置办起来要不费事点，只要有钱、有布票和棉花票，多跑几趟场上、城里就行。"王美清又接着说道："木活家具现整的话，没得个把月是整不齐的，好在这几年我也陆陆续续整了些东西放到的。有两个漆好了的大柜子，只是去年装过点米和苞谷籽在里头。火盆整得有两个，有一个过年时，来的客人多，用过几次，有一个还是新的，没用过。小饭桌也有一套现成的，摆在楼上的。就是没得碗架和大桌子。”王美清还没说完，王美河抢着说道：“三毛，铺笼帐盖我整一套要得不?”

听到说铺笼帐盖只整一套，我觉得有点过分，于是有意识地插嘴道：“三爷，听你讲这个姑娘有自己的房子嘛。”余主任还没回答，大姑爷就抢着说道：“有，她和她幺爹住一厢房子，是四列三间的，一家一头。”我又笑着对余主任说道：“这姑娘怕要像三娘那样，带起两列房子嫁到土地坑生产队去喽。”听我这一说，余主任还没来得及回答，大姑爷又急忙抢着说道：“她不光有这两列房子，还有屋后头的猪圈牛圈。牛圈现在是她大伯用起的，她的猪圈牛圈都还讲究咦，全部是盖的瓦哦。”说到这里，我看出了那两兄弟脸色不大好，余主任显然也看出了。于是余主任说道：“这房子你两兄弟都是晓得的，搬起来也不是点把点工夫。这个事以后慢慢讲。现在还是把办打发的事再谈下。”见余主任把我说的话题打住了，那两兄弟明显缓了口气。王美清说道：“我这边大灶锅、三水锅都有现存的，到时候伕子些来，也弄起走。”王美河赶快说道：“我想了下，铺笼帐盖还是整双套，钱嘛，我想办法。布票、棉花票要差点，也不打紧，在队上也借得到。”大姑爷对王美河说道：“只要有钱就好办事。布票、棉花票一年队上有好多人家都没用完过，要借好借得很，恐怕有些人家都不要你还喽。去年城里头就有人下来收布票，一丈才管好几个钱嘛，当白送人家。这个布票嘿，你有钱就扯来穿点，没有钱到时候就作废了，拿来揩屁股还嫌它小了，还没得用苞谷壳扎劲。只是扯布没有它还扯不来，你回头算下看要好多，我屋头都还有些，到时你拿去用就是了。”余主任对那两兄弟说道：“你们两兄弟商量好了，就行。”随即又对我说道：“岩初，你这个孙茂堂的兄弟，你说这样要得不?”我笑着答道：“我说嘿，就是邓品焕坐席，将就下。”此话一出，倒是把大家都逗笑了。余主任立马说道：“你都说将就，就行了嘛。”又对那两兄弟说：“整这些东西要花些时间哦。”那两兄弟异口同声地说：“我们立马就去整。”他们刚说完，大姑爷紧接着说道：“我们这边是不是赶紧把期程定下来，人家那边也好做准备。”余主任随后接着说道：“我先前说了，孙家那边无所谓，早还是迟，由你们定。”于是大姑爷和那两兄弟走到一边商议起来。开始三人的商议还是比较小声的，一会儿，三人的商议的声音越来越大，显然是意见不能取得一致。只听见大姑爷说道："有哪样准备不赢的嘛。柜子都是新的，把装的东西腾出来，收拾干净，再用帕子抹一下，就可以了噻。其他都有了，就是抓紧时间打一个碗柜和大桌子就行了，要不了几天。买东西嘿，就多喊几个人出去跑嘛，只要有钱，有布票和棉花票，办起来快得很。你们不要看到这几天没有哪样事，时间一长，就怕话多起来，把哪个淹死都不晓得啰。"又听见王美清说道："我们商量下，就定在月半前。碗柜和大桌子我明天就去请木匠师傅打，料子是现成的，几天就行了。现在就看她幺爹置办东西要好久。"王美河看样子是下定决心了，接着说道："我明天就张罗去买东西。"说完，三人又低声嘀咕了几句。王美清走过来，对余主任说道："三毛，我们几个商量了一下，就定在七月十二，你看要得不？"余主任听完，问道："七月十二是孙家过来接人不是？"王美清似乎才被点醒，他转头问王家两个兄弟说道："是要讲清楚。七月十二是我们这边打发还是男方来接亲？"大姑爷说道："都是这个规矩的噻，女方办酒是单日办，男方办酒是双日办。这个规矩哪个都晓得的。"余主任接过大姑爷的话说道："孙家朗格办酒席你们不管，横竖是七月十二来接人就是了。你们这边办不办酒席，就是你们的事啦。"

余主任说完，王家三人沉默了一下，又嘀咕起来。大姑爷相对那两兄弟可以算是局外人，说起话来也随便点。只听见大姑爷大声说道："你们两个就不要再争了。你说办，有你的道理。他说不办，也有他的理由。依我说，办，不行。不办，也不行。我把我的想法说来你们听下，看有道理不？"大姑爷自己裹了一杆烟点上后，对余主任说道："你也听下，帮到拿个主意。"余主任点了点头，大姑爷继续说道："论说，哪家打发姑娘办个酒席，亲戚朋友来朝贺，送点人情吃顿饭，这是个规矩，是一辈一辈兴起的。所以说办酒席也对头。问题是打发这个姑娘，由哪个主人家来承头办酒席。论说主人家是王美江两口子，但这两口子早就去世了。王治荣这个独苗苗又没名正言顺过继给你们两兄弟。现在你们两兄弟要来替王美江打发这个姑娘，是对头的，只是办这个酒还是要好生考虑下。你们现在给亲戚朋友些放信来得及不？到时，有的通知到了，有的通知不到，二天反而讨麻烦。就算是都通知到了，亲戚朋友些来送人情，算是你王美清的还是算你王美河的，人家不可能带两份人情来噻。到时候要还人情，只怕你们两兄弟还要扯皮。所以依我说，这个酒席还是不办的好。话又说回来，硬是不办，这么大的一个事，我们院子里的人不可能不晓得噻，你们打家具请匠人，帮忙买东西也要请人，总得请人吃顿饭嘛。再说男方过来接人，伕子些要过来搬东西，来了总得吃个饭，不可能让人家接起人拿起东西就走噻。你们得找人帮忙煮饭来吃，所以不办也不行。”余主任听了，笑着对大姑爷说道：“你说来说去，大家都听糊涂了，你的意思是酒就不办了，饭还是要吃两顿的。对头不?”大姑爷笑着答道：“我就是这个意思。头的一天请院子的人帮忙，吃顿饭。第二天就请接亲送亲的人吃顿饭。就吃两顿饭，事情办了又不讨大麻烦。就看你们两兄弟赞成不?”王美河这时开口问道：“这两顿饭朗格整法?”大姑爷答道：“那得你们两兄弟商量。要么你们两兄弟一家负责一天。”王美清对余主任说道：“三毛，你说要得不?”余主任答道：“这是你们两兄弟的事。我看哥讲的办法也要得。如果你们把娶亲的日子定在七月十二了，我们回去让孙家抓紧安排。就是这天把，把人情送过来，两边见个面。如果都同意，两个人就到公社把结婚证扯了。你们两兄弟就抓紧把东西办好，到时那边来接人。”

这两兄弟和大姑爷都表示赞同。余主任又对王美清说道：“两边要看人，按习惯都是找个赶场天，双方去赶场，到场上看就是了。我们干脆简单点要得不?”王美清问道：“三毛，你说朗格简单法?”余主任说：“反正孙家那边要送人情过来，干脆后天送人情时，让两边把人看了。没得其他扯皮的事，大后天，你们这边大队开个证明，我们那边大队开个证明，让他们两个到公社去把结婚证扯了。你们看，要得不?”那两兄弟一致表示要得。余主任又问道：“孙茂堂过来送人情又看人，还是要找个落脚的地方才行噻，总不能站在坝坝头嘛。”王美清这时反应快，问大姑爷道：“哥，孙茂堂认得你们，就到你家落脚，要得不?”大姑爷答道：“要得，反正三毛要陪他来的。”这时，余主任反应也快，说道：“我来不来你们不要管，你们把事情安排好就是了。”说到此，一场五人会谈算是结束了。

余主任带着我起身准备告辞，他们三人自然要挽留我们吃了晚饭再走。余主任正竭力推辞时，大嬢突然带着姑娘王治荣来到堂屋，姑娘挽着大嬢胳膊，低头细声地对余主任说道：“三舅，你们吃了饭再走嘛，我现在就去煮饭。”余主任笑着对姑娘和大嬢说：“你们在隔壁都听到没有?”大嬢和姑娘都点了点头。余主任又特别对姑娘说道：“你听见大人些讲的话了，同意不?”姑娘的头往下低得更厉害了，用蚊子鸣叫那么大点的声音说了句“同意。”大嬢对余主任说道：“三毛，这姑娘的事定了下来，你们那边要抓紧喽。后天你还来不来?”余主任打断大嬢的话，说道：“饭是不吃了。后天孙家有人来就是了，我们那边不会有哪样事的。”说到此，余主任再次对王家那两弟兄嘱咐道："你们两兄弟要拿稳着实地抓紧办事哦。"说完，我和余主任离开了王美清家的堂屋，那两兄弟跟着走出堂屋，本欲送余主任和我一程，被余主任婉拒了。

事情办妥了，回家的路上自然显得轻松，我们边走边聊。我好奇地问道："那两兄弟两家都有老婆儿女，怎么刚才一个都没看见？"余主任笑着说道："在农村，像这些事情一般都是男人些定，女人崽崽些很少掺和。这个事又不是哪样光彩事，他们就更不掺和了。"我又说道："后天你陪孙茂堂来，孙茂堂还怕是要准备下才行喽。"余主任站了下来，我也跟着站住。余主任说："我还准备回去再给你讲的。都说到这里了，我就跟你讲算了。"继续往前走，余主任说："后面这几天我都不得空，明天大队革委会要开会，安排秋收和交公粮的事情，还要听一下大队的账目情况。你晓得大队会计王美正住在龙洞湾，所以这个会就安排到龙洞湾开了。后天我得到飞羊坡去一趟。他们生产队看见我们队把知青房建起来了，有点心动，也在谈他们那边要建知青房的事，要我上去看下。反正今天你也算半个媒人，羊桥岩那边你也熟悉，看来后天只有你陪孙茂堂过去把人情送喽，把人看了。大后天，也由你陪孙茂堂去把结婚证扯了算了。"我笑着说："我从来没有做过这些事，不晓得得行不？"余主任也笑着说道："朗格不行，今天王美河答应置两套铺笼帐盖，还不是你故意提到房子的事，把他逼出来的。你得行，怕哪样，这个事是他们求我们了嘛。"我只好说道："好嘛，后天我陪孙茂堂过来送人情。"

俩人边走边聊，不知不觉就来到了后寨生产队的地界。余主任看着坡上已经大部蔫须了苞谷地，说道："再过几天就要收苞谷了。今年我们队上要增加两个人分口粮，估计今年收成虽然比去年好些，但大家分的口粮不一定比去年多。"我问余主任道："朗格会增加两个人分粮食？那个王治荣的口粮应该在羊桥岩分噻。"余主任说道："分粮食时，这姑娘已经到我们那边去了，羊桥岩就不分粮食给她了。她今年的工分钱倒是要算给她的。"我说道："这个姑娘在羊桥岩劳动都快一年了，分的粮食是今年劳动所得，不分给她，有点不合理吧。"余主任说："说起来是不合理，哎，这不合理的事岂止这一件。有些事又没有规定，大家都按习惯来办。我们这里哪个生产队都是这样的，分粮食的时候，你人在哪个生产队，就在哪个生产队分。你出工得再多，人不在这个生产队，粮食就不分给你。像孙茂堂家孙茂娟，如果冬月间才打发，我们队上分粮食时候，她还在队上，就得分粮食给她。如果她现在就打发，分粮食还不是没有她的份。大家都是这样兴起的，也没得哪个说合理不合理。”我想了下，说道：“难怪，我们下来这么长时间，哪家娶媳妇、分姑娘，大部分都是安排在冬腊月间，恐怕也是与分口粮有关系喽。”余主任答道：“肯定有关系嘛。”

又走了一会，进入了小坪村的地界。这时余主任略显神秘地对我说：“小坪村生产队今年安逸。梁粉前不久自己跑回老家乡下当知青去了。前一阵子公社把我喊去，了解小坪村杨小平和刘华中当知青的表现，看来今年秋天学校开学的时候，她们两个要教书去了。这一下，小坪村生产队就少了三个分粮食的人，平摊下来，一个人至少要多分个二十来斤粮食。”说到这里，他还不忘安慰我道：“你也不要担心，早迟不一，你们知青都要走的。”我答道：“管他的，我想都没想那么多。”

说完，我赶紧把话题扯到孙茂堂身上，说道：“后天要我陪孙茂堂去羊桥岩，明天你要给他讲好哦。他那身穿着恐怕还得收拾下，才出得门喽。要去相亲，面子上还是要过得去嘛。”余主任笑道：“还怕不是。明天我去给他交代下，具体的怕还是要你去跟他说了。”我们穿行在山间坝子的秧田间，不知不觉和尚大丘又出现在眼前了。墨绿色的秧田里，一会这边出现一只长嘴白头在耸动，那边又出现一只长嘴白头也在耸动。再一细看，一坝秧田里有数只白头长嘴或站立或耸动，万绿丛中数点白，煞是有趣。这是鹭鸶在秧田里觅食，余主任显然对这帮鹭鸶也是兴趣满满的。他指着田中的鹭鸶说道：“岩初，你看见没得，这些长颈鹅都是我们坳上大枫香树上的。你看嘛，去年才抱出来的崽些都长这么大了。”我说道：“这长颈鹅胆子也真是大呃，它们不到靠山边的田里去找食，都跑到路边的田里找食。”余主任笑道：“这长颈鹅聪明得很，路边的田要肥点，细鱼、细虾、螺蛳要多点嘛，肥田还有泥鳅了嘛。这些长颈鹅都晓得的。”再走一段田间小路就到了我们的自留荒地牛心山。余主任停下来看了看我们土里栽的红苕秧，说道：“你们下的功夫要比我家多点，这块红苕比我家寨子后面那块要好得多。”我回答道：“还不是全靠在你们粪坑里多挑了几挑粪。”余主任笑了笑，说道：“那还不是要你们自己勤快。”我看了看红苕地，说：“又翻得苕藤啦。”余主任说道：“后天你陪孙茂堂去羊桥岩回来，顺便就把它翻了嘛。”我点头称是。过了牛心山，沿赶场的路走不多远，就是三岔路口，从右边顺着山坡小路向上，就到大枫香树下，也就到我们的院子边了，顺着左边小路上坡就到队上的仓库坝子。我们选择往左边的小路径直到了仓库坝子，坝子上仓库里静悄悄的，空无一人。

借套行头去相亲　诵语录领结婚证

余主任在坝子上看了看，对我说道："今天人些到三家田做活路去了，怕也该收工了吧。"正说着，润昌大爷含着烟杆过来了，他笑着对余主任说："三毛，你今天去给孙茂堂当媒公大人啦。"余主任笑问道："润昌哥，你是朗格晓得的?"润昌大爷笑道："朗格不晓得。人情都是你买好的，放在岩初们碗架里了。"余主任半调侃地说道："还说好事不出门，坏事传千里。看来好事也传得快嘛。怕是我们前脚走，队上的人些就晓得喽。"润昌大爷说道："你这个好事做对头啦。孙茂堂的亲事哪个不担心嘛，连我的脚拇指都是替他抓紧了的。"突然，润昌大爷脸色阴沉下来，停了一会，说道："我家大毛和孙茂堂差不多大，要是不死的话，也该成家了。二毛和习初差不多大，要是在的话，也是个全劳力了。"老人家语带哽咽。余主任嘴唇动了动，显然是想把话题岔开，却一时不知说什么好。润昌大爷又继续说道："孙茂堂是个好人。队上拿给我的东西，从来就没有要我费过力，都是他和中秋们给我送到屋头来的。"余主任赶紧插嘴道："那是应该的嘛。润昌哥，我给你讲，后天孙茂堂就要把人情送过去，一并去看人。我们帮他快点把人接过来，你看到了也高兴噻。"润昌大爷听了，高兴地说道："早就该接啦，早就该接啦。他把新媳妇接了，下回就该习初接，再往下就该是进初、中秋这些崽崽了。"正说着，一阵牛帮铃声传来。余主任对润昌大爷说道："润昌哥，人些放活路回来了，我们要回去煮饭了，你也要煮饭了噻。"说完，和我一起回去了。途中，余主任对我说道："看来你们润昌大爷还想和我们多说几句的，我是怕他再说下去，又要说到他家死去的老大、老二和你们润昌大娘身上，哭兮兮的收不了场，只好干脆走了算喽。"

走到巷子里，我正准备回家煮饭，突然想起余主任明天要到龙洞湾开会，于是问道："余主任，明天你要去开会，哪个安排孙茂堂后天去送人情和看人的事呢?"余主任笑道："你放心，今天他没有会到我们，晚上你怕他还睡得着嘢，明天，一早他就会过来的。"话刚说完，牛大爷和黑大爷就匆匆赶来打听消息，余主任简要地给他们说了今天的情况，他们才放放心心地回去了。果不出余主任所料。第二天一早，我还在灶房正准备洗漱，就听见巷子里一溜小跑的脚步声，我知道一定是孙茂堂来了。我挤了比绿豆粒还小点的牙膏，匆匆刷了下牙，洗了把脸，就出灶房来到余主任家。余主任见我，说道："岩初，你来了，你就给孙茂堂讲一下，我得赶紧去挑两担水，等一下要去开会。"我听了，急忙说道："你给他讲，讲得清楚些，我去挑水。"说完，赶紧挑起水桶走了。待我把余主任的水缸挑满，又把我们自己的皇桶也挑满，这才回到余主任家。余主任对我说道："我哪样都给孙茂堂讲了。吃了早饭你们又要到三家田做活路，我不晓得我开会哪阵才得回来，只怕是回来也会不到孙茂堂。明天一早我得去飞羊坡去看他们立知青房的事，也会不到孙茂堂。明天你们是吃了早饭到羊桥岩还是到那边去吃，你们两个商量一下。要送的人情在你那边碗架里，记到拿起走。"说完，余主任又对孙茂堂说道："帮你谈媳妇这个事，队上的人些都晓得了。大家一高兴起来说不定会开个玩笑哪样的，管人家说些哪样，你横竖来个当没听见。明天把人情送过去，把人看了，如果觉得合适，后天就去把结婚证扯了。接下来得拿几天来准备接亲的事。队上还得掰几天苞谷。咦，这时间硬是紧得很呃。"听余主任这么一说，我心里算了下，看来孙茂堂接来的媳妇不会参加队上分苞谷了，真为孙茂堂感到有点遗憾，又要少分得点粮食啊。这时听孙茂堂对余主任说道："我过来时，我妈给我说了好几遍，要我好好谢谢你，还有岩初。我哪样都听你们的，有岩初和我一路，三爷你就放心喽。"说完，余主任要去开会，就先走了。我对孙茂堂说道："谷利和黎芝打猪草去了，今天早饭是我当火幺师，你就在这里吃，吃过了我们一起到你们那边去做活路。"孙茂堂推辞道："反正要到我们那边去，我还是先回去，也好给我妈报个信。"我说："也好。明天我们怎么走法?"孙茂堂说："你说朗格走就朗格走。"我说道："你明天早上早点过来，我们这边也早点煮饭。你过来我们一起吃了早饭再去羊桥岩，这样不会耽搁时间。"孙茂堂说："听你的。"说完就准备走。我没等他迈开脚，赶紧说道："你明天还是穿周正点，选好点的穿。"孙茂堂笑了笑，说："行!"边说就边走了。

第二天，孙茂堂一早就过来了，似乎穿得比以往周正得多，好像是回家认真准备了的。只见他那用剃头刀刮过的标准光头包着以往用过的旧帕子，白白的头皮泛着青黑色的光芒。我对他说："孙茂堂，今天就不包帕子，行不?"谁知他斩钉截铁地说："不行！包惯恃（习惯）了，不包我脑壳空浩浩的，不得行。”再一看，他上身穿的是那件用日本尿素口袋自家缝的汗褟，株式会社的字样赫然在目。我笑着说道：“孙茂堂，朗格不换一件好点的衣服嘛。”他笑了笑，尴尬地说：“我就是这件衣服新点。其他的衣服你都看到过的，不是孔孔洞洞的，就是襟襟吊吊的，就得这件汗褟周正点。”这下，轮到我斩钉截铁地说：“不行，朗格都得另外找件衣来换。”话刚落音，我又犯了难，到哪里去找件恰当的衣服嘛。我没有新衣服，也还是有两件拿得出手的衣服。只是孙茂堂个子比我矮一截，穿我的衣服，恐怕衣襟要把他的克膝头都遮到了，衣袖把整个手都要遮得看不见，实在不恰当。正在犯难时，黑大娘过来了。她见我在为孙茂堂穿什么衣服为难，想了想，说：“我们这边只有进初的个头和孙茂堂差不多，我干脆去你们牛大爷家拿件进初的衣服来试一下。”说完，黑大娘正准备走。我又看了看孙茂堂穿的裤子，还是往日穿的“幺二三”裤子，只不过往日破了的地方，用布补好了。我便急忙拦住黑大娘，说道：“黑大娘，你到牛大爷家去，干脆把进初的衣服裤子借一套下来。”黑大娘笑着对孙茂堂说：“我干脆去给你牛大爷说下，借来进初的衣服裤子你穿回来不忙还，留在你那里，当新郎官还要穿嘛。等事情办完了再还他们。”

说话间，谷利、黎芝和黑大娘一家人都闻声过来了，听了大家都笑了起来，都说还是黑大娘想得周到。黑大娘笑眯眯地到牛大爷家去了。孙茂堂低头看着身上穿的裤子，对我说道：“这裤子噻，还是从你给妹打布壳的布里拣出来的布补的咯。”这时，谷利对孙茂堂说道：“咦，还难得看到你穿双鞋吔。”我一听，看了看孙茂堂的脚，一下子头都晕了，他穿的是一双新草鞋。我暗自埋怨自己太大意了，竟然没注意他穿的什么鞋。我正在想怎样解决鞋的事，黑大娘拿着衣服裤子进来了，我急忙让孙茂堂将黑大娘拿来的衣裤到我房间换上。姜还是老的辣，黑大娘拿来的衣裤孙茂堂穿着正合身。我突然想起我有一双刚洗好的解放鞋，赶紧跑回住宿处拿来给孙茂堂穿。孙茂堂一穿上，我就说道：“人恃衣服马恃鞍，这身行头要得哦。孙茂堂人都标致了好些。”中秋也跟着说道：“把帕子取了，就成城里人了。”一阵哄闹后，突然听到彭洁娥说：“岩初哥，你那双鞋孙茂穿起像套在船里一样，晃来晃去，朗格走得远路嘛。”中华笑着说道：“把鞋头塞点苞谷壳，就不晃了噻。”黎芝也笑着说道：“这么长一双鞋穿起，朗格看都不顺眼，要不得。”我看了一下，觉得确实太不相配。黑大娘说道：“进初的鞋应该有合适的。”不知何时来的牛大娘说道：“进初合适的鞋倒是有，就是泥巴敷带的，走人户怕是穿不出去哦。”大家一时想不出主意来。谷利在一旁认真看了看孙茂堂的脚，说道：“我去把我的鞋拿来试一下。”我笑道：“女生的鞋男人怎么穿嘛。”谷利也笑道：“解放鞋又不分男女的，这点你都不晓得嘛。”说完走出灶房。一会儿，谷利拿着一双新解放鞋过来，递给孙茂堂说：“穿起试一下。”孙茂堂接过，看了看，对谷利说：“还是新的哦，这朗格要得。”谷利答道：“这次过年回家，把家里人发的劳保鞋拿来了，还没穿过，你穿去相亲正好。”孙茂堂还在犹豫，我走过去，让他把我的鞋脱下，换上谷利拿来的鞋。孙茂堂把鞋换上，只见一双脚穿在里面闭口闭嘴巴巴实实，正合适。孙茂堂原地走了几步，满脸笑道：“谷利，是新鞋哦，朗格好意思穿你的嘛。”谷利由衷高兴地说道：“新鞋正好该你穿噻，你要当新郎官了，应该穿双新鞋嘛，这双鞋就送你了。”孙茂堂急忙连声说道：“要不得，要不得。我今天回来就脱来还你。”彭洁娥听了，开玩笑地说道：“好哦，回来就脱下来还，洗都不帮人洗下？”孙茂堂不好意思地搔了搔脑袋。我赶紧说道：“谷利送给你，你就收下嘛，反正后面还用得着。”黑大娘在一旁高兴地说道：“茂堂，看来你这门亲事是一定办成了。大家都在帮你，你们三爷亲自当媒公大人，岩初跟到起跑前跑后的。你牛大娘借给你的衣服正合适，谷利送给你的新鞋正合脚。看来你的福气到了。依我说，谷利送你的新鞋，你就收下，就算她送你办酒时的人情噻。”

她扭过头又对谷利说：“二天你去吃他的喜酒，就不送人情了。”谷利笑了笑。这时，黑大爷突然喊道：“锅里孔的荒瓜饭煳喽。”大家笑了起来，这才想起该忙去啦。我们也抓紧煮饭。吃完饭，我把要送过去的人情用刀篮子装好，放在背篼上，用绳子拴好，背起就准备陪孙茂堂向羊桥岩出发。孙茂堂见我背起了背篼，死活不干，还说什么这人情是他送的，背篼当然该他背，还进一步说道：“今天你是媒公大人，你陪我去羊桥岩送人情、看人，就是给了我好大的面子。还要你背背篼，朗格都说不过去。”我见他言之有理，也就把背篼让他背了。

我打空手走在他前面，孙茂堂背起背篼跟着走。走到了和尚大丘边，孙茂堂突然喊道：“等一下。”我扭头一看，只见孙茂堂已把背篼取下来放在了地上。我走过去问道：“莫非这几步路你就走累了？”孙茂堂一只手扶着我的肩膀，来了个金鸡独立，说：“等到，我把鞋脱下来，放到背篼下面。”边说边跷起脚，一只手准备解鞋带。我说道：“稀奇喽，莫非打光脚板走路要安逸点嘛。”孙茂堂笑着说：“是的，我打光脚板打惯恃了，你要我穿起鞋走，还硬是不安逸。”我笑着说：“要得，等你安逸，打起光脚板去送人情，去看人。”孙茂堂笑着说：“快要走到的时候，我把鞋穿起就是。”我说道：“不要啰唆嘛，还是穿起鞋走。等快要到了，到哪里找水洗脚，莫非你那双脚不洗就穿鞋嘿。”孙茂堂这才停止解鞋带脱鞋。他站了起来，背起背篼，跺了跺脚，说道：“穿起鞋走硬是舒服点，我是第一次穿这解放鞋，跟你讲老实话，我是怕穿烂了，有点舍不得。”我听了笑着说道：“等你把媳妇接来了，要她给你多整两双鞋，就有鞋穿了嘛。”孙茂堂笑道：“那还不是要有钱扯布了嘛。”不知此时，我那根神经错位了还是灵感大发了，竟模仿一伟人的口气说道：“茂堂，面包会有的，鞋也会有的。”孙茂堂听了，好奇地问道：“岩初，你讲哪样包会有的？是烟荷包嘛，我这里都有。”我笑了起来，说道：“人家说聋子会做对子，你又不聋，还会安名呢。我说的是面包，你要说成是烟荷包。”孙茂堂好奇地追问道：“面包是哪样东西？你讲来听下。”这一下倒把我难住了，只好勉为其难地说道：“面包是用灰面做的，把灰面用水揉成一团，和我们发麦粑差不多。只不过是发好了不是拿来蒸，而是放在炉子里烤，烤好了，就成了面包。那些大城市里的人会拿来当饭吃的，只是我们县城里都没得。”孙茂堂吞了下口水，说道：“是净粮食做的，肯定好吃喽。”我笑了笑，说道：“当然好吃喽。面包上面抹得有黄油、奶油的更好吃。”孙茂堂又咽了下口水，大惊道：“有这么多油，听都没听到过，有这个东西吃，怕是比过年还安逸喽。”说完，又问我道：“你吃过没得？”我说道：“前两年大串联时，在遵义、重庆和成都吃过。”孙茂堂羡慕不已地说道：“你还安逸咯。等哪天有办法了，我也去找个来吃下。”我调侃着笑道：“要得，等我有办法了，买它一背篼，等你吃个安逸。”孙茂堂认真地说道：“买一背，那要好多钱、好多粮票啊。这粮票还得背米到粮站去换。”我看孙茂堂认真盘算着的样子，赶紧说道：“摆龙门阵，空来吹。你还当真喽。”

一路吹壳子，一路走，不知不觉就到羊桥岩了。我先带孙茂堂来到大嬢家。他们生产队和我们生产队一样，出工迟，大家都还在家。大嬢大姑爷虽然都认识孙茂堂，但见到焕然一新的孙茂堂，还是让他们大吃了一惊。大嬢让孙茂堂站好，端详了一会儿，颇为得意地对大姑爷说道：“我说我后家生产队的小伙个个都标，你看嘛，不是我吹的吧。”大姑爷笑道：“人们常说人恃衣裳马持鞍，孙茂堂穿起这一身衣裳，脚上还穿了双解放鞋，样子是标呃。”两个老辈子你一言我一语把孙茂堂说得都有点不好意思了。孙茂堂把背篼在大嬢家灶房里放下，我从刀篮子里拿出一份人情交给大嬢，待大嬢收下放好后，我问道："坎上那两家大人在家不？"大姑爷说："那两兄弟都在屋里，姑娘也在屋里。"大孃对大姑爷说道："等一下，你带孙茂堂们两个把人情给坎上那两家送去，我上去把姑娘喊到我们这里来。"她又对我和孙茂堂说道："你们把人情送了就下来，到我这里来看人。姑娘要到我家来，不愿在上面。"按照大孃的安排，大姑爷带着我和孙茂堂来到坎上。先到王美清家送了人情，寒暄几句，又到房子并列的另一幢的王美河家送了人情，照样寒暄了几句后，我们随着大姑爷回到大孃家的灶房。大姑爷让我们到火铺上就座。一会，大孃带着姑娘从堂屋进了灶房，站定后，大孃对姑娘说道："治荣，岩初哥前天才来，你是认识的，挨到他坐的那个小伙就是孙茂堂。"孙茂堂看了姑娘一眼，微微低下了头，但余光仍留在姑娘身上。姑娘看了孙茂堂一眼低头"嗯"了一声。

此时我跳下火铺，开始履行副媒公大人的职责。我把大孃和姑娘请到堂屋，我问她们道："这个小伙可以不？你们有哪样想法？"大孃笑眯眯地看着姑娘，不说话。姑娘低着头，右手拉着衣角，也不说话。寂静的场面让我有点着急，也不知该说点什么。还好，过了一会儿，大孃开口道："依我说这个小伙好，可以。"随后摸着姑娘的肩膀，问道："你说呢？"姑娘仍然只"嗯"了一声。听到这个"嗯"字，我知道这件事谈成了。于是我对大孃说道："前天讲的，定下来了，明天就去公社扯结婚证。大孃，你看行不行？"大孃说："是这样，明天去就是啦。"我又说道："还是约个汇齐的地方，大家好一起到公社去。"大孃说："要不，就到旧场口汇齐。"我随即把孙茂堂也叫到堂屋，告诉他道："大家约在旧场口汇齐。汇齐后，就直插茅坝到公社的大路。羊桥岩到场口顺路，我们那边绕了点，无非多走几里。"孙茂堂听了点了点头。我问大孃道："时间朗格定？"大孃答道："天一亮就起来煮饭吃，吃了就往场上走，到场口等齐了，就往公社走。"我说道："要得，明天我陪孙茂堂去。你们这边怎么安排，就由大孃你定喽。"大孃说道："就让坎上那两家去个姑娘陪就是了。"谁知王治荣这姑娘拉了一下大孃的衣服，轻轻地说道："我不要她们去，要你家细妹同我去。"大孃笑了起来，说道："那就喊细妹陪你去就是了。"我听了，也说道："大孃。这样也好。那两家的姑娘我不认识，你家细妹我还认得。就这样说定了，明天我们在场口等她们。记得在大队打证明哦。"送人情、看人的事就这样顺利完成了。

从羊桥岩回土地坑的路上，我问孙茂堂道："你究竟满意不？"孙茂堂脸上明明写着满意的字样，却一直笑而不答。我逗他道："你不回答我这个媒公大人的问题，明天我就不陪你到公社去咯。”孙茂堂急忙说道：“你不陪我去，朗格要得。”我追问道：“这个姑娘你到底满意不?”孙茂堂这才有点不好意思地说：“满意。”

回到家，我让孙茂堂到我住处，把他的汗褟、幺二三裤子和草鞋拿上，带回去。并要他明天到我们这里来吃饭，好一起走，还强调明天还是穿今天穿的衣裤和鞋子。孙茂堂边答应边要往外走。我看他急着要回去的样子，笑着说道：“是该早点回去，给你妈讲下今天的情况，让她老人家也高兴下。”孙茂堂笑嘻嘻地走了。

孙茂堂走后，我看时间还早，喝了几口水，赶紧跑到牛心山自留荒地翻红苕藤去了。晚饭后我把今天陪孙茂堂到羊桥岩送人情、看人的情况给余主任做了汇报。余主任听了很高兴。他告诉我，大队革委会已经同意飞羊坡生产队动用他们队上知青建房款建知青房。明天他要到飞羊坡去，和那里生产队的人谈一下，看下还有哪样情况。余主任前天已给我讲过他要去飞羊坡一事，今天又说这个事，显然是要让我明白，明天陪孙茂堂扯结婚证的任务又只有我去完成了。我心中暗自算了下，耽误了几天出工，又要少得些工分，到年终分红又会少分得点粮食和钱啦。转念一想，虽如此，但能为孙茂堂的终身大事帮上忙，也还是值得的。过了一会，余主任把大队革委会给孙茂堂开的办结婚证的证明交给我，并说道：“明天你们去四个人，有三个都是你们城里人说的乡巴佬，没见过世面，怕是连公社在哪里，办事朗格办都不晓得喽。你不要看牟书记到我们这里来，孙茂堂和他像熟得很，其实他连公社都没去过。有年交公粮，要求交到马塘公社仓库，就是那一回，他到过马场，到仓库交完粮就回来了，公社大门朝哪里开他都不晓得。羊桥岩那两个姑娘更不消说，怕是马塘在哪里都不晓得啰。不过有你和他们一路，我就放心了。”我把余主任交给我的证明收好，开玩笑地说道：“你放心去飞羊坡办你的事，既然跟到你学当媒公大人，这点事还是会办好的。”余主任笑着说：“你跑羊桥岩两趟，把孙茂堂的事情办成了，在乡下当媒人有哪些大套路就大致晓得了。这回我们两叔侄把孙茂堂这件事整成了，也算做了一件大好事。有你跟到起跑，我心里踏实多了。不说别的，你让孙茂堂自己去马塘，他头都摸不到。虽说‘口是江湖，脚是路’，在外头他口都开不了，脚都不晓得往哪里走喽。”

听到孙茂堂要去扯结婚证，谷利和黎芝也由衷地为孙茂堂高兴。第二天一早，她俩早早起来把饭煮好，就等孙茂堂过来吃饭。不一会儿，孙茂堂兴冲冲地过来了。我急忙拿碗舀饭，两个女生急忙把菜端上桌。我对孙茂堂说："快来坐起，吃饭喽。"哪知对吃饭从不推辞的孙茂堂却站着说道："我吃过啦。昨天我回去给妈和妹讲了到羊桥岩的情况，还给她们讲了我今天要到公社扯结婚证。她们俩娘母听了，硬是高兴昏了。今天天不见亮就爬起来把饭煮好，我就吃了才过来。"说完，掏出烟杆，站在灶门口抽烟。听他这么一说，我也没再多说什么，赶紧端起碗吃饭。那边余主任正准备出发到飞羊坡，路过我们灶房门口时，看见孙茂堂站在灶门口抽烟，于是进来看个究竟。他一进来就对孙茂堂说道："咦，你来喽。我怕这么大的事，你还在屋头稳得起呢。"见孙茂堂在抽烟，我在吃饭，便惊讶地问道："朗格，吃烟比吃饭还要当紧点不是?"孙茂堂笑道："我吃过了。"余主任说道："正好，你不吃，我干脆扒两碗饭打个底，再上飞羊坡。"

听余主任这一说，谷利赶紧给余主任盛了碗饭，余主任坐在桌子边吃了起来。他边吃还担心地问我证明带好没有，我掏出来给他看，并开玩笑地说道："带了。这个不带，到公社去扯不到证，孙茂堂起码要找我打八架。"说得大家都笑了起来。我和孙茂堂正欲出门时，谷利突然问道："带语录本没有？到公社革委会去办事，可能要用到啊。"我急忙跑回住处，将语录本拿上。从土地坑到旧场这一段路简直就是孙茂堂带着我小跑，到旧场场口已几近汗流浃背。我俩到了场口，羊桥岩的两个姑娘还未到，我要孙茂堂坐在场口的石坎上等。他笑着说："我站起，免得把进初的裤子坐脏了。"我笑着说："饱吃不如稳坐，这石板比我的裤子还干净点，你不坐我坐。"说完，一屁股坐了下来。孙茂堂站着，不时朝羊桥岩方向看去，过了一会儿，索性朝羊桥岩方向走了几步，看了一会，倒回来问我道："朗格还没来?"我答道："羊桥岩到场口比我们这边远，你着哪样急嘛。"他笑了笑，不再问了，但还是继续向羊桥岩方向张望。过一会儿，他又说道："还不见人影子。"我说道："快了，快了。才好一下嘛。"又过了一会儿，他转过身来问我道："你说会不会闪火哦?"我笑了起来，说道："闪哪样火，你放一百个心。是人家怕你闪火，一点都沉不住气。"经我这么一说，孙茂堂这才安静下来，不再东张西望地发问了。

又过了一会儿，孙茂堂把我拉起来，指着不远处苞谷林里的小道上两个隐约的身影说："你看！像是来了。"我定眼一看，果然是两个姑娘来了，一会儿两个满脸通红娇喘兮兮的姑娘到了。我急忙迎了上去，和王治荣点了点头，算是打了招呼。大嬢家的细妹对我说道："岩初哥，我们都算走得早走得快的了，你们还是比我们先到。”我笑着说道：“男的当然比你们女的先到才对噻，再说我们那里到场口要近点了嘛。”接着我问细妹道：“大队打的证明你们带来没有？”细妹答道：“带来了，在我这里。”说着从衣袋里掏出来一张纸递给我，我接过来，看了一下还给了细妹，嘱咐她收好。孙茂堂站在一边，一句话也不说。我问两个姑娘道：“要走还是要歇下？我们是歇了好一阵了。”还是细妹答道：“走嘛，慢走当歇。”

于是我们四人向马塘方向走去，两个姑娘走前，两个男的殿后。起初，四人都闭着嘴，谁也不吭声。大家埋头走路速度倒不算慢，只是都闷着头赶路，场面有点尴尬。我一时也想不起讲点什么来打破这尴尬的局面。幸好细妹首先开了口，打破了这个难堪的局面。细妹问我道：“岩初哥，过年的时候，我到土地坑去拜年，朗格没看到你呢？”我答道：“我回家过年去了，去了十多天才回队上的。”细妹说道：“你们城里头过年比我们乡下要好耍点哈。”我半开玩笑半认真地说：“好耍不好耍，就要看有没有嘎嘎。”这一说，把孙茂堂和王治荣都逗笑了。孙茂堂终于开口了，对细妹说道：“你拜年，嘎嘎吃安逸了噻。你家大舅、三舅家过年都杀了大肥猪。”细妹说道：“还怕不是。那两家的肉都好肥哟，炒起来有巴掌大块，吃两块就吃伤（吃腻）了。”孙茂堂说道：“你们姑娘家秀气，我是吃十块都不伤。”见气氛活跃起来，我趁机对孙茂堂说道：“你家今年分了粮食，买个猪来喂起，明年过年也可以杀个大肥猪了。”孙茂堂听了，默了一会儿，说道：“要得。没得钱买大的，就买过小的来喂起。我家都好些年没有喂过猪了，更不说杀过年猪喽。”细妹又问我道：“我们三舅家猪崽卖完啦？”我说：“卖完喽。”细妹说：“要不，茂堂哥可以到三舅家拉个来喂起。”我说道：“你三舅家那头母猪又怀起喽。”我转身对孙茂堂说：“今年喂不成，明年春上到余主任那里拉个猪崽来喂起也行，只是到过年怕长不到好大。”

我们三个你一言我一语讲得热闹，那王治荣却是一言不发。一路走来，就细妹爱说话。一会儿猪一会儿人的，一会儿土地坑亲戚家，一会儿羊桥岩自己家。讲她家细孃谈的对象长得好，讲孝娥做事能干，都快要抵得上一个大人啦。又讲幺舅在当兵，幺舅娘一个人带小孩辛苦。讲她妈做事能干，她爹哪样事都依她妈。还夸土地坑地势好。天干天涝都不怕。这一路上，也全得细妹话多，大家才不觉得寂寞、无聊和尴尬。

刚过正午，马塘到了。我带着他们三人来到公社革委会办公楼前。办公楼静悄悄的，未见有人活动。我暗自担心公社的干部会不会都下乡检查工作去了，如果这样，今天这趟就白跑了。我让他们三人在办公楼门外站着，我跑到楼里，走到革委会办公室门口朝里一看，看见有一个人趴在办公桌上睡觉。我走进办公室，趴着睡觉的人并未被我的脚步闹醒，仍趴着未动。我只好故意大声咳了几声，那人才缓缓抬起头来，随即伸了个懒腰，将双手置于办公桌上，这才看了看站在一旁的我，用带有一点威严的口气问道："你有哪样事?"我向前走了两步，来到办公桌前，轻声问道："同志，请问办结婚证是不是在你这里?"那人怪异地笑了笑，说道："是在这里办，你一个人办哪样结婚证？还有个人呢?"我赶紧解释道："不是我，是另外两个人，他们在外面等到的。"那人说道："喊进来。"我急忙走出去把孙茂堂和王治荣带到办公室，让细妹在门外等候。我把从细妹那里拿到的证明和我带来的证明一并交给那个人，那人接过证明不吱声，自顾自地认真看。孙茂堂和王治荣并排站在办公桌前。我在稍偏后的一边站着，一时的寂静让人觉得不知所措。那人审阅证明有好一阵啦，才抬起头看了看并排站着的孙王二人，说道："是你们两个要扯结婚证吗?"孙茂堂"嗯"了一声，王治荣则点了点头。那人说："你们等到起，我还要核对下户口簿。"那人站起来，走到一排文件柜边，掏出钥匙打开文件柜，在柜子中翻选了一下，然后抱出一摞簿子来。我想这应该就是所说的户口簿吧。那人把户口簿拿来放到桌上，坐下认真翻阅。翻阅了一会，他头都不抬地问道："你是孙茂堂?"孙茂堂急忙答道："我是孙茂堂。"那人抬起头看了看，又低头翻了一阵，抬起头对王治荣问道："你是王治荣?"王治荣点头"嗯"了一声。那人继续问道："你们两个是不是自愿的?"孙茂堂忙答道："是。"王治荣仍然是"嗯"了一声。

那人问完后，说道："办结婚证，还是得正儿八经有个仪式哦。"说着，他抽出办公桌的抽屉，拿出一本毛主席语录本，对孙王二人说道："你们两个跟到我做。"在那个人的指挥下，孙王二人面对贴有主席像和副主席像的墙壁站好，那人手握语录本站在他俩的前面。此时，我才猛然醒悟，原来这就是办结婚证要有的正儿八经的仪式，我顿时后悔没有及时走到办公室外面去，此时只好跟着站到孙王二人的后面，像那人一样也把语录本拿在手上。那人转过身看了看孙王二人，见二人手中没有语录本，就大声问二人道："你们两个朗格不把红宝书拿出来?"这时，孙王二人才认真对视了一下，站着不知所措。我赶紧解释道："他们两个都是大字不识一个的。"那人一听，有点生气地说道："不识字，就不请红宝书啦!"我赶紧回答道："他们都是贫下中农，觉悟都很高，就是不认识字，不晓得出来办事红宝书要随身带。

他们平时都是把红宝书恭恭敬敬地供在香火板上的。”那人想了想说道：“这还差不多。平时你们队上组织学习红宝书不？”

也不知那人是在问孙王二人还是在问我。事已至此，我只好大起胆子想当然地答道：“学习，天天出工前都要学习。牟书记到我们生产队还表扬过的。”那人听完，口气温柔多了，问道：“你认得牟书记？”从那人的口气我知道可以扯起虎皮作大旗用一用了，于是回答道：“当然认识喽。还有革委主任、武装部长王部长，陈社长、谢社长和陆秘书我都熟悉，只是同志你还没见到过。”我这么一说，那人脸上开始露出笑容说道：“我姓张，上个月才从新田公社调过来。你好像是知青嘛。”我赶紧说道：“我是土地坑的知青。”那人笑着说：“去年区里打篮球赛，我们新田公社都去的，我在场下帮忙。你现在讲起来，我想起来了，你好像是马塘公社代表队的。”我答道：“是的。”那人满脸堆笑道：“你们那回替马塘公社争了光，王部长和牟书记到现在都还在谈起。”我趁机套近乎说道：“张秘书，你下次到旧场片区检查工作，有机会到我们生产队去看看，我们生产队的糯米有名哦。”张秘书高兴地说道：“要去，要去的。”我趁热打铁地说：“麻烦你带他们两个把仪式进行了嘛。”这一下，张秘书很干脆地说：“好。”然后清了下嗓子，带着孙茂堂和王治荣面向主席像，右手举起语录本正要开始仪式，我突然想起孙茂堂在这种正式场合是连话都说不出来的。于是我急忙走过去，对张秘书说道：“张秘书，他们来扯结婚证，有点紧张，我先教他俩一下，再进行仪式，行不行？”张秘书点了点头。我走过去给孙王二人简单地说了一下，然后仪式正式开始。待“万寿无疆”“永远健康”的祝福过后，张秘书说道：“下面让我们怀着无比崇敬的心情一起学习毛主席语录：领导我们事业的核心力量是中国共产党。”孙王二人嘴动了一下，但没发出声来。我知道张秘书选念的语录对于孙王二人太长了点，平时他们对语录就不熟悉，在这种场合要跟着念谈何容易。张秘书念完后，他们二人木然地站着，一声不吭。张秘书见他们二人没有跟着念，有点生气地扭过头来瞪着他们。

见状，我急忙走上前去，对张秘书说道：“他们习惯了农村的学习方法，让我来带他们念，你看行不？”张秘书正巴不得，说道：“要得嘛。”我又给孙王二人交代了几句，开始代行仪式。我说道：“伟大领袖教导我们‘抓革命，促生产’！”他们二人声音大而整齐地跟道：“抓革命，促生产！”我又说道：“伟大领袖教导我们‘农业学大寨’！”孙王二人大声整齐地说道：“农业学大寨！”我看了看张秘书，说道：“张秘书，可以了吧？”张秘书笑道：“他们还是适合农村的学习方式点。”这一突出政治的仪式终于完毕，进入了扯结婚证的具体过程了。张秘书从抽屉里拿出两张比较厚实的纸，我想应该就是结婚证吧。他用笔在上面开始填写，写了一会儿，放下笔，拿出一个盒子和一枚印章，打开盒子，可以看见里面有红红的印泥，原来是个印泥盒。把印章在印泥上按了按，再拿起印章在嘴边哈了一口气，可能是印泥没有多少油了吧。然后他把印章用力分别摁在纸上，每张都停了大约不少于五秒钟，方才将印章放好。问孙王二人道：“会写自己的名字不？”孙茂堂搔着头说：“名字还是斗得拢。”张秘书说：“过来，在这存根上把你的名字写起。”孙茂堂走到桌子边，在张秘书的指点下，在存根上吃力地写下自己的名字。张秘书看了看，说道：“还是斗拢了，但还要盖一个手印。”孙茂堂又在张秘书的指导下，将大拇指伸进印泥盒里，在印泥上用力摁了摁，再将大拇指在写有自己大名的纸上用力摁了一下。然后孙茂堂低头看着还沾有印泥的大拇指，长长地嘘了一口气，似乎在庆幸自己终于完成了人生中的一件大事。王治荣因为根本不识字，连名字都斗不拢，只有摁手模印了。一切完成后，张秘书严肃地将两张结婚证分别给孙王二人各一张。至此，孙王二人扯结婚证的任务总算是完成，我也轻松了。我向张秘书一阵道谢后，我们三个走出公社革委会办公室。细妹在外面一直坐在台阶上，她见我们出来，急忙站起来，说道：“咦，整这一天呃。”我只好苦笑了一下，没有说什么。

回家途中，我发现孙茂堂变了个样，虽然话也不多，但心中的喜悦都满满地写在眉宇间。王治荣仍不吭声，但脸不再绷紧，前几天脸上的憔悴似乎也被这一纸结婚证一扫而光。任务完成，回头路显得格外好走些。在细妹东问西问和我的南答北答中，我们走到了茅坝，该分路了。分开前，我故意对细妹说道：“细妹，你回去给大孃大姑爷讲下，要他们那边抓紧准备。”细妹说道：“岩初哥，你们放心，这几天坎上的伯伯和幺爹忙起火了，工都没出。”我又轻声地对孙茂堂说：“去和王治荣招呼一声嘛。”孙茂堂看了看低着头的王治荣，欲言又止，犹豫了一下，最后还是在我腰上捅了一下，低声说道：“还是你去帮到打个招呼嘛。”我只好笑着对王治荣说道：“大妹，我这个媒人今天帮到你们把结婚证扯了。等七月十二的那天我还要陪孙茂堂去接亲、喝喜酒。你过来了嘛，我们就是一个生产队的喽。”王治荣把头低得更厉害，细声细气地说道：“岩初哥，多承你了。”

就这样我们四人分道扬镳了。从茅坝到土地坑就一杆烟的工夫，我和孙茂堂走到余主任家院坝里，只见除了冬娥、孝婵和黑大爷家素珍三个姑娘在玩外，未见一个大人，显然出工的人们尚未收工。走到我们灶房门口，我问孙茂堂是否进去坐下，他笑着答道："不坐了，早点回去把扯的结婚证拿给妈看下。说不准她这阵子还在担心这个事呢。"我笑道："咦，有孝心。早点回去也好，让大娘放心点。"随后我把他上下打量了一下，说道："明天做活路就不要穿这身衣服喽。"孙茂堂认真说道："不穿，不穿啦。明天要我妹洗干净，等晾干了拿过来还进初。"我说："不要忙到还。离你接亲的日子也没有好久了，洗好了放起，等接亲的时候还要穿起当新郎官噻。"他挠了挠脑壳，傻笑了笑，说道："老实的呃，我还搞忘记啦。"说完，笑嘻嘻地走了。

母子苕　分粮风波　接新娘

话说孙茂堂走后，我回到住处，把身上穿的衣服换成了汗衫，把语录本拿出来放好，然后回到灶房，准备煮晚饭。这几天办事还算顺利，心中竟充满成就感，决定煮一顿好晚饭庆祝庆祝并犒劳自己一下。于是我快步走到碾房边的三角菜地，见油柿子树上吊着好几个已经成熟开始上霜的老荒瓜，我将显得最老的一个摘下来，抱回灶房。我在灶房一边刨荒瓜一边忍不住地笑了起来，我讪笑自己，什么好晚饭，无非就是孔一顿荒瓜饭，即便是全用米来孔荒瓜饭也不能算什么好晚饭吧。我一边着手准备晚饭，一边想办法看如何能让这顿晚饭多少有点特色。想了一会儿，也没想出什么方法来。于是我自嘲道，只要煮出与平常不一样的荒瓜饭，就算是有特色了。我接下来切荒瓜坨坨，下米沥米，用水拌苞谷面和往常并无二致。这顿晚饭是否不寻常关键在炒荒瓜坨坨。我们平常孔荒瓜饭一般是不放油的，偶尔放，也只象征性地放一点眼泪水油。这次我舀了一大坨猪油（所谓一大坨，也只是相对而言）放入锅中炒荒瓜。由于这次孔的荒瓜饭放的油多些，故堪称奢华。因与往日大不相同，当然算是一顿有特色的好晚饭了。我知道今天的晚饭会有插曲，于是把一整个荒瓜全都切了，孔了一大锅两糙荒瓜饭。忙碌一阵，当我把毛盖盖在锅上开始孔饭时，太阳也开始落山了。

院子里一阵牛帮铃和牛蹄声响起，不用看就知道这是孝娥和中华等牧童们放牛回来了。一会儿，孝娥进到灶房，问道："岩初哥，你整的哪样饭？好香哦。"我答道："煮的荒瓜孔饭。你要煮饭不？"孝娥答道："要煮，现在就去。"我又问道："整哪样饭？"孝娥答道："蒸早上剩的两糙饭。等妈回来整菜。"说完，孝娥回去煮饭了。一会儿中华从堂屋过来，说道："岩初哥，你的饭熟了？"我说道："快了。你煮哪样饭？"中华答道："孔母子苕（育完红苕秧后的红苕）。出工前，妈都收拾好了的，我把它倒到锅里放点水孔起就是了，等妈回来熬油茶。"太阳完全落山了，出工的人们回来了。我又赶紧去摘了几个茄子烧来凉拌海椒。吃饭时，果不出我所料，插曲开始了。首先是孝娥端了一碗两糙饭过来，二话不说，就把碗中的两糙饭往我们锅里一倒，再用铲子舀了一碗荒瓜饭坐在桌子边大口吃了起来。谷利笑着说：“孝娥，拿净饭换荒瓜饭，你亏大了噻。”孝娥也笑道：“今天岩初哥孔的荒瓜饭比你们往回孔的荒瓜饭好吃。我早就闻到香味了。”黎芝笑道：“你鼻子还尖嘞。不晓得你们岩初哥放了好多猪油，当然香喽。”我笑道：“主要是我技术好。”谷利也笑道：“当然技术好喽，这一顿用的油相当于我们煮十顿饭的油。”黎芝抢着说：“怕还不止呢！”我只好说：“这几天办事办得顺利，心里一高兴就有点忘乎其形。铲子不长眼睛，就多舀了点油。”大家正在七嘴八舌地说笑着，冬娥和孝婵也端着碗过来了，嚷着要吃荒瓜。见状，谷利赶紧从锅里捞底铲了一碗荒瓜饭给余主任家送去，这才把冬娥、孝婵引了回去。

大家正吃着，中华拿着一个煮熟的红苕走了过来，边吃边说道：“妈说你们要吃油茶，就自己去舀。”谷利似乎想起什么，赶紧拿了一个大碗，舀了一碗荒瓜饭递给中华，说：“中华，给素珍端去。”一会儿彭洁娥用装饭过去的碗装了几个红苕过来，说道：“妈说拿几个母子苕给你们试下，你们怕是从来没吃过哦。”我拿起一个，一看皮是黑褐色且粗糙丑陋，将其掰成两半，里面呈蜂窝状，此间叫空花。我放到嘴里中一嚼，淡而无味，口感极差，和一般的红苕根本无法相比。我笑着对彭洁娥说道：“这母子苕还真的没得红苕好吃。”彭洁娥笑道：“那还消说，这种母子苕连猪都不大爱吃呃。”黎芝也吃了几口母子苕，说道：“干脆拿它喂猪算了。”彭洁娥说：“母子苕也是红苕了嘛，也可以当饭噻。不过孔来也是人吃一半猪吃一半喽！”谷利笑着说：“真的。去年我们还不是兴孔一锅红苕，人和猪打伙吃。”彭洁娥边吃母子苕，边问道：“岩初哥，说是你今天陪孙茂堂去扯结婚证，扯到没得？”我回答道：“当然扯到了。过不了几天孙茂堂就要接新媳妇喽。”彭洁娥笑着说：“难怪茂娟这几天高兴得很。”说罢，又说道：“你们去舀碗油茶来吃噻。”

此时，正在把锅里没吃完的饭往盆中舀的谷利说道：“彭洁娥，你来看下，这锅底的锅巴尽是些油，不晓得放了好多油啊。”我在一边笑道：“好噻，把米汤倒进去，再放点盐巴，这锅巴油米汤算我负责。”谁知孝娥端着碗嚷道：“我也要吃。”待谷利把锅巴油米汤搅和好，彭洁娥笑着到我们碗柜里拿了个碗，到锅里舀了一碗，喝了一口说：“这挨刀的孝娥还会吃呃，是比我家的油茶还好吃点。”谷利说：“你看，上面还漂有一层油哦。”彭洁娥一口气把碗中的锅巴米汤吃完，说：“就是这点油争气，好吃。”就在大家吃锅巴油米汤高兴之时，余主任一步跨进我们灶房，一边扯起衣襟抹头上的汗水，一边急切地问我道："岩初，扯到没得？"说完，他走到我们吃饭的桌子边，拖了一长凳，一屁股坐下。我赶紧回答道："结婚证很顺当地扯到了。我都回来好一阵了，饭都是我煮的。"余主任如释重负地说道："总算解决了一个大问题。"说完，看见还站在一旁听谱的孝娥，问道："孝娥，你们吃饭没得？"孝娥答道："我们刚吃完。"余主任说道："你快去帮我舀碗饭过来。"孝娥边走边嘀咕道："这一天了，在外头饭都找不到吃的。"一会孝娥端了一大碗饭过来，说道："妈说的，屋头没得菜了，喊你在岩初哥们这边找点菜下饭。"没等余主任说话，谷利从盆中舀了一碗荒瓜饭放在了桌上，把还剩下的一点凉拌茄子也放在了桌上。余主任从荒瓜饭里面拈起荒瓜当菜，一边吃，一边说道："岩初，今天你们办事顺当，我到飞羊坡办事也顺当。幸好 上去了，不然的话，怕还要出点麻烦。"他扒了几大口饭，又说道："硬是饿了，吃过饭我慢慢地摆给你们听。"看他狼吞虎咽的样子，细心的彭洁娥不知何时到她家灶房端了一大碗油茶也放到桌上。余主任吃完孝娥端过来的饭，又端起谷利放在桌上的荒瓜饭吃了起来，顺便喝了口油茶，然后对孝娥说："再去舀碗饭来。"孝娥笑道："甑子里头没得了，我们吃的是早上的剩饭，妈炒的一点点茄子早就遭我们吃完了，全得谷利姐端过去的荒瓜饭。"经孝娥这一说，余主任只好继续吃我们的荒瓜饭，喝油茶。

他边吃边说道："本来那三个知青和周习林都要我在他们那里吃夜饭，我心里欠到起孙茂堂这件事，就跑回来了。"待余主任吃饱，我们盆中的荒瓜饭已所剩无几了。乖巧的孝娥知道余主任有饭后一杆烟的习惯，余主任刚放下碗，她已把大烟杆提了过来递给余主任，又返身把碗端回，并把影响三娘做事的小明明抱来交给了余主任。余主任一手搂着小明明，一手扶着大烟杆抽着烟说道："我今天上飞羊坡，本来是想告诉他们，大队同意拨款给他们生产队建知青房。我到了他们队上，正遇到一帮人在扯皮，还差点闹出事来。"正说着，黑大爷和中秋，牛大爷、习初和进初都不约而同来到我们灶房，估计是来打听孙茂堂的事情的。余主任见屋里人多了，对黑大爷说道："黑哥，人多了和不开，又热。干脆我们到你们堂屋吞口坐起来摆。"于是大家一阵忙碌起来，搬了几条长凳放在吞口，中秋在阶沿坎下放了一堆晒蔫了的蒿枝，用火一点起，用以驱赶蚊子。大家刚坐下，黑大爷迫不及待地问："孙茂堂的结婚证扯到没有？"我还没有来得及回答，余主任就抢着回答道："扯到了，扯到了，都放心，都放心。你们听我讲今天我遇到的事情，好耍得好。"接着余主任开始讲他今天到飞羊坡所遇事情。余主任首先对我说道："你晓得的，我去飞羊坡主要就是通知他们生产队，大队革委会同意拨款给他们建知青房。等我去过后，恰好遇到了一件事情，也是和飞羊坡三个知青有关的。”然后余主任讲了他所遇事情的始末。

今天早饭后，飞羊坡的人集中在仓库清理库房，为秋收做准备。飞羊坡地势比土地坑高，掰苞谷要比土地坑晚几天。前段夏收的麦子还堆在仓库里没分，队上决定今天把这麦子拿来分掉，腾出仓库来准备收苞谷。按照队上现有规定，秋收决算前，分少量的粮食都是按人头平分的。队上的保管、会计就按照一个人十斤撮麦子过秤。在保管将分给三个知青的麦子撮进背篼，会计准备过秤时，队长伍芝富突然喊道：“祥二（保管），你按几个人撮的？”祥二应声道：“三个人的噻。”伍芝富对祥二命令道：“撮一个人的起来！”祥二站着没动，还以为自己听错了。伍芝富见祥二没动，就吼道：“祥二，要你撮一个人的起来，你没听到，还不快点撮！”祥二这才反应过来，问道：“朗格要撮一个的起来？他们是三个人了嘛。”这时伍芝富冒火地说道：“你不撮，我来撮。”说完，就伸手去提背篼。这时方初走了过去，把伍芝富呼的一下拨开，说道：“为哪样要撮一个人的起来？总要说个道理吧。”伍芝富站定，皮笑肉不笑地说道：“哪样道理？三中有十几天工都没出工，人花花都没看见。为哪样要分粮食给他。”这时谷林问道：“那你是说没有出工就不分粮食喽？”方初接着问伍芝富道：“这就是你的道理不是？不做活路就不分粮食？”伍芝富大声地说道：“那当然。活路都不做，还想分粮食。”谷林说道：“三中生病，是跟你请假了才回去的，住了十多天院。你没搞忘记吧。”伍芝富说：“我当然没忘记。三中就是生病没做活路。”方初笑道：“这下我更清楚了。”说完，走到伍芝富老婆身边，一下把装有分给伍芝富一家七口人麦子的背篼轻而易举地提到祥二身边。伍芝富见方初来了这一招，惊讶地问道：“方初，你要干哪样？”方初笑而不答，把衣襟解开，露出宽厚胸脯的胸毛，又挽起裤脚，露出有汤罐粗的脚肚子。然后问会计老跳道：“老跳哥，你看下工分本，伍队长家有几个人出工？”老跳笑着说道：“方初，这个还要翻哪样本本嘛。是三个，他们俩口子，还有他家大姑娘。”听了会计老跳的回答，方初索性把衣服脱了，光着上半身，露出胸膛和肚子上一股一股的胸肌和腹肌，两手一握拳头，胳膊上也显出一股一股的肌肉，胳膊一弯动，上胳膊一坨坨耗子肉就上下滑动。然后对祥二说道：“祥二，麻烦你把伍队长家背篼里的麦子撮四个人的出来。”祥二看了看队长伍芝富，站着没动。方初见了，说道：“你不撮，我来撮。”说着，拿过祥二手中的撮瓢，准备舀。伍芝富见状急了，说道：“你敢撮！”方初笑着说：“我朗格不敢撮。按你说的，不做活路的不分粮食噻。”伍芝富张着嘴巴说不出话来。方初接着说："你家七口人，伯娘年纪大了，没有做活路。还有三个小崽崽还做不得活路。只有你们俩口子和你家大姑娘出工。按你的说法，是不是只该分三个人的粮食？是不是要把多分的四份撮出来？"伍芝富觉得有点理亏，说话也不那么霸道了，小声地说道："我还以为三中不回来了呢。"这时，知青房东、大队民兵连长周习堂大声说道："人家三中都回来几天了，把药都包起回来的，天天还在熬药吃。"伍芝富趁机转移目标，对周习堂大声说道："你朗格不给队里汇报。"周习堂当然不示弱，吼道："我凭哪样要给你报告。你一个人就敢决定不分粮食给知青，你给哪个报告过的？你和哪个商量过的？大队革委委员伍芝贵就住在你家隔壁，你汇报过吗？你找队上哪个商量过？不晓得你今天是哪股筋遭扭到起了，想出这一招。"伍芝富还不服气地咕噜道："怕是队长没得一点权力，做点事还要请示汇报喽。"听伍芝富这一说，周习堂火冒三丈，说道："好，要得。这事就是你队长说了算。"他扭过头去，对队上的人大声说道："今天是队长说了算。队长带头退四个人的粮食出来，我跟着退。我家五个人，三个做活路的，那就退两个人的粮食。大家依起轮子来，该退的都退出来。"伍芝富觉得面子过不去，只好说退就退。这话一出，就热闹啦。大家都七嘴八舌说了起来，仓上乱成了一锅粥，特别是劳力多人口少的人家，简直就是在欢呼雀跃。

余主任把发生的事情介绍完，继续往下说，我站在那里听了好久，飞羊坡的人些都没看到我。我看到那事情闹下去怕收不到场，于是走了过去，大声吼道："伍芝富，你搞些哪样名堂。"人些听我这一吼，才停止了吵闹。看见我来了，周习堂走过来对我说道："余主任，你来得正好。请你评个理，伍芝富这样做对头不？"我走进人群中，要大家安静下来，各自找个地方坐好。又把伍芝富和方初喊来挨到我坐，一个坐在我的右边，一个坐在我的左边。等大家安定下来，我毫不客气地说了伍芝富一通。我说伍芝富你今天是筋遭扭到起了，不光是扭到，还扭得恼火。我问伍芝富农村分口粮的政策晓得不。那个伍芝富开始还不高兴地叽叽咕咕一阵，说农村口粮是按人七劳三分的。我就对他说，你还记得清楚政策，那刚才你朗格要说三中没做活路就不分粮食呢？再说三中不是没有出工，只是生病了，少出了几天工，还给你请了假的。照你这样说，哪个都不准生病请假，哪个都不准请假走人户赶场，哪个请了假就不分口粮喽。你都几十大岁了，自己有几斤几两都不晓得了，就凭你一句话就把分粮食的政策改变了。刚才方初问你的那几句话，本心是想提醒你。你搞清楚点，今天你的做法是错误的。你这样做就是违反上面的政策。遭我一阵子说，伍芝富才像开窍了点，说自己刚才是打胡乱说的。见他认识到不对了，我才站起来给他们大家说，按人七劳三分口粮是上面的政策，哪个都不准吊歪。原先是朗格分的今天就朗格分，不要想一套是一套的。这个事情才没闹了。

说完飞羊坡发生的事，余主任又对我说道："岩初，这两年方初长得快呃，硬是个大人了。他比飞羊坡那些人都长得大个点。"我笑着说道："就是个傻大个。"余主任说："他才不傻呦，几句话就把伍芝富说得傻眉傻眼的，腔都开不了。我看要是讲道理没得哪个讲得赢他喽。要说打起来，你看他那身腱子肉，两三个人都不是他的下饭菜。"余主任这一说，习初、进初和中秋几个乐了起来，竟开起我的玩笑来，说我要喊方初为哥才行，还说我肯定打不赢方初。我笑着说："他，我喊他站起，他不敢坐起。喊他向东他不敢向西。"几个小伙一阵哄笑，说我吹牛。余主任、黑大爷和牛大爷也都笑了起来。余主任说道："周家湾那三个小伙这两年长得快，除三中稍微有点瘦弱外，谷林都成壮小伙了。岩初，听他们讲起铧田铧土噻，你怕是没得方初、谷林得行喽。"我急忙争辩道："铧土还是有一比。铧田噻，我下田铧得少，他们铧得多，这方面我还是要差点。"黎芝和谷利一齐笑道："还有点自知之明嘛。"一阵说笑后，余主任又转到正事上。他说道："等他们把麦子分完后，我又把他们队上的几个干部，还有方初和谷林喊到一起，谈修建知青房的事。这个伍芝富刚才分麦子好像对知青不安逸，一谈到修知青房，他又还积极得很。大家很快就统一了意见，决定掰完苞谷就砍料子。他们砍料子比我们方便多了，就在周家湾后面山林里砍，砍下来，一遂就遂到了周习堂的后阳沟。等谷子打完就可以把房子立起喽。"这时牛大爷问道："他们讲没讲房子立在哪里？房子立起了，拿哪样来盖？"余主任说道："这个我就没问哦。不晓得他们是打的哪样主意。我想砍料子，总有杉壳子，他们到遂板青近，要割茅草也还方便，这些都可以盖房子噻。要烧瓦来盖就麻烦些。"

三爷突然想起什么了，接着又说道："那天赶场，他们幺舅在我们这里歇脚，说了句他们牛栏门要和哪里打伙办瓦厂的事，我也没好问是和哪里打伙。"说完，余主任要把怀中睡着了的明明抱回去，于是站起对牛大爷说："哥，哪天找人打听下。不过牛栏门和哪里打伙我们都不参加。还是得自己办个瓦厂才行。"黑大爷说道："要整就得早点打主意。听说办瓦厂，要到公社去办手续很麻烦哦。"余主任说道："打报告送公社，就是批下来了，还得请人来选地方。是费时间哦。"牛大爷接着说道："还要请师傅，等样样都准备好了，也怕要到十月冬月去喽。"在一旁看热闹的细嬢这时说道："我还在尖起耳朵想听你们讲孙茂堂扯结婚证的事，你们几个一句都不讲。懒听得了，回家睡瞌睡去喽。”余主任听了，说道：“刚才我讲了的，人家结婚证都扯了，就等七月十二过去接人，还有哪样讲的。到时候大家都去帮忙就是了。”习初听了，叫道：“我们队上男的全部都去。”黑大爷调侃道：“男的都去，念棋、明明这些小崽崽朗格去法？到孙茂堂家吃饭还差不多。”余主任说道：“黑哥，习初讲的也是得考虑一下。不知那边东西多不多，我们要去好多伕子才够，还要不要到其他队请人。如果我们生产队的人够了就最好，孙茂堂也少点麻烦。”牛大爷说：“干脆这样。后天岩初再到羊桥岩跑一趟，看下那边的东西要好多人才拿得走，再决定是不是要到外队请人。”我爽快地答应了。果真是“凡事预则立，不预则废”，第二天，我按照牛大爷的吩咐，到羊桥岩跑了一趟。了解到王美清两兄弟准备的嫁妆单凭我们生产队男人们是无法将全部东西搬到孙茂堂家的。

回来后，我把了解到的情况给余主任和牛大爷一讲，可让余主任。牛大爷和孙茂堂犯难了。不到外生产队请人，本队人手不够，到外生产队请人怕响动大了，有亲朋好友闻风而至，就把不办酒席的事变成一件不得不办酒席的事。几人经一番认真盘算，认定只需在外面请六七个人，加上队上的人组成一支伕子队伍就够了。于是几人又商量如何找这六七个人。请附近生产队的，余主任不放心，怕走漏风声。我见他们有点为难，于是说道：“七月十一的那天，我到飞羊坡找方初他们三个，让他们请个假，第二天穿好点，一早到土地坑来，我先不告诉他们来干哪样。然后到李家坪给小龙、习维也这么讲。这样就有五个人啦。”孙茂堂说：“十一那天，敖泽先要来帮忙，十二那天喊他也去当伕子。”这样一来有六个人了。余主任略为想了一下，对我说道：“你到李家坪去找习维和小龙的时候，给大老幺、细老幺讲一声，就说我喊他们两兄弟十二那天一早下来帮我做点事。这样就有八个人了。”于是乎请伕子一事就算搞定了。余主任又说道：“队上的伕子些十一那天就不到孙家吃齐伕饭了，十二那天一早都在土地坑集中，一起去羊桥岩。”大家都表示同意。至此，大家松了口气，只等七月十二到羊桥岩接亲啦。七月十二队上的人和飞羊坡、李家坪来的人组成的伕子队伍到羊桥岩去接亲，在羊桥岩王美河家吃早饭，吃完早饭把嫁妆搬到孙家放好后，就各自回去了。无论孙茂堂家怎么挽留大家吃饭再走，大家都以活路太忙推辞了。在大家齐心协力帮助之下，孙茂堂并未花销多少粮食就顺利地把新媳妇接回来了。孙茂堂把新媳妇王治荣娶过门，孙家高兴自不用说，全队的人也替他高兴。队上的一个老大难问题终于得以完美解决。

初议瓦厂

大家帮孙茂堂把新媳妇接回来，就进入了农活大忙季节。要说活路忙，也真忙，平坝地方忙打谷，半高山地方忙掰苞谷。活路忙得让身为保管的新郎官孙茂堂竟没有享受到新婚燕尔的甜美，第二天，也就是七月十三，孙茂堂早早地就从家里过来，和牛大爷一起开仓门，撮了两担前些天专门为过月半提前打来晒干的谷子，牛大爷让我和孙茂堂挑到碾房。我俩把谷子挑到碾房后，牛大爷对孙茂堂说道："今天你就不参加打谷子，回去看看你屋里有哪样事没有，到下半天你再到仓上来收下谷子就行了。"孙茂堂笑道："我回去吃了饭就过来。"我开玩笑道："孙茂堂，这顿饭是新媳妇煮的哟。"孙茂堂仍然笑着说："我又不在屋头，晓得是妹煮的还是她煮的。"牛大爷也笑着说："快回去，管它是哪个煮的，只要有吃的就行。"孙茂堂对牛大爷说道："进初的衣服裤子我喊她今早上洗了，等晒干了我就拿过来还你们。"牛大爷说道："好大个事嘛，快点回去。清早八晨的就把你这个新郎官喊来做事，你新媳妇在屋头肯定埋怨死喽。"孙茂堂笑道："她哦，她高兴得很，说我们队上这些人好。"孙茂堂边笑边说地走了。牛大爷看着孙茂堂走去的背影说道："也就是他喽，头天成亲，第二天一早就来做事。我都觉得有点对不住他。"我说道："孙茂堂是个实在人，他也是想到今天把米碾好，早点分下去，大家好吃新米过月半。"牛大爷说道："今年比去年要多两个人分新米喽，余进友家多一个，孙茂堂家多一个，分口粮也要多两个人了。到时候还不晓得大家分到手的粮食有去年多没得。"我说道："今年坝上的谷子长得像比去年好些，可能会多打些吧。"牛大爷说："今年苞谷、谷子都要比去年好些，总的产量肯定要多点。今天你们三爷到马塘公社开会去了，要等他回来才晓得今年征购任务增加没有，增加好些。等任务定下来了，我就能估算得到大家分到手的粮食是多了还是少了。"停了一下，牛大爷像是自言自语，又像是在对我说，他说道："这个瓦窑子是整还是不整，我还拿不定主意。如果要整，怕还是要用好多粮食呃。万一不行，只有动用队上的存粮啦。"

我问道："队上现在还有存粮？"牛大爷笑道："队上的事还不是和家里头过日子一样，有时要想无时苦。一个队，你不多少有点粮食存起，万一遇到有哪样急事，你朗格办。不讲别样，单是度春荒、秋荒，你去找地方借都找不到。队上多少有点粮食在那里存起，大家心里也要踏实点，万一要借也有个地方借噻。"说完，牛大爷看了看水槽里的水势，要我和他到过水丘看了下田中水的深浅，然后对我说道："田里头的水还深，够碾这糟米啦。这糟米估计等我们下田把头担谷子打回来才碾得好了。你打回头担谷子就不回田里去，等孙茂堂来了，你和他把碾好的米拿到仓上扬好。我们下田再打点谷子回来，大家就把新米分了。"按牛队长的安排，收工了，大家在仓上等着分新米。

这时余主任满面春风来到仓上。首先是牛大爷看见了余主任，他几步蹿到余主任面前，紧张地问道："公社朗格说法？"余主任用衣袖擦了擦头上的汗，故意卖关子，不急于回答牛大爷的问题，而是问大家道："你们猜下今年我们大队要多交好多爱国粮。"大家七嘴八舌地，有说两千斤的，有说三千斤的，还有说四千斤的，仓上坝里顿时热闹起来。余主任听了一阵，笑着问道："岩初，你说呢？"当时我根本没想到这个事会问到我，我只好想当然地回答道："和去年差不多吧。"牛大爷在一旁笑了起来，问道："爱国粮的任务年年都在增加，你说的是今年增加的任务和去年增加的任务差不多呢，还是今年的总任务和去年差不多。"我只好瞎猜答道："和去年增加的任务差不多吧。"因为谈的是今年粮食征购任务，当然关系到每个人的自身利益，生产队男的女的都不由自主地围到余主任和牛大爷身边，倒把分新米的孙茂堂和王治周晾在了一边。余主任这时高兴地对大家高声说道："今年公社开恩，给我们大队的任务不多，在去年的基础上也就增加了一千斤。摊下来一个生产队就百把两百斤。"牛大爷着实松了口气，笑道："这嘿，还算是邓品焕坐席，将就下。我们队上的瓦窑子可以建喽。"余主任接着牛大爷的话说道："这个事我给公社革委会几个领导都讲了，我们生产队知青房立起来了，要建个瓦窑烧点瓦把房子盖起。牟书记和陈社长都说，先打个报告送上来。我想他们没有一口回绝，而是要我们送报告上去，恐怕问题不大。大家现在就可以考虑下，看朗格好点。"就这么一说，大家又七嘴八舌地议论起来，正在热议时，王治周在那边大声喊道："快点来把自家的新米称起走。你们把米提走了，新郎官还要收拾一阵子，人家新媳妇还在家等到起的。"大家这才散开，把话题和目光都转向孙茂堂。这边黑大娘、牛大娘等几个年纪大的长辈在一边说叨，开始评论孙茂堂的媳妇。黑大娘说："这个媳妇长相、个头都不错呃。"牛大娘说："人家能干得很，茶饭都熟悉，做哪样都麻利。"二娘说："孙茂堂这个媳妇原先一个人单住，当家理事拿得住，孙茂堂的福气来喽。"那边王美云、邓治月等几个同辈的女人则说这个媳妇不矮不瘦，屁股翘，胸脯大，肯定要生一包崽。覃义平说："明年我们那厢房子就有娃儿声音，闹热喽。"习初、进初等几个小伙在一旁摩皮擦痒地想开孙茂堂的玩笑，奈何孙茂堂在忙着和王治周一起给大家分新米，几个小伙当然不敢造次。分到了新米的人们渐次离去，喧闹的仓坝逐渐安静下来。

我正准备离去，余主任要我留下和他一起走，故未走成。这时仓上只剩下余主任，牛大爷、王治周、孙茂堂和我。牛大爷说："朗格整？谷子堆在空屋里，明天要晒。今天晚上还是要人守仓才行哦。"余主任笑道："再是要守仓，也不能要孙茂堂守了。"考虑到去年秋天我已经陪孙茂堂守过一季，也算是知道怎样守仓了。于是我主动请缨道："守仓算我一个。"孙茂堂在一边笑道："那还是我们两兄弟来守。"余主任打断他的话说道："今年你就不守仓了。让你来守仓，不说你妈要骂我们，新媳妇要埋怨我们。恐怕全队的人都要说我们不通人情，哪有要新郎官来守仓的嘛。"我说："喊习初、进初两个来一个和我一起守，就行了噻。"余主任说："要不得。还是三家田那边来一个人，一边来一个守仓，大家都少点空话。"王治周说道："那我今晚上就在这里守仓。"牛大爷说道："这样，今天晚上由岩初和王治周守仓。从明天开始，三家田那边一家一个男的轮起来，我们这边也是一家一个男的轮起来。"我说："算了，我们这边我打长桩，三家田的轮起来。"余主任说道："又像去年那样由你打长桩，还是要不得。还是安排人换你一下才行喽。"我说："要替也只有习初。进初、中秋还小了点，余进友拖娃带崽的，总不能把你们几个老辈子喊来睡仓板噻。"牛大爷笑着说道："我们守仓睡仓板有哪样关系嘛。"我说道："等我哪天想回屋里睡，再喊习初来替我，行不?"见我这么说，余主任和牛大爷只好表示就这么办。余主任对孙茂堂说："快回去噻。"孙茂堂扭头边走边说道："明天一早我就过来。"余主任对王治周说道："走，到我家去吃饭。吃完了来替岩初，岩初再回去吃。"话刚说完，中秋跑来对我说："岩初哥，谷利姐们喊你回去吃饭。"我笑着对王治周说道："三爷家那顿饭还早得很。你先在这里守，我去吃了给你端饭来。"王治周笑道："我们三家田的干脆也不轮喽，我来打长桩算了，反正有人管饭。"这两年长大了渐懂人事的中秋嬉皮笑脸地说道："你打长桩有饭吃，倒还是可以，只怕嫂嫂不干哦。”王治周顺手给他屁股上一巴掌，说道：“小崽子，你晓得个屁。”中秋嬉皮笑脸地拉着我走了。有了去年的守仓经历，今年守仓对我而言算是轻车熟路了。我吃完饭，急忙将饭菜端来交给王治周后，就返回住处将铺床的物件搬到仓上，然后找来几块仓板，三下两下就将守仓的床铺好了。王治周吃完饭要去喝水，故由他把碗筷送到我们的灶房，暂由我一个人守在仓上。我一个人坐在仓板上，见仓上真的绝少有蚊子，不知是去年守仓时我没注意到，还是到今年忘记了。我坐着无事可做，就分析仓上绝少有蚊子的原因。细细想来原因有三，一是仓库周围无积水的坑坑凼凼，也就没有蚊子滋生之地。二是仓库地处风口，且周围无草丛竹林，蚊子难以立足。三是仓库里堆积的苞谷、水稻气味繁复，兴许蚊子不喜欢，故避而远之。天上有流萤，地上无蚊虫，此仓库真乃福地也。我自我安慰道：“在这福地打长桩夜宿，未尝不是一件快事。”待王治周叼着烟斗慢腾腾地回到仓上时，我的上下眼皮已开始打架了。王治周过完烟瘾后，我俩和衣而卧。

这几天的奔波劳作让人疲惫不堪，我刚贴着王治周的背梁就已昏昏入睡。忽然王治周在我背上敲了一下，把我弄醒了，问道：“岩初，你猜我们队上建瓦厂的报告批得下来不?”我昏头昏脑地顺口答道：“肯定批得下来。”说完，眼睛又闭上了。谁知他又在我背上拍了一下，说道：“哎，你估计这瓦厂要建在哪里?”经王治周这一敲一拍两问，我瞌睡基本没了。我睁大眼睛反问道：“你说建在哪里?”王治周说道：“依我说，这个窑子建在甜菜土那边合适。一是甜菜土那里是黄泥巴，好造瓦泥。二是那里地头宽，搭棚子，建窑子，垒瓦坯子都施展得开。三是甜菜土就在水沟边，二天挑窑田水也方便。还有烧瓦要烧柴，那里离柴山也要稍微近点。等瓦烧好了，把瓦背回土地坑和背回三家田，两边都差不多远。”我又问道：“还有哪里合适?”王治周想了下，说道：“再有，那就是你们对门那几丘田，要整个瓦厂倒是绰绰有余。只是把那几丘好田用来整瓦厂又太可惜了，恐怕大家都不会舍得。”说到这里，王治周停下来，想了一下，又说道：“都是空来吹，去想那些干哪样。不消说了，这个瓦厂肯定是建在你们对门了。”我问道：“这下你朗格又这么肯定了呢?”听我这一问，王治周干脆坐了起来，说道：“岩初，这个瓦厂说是给知青盖房才建的，你好像不怎么积极呃。当然喽，这房子又不是你岩初的，用不用瓦来盖与你关系也不大。你晓得不，队上有些人想要用瓦当紧喽。”我听他讲得渐渐有趣，睡意完全没了，问他道：“我还不晓得队上有哪些人要用瓦，只晓得习初家讲过想买点瓦，把房子上盖有杉壳子的一面换了，再把房子修整下，好娶媳妇。”王治周明显不屑地说道：“习初家就一抱大个房子，换那点杉壳子，要不到好多瓦就得行。我告诉你，最想建瓦厂的是牛大爷。”我感到有点不可能，于是问道：“牛大爷那厢大房子是全部盖好的嘛?”王治周笑道：“岩初啊岩初，平时说你喜欢看，喜欢问。朗格你来了这么久，还不晓得牛大爷要想用瓦当紧。你是没有认真看他那厢四列三间九架厢房哦。”我回答道：“我在他家厢房进进出出好几回，还吃过两次饭，没有看到有哪样特别的嘛。”王治周说道：“你没有看到那厢房顶上盖的是哪样啊。”我说：“我看到盖的是青瓦。”王治周笑道：“你看到的是正对院坝的那一间，那一间板壁、楼板都装得好好的，房顶上肯定要用瓦盖好嘛。那才一间了嘛，他那厢房子是四列三间哦。中间那间，后面那间你看没有看，盖的是哪样?”我笑道：“那些我确实没有注意到。”王治周笑了，说道：“那两间屋顶上盖的都是杉壳子。他装房子的板子、方子都准备好的，就是因为房顶没盖瓦，才没请师傅来装。再过两年嘛，进初也要娶媳妇喽，房子不装好，他也心慌嘛。”经王治周这一说，我才恍然大悟。原来人们心里各有一个小算盘，都是自有打算的。王治周继续说道：“瓦厂建在对门，除了你们土地坑的人些，二天瓦烧了往家里背要近点外，我看不出还有哪样好处。比起甜菜土，弄柴要远些，地方也没得那边宽敞，还要占好田。在甜菜土只占点土，在那里等瓦厂建好了，稍微理下沟，水就进得了场。对门嘛，虽然沟里有水，要用时，还得把水挑上去才行。”我说道：“哪天大家商量时，把你的意思讲出来就是了。”王治周笑道：“讲哪样讲，看样子他们两弟兄（指余主任和牛大爷）定都定了的，讲了也不管用。”王治周叹了口气，躺下说道：“嘴巴两块肉，说进又说出。同样一件事，你要说它对头，就说得出一千条对的理由来。你要说它不对，也说得出一千条不对的理由来。我们这里只要你是大的根，那横竖都是你对头，说来说去都是你有理。不管他的，睡觉，明天早上还要早点起来晒谷子。”王治周话音刚落鼾声已起，和我同榻而眠过的三人（刘师傅、孙茂堂、王治周）都是这样说睡就能睡着。我暗自赞叹，这三个人虽都是泥巴脚杆一农夫，却都有“君子坦荡荡”的风度。

我与王俩人顶背而眠，不知东方既白。如真有小偷盗谷，晚上必能得手。忽然，一阵响动把我惊醒，我睁眼一看，原来是孙茂堂正在往晒坝里搬晒席。我急忙起来，把还在酣睡的王治周推醒道：“快起来，孙茂堂都过来了。”王治周一下就爬了起来，站着揉了揉眼睛，对孙茂堂大声说道：“你怕是天不见亮就爬起来了。人家新郎官是瞌睡不够睡，你是朗格搞起的，早八早的就起来了。”孙茂堂听了笑了笑，说道：“昨天讲好的，我要早点过来替你嚜。”我把睡觉的行头收拾起来，找个角落放好，对王治周说道：“反正吃过早饭要在这边打谷子，你干脆不回去，就在我们这里吃饭，好出工。”王治周想了想，说：“我还是回去一趟，多少可以帮忙收拾下园子。吃了饭再和他们一起过来。”说完，匆匆走了。此时只有孙茂堂一个人在仓上忙出忙进的，我也不好意思走了，于是帮着他搬晒席。我俩刚把所有晒席铺到晒坝，负责晒谷子的几个大娘也来到仓上。牛大娘对黑大娘说道：“黑嫂，你说这个孙茂堂，清早八晨的就把进初的衣服裤子拿来还了，我都才起来把锅里的水渗起。怕是他天都没亮就起来喽。”黑大娘听了，笑眯眯地对孙茂堂说道：“茂堂，你们黑大娘今天也开你个玩笑啊。人家说当媳妇难得当，起迟了得罪公婆，起早了得罪老公。你倒是好，才当两天新郎官，这两天都早早地爬起来，不怕得罪新媳妇嚜。今天你就晚点过来，还怕我们几个扛不动那点晒天嘛。”孙茂堂说道：“都习惯了。一早我们都醒了，她还催我早点过来，早点把晒天铺好了回去吃饭。”老二娘笑道：“咦，娶了个媳妇就是好。这样嚜，打谷子这十多天，你的饭碗就不会安排在你三爷、牛大爷和岩初他们那里喽。”孙茂堂笑着说道：“是的，她在屋里头都煮好了的。”牛大娘抓住孙茂堂的手，上下打量了一下，说道：“你看，这件衣服倒拐子（胳膊拐）上的洞洞都没得了咦。”黑大娘走过来看了看，也说道：“是呃，补得巴巴实实的。肩膀上的洞洞都补好了的，还打了个闷肩。茂堂，你这件衣服这样一补嚜，又可以多穿一两年了。”孙茂堂笑容满面地说道：“这件衣服，妈和妹早就说要补的，只是难得找到两块好布。等找到合适的布，我又一天喜欢在外面冲，等我回去妹又睡了，妈眼睛不好，天黑看不见。就这样拖着，一直没补成。她来了，昨天晚上就补好了。”说话间，太阳出来了，大家忙着撮谷子倒进晒席里。这时牛大爷过来了，他一边帮着撮谷子，一边问孙茂堂道：“谷子晒起了，你要回去不?”孙茂堂答道：“要回去。”牛大爷笑着说道：“哪个喊你早八早过来换王治周嘛。你早点迟点来，没得好大关系的。”牛大爷一边往晒席里倒谷子，一边催孙茂堂道：“你快回去，这里有我们就行了。你回去给你们那边几家讲下，吃了饭早点过来。今天到对门田头，一个人打一担谷子就收工。早点收工，大家回家好准备饭菜，好孬也要过个月半嚜。”孙茂堂不知听到没听到，并没答话，只顾埋头撮谷子，一会所有晒席的谷子都撮好了。孙茂堂正准备去拿哈耙哈谷子，牛大爷一把抢过哈耙，说道：“喊你走就走嚜，还磨磨叽叽干哪样。”孙茂堂这才往家走去。几个大娘看着孙茂堂的背影七嘴八舌地议论着，有的说孙茂堂娶了媳妇，吃得落实，穿得巴实。他一家的日子也好过了。有的说家中有个会管事的媳妇，就是不一样喽。也有人说孙茂堂的媳妇看起来长得结实，身体又好，听说在娘家就是理家的好手，又吃得苦，看样子是个好媳妇。还说孙茂堂其实也是一个勤快人，就是差个人帮衬，这回娶了个会过日子的媳妇，帮衬到他，日子会好起来的。说着说着，就扯到了习初身上，说明年等习初的媳妇娶回来了，国哥的日子也会好过一点，这样，我们队上大家都好点了。几个大娘一边晒谷子，一边张家长李家短地聊着。

为了早点收工，准备过月半，割谷子的，打谷子的都很卖力，打了一担谷子收工时，离太阳落山还早。男人们为了让仓上晒谷子的女人能早点回家，准备过月半的饭菜，纷纷顶替女人们的工作。牛大爷、黑大爷把谷子挑到仓上后，接替了晒谷子的牛大娘、黑大娘。余进友见状，把谷子挑到仓上后，也接替了他的母亲老二娘，大家都在忙着准备过月半。但过月半对于我们三个知青来说，似乎没多大关系，还是照常煮饭吃饭，喂猪，于是晚上守仓当然是我继续了。看到大家忙于过月半，我把打来的谷子挑到仓上倒了后，干脆留在仓上，帮忙收晒席里的谷子 。伍芝林走过来轻声地对我说道："岩初。我们那边轮到我守仓。今天是月半，我得回去把纸烧了，水饭泼完，瞌了头我才得过来哦，怕要迟点。"我也小声地说道："你去忙你的，把要做的事情都做完了，迟点过来没关系。"孙茂堂走过来问道："你们在讲哪样?"伍芝林笑道："我跟岩初说今天我来守仓，让你安心在家陪你的新媳妇。"孙茂堂一把拉住伍芝林的胳膊，假装生气地说："你一天就会拿我逗来好耍哦。"一边说一边拖着伍芝林走了。我看着他们走去的背影，暗自想，有了媳妇，孙茂堂回家都积极多了，真为自己这几天没白跑而高兴。这时余主任走了过来，对我说道："这样，我先在这里守到，你们的饭要早点，你先回去吃，吃了你再来替我。"我急忙回答道："你回去。我晓得你们今天这顿晚饭事情多得很，比不得我们。你不回去，孝娥马上也会来喊你的。"果不其然，一会就听见孝娥在坎下高声大喊道："爹，你还不快点回去，妈在喊你回来帮忙煮饭。还不快点回去嘛，等下看你吃哪样。"余主任看着我笑了笑，无可奈何地说道："你看嘛，筷子兜里插擂茶棒，她还成大的一根了。都是她妈教的。"说着一溜烟地走了，走时还不忘说道："我等下来替你。"偌大的仓坝，就剩我一人了。此时，月出东山窝，苍茫云海间，笼罩在时隐时现月光下的山野格外静谧，空气中依稀飘来一丝丝焚烧香纸的气味。此时此景让我猛然想起去年的今夜，进伦和我一起过月半的情景。月夜思念友人，想到竟然连他服役的地址都未闻其详，也未能独自捎去只言片语，心中未免充满惆怅。忽见一人向我走来，走近了，才看清是黑大爷。黑大爷对我说道：“岩初，我来替你一下，你快回去吃饭。”我问道：“你吃饭啦?”黑大爷答道：“我吃了，今天这顿饭我们吃得早。你回去吃了饭，不要忙到来。中秋会去找你，你带起他一路到对门张家屋基、坎下的袁家屋基和后面的杨家屋基去撒点水饭烧点纸。去年进伦带你整过的，今年你带中秋也去整一回。以后这些事都要归他整喽。”我急忙答道：“好，我吃完饭就喊起中秋一起去。”黑大爷听了，笑道：“中秋没得他哥狡灵。进伦像他这样大时，都是一个人跑来跑去做。现在要中秋一个人去，他还喊怕，他差他哥差远喽。”黑大爷说完，望着远方，看着在云层中时隐时现的月亮，我想，他一定是在想进伦了。我刚回到灶房，黎芝就嚷起来：“你不要怪我们没给你送饭去哈，是黑大爷说他要去替你回来。你看，饭菜都还摆在桌上的，我们动都没动，在等你回来一起吃。”我们三人端起饭碗正要开始吃时，余主任端着一碗东西进来了。他看见我坐着准备吃饭，一怔道：“三家田伍芝林过来啦?”我答道：“没有，我让他把事情办完了再过来。现在是黑大爷守在仓上的。”余主任听了，说道：“我是说伍芝林哪里来得这么早。”他边说边把端过来的碗放在桌上。灯光下看得清楚，那是一碗红海椒炒腊肉。我夹了一块腊肉放进嘴里，边嚼边说：“三爷，你们家现在还有腊肉，太安逸了。”余主任笑着说道：“咦，你记不得了。上回你们大孃回来，你们三娘在架棚杆上不是翻出一坨腊肉下来办招待嘛。哪知你们三娘还留了一手，没有全部拿来吃，还藏得有一点。要不然今天过月半烧纸就没有刀头肉喽。刚才老祖宗享用了，现在就该我们吃了噻。可惜不多一点。”余主任走了，谷利和黎芝急忙用筷子在碗里拨弄，一人也在碗里找到了一片腊肉，我再用筷子到碗中去拨弄，哪知只见海椒不见肉也。看来三娘在舀菜时搞的是计划经济，一人一片肉。吃完饭，我喊上中秋，一起去完成黑大爷交代的任务。我提着装水饭的罐子，他抱着装钱纸的布包，我们踏着月光行走于开始起露水返潮的田间小道。

完成任务后，我返回仓库把黑大爷换回，一个人徘徊在偌大的仓坝上。昏暗中，倒不是说有什么害怕的，但一点孤独寂寞感总是有的。我把从住宿处提来的马灯灯芯稍捻大了一点，躺在灯光下的仓板床上休息。在似睡非睡的状态中，不知过了多长时间，伍芝林气喘吁吁地来了。他说：“今天月亮大，路也看得清楚点。事一办完，我就跑过来了。”也许是过月半让他兴奋，也许是跑路让他兴奋，他坐在仓板上并不急于躺下休息，而是拿出烟斗开始抽起烟来。他问我道："飞羊坡你兄弟他们这几天下来没有?"我答道："这几天他们那里正是忙的时候，哪里得空下来。"他又问我道："他们队上正在建知青房，你晓得不?"我说："前几天听余主任讲过，可能过一阵要砍木料喽。"伍芝林神秘兮兮地说道："你晓得的，我们生产队早就谈起要修瓦厂，烧瓦来盖知青房，吼到现在还不见有个响动。飞羊坡不出声不出气的，已经和牛栏门生产队谈好了，两个生产队打伙烧瓦。"我问道："他们修瓦厂不要给公社革委会打报告等公社批准吗?"伍芝林笑道："你不晓得，牛栏门好几年前就修得有个瓦厂，烧过几窑瓦，后来没烧了，瓦厂还是好的，摆在那里，哪样都是现成的。现在两个生产队都谈好了，好像马上就要做了呃。那个地方你是没去过，就在去王美良家房子的右手边的湾湾里。"我听伍芝林这么一说，就问道："他们两个生产队收完庄稼就准备烧瓦了?"伍芝林答道："是哦，如果抓紧的话，他们很快就可以开始烧了。我们队上不知哪个时候公社才批得下来，哪个时候才可以动手清场建厂。"我说："公社批下来就可以开始整了嘛。"伍芝林有点古里古怪地说道："整瓦厂你说整就整起来了哞，就是怕整不起来。这个事比不得铧田铧土、种庄稼交公粮，你做也得做，不做也得做。建瓦厂嘛，有些事不预先讲清楚，有的人就不愿做、懒得做，这个事就做不成了嘛。"伍芝林说完，烟也抽完了，像王治周一样，倒头和衣而卧，鼾声顿起。我此时睡意反而没有了。毫无睡意地躺在仓板上，这两天的一些事就浮现在脑海里。王治周昨天关于建瓦厂的一番话和刚才伍芝林关于建瓦厂的一番话，听得出两人分明都有一些不满的情绪，不由让我产生一种预感，瓦厂的修建在队上会引起一番争议的。好在这件事在秋收忙于交公粮作为第一要务的现阶段，人们除了偶尔议议或发发牢骚外，并未给予更多的关注。

鼓乐队送喜报　议论纷争瓦厂

和去年一样，小坪村大队没有辜负公社牟书记的期望，仍然是旧场片区完成征购任务进度最快的大队。

按照公社革委会为加快秋粮入库，确保完成全年征购任务需要造声势的指示，土地坑生产队在往旧场仓库送交最后一批公粮时，特别对送公粮的队伍作了包装。由于这批粮食是土地坑生产队公粮任务的尾欠，所以数量并不多。生产队要求凡是队上的劳力，不管是全劳力也好还是半劳力也罢，全部都得参加送公粮。挑多少不论，背多少也不讲，多少担点就成，多少背点也算。只要把尾欠数量完成就是了。这样，我们队上这支队伍也就有三十余人之多了。另外，余主任让我们三个知青把去年开“农业学大寨”会时，布置会场剩下的红纸做了十几面三角小红旗，旗上写上诸如“备战备荒为人民”“抓革命促生产”“农业学大寨”“踊交爱国粮”这类的口号，并将小旗帜插在装有谷子的箩篼和背篼里。余主任又要我用一张红纸简单地写了个向公社革委报喜的喜报。临到出发前，余主任一大早背起背篼，亲自跑到李家坪把那里吹打班子的锣、鼓、钹、铰、马锣子、勾锣子这类的响器悉数借来了，就差没有把人家吹打班子的人一起借来。余主任为了造声势真算是煞费苦心了。

只是借来的响器由谁来掌控，还得动动脑筋。挑箩篼的人手不得空，借来的响器当然不能由挑箩篼的人敲喽。背背篼的人两手空着的，响器就只能交给背背篼的人了。余主任看了看送粮的队伍，背背篼的除了中秋、进初、伍芝华外，都是老人和女人。他灵机一动，喊道：“习初、岩初、王治周你们三个去找背篼来，把你们箩篼头的粮食都腾到背篼头。你们三个和中秋、进初、伍芝华一个去拿一个响器。”于是我们三个本是挑箩篼的小伙也只好改背背篼了。待我们六个背背篼的小伙各自拿了一个响器后，余主任对我们六个说道：“你们一进场口就跟到岩初敲就是了。”我赶紧说道：“我都敲不成呃。”余主任说：“又不是要你们敲哪样调子，只要敲得响，响声大，闹热就行噻。”我又赶紧说道：“锣齐鼓不齐的，敲得乱七八糟的，响声就大不起来，听起来也太难听喽。管它的，我们还是多少练下。”余主任欣然同意。我就这顺口一说，练什么？怎么练？心里其实也没数。想了一会，一急就急出灵感了。我对那五个小伙说道：“我们就敲那些跳秧歌的调子。”习初说：“跳秧歌我看到过。”进初和伍芝华也跟着说看过。中秋站着没说话，王治周在他旁边不知给他说了点什么，他也就跟着说看到过。就这样，我让他们五人跟我一起拿起响器，让他们先听我嘴巴念出的节奏：“呛，呛，呛呛池。”习初调侃地说道：“岩初哥还好耍呃，我晓得了，你念的是抢，抢，抢起吃。那就抢起吃嘛。”我忍不住笑了起来，说道：“对头，就是抢起吃。”然后喊了声“开始!”六件响器一起响起，开始一阵混乱，练了几遍，大家敲打的节奏就逐渐趋于一致了。“呛，呛，呛呛池。”大家认真地敲了起来。余主任在一旁笑眯眯地看着，牛大爷笑着说：“还像个烟盒（样子）了，闹热，还好听呃。”

在余主任和牛大爷的带领下送粮队伍向旧场进发。秋收大忙季节的赶场天比平时赶场天冷清多了，那天幸好有我们这支插着小旗、敲锣打鼓的送粮队伍，才给赶场天的旧场添了几分热闹，也给赶场的人们带来了几分秋收的喜庆。送粮队伍一进场口，我们这六个鼓乐手就使劲地敲打起来。走到场上，鼓乐手们越发展劲，只差把响器击坏。在锣鼓强烈节奏的刺激下，几十个挑着箩蔸、背着背篼的男男女女也许是所负不重，也许受到了鼓乐声的感染，都控制不住地随着“呛，呛，呛呛池”的节奏走起秧歌步伐来。锣鼓响器声吸引了不少看客，同时也告诉片区办公楼的领导们，喜报队伍即将到来。当送粮队伍到达片区办公楼院坝里，牟书记、陈社长、陆秘书等公社革委的干部们已经在那里等候了。送粮队伍鱼贯而入，把粮食挑进了办公楼的院坝。大家放下各自的箩蔸或背篼站好，鼓乐声又响起。随着鼓乐声陆秘书带头鼓掌，大家赶紧也跟着鼓掌。一阵鼓乐声掌声后，陆秘书带着大家喊了几句口号。牟书记走到前面，笑眯眯地对陆秘书说道：“陆秘书，他们挑的挑够了，背的背累了，敲的也敲够了。站起恼火，其他的就算了，简单点。”陆秘书自然心领神会，立即宣布道：“现在由土地坑生产队向马塘公社革委会敬送喜报。”在一阵鼓乐声和掌声中，余主任将喜报送到了牟书记手中。在陆秘书的带领下，鼓乐声和掌声又响了好一阵。牟书记满面笑容面对群众大声地说道：“我代表公社革委会祝贺小坪村大队土地坑生产队今年带头完成公粮任务，又得了个第一名。这个第一不但是我们片区的第一，而且还是全公社的第一。希望我们小坪村大队也要争取全公社第一，希望小坪村大队明年继续努力，不但要争全公社第一，还要争取全区第一。好喽，我也不多讲了。大家站起也累，快点把粮食送到仓库去。”在一阵欢笑声中，队上的人们高高兴兴地把粮食送往仓库。牟书记把余主任叫住，留下来不知说了些什么。大家正在仓库忙着过秤交粮时，余主任挑着一担粮也赶过来了，他放下挑的粮食，把它交给王治周。然后走到牛大爷身边，对牛大爷说道：“建瓦厂的报告批下来了。”王治周听了，又把余主任那担粮交给习初，要他拿去过秤，自己走到余主任旁边，问道：“报告批下来了？”余主任笑着说：“你看牟书记今天高兴的样子，就晓得我们队上的报告公社肯定是同意了噻。”牛大爷说道：“今年我们队上真算得上是喜事连连喽。一是队上又得了个第一，二是知青房建立起来了，三是建瓦厂批了下来，四是孙茂堂娶了媳妇。”牛大爷刚说完，习初走过来接嘴道：“还有进友哥家添了个带把的。”伍芝华笑着说道：“习初，像你这样算是，还有茂娟姐要打发喽。”王治周说：“今年收成好，怕是一个二个都要多分几斤喽。”国二爷急忙说道：“这才是个大喜事。”说着，说着，粮食过完秤的人们都围到了余主任和牛大爷周围，对修建瓦厂之事议论纷纷起来。有的兴致勃勃，大有摩拳擦掌放手大干之势，有的则表情冷漠，一副无所谓的样子。待所有公粮验交完毕，大家都觉得今天在赶场的乡亲面前风光了一下，有点自豪地跟着余主任回家，只有牛大爷和王治周要留在仓库等候结账开码单。

大家一起往回走，男人们走在前面，女人们跟在后面。男人们还余兴未尽地议论着修建瓦厂之事，女人们似乎习惯于对生产队的大事不大关心，走在一起多是聊家常事。黑大爷说：“要建瓦厂，回去就得把修瓦厂的地方定下来。抓紧平场地。”伍芝林说：“就选在甜菜土，最合适。”二爷说：“还是选在对门大田里最好。”平时话不多的余进友也说道：“我看就建在对门大田要得。”伍芝林接着说道：“如果建在对门大田，烧瓦时弄柴就要远些哦。”习初是个没心没肺的人，他并不知道瓦厂选址乃是三家田与土地坑两边利益的较量，想到哪里说到哪里。他说道：“弄柴也远不到好多点。”国二爷则说：“管你们选在甜菜土还是选在对门大田，都要有人做活路。”许林榜这人，你不要看他平时空话多，喜欢说些不关紧要的话，对队上的大事上从来是尽量保持沉默，干三本来就不爱说话，这一路上这两兄弟基本就是当哑巴。我因早就知道选址牵涉着两边的利害关系，所以也保持沉默。这样一来，主张将厂址选在甜菜土的一方明显处于下风。黑大爷又接着说：“如果就选在对门大田里，就得提前把田里的水放干才行。”余主任一直没开腔，这时说道：“等你们牛大爷和王治周回来，大家商量下再说。”伍芝林在一旁说道：“还商量哪样，你们这边的人说了就是，少数服从多数嘛。”话语中明显透露出不满和无奈。走到小坪村生产队田边，见他们田中尚有未收尽的谷草个个，国二爷提醒道：“如果真的要整瓦厂，除了留来冬里喂牛的外，田头的谷草就一点都不要抛撒了，糯谷草都要留起。二天建瓦厂都要用。”关于瓦厂上要用谷草，我是知道的，于是我说道：“谷草可以用来盖瓦棚子呃。”中秋年纪小点，只见过用茅草盖牛圈、盖房子，听我这么一说，有点奇怪，于是问自己父亲黑大爷道：“伯伯，我们早先朗格不拿谷草来盖牛圈？还要跑到那么远的逡板箐去割茅草。”国二爷在一旁笑着说道：“这个你就不晓得喽。茅草肯沥水，盖在牛圈上十年八年，哪怕是生了老木虫、老木菌都还鲊不烂。谷草经不起鲊，雨水多的话，一年把两年就鲊烂了。搭瓦棚子是临时的，用谷草可以将就下，盖牛圈就不行哦。”黑大爷说道：“只是队上今年多余的谷草用来盖一列棚子还差不多，要盖两三列可能就恼火了。看来还得想办法割点茅草才行。”二爷说道：“真的要整瓦厂嚜，人些就要忙喽，就要像牛一样遭架起来了。”男人们边走边议论瓦厂的事，余主任一句话也没有参与议论，却不时地回头张望。我知道他是在看牛大爷和王治周跟上来没有。说着就走到和尚大丘一带，国二爷指着残留在田中的谷草个个说道：“看嘛，那些田头没收干净的草个个，不下雨，它还能再站几天。下雨嚜，要不了几天就垮下去了，只有让它沤烂当肥料喽。”余主任驻足看了看，把箩篼往地上一放，鞋一脱，挽起裤脚就下田去拖田中的谷草个个。一时间，男人们纷纷仿效，走进田中，收拾尚残留在田中的谷草个个。见此阵仗，跟在后面的女人们也准备效仿。余主任大声喊道：“没得好多点，女的些先回去。”听到余主任的喊声，女人们正巴不得，一个二个背起背篼赶紧先走了。待把田中的谷草个个拖到田坎上晾晒完毕，牛大爷和王治周正好匆匆赶到。王治周对余主任说道：“三爷，仓库李主任要我跟你讲，我们小坪村大队除了我们队完成了任务外，其他几个生产队还差得有点尾欠，说是我们大队的任务还没完成哦。他要你到各个生产队催一下，争取这几天就完成。”余主任答道：“这个李瞎子，他急哪样急，又没得好多点尾欠。龙洞湾、后寨、小坪村和李家坪要交的谷子差不多都交完了，一个队还就欠百把斤黄豆、杂豆的。只有飞羊坡地势高点，谷子收得迟，谷子差得多点。我明天再到各生产队催下就是了。这个李瞎子，怕这些还跑得了嘛。你越交得早，他越催得急。”说着说着，男人们竟不由自主地走到了仓坝上。

见大家到了仓坝，余主任对牛大爷说道：“今天各家做得到主的人都到齐了，干脆就在这坝子里开个会，商量下建瓦厂的事。你看要得不?”牛大爷答道：“要得。”生产队开会，从来是男人的事，只要各家主事的男人们到了，就说人到齐了。牛大爷对陆续到达的人们说：“大家自己择个地方坐起，先吃杆烟休息下，等一下我们开个会。”听说要留下来开会，几个年纪大点的男人如王治周的父亲，伍芝林的父亲，没说什么就自顾自地走了。牛大爷对这些散去的人视而不见，没有说一句喊他们留下来开会的话语。许林榜轻声地问其兄弟许林安要回去不，许林安大声地答道：“早八早的忙哪样，等下再回去。”许林榜说：“干脆你在这里开会，我先回去。”许林安答道：“管得你的，你要先回也可以。”牛大爷听到了，说道：“许林榜，你走不得哦，哪个都晓得你们家是你主伙的。”许林榜只好留了下来。习初、进初、中秋和伍芝华这几个小伙子，一般是不参加队上的什么会的，今天几个也都稳坐着不动。用习初的话来说，就是要听一下，好耍。这几个小伙子一天一天在长大，总想往大人圈子里钻，倒也在情理之中。牛大爷扫视了一下人群，说道：“家家都有主伙的人在。公社革委会已经批准我们建瓦厂了，我们大家商量下建瓦厂的事。”牛大爷讲完后，一时鸦雀无声。于是牛大爷又说道：“大家先说下，瓦厂建在哪里?”伍芝林首先发声道：“刚才在路上我就说了的，依说应该建在甜菜土好点。我晓得你们这边是不会同意的。那就依你们这边，随便你们建到哪里都行。”王治周立即附和道：“要得，要得。随便建在哪里都行。”王治周说完，一时又无人说话。刚才在路上说要将瓦厂修在对门大田的人们这时也奇怪地坐着，一言不发。余主任说道：“建瓦厂的地方好定。关键是大家看下，这个瓦厂究竟是要建还是不建。”牛大爷有点着急地说道：“报告打上去，公社都批下来了，朗格又说起建不建的事来了嘛。”余主任说道：“批下来归批下来，批下来了就整得起嘛?瓦厂要人去整才建得起来嘘。如果有的同意建，有的不同意建，锣齐鼓不齐的，我看这瓦厂也难得建起来。”黑大爷接着余主任的话说道：“我们这个生产队，真正能抬一杠伸一肩的不到二十个，都在这里坐起的。大家都同意建，这个瓦厂才建得起来。要是有一个人不同意建，依我说就算了。我表个态，我家同意建。”经黑大爷这么一说，大家才明白了这个会议的第一个议程应该是表态同不同意建瓦厂。于是大家依次表态，当然我也不能例外。我表态道：“我同意建瓦厂。”在大家表态的时候，王治周与伍芝林还互相开起玩笑来。王治周笑着对伍芝林说：“你说不同意的嘛。”伍芝林嬉笑着应道：“我晓得就是王治周有点不同意。”牛大爷见他俩不正儿八经表态，而是在嬉皮笑脸地开玩笑，有点生气地说道：“你们两个是朗格回事，稍微认真点嘛，同不同意就是一句话了嘛。”伍芝林笑着说：“哪个不同意嘛，同意。”王治周也笑道：“我早就说过同意的。”最后还剩下国二爷没有表态，他一直稳坐着抽烟，习初坐在他旁边，几次都想站起来，都被他摁下去了。国二爷见大家眼光都集中在自己身上，才把烟斗收起，不慌不忙地说道：“你们都看到我干哪样吗？你们大家都说要整，莫非我一家说不整就不整了嘛。”说完，站了起来，把脸垮起，一脸不屑的样子，继续说道：“我们这一二十个人有几个晓得整瓦厂的活路有哪些，朗格整。你们以为是跟种庄稼活路一样哦，大家和二搞三拖在一起，拖得好孬都有得收，只是收多收少不一。整瓦厂像这样就不得行！像种苞谷的活路，今天少种几窝也过得，明天多种几窝就是了。栽秧子也是一样，今天多栽了几窝明天少栽几窝就是了，到时候把土头田头整完就作数。做庄稼你想做就多做一下，想歇就歇一下。无非是少收几颗多收几颗的事。这个建瓦厂烧瓦，好些事就由不得你做还是不做了。落雨了，做庄稼时可以说等雨停了再做，在瓦厂下雨天不由你不做，瓦厂车的瓦坯子，晾在坝坝头，要收到棚子里去，下雨了你得跑快点。慢了都不行，要不然坝坝头的瓦坯子就淋成了一堆稀泥巴，大家和瓦师傅的活路都白做了。烧瓦的时候，窑子架起柴开烧，白日夜晚都得有人守起添火。夜晚间，你说瞌睡来了眯一下，这眯一下不打紧，一眯过头，火没得了，这窑瓦就全部报废喽。瓦厂的活路，说实在的，我们队上见过的人不多，更不要说做过喽。小坪村先前有个瓦厂，也就是我们几个年纪大点的真正在瓦厂做过。瓦厂的活路比做庄稼活苦得多。不是想要那点瓦当紧，哪个疯了才想去做这个活路喽。建瓦厂大家都同意建，我也同意。只是有些话要说到前头，有哪样现在就谈好。不要到时候，说是建瓦厂，活路都找不到人做。”国二爷说完坐了下来，一时间都没人正式发言了，人们只是在私下低声议论。牛大爷见状，问国二爷道："国哥，你说了这一阵，是哪样意思嘛，我还没搞明白呃。"国二爷严肃认真地说道："有哪样不明白的嘛。我讲的就是队上做瓦厂是不是就和队上做庄稼一样?"牛大爷笑道："就跟平时队上做活路一样噻。"国二爷一本正经地问道："二天瓦烧出来，是不是和分粮食一样的分?"这个问题一提出来，立即在人群中引起了一阵骚动，话声就嘈杂起来。牛大爷沉思了一下，回答道："当然和分粮食一样分嘛。"话音刚落人群又是一阵骚动，嘈杂声也大了起来。只见国二爷噌的一声站了起来，余主任一把把他拉下来坐起，并对他说道："国哥，坐起讲，坐起讲。有事好商量嘛。"国二爷虽然坐了下来，但声音却大了起来。他大声说道："像这样的话，这个瓦厂就整不成。"人群中议论的人多了起来，声音也更大了。牛大爷生气而且不耐烦地说道："国哥，你朗格这样说呃。你刚才不是说大家同意，你也同意噻。"国二爷没好气地说道："我现在也没说不同意建瓦厂呀。我是讲瓦厂建起来了，到时候没得人做活路，这个瓦厂还不是当没建。"这时伍芝林说话了，他说道："牛大爷，国二爷讲得有道理。做庄稼是国家要交公粮，人要吃饭，哪个不做都不行。勤快的要做，偷奸抹滑的也要做，做好做歹大家一船拖起走。这个瓦厂比不得种庄稼，要的是强劳力 。我们队上就是这些人，拿几个给你一怠起，这个瓦厂就做不成。"话刚说完，王治周就接着说道："分瓦和分粮食恐怕还是要有不同呃。国二爷讲的，队上还是应该考虑一下。"牛大爷说道："这个分配政策又不是我余成佩定的，你还要我考虑哪样?"国二爷说道："你说政策是上面定的，上面定的是口粮分配政策，是按人七劳三分。上面又没定分瓦也要按人七劳三噻。你哪天到上面去找个分瓦的政策来，给我们大家看下，我们就按那个政策来分就是了嘛。"牛大爷说："国哥，你这不是牛栏里头卡死马崽嘿，你要我到哪里去找这个政策。"

天已渐黑，人们虽然仍在热情不减地议论，看来一时却难于形成共识。余主任见状，站了起来说道："刚才我听了大家讲的，最大的争议就是瓦烧出来朗格分，这是个问题。国哥讲的到上面去找政策，我估计是找不到。粮食分配上面有政策，那是因为哪里的农村都要分粮食嘛，当然上面会有政策。瓦又不是哪里都要烧，上面不可能专门为农村分瓦发个政策噻。依我看按粮食分配政策来分瓦是有点说不过去。今天也不早啦，我说这样行不?今天会就开到这里，大家回去都好生想一下，看朗格整好点。我晓得飞羊坡和牛栏门在打伙烧瓦，我改天去看下他们是朗格整的。建这个瓦厂对大家来说还是多多少少都有点好处，建还是要建，要建也要靠大家齐心才能建好。大家多想下，有事好好商量。我看瓦厂的事还是办得成办得好的。”于是大家站起来，有的挑箩蔸，有的背背篼，一哄而散。在这种情况下，一般是余主任和牛大爷走在后面，会计王治周和保管孙茂堂有事要请示，还未走。我是想知道今晚是否还要守仓，故也未走。这样，仓上就剩我们五个人了。五个人聚在一起。牛大爷首先就忍不住，以质问的口气对王治周说道：“你朗格都跟到你们国二爷起哄喽。”王治周笑道：“哪里是跟到起哄嘛，人家国二爷是说得有道理噻。”开会时一句话都没说的孙茂堂，这时也说道：“刚才开会你们几个在争，下面除了二爷和进友哥没有说哪样外，就是那几个年轻崽崽都在那里说，说是按分粮的政策来分瓦是有点不合适。”牛大爷一时无语，余主任说道：“这个事情先丢在这里。我明天要上飞羊坡去催他们交公粮尾欠，正好顺便打听下，他们和人家打伙烧瓦是怎样分的。打听清楚了，回来我们再慢慢商量。大家不要为了一点点事弄得气鼓肋胀的。”余主任说完，牛大爷满脸不高兴地接着说道：“我倒没哪样。那国二哥一回分点哪样，他都是丧脸咚嘴的。”余主任劝道：“国二哥的脾气你又不是不晓得，他是有哪样说哪样。你说他对建瓦厂有意见，我看也不见得。刚才完粮回来的路上，他还提醒不要把谷草个个抛撒了，担心二天建瓦厂整瓦棚时没得用的。遇到问题，大家把自己的想法摆出来，多商量下，总比二天扯皮，活路摆起没得人做要好些嘛。话说回来，真要建瓦厂噻，还得快点定下来。这阵子老天爷将就人，不冷不热的，搭瓦棚子、造瓦泥都顺手。请瓦师傅要费些时间，不早点定下来，迟了怕是请师傅都不一定好请哦。”等余主任说完，我赶紧问牛大爷今天还守仓不。牛大爷看了看仓库，说道：“外面倒是只有豆把子晾起的，就是仓里头还些东西没有分下去，恐怕还是要守才行喽。”我答道：“没问题。”随后又问王治周道：“是回去吃了饭再来，还是就到我们这里吃？”余主任说：“就到我们这里吃，顺便说点事。”牛大爷对孙茂堂说道：“干脆你回去通知你们那边的人，明天你们清理一下你们那边田头的谷草个个，掭到干爽处来晾起。我们这边的人些就清理这边的，就当大家放假休息一天。后天整哪样，等你们三爷从飞羊坡回来再说。”

第二天一早，我到牛心山去翻红苕藤，谷利和细孃们去打猪草，黎芝在家煮早饭。吃过早饭，习初跑来约我一起到后头湾田头去清理谷草个个。中秋听了，也要和我们一起去。我说道：“要得，我们一起去。我们一个还是带一把沙刀，等谷草个个清理完了，顺便到大堰沟上面的坡上弄几根柴棒棒回来。”习初说：“咦，我朗格没想到呃。我马上回去拿把沙刀来。”中秋说：“去拿哪样拿，我们三个有两把沙刀就够，随便砍几根就可以了。”我又说道：“把进初喊到一起走噻。”习初与中秋相视一笑，中秋说道：“岩初哥，算啦。怕他还没有吃饭哦，就我们三个一路。”听这么一说，我心中一动，也就不再坚持叫进初了。到了后头湾，这里是一片梯田。不少田中都散落有数目不等的谷草个个，我们三人一股脑地把田中谷草个个拖到干处晾好，收拾完后，便向大堰沟进军。路上，急性的习初率先问我道：“岩初哥，昨天开会讲建瓦厂的事，你朗格一句话都不讲呃。”我答道：“大家讲是为建知青房才修瓦厂，我还有哪样好讲的嘛。何况我也讲了同意的噻。”习初听了，沉默了一会，又问我道：“那你说下，烧出来的瓦按分粮食的办法分要得不?”我反问他道：“你说要得不?”一直没有说话的中秋，这时抢着答道：“我说还是要不得。”习初急忙接着说道：“按那样分，要得个屁。分粮食就是我们劳力多的帮他们崽崽多的人做，那是政策规定，我们也没办法。这个瓦又不是吃的，上面又没规定，凭哪样那些崽崽多的还要占大头嘛。”中秋说：“还怕不是。不怕我家素珍、中华做不得，我都觉得这个分法不合理。”我赶紧说道：“昨天会上又没说一定要按人七劳三分。”习初笑着说道：“岩初哥，你是不晓得，牛大爷心里头巴不得按人七劳三分。他们那一屋人，牛大爷家、二爷家，哪家不是两三个崽崽，幺孃虽说现在只有一个，只怕是到时候又要生一个喽。他们那一家就占去十几个人，烧点瓦噻当帮他们家烧的。”我说道：“三爷还没表态嘛。”中秋笑而不语，习初则说道：“岩初哥，你才好笑嘞，三爷还不是巴不得。你算一下，三爷家四个崽崽，就只有他和三娘两个劳力，他还怕不想人七劳三喽。”我笑了笑，说道：“三爷讲了，等他到飞羊坡去打听下，看人家是朗格分的，回来再说。”习初说：“管他回来朗格讲，我爹讲了，如果按人七劳三分，我家朗格都不干。那边许林榜家有五个劳力，他家是遭屁巴子爬过的，不好说哪样得，心里肯定是反对按人七劳三分的。”中秋说：“伍芝林家还不是反对?”习初说：“依我看，劳力多的人家都反对。”边说边走，我们爬到了大堰沟上面的坡上。这里是飞羊坡和后寨的交界处，有一片山林，因这里离周家湾太近，所以平时我们并不到这里砍柴，怕被发现了遭干涉。今天做活路的地方离这里近，所以顺便来砍几根带回去。这里说的带回去，不如说偷回去。这里山上的树木由于两个生产队都管得严，盗伐都相对少些，因而树木长得粗的比较多。两把沙刀飞舞，我们很快就砍倒了三棵碗口粗的青杠树，把树梢砍去，枝丫剔掉，一人扛一根，一溜烟地下坡回家了。

晚饭后，余主任抱着明明来到我们灶房，边抽烟边和我们聊天。余主任问谷利道："你们听到关于建瓦厂的议论没得？"谷利答道："没有听见说哪样。黑大娘她们都说女的些不管这些事，男的朗格定，大家就按队上的安排做活路就是了。"余主任进一步问道："朗格分瓦，她们说哪样没得？"谷利说道："也没听到哪个说些哪样。那天只听见王美云和邓治月嘀咕了几句，说是整瓦厂和队上做活路一样话，苦的是做得的人些，分瓦的时候还不是管你做得做不得。做的和不做的差不多，反正是黄鳝泥鳅扯成一样长。好像是有点意见。"余主任听了，又转而问我。我说道："建瓦厂看来没有人完全反对，大家基本是同意的。主要是对瓦烧出来朗格分配，分歧比较大。我听到的基本上都是反对像分粮食一样三七开。"余主任听后，抽着烟沉思起来。一会，余主任说道："今天我到飞羊坡去问清楚了，他们生产队和牛栏门生产队打伙烧的瓦就是按出的工来分。"说完，他又问我道："岩初，你认为烧出来的瓦朗格分好点？"他特别强调道："你不要哪样都是怕兮兮的，你朗格想的就朗格说。我就是想听一下你有哪样想法。"没等我回话，黑大爷抽着大烟杆过来了，坐在余主任旁边的另一条长凳上。余主任对黑大爷说道："黑哥，我也想听下你对分瓦的意见。"黑大爷微笑地抽着烟，没有说话。我只好先说道："余主任你刚才说了飞羊坡和牛栏门他们分瓦是按出的工来分，我觉得还是值得参考的。不过他们是两个队打伙，我们是一个队，情况又不完全一样。我的意思是既不能完全按工分分，又不能按分粮食那样人七劳三分。"黑大爷听了，说道："岩初讲的还是有道理，是怕要一边让点才行。不然大家都十八两秤拗起，这瓦厂就做不成。"余主任说："你们说具体点，究竟朗格分法。"我说道："这个噻，你还是和牛大爷商量下，看是不是先拿出个意见，再找大家讨论下，才做决定。"黑大爷附和道："对头。要不你和他们几个队上的干部先商量下。"余主任说："他们几个两种意见，谈不拢。"说完，余主任把头朝向灶房门口，大声喊道："孝娥，孝娥，来把崽崽弄过去。"只见三娘应声而来，边走边说道："孝娥她们三姊妹都在火铺上睡着了。"说着，把明明从余主任手中接过，抱回去了。余主任对黑大爷说道："黑哥，干脆我们两弟兄先去同他们牛大爷摆下。"黑大爷笑着推辞道："你去就行了，你们两弟兄有话还要好说点。”余主任听黑大爷这一说，也不再说什么，站起出门走了。黑大爷有点兴奋地对我说道：“岩初，你刚才讲得对头，不能完全按工分分，也不能按三七开来分。现在就看你们三爷和牛大爷两弟兄朗格商量。你们三爷我也看出来了，他的心不大。就是你们牛大爷，人家说他是个大牛心子。就看你们三爷朗格劝他，看他那根筋转得过来不。”说完，一会黑大爷又说道：“岩初，我们这个生产队，你看出来没得？要不是你们三爷经常点拨到，哪样都依你们牛大爷的，怕是难得办好。”我只好笑而不答。倒是黎芝有点少不更事，笑着说道：“那天王美云和邓治月好像也在说牛大爷是大牛心子。”谷利赶紧制止道：“不要乱说。”恰逢中华过来替黑大娘找烟杆，黑大爷就跟着回去了。灶房里只剩下我们三个知青，谷利对黎芝说道：“以后说话长点心眼，有些话还是看下是哪样场合再说。”随后谷利稍压低声音问我道：“岩初，你说余主任是赞成按工分还是赞成按三七开分瓦？”我答道：“我已经看出来了，这两种办法余主任都不会赞成的。送粮那天你们先回家了，我们在仓坝里讨论这件事，我就发现余主任的态度与两边的都不一样，好像这两种意见他都不大赞成。所以他才说他要先到飞羊坡去看看，看下飞羊坡和牛栏门是怎样分的再说。”黎芝接着说道：“三家田那边的人说牛大爷有点自私，总是哪样都想多占点。”我又说道：“既然队上说是为知青房建瓦厂，烧瓦来盖知青房。我们平时就不要多说哪样。看队上哪天开会，大家朗格说就朗格好，反正我们少说为佳。”谷利说道：“你估计队上会怎么分？你说下自己的看法怕哪样，我们不到外面去说就是了。”我想了想，说道 ：“看余主任那个态度，我估计最有可能是把分粮食的政策倒过来，按七三分。关键在于今晚余主任和牛大爷谈得如何。”谷利笑道：“哎呀，随便他们怎么定，按人七劳三我们比国二爷家多一个人，按人三劳七，我们工分和国二爷家差不多。不管怎么分，我们都不算最吃亏的。想这么多干哪样，听其自然吧。”谷利无奈地轻轻叹了口气。黎芝说道：“管他的，睡觉去喽。说多了也没用，等他们开了会，就晓得了噻。”说完，各自回到住处。

我刚躺在挞斗床上，忽然听见敲门声。我问道：“哪个？”外面敲门的人答道：“我，你们三爷。”我一翘爬了起来，把门打开，正准备把马灯点上，余主任走进屋来说道：“点个哪样灯嘛。”说完在床边坐下，说道：“我是越想越不斗劲，想来和你摆下。”因见屋里有点闷热，他坐到床边时，把稍微掩着的门全部打开，边用手擦了一下脸，然后说道："刚才我差点和你们牛大爷吵起来。这个人硬是焦人得很。"我笑着说道："哪样事有这么恼火？"余主任说道："他硬是有点油盐不进。我找到他，一开始他就硬是咬到说是要按政策，只能按人七劳三来分。我冒火了，问他在哪里找到的政策，烧的瓦也要按人七劳三分。他不说其他，只是一口一个按政策，我问他是按公社的政策还是区里的政策，是省里有政策还是中央有政策。他答不起，就要赖。说他就晓得一个政策，人七劳三，就是要按这个政策分。"我笑着说道："这样是有点恼火咦。"余主任继续说道："我告诉他，你硬是咬到起人七劳三，这个瓦厂就建不成。你猜他说的哪样？"我笑道："肯定说建不成就建不成。"余主任笑了笑，说道："还怕不是。他就是说建不成就建不成，还说瓦厂建不成，知青房没得瓦盖他又不焦。我一听，就有点冒火，对他说，你不焦，你是队长呃。你都不焦，哪个焦？你怕他们三个知青焦嘿。说不准他们哪天屁股两拍拍就走了，这个房子队上还是得管嘛。"我还是笑着说："三爷，你这个话牛大爷应该听得进去。"余主任说："你认为他听得进去，他就是听不进去。我后来又讲了一阵，讲到他心尖尖上了，他才听进去喽。我说知青房没得瓦盖你不焦，就算你不焦，你自家那一大厢房子没得瓦盖，你敢说不焦？别个的事你可以说不焦，你家进初的事，莫非你也敢说不焦。你不把你那厢房子早点盖上瓦，二天杉壳子烂了，楼幅梁朝天，就是把板壁装起了也是个空壳壳。进初接媳妇，莫非把新媳妇娶来安顿在空壳壳里嘛。他这才听进去了。"我附和着说道："这几句话是说到他心尖尖上了。"余主任也许是说服了牛大爷，有点兴奋地继续说道："我又对他说，其实队上的人都晓得，建瓦厂给知青房烧瓦不过是个幌子，主要还是大家都想烧点瓦来盖自家的房子，这队上其实最想烧瓦来盖房子的还不是你。这下他才一声不吭了，我晓得他遭我说动了。我就把你先前讲的话讲些给他听，说是如果真要全队的人齐心协力把瓦厂建起来，这个瓦就既不能完全按工分分，也不能像分口粮那样按人七劳三分。要一个让点才行。"我问道："牛大爷这下朗格说？"余主任说道："他算了一阵子，说是他也想到了这一成，只是没有想好朗格让法。他问我朗格让法？"说到这里，余主任一扫恼火的表情，有点得意洋洋地说道："他这一问，我晓得他不会再坚持人七劳三的分法。只不过他这一问，反倒让我心里没底了。是按对半还是四六开，还是倒三七，我也没想好。不晓得那些反对三七开的人些是怎么想的，要按哪种分法大家才满意。我只好对你们牛大爷说，你既然有这个态度，我们就再下去考虑下，找个时间大家坐下来开个会，好好生生商量，早点把事情定下来。”余主任说，他与牛大爷谈了这么久，总算把牛大爷说动了，他就赶紧下来了。我笑着说道：“幸亏你先去和牛大爷讲了，要不然他想不通，发起犟来这事就不好办了。”余主任笑道：“他又还不属牛，有时做起事来比牛还犟。”听后，我笑了起来，开玩笑地说道：“再犟的牛，你把牛鼻圈给它穿好，它就犟不起来了嘛。”说完，两人都开心地笑了起来。余主任的笑可能是把心里的话找人倾泻了，感到轻松。我的笑是因为看到了问题解决的曙光。这时远处传来鸡叫声，逗得团转的鸡也都叫了起来。余主任伸了伸懒腰，说道：“鸡都叫头遍了，该睡觉喽。”说着回去了。待他走后，我也躺了下，不知何时睡着的。

今年，我们队里和往年不一样，往年秋收交完公粮后有一段相对闲暇的时期，今年因要建瓦厂，交完公粮后，队上的活路反而比秋收时更紧，人们生活节奏自然也跟着紧张起来。一日，大家刚把晾在干处的谷草个个收集起来，建完草树，牛大爷就召集队上的男人们到仓坝集中，商定建瓦厂的事情。在十余杆烟枪的青烟缭绕中，牛大爷开门见山地说道：“今天我们大家坐在这里，就谈一件事。不是谈瓦厂建还是不建的问题，这个问题上次大家都表了态，同意建。今天是让大家商量下瓦烧好了朗格分？大家就不要遮遮掩掩的，心里朗格想的，就朗格说，总之是要商量个办法出来。”会场沉寂了片刻，国二爷首先发言，说道：“那天我说过建瓦厂烧瓦活路大，一架势做这个事，人些就不要想得清闲。如果不让做活路的人些有个念想，做了当白做，哪个又愿意做。依我说，瓦烧出来按工分分才对。这样，做得的人才愿意做，瓦厂才建得起来，做得下去。”国二爷刚说完，会场就一片议论声。发声说话的基本上是一边倒，赞成国二爷的说法。伍芝林大声说道：“国二爷说得对头。人家飞羊坡和牛栏门打伙办瓦厂，烧出来的瓦就是按出工来分的。”这时，牛大爷铁青着脸不吭声，不停地吧嗒烟斗，其实他烟斗里的烟叶早已烧尽。余主任眯着眼不紧不慢吐雾吞云品尝烟叶的香味。这时黑大爷说道：“这个事，依我内心来讲，我也赞成国哥的按工分来分的办法。刚才伍芝林也说了飞羊坡和牛栏门都是这样分的。按工分分确实也有道理，只是我下细一想，我们这个瓦厂和他们两个队打伙的瓦厂还是多少有点不同。飞羊坡简单，没得哪样说的，人些每天去瓦厂做就是了。牛栏门那个瓦厂离他们自己队上的人家户院子远，在那个湾湾里头，没有占哪样好田熟土，修瓦厂的地方本来就没拿来种哪样。牛栏门地广人稀，不说修一个瓦厂，就是修两个瓦厂也没得哪样心痛的，对他们队上的粮食又没得影响。我们队上就不同喽，要在自己种庄稼的田土上建瓦厂。建在甜菜土也好，建在对门大田也好，都要占队上的好田熟土。这种具体情况，大家是不是也要考虑下？”话说至此，黑大爷突然打住了。我看了看黑大爷饱经风霜快要爬满皱纹的脸庞，隐隐感到了他这番话的分量。而当下的问题是在场的人似乎并没有被他的话点醒。王治周说道：“我想了一下，觉得国二爷按工分分有道理。我们现在不说瓦厂，我先打个比方，比如说有一天，我们队上有劳力的人都出去帮人家做一天的活路，人家拿了一坨钱给队上，这坨钱拿到队上来，队上放在哪里？当然是二天结算的时候，按工分来分这坨钱噻，绝对不会按人七劳三来分这坨钱嘛。瓦厂烧瓦来分的道理是不是和分这坨钱是一样的？大家想下嘛。”

王治周的话刚说完，习初、伍芝华这一帮小伙都嚷道对头，对头，烧出的瓦就跟出去做活路得的钱一样，是得按工分来分。许林榜坐着不说话，但笑眯了眼，可见一边倒的局面越发明显。牛大爷脸色越来越难看，而余主任却显得更从容。待大家议论稍有沉寂，黑大爷又说道：“王治周，我听你这一说，也觉得有道理。只是我还是觉得你讲的我们队上劳动力出去做活路得钱拿回来按工分分，和在队上的田土上建瓦厂，烧瓦来按工分分，多少还是有点不同哎。只是现在要我来说清楚这两件事有哪样不同，我还没完全想好，等我再想下，大家也都想下嘛。”黑大爷说完，余主任对余进友喊道：“进友，你朗格一句话都不说呃？”余进友笑了笑，说道：“我是朗格都要得。”引得大家一阵哄笑。习初开玩笑地说道：“该把嫂嫂换来开会。”别看平时伍芝华话不算多，说起话来还是直截了当的，他说：“进友哥肯定是赞成人七劳三分的。他家那个肉墩墩才那么大点点，都可以按人头分瓦呃。”二爷打断伍芝华的话说：“讲正事就认真讲，横竖喜欢开玩笑，也不看场合。”余主任笑着对二爷说：“他喜欢朗格讲，讲就是。”习初见状认为说话的机会来了，想顺着伍芝华的话题说下去，于是对孙茂堂说道：“茂堂哥，你肯定也赞成人七劳三哈。如果明年分瓦，说不定你家也多个肉墩墩啊。”

话音未落，国二爷在一边骂道：“你这个嘴巴说不定哪天就要遭撕烂，到哪里都是嬉皮笑脸的。”孙茂堂却一老一实地说道：“按哪种分法我都赞成。要说吃好大亏我也吃不到好大亏。要说占好大便宜，我也占不到好大便宜。大家说朗格分就朗格分。”余主任笑着对许林榜说：“三家田四家就剩你家没说话了，还是说下嘛。”许林榜含着烟斗嘟噜道：“我有哪样说的。队上朗格定就朗格分嘛。”刘大爷在一边说道：“你这个话当没说。”许林榜勉强地对牛大爷笑道：“你晓得的噻，我们家从来是按队上的安排做，队上朗格说，就朗格好。”

这时余主任看着我说道：“岩初，你们知青也算一家，你也该说下噻。”被余主任点了名，要保持沉默是不可能的了。我只好说：“建瓦厂我们是赞成的。至于说瓦烧来怎么分，我觉得王治周和伍芝林说的有道理，人家烧来按工分分，我们也跟着照办，没有哪样错，但是黑大爷讲的也有道理。虽然都是烧瓦，但还是有所不同。刚才王治周讲的队上的人出去帮人做活路，大家去做是了。队上办瓦厂就不同，光有劳力还办不成，还要有田土给你才办得成。这个田土是生产队的，生产队每一个人都有份，不光是能做活路的人有份，不做活路的人也有份。所以说队上办的瓦厂烧出来的瓦，只和出了劳力的人有关系，和没出劳力的一点关系都没有，总还是说不过去吧。”我边说边观察人们的反应，发现我讲到这里，牛大爷难看的脸色有所缓和，国二爷斗气的样子也有所松动，王治周和伍芝林开始窃窃私语，大家都在认真听。

我继续说道：“我也打个比喻。比如说我到旧场去要，仓库要找人挑粮食到丰乐去，我气力大，挑一百八十斤没问题。可是我当时是空起两巴掌，既没有箩蔸可挑，也没有背篼麻袋可用，哪样家什都没有，有一身气力也是空的。为了能挣到这点钱，我到场上蒲家借了一挑箩蔸，才得以顺利地把一百八十斤粮食挑到丰乐，得了五角钱。我想大家一定认为这五角钱应该归我，问题是如果蒲家不借箩蔸给我，我就挣不到这五角钱。我这五角钱不拿点给蒲家，蒲家也不会有意见，大家也许认为不拿也没得哪样。但是我认为怎么都应该感谢下蒲家，你们也一定会说应该。至于怎样感谢法，就看自己了。拿一角钱是感谢，拿五分钱也是感谢，说句话也算是感谢，不管怎样总得有个表示感谢的方法吧。总不可能自己挣了钱，把箩蔸丢还给蒲家，话不说屁不放就走了噻。借箩蔸也许对蒲家没得哪样损失，但感谢人家总还是要的吧。烧瓦比借箩蔸还有点不同。烧瓦用的田土是队上的，队上所有人都有损失，莫非用这田土的人对拿出田土的人，就不应该多少表示下吗？”

说完，我用眼光扫了下人群，又观察了一下人们的表情，看见王治周和伍芝林正在你推我我推你的，好像有话要说，也有人在点头。我又继续说道：“所以我说队上办瓦厂既不能按工分分，也不能按人七劳三分。一边让一步，事情就好办。”我说完后，王治周马上接着说道：“黑大爷和岩初讲的都有道理，我也听懂了。我们队上的瓦厂和飞羊坡、牛栏门的不一样。我提个建议，大家看这样要得不？倒过来，按人三劳七分。”这时牛大爷脸色完全恢复了正常，国二爷和伍芝林脸色也开朗了，其余的人们也纷纷表示认可。余主任笑容满面地问牛大爷道：“你这个队长看要得不？”牛大爷想了想，说道：“大家说得都有道理，我还有哪样说的。”余主任招呼大家安静下来，说道：“大家坐在一起摆谈下，好些道理就想明白了。队上建瓦厂要靠大家出力，出力多的当然应该多分。没有做活路的人是不是对瓦厂就一点贡献都没得，也不是。建瓦厂的田土也有他们一份嘛，所以分瓦的时候，一点都不考虑他们也不合情理。依我的话，我家两个劳力，四个崽崽，我比哪个都赞成人七劳三。只是回过来一想，冬天的火什只往自己面前刨，样样都只顾自己，事事都算得尽，人家就不愿意和你打伙做事了。不要说建瓦厂，是哪样事都做不成。所以我想了想，这个瓦厂建起来，烧的瓦干脆就按人二劳八来分，就是二八开。这样两边都照顾到了，道理也说得过去。大家看要得不?”余主任刚说完，会场上响起一片“要得”之声。牛大爷这时站了起来，开始行使他队长的权力，说道：“你们吼要得，还不着数。我还是要一家一家地问。”他先问国二爷道：“国哥，按人二劳八，二八开你说要得不?”国二爷笑着回答道：“我老嘿老，道理还是懂。要得，我赞成。”接着牛大爷从三家田的几家到土地坑的几家全部问了一遍，回答都是一样：“要得。”末了，牛大爷对王治周和伍芝林说道：“我都搞忘记了，我们三个好孬还是队委会的，现在就在这里开个队委会，如何?”王治周说：“要得，走个过场也好。”于是他们三个走到一边，大约谈了一分钟的话，又回到了会场。牛大爷正儿八经地向大家宣布道：“经队委会商量决定，生产队瓦厂烧出来的瓦按人二劳八分配。”不知是谁带头鼓掌，大家都跟着鼓起掌来。

掌声停息后，牛大爷说道：“既然大家同意建瓦厂，分配的方法也定下来了。下一步就是要大家齐心协力做，再也不能耽搁了。明天开始，就把对门大田里的水放干。”没让他话说完，余主任打断他的话道：“老实的，搞忘记给大家讲了，那天在场上，我请牟书记派人过来看下我们选来建瓦厂的地方合适不。他说这一阵子公社的人忙到起催公粮，一天像追山狗一样，忙得縫縫不沾背，我们建瓦厂公社就不派人来了。他再三强调建瓦厂不能占好田，说是得空了他还要来看的。占了好田，就要把瓦窑子都撬了，所以对门大田不能占。我看就用大田后面坎上挨到起的黄泥巴土坪算了。”牛大爷听了，接着说道：“明天就拿几个人去平场。伍芝林你找几个人到白杨岗林子头砍几根伸展的白杨树来搭瓦棚子。王治周抓紧把决算搞出来，分配的时候除了把提存留起来外，还要考虑留足粮食给瓦匠师傅。我和你们三爷去请瓦匠师傅，要他来看下瓦窑子拱在哪个地方。这里也先给大家说清楚，今年秋冬比不得往年秋冬，要忙起火的，大家都要有个准备。”牛大爷刚说完，余主任急忙接着说道：“平场不要忙，还是等瓦匠师傅来看了再说。伍芝林先找两个人去砍几根搭棚子的棒棒倒是可以。先砍来，等它晾干一下，搭棚子也好用点。”牛大爷接着说道：“按你们三爷说的也要得，明天除了伍芝林找两个人砍木料外，王治周和谷利抓紧搞决算，其他人去给红苕翻最后一次苕藤。这个红苕还要等个把月才挖得，好孬还得等它多少再长点噻。”国二爷听了，说道：“我们噻，已经在挖来吃喽。”孙茂堂也跟着说：“还怕不是，我们自留地的红苕都挖来吃好几顿喽。”黑大爷问他道：“你家还是一塌塌（一块一块）地挖呀?”孙茂堂笑着说：“这回，她来了，由她在挖。她就是像挖洋芋一样，验蛋咯。”眼见会议有点跑题。伍芝林说道：“我就喊许林榜们两弟兄和我去砍料子哦。”牛大爷笑道：“你还会喊咯。你们那边王治周要到这边来搞决算，孙茂堂要到仓上来。要在你们那边白杨岗砍料子，你当然只有喊他们两弟兄了噻。”

请师傅建瓦厂

谷利和王治周在仓上最后一次对工分账那天，黎芝外出打猪草。我收拾一下菜地，回到灶房，添火准备煮饭。突然听到灶房门口有人咳了一声，我抬头一看，竟然是刘师傅。我急忙走过去，一把把他拉进屋，请他坐下。我高兴地对他说："稀罕哦。朗格好久没见你到这边来啦?"刘师傅笑着调侃道："没到你们这边来，说明我在外边找到饭吃了噻。"随即他拿出烟斗把烟装上，我急忙从灶膛里抽了一根带明火的柴火，帮他把烟点上。刘师傅一边抽烟一边说道："这会县里头好像没有往天乱了，机关上班办公都要好些，有人在上班了。要上班，以前整烂的桌子板凳都要修噻，我在那里都整了好些天，还没整完。你们余主任带信要我帮到请瓦匠师傅，我现在就把瓦匠师傅给你们请来了。"我笑着说："你硬是有心人呃，说话算数。"刘师傅笑了笑，说："我过来就是想看下你们。"我说："就在这里吃饭。把带来的师傅一起请来吃，我们的鸡下的蛋还有哦。"刘师傅说道："我带来的师傅现在在你们牛大爷那里，你们余主任也在那里。我坐一下就要上去看下，看他们谈得如何。这顿饭就不在你们这里吃啦，鸡蛋嘛留起下回来吃。"

我边煮饭边和刘师傅闲聊了一会，他就出门到坎上牛大爷家去了。我刚把饭菜煮好，黎芝和彭洁娥背着猪草回来了。我准备到仓库去叫谷利吃饭，还未出门，谷利却带着王治周进来了。王治周进屋就说："总算把工分算清了，我说回去吃了饭再过来，谷利硬要喊到你们这里吃。有吃的倒是好，就怕你们没煮好多。"我笑着对他说："你想一下，这一阵哪家早饭都煮多噻。早上吃不完，剩下的晚上熬点油茶又得一顿嘛。你今天不把我们的饭吃完，算你狠。"大家坐下吃饭。我告诉王治周道："队上请的瓦匠师傅来了，现在牛大爷家。"王治周边吃边说道："这下瓦厂真的是要动工了。岩初，那天要不是黑大爷和你讲了那些话，国二爷和牛大爷一犟起来噻，这个瓦厂又成光儿光喽。"我说："整不整瓦厂，我其实无所谓。"王治周说道："这个我晓得。听说小坪村有两个知青都遭区里喊去代课了，你们也是早迟不一的事。"

我笑着说道："我倒不是那个意思。我的意思是说这个房子是生产队的，盖好了，生产队有厢好房子，用起来要机动点。不盖好，风吹雨打的，架架就垮了，损失也是队上的，可惜了。"王治周说道："我也晓得，这么多年队上没得哪家添过瓦，哪有瓦不坏的嘛。说起建这个瓦厂，其实家家都高兴。你不要看国二爷和牛大爷两个一个钉子一个钻的，虽然两个嘴巴上都说是建不建瓦厂是可有淡无的，其实两个心里头都巴不得快点建。"

说完，他站起来到锅里添了碗荒瓜饭在桌边坐下，继续边吃边说道："岩初，你还记得不，你们下乡头一年，我就给你说过，余主任有文化，水平高，今天你看到了吧。"我答道："确实是。余主任了解大家心里头想的是哪样。"王治周接着说："就是，分粮食按人七劳三分，绝大部分人明明是不满意的，无奈是上面有政策规定，大家晓得说也无用。你也看到的，做活路的人些就像现在这样拖起做，不要说有哪样积极性了。如果分瓦还是按人七劳三分，大家就会这样想，我们犟不过你，总拖得过你，做活路我们就拖起做。如果这样的话，这个瓦厂要建，也怕是要拖个年把两年才建得起。余主任这一讲，按二八开，大家都拥护。你看嘛，要不了好久瓦厂就会建起来。"听他说完，我笑道："建起来倒是快，只怕是男劳力些要脱几层皮。"谷利和黎芝听了，有点不高兴。黎芝说道："整瓦厂你怕只有你们男的才会做嘛。有哪样稀奇的，我们女的又不是吃不得苦，下不得烂，照样可以做。"我赶紧解释道："你们不晓得，瓦厂有些活路是不能让女的做的。"谷利不服气地说道："少吹牛。下田栽秧，挑粪、打谷子，哪样活路男的在干，女的还不是在干。没得哪样活路说是女的不能干。"我只好笑了笑，向王治周求救道："王治周，你给她们说下，瓦厂有哪样活路不让女的做。"王治周想了想，说道："岩初，给你们说老实话，我是在小时候看到过小坪村的瓦厂，没有在瓦厂做过。真正在瓦厂做过活路的只有国二爷他们几个年纪大点的。我都不很清楚瓦厂有些哪样活路。至于有哪些活路女的些做不得，我就更不清楚啦。"黎芝嚷了起来："晓得你是乱吹牛的。"见黎芝也说我吹牛，我心中有点不高兴。这一不高兴就把我本不想卖弄的话一下就说出来了。本来两个女生要去收拾碗筷，我说道："碗筷不要忙着收，你们听下，看我是不是乱吹牛。"待两个女生坐下，我继续说道："瓦厂有哪些活路，我还是知道的，只不过没有样样都亲手做过。但我知道其中有一种活路是绝对不会让女的做的。"谷利不服气地追问道："有哪一种？"我答道："造瓦泥。"我一说完，谷利和黎芝你看我一眼，我看你一眼，都有一副不知所云的模样。黎芝忍不住了，问道："哪样造瓦泥？你不要麻我们。"我笑了笑，有点得意地说道："你们不晓得，就说我吹牛，建议你们还是谦虚点嘛。你们问一下王治周，瓦厂烧瓦是不是要造瓦泥。"王治周赶紧说道："是要造瓦泥，这个我倒是晓得。不造瓦泥朗格整瓦嘛。"谷利听了，想当然地说道："造瓦泥就是和稀泥巴的意思了嘛。和稀泥巴有哪样稀奇，在田里栽秧、打谷子都要在田里和稀泥嚜，又不是好大个事，有哪样了不起的嘛。"听谷利这么一说，我只好认真地解释道："在瓦厂造泥巴和在水田里和泥巴是两码事。不是你们想象的在水田中栽秧打谷的哪种和泥巴。"我扭头对王治周说："王治周你说一下，你在夏家湾老烂田铧田打谷和在一般田里有哪样不同。"王治周听了一阵大笑，说道："你朗格喊我讲，你自己讲嘛。"我只好说道："哎呀，我又没铧过那丘田，打谷子也没到那丘田去过，只是听你们讲过。"王治周忍住笑，说："那丘老烂田稀泥巴要陷齐双岔。"谷利和黎芝毕竟对农村的很多事还是不太了解，黎芝竟然问道："陷齐双岔是哪样意思吗？"王治周笑道："就是稀泥巴淹过大腿根。"黎芝继续说道："淹齐大腿就淹齐大腿嘛，哪样淹齐大腿根嘛。"王治周不再答话，只是一个劲地笑。我没好气地说道："哪样大腿根，就是在老烂田里头，裤子都穿不成，打起光屁股在田里走，稀泥巴淹到屁股。所以栽秧、打谷都没安排你们女的去那里。"听我这一说，两个女生才哑口无言了。我接着说道："瓦泥造到最后的时候，造的泥巴深了，一脚踩下去，稀泥巴确实要陷齐双岔。造瓦泥的男人有的干脆就脱掉裤子来造。瓦泥造好了，还要把瓦泥一坨坨地搬到场坝里。要扛泥巴坨坨，就只能光着身子喽，人就变成一个泥猴了。你们说造瓦泥女的得行不嘛。"我这么一说，两个女生才算明白了。

既说服了两个女生，又看到连王治周也不知道怎么烧瓦，我有点得意地开始卖弄自己所知道的烧瓦过程，继续说道："烧瓦还要添窑前火，那是要通宵地守在窑口前，要时不时地加柴火到窑门里，这个活路也不会让女的来做。"我一阵胡侃海吹，连王治周也听得津津有味。他说道："你还像是在瓦厂做过活路的呃。"我笑着答道："我也没有正儿八经到瓦厂做过。我家原来房东的儿子在他们生产队当瓦匠师傅。那两年没上课，我又没兴趣参加哪一派。一天无事可做，有时就跟到房东的儿子到他们队上的瓦厂去耍，混日子。时间长了，瓦厂造瓦泥、挞泥坯子、割瓦泥、车瓦坯，把瓦坯装进窑子，添窑门火、挑窑田水、把烧好的瓦搬出窑子，我都看到过。在瓦厂觉得好玩时，有些活路，如造瓦泥，我也会脱成光屁股跳到稀泥巴塘塘去跟到踩几脚。只是跳来跳去，一样都没学会。”两个女生也听得入了神，没有再说我吹牛了，我的虚荣心也得到了一点满足。我们边聊边收拾完了灶房，把猪也喂了，就坐着等出工。直到这时，还不知今天队上要干什么活路。

不久，三家田的人陆续过来了，同往常一样，各自找一家人或坐下，或抽烟，都在等着牛大爷安排活路。一会牛大爷在坎上他家院坝里喊道：“带镰刀、锄头到对门土头割土。”今天和往常略有不同的是牛大爷喊完以后，还加了一句：“快点喽，不要拖拖拉拉的。”听了牛大爷的安排后，王治周对我说道：“你用锄头，把镰刀拿给我用。我估计是要到对门大田后面坎上平整场地。”一改往常拖拉的习惯，大家带着工具纷纷跟着牛大爷往对门走去。在牛大爷的带领下，大家很快到了对门大田后面的土坪。人们到了土坪里，见牛大爷没有催促大家干活。于是人们找个地方或抽烟，或吹牛聊天。一会余主任带着刘师傅和一个壮实的中年男人来到土坪里，国二爷、黑大爷等一干人一下围了过去。余主任对大家说：“今天把瓦匠师傅请来了。”黑大爷看着那个壮实的中年男人，笑着说道：“哦，我说是哪个，还是攀英台的欧师傅，我们以前就认得的。”余主任插嘴道：“你们以前就认得的嘜。”国二爷说：“我都认得。土改那几年，欧师傅就在场口那边瓦厂给人家烧过瓦，我家房子上盖的有些瓦就是他们那个瓦厂烧的。后来小坪村那个瓦厂欧师傅也在那里做过。”欧师傅听了，笑着对国二爷说：“这位大哥朗格喊?”牛大爷说：“他叫余国顺，你喊他国哥就是了。起先说认得你的叫余承安，你就喊他黑哥嘛。”黑大爷对欧师傅说道：“那个时候你还年轻呃。”欧师傅说道：“那时候是年轻，还在跟着师傅学艺。这一晃都快二十年了，人都老喽。”余主任笑道：“你大不到我们几岁，老个哪样老喽。”就在几个人的对话中大家认识了瓦匠师傅欧代年。直到这时，牛大爷仍然没有安排大家干什么，于是大家依然坐的坐站的站。余主任和牛大爷带着欧师傅绕着土坪边走边说什么。

这时刘师傅走了过来，和无事可做的我聊起天来。他笑着说道：“瓦厂建起，要不到好久，你们知青房就可以盖起了。”我说：“这要看队上怎样安排。”刘师傅说：“房子盖好就要装，到时候肯定是我来当木匠师傅噻。”我只好笑着答道：“那是半天云吹唢呐，哪里哪哦。板子方子都不晓得在哪里啰。”刘师傅听我这一说，认真地说道：“这确实是个事嘞。”他沉默了一会，说道：“这个我先不同他们说，等我到处相一相（看一看），看下有人卖现存的木墩子不。如果有，买它几墩来改成方子、板子都得行。比给公社打报告，批条子，再去买树子，收料子，方墩子，等放干了再改来用，要方便利索得多。”我只好客气地说道：“又麻烦你了。”刘师傅笑着说：“和我讲哪样客气嘛。我只是在想，等我一阵子跑了回来，你们几个怕是像小坪村的知青一样，都不晓得到哪里工作去喽。”我认真地说道：“哪里会。”刘师傅也认真地说道：“朗格不会。参加工作了好，少受点搓磨。”话讲到此，余主任一行走了过来，我们的谈话也就停了下来。只听见余主任指着下面的大田对欧师傅说道：“原先准备用那块大田来做瓦厂，牟书记说不准用好田，没得办法，只好选这块土坪子。”欧师傅说：“没有选那块大田是对的，要不然整到半中拦腰，公社喊你停下来，先前的活路就都白做了，把田也整坏了。”欧师傅看了看这块土坪，说道：“这块土坪还是好，隔院子近，整哪样都方便。下面田里有水，二天挑窑田水，造瓦泥用水也方便。”说完，欧师傅又强调道：“田里头的水最好堵深点，千万不要让它干了。”牛大爷胸有成竹地说道：“这个你放心。这块大田就在堰沟边，堰沟里一年到头都有水，田头的水不会干的。我马上安排人把田坎整高点，多装点水在田里。”欧师傅接着说：“我看了下，这个土坪要拿来作瓦厂场坝，还得下点功夫才行，长宽问题不大，就是不平。先要把它整平，铲高处填矮处，填的浮土也要夯实。”随后他又对牛大爷说道：“整场坝的时候，要整几条瓦埂子出来，以后瓦坯子好放在上面晾干。”

说完，欧师傅向土坪左边走去，几个男人跟着他来到了地边，欧师傅指着地边说：“你们在这里建个瓦棚。”这时在牛大爷的安排下，地里的人们开始砍割土里的苞谷杆，铲高处填矮处。欧师傅见了，对牛大爷说道：“这些苞谷杆你们都要放好，不要抛撒了，晾干二天发火时好用。”说完，欧师傅特意对牛大爷和余主任说道：“老实，还忘记一个事，你们是准备用柴火还是用煤来烧瓦？”余主任和牛大爷对视了一下，无以应答。刘师傅一旁见状，说道：“我来说几句。人家牛栏门瓦厂烧瓦全部都是用的柴火。他们当然可以用柴烧喽，窑子上面、周围都是大菁林，把柴砍了，几步就弄到窑门口了。你们这里煮饭的柴都要到处去弄，到哪里去弄柴来烧瓦。依我说你们烧瓦就用煤。”欧师傅接着说道：“我也觉得你们用煤来烧好点，你们这团转有煤厂嗉。”牛大爷说道：“周围煤厂倒是有，那边火烧岩、田家庄都有煤厂。就是要拿钱去买了嘛。”余主任说道：“该花钱就花钱，比去偷砍人家的柴火来烧要好点嗉。烧瓦很要烧些柴哦，偷砍总不是回事了嘛。”牛大爷说道：“就是烧媒也要好些引火柴。”欧师傅接着说道：“那个引火柴虽说还是要一些，倒也要不到好多，况且又不择柴，用些枝枝丫丫都可以。你们今天砍下来的苞谷杆晾干了也可以引火。”说完，欧师傅扭头看了看周围，指着土坪后面豺狗湾一带的树木问道：“这山上的箐林是你们生产队的不是？”牛大爷说道：“山这边是我们的，翻过山就是老鸦山生产队的。这个箐林里都是柏香和杉树，没得哪样杂树。柏香和杉树不能砍哦。”欧师傅笑道：“哪个喊你整根整根地砍，剔丫枝就行了。早点安排人剔点下来晾起，干了就可以用来当引火柴了嘛。”

欧师傅与牛大爷在谈话，正在土里割砍苞谷杆的人们边听边干，后来索性停了下来，听欧师傅指点江山。欧师傅问牛大爷道：“你们帮我搭瓦棚的杆杆准备好了没有？”牛大爷说：“现在有几个人在白杨岗林子里砍。”欧师傅说道：“要稍微多砍几根才够哦。”牛大爷问道：“你这瓦棚子要搭好几列？”欧师傅笑着说道：“你问要整几列？至少要整三列嘛。你算嘛，要堆好多瓦坯子在里面。两挡头还要加一根杆子，整个马屁股（偏厦），我时不时还要在这里住个十天半月了嘛，当安了半个家。”牛大爷对王治周说：“你们听到了哈，今天你回去给伍芝林讲，再砍几根放到那里再说。”欧师傅说道：“剔下来的枝枝丫丫也放起晾干，以后有用。”这时国二爷插嘴道：“光是那些枝枝丫丫还是怕不够，还是要准备点整柴划子。下边坑口上有一根桊子树干了，哪天把它砍来劈成柴划子，烧两窑瓦的发火柴都有多的。”余主任听了，高兴地对国二爷说：“咦，姜还是老的辣。国哥，你这一讲，发火柴的问题就完全解决了。”这时中秋插嘴说道：“上面林子边边有根碗口大的桐子树像要干了，干脆把它也砍来当发火柴嘛。”国二爷听了，笑着对中秋说道：“桐子树砍来当柴烧就不安逸呃。你没听到讲说过哗，桐子马桑柴，屁都吹出来。讲的就是桐子树马桑柴都不肯接火。平时你看到哪个拿来烧过呃。”中秋笑了笑了，不作声了。国二爷又说道：“硬是干定性了，拿来搭起好柴也勉强可以用。”

余主任对国二爷说道：“国哥你阴到起（暗地里）还关心瓦厂得狠呃。”国二爷得到了表扬，兴致来了，笑着对余主任说道：“这回烧的瓦是按人二劳八的法子分，合理嘛。大家高兴，朗格会不关心喽。我还啰唆一下，我们今年那点谷草，搭瓦棚千万不要完全盯到起它，这个谷草主要还是要拿来冬上喂牛。如果今年冬上冷得很，牛没得草吃难得过冬，那才是叫作真正的心慌哦。要我说，你们两弟兄这天把先到飞羊坡、牛栏门几个地方打个招呼，就说我们队上要到逡板箐去割点茅草来搭瓦棚。你们和人家谈好了，趁这会天色好，就安排人些上逡板箐去割茅草，割茅草是男女都得行的。我估计大家都去的话，割两天就差不多了。万一差点，再拿点谷草来添补。”欧师傅听了，说道：“国哥还懂行呃。以后我有事不在的时候，国哥还可以帮我看到一下喽。”国二爷难得听到这么多夸奖他的话，心里实在高兴，又谦虚地说道：“虽说我前些年在小坪村瓦厂也做过几天，你要我帮到看瓦厂，我就拿不住哦。”刘师傅在一旁，和国二爷开玩笑地说道：“国哥，你就不要虾子过河牵须（谦虚的谐音）喽。”逗得大家都笑了起来。

牛大爷问欧师傅道：“你看整瓦厂还有哪些事，给我们交代清楚，好安排做。”欧师傅答道：“这坝子整平了，茅草割来就可以搭瓦棚了。你们有人搭得成不?”黑大爷在一边说道：“搭茅草棚好多人都搭过，这个瓦棚无非是比自家搭茅草棚大点了嘛。”国二爷打断了黑大爷的话，说道：“没问题，搭得成。原先小坪村瓦厂的瓦棚还是四列的，我和润昌哥都帮到搭过的。”牛大爷说：“老实，把润昌哥都搞忘了。他在那边瓦厂做过，到时请他在旁边指点一下也行噻。”欧师傅接着说：“到时候，在坝子上靠大田边挖个泥塘，就在那里造瓦泥。等你们瓦棚搭起了，坝子上把瓦坯埂子整好，瓦泥造好，我就把车瓦的瓦筒子、车盘、瓦刀、瓦衣、瓦泥爪这些车瓦的行头一起收拾过来，就可以开始车瓦了。瓦坯子车好，还要晾干。等晾干的瓦坯子够一窑，就可以架火烧瓦了。”欧师傅略为缓了口气，继续说道：“老实的，你们还得准备点谷壳壳，或者干锯木面。我车瓦的时候要用。”牛大爷答道：“这个简单。锯木面我家有些，国哥家也有。”没等牛大爷说完，黑大爷插嘴道：“欧师傅，你说就可以烧瓦了？瓦窑子在哪里？在坝坝里烧噻。”欧师傅听了，笑着说道：“黑哥，我还正想问你，这个瓦窑建在哪里好点。”黑大爷大笑起来，说道：“你这个欧师傅，你朗格拿这个话来问我嘛。”随即黑大爷问余主任道：“你说这瓦窑子修在哪里？我说就修在坝子边不远处，装窑时搬瓦坯子方便点。”国二爷说道：“瓦窑子要占好大一块地方哦。就修在这坝子里怕还是不得行。把坝子整窄了，不够用。要在旁边另外找个地方。”听他这么一说，大家立即把目光转向土坪周围。看了一会，牛大爷说道：“你们看嘛。这土坪坎上右边是原先的张家屋基。现在栽了点青麻在里边。地方倒还是可以，就是遭青麻占了。”余主任接着说道：“这块地要得，长宽都够。坎子上还有石墩子，正好拱窑子用。就用不着费气扒力到后面寨子上去搬石墩了。这点青麻，以往都是哪家要用，就自己来割几根。这点青麻也成不了气候，卖不到钱。干脆把它挖了，哪家要，就拿点麻根回去栽起。”欧师傅走到张家屋基边看了看，说：“地方倒是宽敞，建个瓦窑子完全可以。二天造煤粑、堆柴火的地方都有，挑水也方便。”末了，欧师傅还开玩笑似的说道：“只怕到开窑的天，把张家地基占了，还得请人来做个法事才行。”黑大爷笑道：“做不做都可以。这些年我们这边家家都给他家泼水饭、烧纸钱，他家都得享用了，不会来坏事的。”欧师傅听了，笑着说：“说来耍的。”就这样，今天的出工就变成了生产队瓦厂选址现场会。此时会议应该进入尾声了，欧师傅和刘师傅在一边低声不知说了些什么。随后欧师傅对牛大爷、余主任说道：“余主任、牛队长，今天我们就扯到这里。等一下，我和刘师傅要到三教寺去一趟。你们讲的钱的事，等我回去和我们生产队商量一下，看他们决算要我交好多钱。如果要我交的和去年差不多，你们给我的钱就可以少点。要不然你们还得给我今天讲的那个数。粮食就少不得哦，我一屋几口人要吃饭。在瓦厂煮来吃，就比不得在家里有菜菜襟襟汤汤水水添起方便。要吃得净棒点，是要费粮些。你们再考虑下嘛。”牛大爷说道：“要得。大家谈好了，早点开始做喽。”欧师傅说：“我还正想说呢，要做就早点做，过几天我再过来。”欧师傅、刘师傅和大家道别后，一起走了。

牛大爷对还围绕在身边的众人说道：“刚才大家都听到了，要建个瓦厂嘿就不是那样容易的。说起来都有这么多道道，做起来嘿事情就更多了。我想了下，还是先和大家打个招呼，从明天开始，大家就不要想到哪天放个活路去赶个场，吃回酒的了。今年看来除孙茂堂家要办事务外，哪家都没得哪样大事。我们一天都不放，大家都枷起。这几天趁天色好，抓紧把坝子平出来，把瓦棚搭起。接到就是上岌板菁割茅草来盖瓦棚。这几样做完，瓦厂就像个样子了。我也知道，大家心里想到起分粮食的事。这个简单，等王治周他们算出来了就张榜公布，大家看清楚。没得哪样问题，分粮食容易，要不到一天就整完。”牛大爷笑了笑，继续说道：“今年老天爷还关照我们。按牟书记说的是三晴两雨风调雨顺，谷子苞谷都多收了点，大家的粮食也要多分点。就是金戈戈怕没得哪样分的喽。刚才大家听到的，要拿钱去买煤。”王治周插嘴道：“那有哪样关系嘛，分的瓦就是钱了嘿。”国二爷笑着说：“对头，这周围团转有好些年不见开瓦厂了，你分到的瓦拿去卖，还怕卖不到个好价钱嘿。”习初嚷道：“卖，卖个哪样。自家都不够用喽。”牛大爷见大家情绪高涨，顺势说道：“建瓦厂的活路道道多，要还是像做土头、田头的活路那样大家拖起一窝蜂做，怕是不得行的哦。以后安排活路，安排给哪个的，哪个自己去完成就行了。不要这个等那个，整一天到黑都做不到哪样活路。”黑大爷插嘴说道：“是这样。比如到火烧岩去挑煤，要等人些到齐了再一齐去挑，怕一天就是一个来回，就只挑得到一担，其他哪样都做不成。你自己一打早就去挑，挑一担回来，最多就是吃个迟早饭，还可以做大半天活路。”牛大爷继续说道：“等我们去飞羊坡、牛栏门说好了，大家割茅草也就自己去割，不要哪个等哪个的。割了回来，过秤记工分。”对牛大爷这一说法大家都表示拥护。牛大爷看了看天色，说道：“今天天色还早，我们还是把坝子平一下，再放活路。”牛大爷话一出。大家立马干了起来。一阵紧忙，割的割苞谷杆，挖的挖苞谷根兜，平的平地。到收工时，瓦厂坝子已见雏形。

我们队建瓦厂干活路的形式实际上是实行了分类包干的方法。比如建瓦棚木料的砍伐，由三家田王治周、伍芝林两弟兄和许林榜两弟兄五人负责，这样他们就用不着先到土地坑集中，等牛大爷安排后，再回到三家田白杨岗砍木料了，而是直接到白杨岗开始劳作。至于进一步平整瓦厂的场坝，则由二爷、黑大爷、余进友、进初和我负责。这样，我们吃完饭就不用百无聊赖地等三家田的人到齐了，才慢慢腾腾出工啦。国二爷两爷子和牛大爷负责在寨子后的竹林里砍搭瓦棚所需的横杆，划绞搭瓦棚需要的篾条、绳子，砍伐枯桊子树划成劈柴。由于队上的男人已经成了分类包干作战之势，多少有点不符合集体干活的精神。只不过对于这种犯忌的事，大家都默不作声，干而不说。队上的女人们和年纪较大的男人则和以往一样，继续一窝蜂地干割土和翻红苕藤之类的杂事。在建瓦厂的工地上，搭棚子的准备工作就绪后，男人们就集中力量搭瓦棚。这种人数可多可少有分有合的劳动组织形式，使生产队的劳动生产率大为提高。当瓦棚架子搭成，场坝平整完毕，就该去割茅草来盖瓦棚了。

第二天打早要到逡板菁割茅草，晚饭后，在马灯灯光下，中秋在我们灶房的皇桶边磨着割草要用的镰刀。因为中秋说我磨的刀要不得，割不了好一下，就钝了。所以他这一磨，就要磨三把，除了他自己的，还有黑大爷和我的。一会，黑大爷抽着烟过来了，他边抽烟边问道：“岩初，你割过茅草没得?”我答道：“没有专门割过茅草。”说完自以为是地补充道：“猪草我打过，应该和打猪草差不多吧。”黑大爷笑了起来，说道：“看起来差不多，都是用刀割噻。只是打猪草，你用刀割的时候，一般它不会割你。割茅草就不同哦。你割它，搞不好它也会割你呃。”见我还没反应过来，黑大爷接着说：“这茅草和那些猪草不一样，草梗上、叶子边边上都长得有齿齿，这些齿齿快得很，不小心就会把你的手膀子、手板上划出口口来，会出血哦。”我说道：“早先听说过茅草叶子边边长得有锯齿，这锯齿比较锋利，一不小心就会割到人。我没有割过茅草，也没被茅草割过。”随即问道：“要朗格割，才不会遭茅草割?”黑大爷答道：“其实也简单。你割过谷子噻，这个和割谷子差不多。割谷子，手一把抓起谷草就开始割，你还可以换手，你嫌抓高了，手往下抓一点。你嫌抓矮了，手往上抓点就是了，手移上移下没得哪样讲究，这割茅草就有讲究了。割茅草的时候，抓茅草的手就不能随便移来移去啦。你手一移动，你的手肯定会被茅草割起口口。你如果觉得手抓的地方不合适，想换个地方，你先得把手放开，再重新找个你认为合适的地方一把伸去抓紧，再开始割。割的时候也有讲究，割谷子你一刀没割透（没有完全割断），抓谷子的手松下也不打紧。割茅草时，最好是一刀割透，万一没有割透，抓茅草的手就不能松。手一松，第二刀割去，茅草在你手里一带，手肯定要划出口口来。一句话，就是手要抓紧，下刀要狠。”中秋在一旁说：“这些我都听哥讲过。”谷利和黎芝在旁边听黑大爷这么一说，觉得挺有意思的。于是谷利说道：“明天我也去割茅草。”黑大爷说道：“你们晓得朗格割就行了，你们两姊妹还是拿个去打猪草，拿个收拾下园子煮饭，割茅草就不要去。我家也就是我和中秋去。”说完，他往堂屋走去，随即又回头对我说道：“我家挖了点红苕孔起了，明天早上我多带几个，够我们三个吃。割茅草回来要晚点，路上要多少要吃点才行。”我突然想起茅草割了怎么弄回来。于是我追过去问黑大爷道：“割的茅草朗格弄回来？是背还是挑呢?”黑大爷笑了，说道：“你不问，我还搞忘记了。”停了一会，黑大爷问我道：“你用过钎担噻?”我答道：“用来挑过几回苕藤。”黑大爷说：“那是在近处。逡板菁是上去容易下来难，路也远，你用钎担怕是不行。这样，中秋和你都用背架，我用钎担。”说完，他对已磨好镰刀的中秋说：“中秋，你去找两根长点的好棕绳，捆在背架上。明天你和岩初一个背一个背架去背茅草。”

秋高气爽，一连割了三早上茅草。我们三人第一天在坡上吃的是黑大爷带的冷红苕，第二天吃的是谷利准备的饭粑团，第三天吃的是我们头天吃油茶剩下的苞谷泡。按照黑大爷指导的方法割茅草，我手上居然没有被划出口子，反而是没有割茅草的双脚被茅草锯齿划出了几条血痕。有趣的是我们每次割茅草都没看到三家田的人，但每次在瓦厂坝子称茅草时，他们也回来了。后来我才知道，我们是向上经李家坪穿过周家湾到逡板菁飞羊坡与后寨交界处割草，三家田的则是经飞羊坡过青口岩到飞羊坡与牛栏门交界处割草，也算是殊途同归吧。这三天割草回来吃早饭，对于割草的人来说，应该是第二餐，算是中餐。下半天出工男人们的任务就是清理茅草，搭盖瓦棚。首先建一个三列两间的棚架，然后在棚架的两边各用一根木料搭在两头排列的人字架上，各自形成一个偏厦，人们称这种偏厦为马屁股。这种马屁股乍一看，有点像鄂伦春人的撮罗子。只不过撮罗子是用桦树皮作盖，马屁股是用茅草作盖。就这样，几天的时间整个瓦棚就基本搭好了。按照欧师傅的吩咐，我们用几根木料在马屁股里面，高出地面约三尺高的地方搭了个平台，这将是欧师傅以后的床。这个瓦棚排列是两根长木搭的人字架，在相同角度的情况下，木料越长，棚子的径深就越大。在三个人字架之间两两用一根木料相连。这根用于连接人字架的木料越长，则棚子的开间就越大。径深越大，开间越大，瓦棚的面积当然就越大，可供堆放瓦坯的空间也就越大了。棚子两面的人字斜面用茅草盖着，必须开个洞，也就是门，以供人们进出。但是直接在斜面上开个洞，雨水会顺着洞流入棚内，显然是不行的。于是人们在斜面中间伸入一根木料，木料留在棚面外的长度可随性。然后以这根木料为脊，在一边捆上二至三根木棒，形成新的斜面，与大棚斜面相连，再用茅草盖好，这个新斜面下面的洞就成了进出瓦棚的大门。瓦棚搭成后，首先使用的不是欧师傅，而是队上在瓦厂干活的男人们。他们把这里作为堆放锄头、箢兜、钢钎、二锤等工具的临时场所。为了让欧师傅住进瓦棚居家生活，人们选了一些好谷草铺在给欧师傅准备的床上，并给他砌了一个两眼灶。心细的黑大爷还到后面菁林里捡了一些柴火堆放在灶边，可以够欧师傅用几天了。为了防止场坝里的水浸入瓦棚内，人们在瓦棚里铺了一层泥土，并将其夯实，使棚里的地面高出场坝。最后沿着瓦棚周围挖了一条浅沟，让棚周围的水能顺利排走。场坝上瓦埂走向如何，师傅在何处安放车瓦的车盘，则要等欧师傅自己来定夺。在欧师傅发话之前，人们只有等待。这期间，人们在张家屋基处撬石墩子，打土砖，为拱瓦窑做前期准备。

进伦之殇

一忙起来，就觉得时间过得快，不知不觉中秋节快到了。中元节过后，这二十多天，真可谓天高气爽。谁知临近中秋节天气却突然大变，虽没有阴雨连连，却也阴沉得紧。往年此时树梢筛月影的景象全然不见，很有些让人遗憾。不过，中秋节在贫穷的乡村向来是不被那么看重的，吃月饼赏月对此间的乡民只是一个美好的听闻。在此间过中秋节，最好的过节食品无非就是蒸点糯米打点糍粑。这种阴沉的天气对人们干活路影响不大，各项工作照样进行。八月十四那天，早上我起床挑了一担水倒进我们灶房里的皇桶，又挑着水桶到杨家屋基水井去挑第二挑水。这担水我是帮余主任家挑的，待我把水挑到余主任家灶门口，尚未跨进门槛，只见一个人匆匆走来，差点撞倒了我挑的水。我把水桶稳住，急忙给此人让路，哪知此人不走，他问我道："兄弟，我记得余主任家是住在这里的。这里是不是余主任的家？"此时余主任从屋里走出来，答道："是这里，哪个找我？"待余主任走出门来，我顺势进他家灶房把水倒进水缸。原以为余主任要让那人进屋，我赶紧走了出来。只见余主任却和那人站在院坝里，不知在嘀咕什么。一会，那人匆匆往旧场方向走了。见我挑着水桶，余主任说道："你干脆再帮我挑一担。我马上要去旧场。不晓得牟书记找我有哪样事，清早八晨地喊人来通知我。"我问道："刚才来那个人是公社的？"余主任笑道："他是哪样公社的，他是旧场场口的蒲文修，是个四类分子。有哪样事，公社的人懒得跑，就把人家喊来放信，要我到旧场去一趟。你说好要不？"说完，余主任匆匆往旧场走去。我又去帮余主任挑了一担水，才回自家灶房。

吃过早饭，土地坑的男人们没有像往常那样要等三家田的人们，而是匆匆赶到张家屋基去劳动。人们来到张家屋基，撬石头的撬石头，筑土砖的筑土砖。刚开干不久，三家田的男人们也到了。他们并没有像原先那样，要先抽一杆烟才开始干活，而是到了即开干。我和习初负责用一个木印子筑土砖。所谓木印子，就是用四块长宽厚度相同的木板做成的一个正方体模具。使用时先将木印子置于一大的平石板或木板上，然后一人负责将黄泥倒入木印子内，另一人负责用木棰尽可能地将黄泥击紧夯实。待泥土被反复打紧并与木印子一样高时，再将木印子提起脱开，就得到了一块土砖。拱砌瓦窑所要土砖的多少由建瓦窑的大小决定。总而言之，窑子越大，所需土砖就越多。场坝这边忙着筑土砖和撬石头，场坝另一边的人们则忙于用谷草竹子编草帘，以备盖瓦坯之用。活路再紧张，稍还是要放一下的。刚一宣布放稍，人们就在场坝席地而坐，习惯地在一起抽烟聊天，除本人外，一人一杆烟抽了起来。见张家屋基青麻兜尚未挖，而屋基及其周边石墙的石墩子已拆除殆尽。黑大爷问牛大爷道："我们是不是把麻蔸挖了？"牛大爷说道："忙哪样忙。等欧师傅来了再说。欧师傅来了才晓得在哪里建瓦窑，瓦窑要建好大，造瓦泥的塘塘挖在哪里。"随即牛大爷又说道："你们哪家要栽青麻，就先挖点麻蔸去栽就是了。"说完，无人响应，只有黑大爷应声道："我想挖点去栽在院坝坎下面，等下放工我就挖点走。"

这时，中秋跟在国二爷后面从菁林里下来，他满脸通红笑着喊道："岩初哥，给你一个好东西！"我站起来，迎上去一看，原来他手中提着一串八月瓜。关于八月瓜，民间有个顺口溜："八月瓜，九月喳（瓜皮张开），十月打来哐（哄）娃娃。"话虽这么说，八月瓜何时成熟还是和地势高低不一有关。我们这里八月瓜八月就喳了，而飞羊坡的也许真要九月才喳。至于牛栏门、青口岩大约要到十月才喳了。八月瓜长得有点好耍，它的皮上有根脐线，真正成熟的八月瓜，瓜皮会自然地沿着脐线张开，因而长在山上的八月瓜成熟后，瓜瓤就常被雀鸟啄食。所以人们最喜欢在山上摘的是几近成熟，脐线翻白了的八月瓜。吃时，两手将瓜的上下捏住轻轻一扭，瓜皮沿脐线张开，露出白色晶莹的果肉，黑色的籽实包藏于果肉中，清晰可见，食之味甜清香。遗憾的是黑色籽实不易与果肉分开，一般人吃时，往往把籽实随果肉一起吞下。籽实如果被咬碎，则苦味甚重，以至于将果肉甜味泯去。籽实极不易消化，吃后往往随大便排出，食之者如果拉野屎，则成了八月瓜的播种者。习初从中秋那里抢得一个，慌忙两口吞下。惹得国二爷在一边骂道："吃成那个样子，硬像个饿痨子一样。"很快中秋摘来的几个八月瓜被几个年轻人分而食之，我当然也得到一个。吃完了的八月瓜，瓜皮被习初和中秋比赛看谁扔得远而抛进了场坝坎下的大田中。

刚比完赛，习初忽然嚷道："你们看三爷从堰坎过来了。难怪我今天没有看到三爷。"不一会余主任铁青着脸走到了场坝，来到了人群边，一言不发地坐在地上，叹了口气，把烟杆掏了出来。刁初急忙从自己的烟荷包里拿出一支裹好的叶子烟给他递上。余主任仍然不说话，把烟接过来装入烟斗，连划几根火柴才将烟点上。他深深吸了一口烟后，对牛大爷说道："今天早点放活路。"牛大爷听他这一说，有点莫名其妙，顺口答道："还早了嘛，就放活路？"余主任仍铁青着脸答道："你们没看到天色要变啦？"大家这才抬头看，果然阴云开始密布，山风开始吹拂。牛大爷说道："咦，这老天爷说变脸就变脸了呃。大家赶紧拿草帘把筑好的土砖盖好，免得遭雨淋。"大家忙站起来，七手八脚拿草帘盖好土砖。大家忙着干活，嘴仍不得闲。只听见许林榜说道："今天八月十四都没得月亮，看样子明天八月十五都不会有月亮喽。"说完，又自言自语地说道："中秋月不明，雨打上元灯。"刁初听了，在一旁说道："许林榜，你又在学秀才文绉绉，说起来听都听不懂。"说完，扭过头来问我道："岩初哥，你听懂他说些哪样没得？"我只好笑道："我也不太懂。好像是说如果今年中秋没有月亮出来，明年正月十五就要下雨，十五晚上点的灯要遭雨淋。"说完，我问许林榜道："你说的是不是这个意思。"许林榜笑着对刁初说："看嘛，还是多读几天书好。你听不懂，你们岩初哥就听得懂。"刁初轻声嘀咕道："你怕我不想读书，要有书读了嘛。"我急忙说道："还不是听人家讲的，不关读书的事。"黑大爷在一边笑道："老辈子那些说老天爷的话，有时准，有时候也不准。老天爷的事哪个说得准哦。"国二爷接着说道："是喽，老天爷的事哪个都说不准。"

大家一边说话一边干活，很快就把筑好的土砖盖好了。一直铁青着脸的余主任对牛大爷说道："我都忘记明天是中秋节了。看来明天天色也不会太好，干脆明天放一天假算了。"牛大爷听后，想了想，对大家说道："要得，明天我们就放他一天假。中秋节倒是没得哪样过的。这几天大家累狠了，打顿糍粑，孔点荒瓜饭，孔点红苕饭过节，都可以嘛，就当慰劳下自己。"大家紧张劳动了好几天，巴不得休息，都说要得，要得。大家离开场坝往各自家中走，我见余主任一直铁青着脸无精打采地走在人群后面，心想，他一定有什么事，于是故意放慢脚步等着他。在一起回家的路上，他满脸忧愁，一言不发地走着，我不知道发生了什么事，只好默默地跟在他后面。刚才尚是轻轻吹拂的山风渐渐变得强劲起来，远处不时地传来几声老鸹的叫声，让人觉得已是秋风萧瑟了。

回到灶房，恰好谷利、黎芝也收工回来，大家忙着煮人饭煮猪食。晚饭过后，我把余主任从旧场回来后的表现告诉了谷利和黎芝。谷利说道："是不是有哪样对知青不好的消息，他不好明说得。”我说道：“刚开始我也是这样想的，现在看来不大可能。回来的路上我和他走在最后，如果是与知青有关的消息，他正好告诉我，不至于一直马着脸不说话嘛。”黎芝接着说道：“莫非他为哪样事遭公社批评啦？”我答道：“前不久才得到公社表扬的，最近大队又没有出哪样事，有哪样好批评的嘛。”谷利说道：“该不是建瓦厂有哪样事？”我答道：“建瓦厂是打报告批准的，又没占田，应该也不会挨批评嘛。再说，余主任就是遭批评，也从来不会是这个样子，最多发发牢骚。”

三人想来想去，实在没想出什么原因。突然一阵风从灶房门吹了进来，带来一些凉意。我正准备去把门关上，余主任跨过门槛进来了。他含起烟杆抱着已睡着了的小明明，一屁股坐在饭桌边的长凳上，不像以往，进门就话来，仍马着脸只管抽烟。又是一阵山风吹了进来，连放在桌上马灯的火焰也被吹得一上一下忽明忽暗的，我急忙把马灯提过来挂在碗架边。这时候黑大娘从堂房过来，走进我们的灶房，她一边走一边说：“今晚这个风硬是吹得有点扎劲呃。”话音刚落，只听见不远处的大枫香树上鹭鸶群一阵阵骚动，也许是鸟窝被大风吹翻了，也可能是树上的树枝被折断，不时有咔嚓咔嚓的响声从大枫香树那边传来。黑大娘笑道：“今天是朗格了，枫香树上的长颈鹅还从来没有像今天夜晚这么吵闹嘈杂过。”她叭了一口烟，说道：“怕是撞到鬼喽。”听黑大娘这一说，余主任抬起头看了她一眼，又低下头继续抽烟。又是一阵风吹来，只听见咣当一声，屋外挂着的晾衣杆被吹落到地上，大家猛地一惊，这一声似乎撞击到了人的心扉。今晚的风声、鸟叫声，加上刚才的咣当声，不知怎么竟给人们带来了阵阵恐怖感。素珍走过来依偎着坐在长凳上抽烟的黑大娘。这时风声中隐约传来一阵苍老浑厚的“咟，咟……”声，仔细一听又听不见了，着实让人有点毛骨悚然。

抽完烟的余主任起身说了一句“大家都早点睡，明天还有事”，抱起明明准备往外走，黑大娘也起身牵着素珍准备回去。只见三娘进来，神秘兮兮地问道：“刚才你们听到了对门的鬼叫不？”我们三人不知该怎么回答，余主任则斥责道：“有哪样鬼叫，怕是你在打瞌睡喽。”话音刚落，苍老浑厚的“咟，咟……”的叫声又传来，声音比刚才听见的大而清晰，继而院子里的两条狗朝着对门坡一阵狂吠。余主任没说什么，推着三娘、抱着明明出去了。黑大娘满怀狐疑地咕噜了一句“今天晚上是朗格了”，随即也牵着素珍走了。我们觉得也有点恐怖，就急匆匆地回到各自的住处。虽然都没说什么，但都有一种不祥的预感。

回到住处，我被那不祥的预感困扰着，躺在床上翻来覆去地睡不着，不知过了多久才进入迷糊状态。一阵风将蚊帐吹起，帐幔吹拂到我脸上，我一惊，睡意全无，坐了起来。只听见盖在楼幅梁苞谷提子上的烂晒席在暗风中簌簌作响，不时有断蔑条掉下来。我索性把马灯点上，把四边帐幔卷到帐顶上，又躺下。一阵风从房后面吹过，竟然把后面牛栏上的苞谷壳吹进我的住处。看来今晚的风是个乱头风，忽而向东，忽而向西。不一会，听到屋后牛栏里的牛踩得圈板咔吱咔吱响，又一会听到猪圈里的猪焦躁地哼叫不停。连关在鸡圈中的鸡也不安静，不时地传来似乎是鸡打架的咯咯声。院坝里的两只狗像发了疯一样，一会跑到阶沿坎上，一会跑到院坝坎边，一会朝着对门山坡狂吠，一会又抵着地面呜咽几声。在风声中我分明听见了一阵低沉嘶哑的“喉，喉……”声，这种声音似乎是从泥土中发出来的，比先前听到的“咶，咶……”声恐怖许多，足以让人毛骨悚然.，此时两条狗在院坝里叫得更厉害了。对门坡上“喉，喉……”的叫声并不因狗的狂吠而停息，反而从山上往山下移动，叫声也越来越大。随着由上往下移动的叫声，两条狗的狂吠声越加急促进而凄厉。此时我听见余主任家堂屋大门咣的一声，应该是门被打开了。然后又是咣的一声，应该是门被关上了，我感到莫名其妙的恐惧。这时听见余主任喊道：“岩初快起来！”我急忙起来，把马灯灯芯拧大，提着马灯出门来，只见余主任也提着一个明晃晃的马灯。

余主任对我说道：“你们三娘横竖说是对门有鬼叫，吵得睡不着，硬要我起来看一下。”这时听见三娘隔着小二间的窗子在屋里嚷道：“那不是鬼叫是哪样在叫！”余主任大声说道：“那个声音就是老山羊（黄麂）在叫。”三娘在屋里答道：“老山羊叫哪个没听到过嘛，这个叫声土气这么重，哪里是老山羊叫，硬是鬼叫。”余主任说道：“哪里来的鬼嘛，就是老山羊。”三娘答道：“管它是哪样，叫起来声音吓死人。你们说不是鬼，就去把它追开噻。”这时叫声又传来，感觉离院子越来越近。两条狗咆哮着向前冲了两步，随即又后退了几步。余主任对我说道：“岩初，你把电筒带起，我们到对门坡去看一下。”我返回房中将电筒挎上。出来后，我对余主任说：“怕还是拿个家什要好点。”余主任想了想，找了两根棒棒，我们一人提了一根。经过这一番武装，我们由堰坎向对面走去。两只原本有些胆怯的狗，这时好像突然勇猛起来，一下子冲到了我们前面，狂吠着朝对面山上冲去，真是典型的狗仗人势。我和余主任加快了脚步，狗在前面叫，人在后面追，对门山上的叫声虽然不时传来几声，但没有刚才听到的声音大了，听得出声音是向小坪村方向移动。我们跟着边跑边叫的狗一直追到小坪村的田坝上。“鬼”比我们跑得快，声音沿山脚消失得无影无踪。累得气喘吁吁的我们和狗慢慢往回走。两条狗似乎是想表功，一会是这条狗，一会是那条狗用汗湿了的身体在人的脚边擦拭，时不时地朝人哼哼地甩动着尾巴。归途中，余主任说道：“明天早上你给两个女生讲下，你们三个早上哪里都不要去，就在屋里待起。”天黑，我无法看清余主任脸上的表情，从语音感觉得到余主任说话时一定是很认真严肃的，这令我想到白天他铁青着脸的表情。于是我简单地回答道：“好。”回到住处，风仍不时地一阵阵吹来。折腾了半夜，不知何时我居然睡着了。

天刚亮，鸡圈里鸡的躁动把我从睡梦中吵醒，从柱头间的空框看出去，天阴沉沉地。我心想暗风吹雨入寒窗，莫非昨晚下雨了，我却不知道啊。然而开门一看，虽是云暗天低，却是滴雨未下。想到昨晚余主任要我们三个早上在家待起的指示，本想上床复觉，再睡个回笼瞌睡。奈何圈中的鸡吵闹得紧，只好回到房间，把它们的口粮几颗带着，开圈让它们食用。抓住鸡逐一验蛋，一无所获。悻悻走进灶房，把灶膛里的火拨开，正准备去挑水，两个女生走了进来。我告诉她们：“余主任要我们三个今天哪里都不要去，待在家里。”谷利问道：“有哪样事？”我答道：“我也不晓得。要我们待起就待起，总是有什么事吧。”说完，我挑水去了。挑水回来，两个女生正在洗漱，谷利又问我道：“不到远处去，就到菜地里收拾下总可以吧？”我赶紧说道：“既然余主任说了哪里都不要去，就哪里都不去噻。他这样说总有他的道理，就按他说的做就是了。反正猪草还有，园子里的活路也不多。”我又去挑了担水，回来无事可做，于是大家就在灶房坐着等待。

大家无语，但都显得有点忐忑不安。过分安静，反而让人觉得不适应。于是我问她们道：“昨晚我和余主任去追‘鬼’，你们晓得不？”黎芝答道：“你们整出那么大的动静，风吹得厉害，狗又叫得凶，三娘那个大嗓门，我们哪里会不晓得嘛。”罢了，她还压低声音神秘地问道：“真的有鬼不是？昨天你们去追，怕不？发现哪样没有？”我正色道：“有哪样鬼嘛，就是老山羊叫。只不过老山羊叫起来声音瘆人，土气重，人们就说是鬼叫。我小时候就知道的。”因为无心做事，只有闲聊。

我们正在闲聊，黑大娘过来问我们要不要打糍粑过中秋节。谷利答道：“我们还没想这个事哦。”黑大娘说道：“你们要打的话，我们两家就棚起蒸一甑子糯米，打一碓。我说今年收成还可以，大家也过一个中秋节嘛。你们都还没有打主意，我们也算了，懒打得了。反正我们这里好些年中秋节都不大过的，好的年成也就是打个糍粑。既然不打糍粑，我收拾下，到对门土里去挖几锄。”说完，转身走了。这时余主任来到我们灶房，他问谷利道：“你今天早上准备煮哪样饭?”谷利不假思索地回答道：“孔老荒瓜饭。”余主任说：“今早就不孔荒瓜饭，蒸个两糙饭吧。多下点米，多和点苞谷面，多煮几个人的饭。”谷利不解地问道：“是不是有人要来呀?”余主任不做解释，只是说道：“你不管嘛，多煮点饭就是了。菜也多整点，多摘点茄子，多切点嫩荒瓜片片来炒起，再拿点嫩海椒死死（小的意思）炒个鱼鳅海椒。米汤要留起来吃。”谷利听了，没再问什么，答道：“好的。”其实我们三人对余主任今天这一异乎寻常的做法有点莫名其妙，心里总有点说不出的味道。余主任听谷利说完，没再说什么，就走到黑大娘家那边去了。

不一会，余主任又回到我们灶房，后面跟着黑大爷。到了我们灶房，余主任对黑大爷说：“看嘛，他们三个我都喊住了，哪里都不要去。”黑大爷说：“不去就不去，反正今天队上放假休息。就是不晓得牟书记他们哪个时候来，他们来看我们，该由我家安排生活噻。”余主任说：“生活你就不要管了，我已经给谷利交代了，让她多整几个人的饭菜。你看嘛，她都在准备了。”余主任说完，就出去了。黑大爷笑着对我们说道：“往年都是过年才慰问军属，今年还兴中秋节慰问呃。连牟书记都要来。”我因不明就里，只好想当然地说道：“中秋节慰问军属可能是上面有政策嘛。牟书记和我们队上的人熟，想来就来了噻。”黑大爷说：“牟书记们来，由你们办招待，我家不管怕不好得哦。”我说道：“有哪样不好，我们和牟书记都是熟人。他们到这里来吃顿饭，哪个招待都一样噻。”黑大爷听了，也就默许了。想了一下，他又说道：“我去帮你们黑大娘挖几锄，喊她早点回来。不然人家来了，屋头大人些都不在，朗格要得嘛。”黑大爷边说边走了。到这时，我才反应过来，原来今天是公社有人要来慰问军属黑大爷家。我细细一想，这也算不了什么大事，余主任把它搞得神秘兮兮的，实在有点小题大做。谷利也听明白了是怎么回事，于是说道：“余主任也不给我们明说，牟书记们来吃饭，怎么都得准备个荤菜才行。”黎芝在一旁问我道：“你那里应该还有鸡蛋吧?”我半开玩笑地说道：“鸡蛋还有几个，在柜子里放起的。幸好我不吃生鸡蛋，要不然还等得到今天，早就下肚家坝喽。”这一来从昨天到现在我们一直压抑的心情得以舒缓，我们三人都笑了起来。

过了一会，余主任走进来，对我说道：“走，你和我到仓坝上看下，看牟书记们来了没有。”于是我和余主任来到仓坝。站在仓坝边可以一眼看见沿坡向下到坝子上经过牛心山蜿蜒直到小坪村的赶场路，路上是否有行人，是一目了然，看得清清楚楚。我们俩人在仓坝边看了一阵，未见路上有行人。余主任在身上摸了摸，说道：“有事心里乱，烟杆都拿落了。你在这里看到起，我去把烟杆拿来烧起。”说完，匆匆往家里走去。此时，一只鹭鸶从天上飞过，飞向大枫香树，我心中骂道：“昨晚就是你们这些家伙配合对门的老山羊，叫得鬼哭神号的，制造恐怖气氛。”一会儿，余主任含着烟杆来了。他问道：“有人来没得?”我答道：“没有看见路上有人。”他走到我身旁，对我说道：“等一下他们走到牛心山的时候，你就回去给谷利和黎芝讲，要她们找个故故（随性的理由）到你们黑大爷家那边去待起，把你们黑大娘好生看到。你也到那边去，把你们黑大爷看到好。”听他这一说，我想今天公社来人到黑大爷家，可能不是慰问军属这么简单的事。如果是来慰问，不至于搞得这么神秘紧张，应该高兴才对呀，要我们看到两位老人干哪样？回想昨天余主任的表现，一种不祥之感油然而生。心里突然冒出莫非是进伦出事了的想法，随即我马上否定了自己这一令人冒冷汗的想法，我不愿也不敢再想下去。为了打掉自己这一可怕的想法，我全神贯注地盯着赶场的路。

不久，牛心山旁的路上出现了一溜人影。我赶紧对余主任说道：“你看，来了，来了。”余主任头也不动地答道：“看见了。”再过一会，可以清楚看到是四个人。他们走得较快，逐渐可以分清有两个穿的是蓝色衣服，另外两个穿的是黄色衣服，像是军人。这时，余主任对我说道：“你赶紧回去，就按我刚才讲的去做。我下坡去迎他们。”回到灶房，饭菜已好，唯有鸡蛋未炒。我把余主任的指示向两个女生作了传达。两个女生觉得不可理解，惊讶地低声问到是怎么回事。我只能据实回答：“不晓得，按余主任说的去做就是了。”要找个什么理由到黑大爷家待住，倒是让我费了一点脑筋。想了一下，我说道：“我先过去和黑大爷家的人聊天，你们过一下作为是来喊我吃饭，也在那里闲聊，就可以待在那里等余主任们到了噻。”估计余主任们快到了，我们按计划到了黑大爷家。果不其然，我们在黑大爷家东拉西扯地说了几句闲谈，就听见门外传来余主任的说话声：“黑哥，黑嫂，牟书记们来看你们啦。”坐在火铺上的黑大爷和站在灶台边的黑大娘赶紧迎了出去，我们三人也紧跟在后面挤了出去。

只见牟书记、陆秘书和两个脸黑红黑红的军人一起进来了。按照我们这里人们的说法，凡是脸是黑红黑红的军人不是野战军就是工程、铁道兵。我们队上幺孃的丈夫我们称为幺爷的就是野战军的。而脸色较白的一般是机关兵或地方兵。据我自己观察，这种说法还是有道理的，来的两个军人肯定不是地方兵了。那时军装没有军衔，一律是黄军装黄帽子，一颗红星头上戴，革命红旗挂两边。但军装还是有区别的，军官的军服上有四个兜，战士的只有两个兜。据此可知来人中有一个是军官，一个是战士。当牟书记把黑大爷、黑大娘介绍给两个军人时，两个军人恭恭敬敬地向两位老人行了一个标准的军礼。然后两名军人朝人群四处看了看，露出一丝困惑的表情。余主任看到此种表情，急忙说道："家属在屋里煮饭。"两位老人把四位客人请进灶房。原本不太宽敞的灶房立马显得拥挤不堪。余主任把彭洁娥向两个军人做了介绍，两位军人也恭恭敬敬给彭洁娥行了军礼。

见状，我悄悄地从灶房走到堂屋，急忙几下子将堂屋中间腾空，很快从我们灶房搬来几条长凳摆放在堂屋中央。余主任也发觉灶房太拥挤，不便说话，于是把客人带到堂屋，黑大爷一家也随之来到了堂屋。到了堂屋，牟书记和陆秘书坐在一条长凳上，两名军人在另一条长凳坐定。这时两个女生可能想起余主任要把黑大娘看好的指示，或者从来人的气氛中感到有点大事不妙，急忙一边一个地站在黑大娘坐的长凳后面。余主任和黑大爷坐在一条长凳上，素珍依偎着彭洁娥坐在一条矮凳上。我站在黑大爷后面，中秋和中华挨到我站着。刚走进堂屋，大家说着客气的话，堂屋里一阵闹热。待大家坐定，堂屋里反而显得冷清起来。黑大爷见状，看了坐在一起的余主任一眼，对牟书记说道："牟书记，你们还没吃饭吧？我们把桌子摆起，大家在这里将就下，把饭吃了。"牟书记说道："你不用张罗，我们四个在旧场吃了饭才过来的。"说完，大家又不说话了，堂屋里显得死一样的寂静。

这时，余主任和牟书记交换了一下眼神。牟书记向两位老人和彭洁娥介绍道："这两位解放军同志是和你们进伦一个部队的。"随后指着穿四个兜军装的军人说道："这是进伦的李指导员。"牟书记刚说完，这位李指导员一下子站了起来，分别面向两位老人和彭洁娥又行了标准军礼。牟书记指着另一位军人说道："这是进伦的战友小张。"小张和李指导员一样，又行了标准军礼。待两位军人坐定，堂屋又恢复了寂静。余主任又与牟书记交换了一下眼神，余主任定了定神说道："黑哥、黑嫂、彭洁娥，牟书记要和你们说点事。"说罢，看着牟书记。牟书记轻咳了一声，于是大家把注意力集中到了牟书记身上。只见牟书记两个手掌压在大腿上，挺直了腰杆，说道："余承安（黑大爷的大名）你今年虚岁还没有五十吧。"黑大爷一脸茫然地答道：

“快了。”牟书记接着说道：“那你是兄弟，我是老哥子喽。我记得你屋里（妻子）姓彭，对头不?”黑大爷机械地答道：“你还记得清楚呃。”牟书记继续说道：“我还记得你家进伦屋里也姓彭。”说完，指着彭洁娥说：“就是这个小彭了嘛。”彭洁娥点了点头。牟书记又说道：“兄弟呀，这个事情我前天就晓得了，是县里打电话通知公社的。我瞒了你们一天，我晓得这种事是瞒不住的。”话刚一出，黑大爷一家都紧张地瞪大眼睛看着牟书记，连小素珍也紧张地抱住彭洁娥的手。

牟书记叹了口气，低声地说道：“我今天和陆秘书带起李指导员和小张来，就是来通知你们，余进伦同志光荣牺牲了。”此话一出，犹如晴天霹雳。除牟书记一行四人和余主任外，所有人都一下子惊呆了。也就在电光石火那一瞬间，我不由自主地一把抓住了黑大爷的一只胳膊，余主任抓住了黑大爷的另一只胳膊。谷利和黎芝还没反应过来，黑大娘一下子从板凳上跳了起来，随后又重重地坐下，两眼紧盯着牟书记，问道：“你说的哪样呃?”牟书记还未回答，她就凄声大叫道：“不会！不会!”随即往后一仰，谷利赶紧一把抱住她，黎芝也赶紧伸手帮忙。无奈黑大娘身躯壮实，谷利无法把她抱住，只好顺势一起逡到地上，幸好黑大娘的上半身压在了谷利身上的。堂屋里一时大乱，随即哭声震天。黑大娘一下就晕了过去，半躺在坐在地上的谷利身上。黎芝蹲在地上帮着谷利扶着黑大娘，两个女生一边哭一边呼喊着黑大娘。被流着泪的我和余主任挟扶着的黑大爷毫无血色的脸上满是泪水，摇摆着脑袋轻声痛哭道：“进伦，我的儿呀……”彭洁娥搂着素珍默默地流泪，素珍抱着嫂嫂哭着喊哥，中秋和中华则号啕大哭，一时仿佛天都塌了下来。

在此种气氛中，早已站起的两位军人也泪水涟涟。震天的哭声惊动了院子里的人们，坎上的牛大爷家、余进友家、国二爷家的人都拥到了黑大爷家，站在堂屋门口或站在灶房里。有的人陪着流泪，有的人挤进来表示安慰，整个场面显得悲凉而混乱。

牟书记毕竟是老领导，经历多，见过各种复杂混乱的局面。他走了过来，轻轻拍了拍黑大爷的肩膀，握着他的手，恳切地说道：“兄弟，人都走了，哭也没用，自己要保重。这一家人还要靠你顶起啊。”说完，牟书记把中秋中华拉到黑大爷面前，又说道：“走的走了，你还有两个儿子、一个姑娘，他们都看着你。兄弟啊，再难你也要挺住啊。”黑大爷默默地流着泪，牟书记轻轻拉着黑大爷的胳膊说道：“兄弟，你要立起才行呃，听老哥子的，立起。”黑大爷停止了哭泣，点了点头。数次做吞咽状，可清楚地看见他的喉结随着吞咽上下移动。

在牟书记和余主任的搀扶下，黑大爷站了起来，站定后，对站在旁边的我说道：“来，把我弄到你黑大娘那里去。”我把牟书记换了下来，和余主任一起搀扶着黑大爷往前挪了几步，到了还躺在谷利身上的黑大娘身边，他让我和余主任松开手，自己慢慢蹲了下去，把黑大娘搂了过去，让谷利得以起身。余主任也跟着蹲了下去，掐住黑大娘的人中。在突发事情的打击下，大家竟忘记了这一招。黑大爷俯下身，在黑大娘耳边轻声地说着什么。过了一会，黑大娘低声呻吟了一声。余主任说道：“黑嫂醒了，赶紧把她抬到床上。”黑大爷在黑大娘耳边又说了点什么，黑大娘又哼了一声。黑大爷示意余主任和他一起抬黑大娘。余主任在左边用力，而右边的黑大爷却怎么都用不起力，反而一屁股坐在了地上，挣扎了几下，站都没站得起来。我急忙叫余进友、习初把黑大爷连拖带抬地扶到长凳上坐下。我和余主任一左一右站在黑大娘身边，一人抱上半身，一人抱下半身，将黑大娘抱起，往房间床上送。彭洁娥哭泣着跟在后面喊着妈，中秋、中华和素珍也跟着，大哭着喊：“伯娘，伯娘。”我们抬着黑大娘跨过灶房门，余主任忽然说道：“送到房间也要人招呼，人多了和不开，干脆先放在火铺上，好招呼点。”有人说：“先拿点东西铺下。”不知谁拿来一床被子铺在了火铺上，我和余主任俩一发力，就把黑大娘平放到了火铺上铺好的被子上。彭洁娥一下就跨上了火铺，抱着黑大娘大哭起来。素珍也爬上火铺，守在黑大娘身边哭泣。余主任站到火铺上，朝着拥挤的人群喊道：“谷利，你们过来帮到招呼下。”谷利和黎芝应声挤上了火铺。

待把黑大娘安顿好，我和余主任又回到堂屋。堂屋中的牛大爷、二爷、国二爷都眼泪汪汪地站着，连润昌大爷也来了，老泪纵横。不知三家田的人怎么得知了消息，王治周和伍芝林也过来了。黑大爷和牟书记坐在同一条长凳上，两个军人坐在另一条长凳上，他们四人面对面地坐着，陆秘书则站在一旁。显然，在牟书记和两个军人的开导下，黑大爷有所平静。牟书记见我们走了过来，示意黑大爷坐好后，站了起来，对余主任说道：“把你们队长请来下。”余主任一听，急忙把牛大爷叫了过去。牟书记说道：“你们两个也抬根凳子过来坐下。”我赶紧搬了条长凳递过去，待牛大爷和余主任坐定，牟书记说道：“刚才李指导员把余进伦同志的情况都介绍了，余进伦同志是在执行任务时光荣牺牲的。他们执行的任务很特殊，他的表现很英勇。刚才部队的小张同志也讲了，余进伦同志是毛主席的好战士，是他们学习的好榜样。出了这样的英雄是我们马塘公社的骄傲，也是小坪村大队的光荣。”说完，牟书记握着黑大爷的手说：“兄弟，这也是你们两口子的骄傲，全家人的光荣。”牟书记拍了拍黑大爷的肩膀，继续说：“按照毛主席他老人家的语录来说，余进伦同志是死得重于泰山。对于他的牺牲，部队上的同志很悲痛，我们大家都很悲痛。但是我们一定要化悲痛为力量。”

牟书记又由衷地对黑大爷说道：“兄弟，你心要放开点，朗格都要立起。我看你这一家大大小小的，有的还小得很。你们俩口子不立起，这一家朗格办？虽说军属烈属国家有照顾，只是哪里会照顾得那么下细嘛，这个家具体还得你自己安排了。兄弟，你也要跟你屋里的讲下，大的个走了又不能活转来，小的几个还得靠你们俩口子。你们垮不得，朗格都要立起哦。”牟书记说话的整个过程中，黑大爷青黑着脸哽咽着，一直不说话，偶尔也轻轻点下头。余主任、牛大爷一直认真地听着，不时地点头。牟书记低着头，想了想，又抬头对黑大爷说：“兄弟，刚才你说你们两个老的和进伦媳妇想到他坟上去看看，论说这个要求也不过分。只是进伦所在部队和一般部队不大一样，很特殊。直到现在连我也不晓得这个部队具体在哪里，是干哪样的。所以这个要求以后再说。你说要得不？”黑大爷沉默了一下，点了点头。

牟书记和部队两个同志轻声说了几句后，说道：“李指导员他们部队任务重，老远来到我们这里，也不容易。我代表公社革委会向他们表示感谢。”说完，伸出手和两位军人握了握手。随后陆秘书从挎包里拿出一个信封，牟书记接过来交到黑大爷手里，说道：“这里面是上面发的抚恤金和进伦连队战友表示的一点意思，共有三百块钱。你清一下。”黑大爷木然地捏着信封，既不清点也不说话。陆秘书随即又从挎包里拿出一个红本子交给黑大爷，牟书记缓缓说道：“这是个通知。”黑大爷还是木然接过，仍不说话，两行泪水直流。牟书记对余主任和牛大爷说道：“部队的同志今天就要赶回县城，我和陆秘书要送他们。这里的事情就交给你们了，拜托喽。”余主任和牛大爷点头应答。牟书记临离开时，看着黑大爷家灶房，又对余主任和牛大爷说道：“那边我就不进去打招呼了。我看那两个女知青还可以，要她们好生帮到招呼。我们走了。”牟书记用力握了握黑大爷的手，两个军人向黑大爷敬礼，同时也给余主任和牛大爷敬了礼。

牟书记一行四人离开了土地坑。黑大爷再也忍不住，大哭起来。他哭着对余主任说：“三毛，我家进伦是生不见人，死不见尸哦。自己的骨肉埋在哪里，我们都不晓得。你叫我朗格想得开嘛。”余主任劝道：“为了下边这几个崽崽，你再想不开也要想开呀。你想不开，黑嫂就更想不开喽。你都立不起嘛，这个家怕是就要垮了。”这时生产队的男人们差不多都来到堂屋，大家都面含悲色沉默不语。牛大爷有些愤愤不平地说道：“三百块钱还买不到一头肥猪。这是一条人命哦。”话没说完，就被余主任劈头盖脸地吼道：“几十大岁了，乱说些哪样。”牛大爷悻悻地不说话了。黑大爷强忍泪水对余主任说道：“他三爷，钱多钱少就不说了，政策在那里，说多了也无益。我就是想你们帮我问到起上面，哪天等我们家去进伦坟上看下。”说完，又不禁老泪纵横。余主任同情又无奈地答道：“我记到起的，到时候我会到上面去问，你放心喽。”

牟书记一行走了，几个男人就在一边议论开了。王治周说道：“光荣，光荣一阵子又怎么嘛。人死了，一点东西都没拿回来，念想都没得一个。我看这个样子噻，哪天喊去看坟也是个光儿光哦。”进初不知高低地接着说道：“像这样噻，要去把幺爷喊回来才行。”余主任听见人们越说越离谱，就大声说道：“尽说些屁话，不知天高地厚，哪样都乱说，要惹点祸事出来才安逸不是?”大家这才安静下来。余主任继续说道：“这里没有哪样事了，大家回去各忙各的。明天还要出工。”人们渐次散去，堂屋里只剩下几条长凳。

我扶着黑大爷，与余主任、牛大爷一起走到了黑大爷家灶房。灶房里除了黑大娘一家人外，土地坑的女人们全在这里。里三层外三层地站在火铺边围着黑大娘，时不时地听到抽泣声。火铺上谷利、黎芝、彭洁娥都焦灼地看着黑大娘。我扶着黑大爷挤进火铺边，黑大爷看着躺着的黑大娘，潸然泪下。我不由自主地抓紧了黑大爷的手臂，余主任站在旁边，一时也不知说什么好，屋里鸦雀无声。突然一个脑袋挤到我身边，我低头一看，原来是孝娥。只听孝娥小声地问余主任道：“爹，妈说你还没吃早饭，问你现在要回去吃不?”余主任这才想起来，从早上到现在米水未沾，也不知现在是什么时候了。于是他问身边的细孃吃饭没有，细孃答道：“早就吃过了。牟书记们来的时候我们就吃了。”余主任听了，对细孃说道：“你去把谷利和黎芝换下来，让她们去吃点饭。”又转过头对站在身后的素平说道：“你去帮到细孃招呼你们黑大娘。”接着对我说道：“岩初，你把你们黑大爷和他家那三兄妹一起弄到你们那边去吃点饭。”我拉着黑大爷，低声劝他到我们那边去吃饭，黑大爷力推不去。余主任见状，轻声说道：“黑哥，刚才讲好了的，你要立起了嘛。你不去吃，几个崽崽也不会去吃的。”黑大爷这才勉强跟我走了。谷利和黎芝把还在火铺上的彭洁娥也劝下火铺，带着素珍、中秋和中华一起来到我们灶房。

我们让黑大爷家五爷子围桌坐下，立马开始上饭上菜。五碗饭放在桌上，竟没有一个人伸手去端。我只好在木然坐着的黑大爷耳边悄悄地说道："黑大爷，为了这个家，你带头端碗多少吃点。"黑大爷这才把碗端起，说了声"大家端起吃"。见黑大爷家五爷子开始吃饭了，我又赶紧返回黑大爷家灶房，把余主任拽了过来。我让余主任挨着黑大爷坐下，谷利舀了一碗饭递给了余主任，我也赶紧舀了碗饭站着吃了起来。往日吃饭总比我慢得多的谷利，不知今天为什么吃得这么快。我刚添第二碗饭，她已经放下了碗，忙着刷锅了。只见她洗完锅后，倒了些米汤在锅里，然后又从甑子里选着舀了点米饭也倒了进去。我边扒饭边问道："谷利，你要干哪样?"谷利答道："给黑大娘熬点稀饭。"说完，就跑到灶门前把灶膛里的火拨开，添了点柴，燃起了小小的火。见火燃起，谷利又走到灶台前，按照"稀饭煮得好，七十二道搅"的原则，用锅铲不停地搅动着锅里的米汤和米饭，一边搅一边念叨道："要是有点白糖就好了。"余主任刚咽下最后一口饭，接着说道："是喽。那天我去给孙茂堂买白糖送人情，就是想多买点来放起，要用时也方便点。那个肖孃由你朗格说，就是不肯多买点。"我说道："放点盐巴，再挑坨猪油放在稀饭里，保证好吃。一点都不比糖稀饭的味道差。"谷利听了，释然说道："这个办法要得，肯定黑大娘爱吃。"黑大爷好不容易吃完一小碗饭，就站起来往自家灶房走去，几个小孩和彭洁娥也跟在他后面走。我赶紧抢先一步走在了黑大爷前面，到了灶房，细孃呜咽着对黑大爷说道："黑嫂喊了两声进伦，又晕过去了。"我把脸色苍白的黑大爷扶上火铺，彭洁娥跟了上去，素珍也爬了上去，火铺显得拥挤了。我和细孃、素平只有赶紧从火铺下来，和中秋、中华站在火铺边。我不时看下黑大爷，不时又看下黑大娘。

那时农村房子的窗户既少又小，再加上天色阴沉，房中显得昏暗，黑大娘躺的火铺角落就更显得昏暗了，已看不清黑大爷是怎样安抚黑大娘的。只听见黑大娘突然像母狼一样号叫了一声："我要跟你去!"随即又无声息了。黑大爷让素珍过去，挨着黑大娘。小素珍懂事地摸着黑大娘的脸，小声地哭着喊道："伯娘，伯娘。"颤抖的哭声和呼唤声让周围的人无不动容。显然黑大娘并未被素珍喊动，依然不动也不吭。少顷，只听见黑大爷用放大了一点的声音说道："你不听劝，我也拿你无法。中秋、中华两弟兄都没成家，素珍才这么大点，看你丢得下不?你丢得下，你就跟到起去。"素珍听了，大哭起来。中秋、中华爬上火铺跪在黑大娘身边号哭起来，彭洁娥坐在火铺上也掩面大哭。见四人哭成一团。我欲开口劝慰，站在一旁的余主任摆手示意，招手叫我过去，轻声说道："让他们哭一下，哭出来心里头好受一点。这种事落到哪家都一样，哭下也好。"说完，又对我说道："你去抱点干柴火，再找个干疙蔸进来，虽说是二四八月乱穿衣，天也不算冷，晚上要干坐起，怕还是有点遭不住。等一下，你把干柴火和疙蔸放在火塘里，把火升起。"我答道："晓得的，你有事就先去忙。"余主任又说道："你们三个就在这里多帮下忙。我去和你们牛大爷商量下，这一家人这个样子朗格办？明天队上的活路朗格安排？"说完，余主任走了出去。

不知过了多久，火铺上的哭声小些了，哭声中夹杂着啜泣声，偶有黑大娘的呻吟声。谷利端着一碗稀饭走来，递给彭洁娥。黑大爷见了，俯下身去，在黑大娘耳边说着什么，大概是劝黑大娘吃点。黑大娘仍然在昏睡着，沉浸在悲伤中。黑大爷说了一阵，见黑大娘仍不吭声，于是示意彭洁娥将碗交还给谷利。谷利看了看黑大娘，只好无奈地把稀饭端走。天渐渐暗下来，屋里也越发昏暗得紧，黑大娘所躺的火铺角落当然更昏暗了。天色向晚，天气也凉了些许。我把干柴和疙蔸一股脑地放进火铺上的火塘里，又从灶孔里撮来一铲火食倒到干柴上。干柴很快冒出一股浓烟，有点呛人。我站在火铺下企图歪着脑袋吹火塘里的火，由于是站在火铺下，离火塘有一段距离，吹起来比较困难。木痴的脑筋突然开窍，我急忙到灶边找来吹火筒，对着火食吹了几口，干柴哔哔啪啪燃将起来。火焰腾起，瞬间屋里明亮起来，火铺周围的东西也看得清楚了许多。如果将诗人陶潜的"日入室昏暗，荆薪代明烛"稍做改动为"天阴室昏暗，荆薪代油灯"来描述此屋此景是再贴切不过的了。真料不到，一千六百年前的这种照明方式竟然在当时的乡村重现。黑大爷原本苍白的脸在火光的照耀下显得有了些许红色。再看躺着的黑大娘，在火光下，原本慈祥和蔼微胖的脸庞让人惊讶。从早上到现在并不算长的时间里，这张脸上颧骨凸显，眼睛落抠，让人感觉黑大娘一下就老了十多岁。又不知过了多久，悲极累极的中秋兄妹，停止了哭泣，偶尔还有"响声"。火铺上一片寂静。谷利提着马灯走了过来，悄悄地对我说道："饭煮熟了，喊他们都过去吃点吧。"还没等我回话，一直待在灶房里的素平一溜烟走了，细孃正准备溜走，被谷利一把拉住，要细孃一起过去吃饭。我对黑大爷说道："黑大爷，你把他们几兄妹和彭洁娥都喊过去吃饭，我来守黑大娘。"黑大爷答道："不忙，等一下我们自己煮。"我说道："天都黑了，家家都在吃夜饭了。我们那边煮都煮好了，你把他们带过去吃点算了。"黑大爷答道："啊，天都黑了。那你把他们带过去先吃，我在这里守起，等他们吃完来替我。我反正还不饿。”听黑大爷这么一说，我也不好再勉强了，于是催促彭洁娥和中秋兄妹到我们那边吃饭去。

见火塘的干柴差不多已燃成火炭，只剩下燃着的疙蔸还有点火苗。为了让火旺点，临走时我用火钳戳了几下燃着的疙蔸，疙蔸冒出一阵火星后，升起一股黄蓝色的火焰。我们正在吃饭，余主任端着碗边吃边走进来了，后面跟着同样是端着碗的孝娥。余主任对我们说道：“刚才我和你们牛大爷商量好了，明天你们三个都不出工，还是到你们黑大爷那边帮忙照顾一下。”我立马接着说道：“明天早上再看。如果黑大爷家没有哪样事，我早饭后还是去瓦厂做活路，留她们两个就可以了。”余主任想了想，说道：“那也可以。她们两个留下来帮忙黑大爷家收拾下，恐怕还得帮忙煮天把饭。”说到这里，余主任“啊”了一声，说道：“他家的牛我倒是让习初丢了点苞谷壳喂的，还搞忘记帮他家喂猪了。”谷利说：“今天两顿猪食我都喂了。”这里孝娥插嘴道：“明天我把中华哥吆的牛一起吆出去放。”

余主任听了，缓缓地对中秋和中华说道：“中秋，中华，事情都出了，你们要懂事点哦。屋里头有哪样事，该朗格做，不要等人喊，你们自己就去。不要再让你们伯伯、伯娘操心了。”中华抢着答道：“明天我就去放牛。”中秋说：“明天早上我去弄柴。”余主任说：“柴就不要去弄了，到园子周围去薅几把猪草来煮起。”一直没说话也没吃点什么的彭洁娥在一旁轻声说道：“明天我们自己开火煮饭，我来煮。”说完，忍不住又抽泣起来。余主任对彭洁娥说道：“你明天就招呼好你家妈，饭还是由谷利们煮。”谷利急忙说道：“饭由我们煮，反正我们也要吃嘛。”扭过头又对中秋说道：“明天你也不要打猪草，招呼好你伯伯和伯娘，猪草我们这边还有。”草草吃完晚饭，余主任对细孃说：“你今晚就不要回去了，和彭洁娥睡，黑嫂那边有哪样事情，也好多一个帮手。”彭洁娥听了又哭了起来。余主任对她说道：“事情都出了，自己想开点。你还年轻，以后的路还长得很。”彭洁娥哭着对余主任说：“三爷，二天我朗格都要到他坟上看下，要不然我这一辈子都不会安心的。”余主任说道：“这个事，你也晓得的，要等上面通知了嘛。”彭洁娥继续哭叙道：“岩初哥上次帮我扯的灯芯绒，给他做的鞋都还没有寄去，他就走了。”说着，大声哭了起来。大家听了，无不感到惨然。为了缓和下气氛，我说道：“我去那边看下，把黑大爷换过来吃饭。”随即我问谷利道：“还有稀饭没有？”谷利答道：“一直留起的，还是热的。”彭洁娥擦了下泪水，说道：“我把稀饭端过去，劝妈朗格都要吃点。”于是大家都往黑大爷家灶房走去。

余主任因尚未吃饱，就在我们甑子里舀了碗饭，继续坐在桌边吃。我把黑大爷劝说着拖了过来，让他也坐在桌边吃。余主任边吃边对黑大爷说道：“黑哥，我跟你讲，黑嫂今天一天是水米未沾哦。这样下去，怕是遭不住呃。黑嫂除了你，哪个说都是不起作用的。你要想法劝她吃点东西，她垮了噻，你们这个家就垮了哦。不是我讲的，这个家你一个人是难得撑起的。”黑大爷怔怔地坐着，饭也不吃，不知在想什么。过了一会，他猛地端起碗，开始吃饭，吃完一碗，站起来说道：“我去喂她吃饭，别个喂，她是不会吃的。”说完，径直往他家灶房走去，我和余主任紧随其后。果然，彭洁娥端着稀饭坐在黑大娘身边一筹莫展。黑大爷上了火铺，接过稀饭碗，要彭洁娥让开。他坐在黑大娘身边，悄悄地对黑大娘说着什么。彭洁娥把马灯点亮，挂在火铺边柱头上。我往火塘加了几块柴火，很快柴火燃了起来，火光也明亮起来。近代的光辉和古代的光明相得益彰，灶房里亮堂多了。亮光下，看得见黑大娘眼角边泪痕未干，嘴唇微微张合，似乎在回应黑大爷的悄悄话。我和余主任相视一下，心中略感欣慰。只见黑大爷用调羹舀了一点稀饭送到黑大娘嘴边，黑大娘微微张口，黑大爷顺势将调羹递进倾倒。黑大娘终于进了第一口食。此后，黑大爷一边慢慢地喂稀饭，一边咕噜着像哄小孩一样说道：“好，再吃一口。这是谷利专门给你煮的，还放了猪油哦，香得很。”黑大娘吃了几口后，微微睁开了眼睛，偏了偏头，似乎在找什么。谷利见了，急忙拉着素珍走了过去，说道：“黑大娘，我们都在这里。”只见黑大娘又泪如泉涌，稀饭也不吃了。谷利赶紧把素珍抱上火铺，素珍跪着抓住黑大娘的手，不停地喊着“伯娘，伯娘”。少顷，黑大娘似乎平静了些。黑大爷才继续喂黑大娘吃稀饭，慢慢地一碗稀饭吃了一半，黑大娘怎么也不肯吃了。见状，余主任对黑大爷说道：“黑哥，夜晚间还是有些凉，我看，把黑嫂抬到床上去睡要好点。”黑大爷对黑大娘说了几句，黑大娘也低声对黑大爷说了几句。黑大爷对余主任说道：“要得，把你黑嫂弄到床上去睡。”我一听，马上和余主任把黑大娘抬到了房间床上。黑大爷也把中秋两兄弟叫去睡觉了，素珍随即摸到黑大娘身边躺下。

见没有什么事了，我和余主任与黑大爷打了个招呼，离开了黑大爷家灶房。细孃拖着彭洁娥跟在我们后面也回到我们灶房，大家各自回屋睡觉。我回到房间正准备躺下，只听见孝娥几姊妹所住房间的小二间门打开了，一会有人在门外轻轻地喊我，开门一看，是余主任。他对我说道：“把你的电筒拿来用一下。”我边进屋拿电筒边问道：“有哪样事？”余主任笑道：“一天忙昏头了，睡觉时忘记清点下崽崽些都在不。刚才回来，我懒得点灯了，摸黑到她们床上摸了下崽崽的脑壳孛儿孛儿，摸来摸去都只有两个，是像还差一个。”我说：“孝娥、冬娥和孝婵，是要三个才对头呃。”余主任急忙说道：“今天忙，一天都没管崽崽些。我想点起灯，一时又找不到火柴，你快点把电筒拿来。”我赶紧把电筒递给了余主任。一会余主任出来把电筒还给我，说道：“三个崽崽都在床上，就是有个脑壳脖脖睡在了旮旯里头，没摸到，还把我得一惊哦。”说完急忙走了，我也赶紧回屋躺下。虽然我紧张地忙了一天，感到很疲倦，但今晚这一觉是注定睡不好的。已是天人永隔，进伦的音容笑貌，我与他一起度过的弟兄般的日子仍历历在目。也不知道痛失爱子的黑大爷和黑大娘如何熬过这一夜。思念和担忧一直困扰着我，让我久久不能入睡。尽管人昏头昏脑的，但鸡叫几遍还是分得清楚的。鸡叫三遍时，透过楼幅梁缝看得到天色渐明了，清晰地听到屋外鸟雀叽喳。

反正睡不安身，我干脆起床，轻轻开房门出去，走到灶房门口，又轻轻推开虚掩的门，掏火渗锅。我蹑手蹑脚穿过堂屋轻轻推开黑大爷家灶房门，伸头一看，灶房里空无一人，火铺上火塘里的疙蔸尚燃着。心想昨天一天的悲伤和折腾，把大家都累坏了，特别是黑大爷和黑大娘。现在看来昨晚没有出什么事。我心中稍安，转身回到我们灶房，恰逢细孃与彭洁娥推开房间门出来。彭洁娥两眼肿泡，细孃双眼也有点红红的。我正欲与她们招呼，谷利和黎芝进来了。谷利对细孃说道：“我还说让你们两个多睡一下呢。”细孃应声道：“你们朗格不多睡下呢？”谷利答道：“我们想看下黑大爷和黑大娘怎么样了。”我赶紧插嘴道：“我刚过去看了，没什么动静。估计在房间里睡着了。现在不要过去打扰他们，让他们多睡一下，等他们起来再过去。”谷利走到彭洁娥身边，对她说道：“今天两家的饭和猪食都由我负责，你就安心休息下。”说完，为宽慰一下彭洁娥，谷利又开玩笑地补充了一句道：“我办事，你该放心吧。”彭洁娥一边揩眼泪，一边说道：“我收拾下房间，等一下就过去煮饭煮猪食，总是给你们添麻烦朗格好嘛。”谷利说道：“三爷都讲了的，我和黎芝今天不出工，就是留下来给你们帮忙的。要说麻烦，我们才是真正麻烦你们呃。占你们灶房这么久，哪样事都是你们一手一脚在教。”彭洁娥说道：“你们的心意我晓得，我们家这个忙你们帮得到一时，帮不到一世，还是我来煮。”说着泪水又流了下来。我赶紧说道：“我刚才过去看了，灶房没得人，可能都还在睡觉，现在不要过去。”听我这么说，细孃对彭洁娥说道："那我们干脆回房间清理下进伦的东西，要得不？"彭洁娥听了，越发悲伤，哽咽道："细孃，他有哪样东西嘛。就是结婚时候那身衣服算好点，其他的衣服都是疤上补疤的。要讲新的，就是我给他做的那双鞋了，有个哪样清理场哦。这些东西朗格整，还得等我问一下妈。"彭洁娥话没说完，又哭了起来。站在一旁的谷利、黎芝、细孃也跟着流泪。

看到她们四个哭，我也不由得悲从中来，一时竟无语。彭洁娥刚才说到进伦的一套好点的衣服，我还记忆犹新。去年冬，帮龙洞湾王治成娶新媳妇当佚子时，他穿的就是这套衣服。一年不到，却已是人去衣在。让人心里一阵悲酸，站着不知所措。幸好这时余主任走了过来，他一脚跨进灶房就问道："岩初，你过去看了下没有？"我答道："我刚去看了，灶房没有人，房间也没动静。可能是还在睡吧。"余主任松了口气，说道："那就好，那就好。等一下孝娥要到对门去放牛，你干脆把你们黑大爷家的牛也牵出来，和孝娥一起吆到对门坡去放。"我一边说要得，一边找扁担水桶，对余主任说道："我先去挑两担水来，再去放牛。"余主任听了，说道："你不说挑水，我都搞忘了。我家水缸都见底了。"说完，我在前余主任在后一起挑水去了。我挑的第一担水是轻手轻脚地倒进了黑大爷家水缸里的。第二担水刚挑到我们灶房门口，就遇到孝娥从她自家的灶房出来，说道："岩初哥，爹要你帮中华哥放牛，我们一起到对门坡去放。"我说道："好的，等我把水倒进皇桶里，就过去吆牛。你等到下。"我挑水进到灶房，灶房竟空无一人。待我把水倒进皇桶，才听见彭洁娥的房间里隐约传出哭泣声和轻轻的话语声。我一想，肯定是四个女的都在那房间里，我知道，对于哭在一堆的女人最好不要去打扰。为了不打扰黑大爷们，我没有穿过堂屋，而是出灶房门从灶房后面绕到了黑大爷家的牛圈，哪知中华已经站在圈门口，正准备牵牛。我颇为吃惊地问道："中华，你们都起来了？"中华答道："伯伯、哥都起来了，妹和伯娘还睡起的。"

我转身就往黑大爷家灶房走去。灶房门大开着，我走到门口，遇到中秋挑着水桶出来，我拉住中秋，告诉他水已挑了。我又走到黑大爷身边，轻声问道："黑大娘昨晚情况怎样？"黑大爷小声答道："眯了一下，现在素珍还陪她睡起的。"我说道："今天你们就不要出工了，三爷牛大爷都讲了的。"黑大爷小声答道："你三爷和牛大爷的好心我知道。不做活路朗格行嘛，今天队上喊你不出工，给你记工分。明天不出工也给你记工分，后天不出工还给你记工分，再往后呢？这终究不是长久之计吧。总不能长期不出工，都让队上记工分噻。何况就是队上天天给你工分，自己都觉对不起队上的人，大家都不容易啊。”黑大爷摇摇头，叹了口气继续说道：“死了的人倒是哪样都不吃，活起的人还要吃了嘛。自己不去做活路，靠队上把你养起，你又不是五保户。还是牟书记和你们大家说得对，要自己立起才行，要靠自己。”我听了无话可说，只好点了点头。黑大爷低头沉思片刻，又说道：“岩初，昨天我拿到那点钱噻，心里硬是不安逸哦。等你说不接，人家牟书记、部队的李指导员又是代表上面来的，是一片好心，你朗格好说不接了嘛。我是只好咬到牙巴骨硬接下来。岩初，你不晓得，我接过那个钱，心里那个味道到现在我都说不出来，我那是一个活蹦乱跳活鲜鲜的人了嘛。”说到这里，黑大爷哽咽起来，又强忍下去。过了一会，他继续说道：“不过我们农村人的命贱，我也不好说哪样得。说多了，怕犯政策。我现在就只有这样想，是我们欠进伦的，是我命中注定只该有两个儿，他死在外头也是命中注定的。听昨天部队上的人讲的那个意思，只怕是二天我们要去看他的坟都难得看到喽，真的是要活不见人，死不见尸啊。”黑大爷说着，终于忍不住老泪纵横。我忍着悲痛，赶紧劝黑大爷说：“二天上面会通知你们去看的，你不要多想了。”黑大爷擦了擦泪水说道：“管他的，人都死了，看不看又朗格嘛。岩初，说老实话，我还有这一大家子，还有中秋们三兄妹，我再难也要撑下去。他（指进伦）那个家早迟不一是要散伙的喽。”我明知道黑大爷说的是对的，但也只能违心地说道：“不会的，不会的。是你想多了。”黑大爷不再说什么，只是摇了摇头。恰好，中秋抱了一些柴火进来。黑大爷对中秋说道：“你拿镰刀到对门土头去，照到长得长的红苕藤割点回来，宰来煮起好喂猪。等一下，我来煮饭。”说话间，彭洁娥一行四个女的过来了。彭洁娥对黑大爷说道：“爹，饭我来煮。你还是去招呼妈。”

房间传来不知是呻吟或是呼唤声，黑大爷听了，脸色稍宽地说道：“是你们黑大娘醒了。”谷利、黎芝不由分说就跑进了黑大娘的房间，细孃也跟着进去了。彭洁娥在房门边站了片刻，走到灶门前刨开火准备煮饭。我坐在火铺上陪着黑大爷，黑大爷突然轻声对我说道：“昨天晚上我把他接回来了。你要不要到堂屋去看下？那个本子就放在香火板下边的。”说完，他又特别吩咐道：“不要给任何人讲哈。”我下得火铺走进堂房，只见正对香火板下面的地上有一钵子，钵里装有纸灰。我到香火板前一看，果然有一本子。这时我的好奇心似乎没有了，没有打开本子看看，此时反倒是涌现出一点迷信心态，胡思乱想起来。前天晚上风声鹤唳，莫不真有鬼来报信，闹得鸡犬不宁。

他没进家，被我和余主任追走了。昨晚黑大爷烧钱纸将鬼迎进家中，故而昨晚清风雅静。

正在乱想中，中秋背着一背红苕藤进了堂屋，我急忙帮着他把背篼放下。黑大爷兴许听到了堂屋的响动，进来把钵子拿走了。中秋到灶房拿了一把菜刀开始宰猪草，我见了，也赶紧去拿来一把菜刀帮忙。红苕藤是喂猪的好饲料，一是猪喜欢吃，二是用不着像一般猪草那样要宰细，易煮烂，一背红苕藤没多大工夫就宰好了。我对中秋说道："你吃饭后就不要去出工了。"中秋答道："伯伯说了，要出工。大哥走了，日子我们自己还得过。"我心生佩服地点了点头，说道："那我们一起。"我跟着中秋返回他家的灶房，只见谷利和细嬢一边一个搀扶着黑大娘出了房间门，她们准备把颤颤巍巍的黑大娘扶上火铺，殊不知披头散发的黑大娘硬要到堂屋去。我赶紧跑进堂屋，摆了一条板凳在堂屋中央。黑大娘在谷利和细嬢的搀扶和挟持下走进了堂屋，面向香火板坐在了板凳上。她盯着香火板一动不动地看了好一阵，眼泪也一直淌着。彭洁娥和黎芝也一起站到了黑大娘后面。我站在堂房通往黑大爷家灶房的门边，向堂屋看去，四个女的陪着黑大娘流泪。我扭头向灶房看去，只见黑大爷坐在火铺上也在默默地流泪，大家都静静地沉浸在悲伤的气氛之中。不知过了多久，黑大娘突然转身面向大门而坐，并小声地对细嬢说道："你们帮我梳个头嘛。"尽管黑大娘说得小声，彭洁娥却听见了，她说道："妈，等我去拿梳子来帮你梳。"说完匆匆跑开。过了一会，彭洁娥拿着两把梳子来了，还没等她动手，黑大娘对她说道："乖，今天我这个头你就不梳了，让细嬢和谷利帮我梳 。"彭洁娥一听，立马怔在了那里，眼泪又流了出来。黎芝见了，对彭洁娥说道："你事情多，就让细嬢她们梳就是了。"黑大娘听了，一边流着泪，一边对彭洁娥说道："乖，自从你过门来，一直都是你帮我梳，我当然想你来梳哦。今天只怕是一梳子下去，你哭我也哭，收不到场。你去忙你的。"听黑大娘这一说，彭洁娥双泪直流。黎芝急忙把彭洁娥半推半拉地劝到灶房去，帮着她煮饭煮猪食去了。

这一来也提醒了我，我也得赶紧去完成两件事了。我回到灶房开始做事，刚把锅里的水渗起，余主任就进门来了，问我道："那边有哪样事没得？"我压低声音答道："现在好像没得哪样。大家都起来了。放牛的放牛，割苕藤的割苕藤。彭洁娥要自己煮饭，黎芝在陪着她。黑大爷在收拾房间。就是黑大娘喊细嬢和谷利在帮她梳头。"余主任轻声叹了口气，说道："这样嘛，都还好，我就是怕他们一家撑不住。那我就不过去看了，以免他们看到我又难过。”说完后，余主任特别向我交代道：“这件事尽量不要再提起，你们多帮到下，有哪样事喊我就是了。”说罢就走了。

我淘米下锅后，又走到堂屋门口向里看看，只见细孃和谷利一边给黑大娘梳头，一边在唠叨些什么。与昨天相比，黑大娘眼窝更显深陷，颧骨更凸出，腮帮下垂，像生了一场大病一样，人显得更苍老了。等给黑大娘梳好头，细孃和谷利慢慢地把黑大娘扶到火铺上坐好。过了一会，我们两家的饭也差不多同时煮好了。巧的是院坝里牛帮铃声也响了起来，放牛的中华和孝娥回来了。昨天一整天没开饭的黑大爷一家，现在和我们同时开饭了。细孃被谷利拉住，在我们这里吃饭。为了调剂下黑大爷家吃饭的气氛，我舀了一碗饭夹了一些菜就跑到了黑大爷家灶房，过了一会，谷利端了一个饭碗放在黑大爷家作为饭桌的方凳上，我一看竟然是一碗黄澄澄的散发出猪油香味的蒸鸡蛋。谷利对黑大娘说道：“黑大娘，这是专门给你蒸的，你一定要吃啊。”黑大娘看了看蒸鸡蛋，脸上闪过一丝明亮，说道：“还帮我整这个，你们自己都舍不得吃。我没得事了，你们放心。”黑大爷对黑大娘说道：“喊你吃饭你不吃，昨晚上讲得好好的，说要立起来才行了嘛。谷利他们还不是想你快点立起来，才专门给你蒸的蛋羹，你朗格都要吃点，才对得住他们嘛。”一边说一边把装有蒸鸡蛋的碗递给黑大娘，彭洁娥赶快递上一把调羹。这时细孃和黎芝也端着饭碗边吃边走了过来。在众人期待的目光下，黑大娘终于舀了一调羹鸡蛋羹送入嘴中。黑大爷见了，问黑大娘道：“干脆舀点饭和到起吃，要得不?”黑大娘点了点头，却先将碗中的鸡蛋羹舀了一半给坐在旁边的素珍碗中，然后才把端着的碗伸了过去，让彭洁娥舀了一小团饭。眼见黑大娘开始吃饭了，大家悬着的心终于放下，我也顿感一阵轻松。饭后，黑大爷一家人在我们极力劝说下，终于同意在家休息一天。

尽管黑大爷家出了这么大的事，队上的活路还得照常进行。虽然队上的人们都牵挂着黑大爷一家，但大家似乎都清楚余主任讲的“这件事不要提起还好点”的道理。出工的人们从黑大爷家院坝走过，都会放轻脚步，看看关闭的堂屋门，听听屋里有什么动静，静静地走向工地。虽然黑大爷同意一家人休息一天，但中秋还是跟着我到了修瓦厂的工地，大家关切的目光集中到了他的身上。许林榜问道：“中秋，你伯娘吃点东西没得?”还未等中秋回答，王治周就说道：“要吃哦，哪样都不吃是遭不住的啊。”牛大爷对中秋说道：“喊你们今天不出工的嘛，你朗格来了呃。”国二爷说道：“中秋，现在你就是家里的老大喽，以后有哪样事你就要多担着点。”中秋没说话，只是红着眼圈点点头。今天干活没有了往常嬉笑的气氛，大家都只是埋头干活，连放稍抽烟时也没人聊天。

吃晚饭时，除我们三个外，余主任、细孃，甚至从不端碗串门的牛大爷都来到了黑大爷家。大家有意无意地找些与黑大爷家无关的话题闲聊，让沉闷的空气多少增添了些许活气。黑大娘虽然阴沉着脸不说话，但也吃了半碗饭。饭后刚收拾完毕，黑大爷就到我们灶房来催促两个女生去睡觉，并示意要我留下，似乎有话要对我说。两个女生明白黑大爷的意思，很快就离开了灶房。她俩刚走，黑大爷就对我说："岩初，进伦生前和你就像两兄弟一样，所以有些话我就只有跟你讲。昨天牟书记和部队上来的两个人讲的那几句话，我拿来翻来覆去地想来想去，我晓得要把进伦的骨头也好骨灰也好，拿回来恐怕是不得行的了。他又没留个后人，以后清明月半挂青烧纸都只有靠那几个兄弟妹子了。你都知道的，俗话说弟兄同齐长，衣饭各自求。过几年他们长大了，各人有各人的家了。他这个哥是看也看不到，摸也摸不到的，时间一长心里就淡了，怕是难得想起喽。就算想得到，烧纸烧了就是，但挂青挂在哪里？地方都没得一个。"说到这里，黑大爷停了下来，擦了擦已流得满脸的泪水，继续说道："他是在部队上走的，除了那个本本，一点东西都没拿回来。屋里头就是那几件衣服，旧的旧，烂的烂，还好有双鞋是新的。如果把这些东西拿去一把火烧了，他在屋头就一点念想的东西都没得了。兄弟姊妹时间长了丢得开，我和你们黑大娘朗格丢得开嘛。"说到这里，黑大爷竟哭出声来。我木然地坐着，不知说什么好。一会，黑大爷控制住了自己的情绪，继续说道："我和你们黑大娘合计了一下，朗格都得留个念想。他结婚穿的那身衣服裤子和鞋就不烧了。不拿寿方（棺材），就整木盒盒把这身衣服裤子和鞋包起来埋在土里，整个土包包。这个土包包就等它挨到他公和婆的坟。二天有人给他公和婆烧纸，顺便也给他烧几张，清明挂青也给他挂一束。二天我和你们黑大娘也埋在他那包包边。"说到这里，黑大爷哽咽着说不下去了，我唏嘘不已。两人无声地坐了好一阵，黑大爷才站起来说道："明天打早你和我到溪水湾他公和婆坟那边去，帮到我把他埋了。就我们两叔子。这个事不要惊动其他哪个。"

我和黑大爷按照他所说的，把事情办完了，没有惊动任何人。从此在溪水湾两座老坟的旁边多了一个土包，土包前立有一块向山石，没留任何字句。说实话，当时我还认为总有一天上面或者部队会通知黑大爷家派人去把余进伦的遗骸或骨灰领回，或由上面送回。如果都不行，至少也得让家属去看一下墓地吧。虽然黑大爷从一开始心里就明白这是不可能的，但我始终认为有这么一天。我离开土地坑后，打听过好几次，都无结果，渐渐也就淡忘了。近年曾回土地坑，知道除余主任及其妻，当兵回来的幺爷及幺娘还健在外，其余余姓长辈均已作古。拜访进伦的两个弟弟，问到进伦时，两人均说后来再无人给他们谈起过进伦牺牲于何地，葬于何处，更不要说通知去探墓了。

开始我以为这属特例，直到最近看见 2016 年 12 月 11 日的转载于《北京日报》的《探秘 816——中国最大地下核工程的前世今生》一文，文中记载的特种工程兵战斗经历，方知进伦的经历在工程兵中并非个案。据文章所载，“816 工程在整个掘洞和军工建设过程中，先后有一百多名官兵牺牲，他们的尸骨掩埋在 816 工程洞附近的一杯水烈士陵园里，这些战士平均不到 21 岁，有的甚至连家庭准确地址都没留下。”相比那些连家庭准确地址都没留下的烈士而言，进伦应该算是幸运的。毕竟部队的战友找到了他家，并把消息告诉了他的父母。报载的这篇文章中还写道：“……816 厂作为一个绝密的工程，在这里工作的所有人，包括工程兵，都必须对这项工程的内容绝对保密。即便有人在工作中牺牲，也不会告诉家人他的具体牺牲地点。”我想进伦好许属于这种情况吧。黑大爷和黑大娘与进伦一别，阴阳相隔数十年，他们终于能在九泉之下与进伦相见了。进伦的弟弟妹妹去给黑大爷黑大娘坟前烧纸时会在进伦的土包前烧点纸，清明给黑大爷黑大娘坟上挂青时，也会给进伦土包上挂一束青。这也算是实现了黑大爷黑大娘“纸有人烧，青有挂处”的遗愿吧。至于彭洁娥，据中秋告诉我，她早已另作他嫁，如今孙辈都上大学了。

与大家在同一个生产队生活了二十来年，又从队里走出去的一个活鲜鲜的小伙子就这样在人们的视野里永远消失，再也回不来了。队上的人们当然少不了感慨唏嘘，更为忧心的是黑大爷和黑大娘是否能承受住这一打击，这个家是否会在打击下一蹶不振。背着黑大爷一家，大家会有各种议论和猜测，当然这些议论和猜测是绝不会让黑大爷一家知道的。出乎大家意料的是，第三天，黑大爷就出现在修瓦厂的工地上。黑大娘和彭洁娥也出现在割土、翻红苕藤等干杂活的队伍里。随着时间推移，人们看黑大爷一家人的眼光逐渐由哀怜同情变为钦佩，再由钦佩转为了寻常。生产照样推进，生活照样继续。过了不久，生产队派干三参加修建湘黔铁路大会战。他刚走时，大家有点不习惯。不久，除了他家人之外，也都无所谓了。

第四章

土地坑之冬

姑娘与袜子

十月将过冬月临近。一日，早饭后，尚未出工。细嬢像往常一样来到我们灶房，等谷利、黎芝一起出工。按照我们这里的说法，四季是这样划分的“正二三月为春，四五六月为夏，七八九为秋，十冬腊月为冬”。只要进入十月，也就算是进入冬季了。

冬月是仲冬，那时农村人普遍都穿得单薄，烤火也就是理所当然的事了。细嬢一进我们灶房，就一屁股坐在灶门前火塘边的长凳上，原本坐在长凳上的我赶紧站起来让开。忽然又有两个女的走了进来，一看原来是三家田的孙茂娟和许继娥，俩人一进来就坐在了细嬢旁边。谷利和黎芝喂完猪进来，也拖了一条长凳坐在火塘边。五个姑娘并不在意我坐在桌子旁，叽叽喳喳摆起龙门阵来。先听见细嬢说道：“咦，冬月要到了，有人要走那边去了咦。”许继娥接嘴道：“是啊，有人这几天掰起指头在算，阴到起高兴嘞。”这时，只见孙茂娟抬起手在许继娥肩上打了一下，说：“一天不说帮到我，还要取笑我。”许继娥笑着说道：“人家说的是实话，我说的也是实话嘛。到时候我们还不是要跟到你忙的，你还要打我，看到时我不帮你的忙啊。”

谷利问孙茂娟道：“有哪样要我们帮忙的没有？”没等孙茂娟回答，许继娥抢着答说：“铺笼帐盖人家那边拿钱来置办好了，两身衣服和丝帕都买好了。”细嬢问道：“鞋呢？”许继娥又抢着笑道：“给那边整的时候，她自己也整了一双。东西差不多齐了。”黎芝问道：“有袜子没得？”细嬢和许继娥异口同声地说道：“老实，还把袜子搞忘记了。”孙茂娟说：“我妈说到时候就用裹脚布包下就行了。”细嬢嚷道：“裹脚布是那些年纪大的人用的，哪个年纪八轻的人用那个，用那个还不如打光脚板。”许继娥笑道：“新媳妇还要打起光脚板穿鞋，不怕人家笑噻。”孙茂娟说道：“管他的，我一辈子就没穿过袜子。不说我，我们队上有好几个穿过袜子的？”细嬢接着说道：“还怕不是。你们三爷经常在外面开会办事跑来跑去，都没穿过袜子。”孙茂娟推了一下许继娥，说道：“自己都是光脚板穿鞋嘿，还说我。你们还不是从来没穿过袜子。”细孃推了推孙茂娟说道：“那是在自家屋头了嘛。你要当新媳妇，还是要穿双袜子才行噻。干脆扯点布来缝一双。”孙茂娟笑道：“这都想过的。我问过我妈，她说缝不成。她一辈子就只用过裹脚布，从来没穿过哪样袜子。我家嫂也没穿过袜子，她和我们一样也缝不成。”许继娥说道：“我家婆倒是会缝，是好多年前给人家当帮工时学的。只是她现在眼睛不好，要整都整不成了。”细孃对孙茂娟说道：“早晓得嘿，去年我哥从部队回来给我的那双线袜我就不穿了。去年我穿起走过人户，回来我洗干净放起的，后来就没穿过了。新还是有九成新，不晓得要得不，干脆送你穿。”孙茂娟问：“穿袜子安逸不？”细孃答道：“当然安逸噻。穿起不冷，走起路来都要巴实点。”许继娥接着说：“要不得，新媳妇还是要穿新的。不然到了那边，人家瞧不起。去年王治南打发时都穿的新袜子。”细孃说道：“是的，我都看到了。那是她城里的姐送给她的。要不我们进城去买双？”孙茂娟说：“买袜子要布票还要钱。长这么大都从来没穿过袜子，还不是过来了，打光脚就打光脚，哪个爱笑就等他笑。”

一直在听她们摆谈的谷利和黎芝低声商量了几句后，黎芝说道：“我们送你一双新袜子。”说完起身出门。坐在长凳上的三个姑娘，你看我，我看你，一时竟没有反应过来。谷利笑道：“你们看哪样看？黎芝去拿新袜子送孙茂娟。”细孃最先回过神来，用手拍了拍孙茂娟的肩膀道：“你家今年运气硬是好呃。你家哥娶嫂嫂，谷利送给你哥一双新解放鞋。现在你要办喜事，黎芝又送给你一双新袜子。你还不好好谢谢人家。”孙茂娟说道：“我心头早就多谢她们两姊妹和岩初哥喽。”我在旁听了，说道：“关我哪样事，不要把我扯到一起。”许继娥笑道：“当然要谢你喽，你是孙茂堂的媒人噻。”我笑着答道：“要三爷才是媒人，我嘿就是打个帮帮腔的，最多算个副媒人。”大家听了，笑了起来。谷利用手指了指堂屋那边，大家急忙把笑声吞回肚里。

一会，黎芝拿着一双新袜子来了。还没等她坐稳，细孃就一把把袜子拿将过去，仔细端详起来。她看着贴在袜口上面的商标，问谷利道：“这张纸飞飞上写的是些哪样？”谷利把袜子从她手中拿过来，看着商标念道：“国营上海织袜一厂，菊花牌。”我在一旁说道：“咦，这双袜子还是上海货呃。”黎芝笑道：“这种袜子我都没穿过。这次回家过年背那么多东西回去，特别是还有一大坨宝肋肉。我爸爸一高兴就给我买了这双袜子。”孙茂娟说："这么好的袜子送给我，我还真的有点承受不起哦。"黎芝说："再好的东西也就是双袜子了嘛，有哪样承受不起的。"谷利说道："送给你了，你就高高兴兴收起嘛。到那天，新袜子新鞋，新衣服新裤子一穿起，那才是漂亮呃。"许继娥接嘴说道："头上还包张新丝帕，哎呀，漂漂亮亮的新娘子一个哦。"大家又笑起来。我赶紧咳了一声，又才把笑声压小了。

谷利把袜子送回孙茂娟手中。孙茂娟拿到手中抚摩了一阵后，对细孃说道："你穿过袜子，你教我朗格穿法。"细孃掩嘴笑道："朗格穿法，把脚板从那孔孔头支进去就行了噻。"说完，细孃又对黎芝说道："干脆把那张纸飞飞撕下来，让她穿来试一下。"黎芝急忙说道："要得，要得。"谁知孙茂娟却不同意，说道："我一个光脚板，脚都没洗，把新袜子穿脏了。"细孃一把把袜子抢过来，说道："孙茂娟，这是你自己的东西了，脏也好，干净也好，都是你自己穿，怕哪样嘛。"一边说一边小心慢慢地把商标撕了下来，旁边的许继娥把商标拿过去看了看，说道："这张纸飞飞还好看呃，上面还有朵花，给我算了。"谷利听了，忍不住笑了起来，说道："二天你结婚，我也买双来送你。"许继娥面无羞色毫不客气地说道："好嘛。"这时孙茂娟已将一支袜子穿上了，大家高兴地看着，细孃说道："咦，还巴实呃。"孙茂娟把另外一支也穿上，大家哄笑着让她站起来。孙茂娟把鞋穿上，在地上跺了两下，说道："穿袜子是舒服呃。脚遭包起好热和。"她又跺了跺脚，问道："走起路来，这袜子会不会往下遚哦？要是往下遚了，朗格办？"细孃笑道："坐起不动些哪样，它不会往下遚。走路多了噻，怕是有点往下遚呃。那回我是找两根布带带把上边拿来捆起的，等要脱袜子了，再把带带解开就是了。"

在一旁的谷利站起来说："我过去看下。"说着转身就出去了。不一会，谷利回来，先拿出一张新手帕递给孙茂娟，说道："再送你张新手帕，到那天好哭姊妹。这就算我送的人情喽。"说完，又递给孙茂娟两个松紧带圈，说道："这是袜带，你套在袜子上，袜子就不会掉下来了。这双袜带是新的，没用过。"我知道，这两个女生，下乡后和农村的姑娘一样，平时也不穿袜子，照样光脚板穿鞋，只有进城或回家，才穿袜子穿鞋。许继娥笑道："这一下才是样样都准备齐了。"孙茂娟极为慎重地用手帕包起已撕去了商标的袜子和袜带。许继娥见了，拿着袜子商标问道："这张花花纸要不要和袜子放在一起包起？"孙茂娟接过许继娥递过来的商标，也放在手帕里包好，然后把手帕放进衣服的插包里。孙茂娟在放手帕时，竟然掉下了泪水。黎芝见了，问道："孙茂娟，你哭哪样？是不是还有哪样事？"孙茂娟赶紧擦了擦眼泪，说道："我们几姊妹在一起好好哦，想到再过一阵就不得和你们在一起了，到那边去不晓得会怎么样。想起就有点难过。"一时竟说得几个姑娘都黯然无语。见此，我赶紧对孙茂娟说道："今天要高兴才行噻。到你打发那天，你们几姊妹再好好生生哭他一场。"这才逗得大家稍为释怀了些。

不知不觉孙茂娟的婚期就在眼前了。忙着建瓦厂的人们开始帮着孙茂堂张罗孙茂娟的喜事。因为孙茂堂决定不办酒席，所以需要帮忙的事并不多。像去年王治周打发妹妹王治南时到处追踪寻找大甑子的事是不会有的，三五十个人的饭用两个甑子蒸两甑就可以了。至于菜也用不着许林榜排兵布将，安排荤素九大碗。但厨师仍由他来担当，哪怕是炒荒瓜、炒冬瓜、炒白菜萝卜也只有他炒来才端得上桌。大多数的准备工作是人们利用收工后的空闲时间去帮忙做的。按照孙茂堂的安排，冬月初七晚饭是为帮忙和陪孙茂娟的人们准备的，不像王治周打发妹时，全队打合家闹，大约也就四五桌。冬月初八男方家来接亲，这边送亲的人和陪接亲的人吃一顿，一共也不过四五桌。这样一来，进进出出大约也就十来桌人吃饭。临到那两天，帮忙煮饭的人基本就是三家田的人些了。当然陪孙茂娟的人还得是队上的几个大姑娘喽。到了冬月初七土地坑的细孃、谷利、黎芝、素平早早地吃了饭就前往三家田去。走前我还开玩笑地对她们说道："这么早过去，是不是要跟到起哭一天？"细孃笑道："你还硬是爱管闲事呢。"待她们走后，我喂完猪，再把猪的晚饭也准备好交给彭洁娥，请她给猪开晚饭。然后我约上中秋、习初也到三家田去，到那里吃了晚饭才回来。第二天也就是冬月初八，一早，穿着一身新衣的新郎官敖泽先带着接亲的十多个人来了，吃完饭，孙茂娟在几个送亲客的陪同下，告别了自己的家人和前来送她的姊妹，告别了生活了二十来年的三家田，走向她未来的新生活。至此，孙茂堂家两件大事算是圆满办完了。尽管余主任之前说过，大家帮孙茂堂家的忙，最好不要在他家吃饭。在孙茂堂的力挽之下，大家实在推辞不了，也就只好或吃一顿，或吃两顿，以了孙茂堂的好意。据说，孙茂堂家办这两件事，虽说尽量节约，但还是花了两百来斤粮食，但愿明年他家不要借粮度荒啊。这两件事在大家帮助下得以顺利办完，确实让孙茂堂对全队人感激不尽。送走孙茂娟，我和中秋、习初、进初几个一道回土地坑，大家边走边聊，所聊的主题是习初的婚事。进初对习初说："三家田那边娶的娶了，嫁的嫁了。明年我们这边就看你的喽。”习初说道：“看我的？今年要送的人情都不晓得朗格办喽。去年是借你们的，今年打算自家喂个猪，又没喂得成，还不晓得打哪样主意哦。”进初说道：“哪样朗格办，还是和去年一样就行了噻。二天把媳妇接过来，喂个肥猪，杀来还就是了。”我接着说道：“习初，几个条焕人情不算哪样大事，关键是要把房子装好。”习初说道：“板子都改好了，只是瓦厂上的活路忙得很，恐怕要等明年开春才装得成了。”进初说道：“习初，有粮食请匠人啦？”习初说道：“今年多分了几颗，请匠人吃几顿饭的粮食还是有的，万一差点，我爹说了，就借噻。”边走边聊，不知不觉就到了习初家院坝坎边了，四人在此分手。

表兄妹的婚姻

我和中秋一起下坎回家，刚走进我们灶房，就听见堂屋那边似乎有人在争吵，我和中秋驻足细听。中秋对我说道："像是伯娘在说哪样。"再一听，似乎有哭声。中秋说："好像是嫂嫂在哭咦。"我急忙拉着中秋到了他家灶房。只见黑大娘坐在灶门前火塘边的长凳上，黑大爷坐在火铺上，彭洁娥坐在上下房间的矮梯上。一个我不认识和中秋差不多大的小伙站在火铺边，满脸的尴尬。黑大爷见我进去，让我到火铺上坐下，随即将站在火铺边的小伙向我做了介绍。原来他是彭洁娥的胞弟彭洁钢。

这时黑大娘对那小伙说道："钢，大孃不是讲你，大孃是讲你爹妈。你进伦哥走了这些天了，这周围团转哪个不晓得。他们就硬是装着不晓得，看都不来看下。他们忙，走不开，不来也就算了，就不晓得打发个你们崽崽些来一下。"那个被黑大娘称为钢的小伙接嘴说道："我就是我爹妈喊我来的。"黑大娘听了，脸一垮，说道："我还不晓得是你爹妈喊你来的嘿。这么久了，早先做哪样去了，现在才来。出了这么大的事，你就不晓得来看下你家姐？你家爹就不晓得来看下他家姐和他家姑娘？"一番话说得彭洁钢开不起腔。黑大爷见状，劝黑大娘道："好了，洁钢走这么远的路，又站了好一阵了，让人家坐下，有话慢慢说嘛。这一早上了，到三家田那边帮忙的人都吃饭回来了，我们也该煮点吃的了。"说完，招呼洁钢道："来，到火铺上来挨到姑爷坐。"那小伙顺从地坐在了黑大爷旁边。

中秋急忙把灶膛里的火扒开，加了一些柴火。彭洁娥擦干眼泪，走到灶前往锅里舀水，准备淘米煮饭。坐在灶门前仍旧垮着脸的黑大娘说道："饭是要煮来吃的，不然二天还说是到了大嬢家饭都没得吃的。我还难得背这个名声。"停了一下，黑大娘突然又说道："今天你们岩初哥都坐在这里的，我就当着他把事情讲明白。洁钢你说是你爹妈喊你来接你姐回去住几天，不管你大姑爷是哪样态度，我反正是不同意的。"说到这里，黑大娘哽咽起来。她流着泪说道："洁钢，虽说是你进伦哥身子没得回来，我相信他的魂是回来了的。八月十四那天晚上，对门坡上鬼叫，路边枫香树的长颈鹅吵，就是他的魂进不到屋在那里吵。第二天，你大姑爷把部队送来的本本放在香火上，慢慢烧了纸，算是把他接回来了，那一夜就清风雅静了。你们姑爷喊起你岩初哥，还给你进伦哥整了个坟包在他公和婆的坟边，我们就当他是八月十五那天死的。今天我给你讲，你不要出去讲，回去后只能讲给你爹妈听。你们万分要接你姐回去住几天，也要等冬月二十五来，和中秋他们悄悄去坟包上烧点纸，你再接你姐回去住几天，我也没有意见。”说完这几句后，黑大娘抹了抹脸，叹了口气，继续说道：“洁钢，说起来还是你家姐最遭罪，过来才好长时间嘛。进伦去当兵去了，没得一年进伦就走了，后人都没得个。二十出头就守寡。你说我这个又是当嬢又是当妈的朗格不心痛嘛。”说完，竟大哭起来。

她这一哭引得彭洁娥也大哭起来。谷利和黎芝听见哭声跑了过来，谷利劝慰着彭洁娥，黎芝急忙搅动锅里已下的米。黑大爷对中秋说道：“站起干哪样，还不快点到土头找个荒瓜刨来做菜。”中秋出去了，灶门前的黑大娘边哭边数落起自己来。她说道：“那年他要去当兵就等他去噻，就不会有今天这些事喽。就算死了嘿，也就是死他一个人，也不会把洁娥耽搁了嘛。都怪我。”黎芝帮黑大爷家把饭蒸起，开始切中秋刨好的荒瓜。我从火铺上下来，到灶门前挨着黑大娘坐着，顺便往灶膛里添了几根柴。这时出去放牛的中华带着素珍进来了。黑大娘对他两兄妹说道：“你们洁钢哥来了。”这两兄妹一听，立马爬到火铺上挨到洁钢坐起。接着黑大娘又大声说道：“钢，你们姐在这里，不管你姐哥进伦在还是不在，摸起良心说，我哪个时候都是又把她当媳妇又把她当自己家姑娘。进伦死也是为国家死的，死的就死了，最可怜的还是你家姐，你家爹妈要接她回去散个心也好。你回去给你爹妈说下，等这边满一百天，我们送她回去。”话刚说完，彭洁娥抱着谷利大哭起来。

我赶紧站起来对大家说道：“先吃饭吧。还不吃噻，只怕早饭都要吃成晚饭喽。洁钢也走了一早上了，怕早就饿了。赶紧吃，吃了洁钢也好赶路回去噻。”彭洁娥这才抽泣着安排吃饭。我把灶膛的火食撮了两铲倒到火铺上的火塘里，让黑大娘到火铺上去坐。黑大娘对我说道：“你们也跟到吃点嘛。”我急忙答道：“我们在孙茂堂家吃过了，你们快点吃。”谷利把灶台上舀好的菜端到火铺上的长凳上，彭洁娥把舀的第一碗饭端给了黑大娘，然后依次舀起饭端给了黑大爷和兄弟洁钢。火铺上主客三人开始吃饭后，中华和素珍从火铺上下来，在灶台边也开始吃饭，彭洁娥这才端起碗吃饭。见一家人安静下来，我们三人从黑大爷家渐次退出返回自己灶房。

晚饭后，我们收拾完毕，坐在灶门前的火塘边烤火，准备烤热和点好睡觉。只见黑大爷悄声地走了过来，谷利急忙起来让座，黑大爷坐在我旁边，对我们三人轻声说道："他们都睡了，我朗格都睡不着，看到你们这边灯还亮起的，就过来坐一下。"说完，黑大爷低头不语。今天在黑大爷家，我始终没有听到黑大爷说多话，我想，此时黑大爷肯定有话要说。等了一会，黑大爷终于开口道："岩初，白天你们看到我一直没说话，我是忍了又忍。自从进伦死后，我没事的时候就会想起过去的那些事。有些事虽说是过去了，我想起还是后悔，忍到心里就是不安逸，就想找个人摆下。你们晓得的，彭洁娥和进伦是表兄妹。进伦对开这个亲是死活都不肯的，他这次非要去当兵，也与这事有关。那年这门亲还没开的时候，进伦就想去当兵。听到进伦要去当兵，彭洁娥的爹妈就来我家，找到你们黑大娘和我，非要开这门亲。当时我们想缓一下，想等进伦当兵回来再说，她家爹妈死活都不答应。他们从这里回去后的第二天就请起人来谈这个事。进伦当时就说，彭洁娥小时候经常在这里进出，两个人经常在一起耍，就像亲兄妹一样，哪里可以开哪样亲嘛。来的那个人说朗格不能开亲嘛，还说表兄表妹两个人，姑舅开亲，亲上加亲是好事。不管来的那个人怎么说，进伦就是不同意。来的那个媒人只好说，话我是带到了，可不可以，你们自己定，说完，连饭都没吃就走了。本以为这件事就这样了，哪晓得第二天她爹妈自己又来了。她家妈进门看见进伦，就开始吼，说是今天我和你舅都来了，不管你是瞧不起彭洁娥还是瞧不起你家舅和舅娘，你都不要说话。今天就等我们四个大人来理论一下，这门亲事到底该不该开。"

这时黑大爷似乎说累了，停下来咳了几声，谷利急忙给黑大爷倒了一碗温开水送上。黑大爷喝完水后又说道："你们是没看到，那天那个阵势。两个一进门脸就垮起，好像哪个借他们谷子还他们糠一样，摆起一副吵架的样子来。我和你们黑大娘只有一声不吭地听他们说。洁娥家妈说，你们说下我家洁娥哪点配不过你家进伦？是长得不好嘿，是茶饭不熟还是不勤快嘿，是怕她对你们二老没孝心嘿，还是怕待不得兄弟妹子？一口气问了那么多，弄得我和你们黑大娘都搭不上嘴。当时进伦急忙插嘴，说舅娘不是那个意思，就是太亲了。洁娥家妈对进伦吼起来说，进伦轮不到你说。莫非太亲了还不好，要不亲才好嘿，那你是嫌这些亲戚些不好喽。把进伦说得张不开口。"

黑大爷越说越激动，继续说道："洁娥家妈又说，你们是嫌我家穷。比起你们家我们家是穷点，不过大家都是在农村做活路的，穷又穷得到哪里去。再说你们也不是嫌贫爱富的人家，我们也不是嫌贫攀富的人家。说老实话，到我家来给彭洁娥提亲的多的是，我们都没答应。洁娥家爹插嘴说，是这样的。洁娥家妈越说越气大，她又说我家彭洁娥又不是打发不出去，为哪样我家彭洁娥非要打发到你们这边来，那是她家婆临走时定的。她老人家说，她是那几年饿怕了，洁娥家公就是饿死的。儿子些是没得办法，饿也好饱也好，都要把这老营盘守到起。姑娘些朗格都要放到吃得饱的地方去。她老人家还说，土地坑就是个好地方，她们大嬢（指黑大娘）放在土地坑就有饭吃，要我们朗格都要把彭洁娥放到她大嬢家。洁娥家妈还激你们黑大娘说，妈走的时候你是在她身边的，她老人家说的这些话，你也是听清楚的噻。最后还抵到我和你们黑大娘问，开这门亲是妈过世前说定的，你们说开还是不开？”

说到这里，黑大爷叹了口气，又说道：“他们说到这个份上，我和你们黑大娘还有哪样好说的嘛。我们都是饿过饭的人，人家姑娘要嫁到这边来，就是想吃个饱饭。两家是亲戚，又是老人家定的，我和你们黑大娘只好答应。只是进伦是无论如何都不肯开这门亲。后来要进伦去送人情，哪回都是我逼到去的。后来把亲接了，进伦还是不高兴，恐怕你们都看出来一些的。现在想来都后悔，硬是肠子都悔青了。”黑大爷边说边流泪。我只好安慰道：“过去的事情都过去了，你要放宽点，以后的日子还得过。等中秋们长大了，日子就会好起来的。”我知道说的这些安慰话多么苍白无力。两个女生似乎被黑大爷所说的惊呆了，一言不发。过了一会，黑大爷站了起来，长长地嘘了口气，默默地走了。

十多天一晃就过去了，冬月二十四彭洁钢又来到了黑大爷家。不过这次来不是说接姐回家住几天，而是说接大嬢和姐过去吃刨锅汤。这年冬月二十四正好是冬至。当天晚饭后，黑大爷把我叫到他家灶房，彭洁娥让我坐到火铺上。我坐定后，黑大爷对我说道：“按你们黑大娘的说法，明天是进伦一百天的祭日，总得要去拜祭下。明天打早，想要你带起中秋和洁钢拿点钱纸到他坟上去烧下，也算了个意思。你看要得不？”我赶紧说道：“我正想去看下，当然要得。洁钢今晚就睡我那里，免得和中秋们两弟兄挤。”由于洁钢与我不熟，故有点犹豫地看着黑大爷。黑大爷说道：“要得。你们岩初哥跟自家人一样，没得哪样客气的。”第二天一早，我们和洁钢、中秋一行到进伦坟上烧了纸。在坟前我毕恭毕敬地三鞠躬，中秋、洁钢也跟着我行了三鞠躬，也算是搞了个祭拜了吧。吃过早饭，洁钢带着黑大娘，还有非要跟着黑大娘的素珍，彭洁娥回家去了。

巧办屠宰证

冬至过后，和去年一样，喂有肥猪的人家就张罗杀猪了。今年我们喂的肥猪和去年杀的那头差不多大，但这头肥猪带给我们的喜悦却远低于去年。因为不知今年知青杀猪的政策有什么变化，是否还能和去年一样办屠宰证。就是这张屠宰证一直让我们心里七上八下的，难得高兴起来。尽管每次与余主任谈到此事时，他都说到时再说，总会有办法的，但我们仍是心神不定。

一天，余主任要到旧场办事，喊我和他一起到片区办公室去问下知青办屠宰证的情况。余主任在场上办完事后，我跟着余主任来到旧场片区办公楼。我们走进办公室，熟悉的陆秘书不在，却见火盆边的椅子上坐着一个人在打瞌睡。显然是我们进去的脚步声惊醒了他，他抬起头看了看我和余主任，这时我一下就认出他就是上次我陪孙茂堂去领结婚证时遇到的张秘书。我赶紧满面堆笑着对他说道："张秘书，你调到旧场片区来了？"张秘书瞪着眼睛疑惑地看着我问道："你是……"我急忙答道："我是小坪村大队土地坑生产队的知青。前不久在马塘公社办公室麻烦过你。"张秘书想了想，说道："哦，哦，想起来了，想起来了。"随即指着余主任道："这个是……？"我立马答道："这是小坪村大队的革委主任余承焕。"张秘书笑道："听说过，听说过。"随即问道："你们有哪样事？"我答道："我想来问下今年知青杀年猪屠宰证朗格办？是不是和去年一样，由大队革委会打证明来就可以办？"这时张秘书皱了皱眉头说道："今年怕是不行喽，得按照购五留五的政策哦。你们也和农民一样，要想杀头猪，先得调头猪，才能开屠宰证。"这时余主任说道："还是按去年的办法，给他们办一个算了嘛。"张秘书不知是笑还是皱眉，说道："哎哟，天王老子都要讲政策嘿，你说开就开，朗格得行喽。"余主任接着说道："不是我要开屠宰证，是知青们要开屠宰证。我说就像去年那样，给他们开张屠宰证算了。"张秘书突然严肃地说道："主任，知青也要按政策。毛主席说的，政策和策略是党的生命，莫非知青就可以不讲政策了。"余主任有点不高兴地说道："哪样政策不政策嘛。知青上山下乡还不是上面的政策，他们还不是响应毛主席的号召来的。”停了一会，余主任对张秘书说道：“张秘书，你就爽爽快快地说句话，知青要杀年猪，你到底给不给开屠宰证？”张秘书似乎来劲了，对余主任说道：“主任，我就不给他们开，莫非你还敢提刀帮他们杀嘜。”余主任笑道：“你是赌我不是？”张秘书吼道：“我就睹你，你要朗格。”谁知这吼声没有吓到余主任。余主任也高声说道：“屠夫的手艺我没学会，当然杀不成。莫非拿刀杀不成，找根火枪来还打不成嘜。找不到火枪，还怕找不到棒棒嘜，一阵乱棒我怕还打不死它喽。”张秘书和余主任你一句我一句，办公室的气氛顿时紧张起来。这时听见办公室外有人高声喊道：“余承焕，你胆子还不小呢，枪枪棒棒地要干哪样？”随着话音，牟书记走进了办公室。

牟书记的到来，让办公室的气氛有所缓和。牟书记见我也在，问我道：“小申，你去抬根板凳来，让你们主任坐起消下火。”我赶紧在办公室角落拿了一根条凳让余主任坐下。这时张秘书站起来，把他刚才坐着的椅子让给牟书记坐，自己坐到了办公桌边的方凳上。牟书记用双手拍了拍所穿中山服两边的荷包，对余主任说道：“余承焕，你带得有烟火没得？我今天荷包里头是空的哦，不然我早就拿一杆给你喽。”话刚落音，张秘书赶紧递了一根香烟给牟书记，并准备帮他点上。牟书记把香烟拿到手上看了看，说：“咦，不错呃，还是雁儿飞。只是烟瘾起来，这个过不到瘾。”说完，随手把香烟还给了张秘书。余主任见了，急忙将一根裹好的叶子烟递了过去。牟书记拿过叶子烟，看了看闻了闻，说道：“吃来试试，虽说不是顶叶子，冲头应该还可以吧。”随即掏出挂在裤腰带上的烟杆，把烟卷装上，点起边抽边问余主任道：“今天不是赶场天，你们不去做活路，在这里吼些哪样？”余主任说道：“我又没吼哪样。我还以为是陆秘书在这里。我到场上办点事，顺便喊起岩初来问下今年知青杀猪是不是像去年那样，大队打个证明来就把屠宰证开啦。你们这个张秘书十八两秤拗起，还给我们讲政策嘞。”张秘书一听，赶紧说道：“那是要讲政策嘞，购五留五哪个都一样嘛。”牟书记听了两人你说你的，他说他的，笑了笑，对余主任说道：“你来问知青杀猪屠宰证朗格办，是对的嘍，对知识青年我们是要多关心嘛。张秘书说开屠宰证要按政策办也是对的。有哪样值得吵的。”余主任对牟书记说道：“那依你说的，这知青杀猪非得要调五留五才能开屠宰证喽。”牟书记仍然笑着说：“你在哪里听我说过这个话哰。”余主任说道：“你都要说这种活甩甩的话嘍，我就不要这个屠宰证了。我晓得没有屠宰证，屠夫是不敢动刀杀猪的，那是非法屠宰。

我不用刀，找根火枪来一枪把猪打死，我是拿枪打死的，莫非上面还有非法枪杀猪这个说法嘿。”牟书记大笑起来，骂道：“你个余承焕，还要要横条嘿。你一个大队革委主任一点都不讲政策，朗格要得。”

余主任故作神秘地问牟书记道：“牟书记，是不是真的要讲政策？”牟书记认真答道：“是呀，是得讲政策呃。”余主任接着问道：“是不是对这个知青讲政策，对那个知青就不讲政策呢？”牟书记严肃地答道：“那还消说，当然是都要讲。”余主任对牟书记说道：“是一样的要讲哈。”牟书记一本正经说道：“那是一定的。”这时我看见坐在一边的张秘书脸开始沉了下来。余主任笑着说道：“牟书记，我们小坪村生产队有两个知青抽到区里的学校教书去了，你晓得不？”牟书记嘿嘿一笑，说道：“这个事我朗格不晓得，我是参加开会研究的嘛。”余主任笑着继续问牟书记道：“他们走的时候是把喂的猪杀了的，你晓得不？”牟书记想了一下，答道：“这个事我老实还不晓得嘞。”这时牟书记对余主任说：“再拿杆烟来吃起再说。”余主任又递了一杆裹好的烟给牟书记，牟书记把烟点上，狠狠地抽了一口，继续说道：“余承焕这点我要表扬你，你们大队的知青管得好。哦，不是管是教育得好。你们大队的知青没有一个闹事的，都是老老实实地接受贫下中农再教育的，还晓得自己喂猪来杀。不像有些地方的知青今天到公社来闹事，说没得饭吃了，明天又去公社反映没得菜吃了。有些知青不说他们自己喂猪来杀，他们不把人家的猪拉来杀就阿弥陀佛喽。你怕是讲的嘿，硬是有些偷人家的鸡，杀人家的狗来吃的哦。弄得当地大队、公社和区里烦死了。你们大队的知青好，一点都不给哪个添麻烦。”

说到这里，牟书记特意对张秘书说道：“小张，你到这边来的时间不久，还不太清楚。时间长了你就会晓得这个余主任是能干得很的哦，知青工作做得好，大队的工作也做得好，在我们区里都是有名的。”张秘书虽然仍阴沉着脸，却赶紧说道：“都听到过一些。”然后张秘书又对余主任说：“我在这里工作，以后还望余主任多多支持哦。”余主任说道：“凡是领导上安排的事，我们大队没得二话，都是认认真真做好的。”牟书记接着说道：“余承焕，你这个话让人听起就安逸。以后张秘书的工作，你们要大力支持才行喽。”余主任笑着说道：“支持嘿肯定是要支持的。只是今天这个事朗格办？”牟书记答道：“这个事以后再慢慢商量嘛。政策还是要坚决执行的。”余主任紧接着说道：“购五留五的政策要执行，支持知青上山下乡的政策也要执行。我想请示下书记，对待知青的政策是不是该一样？”牟书记听后，略微思考了一下，说道："余承焕，你是个爽快人，是不是我对知青政策执行上有哪点不周全，你就明说嘛。"

说完，牟书记又对我说："小申，我们在区上打篮球，在水库上一起那么长时间，也算是老熟人了，有哪样意见，你就直接提出来。"我赶紧答道："没有哪样意见。"余主任接着说道："对你牟书记，我们确实没有哪样意见。就是想问下你，小坪村生产队知青杀的那个猪是朗格开到屠宰证的。"牟书记露出一副惊奇的样子，说道："这个我还真的是不晓得。"说完，他转而问张秘书道："那几个知青杀猪的时候，你已经从马塘调到旧场来了，你应该晓得是哪样回事嘛。"张秘书原本阴沉的脸一下变成了尴尬的脸。他对余主任说道："余主任，其实我心里也没想不给你们开屠宰证的。只是政策在那里，有些话先讲清楚好点。"牟书记说道："那些话就不要讲了，就讲小坪村知青杀猪开屠宰证没有？"这时张秘书显得有点无奈，只好说道："小坪村的知青是开了屠宰证的，是我亲手开的。"牟书记听了点了点头，说道："余承焕你龟儿运气好，非法屠宰还没在你们大队发生。"余主任笑道："哪里会在我们大队发生嘛。你晓得的，我们大队的屠夫就是我家大哥嘛，没有屠宰证他哪里敢乱杀。我感到奇怪的是小坪村知青要杀猪，论说应该先到我这里开证明，要拿起这张证明才到你们这里来开屠宰证嘛。我哥到小坪村帮知青把猪杀了，还是他回来给我讲，我才晓得的。当时我还生怕我哥违反政策，没有屠宰证就把猪杀了。他一回来我就问他有屠宰证没得，他说没得屠宰证哪个敢动刀。我才晓得小坪村知青杀猪开得有屠宰证。"

牟书记笑了起来，说道："咦，我还说只有我才有点官僚主义，看来你余成焕也有点兵僚主义呃。"余主任也笑了起来，说道："你晓得的，那阵子我们正是忙起火啦，哪里顾得好多嘛。"牟书记打断余主任的话说道："好了，还是听下张秘书讲下那张屠宰证是朗格开的。"张秘书说道："那天，商店肖同志来找我，要我给小坪村知青开个屠宰证。我告诉了她生猪宰杀的购五留五政策，就没有给她开。肖同志很不高兴，说我就是要张生猪收购的条子了嘛，她开张给我就是。还说我装相，去年陆秘书都给知青开了的，今年我来了就不行。肖同志说完就气冲冲地走了。第二天，公社谢社长来批评了我，说旧场片区除了小学外，就这么几个干部，商店一个，粮站一个，卫生所一个，加上我们管理区来了去的就是那么五六个人，要我注意搞好关系。我给谢社长解释说开屠宰证也要执行政策嘛。谢社长说执行政策也要讲究策略了嘛。去年公社都给知青开了屠宰证的，今年照样执行就是了。谢社长还说我和肖同志讲那些政策干哪样，大家都是公社干部，还有哪个不晓得不是。他要我把屠宰证开了给肖同志送过去。我就只好开了，给肖同志送去了。”牟书记笑道：“谢社长讲得对头。今天你们朗格又会吵起来了嚜。”余主任急忙站起来说道：“是我做事说话急了点，不怪张秘书。”牟书记说道：“我是说嘛，余承焕你这个老先进，今天朗格火气这么大。算了算了，该怎么办就怎么办就是了。就这样啦，我还要到外面去办点事。”牟书记说完，笑着就走了。随后，张秘书很快开了张屠宰证递给了余主任。余主任和我向张秘书道谢后，一起高高兴兴回生产队了。

拿到屠宰证，回到土地坑，再看到圈里头那头圆滚滚的猪儿，竟想象到等腊月到来，那热腾腾杀猪的年味。在农村，杀年猪，意味着年尾到来，忽然回想，这一年，土地坑发生了太多的平凡事，一晃，光阴收不住脚步，冬日正浓，意味着，下一年的春其实已经不遥远。

我知道，土地坑的四季农情，不会变，但下乡已三个年头，明年的岁月，会发生些什么？望着土地坑的山野，我竟一时有些恍惚。